La Fiesta del Chivo

Mario Vargas Llosa

ALFAGUARA

La Fiesta del Chivo

ALFAGUARA

2000, Distribuidora y Editora Aguilar, Altea, Taurus, Alfaguara, S. A.
Calle 80 Nº 10-23
Teléfono 571 635 12 00
Telefax 571 236 93 82
www.alfaguara.com
Santafé de Bogotá, Colombia

• Aguilar, Altea, Taurus, Alfaguara S. A.
Beazley 3860. 1437 Buenos Aires
• Aguilar, Altea, Taurus, Alfaguara S. A. de C. V.
Avda. Universidad, 767, Col. del Valle,
México, D.F. C. P. 03100
• Grupo Santillana de Ediciones, S. A.
Torrelaguna, 60. 28043 Madrid

ISBN: 958-8061-46-6
Primera impresión, marzo del 2000
Primera reimpresión, mayo del 2000
Segunda reimpresión, mayo del 2000
Tercera reimpresión, junio del 2000
Cuarta reimpresión, julio del 2000
Impreso en Colombia - Printed in Colombia

Diseño:
Proyecto de Enric Satué
© Cubierta:
Ambrogio Lorenzetti. *Alegoría del mal gobierno* (fragmento)

A Lourdes y José Israel Cuello,
y a tantos amigos dominicanos.

«El pueblo celebra
con gran entusiasmo
la Fiesta del Chivo
el treinta de mayo.»

Mataron al Chivo
Merengue dominicano

I

Urania. No le habían hecho un favor sus padres; su nombre daba la idea de un planeta, de un mineral, de todo, salvo de la mujer espigada y de rasgos finos, tez bruñida y grandes ojos oscuros, algo tristes, que le devolvía el espejo. ¡Urania! Vaya ocurrencia. Felizmente ya nadie la llamaba así, sino Uri, Miss Cabral, Mrs. Cabral o Doctor Cabral. Que ella recordara, desde que salió de Santo Domingo («Mejor dicho, de Ciudad Trujillo», cuando partió aún no habían devuelto su nombre a la ciudad capital), ni en Adrian, ni en Boston, ni en Washington D.C., ni en New York, nadie había vuelto a llamarla Urania, como antes en su casa y en el Colegio Santo Domingo, donde las *sisters* y sus compañeras pronunciaban correctísimamente el disparatado nombre que le infligieron al nacer. ¿Se le ocurriría a él, a ella? Tarde para averiguarlo, muchacha; tu madre estaba en el cielo y tu padre muerto en vida. Nunca lo sabrás. ¡Urania! Tan absurdo como afrentar a la antigua Santo Domingo de Guzmán llamándola Ciudad Trujillo. ¿Sería también su padre el de la idea?

Está esperando que asome el mar por la ventana de su cuarto, en el noveno piso del Hotel Jaragua, y por fin lo ve. La oscuridad cede en pocos segundos y el resplandor azulado del horizonte, creciendo deprisa, inicia el espectáculo que aguarda desde que despertó, a las cuatro, pese a la pastilla que había tomado rompiendo sus prevenciones contra los somníferos. La superficie azul oscura del mar, sobrecogida por manchas de espuma, va a encontrarse con un cielo plomizo en la remota línea del horizonte, y, aquí, en la costa, rompe en olas sonoras y espumosas contra el Malecón, del que divisa pedazos de calzada entre las palmeras y almendros que lo bordean. Entonces, el Hotel Jaragua miraba al Malecón de frente. Ahora, de costado. La memoria le devuelve aquella imagen —¿de ese día?— de la niña tomada de la mano por su padre, entrando en el restaurante del hotel, para almorzar los dos solos. Les dieron una mesa junto a la ventana, y, a través de los visillos, Uranita divisaba el amplio jardín y la piscina con trampolines y bañistas. Una orquesta tocaba merengues en el Patio Español, rodeado de azulejos y tiestos con claveles. ¿Fue aquel día? «No», dice en voz alta. Al Jaragua de entonces lo habían demolido y reemplazado por este voluminoso edificio color pantera rosa que la sorprendió tanto al llegar a Santo Domingo tres días atrás.

¿Has hecho bien en volver? Te arrepentirás, Urania. Desperdiciar una semana de vacaciones, tú que nunca tenías tiempo para conocer tantas ciudades, regiones, países que te hubiera gustado ver —las cordilleras y los lagos nevados de Alaska, por ejemplo— retornando a la islita que juraste no volver a pisar. ¿Síntoma de decadencia? ¿Sentimentalismo otoñal? Curiosidad, nada más. Probarte que puedes caminar por las calles de esta ciudad que ya no es tuya, recorrer este país ajeno, sin que ello te provoque tristeza, nostalgia, odio, amargura, rabia. ¿O has venido a enfrentar a la ruina que es tu padre? A averiguar qué impresión te hace verlo, después de tantos años. Un escalofrío le corre de la cabeza a los pies. ¡Urania, Urania! Mira que si, después de todos estos años, descubres que, debajo de tu cabecita voluntariosa, ordenada, impermeable al desaliento, detrás de esa fortaleza que te admiran y envidian, tienes un corazoncito tierno, asustadizo, lacerado, sentimental. Se echa a reír. Basta de boberías, muchacha.

Se pone las zapatillas, el pantalón, la blusa de deportes, sujeta sus cabellos con una redecilla. Bebe un vaso de agua fría y está a punto de encender la televisión para ver la CNN pero se arrepiente. Permanece junto a la ventana, mirando el mar, el Malecón, y luego, volviendo la cabeza, el bosque de techos, torres, cúpulas, campanarios y copas de árboles de la ciudad. ¡Cuánto ha crecido! Cuando la dejaste, en 1961, albergaba trescientas mil almas. Ahora, más de un millón. Se ha llenado de barrios, avenidas, parques y hoteles. La víspera, se sintió una extraña dando vueltas en un auto alquilado por los elegantes condominios de Bella Vista y el inmenso parque El Mirador donde había tantos *joggers* como en Central Park. En su niñez, la ciudad terminaba en el Hotel El Embajador; a partir de allí todo eran fincas, sembríos. El Country Club, donde su padre la llevaba los domingos a la piscina, estaba rodeado de descampados, en vez de asfalto, casas y postes del alumbrado como ahora.

Pero la ciudad colonial no se ha remozado, ni tampoco Gazcue, su barrio. Y está segurísima de que su casa cambió apenas. Estará igual, con su pequeño jardín, el viejo mango y el flamboyán de flores rojas recostado sobre la terraza donde solían almorzar al aire libre los fines de semana; su techo de dos aguas y el balconcito de su dormitorio, al que salía a esperar a sus primas Lucinda y Manolita, y, ese último año, 1961, a espiar a ese muchacho que pasaba en bicicleta, mirándola de reojo, sin atreverse a hablarle. ¿Estaría igual por dentro? El reloj austríaco que daba las horas tenía números góticos y una escena de caza. ¿Estaría igual tu padre? No. Lo has visto declinar en las fotos que cada cierto número de meses o años te mandaban la tía Adelina y otros remotos parientes que continuaron escribiéndote, pese a que nunca contestaste sus cartas.

Se deja caer en un sillón. El sol del amanecer alancea el centro de la ciudad; la cúpula del Palacio Nacional y el ocre pálido de sus muros destella suavemente bajo la cavidad azul. Sal de una vez, pronto el calor será insoportable. Cierra los ojos, ganada por una inercia infrecuente en ella, acostumbrada a estar siempre en actividad, a no perder tiempo en lo que, desde que volvió a poner los pies en tierra dominicana, la ocupa noche y día: recordar. «Esta hija mía siempre trabajando, hasta dormida repite la lección.» Eso decía de ti el senador Agustín Cabral, el ministro Cabral, Cerebrito Cabral, jactándose ante sus amigos de la niña que sacó todos los premios, la alumna que las *sisters* ponían de ejemplo. ¿Se jactaría delante del Jefe de las proezas escolares de Uranita? «Me gustaría tanto que usted la conociera, sacó el Premio de Excelencia todos los años desde que entró al Santo Domingo. Para ella, conocerlo, darle la mano, sería la felicidad. Uranita reza todas las noches porque Dios le conserve esa salud de hierro. Y, también, por doña Julia y doña María. Háganos ese honor. Se lo pide, se lo ruega, se lo implora el más fiel de sus perros. Usted no puede negármelo: recíbala. ¡Excelencia! ¡Jefe!»

¿Lo detestas? ¿Lo odias? ¿Todavía? «Ya no», dice en voz alta. No habrías vuelto si el rencor siguiera crepitando, la herida sangrando, la decepción anonadándola, envenenándola, como en tu juventud, cuando estudiar, trabajar, se convirtieron en obsesionante remedio para no recordar. Entonces sí lo odiabas. Con todos los átomos de tu ser, con todos los pensamientos y sentimientos que te cabían en el cuerpo. Le habías deseado desgracias, enfermedades, accidentes. Dios te dio gusto, Urania. El diablo, más bien. ¿No es suficiente que el derrame cerebral lo haya matado en vida? ¿Una dulce venganza que estuviera hace diez años en silla de ruedas, sin andar, hablar, dependiendo de una enfermera para comer, acostarse, vestirse, desvestirse, cortarse las uñas, afeitarse, orinar, defecar? ¿Te sientes desagraviada? «No».

Toma un segundo vaso de agua y sale. Son las siete de la mañana. En la planta baja del Jaragua la asalta el ruido, esa atmósfera ya familiar de voces, motores, radios a todo volumen, merengues, salsas, danzones y boleros, o rock y rap, mezclados, agrediéndose y agrediéndola con su chillería. Caos animado, necesidad profunda de aturdirse para no pensar y acaso ni siquiera sentir, del que fue tu pueblo, Urania. También, explosión de vida salvaje, indemne a las oleadas de modernización. Algo en los dominicanos se aferra a esa forma prerracional, mágica: ese apetito por el ruido. («Por el ruido, no por la música».)

No recuerda que, cuando ella era niña y Santo Domingo se llamaba Ciudad Trujillo, hubiera un bullicio semejante en la calle. Tal vez no lo había; tal vez, treinta y cinco años atrás, cuando la ciudad era tres o cuatro veces más pequeña, provinciana, aislada y aletargada por el miedo y el servilismo, y tenía el alma encogida de reverencia y pánico al Jefe, al Generalísimo, al Benefactor, al Padre de la Patria Nueva, a Su Excelencia el Doctor Rafael Leonidas Trujillo Molina, era más callada, menos frenética. Hoy, todos los sonidos de la vida, motores de automóviles, casetes, discos, radios, bocinas, ladridos, gruñidos, voces humanas, parecen a todo volumen, manifestándose al máximo de su capacidad de ruido vocal, mecánico, digital o animal (los perros ladran más fuerte y los pájaros pían con más ganas). ¡Y que New York tenga fama de ruidosa! Nunca, en sus diez años de Manhattan, han registrado sus oídos nada que se parezca a esta sinfonía brutal, desafinada, en la que está inmersa hace tres días.

El sol enciende las palmeras canas de enhiestas copas, la acera quebrada y como bombardeada por la cantidad de hoyos y los altos de basuras, que unas mujeres con pañuelos en la cabeza barren y recogen en unas bolsas insuficientes. «Haitianas». Ahora están calladas, pero, ayer, cuchicheaban entre ellas en *creole*. Poco más adelante, ve a los dos haitianos descalzos y semidesnudos sentados en unos cajones, al pie de las decenas de pinturas de vivísimos colores, desplegadas sobre un muro. Es verdad, la ciudad, acaso el país, se llenó de haitianos. Entonces, no ocurría. ¿No lo decía el senador Agustín Cabral? «Del Jefe se dirá lo que se quiera. La historia le reconocerá al menos haber hecho un país moderno y haber puesto en su sitio a los haitianos. ¡A grandes males, grandes remedios!» El Jefe encontró un paisito barbarizado por las guerras de caudillos, sin ley ni orden, empobrecido, que estaba perdiendo su identidad, invadido por los hambrientos y feroces vecinos. Vadeaban el río Masacre y venían a robarse bienes, animales, casas, quitaban el trabajo a nuestros obreros agrícolas, pervertían nuestra religión católica con sus brujerías diabólicas, violaban a nuestras mujeres, estropeaban nuestra cultura, nuestra lengua y costumbres occidentales e hispánicas, imponiéndonos las suyas, africanas y bárbaras. El Jefe cortó el nudo gordiano: «¡Basta!». ¡A grandes males, grandes remedios! No sólo justificaba aquella matanza de haitianos del año treinta y siete; la tenía como una hazaña del régimen. ¿No salvó a la República de ser prostituida una segunda vez en la historia por ese vecino rapaz? ¿Qué importan cinco, diez, veinte mil haitianos si se trata de salvar a un pueblo?

Camina deprisa, reconociendo los hitos: el Casino de Güibia, convertido en club, y el balneario ahora apestado por las cloacas; pronto llegará a la esquina del Malecón y la avenida Máximo Gómez, el itinerario del Jefe en sus caminatas vespertinas. Desde que los médicos le advirtieron que era bueno para el corazón, iba de la Estancia Radhamés hacia la Máximo Gómez, con una escala en casa de doña Julia, la Excelsa Matrona, donde Uranita entró una vez a decir un discurso que casi no pudo pronunciar, y bajaba hasta este malecón George Washington, en esta esquina doblaba y seguía hasta el obelisco imitado del de Washington, a paso vivo, rodeado de ministros, asesores, generales, ayudantes, cortesanos, a respetuosa distancia, los ojos alertas, el corazón esperanzado, aguardando un gesto, un ademán que les permitiera acercarse al Jefe, escucharlo, merecer un diálogo, aunque fuera una recriminación. Todo, menos ser mantenidos lejos, en el infierno de los olvidados. «¿Cuántas veces paseaste entre ellos, papá? ¿Cuántas mereciste que te hablara? Y cuántas volviste entristecido porque no te llamó, temeroso de no estar ya en el círculo de los elegidos, de haber caído entre los réprobos. Siempre viviste aterrado de que contigo se repitiera la historia de Anselmo Paulino. Y se repitió, papá».

Urania se ríe y una pareja en bermudas que camina en dirección contraria cree que es con ellos: «Buenos días». Pero no es con ellos que se ríe, sino con la imagen del senador Agustín Cabral trotando cada tarde por este Malecón, entre los sirvientes de lujo, atento, no a la cálida brisa, los rumores del mar, la acrobacia de las gaviotas ni a las radiantes estrellas del Caribe, sino a las manos, los ojos, los movimientos del Jefe, que tal vez lo llamarían, prefiriéndolo a los demás. Ha llegado al Banco Agrícola. Luego vendrá la Estancia Ramfis, donde continúa la Secretaría de Relaciones Exteriores, y el Hotel Hispaniola. Y media vuelta.

«Calle César Nicolás Penson, esquina Galván», piensa. ¿Iría o regresaría a New York sin echar una ojeada a su casa? Entrarás y le preguntarás a la enfermera por el inválido y subirás al dormitorio y a la terraza donde lo sacan a dormir sus siestas, esa terraza que se ponía roja con las flores del flamboyán. «Hola, papá. Cómo estás, papá. ¿No me reconoces? Soy Urania. Claro, qué me vas a reconocer. La última vez yo tenía catorce y ahora cuarenta y nueve. Una punta de años, papá. ¿No era ésa la edad que tú tenías, el día que me fui a Adrian? Sí, cuarenta y ocho o cuarenta y nueve. Un hombre en plena madurez. Ahora, estás por cumplir ochenta y cuatro. Te has vuelto viejísimo, papá». Si está en condiciones de pensar, habrá tenido mucho tiempo en estos años para hacer un balance de su larga vida. Habrás pensado en tu hija ingrata, que en treinta y cinco años no te contestó una carta, ni envió una foto, ni una felicitación de cumpleaños,

Navidades o Año Nuevo, que ni siquiera cuando te vino el derrame y tías, tíos, primos y primas creían que te morías, vino ni preguntó por tu salud. Qué hija malvada, papá.

La casita de César Nicolás Penson, esquina Galván, ya no recibirá a los visitantes, en el vestíbulo de la entrada, donde se acostumbraba poner la imagen de la Virgencita de la Altagracia, con esa placa de bronce jactanciosa: «En esta casa Trujillo es el Jefe». ¿O la has conservado, en prueba de lealtad? La lanzarías al mar como los miles de dominicanos que la compraron y colgaron en el lugar más visible de la casa, para que nadie fuera a dudar de su fidelidad al Jefe, y que, cuando el hechizo se trizó, quisieron borrar las pistas, avergonzados de lo que ella representaba: su cobardía. A que tú también la desapareciste, papá.

Ha llegado al Hispaniola. Está sudando, el corazón acelerado. Pasa un doble río de autos, camionetas y camiones por la avenida George Washington y le parece que todos llevan la radio encendida y que el ruido le reventará los tímpanos. A ratos, de algún vehículo asoma una cabeza masculina y un instante los suyos se encuentran con unos ojos varoniles que le miran los pechos, las piernas o el trasero. Esas miradas. Está esperando un hueco que le permita cruzar y una vez más se dice, como ayer, como anteayer, que está en tierra dominicana. En New York ya nadie mira a las mujeres con ese desparpajo. Midiéndola, sopesándola, calculando cuánta carne hay en cada una de sus tetas y muslos, cuántos vellos en su pubis y la curva exacta de sus nalgas. Cierra los ojos, presa de un ligero vahído. En New York, ya ni los latinos, dominicanos, colombianos, guatemaltecos, miran así. Han aprendido a reprimirse, entendido que no deben mirar a las mujeres como miran los perros a las perras, los caballos a las yeguas, los puercos a las puercas.

En un intervalo de vehículos, cruza, a la carrera. En vez de dar media vuelta y emprender el regreso hacia el Jaragua, sus pasos, no su voluntad, la llevan a contornear el Hispaniola y regresar por Independencia, una avenida que, si no la traiciona su memoria, avanza desde aquí, cargada de una doble alameda de frondosos laureles cuyas crestas se abrazan sobre la calzada, refrescándola, hasta bifurcarse y desaparecer ya en plena ciudad colonial. Cuántas veces caminaste de la mano de tu padre, bajo la sombra rumorosa de los laureles de Independencia. Bajaban desde César Nicolás Penson hasta esta avenida e iban hasta el parque Independencia. En la heladería italiana, a mano derecha, al comenzar El Conde, tomaban un helado de coco, mango o guayaba. Qué orgullosa te sentías de la mano de ese señor —el senador Agustín Cabral, el ministro Cabral. Todos lo conocían. Se acercaban, le daban la mano, se quitaban el sombrero, le hacían venias, y guardias y militares chocaban los tacos al verlo pasar. Cómo echarías de menos esos años en que eras tan importante, papá, cuando te volviste un pobre diablo del montón. A ti se contentaron con insultarte en El Foro Público, pero no te metieron a la cárcel como a Anselmo Paulino. ¿Es lo que más temías, cierto? Que, un buen día, el Jefe ordenara: ¡Cerebrito a la cárcel! Tuviste suerte, papá.

Lleva tres cuartos de hora y falta un buen trecho hasta el hotel. Si hubiera sacado dinero, se metería a cualquier cafetería a tomar desayuno y descansar. El sudor la obliga a secarse la cara todo el tiempo. Los años, Urania. A los cuarenta y nueve ya no se es joven. Por más que te conserves mejor que otras. Pero, no estás para ser arrumbada como trasto viejo, a juzgar por esas miradas que, a derecha e izquierda, se posan en su cara y su cuerpo, insinuantes, codiciosas, descaradas, insolentes, de machos acostumbrados a desvestir con los ojos y los pensamientos a todas las hembras de la calle. «Unos cuarenta y nueve años maravillosamente bien llevados, Uri», dijo Dick Litney, su colega y amigo de bufete en New York, el día de su cumpleaños, audacia que ningún varón de la oficina se hubiera permitido a menos de tener, como Dick esa noche, dos o tres whiskys en el cuerpo. Pobre Dick. Se ruborizó y confundió cuando Urania lo congeló con una de esas miradas lentas con las que desde hace treinta y cinco años enfrenta las galanterías, chistes subidos de color, gracias, alusiones o majaderías de los hombres, y, a veces, de las mujeres.

Se detiene, para recuperar el aliento. Siente su corazón descontrolado, su pecho subiendo y bajando. Está en la esquina de Independencia y Máximo Gómez, esperando entre un racimo de hombres y mujeres para cruzar. Su nariz registra una variedad tan grande de olores como el sinfín de ruidos que martillean sus oídos: el aceite que queman los motores de las guaguas y despiden los tubos de escape, lengüetas humosas que se deshacen o quedan flotando sobre los peatones; olores a grasa y fritura, de un puesto donde chisporrotean dos sartenes y se ofrecen viandas y bebidas, y ese aroma denso, indefinible, tropical, a resinas y matorrales en descomposición, a cuerpos transpirando, un aire impregnado de esencias animales, vegetales y humanas que el sol protege, demorando su disolución y evanescencia. Es un olor cálido, que toca alguna fibra íntima de su memoria y la devuelve a su infancia, a las trinitarias multicolores colgadas de techos y balcones, a esta avenida Máximo Gómez. ¡El Día de las Madres! Por supuesto. Mayo de sol radiante, lluvias diluviales, calor. Las niñas elegidas del Colegio Santo Domingo para traerle flores a Mamá Julia, la Excelsa Matrona, progenitora del Benefactor, espejo y símbolo de la madre quisqueyana. Vinieron en una guagua del colegio, en sus uniformes blancos inmaculados, acompañadas de la superiora y de *sister* Mary. Ardías de curiosidad, orgullo, cariño y respeto. Ibas a entrar en representación del colegio a casa de Mamá Julia. Ibas a recitarle el poema «Madre y maestra, Matrona Excelsa», que habías escrito, aprendido y recitado decenas de veces, ante el espejo, ante tus compañeras, ante Lucinda y Manolita, ante papá, ante las *sisters,* y que habías repetido en silencio para estar segura de no olvidar una sílaba. Llegado el glorioso instante, en la gran casa rosada de Mamá Julia, aturdida por los militares, señoras, ayudantes, delegaciones que atestaban jardines, cuartos, pasillos, sobrecogida de emoción, ternura, al dar un paso adelante, apenas a un metro de la anciana que le sonreía con benevolencia desde su mecedora, con el ramo de rosas que acababa de entregarle la superiora, se le cerró la garganta y su mente quedó en blanco. Te echaste a llorar. Escuchabas risas, palabras animosas, de las señoras y señores que rodeaban a Mamá Julia. La Excelsa Matrona hizo que te acercaras, risueña. Entonces, Uranita se compuso, se secó las lágrimas, se enderezó y, firme y rápida, aunque sin la entonación debida, recitó «Madre y maestra, Matrona Excelsa», de corrido. La aplaudieron. Mamá Julia le acariñó los cabellos y su boquita fruncida en mil arrugas la besó.

Por fin, cambia la luz. Urania continúa su marcha, protegida del sol por la sombra de los árboles de la Máximo Gómez. Hace una hora que camina. Es grato andar bajo los laureles, descubrir esos arbustos de florecillas rojas y pistilo dorado, la cayena o sangre de Cristo, absorbida en sus pensamientos, arrullada por la anarquía de voces y músicas, atenta sin embargo a los desniveles, baches, hoyos, deformaciones de las veredas en que está constantemente a punto de tropezar, o de meter un pie en las basuras que husmean perros callejeros. ¿Eras feliz, entonces? Cuando fuiste con ese grupo de alumnas del Santo Domingo a llevarle flores y recitarle el poema, en el Día de las Madres, a la Excelsa Matrona, lo eras. Aunque, desde que aquella figura protectora, bellísima, de su infancia, se eclipsó de la casita de César Nicolás Penson, quizás la noción de felicidad se evaporó también de la vida de Urania. Pero tu padre y tus tíos —sobre todo, la tía

Adelina y el tío Aníbal, y las primas Lucindita y Manolita— y los antiguos amigos hicieron lo posible para llenar la ausencia de tu madre con mimos y halagos, de modo que no te sintieras sola, disminuida. Tu padre había sido tu padre y tu madre aquellos años. Por eso lo habías querido tanto. Por eso te había dolido tanto, Urania.

Cuando llega a la puerta trasera del Jaragua, ancha reja por donde entran los automóviles, los mayordomos, los cocineros, las camareras, los barrenderos, no se detiene. ¿Dónde vas? No ha tomado decisión alguna. Por su cabeza, concentrada en su niñez, en su colegio, en los domingos en que iba con su tía Adelina y sus primas a las tandas infantiles del Cine Elite, no ha cruzado la idea de no entrar al hotel a ducharse y desayunar. Sus pies han decidido seguir. Camina sin vacilar, segura del rumbo, entre peatones y automóviles impacientes por los semáforos. ¿Seguro quieres ir donde estás yendo, Urania? Ahora, sabes que irás, aunque tengas que lamentarlo.

Dobla a la izquierda en Cervantes y avanza hacia la Bolívar, reconociendo como en sueños los chalets de uno o dos pisos, con cercos y jardines, terrazas descubiertas y garajes, que le despiertan un sentimiento familiar, imágenes preservadas, deterioradas, ligeramente descoloridas, desportilladas, afeadas con añadidos y pegotes, cuartitos erigidos en las azoteas, ensamblados en los flancos, en medio de los jardines, para alojar a los vástagos que se casan y no pueden vivir solos y vienen a añadirse a las familias, exigiendo más espacio. Cruza lavanderías, farmacias, florerías, cafeterías, placas de dentistas, médicos, contadores y abogados. En la avenida Bolívar va como si estuviera tratando de alcanzar a alguien, como si fuera a echarse a correr. El corazón se le sale por la boca. En cualquier momento, te desplomarás. A la altura de Rosa Duarte, tuerce a la izquierda y corre. Pero, el esfuerzo le resulta excesivo y vuelve a andar, ahora más despacio, muy cerca del muro blancuzco de una casa, por si el vértigo se repite y debe apoyarse en algo hasta recobrar el aliento. Salvo un ridículo edificio angostísimo de cuatro pisos, donde estaba la casita con púas del doctor Estanislas que la operó de las amígdalas, nada ha cambiado; hasta juraría que esas sirvientas que barren los jardines y las fachadas la van a saludar: «Hola, Uranita. Cómo estás, muchacha. Cuánto has crecido, niña. Adónde tan apurada, Santa Madre de Dios».

La casa tampoco ha cambiado tanto, aunque el gris de sus paredes lo recordaba intenso y es ahora desvaído, con lamparones, descascarado. El jardín se ha transformado en matorral de yerbas, hojas muertas y grama seca. Nadie lo habrá regado ni podado hace años. Ahí está el mango. ¿Era ése el flamboyán? Debió de serlo, cuando tenía hojas y flores; ahora, es un tronco de brazos pelados y raquíticos.

Se recuesta en la puerta de hierro calado que da al jardín. El caminito de losetas con yerbas en las junturas está enmohecido y, en la terraza y el porche, hay una silla vencida, con una pata rota. Han desaparecido los muebles de cretona amarilla. También, la lamparita de la esquina, con cristales esmerilados, que iluminaba la terraza, en torno a la cual se aglomeraban las mariposas de día y zumbaban insectos de noche. El balconcito de su dormitorio ya no tiene la trinitaria malva que lo cubría: es un voladizo de cemento, con manchas herrumbrosas.

Al fondo de la terraza, se abre una puerta con largo gemido. Una figura femenina, enfundada en un uniforme blanco, la mira con curiosidad:

—¿Busca a alguien?

Urania no puede hablar; está tan agitada, emocionada, asustada. Permanece muda, mirando a la desconocida.

—¿Qué se le ofrece? —pregunta la mujer.

—Yo soy Urania —dice, al fin—. La hija de Agustín Cabral.

II

Despertó, paralizado por una sensación de catástrofe. Inmóvil, pestañeaba en la oscuridad, prisionero en una telaraña, a punto de ser devorado por un bicho peludo lleno de ojos. Por fin pudo estirar la mano hacia el velador donde guardaba el revólver y la metralleta con el cargador puesto. Pero, en vez del arma, empuñó el reloj despertador: las cuatro menos diez. Respiró. Ahora sí, se había despertado del todo. ¿Pesadillas, de nuevo? Tenía unos minutos todavía, pues, maniático de la puntualidad, no saltaba de la cama antes de las cuatro. Ni un minuto antes ni uno después.

«A la disciplina debo todo lo que soy», se le ocurrió. Y la disciplina, norte de su vida, se la debía a los *marines*. Cerró los ojos. Las pruebas, en San Pedro de Macorís, para ser admitido a la Policía Nacional Dominicana que los yanquis decidieron crear al tercer año de ocupación, fueron durísimas. Las pasó sin dificultad. En el entrenamiento, la mitad de los aspirantes quedaron eliminados. Él gozó con cada ejercicio de agilidad, arrojo, audacia o resistencia, aun en aquéllos, feroces, para probar la voluntad y la obediencia al superior, zambullirse en lodazales con el equipo de campaña o sobrevivir en el monte bebiendo la propia orina y masticando tallos, yerbas, saltamontes. El sargento Gittleman le puso la más alta calificación: «Irás lejos, Trujillo». Había ido, sí, gracias a esa disciplina despiadada, de héroes y místicos, que le enseñaron los *marines*. Pensó con gratitud en el sargento Simon Gittleman. Un gringo leal y desinteresado, en ese país de pijoteros, vampiros y pendejos. ¿Había tenido

Estados Unidos un amigo más sincero que él, los últimos treinta y un años? ¿Qué gobierno lo había apoyado más en la ONU? ¿Cuál fue el primero en declarar la guerra a Alemania y al Japón? ¿Quién untó con más dólares a representantes, senadores, gobernadores, alcaldes, abogados y periodistas de Estados Unidos? El pago: las sanciones económicas de la OEA, para dar gusto al negrito de Rómulo Betancourt y seguir mamando petróleo venezolano. Si Johnny Abbes hubiera hecho mejor las cosas y la bomba le hubiera arrancado la cabeza al maricón de Rómulo, no habría sanciones y los gringos pendejos no joderían con la soberanía, la democracia y los derechos humanos. Pero, entonces, él no hubiera descubierto que, en ese país de doscientos millones de pendejos, tenía un amigo como Simon Gittleman. Capaz de iniciar una campaña personal en defensa de la República Dominicana, desde Phoenix, Arizona, donde vivía dedicado a los negocios desde que se jubiló de los *marines*. ¡Sin pedir un centavo! Había varones así todavía, entre los *marines*. ¡Sin pedir ni cobrar! Qué lección para esas sanguijuelas del Senado y la Cámara de Representantes a las que él cebaba ya tantos años, que siempre querían más cheques, más concesiones, más decretos, más exoneraciones fiscales, y que, ahora, cuando los necesitaba, se hacían los desentendidos.

Miró el reloj: cuatro minutos todavía. ¡Gringo magnífico, Simon Gittleman! Un verdadero *marine*. Abandonó sus negocios en Arizona, indignado por la ofensiva contra Trujillo de la Casa Blanca, Venezuela y la OEA, y bombardeó la prensa norteamericana con cartas, recordando que la República Dominicana fue durante toda la Era de Trujillo un baluarte del anticomunismo, el mejor aliado de Estados Unidos en el hemisferio occidental. No contento con eso, fundó —¡de su propio bolsillo, coño!— comités de apoyo, hizo publicaciones, organizó conferencias. Y, para dar un ejemplo, se vino a Ciudad Trujillo con su familia y alquiló una casa en el Malecón. Este mediodía Simon y Dorothy comerían con él en Palacio, y el *ex marine* recibiría la Orden del Mérito Juan Pablo Duarte, la más alta condecoración dominicana. ¡Un verdadero *marine,* sí señor!

Las cuatro en punto, ahora sí. Encendió la lamparilla de la mesa de noche, se puso las zapatillas y se levantó, sin la agilidad de antaño. Los huesos le dolían y sentía resentidos los músculos de las piernas y la espalda, como hacía unos días, en la Casa de Caoba, la maldita noche de la muchachita desabrida. El disgusto le hizo rechinar los dientes. Caminaba hacia la silla, donde Sinforoso había dispuesto su traje de sudar y sus zapatillas de ejercicios, cuando una sospecha lo contuvo. Ansioso, observó las sábanas: la informe manchita grisácea envilecía la blancura del hilo. Se le había salido, otra vez. La indignación borró el desagradable recuerdo de la Casa de Caoba. ¡Coño! ¡Coño! Éste no era un enemigo que pudiera derrotar como a esos cientos, miles, que había enfrentado y vencido, a lo largo de los años, comprándolos, intimidándolos o matándolos. Vivía dentro de él, carne de su carne, sangre de su sangre. Lo estaba destruyendo precisamente cuando necesitaba más fuerza y salud que nunca. La muchachita esqueleto le trajo mala suerte.

Encontró inmaculadamente lavados y planchados el suspensor, el short, la camiseta, las zapatillas. Se vistió, haciendo gran esfuerzo. Nunca había necesitado muchas horas de sueño; desde joven, en San Cristóbal, o cuando era jefe de guardas campestres en el ingenio Boca Chica, cuatro o cinco le bastaban, aun si había bebido y tirado hasta el amanecer. Su capacidad de recuperación física, con un mínimo de reposo, contribuyó a su aureola de ser superior. Aquello se terminó. Despertaba cansado y no conseguía dormir ni cuatro horas; dos o tres a lo más, y sobresaltado por pesadillas.

La noche anterior estuvo desvelado, a oscuras. Por las ventanas veía las copas de algunos árboles y un pedazo de cielo tachonado de estrellas. En la noche clara llegaba hasta él, a ratos, el parloteo de esas viejas trasnochadoras, declamando poesías de Juan de Dios Peza, de Amado Nervo, de Rubén Darío (lo que le hizo sospechar que se hallaba entre ellas la Inmundicia Viviente, que sabía de memoria a Darío), los *Veinte poemas de amor* de Pablo Neruda y las décimas picantes de Juan Antonio Alix. Y, por supuesto, los versos de doña María, escritora y moralista dominicana. Se echó a reír, mientras trepaba a la bicicleta estacionaria y comenzaba a pedalear. Su mujer había acabado por tomárselo en serio, y, de cuando en cuando, organizaba en el salón de patinar de la Estancia Radhamés veladas literarias donde traía declamadoras a recitar versos pendejos. El senador Henry Chirinos, que se las daba de poeta, solía participar en aquellos encierros, gracias a los cuales cebaba su cirrosis por cuenta del erario. Para congraciarse con María Martínez esas viejas pendejas, como el propio Chirinos, se habían aprendido páginas de las *Meditaciones morales* o parlamentos de la obrita de teatro *Falsa amistad,* las recitaban y las pericas aplaudían. Y, su mujer —pues esa vieja gorda y pendeja, la Prestante Dama, era su mujer, después de todo— se había tomado en serio lo de escritora y moralista. Por qué no. ¿No lo decían los periódicos, las radios, la televisión? ¿No era libro de lectura obligatoria en las escuelas, esas *Meditaciones morales,* prologadas por el mexicano José Vasconcelos, que se reimprimían cada dos meses? ¿No había sido *Falsa amistad* el más grande éxito teatral de los treinta y un años de la Era de Trujillo? ¿No la habían puesto por las nubes los críticos, los periodistas, los profesores universitarios, los curas, los intelectuales? ¿No le dedicaron un seminario en el Instituto Trujilloniano? ¿No habían elogiado sus conceptos los ensotanados, los obispos, esos cuervos traidores, esos judas, que después de vivir de sus bolsillos, ahora también, igual que los yanquis, se pusieron a hablar de derechos humanos? La Prestante Dama era escritora y moralista. No gracias a ella, sino a él, como todo lo que ocurría en este país hacía tres décadas. Trujillo podía hacer que el agua se volviera vino y los panes se multiplicaran, si le daba en los cojones. Se lo recordó a María en la última pelea: «Olvidas que esas pendejadas no las escribiste tú, que no sabes escribir tu nombre sin faltas gramaticales, sino el gallego traidor de José Almoina, pagado por mí. ¿No sabes lo que dice la gente? Que las iniciales de *Falsa amistad,* F y A, quieren decir: Fue Almoina». Tuvo otro acceso de risa, franca, alegre. Se le había eclipsado la amargura. María se echó a llorar, «¡Cómo me humillas!», y lo amenazó con quejarse a Mamá Julia. Como si su pobre madre con sus noventa y seis años estuviera para enredos de familia. Igual que sus hermanos, su mujer recurría siempre a la Excelsa Matrona como paño de lágrimas. Para hacer las paces, hubo que untarle la mano una vez más. Pues era verdad lo que decían los dominicanos en voz baja: la escritora y moralista era una pijotera, un alma llena de roña. Lo fue desde que eran amantes. Todavía jovencita, se le ocurrió lo de la lavandería para los uniformes de la Policía Nacional Dominicana, con lo que hizo sus primeros pesos. El pedaleo le calentó el cuerpo. Se sentía en forma. Quince minutos: suficiente. Otros quince de remo, antes de empezar la batalla del día.

El remo estaba en un cuartito adjunto, atiborrado de máquinas de ejercicios. Empezaba a remar, cuando un relincho vibró en la quietud del amanecer, largo, musical, como jocunda alabanza a la vida. ¿Cuánto tiempo que no montaba? Meses. Nunca lo había hastiado, después de cincuenta años seguía ilusionándolo, como el primer sorbo de una copa de brandy español Carlos I, o la primera ojeada al cuerpo desnudo, blanco, de formas opulentas, de una hembra deseada. Pero, le envenenó esta idea el recuerdo de la flaquita que ese hijo de puta consiguió metérsela en la cama. ¿Lo hizo a sabiendas de la humillación que pasaría? No tenía huevos para eso. Ella se lo habría contado y, él, reído a carcajadas. Correría ya por las bocas chismosas, en los cafetines de El Conde. Tembló de vergüenza y rabia, remando siempre, con regularidad. Ya sudaba. ¡Si lo vieran! Otro mito que repetían sobre él era: «Trujillo nunca suda. Se pone en lo más ardiente del verano esos uniformes de paño, tricornio de terciopelo y guantes, sin que se vea en su frente brillo de sudor». No sudaba si no quería. Pero, en la intimidad, cuando hacía sus ejercicios, daba permiso a su cuerpo para que lo hiciera. Esta última época, difícil, cargada de problemas, se privó de los caballos. A ver si esta semana iba a San Cristóbal. Cabalgaría solitario, bajo los árboles, junto al río, como antaño, y se sentiría rejuvenecido. «Ni los brazos de una hembra son tan afectuosos como el lomo de un alazán».

Dejó de remar cuando sintió un calambre en el brazo izquierdo. Después de secarse la cara, se miró el pantalón, a la altura de la bragueta. Nada. Seguía a oscuras. Los árboles y arbustos de los jardines de la Estancia Radhamés eran unas manchas oscuras, bajo un cielo limpio, repleto de lucecitas titilantes. ¿Cómo era el verso de Neruda que gustaba tanto a las cotorras amigas de la moralista? «Y tiritan azules los astros a lo lejos». Esas viejas tiritaban soñando con que algún poeta les rascara la comezón. Y sólo tenían cerca a Chirinos, ese Frankenstein. Otra vez lo atacó una risita abierta, algo que rara vez le ocurría en estos tiempos.

Se desnudó y, en zapatillas y bata, fue al baño a afeitarse. Prendió la radio. En La Voz Dominicana y Radio Caribe leían los periódicos. Hasta hacía algunos años, los boletines comenzaban a las cinco. Pero, cuando su hermano Petán, propietario de La Voz Dominicana, supo que él se despertaba a las cuatro, adelantó el noticiero. Las demás emisoras lo imitaron. Sabían que él escuchaba radio mientras se rasuraba, bañaba y vestía, y se esmeraban.

La Voz Dominicana, luego de un jingle del Hotel Restaurante El Conde, anunciando una velada bailable con Los Colosos del Ritmo, bajo la dirección del profesor Gatón y el cantante Johnny Ventura, destacó el premio Julia Molina viuda Trujillo a la Madre más Prolífica. La ganadora, doña Alejandrina Francisco, con veintiún hijos vivos, al recibir la medalla con la efigie de la Excelsa Matrona, declaró: «Mis veintiún hijos darán la vida por el Benefactor, si se las pide». «No te creo, pendeja».

Se había lavado los dientes y ahora se afeitaba, con la minucia que lo hacía desde que era un mozalbete en la prángana, en San Cristóbal. Cuando no sabía siquiera si su pobre madre, a la que el país entero rendía homenaje por el Día de las Madres («Manantial de caritativos sentimientos y madre del perínclito varón que nos gobierna», dijo el locutor), tendría habichuelas y arroz para dar esa noche a las ocho bocas de la familia. La limpieza, el cuidado del cuerpo y el atuendo habían sido, para él, la única religión que practicaba a conciencia.

Después de otra larga lista de visitantes a casa de Mamá Julia, para cumplimentarla por el Día de las Madres (pobre vieja, recibiendo impertérrita esa caravana de colegios, asociaciones, institutos, sindicatos, y agradeciendo con su débil vocecita las flores y cumplidos), comenzaron los ataques a los obispos Reilly y Panal, «que no nacieron bajo nuestro sol ni sufrieron bajo nuestra luna» («Bonito», pensó), «y se inmiscuyen en nuestra vida civil y política, pisando los terrenos de lo penal». Johnny Abbes quería entrar al Colegio Santo Domingo y sacar de su refugio al obispo yanqui. «¿Qué puede pasar, Jefe? Los gringos protestarán, por supuesto. ¿No protestan por todo, hace ya tiempo? Por Galíndez, por el piloto Murphy, por las Mirabal, por el atentado a Betancourt y mil cosas más. Qué importa que ladren en Caracas, Puerto Rico, Washington, New York, La Habana. Importa lo que pasa aquí. Sólo cuando los ensotanados se asusten dejarán de conspirar». No. Aún no había llegado el momento de tomar cuentas a Reilly, o al otro hijo de puta, el españolete del obispo Panal. Llegaría, pagarían. A él no lo engañaba el instinto. No tocar un pelo a los obispos por ahora, aunque siguieran jodiendo, como lo hacían desde el domingo 25 de enero de 1960 —¡año y medio ya!—, cuando la Carta Pastoral del Episcopado fue leída en todas las misas, inaugurando la campaña de la Iglesia católica contra el régimen. ¡Los maldecidos! ¡Los cuervos! ¡Los eunucos! Hacerle eso a él, condecorado en el Vaticano, por Pío XII, con la Gran Cruz de la Orden Papal de San Gregorio. En La Voz Dominicana, Paíno Pichardo recordaba, en un discurso pronunciado la víspera en su condición de secretario de Estado del Interior y Cultos, que el Estado llevaba gastados sesenta millones de pesos en esa Iglesia cuyos «obispos y sacerdotes hacen ahora tanto daño a la grey católica dominicana». Cambió el dial. En Radio Caribe leían una carta de protesta de centenares de obreros porque no se incluyó sus firmas en el Gran Manifiesto Nacional «contra las maquinaciones perturbadoras del obispo Tomás Reilly, traidor a Dios y a Trujillo y a su condición de varón, que, en vez de permanecer en su diócesis de San Juan de la Maguana corrió, como rata asustada, a esconderse en Ciudad Trujillo entre las faldas de las monjas norteamericanas del Colegio Santo Domingo, cuevario del terrorismo y la conspiración». Cuando oyó que el Ministerio de Educación había privado de oficialidad al Colegio Santo Domingo, por «colusión de esas monjas foráneas con las intrigas terroristas de los purpurados de San Juan de la Maguana y de La Vega contra el Estado», volvió a La Voz Dominicana, a tiempo para oír anunciar al locutor otra victoria del equipo dominicano de polo, en París, donde, «en el hermoso campo de Bagatelle, luego de derrotar a los Leopards por cinco a cuatro, obtuvo la Copa Aperture, deslumbrando a la entendida concurrencia». Ramfis y Radhamés, los más aplaudidos jugadores. Una mentira, para engatusar a los dominicanos. Y a él. Sintió en la boca del estómago la acidez que lo acometía cada vez que pensaba en sus hijos, esos exitosos fracasos, esas desilusiones. ¡Jugando polo en París y tirándose francesas, mientras su padre libraba la más dura batalla de su existencia!

Se enjuagaba la cara. Su sangre se volvía vinagre cuando pensaba en sus hijos. Dios mío, no era él quien había fallado. Su raza era sana, un padrillo reproductor de gran alzada. Ahí estaban, para probarlo, los hijos que su leche procreó en otros vientres, el de Lina Lovatón sin ir más lejos, robustos, enérgicos, que merecían mil veces ocupar el lugar de ese par de zánganos, de esas nulidades con nombres de personajes de ópera. ¿Por qué consintió que la Prestante Dama pusiera a sus hijos los nombres de *Aída,* esa ópera que en mala hora vio en New York? Les trajeron mala suerte; habían hecho de ellos unos payasos de opereta, en vez de hombres de pelo en pecho. Bohemios, haraganes sin carácter ni ambición, buenos sólo para la parranda. Salieron a sus hermanos, no a él. Eran tan inútiles como Negro, Petán, Pipí, Aníbal, esa caterva de pillos, parásitos, zánganos y pobres diablos que eran sus hermanos. Ninguno había sacado ni un millonésimo de su energía, voluntad, visión. ¿Qué pasaría con este país cuando él muriera? Seguro que Ramfis ni siquiera era tan bueno en la cama como decía la fama que los adulones le echaron encima. ¡Se tiró a Kim Novak! ¡Se tiró a Zsa Zsa Gabor! ¡Pasó por las armas a Debra Paget y a medio Hollywood! Vaya mérito. Regalándoles Mercedes Benz, Cadillacs y abrigos de visón hasta el loco Valeriano se tiraba a Miss Universo y a Elizabeth Taylor. Pobre Ramfis. Él sospechaba que ni siquiera le gustaban tanto las mujeres. Le gustaba la apariencia, que dijeran es el mejor montador de este país, mejor todavía que Porfirio Rubirosa, el dominicano famoso en el mundo por el tamaño de su verga y sus proezas de cabrón internacional. ¿También jugaba polo con sus hijos, allá en Bagatelle, el Gran Estuprador? La simpatía que sentía por Porfirio desde que formó parte de su cuerpo de ayudantes militares, sentimiento que se mantuvo a pesar del fracaso del matrimonio con su hija mayor, Flor de Oro, le mejoró el humor. Porfirio tenía ambición y se había tirado grandes hembras, desde la francesa Danielle Darrieux hasta la multimillonaria Barbara Hutton, sin regalarles un ramo de flores, más bien exprimiéndolas, haciéndose rico a costa de ellas.

Llenó la bañera con sales y burbujas y se hundió en ella con la intensa satisfacción de cada amanecer. Porfirio se dio siempre buena vida. Su matrimonio con Barbara Hutton duró un mes, lo indispensable para sacarle un millón de dólares al contado y otro en propiedades. ¡Si Ramfis o Radhamés fueran al menos como Porfirio! Ese güevo viviente chorreaba ambición. Y, como todo triunfador, tenía enemigos. Siempre andaban deslizándole chismes, aconsejándolo que sacara a Rubirosa de la carrera diplomática pues sus escándalos mancillaban la imagen del país. Envidiosos. Qué mejor propaganda para la República Dominicana que un güevo así. Desde que estaba casado con Flor de Oro querían que le arrancara la cabeza al mulato fornicador que sedujo a su hija, ganándose su admiración. No lo haría. Él conocía a los traidores, los husmeaba antes de que supieran que iban a traicionar. Por eso estaba todavía vivo y tanto judas se pudría en La Cuarenta, La Victoria, en isla Beata, en las barrigas de los tiburones o engordaba a los gusanos de la tierra dominicana. Pobre Ramfis, pobre Radhamés. Menos mal que Angelita tenía algo de carácter y permanecía junto a él.

Salió de la bañera y se dio un chaparrón en la ducha. El contraste de agua caliente y fría lo animó. Ahora sí estaba con ánimos. Mientras se echaba desodorante y talco prestó atención a Radio Caribe, que expresaba las ideas y consignas del «malvado inteligente», como llamaba a Johnny Abbes cuando estaba de buen humor.

Despotricaba contra «la rata de Miraflores», «la escoria venezolana», y el locutor, poniendo la voz que correspondía para hablar de un maricón, afirmaba que, además de hambrear al pueblo venezolano, el Presidente Rómulo Betancourt había traído la sal a Venezuela, pues ¿no acababa de estrellarse otro avión de la Línea Aeropostal Venezolana con un saldo de sesenta y dos muertos? El mariconazo ese no se saldría con la suya. Consiguió que la OEA le impusiera las sanciones, pero ganaba el que reía último. Ni la rata del Palacio de Miraflores, ni Muñoz Marín, el narcómano de Puerto Rico, ni el pistolero costarricense de Figueres, lo inquietaban. La Iglesia, sí. Perón se lo advirtió, al partir de Ciudad Trujillo, rumbo a España: «Cuídese de los curas, Generalísimo. No fue la rosca oligárquica ni los militares quienes me tumbaron; fueron las sotanas. Pacte o acabe con ellas de una vez». A él no lo iban a tumbar. Jodían, eso sí. Desde ese negro 25 de enero de 1960, hacía un año y cuatro meses exactamente, no habían dejado un solo día de joder. Cartas, memoriales, misas, novenas, sermones. Todo lo que la canalla ensotanada hacía y decía contra él rebotaba en el exterior, y los periódicos, radios y televisiones hablaban de la inminente caída de Trujillo, ahora que «la Iglesia le viró la espalda».

Se puso el calzoncillo, la camiseta y las medias, que Sinforoso había doblado la víspera, junto al ropero, al lado del colgador donde lucía el traje gris, la camisa blanca de cuello y la corbata azul con motas blancas que llevaría esta mañana. ¿A qué dedicaba sus días y sus noches el obispo Reilly en el Santo Domingo? ¿A tirarse monjas? Eran horribles, algunas con pelos en la cara. Él se acordaba, Angelita estudió en ese colegio, el de la gente decente. Sus nietecitas también. Cómo lo habían adulado esas monjas, hasta la Carta Pastoral. Tal vez Johnny Abbes tenía razón y era hora de actuar. Puesto que los manifiestos, los artículos, las protestas de las radios y la televisión, de las instituciones, del Congreso, no los escarmentaban, golpear. ¡El pueblo lo hizo! Desbordó a los guardias puestos allí para proteger a los obispos extranjeros, irrumpió en el Santo Domingo y en el obispado de La Vega, sacó de los pelos al gringo Reilly y al español Panal, y los linchó. Vengó la afrenta a la patria. Se enviarían pésames y excusas al Vaticano, al Santo Padre Juan Pendejo —Balaguer era un maestro escribiéndolas— y se castigaría ejemplarmente a un puñado de culpables, elegidos entre criminales comunes. ¿Escarmentarían los otros cuervos, cuando vieran los cadáveres de los obispos descuartizados por la ira popular? No, no era el momento. Nada de dar un pretexto para que Kennedy diera gusto a Betancourt, Muñoz Marín y Figueres y ordenara un desembarco. Guardar la cabeza fría y proceder con cautela, como un *marine.*

Pero lo que la razón le dictaba no convencía a sus glándulas. Tuvo que dejar de vestirse, cegado. La rabia ascendía por todos los vericuetos de su cuerpo, río de lava trepando hasta su cerebro, que parecía crepitar. Con los ojos cerrados, contó hasta diez. La rabia era mala para el gobierno y para su corazón, lo acercaba al infarto. La otra noche, en la Casa de Caoba, la rabia lo llevó al borde del síncope. Se fue calmando. Siempre supo controlarla, cuando hizo falta: disimular, mostrarse cordial, afectuoso, con las peores basuras humanas, esas viudas, hijos o hermanos de los traidores, si era necesario. Por eso iba a cumplir treinta y dos años llevando en las espaldas el peso de un país.

Estaba empeñado en la complicada tarea de sujetarse las medias con las ligas, para que no tuvieran arrugas. Ahora, qué agradable era dar curso a la rabia cuando no había en ello riesgo para el Estado, cuando se podía dar su merecido a las ratas, sapos, hienas y serpientes. Las panzas de los tiburones eran testigos de que no se había privado de ese gusto. ¿No estaba, allá en México, el cadáver del pérfido gallego José Almoina? ¿Y el del vasco Jesús de Galíndez, otra sierpe que picaba la mano en que comía? ¿Y el de Ramón Marrero Aristy, quien creyó que, por ser escritor famoso, podía dar informes a *The New York Times* contra el gobierno que le pagaba borracheras, ediciones y putas? ¿Y los de las tres hermanitas Mirabal, que jugaban a comunistas y heroínas, no estaban ahí, testimoniando que cuando él soltaba la rabia no había represa que la atajase? Hasta Valeriano y Barajita, los loquitos de El Conde, podían dar fe al respecto.

Se quedó con el zapato en el aire, recordando a la celebérrima parejita. Toda una institución en ciudad colonial. Moraban bajo los laureles del parque Colón, entre los arcos de la catedral, y, a la hora de más afluencia, aparecían en las puertas de las elegantes zapaterías y joyerías de El Conde, haciendo su número de locos para que la gente les tirara una moneda o algo de comer. Él había visto muchas veces a Valeriano y Barajita, con sus harapos y absurdos adornos. Cuando Valeriano se creía Cristo, arrastraba una cruz; cuando Napoleón, blandía su palo de escoba, rugía órdenes y cargaba contra el enemigo. Un *calié* de Johnny Abbes informó que el loco Valeriano se había puesto a ridiculizar al Jefe, llamándolo Chapita. Le dio curiosidad. Fue a espiar, desde un auto con vidrios oscuros. El viejo, con su pecho lleno de espejitos y tapas de cerveza, se pavoneaba, luciendo sus medallas con aire de payaso, ante un corro de gente asustada, dudando entre reírse o escapar. «Aplaudan a Chapita, pendejos», gritaba Barajita, señalando el pecho rutilante del loco. Él sintió, entonces, la incandescencia corriendo por su cuerpo, cegándolo, urgiéndolo a castigar al atrevido. Dio la orden, en el acto. Pero, a la mañana siguiente, pensando que, después de todo, los locos no saben lo que hacen, y que, en vez de castigar a Valeriano, había que echar mano a los graciosos que habían aleccionado a la pareja, ordenó a Johnny Abbes, en un amanecer oscuro como éste: «Los locos son locos. Suéltalos». Al jefe del Servicio de Inteligencia Militar se le agestó la cara: «Tarde, Excelencia. Los echamos a los tiburones ayer mismo. Vivos, como usted mandó».

Se puso de pie, ya calzado. Un estadista no se arrepiente de sus decisiones. Él no se había arrepentido jamás de nada. A ese par de obispos los echaría vivos a los tiburones. Inició la etapa del aseo de cada mañana que hacía con verdadera delectación, recordando una novela que leyó de joven, la única que tenía siempre presente: *Quo Vadis?* Una historia de romanos y cristianos, de la que nunca olvidó la imagen del refinado y riquísimo Petronio, Árbitro de la elegancia, resucitando cada mañana gracias a los masajes y abluciones, ungüentos, esencias, perfumes y caricias de sus esclavas. Si él tuviera tiempo, hubiera hecho lo que el Árbitro: toda la mañana en manos de masajistas, pedicuristas, manicuristas, peluqueros, bañadores, luego de los ejercicios para despertar los músculos y activar el corazón. Se hacía un masaje corto al mediodía, después del almuerzo, y, con más calma, los domingos, cuando podía distraer dos o tres horas a las absorbentes obligaciones. Pero, no estaban los tiempos para relajarse con las sensualidades del gran Petronio. Debía contentarse con estos diez minutos echándose el perfumado desodorante Yardley que le enviaba de New York Manuel Alfonso —pobre Manuel, cómo seguiría, luego de la operación—, y la suave crema humectante francesa para la tez *Bienfait du Matin,* y el agua de colonia, también Yardley, con una ligera fragancia a maizales con que se friccionó el pecho. Cuando estuvo peinado y hubo retocado los extremos del bigotillo semimosca que llevaba hacía veinte años, se talqueó la cara con prolijidad, hasta disimular bajo una delicadísima nube blanquecina aquella morenez de sus maternos ascendientes, los negros haitianos, que siempre había despreciado en las pieles ajenas y en la suya propia.

Estuvo vestido, con chaqueta y corbata, a las cinco menos seis minutos. Lo comprobó con satisfacción: nunca se pasaba de la hora. Era una de sus supersticiones; si no entraba a su despacho a las cinco en punto, algo malo ocurriría en el día.

Se acercó a la ventana. Seguía oscuro, como si fuera media noche. Pero divisó menos estrellas que una hora antes. Lucían acobardadas. Estaba por asomar el día y pronto se correrían. Cogió un bastón y fue hacia la puerta. Apenas la abrió, oyó los tacos de los dos ayudantes militares:

—Buenos días, Excelencia.

—Buenos días, Excelencia.

Les contestó con una inclinación de cabeza. De un vistazo, supo que estaban correctamente uniformados. No admitía la dejadez, el desorden, en ningún oficial o raso de las Fuerzas Armadas, pero, entre los ayudantes, el cuerpo encargado de su custodia, un botón caído, una mancha o arruga en el pantalón o guerrera, un quepis mal encajado, eran faltas gravísimas, que se castigaban con varios días de rigor y, a veces, expulsión y retorno a los batallones regulares.

Una ligera brisa mecía los árboles de la Estancia Radhamés, mientras los cruzaba, escuchando el susurro de las hojas, y, en el establo, de nuevo el relincho de un caballo. Johnny Abbes, informe sobre la marcha de la campaña, visita a la Base Aérea de San Isidro, informe de Chirinos, almuerzo con el *marine,* tres o cuatro audiencias, despacho con el secretario de Estado del Interior y Cultos, despacho con Balaguer, despacho con Cucho Álvarez Pina, el presidente del Partido Dominicano, y paseo por el Malecón, después de saludar a Mamá Julia. ¿Iría a dormir a San Cristóbal, a quitarse el mal sabor de la otra noche?

Entró a su despacho, en Palacio Nacional, cuando su reloj marcaba las cinco. En su mesa de trabajo estaba el desayuno —jugo de frutas, tostadas con mantequilla, café recién colado—, con dos tazas. Y, poniéndose de pie, la silueta blandengue del director del Servicio de Inteligencia, el coronel Johnny Abbes García:

—Buenos días, Excelencia.

III

—No va a venir —exclamó, de pronto, Salvador—. Otra noche perdida, verán.

—Vendrá —repuso al instante Amadito, con impaciencia—. Se ha puesto el uniforme verde oliva. Los ayudantes militares recibieron orden de tenerle listo el Chevrolet azul. ¿Por qué no me creen? Vendrá.

Salvador y Amadito ocupaban la parte posterior del automóvil aparcado frente al Malecón y habían tenido el mismo intercambio un par de veces, en la media hora que llevaban allí. Antonio Imbert, al volante, y Antonio de la Maza a su lado, el codo en la ventanilla, tampoco hicieron comentario alguno esta vez. Los cuatro miraban ansiosos los ralos vehículos de Ciudad Trujillo que pasaban frente a ellos, perforando la oscuridad con sus faros amarillos, rumbo a San Cristóbal. Ninguno era el Chevrolet azul celeste, modelo 1957, con cortinillas en las ventanas, que esperaban.

Se hallaban a unos centenares de metros de la Feria Ganadera, donde había varios restaurantes —el Pony, el más popular, estaría lleno de gente comiendo carne asada— y un par de bares con música, pero el viento soplaba hacia el oriente y no les llegaba ruido de allí, aunque divisaban las luces, entre troncos y copas de palmeras, a lo lejos. En cambio, el estruendo de las olas rompiendo contra el farallón y el chasquido de la resaca eran tan fuertes que debían alzar mucho la voz para oírse entre ellos. El automóvil, las puertas cerradas y las luces sin encender, estaba listo para partir.

—¿Recuerdan cuando se puso de moda venir a este Malecón a tomar el fresco, sin estar pendientes de los *caliés*? —Antonio Imbert sacó la cabeza por la ventana para aspirar a plenos pulmones la brisa nocturna—. Aquí comenzamos a hablar en serio de esta vaina.

Ninguno de sus amigos le respondió de inmediato, como si consultaran su memoria, o no hubieran prestado atención a lo que decía.

—Sí, aquí, en el Malecón, hace unos seis meses —dijo Estrella Sadhalá, después de un rato.

—Fue antes —murmuró Antonio de la Maza, sin volverse—. Cuando mataron a las Mirabal, en noviembre, comentamos el crimen aquí. De eso estoy seguro. Y ya llevábamos tiempo viniendo al Malecón, en las noches.

—Parecía un sueño —divagó Imbert—. Difícil, lejanísimo. Como cuando, de muchacho, uno fantasea que será un héroe, un explorador, un actor de cine. Todavía no me lo creo que vaya a ser esta noche, coño.

—Si es que viene —rezongó Salvador.

—Te apuesto lo que quieras, Turco —repitió Amadito, con firmeza.

—Lo que me hace dudar es que hoy es martes —gruñó Antonio de la Maza—. Siempre va a San Cristóbal los miércoles, tú que estás en el cuerpo de ayudantes lo sabes mejor que nadie, Amadito. ¿Por qué cambió de día?

—No sé por qué —insistió el teniente—. Pero, irá. Se ha puesto el uniforme verde oliva. Ha ordenado el Chevrolet azul. Irá.

—Tendrá un buen culo esperándolo en la Casa de Caoba —dijo Antonio Imbert—. Uno nuevecito, sin abrir.

—Si no te importa, hablemos de otra cosa —lo cortó Salvador.

—Siempre me olvido que delante de un beato como tú no se puede hablar de culos —se disculpó el del volante—. Digamos que tiene un plancito en San Cristóbal. ¿Puedo decirlo así, Turco? ¿O también ofende tus oídos apostólicos?

Pero nadie tenía ganas de bromear. Ni el propio Imbert; hablaba para llenar de algún modo la espera.

—Atención —exclamó De la Maza, adelantando la cabeza.

—Es un camión —replicó Salvador, con una simple ojeada a los faros amarillentos que se aproximaban—. No soy beato ni fanático, Antonio. Un practicante de mi fe, nada más. Y, desde la Carta Pastoral de los obispos del 31 de enero del año pasado, orgulloso de ser católico.

En efecto, era un camión. Pasó rugiendo y contoneando una alta carga de cajones sujetados con sogas; su rugido se fue apagando, hasta desaparecer.

—¿Y un católico no puede hablar de coños pero sí matar, Turco? —lo provocó Imbert. Lo hacía con frecuencia: él y Salvador Estrella Sadhalá eran los amigos más íntimos de todo el grupo; estaban siempre gastándose bromas, a veces tan pesadas que quienes las presenciaban se creían que terminarían a trompadas. Pero no habían reñido nunca, su fraternidad era irrompible. Esta noche, sin embargo, el Turco no lucía ni pizca de humor:

—Matar a cualquiera, no. Acabar con un tirano, sí. ¿Has oído la palabra tiranicidio? En casos extremos, la Iglesia lo permite. Lo escribió santo Tomás de Aquino. ¿Quieres saber cómo lo sé? Cuando comencé a ayudar a la gente del 14 de Junio y comprendí que tendría que apretar el gatillo alguna vez, fui a consultárselo a nuestro director espiritual, el padre Fortín. Un sacerdote canadiense, de Santiago. Él me consiguió una audiencia con monseñor Lino Zanini, el nuncio de Su Santidad. «¿Sería pecado para un creyente matar a Trujillo, monseñor?» Cerró los ojos, reflexionó. Te podría repetir sus palabras, con su acento italiano. Me mostró la cita de santo Tomás, en la *Suma Teológica.* Si no la hubiera leído, no estaría aquí esta noche, con ustedes.

Antonio de la Maza se había vuelto a mirarlo:

—¿Le consultaste esto a tu director espiritual?

Tenía la voz descompuesta. El teniente Amado García Guerrero temió que fuera a estallar en uno de esos arrebatos a los que De la Maza era propenso desde que Trujillo hizo asesinar a su hermano Octavio, años atrás. Un arrebato como el que estuvo a punto de romper la amistad que lo unía a Salvador Estrella Sadhalá. Éste lo tranquilizó:

—Hace mucho tiempo, Antonio. Cuando comencé a ayudar a los del 14 de Junio. ¿Me crees tan pendejo de confiar a un pobre cura una cosa así?

—Explícame por qué puedes decir pendejo y no culo, coño ni tirar, Turco —se burló Imbert, tratando una vez más de aflojar la tensión—. ¿No ofenden a Dios todas las malas palabras?

—A Dios no lo ofenden las palabras sino los pensamientos obscenos —se resignó el Turco a seguirle la cuerda—. Los pendejos que preguntan pendejadas tal vez no lo ofendan. Pero, lo aburrirán muchísimo.

—¿Comulgaste esta mañana para llegar al gran acontecimiento con el alma sacramentada? —siguió azuzándolo Imbert.

—Comulgo todos los días, hace diez años —asintió Salvador—. No sé si tengo el alma como debe tenerla un cristiano. Sólo Dios sabe eso.

«La tienes», pensó Amadito. Entre todas las personas que había conocido en sus treinta y un años de vida, el Turco era la que más admiraba. Estaba casado con Urania Mieses, una tía de Amadito a la que éste quería mucho. Desde que era cadete en la Academia Militar Batalla de Las Carreras, que dirigía el coronel José León Estévez (Pechito), marido de Angelita Trujillo, acostumbraba pasar sus días de salida en la casa de los Estrella Sadhalá. Salvador se había vuelto importantísimo en su vida; le confiaba sus problemas, inquietudes, sueños, dudas, y pedía su consejo antes de cualquier decisión. Los Estrella Sadhalá organizaron la fiesta para celebrar la graduación de Amadito como espada de honor —¡el primero en una promoción de treinta y cinco oficiales!—, a la que asistieron sus once tías abuelas maternas, y, años más tarde, también, lo que el joven teniente creyó sería la mejor noticia que recibiría jamás: la admisión de su solicitud para ingresar a la unidad más prestigiosa de las Fuerzas Armadas: los ayudantes militares, encargados de la custodia personal del Generalísimo.

Amadito cerró los ojos y aspiró la brisa salada que entraba por las cuatro ventanillas abiertas. Imbert, el Turco y Antonio de la Maza permanecían callados. A Imbert y De la Maza los había conocido en la casa de la Mahatma Gandhi, y la casualidad hizo que fuera testigo de la pelea entre el Turco y Antonio, tan violenta que él ya esperaba tiros, y, meses después, de la reconciliación de Antonio y Salvador en aras de un mismo propósito: matar al Chivo. Quién le hubiera dicho a Amadito, aquel día de 1959, cuando Urania y Salvador le prepararon aquella fiesta donde se bebieron tantas botellas de ron, que antes de dos años estaría, en esta noche tibia y estrellada del martes 30 de mayo de 1961, esperando al mismísimo Trujillo para matarlo. Cuántas cosas habían pasado desde aquel día en que, a poco de llegar a la Mahatma Gandhi 21, Salvador lo tomó del brazo y se lo llevó al más apartado rincón del jardín, con aire grave.

—Tengo que decirte algo, Amadito. Por el cariño que te tengo. Que te tenemos todos en esta casa.

Hablaba tan bajo que el joven adelantó la cabeza para oírlo.

—¿A qué viene eso, Salvador?

—A que no quiero perjudicarte en tu carrera. Viniendo aquí, puedes tener problemas.

—¿Qué clase de problemas?

La expresión del Turco, casi siempre calmada, se crispó. Un brillo de alarma asomó en sus ojos.

—Estoy colaborando con los muchachos del 14 de Junio. Si lo descubren, sería gravísimo para ti. Un oficial del cuerpo de ayudantes militares de Trujillo. ¡Figúrate!

El teniente nunca hubiera imaginado a Salvador de conspirador clandestino, ayudando a la gente que se había organizado para luchar contra Trujillo luego de la invasión castrista del 14 de Junio, en Constanza, Maimón y Estero Hondo, que costó tantas vidas. Sabía que el Turco detestaba al régimen y, aunque Salvador y su mujer se cuidaban delante de él, algunas veces se les habían escapado expresiones contra el gobierno. Se callaban de inmediato, pues sabían que Amadito, aunque no le interesaba la política, profesaba, como cualquier oficial del Ejército, una lealtad perruna, visceral, al Jefe Máximo, Benefactor y Padre de la Patria Nueva, que desde hacía tres décadas presidía los destinos de la República y las vidas y muertes de los dominicanos.

—Ni una palabra más, Salvador. Ya me lo has dicho. Ya lo he oído. Ya me olvidé de lo que oí. Voy a seguir viniendo, como siempre. Ésta es mi casa.

Salvador lo miró con esa mirada limpia, que a Amadito le contagiaba una sensación gratificante de la vida.

—Vamos a tomarnos una cerveza, entonces. No nos pongamos tristes.

Y, por supuesto, a las primeras personas a las que presentó a su novia, cuando se enamoró y empezó a pensar en casarse, fueron, luego de la tía abuela Meca —su preferida entre las once hermanas de su madre—, Salvador y Urania. ¡Luisita Gil! Vez que la recordaba, el remordimiento le torcía las tripas y lo sublevaba la cólera. Sacó un cigarrillo y se lo puso en la boca. Salvador se lo prendió con su encendedor. La linda morenita, la graciosa, la coqueta Luisita Gil. Luego de unas maniobras, había ido con dos compañeros a dar un paseo en un barquito a vela, en La Romana. En el embarcadero, dos muchachas compraban pescado fresco. Les buscaron conversación y fueron con ellas a escuchar la retreta municipal. Ellas los invitaron a un matrimonio. Sólo Amadito pudo ir, pues tenía día libre, sus compañeros debieron volver al cuartel. Se enamoró como un loco de esa morenita espigada y ocurrente, de ojos chispeantes, que bailaba el merengue como una vedette de La Voz Dominicana. Y ella de él. A la segunda salida, a un cine y a una boîte, pudo besarla y acariciarla. Era la mujer de su vida, nunca podría estar con nadie más. El apuesto Amadito había dicho estas cosas a muchas mujeres desde sus días de cadete, pero esta vez las dijo de verdad. Luisa lo llevó a conocer a su familia, en La Romana, y él la invitó a almorzar donde la tía Meca, en Ciudad Trujillo, y, un domingo, donde los Estrella Sadhalá: quedaron encantados con Luisa. Cuando les dijo que pensaba pedirla, lo animaron: era un encanto de mujer. Amadito la pidió formalmente a sus padres. De acuerdo con el reglamento, solicitó autorización para casarse al comando de los ayudantes militares.

Fue su primer encontronazo con una realidad que hasta entonces, pese a sus veintinueve años, sus espléndidas notas, su magnífico expediente de cadete y oficial, ignoraba totalmente. («Como la mayoría de dominicanos», pensó.) La respuesta a su solicitud demoraba. Le explicaron que el cuerpo de ayudantes la pasaba al SIM, para que éste investigara a la persona. En una semana o diez días tendría el visto bueno. Pero la respuesta no le llegó ni a los diez, ni a los quince ni a los veinte días. El día veintiuno, el Jefe lo llamó a su despacho. Fue la única vez que cambió unas palabras con el Benefactor, pese a haber estado tantas veces cerca de él, en actos públicos, la primera en que este hombre al que veía a diario en la Estancia Radhamés le puso la vista encima.

El teniente García Guerrero había oído hablar desde niño, en su familia —sobre todo a su abuelo, el general Hermógenes García—, en la escuela y, más tarde, de cadete y oficial, de la mirada de Trujillo. Una mirada que nadie podía resistir sin bajar los ojos, intimidado, aniquilado por la fuerza que irradiaban esas pupilas perforantes, que parecía leer los pensamientos más secretos, los deseos y apetitos ocultos, que hacía sentirse desnudas a las gentes. Amadito se reía con tanta vagabundería. El Jefe sería un gran estadista, cuya visión, voluntad y capacidad de trabajo había hecho de la República Dominicana un gran país. Pero, no era Dios. Su mirada sólo podía ser la de un mortal.

Le bastó entrar al despacho, chocar los tacos y anunciarse con la voz más marcial que pudo sacar de su garganta —«¡Teniente segundo García Guerrero, a la orden, Excelencia!»— para sentirse electrizado. «Pase», dijo la aguda voz del hombre que, sentado en el otro extremo de la habitación, ante un escritorio forrado de cuero rojo, escribía sin alzar la cabeza. El joven dio unos pasos y permaneció firme, sin mover un músculo ni pensar, viendo los cabellos grises alisados con esmero y el impecable atuendo —chaqueta y chaleco azul, camisa blanca de inmaculado cuello y puños almidonados, corbata plateada sujeta con una perla— y sus manos, sujetando una hoja de papel que la otra cubría con trazos rápidos, de tinta azul. En la izquierda, alcanzó a ver el anillo con la piedra preciosa tornasolada que, según los supersticiosos, era un amuleto que, de joven, cuando, como miembro de la Guardia Constabularia, perseguía a los «gavilleros» sublevados contra el ocupante militar norteamericano, le dio un brujo haitiano, asegurándole que mientras no se la quitara sería invulnerable al enemigo.

—Una buena hoja de servicios, teniente —lo oyó decir.

—Muchas gracias, Excelencia.

La cabeza plateada se movió y aquellos ojos grandes, fijos, sin brillo y sin humor, buscaron los suyos. «Yo nunca he tenido miedo en la vida», confesó después el muchacho a Salvador. «Hasta que me cayó encima esa mirada, Turco. Es verdad. Como si me escarbara la conciencia». Hubo un largo silencio, mientras aquellos ojos examinaban su uniforme, su correaje, sus botones, su corbata, su quepis. Amadito comenzó a sudar. Sabía que el menor descuido indumentario provocaba al Jefe un disgusto tal que podía irrumpir en violentas recriminaciones.

—Esa hoja de servicios tan buena no puede mancharla casándose con la hermana de un comunista. En mi gobierno no se juntan amigos y enemigos.

Hablaba con suavidad, sin quitarle de encima la mirada taladrante. Pensó que en cualquier momento la chillona vocecita soltaría un gallo.

—El hermano de Luisa Gil es uno de esos subversivos del 14 de Junio. ¿Lo sabía?

—No, Excelencia.

—Ahora lo sabe —se aclaró la garganta, y, sin cambiar de tono, añadió—: Hay muchas mujeres en este país. Búsquese otra.

—Sí, Excelencia.

Lo vio hacer un signo de asentimiento, dando por terminada la entrevista.

—Permiso para retirarme, Excelencia.

Hizo sonar los tacos y saludó. Salió con paso marcial, disimulando la zozobra que lo embargaba. Un militar obedecía las órdenes, sobre todo si venían del Benefactor y Padre de la Patria Nueva, quien había distraído unos minutos de su tiempo para hablarle en persona. Si le había dado esa orden a él, oficial privilegiado, era por su propio bien. Debía obedecer. Lo hizo, apretando los dientes. Su carta a Luisa Gil no tenía una sola palabra que no fuera verdad:

«Con mucho pesar, y aunque por ello sufran mis sentimientos, debo renunciar a mi amor por ti, y anunciarte adolorido que no podemos casarnos. Me lo prohíbe la superioridad, en razón de las actividades antitrujillistas de tu hermano, algo que me habías ocultado. Entiendo por qué lo hiciste. Pero, por eso mismo, espero que tú también entiendas la difícil decisión que me veo obligado a tomar, en contra de mi voluntad. Aunque siempre te recordaré con amor, no volveremos a vernos. Te deseo suerte en la vida. No me guardes rencor».

¿Lo habría perdonado la bella, la alegre, la espigada muchacha de La Romana? Aunque no hubiera vuelto a verla, no la había reemplazado en su corazón. Luisa se había casado con un próspero agricultor de Puerto Plata. Pero, si ella llegó a perdonarle la ruptura, nunca le habría perdonado lo otro, si llegaba a saberlo. Él tampoco se lo perdonaría jamás. Aunque, dentro de unos momentos, tuviera a sus pies el cadáver del Chivo cosido a balazos —en esos ojos fríos de iguana quería reventarle las balas de su pistola— tampoco se lo perdonaría. «Eso, al menos, Luisa nunca lo sabrá». Ni ella ni nadie, fuera de los que urdieron la emboscada.

Y, por supuesto, Salvador Estrella Sadhalá, a cuya casa de la Mahatma Gandhi 21 el teniente García Guerrero llegó esa madrugada, devastado por el odio, el alcohol y la desesperación, directamente del burdel de Pucha Vittini, alias Pucha Brazobán, en la parte alta de la calle Juana Saltitopa, donde lo llevaron, luego de aquello, el coronel Johnny Abbes y el mayor Roberto Figueroa Carrión, para que con unos cuantos tragos y un buen culo se olvidara del mal rato. «Mal rato», «sacrificio por la Patria», «prueba de voluntad», «óbolo de sangre al Jefe»: esas cosas le habían dicho. Después, lo felicitaron por hacerse merecedor del ascenso. Amadito dio una chupada al cigarrillo y lo arrojó a la carretera: un minúsculo fuego de artificio al estrellarse contra el asfalto. «Si no piensas en otra cosa, vas a llorar», se dijo, avergonzado ante la idea de que Imbert, Antonio y Salvador lo vieran romper en sollozos. Creerían que se había acobardado. Apretó los dientes hasta hacerse daño. Nunca había estado tan seguro de nada, como de esto. Mientras el Chivo viviera, él no viviría, sería la desesperación ambulante que era desde aquella noche de enero de 1961 en que el mundo se le desmoronó, y, para no dispararse un tiro en la boca, corrió a la Mahatma Gandhi 21, a refugiarse en la amistad de Salvador. Le contó todo. No de inmediato. Porque cuando el Turco abrió la puerta, sorprendido por esos golpes al amanecer que los sacaron de la cama y del sueño a él, su mujer y los niños, y se encontró en el umbral con la silueta desbaratada y apestando a alcohol de Amadito, éste no podía pronunciar palabra. Abrió los brazos y estrechó a Salvador. «¿Qué pasa, Amadito? ¿Quién se murió?» Lo llevaron a su dormitorio, lo echaron en la cama, dejaron que se desahogara balbuceando incoherencias. Urania Mieses le preparó una infusión de yerbabuena, que le hizo tomar a sorbos, como a niñito.

—No nos cuentes nada de lo que podrías arrepentirte —lo atajó el Turco.

Tenía sobre el pijama un kimono con ideogramas. Estaba sentado en una esquina de la cama, mirando a Amadito con cariño.

—Te dejo solo con Salvador —lo besó su tía Urania en la frente, levantándose—. Para que hables con más confianza, para que le digas lo que te daría pena contarme a mí.

Amadito se lo agradeció. El Turco apagó la luz central. La pantalla de la lamparilla del velador tenía unos dibujos que el resplandor del foco enrojecía. ¿Nubes? ¿Animales? El teniente pensó que, si estallaba un incendio, no se movería.

—Duerme, Amadito. Con la luz del día, las cosas te parecerán menos trágicas.

—Será igual, Turco. Día y noche seguiré teniéndome asco. Peor, cuando se me quiten los tragos.

Comenzó ese mediodía, en el cuartel general de los ayudantes militares, contiguo a la Estancia Radhamés. Acababa de regresar de Boca Chica, adonde el enlace del Jefe de Estado Mayor Conjunto con el Generalísimo Trujillo, mayor Roberto Figueroa Carrión, lo envió a entregar un sobre sellado al general Ramfis Trujillo, en la Base de la Fuerza Aérea Dominicana. El teniente entró al despacho del mayor a dar cuenta de su misión y éste lo recibió con expresión traviesa. Le mostró la carpeta de tapas rojas que tenía sobre el escritorio.

—¿A que no sabes qué hay aquí?

—¿Una semanita de permiso para irme a la playa, mi mayor?

—¡Tu ascenso a teniente primero, muchacho! —se alegró su jefe, alcanzándole la carpeta.

—Me quedé con la boca abierta, porque no me tocaba —Salvador no se movía—. Me faltan ocho meses para solicitar ascenso. Pensé: «Un premio consuelo, por haberme negado el permiso para casarme».

Salvador, al pie de la cama, hizo una mueca, incómodo.

—¿Acaso no sabías, Amadito? Tus compañeros, tus jefes, ¿no te habían hablado de la prueba de la lealtad?

—Creí que eran habladurías —negó Amadito, con convicción, con furia—. Te lo juro. La gente no va por ahí, jactándose de eso. No lo sabía. Me tomó desprevenido.

¿Era eso verdad, Amadito? Una mentira más, una mentira piadosa más, en esas sartas de mentiras que había sido la vida desde que entró a la Academia Militar. Desde que nació, puesto que había nacido casi al mismo tiempo que la Era. Claro que tenías que haber sabido, sospechado; claro que, en la Fortaleza de San Pedro de Macorís, y, luego, entre los ayudantes militares, habías oído, intuido, descubierto, a partir de las bromas, guaperías, aspavientos, bravuconadas, que los privilegiados, los elegidos, los oficiales a los que se confiaba los puestos de mayor responsabilidad eran sometidos a una prueba de lealtad a Trujillo, antes de ser ascendidos. Sabías muy bien que aquello existía. Pero, ahora, el segundo teniente García Guerrero sabía también que nunca quiso enterarse con detalles de qué se trataba aquella prueba. El mayor Figueroa Carrión le estrechó la mano y le repitió algo que, de tanto oírlo, había terminado por creérselo:

—Estás haciendo una gran carrera, muchacho.

Le ordenó que fuera a buscarlo a su casa, a las ocho de la noche: irían a tomarse un trago para celebrar su ascenso y resolver un trámite.

—Llévate el jeep —lo despidió el mayor.

A las ocho, Amadito estuvo en casa de su jefe. Éste no lo hizo pasar. Debía haber estado espiando por la ventana, pues, antes de que Amadito alcanzara a apearse del jeep, apareció en la puerta. Subió al vehículo de un salto y sin responder el saludo del teniente, le ordenó, con voz falsamente natural:

—A La Cuarenta, Amadito.

—¿A la cárcel, mi mayor?

—Sí, a La Cuarenta —repitió el teniente—. Allá nos estaba esperando ya sabes quién, Turco.

—Johnny Abbes —murmuró Salvador.

—El coronel Abbes García —rectificó, con sorda ironía, Amadito—. El jefe del SIM, sí.

—¿Seguro que quieres contarme esto, Amadito? —el joven sintió la mano de Salvador en su rodilla—. ¿No me vas a odiar después, por saber que yo también lo sé?

Amadito lo conocía de vista. Lo había divisado deslizándose como una sombra por los pasadizos del Palacio Nacional, bajando de su Cadillac negro blindado o subiendo a él en los jardines de la Estancia Radhamés, entrando o saliendo del despacho del Jefe, algo que Johnny Abbes sí, y probablemente nadie más en toda la nación, podía hacer —presentarse a cualquier hora del día o de la noche en el Palacio Nacional o en la residencia privada del Benefactor y ser recibido de inmediato— y, siempre, como muchos de sus compañeros en el Ejército, la Marina o la Aviación, había tenido un secreto estremecimiento de revulsión, ante aquella silueta fofa y mal embutida en el uniforme de coronel, la negación encarnada del porte, la agilidad, la marcialidad, la virilidad, la fortaleza y apostura que debían lucir los militares —lo decía el Jefe cada vez que hablaba a sus soldados en la Fiesta Nacional y en el día de las Fuerzas Armadas—, aquella cara mofletuda y fúnebre, con el bigotito recortado a la manera de Arturo de Córdova o Carlos López Moctezuma, los actores mexicanos más de moda, y una papada de gallo capón que le colgaba sobre el pescuezo encogido. Aunque sólo lo decían en la más cerrada intimidad y después de muchos tragos de ron, los oficiales detestaban al coronel Johnny Abbes García porque no era un militar de verdad. No se había ganado sus galones como ellos, estudiando, pasando por la academia y los cuarteles, sudando para trepar en el escalafón. Los tenía en pago de servicios seguramente sucios, para justificar su nombramiento de todopoderoso jefe del Servicio de Inteligencia Militar. Y desconfiaban de él, por las sombrías hazañas que se le atribuían, las desapariciones, las ejecuciones, las súbitas caídas en desgracia de encumbrados personajes —como la recientísima, del senador Agustín Cabral—, las terribles delaciones, infidencias y calumnias de la columna periodística El Foro Público que aparecía cada mañana en *El Caribe* y que tenían a las gentes en vilo, pues de lo que se dijera allí de ellas dependía su destino, por las intrigas y operaciones contra, a veces, gente apolítica, digna, ciudadanos pacíficos que, por alguna razón, habían caído en las infinitas redes de espionaje que Johnny Abbes García y su multitudinario ejército de *caliés* tenían tendidas por todos los vericuetos de la sociedad dominicana. Muchos oficiales —el teniente García Guerrero entre ellos— se sentían autorizados a despreciar en su fuero íntimo a ese individuo, pese a la confianza que le tenía el Generalísimo, porque pensaban, como muchos hombres del gobierno y, al parecer, el propio Ramfis Trujillo, que el coronel Abbes García, por su desembozada crueldad, desprestigiaba al régimen y daba razones a sus críticos. Sin embargo, Amadito recordaba una discusión en la que su jefe inmediato, el mayor Figueroa Carrión, a la sobremesa de una cena rociada de cerveza entre un grupo de los ayudantes militares, tomó su defensa: «El coronel puede ser un demonio; pero, al Jefe le sirve: todo lo malo se le atribuye a él y a Trujillo sólo lo bueno. ¿Qué mejor servicio que ése? Para que un gobierno dure treinta años, hace falta un Johnny Abbes que meta las manos en la mierda. Y el cuerpo y la cabeza, si hace falta. Que se queme. Que concentre el odio de los enemigos y, a veces, el de los amigos. El Jefe lo sabe y, por eso, lo tiene a su lado. Si el coronel no le cuidara las espaldas, quién sabe si no le hubiera pasado ya lo que a Pérez Jiménez en Venezuela, a Batista en Cuba y a Perón en Argentina».

—Buenas noches, teniente.

—Buenas noches, mi coronel.

Amadito se llevó la mano al quepis e hizo el saludo militar, pero Abbes García le estrechó la mano —una mano blanda como una esponja, húmeda de sudor— y le dio una palmadita en la espalda.

—Pasen por aquí.

Junto a la garita, donde se apiñaba media docena de guardias, pasando la reja de la entrada, había un pequeño cuarto, que debía servir de oficina administrativa, con una mesa y un par de sillas. Lo mal alumbraba una sola bombilla balanceándose al final de un largo cordón lleno de moscas; en torno de ella chisporroteaba una nube de insectos. El coronel cerró la puerta, les señaló las sillas. Entró un guardia con una botella de Johnny Walker etiqueta roja («La marca que prefiero, por ser Juanito Caminante mi tocayo», bromeó el coronel), vasos, un balde de hielo y varias botellas de agua mineral. Mientras servía los tragos, el coronel le hablaba al teniente, como si el mayor Figueroa Carrión no estuviera allí.

—Felicitaciones por el nuevo galón. Y por esa hoja de servicios. La conozco muy bien. El SIM recomendó su ascenso. Por sus méritos militares y cívicos. Le cuento un secreto. Usted es uno de los pocos oficiales a los que se les negó el permiso para casarse y obedeció sin pedir reconsideración. Por eso el Jefe lo premia, adelantándole el ascenso un año. ¡Un brindis con Juanito Caminante!

Amadito bebió un largo trago. El coronel Abbes García le había llenado casi el vaso de whisky y echado apenas un chorrito de agua, de modo que recibió el líquido como una descarga en el cerebro.

—A esas alturas, en ese lugar, con Johnny Abbes dándote trago ¿no adivinabas lo que se te venía encima? —musitó Salvador. El joven detectó la pesadumbre empozada en las palabras de su amigo.

—Que iba a ser duro y feo, sí, Turco —repuso, temblando—. Pero, nunca lo que pasaría.

El coronel sirvió otra ronda. Los tres se habían puesto a fumar y el jefe del SIM habló de lo importante que era no dejar levantar cabeza al enemigo de adentro, aplastársela cada vez que intentara actuar.

—Porque, mientras el enemigo de adentro esté débil y desunido, lo que haga el de afuera no importa. Que Estados Unidos chille, que la OEA patalee, que Venezuela y Costa Rica ladren, no nos hace mella. Más bien, une a los dominicanos como un puño en torno al Jefe.

Tenía una vocecita arrastrada y rehuía la mirada de su interlocutor. Sus ojitos pequeños, oscuros, rápidos, evasivos, estaban continuamente moviéndose y como divisando cosas ocultas a los demás. De rato en rato, se secaba el sudor con un gran pañuelo rojo.

—Sobre todo, los militares —hizo una pausa, para echar al suelo la ceniza de su cigarrillo—. Y, sobre todo, la crema de los militares, teniente García Guerrero. A la que usted pertenece ya. El Jefe quería que oyera esto.

Volvió a hacer una pausa, dio un copazo, tomó un trago de whisky. Sólo entonces pareció descubrir que el mayor Figueroa Carrión existía:

—¿El teniente sabe lo que el Jefe espera de él?

—No necesita que nadie se lo diga, es el oficial con más sesos de su promoción —el mayor tenía cara de sapo y sus rasgos hinchados se habían acentuado y sonrosado con el alcohol. A Amadito le dio la impresión de que el diálogo era una comedia ensayada—. Me imagino que lo sabe; si no, no se merece este nuevo galón.

Hubo otra pausa, mientras el coronel llenaba los vasos por tercera vez. Echó los cubitos de hielo con las manos. «Salud», y bebió y ellos bebieron. Amadito se dijo que prefería mil veces un trago de ron con Coca-Cola al whisky, tan amargo. Y sólo en ese momento comprendió lo de Juanito Caminante. «Qué bruto no haberme dado cuenta», pensó. ¡Qué raro ese pañuelo rojo del coronel! Había visto pañuelos blancos, azules, grises. ¡Pero, rojos! Vaya capricho.

—Usted va a tener cada vez mayores responsabilidades —dijo el coronel, con aire solemne—. El Jefe quiere estar seguro de que está a la altura.

—¿Qué debo hacer, mi coronel? —a Amadito lo irritaba tanto preámbulo—. He cumplido siempre lo que mis superiores me han ordenado. Yo no defraudaré nunca al Jefe. ¿Se trata de la prueba de la lealtad, cierto?

El coronel, cabizbajo, miraba la mesa. Cuando levantó la cara, el teniente notó un brillo de satisfacción en esos ojos furtivos.

—Es verdad, a los oficiales con huevos, trujillistas hasta el tuétano, no se les dora la píldora —se puso de pie—. Tiene razón, teniente. Acabemos con esta bobería, para celebrar ese nuevo galón donde Puchita Brazobán.

—¿Qué tenías que hacer? —Salvador hablaba haciendo esfuerzos, con la garganta rajada y una expresión abatida.

—Matar a un traidor con mis manos. Así lo dijo: «Y sin que le tiemblen, teniente».

Cuando salieron al patio de La Cuarenta, Amadito sintió que las sienes le zumbaban. Junto al gran árbol de bambú, al lado del chalet convertido en cárcel y centro de torturas del SIM, había, cercano al jeep en el que había venido, otro, casi idéntico, con las luces apagadas. En el asiento de atrás, dos guardias con fusiles flanqueaban a un tipo con las manos atadas y una toalla cubriéndole la boca.

—Venga conmigo, teniente —dijo Johnny Abbes, sentándose al volante del jeep donde estaban los guardias—. Síguenos, Roberto.

Al salir los dos vehículos de la prisión y tomar la carretera de la costa, se desencadenó una tormenta y la noche se llenó de truenos y relámpagos. Las trombas de agua los calaron.

—Mejor que llueva, aunque nos mojemos —comentó el coronel—. Descargará este calor. Los campesinos estaban clamando por un poco de agua.

No recordaba cuánto duró el trayecto, pero no debía de haber sido largo, pues, en cambio, recordaba que al entrar al burdel de Pucha Vittini, luego de estacionar el jeep en la calle Juana Saltitopa, el reloj de pared del saloncito de la entrada daba las diez de la noche. Todo aquello, desde que recogió al mayor Figueroa Carrión en su casa, había durado menos de dos horas. Abbes García se salió de la carretera y el jeep brincó y se sacudió como si fuera a desintegrarse por el descampado de yerba alta y pedruscos que cruzaba, seguido de cerca por el jeep del mayor, cuyos faros los iluminaban. Estaba oscuro, pero el teniente supo que avanzaban paralelos al mar porque el estruendo de las olas se había acercado hasta meterse en sus orejas. Le pareció que contorneaban el pequeño puerto de La Caleta. Apenas se detuvo el jeep, dejó de llover. El coronel se apeó de un salto y Amadito lo imitó. Los dos guardias estaban adiestrados, pues, sin esperar órdenes, bajaron a empujones al prisionero. A la luz de un relámpago, el teniente vio que el amordazado estaba sin zapatos. Todo el trayecto, había mantenido absoluta docilidad, pero, apenas pisó el suelo, como tomando por fin conciencia de lo que iba a ocurrirle, comenzó a retorcerse, a rugir, tratando de zafarse de las ligaduras y de la mordaza. Amadito, que hasta entonces había evitado mirarlo, observó los movimientos convulsivos de su cabeza, queriendo liberar su boca, decir algo, tal vez rogar que se apiadaran de él, tal vez maldecirlos. «¿Y si saco el revólver y disparo contra el coronel, el mayor y los dos guardias y dejo que se fugue?», pensó.

—En vez de uno, habría dos muertos en el farallón —dijo Salvador.

—Menos mal que paró de llover —se quejó el mayor Figueroa Carrión, apeándose—. Me empapé, coño.

—¿Tiene usted ahí su arma? —preguntó el coronel Abbes García—. No haga sufrir más al pobre diablo.

Amadito asintió, sin decir palabra. Dio unos pasos hasta ponerse junto al prisionero. Los soldados lo soltaron y se apartaron. El tipo no se echó a correr, como Amadito pensó que haría. No le obedecerían las piernas, el miedo lo mantendría atornillado a las yerbas y el barro de ese descampado donde el viento soplaba con brío. Pero, aunque no intentó huir, siguió moviendo la cabeza, con desesperación, a derecha e izquierda, arriba y abajo, en su inútil empeño por desprenderse de la mordaza. Emitía un rugido entrecortado. El teniente García Guerrero le puso el caño de su pistola en la sien y disparó. El tiro lo ensordeció y le hizo cerrar los ojos, un segundo.

—Remátelo —dijo Abbes García—. Nunca se sabe.

Amadito, inclinándose, palpó la cabeza del tendido —estaba quieto y mudo— y volvió a disparar, a quemarropa.

—Ahora sí —dijo el coronel, cogiéndolo del brazo y empujándolo hacia el jeep del mayor Figueroa Carrión—. Los guardias saben lo que tienen que hacer. Vámonos donde Puchita, a calentar el cuerpo.

En el jeep, conducido por Roberto, el teniente García Guerrero permaneció callado, oyendo a medias el diálogo entre el coronel y el mayor. Se acordaba de algo que dijeron:

—¿Lo enterrarán ahí?

—Lo echarán al mar —explicó el jefe del SIM—. Es la ventaja de este farallón. Alto, cortado a cuchillo. Abajo, hay una entrada de mar, con mucho fondo, como una poza. Llena de tiburones y tintoreras, esperando. Se lo tragan en segundos, es cosa de ver. No dejan huella. Seguro, rápido y, también, limpio.

—¿Reconocerías ese farallón? —le preguntó Salvador.

No. Sólo recordaba que, antes de llegar, habían pasado cerca de esa pequeña ensenada, La Caleta. Pero no podría rehacer toda la trayectoria, desde La Cuarenta.

—Te daré un somnífero —Salvador volvió a ponerle la mano en la rodilla—. Que te haga dormir seis, ocho horas.

—Todavía no he terminado, Turco. Un poquito más de paciencia. Para que me escupas en la cara y me eches de tu casa.

Habían ido al burdel de Pucha Vittini, apodada Puchita Brazobán, una vieja casa con balcones y un jardín seco, un burdel frecuentado por *caliés*, gente vinculada al gobierno y al SIM, para el que, según rumores, trabajaba también esa vieja malhablada y simpática que era Pucha, ascendida en la jerarquía de su oficio a administradora y regenta de putas, después de haberlo sido ella misma en los burdeles de la calle Dos, desde muy joven y con éxito. Los recibió en la puerta y saludó a Johnny Abbes y al mayor Figueroa Carrión como a viejos amigos. A Amadito le cogió la barbilla: «¡Qué papacito!». Los guió hasta el segundo piso y los hizo sentar en una mesita junto al bar. Johnny Abbes pidió que trajera a Juanito Caminante.

—Sólo después de un buen rato caí que era el whisky, mi coronel —confesó Amadito—. Johnny Walker. Juanito Caminante. Facilísimo y no me daba cuenta.

—Esto es mejor que los psiquiatras —dijo el coronel—. Sin Juanito Caminante yo no mantendría el equilibrio mental, lo más importante en mi trabajo. Para hacerlo bien, hay que tener serenidad, sangre fría, cojones helados. No mezclar nunca las emociones con el razonamiento.

No había clientes todavía, salvo un calvito con anteojos, sentado en el mostrador, bebiendo una cerveza. En la vellonera tocaban un bolero y Amadito reconoció la voz densa de Toña la Negra. El mayor Figueroa Carrión se puso de pie y fue a sacar a bailar a una de las mujeres que cuchicheaban en un rincón, bajo un gran cartel de una película mexicana con Libertad Lamarque y Tito Guizar.

—Usted tiene nervios bien templados —aprobó el coronel Abbes García—. No todos los oficiales son así. He visto a muchos bravos que, en la hora crítica, se despintan. Los he visto cagarse de miedo. Porque, aunque nadie se lo crea, para matar se necesitan más huevos que para morir.

Sirvió las copas y dijo: «Salud». Amadito bebió, con avidez. ¿Cuántos tragos? Tres, cinco, pronto perdió la noción de tiempo y de lugar. Además de beber, bailó, con una india a la que acarició y metió a un cuartito iluminado por una bombilla cubierta por un celofán rojo, que se mecía sobre una cama con una colcha llena de colorines. No pudo tirársela. «Por lo borracho que estoy, mamacita», se disculpó. La verdadera razón era el nudo en el estómago, el recuerdo de lo que acababa de hacer. Por fin, se armó de coraje para decir al coronel y al mayor que se iba, pues se sentía descompuesto con tanto trago.

Salieron los tres hasta la puerta. Allí estaba, esperando a Johnny Abbes, su Cadillac negro blindado, con chofer, y un jeep con una escolta de guardaespaldas armados. El coronel le dio la mano.

—¿No tiene curiosidad por saber quién era ése?

—Prefiero no saberlo, mi coronel.

La cara fofa de Abbes García se distendió en una risita irónica, mientras se secaba la cara con su pañuelo color fuego:

—Qué fácil sería, si uno hiciera estas cosas sin saber de quién se trata. No me joda, teniente. Si uno se tira al agua, tiene que mojarse. Era uno del 14 de Junio, el hermanito de su ex novia, creo. ¿Luisa Gil, no? Bueno, hasta cualquier rato, ya haremos cosas juntos. Si me necesita, sabe dónde encontrarme.

El teniente volvió a sentir la mano del Turco en su rodilla.

—Es mentira, Amadito —quiso animarlo Salvador—. Pudo ser cualquier otro. Te engañó. Para destrozarte del todo, para hacerte sentir más comprometido, más esclavo. Olvídate de lo que te dijo. Olvídate de lo que hiciste.

Amadito asintió. Muy despacio, señaló el revólver de su cartuchera.

—La próxima vez que dispare, será para matar a Trujillo, Turco —dijo—. Tú y Tony Imbert pueden contar conmigo para cualquier cosa. Ya no necesitan cambiar de tema cuando yo llegue a esta casa.

—Atención, atención, ése viene derechito —dijo Antonio de la Maza, levantando el cañón recortado a la altura de la ventana, listo para disparar.

Amadito y Estrella Sadhalá empuñaron también sus armas. Antonio Imbert encendió el motor. Pero, el automóvil que venía por el Malecón hacia ellos, deslizándose despacio, buscando, no era el Chevrolet sino un pequeño Volkswagen. Fue frenando, hasta descubrirlos. Entonces, viró en la dirección contraria, hacia donde ellos estaban estacionados. Se detuvo a su lado, con las luces apagadas.

IV

—¿No va a subir a verlo? —dice por fin la enfermera.

Urania sabe que la pregunta pugna por salir de los labios de la mujer desde que, al entrar a la casita de César Nicolás Penson, ella, en vez de pedirle que la llevara a la habitación del señor Cabral, se dirigió a la cocina y se preparó un café. Lo paladea a sorbitos desde hace diez minutos.

—Primero, voy a terminar mi desayuno —responde, sin sonreír, y la enfermera baja la vista, confundida—. Estoy tomando fuerzas para subir esa escalera.

—Ya sé que hubo un distanciamiento entre usted y él, algo he oído —se disculpa la mujer, sin saber que hacer con las manos—. Era sólo por preguntar. Al señor ya le di su desayuno y lo afeité. Se despierta siempre muy temprano.

Urania asiente. Ahora está tranquila y segura. Examina una vez más la ruindad que la rodea. Además de deteriorarse la pintura de las paredes, el tablero de la mesa, el lavador, el armario, todo parece encogido y descentrado. ¿Eran los mismos muebles? No reconocía nada.

—¿Viene alguien a visitarlo? De la familia, quiero decir.

—Las hijas de la señora Adelina, la señora Lucindita y la señora Manolita vienen siempre, a eso del mediodía —la mujer, alta, entrada en años, en pantalones debajo del uniforme blanco, de pie en el umbral de la cocina, no disimula su incomodidad—. Su tía venía a diario, antes. Pero, desde que se quebró la cadera, ya no sale.

La tía Adelina era bastante menor que su padre, tendría unos setenta y cinco años a lo más. Así que se rompió la cadera. ¿Seguiría tan beata? Era de comunión diaria, entonces.

—¿Está en su dormitorio? —Urania bebe el último sorbo de café—. Bueno, dónde va a estar. No, no me acompañe.

Sube la escalera de pasamanos descolorido y sin los maceteros con flores que ella recordaba, siempre con la sensación de que la vivienda se ha encogido. Al llegar al piso superior, nota las losetas desportilladas, algunas flojas. Ésta era una casita moderna, próspera, amueblada con gusto; ha caído en picada, es un tugurio en comparación con las residencias y condominios que vio la víspera en Bella Vista. Se detiene ante la primera puerta —éste era su cuarto— y, antes de entrar, toca con los nudillos un par de veces.

La recibe una luz viva, que irrumpe por la ventana abierta de par en par. La resolana la ciega unos segundos; después, va delineándose la cama cubierta con una colcha gris, la cómoda antigua con su espejo ovalado, las fotografías de las paredes —¿cómo conseguiría la foto de su graduación en Harvard?— y, por último, en el viejo sillón de cuero de respaldar y brazos anchos, el anciano embutido en un pijama azul y pantuflas. Parece perdido en el asiento. Se ha apergaminado y encogido, igual que la casa. La distrae un objeto blanco, a los pies de su padre: una bacinilla, medio llena de orina.

Entonces tenía sus cabellos negros, salvo unas elegantes canas en las sienes; ahora, los ralos mechones de su calva son amarillentos, sucios. Sus ojos eran grandes, seguros de sí, dueños del mundo (cuando no estaba cerca el Jefe); pero, esas dos ranuras que la miran fijamente son pequeñitas, ratoniles y asustadizas. Tenía dientes y ahora no; le deben haber sacado la dentadura postiza (ella pagó la factura hace algunos años), pues tiene los labios hundidos y las mejillas fruncidas casi hasta tocarse. Se ha sumido, sus pies apenas rozan el suelo. Para mirarlo ella tenía que alzar la cabeza, estirar el cuello; ahora, si se pusiera de pie, le llegaría al hombro.

—Soy Urania —murmura, acercándose. Se sienta en la cama, a un metro de su padre—. ¿Te acuerdas de que tienes una hija?

En el viejecillo hay una agitación interior, movimientos de las manitas huesudas, pálidas, de dedos afilados, que descansan sobre sus piernas. Pero los diminutos ojillos, aunque no se apartan de Urania, se mantienen inexpresivos.

—Yo tampoco te reconozco —murmura Urania—. No sé por qué he venido, qué hago aquí.

El viejecillo ha comenzado a mover la cabeza, de arriba abajo, de abajo arriba. Su garganta emite un quejido áspero, largo, entrecortado, como un canto lúgubre. Pero, a los pocos momentos se calma, sus ojos siempre clavados en ella.

—La casa estaba llena de libros —Urania ojea las paredes desnudas—. ¿Qué fue de ellos? Ya no puedes leer, claro. ¿Tenías tiempo de leer, entonces? No recuerdo haberte visto leyendo nunca. Eras un hombre demasiado ocupado. Yo también ahora, tanto o más que tú en esa época. Diez, doce horas en el bufete o visitando clientes. Pero me doy tiempo para leer un rato cada día. Tempranito, viendo amanecer entre los rascacielos de Manhattan, o, de noche, espiando las luces de esas colmenas de vidrio. Me gusta mucho. Los domingos leo tres o cuatro horas, después de *Meet the Press,* en la tele. La ventaja de haberme quedado soltera, papá. ¿Sabías, no? Tu hijita se quedó para vestir santos. Así decías tú: «¡Qué gran fracaso! ¡No pescó marido!». Yo tampoco, papá. Mejor dicho, no quise. Tuve propuestas. En la universidad. En el Banco Mundial. En el bufete. Figúrate que todavía se me aparece de pronto un pretendiente. ¡Con cuarenta y nueve años encima! No es tan terrible ser solterona. Por ejemplo, dispongo de tiempo para leer, en vez de estar atendiendo al marido, a los hijitos.

Parece que entiende y que, interesado, no osa mover un músculo para no interrumpirla. Está inmóvil, su pequeño pecho moviéndose acompasado, los ojitos pendientes de sus labios. En la calle, de rato en rato cruza un automóvil, y pasos, voces, jirones de conversación, se acercan, suben, bajan y se pierden a lo lejos.

—Mi departamento de Manhattan está lleno de libros —retoma Urania—. Como esta casa, cuando era niña. De derecho, de economía, de historia. Pero, en mi dormitorio, sólo dominicanos. Testimonios, ensayos, memorias, muchos libros de historia. ¿Adivinas de qué época? La Era de Trujillo, cuál iba a ser. Lo más importante que nos pasó en quinientos años. Lo decías con tanta convicción. Es cierto, papá. En esos treinta y un años cristalizó todo lo malo que arrastrábamos, desde la conquista. En algunos de esos libros apareces tú, como un personaje. Secretario de Estado, senador, presidente del Partido Dominicano. ¿Hay algo que no fuiste, papá? Me he convertido en una experta en Trujillo. En lugar de jugar bridge, golf, montar caballo o ir a la ópera, mi hobby ha sido enterarme de lo que pasó en esos años. Lástima que no podamos conversar. Cuántas cosas podrías aclararme, tú que los viviste de bracito con tu querido Jefe, que tan mal pagó tu lealtad. Por ejemplo, me hubiera gustado que me aclararas si Su Excelencia se acostó también con mi mamá.

Advierte un sobresalto en el anciano. Su cuerpecillo frágil, reabsorbido, ha dado un bote en el sillón. Urania adelanta la cabeza y lo observa. ¿Es una falsa impresión? Parece que la escucha, que hiciera esfuerzos por entender lo que ella dice.

—¿Lo permitiste? ¿Te resignaste? ¿Lo aprovechaste para tu carrera?

Urania respira hondo. Examina la habitación. Hay dos fotos en unos marcos de plata, sobre el velador. La de su primera comunión, el año en que murió su madre. Tal vez se iría de este mundo con la visión de su hijita envuelta en los tules de ese primoroso vestido y esa mirada seráfica. La otra foto es de su madre: jovencita, los cabellos negros separados en dos bandas, las cejas depiladas, los ojos melancólicos y soñadores. Es una vieja foto amarillenta, algo ajada. Se acerca al velador, se la lleva a los labios y la besa.

Siente frenar el automóvil a la puerta de la casa. Su corazón da un brinco; sin moverse del sitio, percibe a través de los visillos los cromos relucientes, la carrocería lustrosa, los reflejos relampagueantes del lujoso vehículo. Siente los pasos, repica el llamador dos o tres veces y —hipnotizada, aterrada, sin moverse— oye a la sirvienta abriendo la puerta. Escucha, sin entender, el breve diálogo al pie de la escalera. Su enloquecido corazón va a reventar. Los nudillos en la recámara. Jovencita, india, con cofia, la expresión asustada, la muchacha del servicio asoma por la puerta entreabierta:

—Ha venido a visitarla el Presidente, señora. ¡El Generalísimo, señora!

—Dile que lo siento, pero no puedo recibirlo. Dile que la señora de Cabral no recibe visitas cuando Agustín no está en casa. Anda, díselo.

Los pasos de la muchacha se alejan, tímidos, indecisos, por la escalera con el pasamanos lleno de maceteros ardiendo de geranios. Urania pone la foto de su madre en el velador, vuelve a la esquina de la cama. Arrinconado en el sillón, su padre la mira alarmado.

—Eso es lo que el Jefe hizo con su secretario de Educación, al principio de su gobierno, y tú lo sabes muy bien, papá. Con el joven sabio, don Pedro Henríquez Ureña, refinado y genial. Vino a ver a su esposa, mientras él estaba en el trabajo. Ella tuvo el valor de mandarle decir que no recibía visitas cuando su marido no estaba en casa. En los comienzos de la Era, todavía era posible que una mujer se negara a recibir al Jefe. Cuando ella se lo contó, don Pedro renunció, partió y no volvió a poner los pies en esta isla. Gracias a lo cual se hizo tan famoso, como maestro, historiador, crítico y filólogo, en México, Argentina y España. Una suerte que el Jefe hubiera querido acostarse con su esposa. En esos primeros tiempos, un ministro podía renunciar y no sufría un accidente, no se caía al precipicio, no lo acuchillaba un loco, no se lo comían los tiburones. ¿Hizo bien, no te parece? Su gesto lo salvó de volverse lo que tú, papá. ¿Hubieras hecho lo mismo o mirado a otro lado? Como tu odiado y buen amigo, tu detestado y querido colega, don Froilán, nuestro vecino. ¿Te acuerdas, papá?

El viejecillo se echa a temblar y a quejarse, con aquel canto macabro. Urania espera que se calme. ¡Don Froilán! Cuchicheaba en la salita, la terraza o el jardín con su padre, a quien venía a ver varias veces al día en las épocas en que eran aliados en las luchas intestinas de las facciones trujillistas, luchas que el Benefactor atizaba para neutralizar a sus colaboradores, manteniéndolos ocupadísimos cuidándose las espaldas de los puñales de esos enemigos que eran, a la luz pública, sus amigos, hermanos y correligionarios. Don Froilán vivía en esa casa del frente, en cuyo techo de tejas hay, en este instante, alineadas en posición de atención, media docena de palomas. Urania se acerca a la ventana. Tampoco ha cambiado mucho la casa de ese poderoso señor, también ministro, senador, intendente, canciller, embajador y todo lo que se podía ser en aquellos años. Nada menos que secretario de Estado, en mayo de 1961, cuando los grandes acontecimientos.

La casa tiene aún la fachada pintada de gris y blanco, pero también se ha enanizado. Le adosaron un ala de cuatro o cinco metros, que desentona con ese pórtico salido y triangular, de palacio gótico, donde ella vio muchas veces, al ir o volver del colegio, en las tardes, la silueta distinguida de la esposa de don Froilán. Apenas la veía, la llamaba: «¡Urania, Uranita! Ven para acá, deja que te mire, mi amor. ¡Qué ojos, chiquilla! Tan linda como tu madre, Uranita». Le acariciaba los cabellos con sus manos bien cuidadas, de uñas largas pintadas de rojo intenso. Ella sentía una sensación adormecedora cuando esos dedos se deslizaban entre sus cabellos y le sobaban el cuero cabelludo. ¿Eugenia? ¿Laura? ¿Tenía nombre de flor? ¿Magnolia? Se le ha borrado. Pero no su cara, su tez nívea, sus ojos sedosos, su silueta de reina. Siempre parecía vestida de fiesta. Urania la quería, por lo cariñosa que era, por los regalos, porque la llevaba al Country Club a bañarse en la piscina, y, sobre todo, por haber sido amiga de su mamá. Imaginaba que, si no se hubiera ido al cielo, su madre sería tan bella y señorial como la esposa de don Froilán. Él, en cambio, no tenía nada de apuesto. Bajito, calvo, rechoncho, ninguna mujer hubiera dado un chele por él. ¿Había sido la urgencia de encontrar marido o el interés lo que la llevó a casarse con él?

Es lo que se pregunta, deslumbrada, al abrir la caja de chocolates envuelta en papel metálico que la señora le acaba de dar, con un besito en la mejilla, luego de salir a la puerta de su casa a llamarla —«¡Uranita! Ven, ¡tengo una sorpresa para ti, mi amor!»— cuando la niña bajaba de la camioneta del colegio. Urania entra a la casa, besa a la señora —viste un vestido de tul azulado, zapatos de taco, está maquillada como para un baile, con un collar de perlas y joyas en las manos—, abre el paquete amortajado en papel de fantasía y anudado con una cinta rosada. Contempla los acicalados bombones, impaciente por probarlos, pero no se atreve pues ¿no será falta de educación?, cuando el automóvil se detiene en la calle, muy cerca. La señora da un brinco, uno de esos extraños que hacen de pronto los caballos como oyendo una orden misteriosa. Se ha puesto pálida y su voz perentoria: «Tienes que irte». La mano posada en su hombro se crispa, la aprieta, la empuja hacia la salida. Cuando ella, obediente, levanta su bolsón de cuadernos y va a partir, la puerta se abre de par en par: la abrumadora silueta del caballero enfundado en un terno oscuro, puños blancos almidonados y gemelos de oro sobresaliendo de las mangas de la chaqueta, le cierra el paso. Un señor que lleva unos espejuelos oscuros y está en todas partes, incluida su memoria. Queda paralizada, boquiabierta, mirando, mirando. Su Excelencia le dirige una sonrisa tranquilizadora.

—¿Quién es ésta?

—Uranita, la hija de Agustín Cabral —responde la dueña de casa—. Ya se va.

Y, en efecto, Urania se va, sin siquiera despedirse, por lo impresionada que está. Cruza la calle, entra a su casa, trepa la escalera y, desde su dormitorio, espía por los visillos, esperando, esperando que el Presidente vuelva a salir de la casa de enfrente.

—Y tu hija era tan ingenua que no se preguntaba qué venía a hacer el Padre de la Patria allí cuando don Froilán no estaba en casa —su padre, ahora calmado, la escucha, o parece que la escucha, sin apartar los ojos—. Tan ingenua que, cuando llegaste del Congreso, corrí a contártelo. ¡He visto al Presidente, papá! Vino a visitar a la esposa de don Froilán, papá. ¡La cara que pusiste!

Como si acabaran de comunicarle la muerte de alguien queridísimo. Como si le diagnosticaran un cáncer. Congestionado, lívido, congestionado. Y, sus ojos, repasando una y otra vez la cara de la niña. ¿Cómo explicárselo? ¿Cómo alertarla sobre el peligro que la familia corría?

Los ojillos del inválido quieren abrirse, redondearse.

—Hijita, hay cosas que no puedes saber, que todavía no comprendes. Yo estoy para saberlas por ti, para protegerte. Eres lo que más quiero en el mundo. No me preguntes por qué, pero tienes que olvidarlo. No estuviste donde Froilán. Ni viste a su esposa. Y, menos, mucho menos, a quien soñaste ver. Por tu bien, hijita. Y por el mío. No lo repitas, no lo cuentes. ¿Me prometes? ¿Nunca? ¿A nadie? ¿Me lo juras?

—Te lo juré —dice Urania—. Pero, ni siquiera por ésas malicié nada. Tampoco cuando amenazaste a los sirvientes que si repetían esa invención de la niña, perderían su trabajo. Así era de inocente. Cuando descubrí para qué visitaba el Generalísimo a sus señoras, los ministros ya no podían hacer lo que Henríquez Ureña. Como don Froilán, debían resignarse a los cuernos. Y, puesto que no había alternativa, sacarles provecho. ¿Lo hiciste? ¿Visitó el Jefe a mi mamá? ¿Antes de que yo naciera? ¿Cuando estaba muy chiquita para recordarlo? Lo hacía cuando las esposas eran bellas. Mi mamá lo era ¿no? Yo no recuerdo que viniera, pero pudo venir antes. ¿Qué hizo mi mamá? ¿Se resignó? ¿Se alegró, orgullosa de ese honor? Ésa era la norma ¿verdad? Las buenas dominicanas agradecían que el Jefe se dignara tirárselas. ¿Te parece una vulgaridad? Pero si ése era el verbo que usaba tu querido Jefe.

Sí, ése. Urania lo sabe, lo ha leído en su abundante biblioteca sobre la Era. Trujillo, tan cuidadoso, refinado, elegante en el hablar —un encantador de serpientes cuando se lo proponía—, de pronto, en las noches, luego de unas copas de brandy español Carlos I, podía soltar las palabras más soeces, hablar como se habla en un central azucarero, en los bateyes, entre los estibadores del puerto sobre el Ozama, en los estadios o en los burdeles, hablar como hablan los hombres cuando necesitan sentirse más machos de lo que son. En ocasiones, el Jefe podía ser bárbaramente vulgar y repetir las rechinantes palabrotas de su juventud, cuando era mayordomo de haciendas en San Cristóbal o guardia constabulario. Sus cortesanos las celebraban con el mismo entusiasmo que los discursos que le escribían el senador Cabral y el Constitucionalista Beodo. Llegaba a jactarse de las «hembras que se había tirado», algo que también celebraban los cortesanos, aun cuando ello los hiciera potenciales enemigos de doña María Martínez, la Prestante Dama, y aun cuando aquellas hembras fueran sus esposas, hermanas, madres o hijas. No era una exageración de la calenturienta fantasía dominicana, irrefrenable para aumentar las virtudes y los vicios y potenciar las anécdotas reales hasta volverlas fantásticas. Había historias inventadas, aumentadas, coloreadas por la vocación truculenta de sus compatriotas. Pero, la de Barahona debió ser cierta. Ésa, Urania no la ha leído, la ha oído (sintiendo náuseas), contada por alguien que estuvo siempre cerca, cerquísima, del Benefactor.

—El Constitucionalista Beodo, papá. Sí, el senador Henry Chirinos, el judas que te traicionó. De su jeta la oí. ¿Te asombra que yo estuviera con él? No tuve más remedio, como funcionaria del Banco Mundial. El director me pidió que lo representara en aquella recepción de nuestro embajador. Mejor dicho, el embajador del Presidente Balaguer. Del gobierno democrático y civil del Presidente Balaguer. Chirinos lo hizo mejor que tú, papá. Te sacó del camino, nunca cayó en desgracia con Trujillo y al final se viró y se acomodó con la democracia pese a haber sido tan trujillista como tú. Allí estaba, en Washington, más feo que nunca, inflado como un sapo, atendiendo a los invitados y bebiendo como una esponja. Dándose el lujo de entretener a los comensales con anécdotas sobre la Era de Trujillo. ¡Él!

El inválido ha cerrado los ojos. ¿Se quedó dormido? Apoya la cabeza en el espaldar y tiene abierta la boquita fruncida y vacía. Está más delgado y vulnerable así; por la bata de levantarse, se divisa un pedazo de pecho lampiño, de piel blanquecina, en la que apuntan los huesos. Respira a un ritmo parejo. Sólo ahora nota que su padre está sin medias; sus empeines y tobillos son los de un niño.

No la ha reconocido. ¿Cómo hubiera podido imaginar que esa funcionaria del Banco Mundial, que le transmite en inglés el saludo del director, es la hija de su antiguo colega y compinche, Cerebrito Cabral? Urania se las arregla para mantenerse a distancia del embajador después de aquel saludo protocolar, cambiando banalidades con gentes que están también allí, como ella, obligados por sus cargos. Pasado un rato, se dispone a partir. Se acerca a la rueda que escucha al embajador de la democracia, pero lo que éste cuenta la ataja. Piel ceniza y granujienta, fauces de fiera apoplética, triple papada, vientre elefantiásico a punto de reventar el terno azul, con chaleco de fantasía y corbata roja, en que está cinchado, el embajador Chirinos dice que aquello ocurrió en Barahona, en la época final, cuando Trujillo, en una de esas fanfarronadas a las que era aficionado, anunció, para dar el ejemplo y activar la democracia dominicana, que él, retirado del gobierno (había puesto de Presidente fantoche a su hermano Héctor Bienvenido, apodado Negro), postularía, no a la Presidencia, sino a una oscura gobernación de provincia. ¡Y como candidato de la oposición!

El embajador de la democracia resopla, toma aliento, espía con sus ojitos muy juntos el efecto de sus palabras. «Dense cuenta, caballeros», ironiza: «¡Trujillo, candidato de la oposición a su propio régimen!». Sonríe y prosigue, explicando que, en esa campaña electoral, don Froilán Arala, uno de los brazos derechos del Generalísimo, pronunció un discurso exhortando al Jefe a presentarse, no a la gobernación sino a lo que seguía siendo en el corazón del pueblo dominicano: Presidente de la República. Todos creyeron que don Froilán seguía instrucciones del Jefe. No era así. O, al menos —el embajador Chirinos bebe el último trago de whisky con un brillo malévolo en los ojos—, ya no era así esa noche, pues, también podía ser que don Froilán hubiera hecho lo que el Jefe ordenó y que éste cambiara de opinión y decidiera mantener unos días más la farsa. Así lo hacía a veces, aunque dejara en el ridículo a sus más talentosos colaboradores. La cabeza de don Froilán Arala luciría una barroca cornamenta, pero, también, sesos eximios. El Jefe lo penalizó por ese discurso hagiográfico como solía hacerlo: humillándolo donde más podía dolerle, en su honor de varón.

Toda la sociedad lugareña estuvo en la recepción ofrecida al Jefe por la directiva del Partido Dominicano de Barahona, en el club. Se bailó y se bebió. De pronto, el Jefe, muy alegre, ya tarde, ante un vasto auditorio de hombres solos —militares de la Fortaleza local, ministros, senadores y diputados que lo acompañaban en la gira, gobernadores y prohombres— a los que había estado entreteniendo con recuerdos de su primera gira política, tres décadas atrás, adoptando esa mirada sentimental, nostálgica, que ponía de pronto al final de las fiestas, como cediendo a un arrebato de debilidad, exclamó:

—Yo he sido un hombre muy amado. Un hombre que ha estrechado en sus brazos a las mujeres más bellas de este país. Ellas me han dado la energía para enderezarlo. Sin ellas, jamás hubiera hecho lo que hice. (Elevó su copa a la luz, examinó el líquido, comprobó su transparencia, la nitidez de su color.) ¿Saben ustedes cuál ha sido la mejor, de todas las hembras que me tiré? («Perdonen, mis amigos, el tosco verbo», se disculpó el diplomático, «cito a Trujillo textualmente».) (Hizo otra pausa, aspiró el aroma de su copa de brandy. La cabeza de cabellos plateados buscó y encontró, en el círculo de caballeros que escuchaba, la cara lívida y regordeta del ministro. Y terminó:) ¡La mujer de Froilán!

Urania hace una mueca, asqueada, como la noche aquella en que oyó al embajador Chirinos añadir que don Froilán había heroicamente sonreído, reído, festejado con los otros, la humorada del Jefe. «Blanco como el papel, sin desmayarse, sin caer fulminado por un síncope», precisaba el diplomático.

—¿Cómo era posible, papá? Que un hombre como Froilán Arala, culto, preparado, inteligente, llegara a aceptar eso. ¿Qué les hacía? ¿Qué les daba, para convertir a don Froilán, a Chirinos, a Manuel Alfonso, a ti, a todos sus brazos derechos e izquierdos, en trapos sucios?

No lo entiendes, Urania. Hay muchas cosas de la Era que has llegado a entender; algunas, al principio, te parecían inextricables, pero, a fuerza de leer, escuchar, cotejar y pensar, has llegado a comprender que tantos millones de personas, machacadas por la propaganda, por la falta de información, embrutecidas por el adoctrinamiento, el aislamiento, despojadas de libre albedrío, de voluntad y hasta de curiosidad por el miedo y la práctica del servilismo y la obsecuencia, llegaran a divinizar a Trujillo. No sólo a temerlo, sino a quererlo, como llegan a querer los hijos a los padres autoritarios, a convencerse de que azotes y castigos son por su bien. Lo que nunca has llegado a entender es que los dominicanos más preparados, las cabezas del país, abogados, médicos, ingenieros, salidos a veces de muy buenas universidades de Estados Unidos o de Europa, sensibles, cultos, con experiencia, lecturas, ideas, presumiblemente un desarrollado sentido del ridículo, sentimientos, pruritos, aceptaran ser vejados de manera tan salvaje (lo fueron todos alguna vez) como esa noche, en Barahona, don Froilán Arala.

—Lástima que no puedas hablar —repite, volviendo al presente—. Trataríamos de entenderlo, juntos. ¿Qué hizo que don Froilán guardase una lealtad perruna a Trujillo? Fue leal hasta lo último, como tú. No participó en la conspiración, ni tú tampoco. Siguió lamiendo la mano del Jefe después de que éste se jactara en Barahona de haberse tirado a su mujer. Al Jefe que lo tuvo dando vueltas por América del Sur, visitando gobiernos, como canciller de la República, de Buenos Aires a Caracas, de Caracas a Río o Brasilia, de Brasilia a Montevideo, de Montevideo a Caracas, sólo para seguir tirándose con toda tranquilidad a nuestra bella vecina.

Es una imagen que asedia a Urania hace mucho tiempo, que le da risa y la indigna. La del secretario de Estado de Relaciones Exteriores de la Era subiendo y bajando de aviones, recorriendo las capitales sudamericanas, obedeciendo órdenes perentorias que lo esperaban en cada aeropuerto, para que continuara esa trayectoria histérica, atosigando gobiernos con pretextos vacuos. Y sólo para que no volviera a Ciudad Trujillo mientras el Jefe le singaba a su mujer. Lo contaba el propio Crassweller, el más conocido biógrafo de Trujillo. De manera que todos lo sabían, don Froilán también.

—¿Valía la pena, papá? ¿Era por la ilusión de estar disfrutando del poder? A veces pienso que no, que medrar era lo secundario. Que, en verdad, a ti, a Arala, a Pichardo, a Chirinos, a Álvarez Pina, a Manuel Alfonso, les gustaba ensuciarse. Que Trujillo les sacó del fondo del alma una vocación masoquista, de seres que necesitaban ser escupidos, maltratados, que sintiéndose abyectos se realizaban.

El inválido la mira sin pestañear, sin mover los labios, ni las diminutas manecitas que tiene sobre las rodillas. Se diría una momia, un hombrecito embalsamado, un muñequito de cera. Su bata está descolorida y, en partes, deshilachada. Debe ser muy vieja, de diez o quince años atrás. Tocan a la puerta. Dice «Adelante» y asoma la enfermera, trayendo un platito con pedazos de mango cortados en forma de medialunas y una papilla de manzana o plátano.

—A media mañana le doy siempre algo de fruta —explica, sin entrar—. El doctor dice que no debe tener muchas horas el estómago vacío. Como apenas se alimenta, hay que darle algo tres o cuatro veces al día. De noche, sólo un caldito. ¿Puedo?

—Sí, pase.

Urania mira a su padre y sus ojos siguen en ella; no se vuelven a mirar a la enfermera ni siquiera cuando ésta, sentada frente a él, comienza a darle cucharaditas de su refrigerio.

—¿Dónde está su dentadura postiza?

—Tuvimos que quitársela. Como ha enflaquecido tanto, le hacía sangrar las encías. Para lo que toma, calditos, fruta cortada, purés y cosas batidas, no le hace falta.

Durante un buen rato, permanecen en silencio. Cuando el inválido termina de tragar, la enfermera le acerca la cuchara a la boca y espera, paciente, que el anciano la abra. Entonces, con delicadeza, le da el siguiente bocado. ¿Lo hará así siempre? ¿O esa delicadeza se debe a la presencia de su hija? Seguramente. Cuando está a solas con él, lo reñirá, pellizcará, como las niñeras con los niños que aún no hablan, cuando la mamá no las ve.

—Dele unos bocaditos —dice la enfermera—. Él está queriendo eso. ¿No, don Agustín? ¿Quiere que su hija le dé la papita, verdad? Sí, sí, le gustaría. Dele unos bocaditos mientras bajo a buscar el vaso de agua, que se me olvidó.

Deposita el plato a medio acabar en manos de Urania, quien lo recibe de manera maquinal, y se va, dejando abierta la puerta. Luego de unos instantes de vacilación, Urania le acerca a la boca una cuchara con una rajita de mango. El inválido, que aún no le quita los ojos de encima, cierra la boca, frunciendo los labios, como un niño difícil.

V

—Buenos días —respondió.

El coronel Johnny Abbes había dejado sobre su escritorio el informe de cada madrugada, con ocurrencias de la víspera, previsiones y sugerencias. Le gustaba leerlos; el coronel no perdía tiempo en pendejadas, como el anterior jefe del Servicio de Inteligencia Militar, el general Arturo R. Espaillat, Navajita, graduado en la Escuela Militar de West Point, quien lo aburría con sus delirios estratégicos. ¿Trabajaría Navajita para la CIA? Se lo habían asegurado. Pero Johnny Abbes no lo pudo confirmar. Si alguien no trabajaba para la CIA era el coronel: odiaba a los yanquis.

—¿Café, Excelencia?

Johnny Abbes estaba de uniforme. Aunque se esforzaba por llevarlo con la corrección que Trujillo exigía, no podía hacer más de lo que le permitía su físico blandengue y descentrado. Era más bajo que alto, la barriguita abultada hacía juego con su doble papada, sobre la que irrumpía su salido mentón, partido por una hendidura profunda. También sus mejillas eran fofas. Sólo los ojillos movedizos y crueles delataban la inteligencia de esa nulidad física. Tenía treinta y cinco o treinta y seis años, pero parecía un viejo. No había ido a West Point ni a escuela militar alguna; no lo hubieran admitido pues carecía de físico y vocación militar. Era lo que el instructor Gittleman, cuando el Benefactor era *marine,* llamaba, por su falta de músculos, su exceso de grasa y su afición a la intriga, «un sapo de cuerpo y alma». Trujillo lo hizo coronel de la noche a la mañana al mismo tiempo que, en uno de esos raptos que jalonaban su carrera política, decidió nombrarlo jefe del SIM en reemplazo de Navajita. ¿Por qué lo hizo? No por cruel; más bien, por frío: el ser más glacial que había conocido en este país de gentes de cuerpo y alma calientes. ¿Fue una decisión feliz? Últimamente, fallaba. El fracaso del atentado contra el Presidente Betancourt no era el único; también se equivocó con la supuesta rebelión contra Fidel Castro de los comandantes Eloy Gutiérrez Menoyo y William Morgan, que resultó una emboscada del barbudo para atraer exiliados cubanos a la isla y echarles mano. El Benefactor reflexionaba, hojeando el informe entre traguitos de café.

—Insiste usted en sacar al obispo Reilly del Colegio Santo Domingo —murmuró—. Siéntese, sírvase café.

—¿Me permite, Excelencia?

La melódica voz del coronel le venía de sus años mozos, cuando era comentarista radial de pelota, baloncesto y carreras de caballos. De esa época, sólo conservaba su afición a las lecturas esotéricas —se confesaba rosacruz—, esos pañuelos que se hacía teñir de rojo porque, decía, era el color de la suerte para los Aries, y la aptitud para divisar el aura de cada persona (pendejadas que al Generalísimo le daban risa). Se instaló frente al escritorio del Jefe, con una tacita de café en la mano. Estaba aún oscuro afuera y el despacho medio en sombras, iluminado apenas por una lamparita que encerraba en un círculo dorado las manos de Trujillo.

—Hay que reventar ese absceso, Excelencia. El problema mayor no es Kennedy, anda demasiado ocupado con el fracaso de su invasión a Cuba. Es la Iglesia. Si no acabamos con los quintacolumnistas aquí, tendremos problemas. Reilly sirve de maravilla a los que piden la invasión. Cada día lo inflan más, al mismo tiempo que presionan a la Casa Blanca para que mande a los *marines* a socorrer al pobre obispo perseguido. Kennedy es católico, no lo olvide.

—Todos somos católicos —suspiró Trujillo. Y desbarató aquel argumento—: Es una razón para no tocarlo, más bien. Sería dar a los gringos el pretexto que buscan.

Aunque había momentos en que Trujillo llegaba a sentir desagrado por la franqueza del coronel, se la toleraba. El jefe del SIM tenía órdenes de hablarle con total sinceridad, aun cuando fuera ingrato a sus oídos. Navajita no se atrevió a usar esa prerrogativa como Johnny Abbes.

—No creo posible una marcha atrás en las relaciones con la Iglesia, ese idilio de treinta años se acabó —hablaba despacio, los ojitos azogados dentro de las órbitas, como explorando el contorno en busca de acechanzas—. Nos declaró la guerra el 25 de enero de 1960, con la Carta Pastoral del Episcopado, y su meta es acabar con el régimen. A los curas no les bastarán unas cuantas concesiones. No volverán a apoyarlo, Excelencia. Igual que los yanquis, la Iglesia quiere guerra. Y, en las guerras, hay sólo dos caminos: rendirse o derrotar al enemigo. Los obispos Panal y Reilly están en rebelión abierta.

El coronel Abbes tenía dos planes. Uno, usando como escudo a los *paleros,* matones armados de garrotes y chavetas de Balá, ex presidiario a su servicio, los *caliés* irrumpirían a la vez, como grupos recalcitrantes desprendidos de una gran manifestación de protesta contra los obispos terroristas, en el obispado de La Vega y en el Colegio Santo Domingo, y rematarían a los prelados antes de que las fuerzas del orden los rescataran. Esta fórmula era arriesgada; podía provocar la invasión. Tenía la ventaja de que la muerte de los dos obispos paralizaría al resto del clero por buen tiempo. En el otro plan, los guardias rescataban a Panal y Reilly antes de ser linchados por el populacho y el gobierno los expulsaba a España y Estados Unidos, argumentando que era la única manera de garantizar su seguridad. El Congreso aprobaría una ley estableciendo que todos los sacerdotes que ejercían su ministerio en el país debían ser dominicanos de nacimiento. Los extranjeros o naturalizados serían devueltos a sus países. De este modo —el coronel consultó una libretita— el clero católico se reduciría a la tercera parte. La minoría de curitas criollos sería manejable.

Calló cuando el Benefactor, que tenía la cabeza gacha, la alzó.

—Es lo que ha hecho Fidel Castro en Cuba.

Johnny Abbes asintió:

—Allá también la Iglesia empezó con protestas, y, por fin, a conspirar, preparando el terreno para los yanquis. Castro echó a los curas extranjeros y dictó medidas draconianas contra los que se quedaron. ¿Qué le ha pasado? Nada.

—*Todavía* —lo corrigió el Benefactor—. Kennedy desembarcará a los *marines* en Cuba en cualquier momento. Y esta vez no será la chambonada que hicieron el mes pasado, en Bahía de Cochinos.

—En ese caso, el barbudo morirá peleando —asintió Johnny Abbes—. Tampoco es imposible que desembarquen aquí los *marines.* Y usted ha decidido que nosotros muramos también peleando.

Trujillo lanzó una risita burlona. Si había que morir peleando contra los *marines* ¿cuántos dominicanos se sacrificarían con él? Los soldados, sin duda. Lo demostraron cuando la invasión que le envió Fidel, el 14 de junio de 1959. Pelearon bien, exterminaron a los invasores en pocos días, en las montañas de Constanza, y en las playas de Maimón y Estero Hondo. Pero, contra los *marines...*

—No habrá muchos a mi lado, me temo. La fuga de las ratas levantará una gran polvareda. Usted, sí, no tendría más remedio que caer conmigo. Donde vaya, lo espera la cárcel, o que lo asesinen los enemigos que tiene por el mundo.

—Me los he hecho defendiendo este régimen, Excelencia.

—De todos los que me rodean, el único que no podría traicionarme, aunque quisiera, es usted —insistió Trujillo, divertido—. Soy la única persona a la que puede arrimarse, que no lo odia ni sueña con matarlo. Estamos casados hasta que la muerte nos separe.

Volvió a reírse, de buen humor, examinando al coronel, como un entomólogo a un insecto difícil de filiar. Se decían muchas cosas de él, sobre todo de su crueldad. Convenía a alguien que ejercía su cargo. Por ejemplo, que su padre, norteamericano de ascendencia alemana, descubrió al pequeño Johnny, aún de pantalón corto, reventando con alfileres los ojos a los pollitos del gallinero. Que, de joven, vendía a los estudiantes de Medicina cadáveres que se robaba de las tumbas del Cementerio Independencia. Que, aunque casado con Lupita, esa horrible y aguerrida mexicana que andaba con pistola en la cartera, era maricón. Y hasta que se acostaba con el medio hermano del Generalísimo, Nene Trujillo.

—Usted sabrá las bolas que hacen correr por ahí —le soltó, mirándolo a los ojos y siempre riendo—. Algunas serán ciertas. ¿Jugaba sacándole los ojos a las gallinas? ¿Saqueaba las tumbas del Cementerio Independencia para vender cadáveres?

El coronel sonrió apenas.

—Lo primero no debe ser cierto, no lo recuerdo. Lo segundo es una media verdad. No eran cadáveres, Excelencia. Huesos, calaveras, ya medio desenterrados por las lluvias. Para ganarme unos pesos. Ahora dicen que, como jefe del SIM, estoy devolviendo esos huesos.

—¿Y eso de que es maricón?

Tampoco esta vez se alteró el coronel. Su voz seguía siendo de una indiferencia clínica.

—Nunca me ha dado por ahí, Excelencia. No me he acostado con ningún hombre.

—Bueno, basta de pendejadas —cortó él, poniéndose serio—. No toque a los obispos, por ahora. Ya veremos, según evolucionen las cosas. Si se puede castigarlos, se hará. Por el momento, que estén bien vigilados. Siga con la guerra de nervios. Que no duerman ni coman tranquilos. A ver si ellos mismos deciden irse.

¿Se saldrían con la suya ese par de obispos y se quedarían tan campantes como la rata negra de Betancourt? Otra vez, lo rondó la cólera. Esa alimaña de Caracas había conseguido que la OEA sancionara a la República Dominicana, que todos los países rompieran relaciones y aplicaran unas presiones económicas que estaban asfixiando al país. Cada día, cada hora, hacían mella en lo que había sido una resplandeciente economía. Y, Betancourt, vivo aún, abanderado de la libertad, mostrando en la televisión sus manos quemadas, orgulloso de haber sobrevivido a ese atentado estúpido, que nunca se debió dejar en manos de esos militares venezolanos pendejos. El próximo estaría sólo a cargo del SIM. De manera técnica, impersonal, Abbes le explicó el nuevo operativo, que culminaría con la explosión potente, accionada por control remoto, del artefacto comprado a precio de oro en Checoslovaquia, que ahora estaba ya en el consulado dominicano de Haití. De allí sería fácil llevarlo a Caracas en el momento oportuno.

Desde 1958, en que decidió promoverlo al cargo que tenía, el Benefactor despachaba a diario con el coronel, en esta oficina, en la Casa de Caoba, o en el lugar en que Trujillo se hallara, siempre a esta hora. Como el Generalísimo, Johnny Abbes jamás tomaba vacaciones. Trujillo oyó hablar de él, por primera vez, al general Espaillat. El anterior jefe del Servicio de Inteligencia lo había sorprendido con una información precisa y pormenorizada sobre los exiliados dominicanos en México: qué hacían, qué tramaban, dónde vivían, dónde se reunían, quiénes los ayudaban, qué diplomáticos visitaban.

—¿Cuánta gente tiene metida en México, para estar tan informado sobre esos granujas?

—Toda la información viene de una sola persona, Excelencia —Navajita hizo un gesto de satisfacción profesional—. Muy joven. Johnny Abbes García. Tal vez haya conocido a su padre, un gringo medio alemán que vino a trabajar en la compañía eléctrica y se casó con una dominicana. El muchacho era periodista deportivo y medio poeta. Empecé a utilizarlo como informante sobre la gente de radio y prensa, y en la tertulia de la Farmacia Gómez, a la que van muchos intelectuales. Lo hizo tan bien que lo mandé a México, con una falsa beca. Y, ya ve, se ganó la confianza de todo el exilio. Se lleva bien con perros y gatos. No sé cómo lo hace, Excelencia, pero en México hasta terminó metido con Lombardo Toledano, el líder sindical izquierdista. La fea con la que se casó era secretaria de ese comunistón, figúrese.

¡Pobre Navajita! Hablando con ese entusiasmo, empezaba a perder la jefatura de ese Servicio de Inteligencia para el que lo habían preparado en West Point.

—Tráigalo, dele un puesto donde yo pueda observarlo —ordenó Trujillo.

Así había aparecido por los pasillos del Palacio Nacional esa figura desmañada, cariacontecida, de ojitos en perpetua agitación. Ocupó un cargo ínfimo en la oficina de información. Trujillo, a la distancia, lo estudiaba. Desde muy joven, en San Cristóbal, seguía esas intuiciones que, luego de una simple ojeada, una corta charla o una mera referencia, le daban la certeza de que esa persona podía servirle. Así eligió a buen número de colaboradores y no le había ido mal. Johnny Abbes García trabajó varias semanas en un oscuro despacho, bajo la dirección del poeta Ramón Emilio Jiménez, con Dipp Velarde Font, Querol y Grimaldi, escribiendo supuestas cartas de lectores a El Foro Público del diario *El Caribe*. Antes de ponerlo a prueba esperó, sin saber qué, alguna indicación del azar. La señal vino de la manera más inesperada, el día que sorprendió en un pasillo de Palacio a Johnny Abbes conversando con uno de sus secretarios de Estado. ¿De qué podía hablar el pulcro, beato y austero Joaquín Balaguer con el informante de Navajita?

—De nada especial, Excelencia —explicó Balaguer, a la hora del despacho ministerial—. No conocía a ese joven. Al verlo tan concentrado en la lectura, pues leía mientras iba andando, me picó la curiosidad. Usted sabe, mi gran afición son los libros. Me llevé una sorpresa. No debe estar en sus cabales. ¿Sabe qué lo divertía tanto? Un libro de torturas chinas, con fotos de decapitados y despellejados.

Esa noche lo mandó llamar. Abbes parecía tan abrumado —de alegría, miedo o ambas cosas— por el inesperado honor que apenas le salían las palabras al saludar al Benefactor.

—Hizo un buen trabajo en México —le dijo éste, con la vocecita aflautada y cortante que, igual que su mirada, ejercía también un efecto paralizante sobre sus interlocutores—. Espaillat me informó. Pienso que puede asumir tareas más serias. ¿Está dispuesto?

—Cualquier cosa que mande Su Excelencia —estaba quieto, con los pies juntos, como un escolar ante el maestro.

—¿Conoció a José Almoina, allá en México? Un gallego que vino aquí con los españoles republicanos exiliados.

—Sí, Excelencia. Bueno, a él sólo de vista. Pero sí a muchos del grupo con el que se reúne, en el Café Comercio. Los «españoles dominicanos», se llaman ellos mismos.

—Ese sujeto publicó un libro contra mí, *Una satrapía en el Caribe,* pagado por el gobierno guatemalteco. Lo firmó con el seudónimo de Gregorio Bustamante. Después, para despistar, tuvo el desparpajo de publicar otro libro, en Argentina, éste sí con su nombre, *Yo fui secretario de Trujillo,* poniéndome por las nubes. Como han pasado varios años, se siente a salvo allá en México. Cree que me olvidé que difamó a mi familia y al régimen que le dio de comer. Esas culpas no prescriben. ¿Quiere encargarse?

—Sería un gran honor, Excelencia —respondió Abbes García de inmediato, con una seguridad que no había mostrado hasta ese momento.

Tiempo después, el ex secretario del Generalísimo, preceptor de Ramfis y escribidor de doña María Martínez, la Prestante Dama, moría en la capital mexicana acribillado a balazos. Hubo la chillería de rigor entre los exiliados y la prensa, pero nadie pudo probar, como decían aquéllos, que el asesinato había sido manufacturado por «la larga mano de Trujillo». Una operación rápida, impecable, y que apenas costó mil quinientos dólares, según la factura que Johnny Abbes García pasó, a su regreso de México. El Benefactor lo incorporó al Ejército con el grado de coronel.

La desaparición de José Almoina fue apenas una, en la larga secuencia de brillantísimas operaciones realizadas por el coronel, que mataron o dejaron lisiados o malheridos a docenas de exiliados, entre los más vociferantes, en Cuba, México, Guatemala, New York, Costa Rica y Venezuela. Trabajos relámpago y limpios, que impresionaron al Benefactor. Cada uno de ellos una pequeña obra maestra por la destreza y el sigilo, un trabajo de relojería. La mayor parte de las veces, además de acabar con el enemigo, Abbes García se las arregló para arruinarles la reputación. El sindicalista Roberto Lamada, refugiado en La Habana, murió a consecuencia de una paliza que recibió en un prostíbulo del Barrio Chino, a manos de unos rufianes que lo acusaron ante la policía de haber intentado acuchillar a una prostituta que se negó a someterse a las perversiones sadomasoquistas que el exiliado le exigía; la mujer, una mulata teñida de pelirroja, apareció en Carteles y Bohemia, llorosa, mostrando las heridas que le infligió el degenerado. El abogado Bayardo Cipriota pereció en Caracas en una reyerta de maricas: lo encontraron apuñalado en un hotel de mala muerte, con calzón y sostén de mujer, y la boca con rouge. El dictamen forense determinó que tenía esperma en el recto. ¿Cómo se las ingeniaba el coronel Abbes para trabar contacto, tan rápido, en ciudades que apenas conocía, con esas alimañas de los bajos fondos, pistoleros, matones, traficantes, cuchilleros, prostitutas, cafiches, ladronzuelos, que siempre intervenían en esas operaciones de página roja, que hacían las delicias de la prensa sensacionalista, en las que se veían enredados los enemigos del régimen? ¿Cómo logró montar por casi toda América Latina y Estados Unidos una red tan eficiente de informantes y hombres de mano gastando tan poco dinero? El tiempo de Trujillo era demasiado precioso para perderlo averiguando los pormenores. Pero, a la distancia, admiraba, como un buen conocedor una preciosa joya, la sutileza y originalidad con que Johnny Abbes García libraba al régimen de sus enemigos. Ni los grupos de exiliados, ni los gobiernos adversarios, pudieron establecer vínculo alguno entre estos accidentes y hechos horrendos y el Generalísimo. Una de las más perfectas realizaciones fue la de Ramón Marrero Aristy, el autor de *Over,* la novela sobre los cañeros de La Romana conocida en toda América Latina. Antiguo director de *La Nación,* diario frenéticamente trujillista, Marrero fue secretario de Trabajo, en 1956, y en 1959 lo era por segunda vez, cuando empezó a pasar informes al periodista Tad Szulc, para que enlodara al régimen en sus artículos de *The New York Times.* Al verse descubierto, mandó cartas de rectificación al periódico gringo. Y vino con el rabo entre las piernas al despacho de Trujillo, a arrastrarse, a llorar, a pedir perdón, a jurar que él nunca había traicionado ni traicionaría. El Benefactor lo escuchó sin abrir la boca y luego, fríamente, lo abofeteó. Marrero, que sudaba, intentó sacar un pañuelo, y el jefe de los ayudantes militares, coronel Guarionex Estrella Sadhalá, lo mató de un balazo en el mismo despacho. Encargado Abbes García de rematar la operación, menos de una hora después un coche se deslizaba —delante de testigos— por un precipicio en la cordillera Central, cuando viajaba rumbo a Constanza; Marrero Aristy y su chofer quedaron irreconocibles con el impacto. ¿No era obvio que el coronel Johnny Abbes García debía reemplazar a Navajita a la cabeza del Servicio de Inteligencia? Si él hubiera estado al frente de ese organismo cuando el secuestro de Galíndez en New York, que dirigió Espaillat, probablemente no hubiera estallado aquel escándalo que tanto daño hizo a la imagen internacional del régimen.

Trujillo señaló el informe del escritorio con aire despectivo:

—¿Otra conspiración para matarme, con Juan Tomás Díaz a la cabeza? ¿Organizada también por el cónsul Henry Dearborn, el pendejo de la CIA?

El coronel Abbes García abandonó su inmovilidad para acomodar sus nalgas en la silla.

—Eso parece, Excelencia —asintió, sin dar importancia al asunto.

—Tiene gracia —lo interrumpió Trujillo—. Rompieron relaciones con nosotros, para cumplir con la resolución de la OEA. Y se llevaron a los diplomáticos, pero nos dejaron a Henry Dearborn y sus agentes, para seguir tramando complots. ¿Seguro que Juan Tomás conspira?

—No, Excelencia, apenas vagos indicios. Pero, desde que usted lo destituyó, el general Díaz es un pozo de resentimiento y por eso lo vigilo de cerca. Hay esas reuniones, en su casa de Gazcue. De un resentido, siempre se debe esperar lo peor.

—No fue por esa destitución —comentó Trujillo, en alta voz, como hablando para sí mismo—. Fue porque le dije cobarde. Por recordarle que había deshonrado el uniforme.

—Yo estuve en ese almuerzo, Excelencia. Pensé que el general Díaz intentaría levantarse e irse. Pero, aguantó, lívido, sudando. Salió dando traspiés, como borracho.

—Juan Tomás fue siempre muy orgulloso y necesitaba una lección —dijo Trujillo—. Su conducta, en Constanza, fue la de un débil. Yo no admito generales débiles en las Fuerzas Armadas dominicanas.

El incidente había ocurrido unos meses después de aplastados los desembarcos de Constanza, Maimón y Estero Hondo, cuando todos los miembros de la expedición —en la que, además de dominicanos, había cubanos, norteamericanos y venezolanos— estaban muertos o presos, en los días en que, en enero de 1960, el régimen descubría una vasta red de opositores clandestinos, que, en homenaje a aquella invasión, se llamaba 14 de Junio. La integraban estudiantes y profesionales jóvenes de clase media y alta, pertenecientes muchos de ellos a familias del régimen. En plena operación de limpieza de esa organización subversiva, en la que estaban tan activas las tres hermanas Mirabal y sus maridos —su solo recuerdo activaba la bilis del Generalísimo—, Trujillo convocó a aquel almuerzo en el Palacio Nacional a unas cincuenta figuras militares y civiles del régimen, para escarmentar a su amigo de infancia, compañero de la carrera militar, que había ocupado los más altos cargos en las Fuerzas Armadas durante la Era, y a quien había destituido de la jefatura de la Región de La Vega, que abarcaba a Constanza, cuando todavía no se acababa de exterminar a los últimos focos de invasores diseminados por aquellas montañas. El general Tomás Díaz había pedido en vano una audiencia con el Generalísimo desde entonces. Debió sorprenderse al recibir invitación para el almuerzo, después de que su hermana Gracita se asiló en la embajada de Brasil. El Jefe no lo saludó ni le dirigió la palabra durante la comida, ni echó una ojeada hacia el rincón de la larga mesa donde el general Díaz fue sentado, muy lejos de la cabecera, en simbólica indicación de su caída en desgracia.

Cuando servían el café, de pronto, por encima del avispeo de las conversaciones que sobrevolaban la larga mesa, los mármoles de las paredes y los cristales de la araña encendida —la única mujer era Isabel Mayer, caudilla trujillista del noroeste—, la vocecita aguda que todos los dominicanos conocían se elevó, con el tonito acerado que presagiaba tormenta:

—¿No les sorprende, señores, la presencia en esta mesa, entre los más destacados militares y civiles del régimen, de un oficial destituido de su mando por no haber estado a la altura en el campo de batalla?

Se hizo el silencio. El medio centenar de cabezas que flanqueaba el inmenso cuadrilátero de manteles bordados se inmovilizó. El Benefactor no miraba hacia el rincón del general Díaz. Su rostro pasaba revista a los demás comensales, uno por uno, con expresión de sorpresa, los ojos muy abiertos y los labios separados, pidiendo a sus invitados que lo ayudaran a descifrar el misterio.

—¿Saben de quién hablo? —continuó, luego de la pausa teatral—. El general Juan Tomás Díaz, jefe de la Región Militar de La Vega cuando la invasión cubano-venezolana, fue destituido en plena guerra, por conducta indigna frente al enemigo. En cualquier parte, comportamiento semejante se castiga con juicio sumario y fusilamiento. En la dictadura de Rafael Leonidas Trujillo Molina, al general cobarde se lo invita a almorzar al Palacio con la flor y nata del país.

Dijo la última frase muy despacio, deletreando, para reforzar su sarcasmo.

—Si usted permite, Excelencia —balbuceó, haciendo un esfuerzo sobrehumano, el general Juan Tomás Díaz—.

Quisiera recordar que, al ser destituido, los invasores habían sido derrotados. Yo cumplí con mi deber.

Era un hombre fuerte y recio, pero se había empequeñecido en el asiento. Estaba muy pálido y se ensalivaba la boca a cada momento. Miraba al Benefactor, pero éste, como si no lo hubiera visto ni oído, paseaba por segunda vez su mirada sobre los invitados con una nueva perorata:

—Y no sólo se lo invita a Palacio. Se le pasa a retiro con su sueldo completo y sus prerrogativas de general de tres estrellas, para que descanse con la conciencia del deber cumplido. Y goce, en sus fincas ganaderas, en compañía de Chana Díaz, su quinta esposa que es también su sobrina carnal, de merecido reposo. ¿Qué mayor prueba de magnanimidad de esta dictadura sanguinaria?

Cuando acabó de hablar, la cabeza del Benefactor había terminado la ronda de la mesa. Ahora sí, se detuvo en el rincón del general Juan Tomás Díaz. La cara del Jefe ya no era la irónica, melodramática, de hacía un momento. La embargaba una seriedad mortal. Sus ojos habían adoptado la fijeza sombría, trepanadora, inmisericorde, con que recordaba a la gente quién mandaba en este país y en las vidas dominicanas. Juan Tomás Díaz bajó la vista.

—El general Díaz se negó a ejecutar una orden mía y se permitió reprender a un oficial que la estaba cumpliendo —dijo, lentamente, con desprecio—. En plena invasión. Cuando los enemigos armados por Fidel Castro, por Muñoz Marín, Betancourt y Figueres, esa caterva de envidiosos, habían desembarcado a sangre y fuego, y asesinado soldados dominicanos, decididos a arrancarnos la cabeza a todos los que estamos en esta mesa. Entonces, el jefe militar de La Vega descubrió que era un hombre compasivo. Un delicado, enemigo de emociones fuertes, que no podía ver correr sangre. Y se permitió desacatar mi orden de fusilar sobre el terreno a todo invasor capturado con el fusil en la mano. E insultar a un oficial que, respetuoso del comando, daba su merecido a quienes venían aquí a instalar una dictadura comunista. El general se permitió, en esos momentos de peligro para la Patria, sembrar la confusión y debilitar la moral de nuestros soldados. Por eso, ya no forma parte del Ejército, aunque todavía se ponga el uniforme.

Calló, para tomar un sorbo de agua. Pero, apenas lo hubo hecho, en lugar de proseguir, de manera totalmente abrupta se puso de pie y se despidió, dando por terminado el almuerzo: «Buenas tardes, señores».

—Juan Tomás no intentó irse, porque sabía que no hubiera llegado vivo a la puerta —dijo Trujillo—. Bueno, en qué conspiración anda.

Nada muy concreto, en realidad. En su casa de Gazcue, desde hacía algún tiempo, el general Díaz y su esposa Chana recibían muchas visitas. El pretexto era ver películas, que se daban en el patio, al aire libre, con un proyector que manejaba el yerno del general. Rara mezcla, los asistentes. Desde connotados hombres del régimen, como el suegro y hermano del dueño de la casa, Modesto Díaz Quesada, hasta ex funcionarios apartados del gobierno, como Amiama Tió y Antonio de la Maza. El coronel Abbes García había convertido en *calié* a uno de los sirvientes, desde hacía un par de meses. Pero, lo único que detectó era que los señores, mientras veían las películas, hablaban sin parar, como si éstas les interesaran sólo porque apagaban las conversaciones. En fin, no eran esas reuniones en las que se hablaba mal del régimen entre trago y trago de ron o de whisky lo digno de tener en cuenta. Sino que, ayer, el general Díaz tuvo una entrevista secreta con un emisario de Henry Dearborn, el supuesto diplomático yanqui, que, como Su Excelencia sabía, era el jefe de la CIA en Ciudad Trujillo.

—Le pediría un millón de dólares por mi cabeza —comentó Trujillo—. El gringo debe estar mareado con tanto comemierda que le pide ayuda económica para acabar conmigo. ¿Dónde se vieron?

—En el Hotel El Embajador, Excelencia.

El Benefactor reflexionó, un momento. ¿Sería capaz Juan Tomás de montar algo serio? Hacía veinte años, tal vez. Era un hombre de acción, entonces. Luego, se había sensualizado. Le gustaban demasiado el trago y las galleras, comer, divertirse con los amigos, casarse y descasarse, para jugárselas tratando de derrocarlo. A mal palo se arrimaban los gringos. Bah, no había que preocuparse.

—De acuerdo, Excelencia, creo que, por ahora, no hay peligro con el general Díaz. Sigo sus pasos. Sabemos quién lo visita y a quiénes visita. Su teléfono está intervenido.

¿Había algo más? El Benefactor echó una mirada a la ventana: seguía igual de oscuro, pese a que pronto serían las seis. Pero ya no reinaba el silencio. A lo lejos, en la periferia del Palacio Nacional, separado de las calles por una vasta explanada de césped y árboles y cercado por una alta reja con lanzas, pasaba de rato en rato un automóvil tocando la bocina, y, dentro del edificio, sentía a los encargados de la limpieza, suapeando, barriendo, encerando, sacudiendo. Encontraría oficinas y pasillos limpios y brillando cuando tuviera que cruzarlos. Esta idea le produjo bienestar.

—Perdone que insista, Excelencia, pero quisiera restablecer el dispositivo de seguridad. En la Máximo Gómez y el Malecón, mientras usted da su paseo. Y en la carretera, cuando vaya a la Casa de Caoba.

Un par de meses atrás había ordenado, de manera intempestiva, que cesara el operativo de seguridad. ¿Por qué? Tal vez porque, una tarde, en una de sus caminatas a la hora del crepúsculo, bajando la Máximo Gómez rumbo al mar, advirtió, en todas las bocacalles, barreras policiales impidiendo a transeúntes y coches entrar en la Avenida y el Malecón mientras duraba su caminata. E imaginó la miríada de

Volkswagens con *caliés* que Johnny Abbes derramaba por todo el contorno de su trayectoria. Sintió agobio, claustrofobia. También le había ocurrido alguna noche, yendo a la Hacienda Fundación, al entrever a lo largo de la carretera, los *cepillos* y las barreras militares que guardaban su paso. ¿O era la fascinación que el peligro siempre había ejercido sobre él —el espíritu indómito del *marine*— lo que lo llevaba a desafiar así la suerte en el momento de mayor amenaza para el régimen? En todo caso, era una decisión que no revocaría.

—La orden sigue en pie —repitió, en tono que no admitía discusión.

—Bien, Excelencia.

Se quedó mirando al coronel a los ojos —éste bajó los suyos, de inmediato— y le espetó, con una chispa de humor:

—¿Cree usted que su admirado Fidel Castro anda por las calles como yo, sin protección?

El coronel negó con la cabeza.

—No creo que Fidel Castro sea tan romántico como usted, Excelencia.

¿Romántico, él? Tal vez con algunas de las mujeres que había amado, tal vez con Lina Lovatón. Pero, fuera del campo sentimental, en el político, él se había sentido siempre un clásico. Racionalista, sereno, pragmático, de cabeza fría y larga visión.

—Cuando lo conocí, allá en México, él preparaba la expedición del *Granma*. Lo creían un cubano alocado, un aventurero nada serio. A mí me impresionó desde el primer momento por su falta total de emociones. Aunque en sus discursos parezca tropical, exuberante, apasionado. Eso, para el público. Es lo contrario. Una inteligencia de hielo. Yo siempre supe que llegaría al poder. Pero, permítame una aclaración, Excelencia. Admiro la personalidad de Castro, la manera como ha sabido burlar a los gringos, aliarse con los rusos y los países comunistas usándolos como parachoques contra Washington. No admiro sus ideas, yo no soy comunista.

—Usted es un capitalista hecho y derecho —se burló Trujillo, con una risita sardónica—. Ultramar hizo muy buenos negocios, importando productos de Alemania, Austria y los países socialistas. Las representaciones exclusivas no tienen pérdidas.

—Otra cosa más que agradecerle, Excelencia —admitió el coronel—. La verdad, no se me hubiera ocurrido. Nunca me interesaron los negocios. Abrí Ultramar porque usted me lo ordenó.

—Prefiero que mis colaboradores hagan buenos negocios a que roben —explicó el Benefactor—. Los buenos negocios sirven al país, dan trabajo, producen riqueza, levantan la moral del pueblo. En cambio, los robos lo desmoralizan. Me imagino que, desde las sanciones, también para Ultramar van mal las cosas.

—Prácticamente, paralizadas. No me importa, Excelencia. Ahora, mis veinticuatro horas del día están dedicadas a impedir que los enemigos destruyan este régimen y lo maten a usted.

Habló sin emoción, con el mismo tono opaco, neutral, con el que normalmente se expresaba.

—¿Debo concluir que me admira tanto como al pendejo de Castro? —comentó Trujillo, buscando aquellos ojitos evasivos.

—A usted no lo admiro, Excelencia —murmuró el coronel Abbes, bajando los ojos—. Yo vivo por usted. Para usted. Si me permite, soy el perro guardián de usted.

Al Benefactor le pareció que, al decir la última frase, a Abbes García le había temblado la voz. Sabía que no era nada emotivo, ni afecto a esas efusiones tan frecuentes en boca de otros cortesanos, de modo que se lo quedó escrutando, con su mirada de cuchillo.

—Si me matan, lo hará alguien muy próximo, un traidor de la familia, digamos —dijo, como hablando de otra persona—. Para usted, sería una gran desgracia.

—También para el país, Excelencia.

—Por eso sigo a caballo —asintió Trujillo—. Si no, me hubiera retirado, como me vinieron a aconsejar, mandados por el Presidente Eisenhower, William Pawley, el general Clark y el senador Smathers, mis amigos yanquis. «Pase a la historia como un estadista magnánimo, que cedió el timón a los jóvenes». Así me lo dijo Smathers, el amigo de Roosevelt. Era un mensaje de la Casa Blanca. A eso vinieron. A pedir que me vaya y a ofrecerme asilo en Estados Unidos. «Allí tendrá asegurado su patrimonio». Esos pendejos me confunden con Batista, con Rojas Pinilla, con Pérez Jiménez. A mí sólo me sacarán muerto.

El Benefactor volvió a distraerse, pues se acordó de Guadalupe, Lupe para los amigos, la mexicana corpulenta y hombruna con la que se casó Johnny Abbes en ese periodo misterioso y aventurero de su vida en México, cuando, por una parte, enviaba minuciosos informes a Navajita sobre las andanzas de los exiliados dominicanos, y, por otra, frecuentaba círculos revolucionarios, como el de Fidel Castro, el Che Guevara y los cubanos del 26 de Julio, que preparaban la expedición del *Granma,* y gentes como Vicente Lombardo Toledano, muy vinculado al gobierno de México, que había sido su protector. El Generalísimo no había tenido nunca tiempo para interrogarlo con calma sobre esa etapa de su vida, en la que el coronel descubrió su vocación y su talento para el espionaje y las operaciones clandestinas. Una vida sabrosa, sin duda, llena de anécdotas. ¿Por qué se casaría con esa horrenda mujer?

—Hay algo que siempre se me olvida preguntarle —dijo, con la crudeza que hablaba a sus colaboradores—. ¿Cómo fue que se casó con una mujer tan fea?

No detectó el menor movimiento de sorpresa en la cara de Abbes García.

—No fue por amor, Excelencia.

—Eso siempre lo supe —dijo el Benefactor, sonriendo—. Ella no es rica, o sea que no fue un braguetazo.

—Por agradecimiento. Lupe me salvó la vida, una vez. Ella ha matado por mí. Cuando era secretaria de Lombardo Toledano, yo estaba recién llegado a México. Gracias a Vicente empecé a entender qué era la política. Mucho de lo que he hecho no hubiera sido posible sin Lupe, Excelencia. Ella no sabe lo que es el miedo. Y, además, tiene un instinto que hasta ahora siempre ha funcionado.

—Ya sé que es bragada, que sabe fajarse, que anda con pistola y va a casas de cueros, como los machos —dijo el Generalísimo, de excelente humor—. Hasta he oído que Puchita Brazobán le reserva muchachitas. Pero, lo que me intriga es que a ese engendro haya podido hacerle hijos.

—Trato de ser un buen marido, Excelencia.

El Benefactor se echó a reír, con la risa sonora de otros tiempos.

—Puede usted ser entretenido cuando quiere —lo festejó—. Así que la ha cogido por gratitud. A usted se le para el ripio a voluntad, entonces.

—Es una manera de hablar, Excelencia. La verdad, no quiero a Lupe ni ella me quiere. No, por lo menos, a la manera en que se entiende el amor. Estamos unidos por algo más fuerte. Riesgos compartidos hombro con hombro, viéndole la cara a la muerte. Y mucha sangre, manchándonos a los dos.

El Benefactor asintió. Entendía lo que quería decir. A él le hubiera gustado tener una mujer como ese espantajo, coño. No se hubiera sentido tan solo, a veces, a la hora de tomar algunas decisiones. Nada ataba tanto como la sangre, cierto. Sería por eso que él se sentía tan amarrado a este país de malagradecidos, cobardes y traidores. Porque, para sacarlo del atraso, el caos, la ignorancia y la barbarie, se había teñido de sangre muchas veces. ¿Se lo agradecerían en el futuro estos pendejos?

Otra vez se abatió sobre él la desmoralización. Simulando consultar la hora, echó una ojeada por el rabillo del ojo a su pantalón. No había mancha alguna en la entrepierna ni en la bragueta. La comprobación no le levantó el ánimo. De nuevo cruzó por su mente el recuerdo de la muchachita de la Casa de Caoba. Desagradable episodio. ¿Hubiera sido mejor pegarle un tiro, ahí mismo, mientras lo miraba con esos ojos? Tonterías. Él nunca había pegado tiros gratuitamente, y menos por asuntos de cama. Sólo cuando no había alternativa, cuando era absolutamente indispensable para sacar adelante a este país, o para lavar una afrenta.

—Permítame, Excelencia.

—¿Sí?

—El Presidente Balaguer anunció anoche por la radio que el gobierno liberará a un grupo de presos políticos.

—Balaguer hizo lo que le ordené. ¿Por qué?

—Necesitaría tener la lista de los que van a ser liberados. Para cortarles el pelo, afeitarlos y vestirlos de manera decente. Me imagino que serán presentados a la prensa.

—Le enviaré la lista apenas la revise. Balaguer piensa que esos gestos son convenientes, en el campo diplomático. Ya veremos. En todo caso, presentó bien la medida.

Tenía sobre el escritorio el discurso de Balaguer. Leyó en voz alta el párrafo subrayado: «La obra de Su Excelencia el Generalísimo Dr. Rafael L. Trujillo Molina ha alcanzado tal solidez que nos permite, al cabo de treinta años de paz ordenada y de liderato consecutivo, ofrecer a América un ejemplo de la capacidad latinoamericana para el ejercicio consciente de la verdadera democracia representativa».

—¿Bien escrito, no es cierto? —comentó—. Es la ventaja de tener a un poeta y literato de Presidente de la República. Cuando ocupaba la Presidencia mi hermano, los discursos que el Negro leía eran soporíferos. Bueno, ya sé que Balaguer no le cae en gracia.

—Yo no mezclo mis simpatías o antipatías personales con mi trabajo, Excelencia.

—Nunca he entendido por qué le tiene desconfianza. Balaguer es el más inofensivo de mis colaboradores. Por eso lo he puesto donde está.

—Yo creo que su manera de ser, tan discreta, es una estrategia. Que, en el fondo, no es un hombre del régimen, que trabaja sólo para Balaguer. Puede que me equivoque. Por lo demás, no he encontrado nada sospechoso en su conducta. Pero, no metería mis manos al fuego por su lealtad.

Trujillo miró su reloj. Dos minutos para las seis. Su despacho con Abbes García no duraba más de una hora, salvo ocurrencia excepcional. Se puso de pie y el jefe del SIM lo imitó.

—Si cambio de opinión sobre los obispos, se lo haré saber —dijo, a modo de despedida—. Tenga el dispositivo preparado, de todos modos.

—Puede ser puesto en marcha en el instante que usted decida. Con su permiso, Excelencia.

Apenas salió Abbes García del despacho, el Benefactor fue a espiar el cielo, desde la ventana. Ni una rayita de luz todavía.

VI

—Ah, ya sé quién es —dijo Antonio de la Maza.

Abrió la puerta del automóvil y, siempre con el fusil de caño recortado en la mano, salió a la carretera. Ninguno de sus compañeros —Tony, Estrella Sadhalá y Amadito— lo siguió; desde el interior del vehículo, observaron su silueta robusta, perfilada contra las sombras que el tenue resplandor de la luna apenas aclaraba, mientras se dirigía hacia el pequeño Volkswagen que, con las luces apagadas, había venido a estacionarse junto a ellos.

—No me digas que el Jefe cambió de idea —exclamó Antonio a modo de saludo, metiendo la cabeza por la ventanilla y acercando mucho la cara a su conductor y único pasajero, un hombre acezante, de traje y corbata, tan gordo que parecía imposible que hubiera podido entrar en el vehículo, donde parecía enjaulado.

—Al contrario, Antonio —lo calmó Miguel Ángel Báez Díaz, las manos aferradas al timón—. Va a San Cristóbal de todos modos. Se ha atrasado porque, después del paseo por el Malecón, se llevó a Pupo Román a la Base de San Isidro. Vine a tranquilizarte, me imaginaba tu impaciencia. Aparecerá en cualquier momento. Estense listos.

—No fallaremos, Miguel Ángel. Espero que ustedes tampoco.

Conversaron un momento, las caras muy juntas, el gordo siempre prendido del volante y De la Maza echando miradas hacia la pista que venía de Ciudad Trujillo, temeroso de que el vehículo se materializara de pronto y no le diera tiempo de regresar a su auto.

—Adiós, y que todo salga bien —se despidió Miguel Ángel Báez Díaz.

Partió, de regreso a Ciudad Trujillo, siempre con las luces apagadas. De pie en el sitio, sintiendo el aire fresco y oyendo las olas que rompían a pocos metros —sentía salpicaduras en la cara y en la cabeza, donde sus cabellos comenzaban a ralear—, Antonio vio alejarse al vehículo, y lo vio confundirse con la noche allá lejos, donde titilaban las lucecitas de la ciudad y sus restaurantes, seguramente llenos de gente. Miguel Ángel parecía seguro. No había duda, pues: vendría y este martes 30 de mayo de 1961 él cumpliría, por fin, el juramento hecho en la finca familiar de Moca, ante su padre y hermanos, cuñadas y cuñados, hacía cuatro años y cuatro meses, el 7 de enero de 1957, el día que enterraron a Tavito.

Pensó en lo cerca que estaba el Pony, y lo bien que le sentaría tomarse un trago de ron con mucho hielo, en una de las altas banquetas de paja del barcito, como tantas veces este último tiempo, y sentir que el alcohol ascendía a su cerebro, lo distraía y apartaba de Tavito, y de la amargura, la exasperación y la fiebre que era su vida desde el cobarde asesinato de su hermano menor, el más pegado a él, el más querido. «Sobre todo, desde la infame calumnia que le inventaron, para matarlo otra vez», pensó. Regresó despacio hacia el Chevrolet. Era un automóvil flamante, que Antonio había importado de Estados Unidos y hecho reforzar y afinar, explicando en el garaje que, como por su trabajo de hacendado y administrador de un aserradero en Restauración, en la frontera con Haití, pasaba buena parte del año viajando, necesitaba un carro más veloz y resistente. Había llegado el momento de poner a prueba ese Chevrolet último modelo, capaz, gracias a los ajustes en los cilindros y el motor, de alcanzar 200 kilómetros por hora en pocos minutos, algo que el auto del Generalísimo no estaba en condiciones de hacer. Volvió a sentarse junto a Antonio Imbert.

—¿Quién era la visita? —dijo Amadito, desde el asiento de atrás.

—Esas cosas no se preguntan —musitó Tony Imbert, sin volverse a mirar al teniente García Guerrero.

—No es ningún secreto, ahora —dijo Antonio de la Maza—. Era Miguel Ángel Báez. Tenías razón, Amadito. Va a San Cristóbal esta noche, de todas maneras. Se ha atrasado, pero no nos dejará plantados.

—¿Miguel Ángel Báez Díaz? —silbó Salvador Estrella Sadhalá—. ¿Él también metido en esto? No se puede pedir más. Ése es un trujillista ontológico. ¿No ha sido vicepresidente del Partido Dominicano? Es de los que caminan todos los días con el Chivo por el Malecón, lamiéndole el culo, y lo acompaña todos los domingos al Hipódromo.

—Hoy también hizo el paseo con él —asintió De la Maza—. Por eso sabe que va a venir.

Hubo un largo silencio.

—Ya sé que hay que ser prácticos, que los necesitamos —suspiró el Turco—. Pero, la verdad, siento asco de que alguien como Miguel Ángel sea ahora nuestro aliado.

—Ya sacó la cabeza el beatito, el puritano, el angelito de las manos limpias —se esforzó por bromear Imbert—. ¿Ya ves, Amadito, por qué es mejor no preguntar, no saber quiénes están en esto?

—Hablas como si todos nosotros no hubiéramos sido también trujillistas, Salvador —gruñó Antonio de la Maza—. ¿No fue Tony gobernador de Puerto Plata? ¿No es Amadito ayudante militar? ¿No administro yo desde hace veinte años los aserraderos del Chivo en Restauración? ¿Y la compañía constructora en que tú trabajas no es también de Trujillo?

—Retiro lo dicho —Salvador le dio unas palmaditas en el brazo a De la Maza—. Se me suelta la lengua y digo tonterías. Tienes razón. Cualquiera podría decir de nosotros lo que acabo de decir de Miguel Ángel. No he dicho nada y ustedes no han oído nada.

Pero lo había dicho, porque, pese a ese aire sereno y razonable que caía tan bien a todos, Salvador Estrella Sadhalá era capaz de decir las cosas más crueles, empujado por ese espíritu de justicia que de pronto lo poseía. Se las había dicho a él, su amigo de toda la vida, en una discusión en la que Antonio de la Maza hubiera podido pegarle un tiro. «Yo no vendería a mi hermano por cuatro cheles». La frase, que los tuvo alejados, sin verse ni hablarse más de seis meses, le volvía de cuando en cuando, como una pesadilla recurrente. En esos momentos necesitaba tomarse, uno tras otro, muchos tragos de ron. Aunque con la borrachera le vinieran esas rabias ciegas que lo volvían pendenciero y lo llevaban a provocar y a pegar patadas y puñetazos al que estaba más cerca.

Era, con sus cuarenta y siete años cumplidos hacía pocos días, uno de los más viejos del grupo de siete hombres apostados en la carretera a San Cristóbal, esperando a Trujillo. Porque, además de los cuatro que aguardaban en el Chevrolet, dos kilómetros más adelante se hallaban, en un auto prestado por Estrella Sadhalá, Pedro Livio Cedeño y Huáscar Tejeda Pimentel, y, un kilómetro más adelante, solo en su propio carro, Roberto Pastoriza Neret. De este modo, le cerrarían el paso y lo acribillarían con un fuego cerrado por delante y por atrás, sin dejarle escapatoria. Pedro Livio y Huáscar estarían tan en zozobra como ellos cuatro. Y todavía peor Roberto, sin tener con quien hablar y darse ánimos. ¿Vendría? Sí, vendría. Y cesaría el largo calvario que había sido la vida de Antonio desde la muerte de Tavito.

La luna, redonda como una moneda, destellaba escoltada por un manto de estrellas y plateaba los penachos de los cocoteros vecinos que Antonio veía mecerse al compás de la brisa. Éste era un bello país después de todo, coño. Lo sería más después de muerto ese maldito que lo había violentado y envenenado en estos treinta y un años más que en todo el siglo que llevaba de República la ocupación haitiana, las invasiones españolas y norteamericanas, las guerras civiles y las luchas de facciones y caudillos, más que todas las desgracias —terremotos, ciclones— que se habían abatido contra los dominicanos desde el cielo, el mar o el fondo de la tierra. Lo que él no podía perdonarle era, sobre todo, que, así como había emputecido y encanallado a este país, el Chivo también había emputecido y encanallado a Antonio de la Maza.

Disimuló ante sus compañeros el desasosiego encendiendo otro cigarrillo. Fumaba sin sacarse el pitillo de los labios, echando humo por la boca y la nariz, y acariciaba el fusil de cañón recortado, pensando en los proyectiles reforzados de acero que fabricó especialmente para lo de esta noche su amigo español Balsié, a quien conoció gracias a otro conspirador, Manuel Ovín, experto en armas y magnífico tirador. Casi tan bueno como el propio Antonio de la Maza, que, desde niño, en la tierra familiar de Moca, admiró siempre a padres, hermanos, parientes y amigos con su puntería. Por eso tenía este asiento privilegiado, a la derecha de Imbert: para disparar primero. El grupo, que discutió tanto sobre todo, se puso de acuerdo de inmediato sobre eso: Antonio de la Maza y el teniente Amado García Guerrero, los mejores tiradores, debían llevar los fusiles entregados a los conspiradores por la CIA y ocupar los asientos de la derecha, para acertar desde el primer disparo.

Uno de los orgullos de Moca, su tierra, y de su familia, era que, desde el primer momento —1930— los De la Maza habían sido antitrujillistas. Por supuesto. En Moca, desde el más encumbrado hasta el más miserable peón, todos eran horacistas, porque el Presidente Horacio Vázquez era de Moca y hermano de la madre de Antonio. Desde el primer día, los De la Maza vieron con recelo y antipatía las intrigas de que se valió el entonces brigadier en jefe de la Policía Nacional —creada por el ocupante norteamericano, y que, a su partida, se convertiría en el Ejército dominicano—, Rafael Leonidas Trujillo, para derrocar a don Horacio Vázquez y, en 1930, en las primeras elecciones amañadas de su larga historia de fraudes electorales, hacerse elegir Presidente de la República. Cuando esto sucedió, los De la Maza hicieron lo que tradicionalmente hacían las familias patricias y los caudillos regionales cuando no les gustaban los gobiernos: echarse al monte con hombres armados y financiados de su bolsillo.

Durante cerca de tres años, con intermitencias, entre sus diecisiete y veinte años de edad —atleta, jinete incansable, cazador apasionado, alegre, temerario y gozador de la vida—, Antonio de la Maza, con su padre, tíos y hermanos, combatió a tiros a las fuerzas de Trujillo, aunque sin hacerles mella. Poco a poco, éstas fueron desintegrando a sus bandas armadas, infligiéndoles algunas derrotas, pero, sobre todo, comprando a sus lugartenientes y partidarios, hasta que, cansados y a punto de arruinarse, los De la Maza acabaron aceptando las ofertas de paz del gobierno y regresando a Moca, a trabajar sus tierras semiabandonadas. Salvo el indomable y terco Antonio. Sonrió, recordando esa testarudez suya, a finales de 1932 y comienzos de 1933, cuando, con menos de veinte hombres, entre los cuales estaban sus hermanos Ernesto y Tavito (éste todavía un niño) asaltaba puestos de policía y emboscaba a las patrullas del gobierno. Los tiempos eran tan especiales que, a pesar del trajín militar, los tres hermanos casi siempre podían hacer un alto para dormir en la casa familiar de Moca varios días al mes. Hasta aquella emboscada, en los alrededores de Tamboril, en que los soldados mataron a dos de sus hombres e hirieron a Ernesto y al propio Antonio.

Desde el Hospital Militar de Santiago, escribió a su padre, don Vicente, que no se arrepentía de nada, y que por favor la familia no se humillara pidiendo clemencia a Trujillo. Dos días después de entregar esta carta al cabo enfermero, con una buena propina para que la hiciera llegar a Moca, una camioneta del Ejército vino a llevárselo, esposado y con escolta, a Santo Domingo. (El Congreso de la República sólo cambiaría el nombre a la antiquísima ciudad tres años después.) Para sorpresa del joven Antonio de la Maza, el vehículo militar, en lugar de trasladarlo a la cárcel, lo llevó a la Casa de Gobierno, entonces próxima a la añosa catedral. Allí, le quitaron las esposas y lo metieron a un cuarto alfombrado, donde, en uniforme, impecablemente afeitado y peinado, estaba el general Trujillo.

Era la primera vez que lo veía.

—Se necesitan cojones para escribir esta carta —el Jefe del Estado la hacía bailotear en su mano—. Has demostrado que los tienes, haciéndome la guerra casi tres años. Por eso, quería verte la cara. ¿Es verdad lo de tu buena puntería? Tendríamos que medirnos alguna vez, a ver si es mejor que la mía.

Veintiocho años después, Antonio recordaba aquella vocecita chillona, esa inesperada cordialidad, atenuada por un matiz de ironía. Y la penetración de aquellos ojos cuya mirada —él, tan soberbio— no pudo resistir.

—La guerra ha terminado. He acabado con todos los caudillismos regionales, incluido el de los De la Maza. Basta de balas. Hay que reconstruir el país, que se cae a pedazos. Necesito a mi lado a los mejores. Eres impulsivo y sabes pelear ¿no? Bien. Ven a trabajar a mi lado. Tendrás ocasión de pegar tiros. Te ofrezco un puesto de confianza, entre los ayudantes militares encargados de mi custodia. Así, si un día te decepciono, podrás pegarme un tiro.

—Pero, yo no soy militar —balbuceó el joven De la Maza.

—Lo eres, desde este instante —dijo Trujillo—. Teniente Antonio de la Maza.

Fue su primera concesión, su primera derrota, en manos de ese maestro manipulador de ingenuos, bobos y pendejos, de ese astuto aprovechador de la vanidad, la codicia y la estupidez de los hombres. ¿Cuántos años tuvo a Trujillo a menos de un metro de distancia? Como lo había tenido Amadito también, estos últimos dos años. De cuánta tragedia hubieras librado a este país, a la familia De la Maza, si hubieras hecho entonces lo que ibas a hacer ahora. Tavito estaría vivo, seguramente.

Oía, a sus espaldas, a Amadito y al Turco, en pleno diálogo; de tanto en tanto, Imbert se metía en la conversación. No debía sorprenderles que Antonio permaneciera callado; siempre fue de pocas palabras, aunque su laconismo se había acentuado hasta llegar a la mudez desde la muerte de Tavito, cataclismo que lo afectó de manera que él sabía irreversible, convirtiéndolo en el hombre de una idea fija: matar al Chivo.

—Juan Tomás debe estar con los nervios peor que nosotros —oyó decir al Turco—. Nada más espantoso que esperar. Pero ¿viene o no viene?

—En cualquier momento —imploró el teniente García Guerrero—. Créeme, coño.

Sí, el general Juan Tomás Díaz debía de estar en estos momentos en su casa de Gazcue comiéndose las uñas, preguntándose si por fin había ocurrido aquello que Antonio y él habían soñado, acariciado, fraguado, mantenido vivo y en secreto desde hacía, precisamente, cuatro años y cuatro meses. Es decir, desde el día en que, luego de esa maldita entrevista con Trujillo, con el cadáver recién enterrado de Tavito, Antonio saltó a su automóvil y, a 120 kilómetros por hora, fue a buscar a Juan Tomás a su finca de La Vega.

—Por los veinte años de amistad que nos unen, ayúdame. ¡Tengo que matarlo! ¡Tengo que vengar a Tavito, Juan Tomás!

El general le tapó la boca con la mano. Echó una mirada alrededor, indicándole con un gesto que podía oírlos la servidumbre. Lo llevó detrás de los establos, donde solían hacer tiro al blanco.

—Lo haremos juntos, Antonio. Para vengar a Tavito y a tantos dominicanos de la vergüenza que llevamos dentro.

Antonio y Juan Tomás eran íntimos desde la época en que De la Maza era ayudante militar del Benefactor. Lo único bueno que recordaba de esos dos años en que, como teniente, como capitán, convivió con el Generalísimo, acompañándolo en sus giras por el interior, en sus salidas de la Casa de Gobierno, al Congreso, al Hipódromo, a recepciones y espectáculos, a mítines políticos y aventuras galantes, a visitas y conciliábulos con socios, aliados y compinches, a reuniones públicas, privadas o ultrasecretas. Sin llegar a volverse un trujillista acérrimo, como lo era entonces Juan Tomás Díaz, Antonio, aquellos años, pese a guardar secretamente algo del rencor de todos los horacistas hacia quien había acabado con la carrera política del Presidente Horacio Vázquez, no pudo sustraerse al magnetismo que irradiaba ese hombre incansable, que podía trabajar veinte horas seguidas, y, luego de dos o tres horas de sueño, comenzar el nuevo día al amanecer, fresco como un adolescente. Ese hombre que, según la mitología popular, no sudaba, no dormía, nunca tenía una arruga en el uniforme, el chaqué o el traje de calle, y que, en esos años en que Antonio formaba parte de su guardia de hierro, había, en efecto, transformado este país. Por las carreteras, puentes e industrias que construyó, sí, pero, también, porque fue acumulando en todos los dominios —político, militar, institucional, social, económico— un poder tan desmedido que todos los dictadores que la República Dominicana había padecido en su historia republicana, incluido Ulises Heureaux, Lilís, que antes parecía tan despiadado, resultaban unos pigmeos comparados con él.

Ese respeto y hechizo, en el caso de Antonio, no se trocó nunca en admiración, ni en el amor servil, abyecto, que profesaban a su líder otros trujillistas. Incluso Juan Tomás, quien desde 1957 había explorado con él todas las formas posibles de librar a la República Dominicana de esa figura que la succionaba y aplastaba, fue en los años cuarenta seguidor fanático del Benefactor, capaz de cometer cualquier crimen por el hombre al que creía el salvador de la Patria, el estadista que devolvió a manos dominicanas las aduanas antes administradas por los yanquis, que resolvió el problema de la deuda externa con Estados Unidos, ganándose el nombramiento, por el Congreso, de Restaurador de la Independencia Financiera, que creó unas Fuerzas Armadas modernas y profesionales, las mejor equipadas en todo el Caribe. En esos años, Antonio no se hubiera atrevido a hablar mal de Trujillo a Juan Tomás Díaz. Éste escaló posiciones en el Ejército hasta convertirse en un general de tres estrellas y obtener la comandancia de la Región Militar de La Vega, donde lo sorprendió la invasión del 14 de junio de 1959, el principio de su caída en desgracia. Cuando esto ocurrió, Juan Tomás ya no se hacía ilusiones sobre el régimen. En la intimidad, cuando estaba seguro de que nadie lo oía, durante las cacerías por los cerros, en Moca o La Vega, en los almuerzos familiares de los domingos, confesaba a Antonio que todo lo avergonzaba, los asesinatos, las desapariciones, las torturas, la precariedad de la vida, la corrupción y la entrega de cuerpos, almas y conciencias de millones de dominicanos a un solo hombre.

Antonio de la Maza no había sido nunca un trujillista de corazón. Ni cuando era ayudante militar, ni después, cuando, luego de pedir a éste autorización para dejar la carrera, trabajó para él en lo civil, administrando los aserraderos de la familia Trujillo en Restauración. Apretó los dientes, asqueado: nunca había podido dejar de trabajar para el Jefe. Como militar o como civil, hacía veintitantos años que contribuía a la fortuna y el poderío del Benefactor y Padre de la Patria Nueva. Era el gran fracaso de su vida. Nunca supo librarse de las trampas que Trujillo le tendió. Odiándolo con todas sus fuerzas, había seguido sirviéndolo, aun después de la muerte de Tavito. Por eso, el insulto del Turco: «Yo no vendería a mi hermano por cuatro cheles». Él no había vendido a Tavito. Disimuló, tragándose la bilis. ¿Qué otra cosa podía hacer? ¿Dejarse matar por los *caliés* de Johnny Abbes, para morir con la conciencia tranquila? No era una conciencia tranquila lo que Antonio quería. Sino vengarse y vengar a Tavito. Para conseguirlo, tragó toda la mierda del mundo estos cuatro años, hasta el extremo de oírle decir a uno de sus amigos más queridos esa frase que, estaba seguro, muchísimas personas repetían a sus espaldas.

Él no había vendido a Tavito. Ese hermano menor era un entrañable amigo. Con su ingenuidad, con su inocencia de muchachón, Tavito, a diferencia de Antonio, sí fue un trujillista convencido, uno de esos que pensaba en el Jefe como en un ser superior. Discutieron muchas veces, porque a Antonio le irritaba que su hermano menor repitiera, como un estribillo, que Trujillo era un don del cielo para la República. Bueno, verdad, a Tavito el Generalísimo le hizo favores. Gracias a una orden suya fue admitido en la Aviación y aprendió a volar —su sueño desde niño—, y, luego, lo contrataron como piloto de Dominicana de Aviación, lo que le permitía viajar con frecuencia a Miami, algo que a su hermano menor le encantaba, pues allí se tiraba rubias. Antes, Tavito estuvo en Londres, de agregado militar. Allí, en una pelea de tragos, mató de un balazo al cónsul dominicano, Luis Bernardino. Trujillo lo salvó de la cárcel, reclamando para él la inmunidad diplomática y ordenando al tribunal de Ciudad Trujillo que lo juzgó que lo absolviera. Sí, Tavito tenía sus razones para sentirse agradecido a Trujillo y, como se lo dijo a Antonio, estar «dispuesto a dar mi vida por el Jefe y a hacer cualquier cosa que me ordene». Frase profética, coño.

«Sí, diste la vida por él», pensó Antonio, chupando el cigarrillo. Aquel asunto en que Tavito se vio implicado en 1956, a él desde el primer momento le olió mal. Su hermano vino a contárselo, porque Tavito le contaba todo. Incluso esto, que tenía el aire de una de esas operaciones turbias de que estaba repleta la historia dominicana desde la subida de Trujillo al poder. Pero, el comemierda de Tavito, en vez de inquietarse, de parar las orejas, de asustarse con la misión que le encomendaron —recoger en Montecristi, en un pequeño Cessna sin matrícula, a un individuo embozado y dopado, que desembarcaron de un avión venido de Estados Unidos, y llevarlo a la Hacienda Fundación, en San Cristóbal—, tomó aquello encantado, como signo de la confianza que le tenía el Generalísimo. Ni siquiera cuando la prensa de Estados Unidos se conmocionó y la Casa Blanca comenzó a presionar para que el gobierno dominicano facilitara la investigación sobre el secuestro, en New York, del profesor vasco español Jesús de Galíndez, Tavito mostró la menor preocupación.

—Esto de Galíndez parece muy serio —lo previno Antonio—. Él fue el tipo que llevaste de Montecristi a la hacienda de Trujillo, quién otro iba a ser. Lo secuestraron en New York y lo trajeron aquí. Cállate la boca. Olvídate de todo. Te juegas la vida, hermano.

Ahora, Antonio de la Maza ya tenía una idea de lo que debió de ocurrir con Jesús de Galíndez, uno de los republicanos españoles a los que, en una de esas contradictorias operaciones políticas que eran su especialidad, Trujillo dio asilo en la República Dominicana, al terminar la guerra civil. No conoció a ese profesor, pero muchos amigos suyos sí, y por ellos supo que había trabajado para el gobierno, en la Secretaría de Estado de Trabajo y en la Escuela Diplomática, adscrita a Relaciones Exteriores. En 1946 dejó Ciudad Trujillo, se instaló en New York y desde allí empezó a ayudar al exilio dominicano, y a escribir contra el régimen de Trujillo, que él conocía de adentro.

En marzo de 1956, Jesús de Galíndez, que se había nacionalizado norteamericano, desapareció, después de ser visto, por última vez, saliendo de una estación del metro en Broadway, en el corazón de Manhattan. Hacía unas semanas, se anunciaba la publicación de un libro suyo sobre Trujillo, que había presentado en la Columbia University, donde ya enseñaba, como tesis doctoral. La desaparición de un oscuro exiliado español, en una ciudad y un país donde desaparecía tanta gente, hubiera pasado desapercibida, y nadie hubiera hecho caso del alboroto que armaron con motivo de la desaparición los exiliados dominicanos, si Galíndez no hubiera sido ciudadano norteamericano, y, sobre todo, colaborador de la CIA, según se reveló al estallar el escándalo. La poderosa maquinaria de periodistas, congresistas, cabilderos, abogados y empresarios que Trujillo tenía en Estados Unidos no pudo contener la batahola que armó la prensa, empezando por *The New York Times,* y muchos congresistas, ante la posibilidad de que un dictadorzuelo caribeño se hubiera permitido secuestrar y asesinar a un ciudadano norteamericano en territorio de Estados Unidos.

En las semanas y meses siguientes a la desaparición de Galíndez —el cadáver jamás fue hallado— la investigación de la prensa y la del FBI reveló inequívocamente la responsabilidad total del régimen. Poco antes del suceso, el general Espaillat, Navajita, jefe del Servicio de Inteligencia, había sido nombrado cónsul dominicano en New York. El FBI identificó comprometedoras averiguaciones en torno a Galíndez de Minerva Bernardino, diplomática dominicana ante la ONU y mujer de plena confianza de Trujillo. Más grave aún, el FBI identificó un pequeño avión, de matrícula falsificada, que, conducido por un piloto que carecía del marbete correspondiente, despegó ilegalmente de un pequeño aeropuerto, en Long Island, rumbo a Florida, la noche del secuestro. El piloto se llamaba Murphy y se encontraba, desde esa fecha, en la República Dominicana, trabajando en Dominicana de Aviación. Murphy y Tavito volaban juntos y se habían hecho muy amigos.

De todo esto se fue enterando Antonio a trozos, pues la censura no permitía que los diarios y radios dominicanos dijeran nada sobre el tema, por emisoras de Puerto Rico, Venezuela o La Voz de América, que se podían captar en onda corta, o por los ejemplares del *Miami Herald* y *The New York Times* que se filtraban en el país en bolsos y uniformes de pilotos y azafatas.

Cuando, siete meses después de la desaparición de Galíndez, el nombre de Murphy saltó a la prensa internacional como el piloto del avión que sacó a un Galíndez anestesiado de los Estados Unidos y lo trajo a la República Dominicana, Antonio, que conocía a Murphy por Tavito —habían comido juntos, los tres, una paella rociada de vino de La Rioja en la Casa de España, en la calle de Padre Billini—, saltó a su camioneta, allá en Tirolí, junto a la frontera haitiana, y, el acelerador a fondo, sintiendo que el cerebro le reventaba de conjeturas pesimistas, se vino a Ciudad Trujillo. Encontró a Tavito muy tranquilo, en su casa, jugando una partida de bridge con Altagracia, su mujer. Para no preocupar a su cuñada, Antonio se lo llevó al ruidoso Típico Najayo, donde, gracias a la música del Combo de Ramón Gallardo y su cantante Rafael Martínez, se podía hablar sin que oyeran la conversación oídos indiscretos. Allí, luego de pedir un plato de chivo guisado y dos botellas de cerveza Presidente, Antonio, sin más preámbulos, aconsejó a Tavito que pidiera asilo en una embajada. Su hermano menor se echó a reír: qué tontería. Ni siquiera sabía que el nombre de Murphy estaba en toda la prensa norteamericana. No se alarmó. Su confianza en Trujillo era tan portentosa como su ingenuidad.

—Tengo que advertírselo al gringuito —le oyó decir Antonio, pasmado—. Está vendiendo sus cosas, ha decidido regresar a Estados Unidos, a casarse. Tiene una novia en Oregon. Ir allá ahora, sería meter la cabeza en la boca del lobo. Aquí no le pasará nada. Aquí manda el Jefe, hermano.

Antonio no lo dejó bromear. Sin levantar la voz, para no llamar la atención a las mesas vecinas, con ira sorda por tanta candidez, trató de hacérselo entender:

—¿No te das cuenta, pendejo? Esto es grave. El secuestro de Galíndez ha puesto a Trujillo en una situación muy delicada con los yanquis. Todos los que participaron en el secuestro tienen la vida en un hilo. Murphy y tú son unos testigos peligrosísimos. Y tú, acaso, más que Murphy. Porque tú llevaste a Galíndez a la Hacienda Fundación, a la casa del propio Trujillo. ¿Dónde tienes la cabeza?

—Yo no llevé a Galíndez —se empecinó su hermano, entrechocando su vaso con el suyo—. Yo llevé a un tipo que no sabía quién era, un borracho perdido. No sé nada. ¿Por qué no confiaría en el Jefe? ¿No confió él en mí, para una misión tan importante?

Cuando se despidieron aquella noche, en la puerta de la casa de Tavito, éste, por fin, ante la insistencia de su hermano mayor, dijo que, bueno, daría vueltas a su sugerencia. Y que no se preocupara: guardaría la boca bien cerrada.

Fue la última vez que Antonio lo vio con vida. Tres días después de aquella conversación, desapareció Murphy. Cuando Antonio volvió a Ciudad Trujillo, Tavito había sido detenido. Estaba incomunicado en La Victoria. Fue en persona a pedir una audiencia al Generalísimo, pero éste no lo recibió. Quiso hablar con el coronel Cobián Parra, jefe del SIM, pero se había vuelto invisible, y, poco después, un soldado lo mató en su despacho por orden de Trujillo. En las cuarenta y ocho horas siguientes, Antonio llamó o visitó a todos los dirigentes y altos funcionarios del régimen que conocía, desde el presidente del Senado, Agustín Cabral, hasta el presidente del Partido Dominicano, Álvarez Pina. En todos encontró la misma expresión inquieta, todos le dijeron que lo mejor que podía hacer, por su propia seguridad y la de los suyos, era dejar de llamar y buscar a gente que no podía ayudarlo y a la que ponía también en peligro. «Era darse cabezazos contra la pared», le dijo después Antonio al general Juan Tomás Díaz. Si Trujillo lo hubiera recibido, le hubiera rogado, se hubiera puesto de rodillas, cualquier cosa para salvar a Tavito.

Poco después, un amanecer, un coche del SIM con *caliés* armados de metralletas y vestidos de civil, paró en la puerta de la casa de Tavito de la Maza. Sacaron el cadáver de éste y sin miramientos lo arrojaron en el jardincillo de la entrada, entre las trinitarias. Y a Altagracia, que salió a la puerta en camisón de dormir y que miraba aquello despavorida, le gritaron, ya yéndose:

—Su marido se ahorcó en la cárcel. Se lo trajimos para que lo entierre como Dios manda.

«Pero, ni siquiera eso fue lo peor», pensó Antonio. No, ver el cadáver de Tavito, esa cuerda de su supuesto suicidio todavía en el cuello y ese cuerpo aventado como un perro en el umbral de su casa por un grupo de esos rufianes patentados que eran los *caliés* del SIM, no fue lo peor. Antonio se lo había repetido decenas, centenas de veces, estos cuatro años y medio, mientras dedicaba sus días y sus noches y todos los restos de lucidez e inteligencia que le quedaban, a planear la venganza que esta noche —Dios sea bendito— se iba a concretar. Lo peor había sido la segunda muerte de

Tavito, días después de la primera, cuando, utilizando toda la maquinaria informativa y publicitaria, *El Caribe* y *La Nación,* la televisión y radio La Voz Dominicana, las radios La Voz del Trópico, Radio Caribe, y una docena de periodiquitos y emisoras regionales, el régimen, en una de sus más truculentas mascaradas, divulgó una supuesta carta manuscrita de Octavio de la Maza, explicando su suicidio. ¡El remordimiento por haber asesinado con sus manos al piloto Murphy, su amigo y compañero en Dominicana de Aviación! No contento con mandarlo matar, el Chivo, para borrar las pistas de la historia de Galíndez, tuvo el refinamiento macabro de hacer de Tavito un asesino. Así se libraba de los dos molestos testigos. Y, para que todo fuera más abyecto, la carta ológrafa de Tavito explicaba por qué mató a Murphy: la mariconería. Éste habría acosado de tal modo a su hermano menor, de quien se había enamorado, que Tavito, reaccionando con la energía de un buen macho, lavó su honor dando muerte al degenerado y disimuló su crimen con la coartada de un accidente.

Tuvo que inclinarse en el asiento del Chevrolet, apretando contra su estómago el fusil recortado, disimulando la contracción que acababa de sentir. Su mujer le insistía que fuera al médico, pues esas molestias podían ser una úlcera o algo más grave, pero él se resistía. No necesitaba médicos para saber que su organismo se había deteriorado estos últimos años, como reflejo de la amargura de su espíritu. Desde lo ocurrido a Tavito, perdió toda ilusión, todo entusiasmo, todo amor por esta vida o la otra. Sólo la idea de la venganza lo mantenía activo; sólo vivía para cumplir el juramento que hizo en voz alta, descomponiendo de miedo a los vecinos de Moca que acudieron a acompañar a los De la Maza —padres, hermanos y hermanas, cuñados y cuñadas, sobrinos, hijos, nietos, tías y tíos— durante el velorio:

—¡Por Dios santo que mataré con mis manos al hijo de puta que hizo esto!

Todos sabían que se refería al Benefactor, al Padre de la Patria Nueva, al Generalísimo doctor Rafael L. Trujillo Molina, cuya corona fúnebre de flores frescas y fragantes era la más vistosa de la cámara mortuoria. La familia De la Maza no se atrevió a rechazarla ni a retirarla de aquel sitio, tan visible que todos quienes vinieron a santiguarse y rezar una oración junto al catafalco, supieron que el Jefe se condolía por la trágica muerte de ese aviador, «uno de los más fieles, leales y animosos de mis seguidores», según la esquela de pésame.

Al día siguiente del entierro, dos ayudantes militares de Palacio bajaron de un Cadillac con placa oficial en la casa de los De la Maza, en Moca. Venían en busca de Antonio.

—¿Estoy detenido?

—De ningún modo —se apresuró a explicarle el teniente primero Roberto Figueroa Carrión—. Su Excelencia desea verlo.

Antonio no se tomó el trabajo de meterse una pistola al bolsillo. Supuso que, antes de entrar al Palacio Nacional, si es que lo llevaban allí y no a La Victoria o La Cuarenta, o no tenían orden de echarlo en algún precipicio del camino, lo desarmarían. No le importó. Él sabía lo fuerte que era y, también, que su fortaleza redoblada por el odio bastaría para acogotar al tirano, como había jurado la víspera. Rumió esa decisión, resuelto a ponerla en práctica, a sabiendas de que lo matarían antes de que pudiera intentar la fuga. Pagaría ese precio, con tal de acabar con el déspota que había arruinado su vida y la de su familia.

Al bajar del auto oficial, los ayudantes lo escoltaron hasta el despacho del Benefactor, sin que nadie lo registrara. Los oficiales debían tener instrucciones precisas; apenas la inconfundible vocecita chillona respondió «Adelante», el teniente primero Roberto Figueroa Carrión y su compañero se apartaron, dejándolo entrar solo. El despacho se hallaba en semipenumbra, debido a los postigos medio cerrados de la ventana que daba al jardín. El Generalísimo, en su escritorio, lucía un uniforme que Antonio no recordaba: guerrera blanca y larga, de faldones, con abotonadura de oro y grandes charreteras de dorados flecos sobre la pechera, de la cual pendía un multicolor abanico de medallas y condecoraciones. Llevaba un pantalón azul claro, de franela, con una raya blanca perpendicular. Se dispondría a asistir a alguna ceremonia militar. La luz de la lamparilla iluminaba la cara ancha, cuidadosamente rasurada, los cabellos grises bien asentados y el bigotito mosca, imitado de Hitler (a quien, le había oído decir alguna vez Antonio, el Jefe admiraba «no por sus ideas, sino por su manera de llevar el uniforme y presidir los desfiles»). Aquella mirada fija, directa, clavó a Antonio en el sitio apenas cruzó el umbral. Trujillo se dirigió a él después de observarlo un buen rato:

—Ya sé que crees que a Octavio lo mandé matar y que lo de su suicidio es una farsa, montada por el Servicio de Inteligencia. Te he hecho venir para decirte personalmente que te equivocas. Octavio era hombre del régimen. Siempre fue leal, un trujillista. Acabo de nombrar una comisión, presidida por el procurador general de la República, licenciado Francisco Elpidio Beras. Con poderes amplísimos para interrogar a todo el mundo, militares y civiles. Si lo de su suicidio es mentira, los culpables lo pagarán.

Le hablaba sin animosidad y sin inflexiones, mirándolo a los ojos de la manera directa y perentoria con que hablaba siempre a subordinados, amigos y enemigos. Antonio permanecía inmóvil, más decidido que nunca a saltar sobre el farsante y apretarle el pescuezo, sin darle tiempo a pedir ayuda. Como para facilitarle la tarea, Trujillo se puso de pie y avanzó hacia él, a pasos lentos, solemnes. Sus zapatos negros brillaban más todavía que las enceradas maderas del despacho.

—También autoricé al FBI a venir a investigar aquí la muerte de ese tal Murphy —añadió, con el mismo tonito agudo—. Es una violación de nuestra soberanía, por supuesto. ¿Permitirían los gringos que nuestra policía fuera a investigar el asesinato de un dominicano en New York, Washington o Miami? Que vengan. Que el mundo sepa que no tenemos nada que ocultar.

Estaba a un metro de distancia. Antonio no podía resistir la mirada quieta de Trujillo y pestañeaba sin cesar.

—A mí no me tiembla la mano cuando tengo que matar —añadió, después de una pausa—. Gobernar exige, a veces, mancharse de sangre. Por este país, he tenido que hacerlo muchas veces. Pero, soy un hombre de honor. A los leales, les hago justicia, no los mando matar. Octavio era leal, hombre del régimen, un trujillista probado. Por eso, me jugué para que no fuera a la cárcel cuando se le fue la mano en Londres y mató a Luis Bernardino. La muerte de Octavio será investigada. Tú y tu familia pueden participar en los trabajos de la comisión.

Dio media vuelta y de la misma manera calmosa regresó a su escritorio. ¿Por qué no saltó sobre él cuando lo tuvo tan cerca? Se lo preguntaba todavía, cuatro años y medio después. No porque creyera una palabra de lo que decía. Aquello era parte de la farsa a la que Trujillo era tan propenso y que la dictadura superponía a sus crímenes, como un suplementario sarcasmo a los hechos luctuosos sobre los que se levantaba. ¿Por qué, entonces? No por miedo a morir, porque, entre todos los defectos que se reconocía, nunca figuró el miedo a la muerte. Desde que era un alzado y con una pequeña tropa de horacistas combatió a tiros al dictador, se había jugado la vida muchas veces. Era algo más sutil e indefinible que el miedo: esa parálisis, el adormecimiento de la voluntad, del raciocinio y del libre albedrío que aquel personajillo acicalado hasta el ridículo, de vocecilla aflautada y ojos de hipnotizador, ejercía sobre los dominicanos pobres o ricos, cultos o incultos, amigos o enemigos, lo que lo tuvo allí, mudo, pasivo, escuchando aquellos embustes, espectador solitario de esa patraña, incapaz de convertir en acción su voluntad de saltar sobre él y acabar con el aquelarre en que se había convertido la historia del país.

—Además, como prueba de que el régimen considera a los De la Maza una familia leal, esta mañana se te ha otorgado la concesión del tramo por construir de la carretera Santiago-Puerto Plata.

Hizo otra pausa y, mojándose los labios con una puntita de lengua, concluyó con una frase que decía también que la entrevista había terminado:

—Así podrás ayudar a la viuda de Octavio. La pobre Altagracia estará pasando dificultades. Dale un abrazo de mi parte, y otro a tus padres.

Antonio salió del Palacio Nacional más aturdido que si hubiera bebido toda una noche. ¿Era él? ¿Escuchó con sus propias orejas lo que dijo aquel hijo de puta? ¿Aceptó las explicaciones de Trujillo e, incluso, un negocio, un plato de lentejas que le permitiría embolsillarse unos miles de pesos, para tragarse su amargura y volverse un cómplice —sí, un cómplice— del asesinato de Tavito? ¿Por qué no osó ni siquiera increparlo, decirle que sabía muy bien que aquel cadáver arrojado en la puerta de su cuñada había sido asesinado por orden suya, como Murphy antes, y que él había diseñado también, con su mente melodramática, la mascarada de la mariconería del piloto gringo y los remordimientos de Tavito, por haberlo matado?

En lugar de regresar a Moca, aquella mañana, Antonio, sin saber cómo, fue a parar a un cabaret de mala muerte, El Bombillo Rojo, en la esquina Vicente Noble con Barahona, cuyo dueño, el Loco Frías, organizaba concursos de baile. Bebió incontables tragos de ron, ensimismado, oyendo, a lo lejos, merengues de sabor cibaeño (*San Antonio, Con el alma, Juanita Morel,* el *Jarro pichao* y otros) y, en un momento dado, sin explicación alguna, trató de golpear al maraquero de la orquestita que animaba el local. La borrachera le nubló el blanco, puñeteó el aire y cayó al suelo, del que no pudo levantarse.

Cuando llegó a Moca, un día después, demacrado y con las ropas en ruina, en la casa familiar lo esperaban su padre, don Vicente, su hermano Ernesto, su madre y Aída, su esposa, con aire espantado. Fue su mujer la que habló, vibrando:

—Por todas partes se dice que Trujillo te ha tapado la boca, dándote la carretera de Santiago a Puerto Plata. No sé cuántas personas han llamado.

Antonio recordaba su sorpresa al oír a Aída increparlo, delante de sus padres y Ernesto. Ella era la esposa dominicana modelo, callada, servicial, sufrida, que aguantaba sus borracheras, las aventuras con mujeres, las pendencias, las noches pasadas fuera del hogar, y que lo recibía siempre con buena cara, levantándole el ánimo, apresurándose a creerle las excusas cuando él se dignaba dárselas, y buscando en la misa de cada domingo, las novenas, las confesiones y los rezos el consuelo para las contrariedades de que estaba amasada su vida.

—No podía hacerme matar por un mero gesto —dijo, dejándose caer en la vieja mecedora donde don Vicente daba sus cabeceadas a la hora de la siesta—. Fingí que creía sus explicaciones, que me dejaba comprar.

Hablaba sintiendo un cansancio de siglos, con las miradas de su mujer, de Ernesto y de sus padres abrasándole la conciencia.

—¿Qué otra cosa podía hacer? No pienses mal, papá. He jurado vengar a Tavito. Lo voy a hacer, mamá. No tendrás que avergonzarte nunca más de mí, Aída. Te lo juro. Se lo juro, de nuevo.

En cualquier momento, aquel juramento se iba a cumplir. Dentro de diez minutos, de uno, el Chevrolet en el que el viejo zorro iba cada semana a la Casa de Caoba en San Cristóbal aparecería y, de acuerdo al plan cuidadosamente esbozado, el asesino de Galíndez, de Murphy, de Tavito, de las Mirabal, de miles de dominicanos, caería acribillado por las balas de otra de sus víctimas, Antonio de la Maza, a quien Trujillo había matado también, de manera más demorada y perversa que a los que liquidó a tiros, golpes o echándolos a los tiburones. A él lo mató por partes, quitándole la decencia, el honor, el respeto por sí mismo, la alegría de vivir, las esperanzas, los deseos, dejándolo convertido en un pellejo y unos huesos atormentados por esa mala conciencia que lo destruía a poquitos desde hacía tantos años.

—Voy a estirar las piernas —oyó decir a Salvador Estrella Sadhalá—. Se me han acalambrado con la sentada.

Vio salir al Turco del automóvil y dar unos pasos, al filo de la carretera. ¿Estaba Salvador tan angustiado como él? Sin duda. Y Tony Imbert y Amadito, también. Y lo mismo, allá adelante, Roberto Pastoriza, Huáscar Tejeda y Pedro Livio Cedeño. Roídos por la zozobra de que algo, alguien, impidiera al Chivo venir a esta cita. Pero, era con él que Trujillo tenía viejas cuentas. A ninguno de sus seis compañeros, ni a las decenas de otros, que, como Juan Tomás Díaz, estaban en esta conspiración, había hecho tanto daño como a Antonio. Echó una mirada por la ventanilla: el Turco se sacudía las piernas con movimientos enérgicos. Alcanzó a divisar que Salvador tenía el revólver en la mano. Lo vio regresar al auto y ocupar su sitio en el asiento de atrás, junto a Amadito.

—Bueno, si no viene, nos iremos al Pony, a tomarnos una cerveza heladita —lo oyó decir, apenado.

Después de aquella pelea, él y Salvador habían estado meses sin verse. Coincidieron en reuniones sociales, pero no se saludaron. Aquella ruptura agravó el tormento interior en que vivía. Cuando la conspiración estuvo muy avanzada, Antonio tuvo ánimo para presentarse en la Mahatma Gandhi 21 y entrar directamente a la sala donde se hallaba Salvador.

—Es inútil que dispersemos esfuerzos —le dijo, a modo de saludo—. Tus planes para matar al Chivo son niñerías. Tú e Imbert deben unirse a nosotros. Lo nuestro está avanzado y no puede fallar.

Salvador lo miró a los ojos, sin decir nada. No hizo ningún ademán hostil ni lo echó de la casa.

—Tengo el apoyo de los gringos —le explicó Antonio, bajando la voz—. Llevo dos meses tratando los detalles con la embajada. Juan Tomás Díaz ha hablado también con gente del cónsul Dearborn. Nos darán armas y explosivos. Tenemos comprometidos a jefes militares. Tú y Tony deben unirse a nosotros.

—Somos tres —dijo, por fin, el Turco—. Amadito García Guerrero forma parte del grupo, desde hace unos días.

Fue una reconciliación muy relativa. No habían vuelto a tener una discusión seria estos meses, mientras el plan para matar a Trujillo se hacía, deshacía, rehacía y tomaba cada mes, cada semana, cada día, formas y fechas diferentes, por las vacilaciones de los yanquis. El avión de armas prometido al principio por la embajada se redujo, al final, a los tres fusiles que le entregó, no hacía mucho, su amigo Lorenzo Berry, el dueño del supermercado Wimpy's, que, para su asombro, resultó ser el hombre de la CIA en Ciudad Trujillo. Pese a esos encuentros cordiales, cuyo único tema era el plan en perpetua transformación, no volvió a haber, entre ellos, la fraterna comunicación de antaño, las bromas, las confidencias, esa urdimbre de intimidades compartidas que —Antonio lo sabía— existía en cambio entre el Turco, Imbert y Amadito, algo de lo que él había sido excluido desde la pelea. Otra miseria más por la que tomar cuentas al Chivo: haber perdido aquel amigo para siempre.

Sus tres compañeros de auto, y los otros tres, apostados más adelante, eran tal vez los que menos sabían de la conspiración. Era posible que tuvieran sospechas de otros cómplices, pero, si algo fallaba, y caían en manos de Johnny Abbes García, y los *caliés* los llevaban a La Cuarenta y los sometían a las torturas consabidas, ni el Turco, ni Imbert, ni Amadito, ni Huáscar, ni Pastoriza, ni Pedro Livio podrían implicar a mucha gente. Al general Juan Tomás Díaz, a Luis Amiama Tió y a dos o tres más. No sabían casi nada de los otros, entre los que se hallaban las figuras más altas del gobierno, Pupo Román, por ejemplo —jefe de las Fuerzas Armadas, segundo hombre del régimen—, ni de la miríada de ministros, senadores, funcionarios civiles y jerarcas militares, informados de los planes, que habían participado en su preparación, o los habían conocido indirectamente y hecho saber o dejado entender o adivinar a intermediarios (era el caso del propio Balaguer, teórico Presidente de la República) que, una vez eliminado el Chivo, estarían dispuestos a colaborar en la reconstrucción política, la liquidación de toda la hez sobrante del trujillismo, la apertura, la Junta cívico-militar que, con el apoyo de Estados Unidos, garantizara el orden, cerrara el paso a los comunistas, llamara a elecciones. ¿Sería por fin la República Dominicana un país normal, con un gobierno elegido, prensa libre, una justicia digna de ese nombre? Antonio suspiró. Había trabajado tanto por eso y no conseguía creerlo. En verdad, él era el único que conocía como su palma de la mano toda esa telaraña de nombres y complicidades. Muchas veces, mientras se sucedían las desesperantes conversaciones secretas, y todo lo hecho se desmoronaba y había que volver a levantarlo desde la nada, se había sentido exactamente eso: una araña en el corazón de un laberinto de hebras tendidas por él mismo, que aprisionaban a una muchedumbre de personajes que se desconocían entre sí. Era el único que conocía a todos. Sólo él sabía el grado de compromiso que había adquirido cada cual. ¡Y eran tantos! Ni él mismo podía recordar cuántos, ahora. Era un milagro que, siendo este país lo que era, siendo los dominicanos como eran, no hubiera habido una delación que desbaratara la trama. Tal vez Dios estaba con ellos, como creía Salvador. Habían funcionado las precauciones, el que todos los demás supieran muy poco, salvo el objetivo último, pero ignoraran el modo, la circunstancia, el momento. No más de tres o cuatro personas sabían que ellos siete estaban aquí, esta noche, ni qué manos ajusticiarían al Chivo.

Lo abrumaba a veces la idea de ser el único que, si Johnny Abbes lo detenía, podía identificar a todos los comprometidos. Estaba decidido a no dejarse capturar vivo, a reservar el último tiro para dispararselo. Y, había tomado también la precaución de disimular en el tacón hueco de su zapato un veneno a base de cianuro, que le preparó un boticario de Moca, creyendo que era para acabar con un perro cimarrón que hacía estragos en los gallineros de la hacienda. No lo agarrarían vivo, no le daría a Johnny Abbes el placer de verlo retorcerse en la silla eléctrica. Muerto Trujillo, sería una verdadera felicidad acabar con el jefe del SIM. Sobrarían voluntarios. Lo probable era que, enterado de la muerte del Jefe, desapareciera. Habría tomado todas las precauciones; tenía que saber cuánto lo odiaban, cuántos querían vengarse. No sólo opositores; ministros, senadores, militares lo decían abiertamente.

Antonio encendió un nuevo cigarrillo y fumó, mordiendo el cabo con fuerza para desahogar la ansiedad. Se había interrumpido el tráfico por completo; hacía buen rato que no pasaba un camión ni un auto en ninguna de las dos direcciones.

En realidad, se dijo, echando humo por la boca y la nariz, le importaba una mierda lo que pasara después. Lo esencial era lo de ahora. Verlo muerto para saber que su vida no había sido inútil, que no había pasado por esta tierra como un ser despreciable.

—Ese cabrón no viene nunca, coño —exclamó furioso, a su lado, Tony Imbert.

VII

A la tercera vez que Urania insiste con el bocado, el inválido abre la boca. Cuando la enfermera vuelve con el vaso de agua, el señor Cabral, relajado y como distraído, acepta dócilmente los bocaditos de papilla que le da su hija y bebe a sorbitos medio vaso de agua. Unas gotitas se le escurren por las comisuras hasta el mentón. La enfermera lo seca con cuidado.

—Muy bien, muy bien, se comió su fruta como niño bueno —lo felicita—. Está contento con la sorpresa que le dio su hija ¿verdad, señor Cabral?

El inválido no se digna mirarla.

—¿Se acuerda usted de Trujillo? —le pregunta Urania, a boca de jarro.

La mujer la mira desconcertada. Es ancha de caderas, agestada, de ojos saltones. Tiene el pelo de un rubio oxidado cuyas raíces oscuras delatan el tinte. Reacciona, por fin:

—Qué me voy a acordar, yo tenía cuatro o cinco añitos cuando lo mataron. No me acuerdo de nada, sólo lo que oí en mi casa. Su papá fue muy importante en esa época, ya lo sé.

Urania asiente.

—Senador, ministro, todo —murmura—. Pero, al final, cayó en desgracia.

El anciano la mira, alarmado.

—Bueno, bueno —trata de hacerse simpática la enfermera—. Sería un dictador y lo que digan, pero parece que entonces se vivía mejor. Todos tenían trabajo y no se cometían tantos crímenes. ¿No es cierto, señorita?

—Si mi padre puede entenderla, estará feliz oyéndola.

—Claro que me entiende —dice la enfermera, ya en la puerta—. ¿Verdad, señor Cabral? Su papá y yo tenemos largas conversaciones. Bueno, me llama si me necesita.

Sale, cerrando la puerta.

Tal vez era verdad que, debido a los desastrosos gobiernos posteriores, muchos dominicanos añoraban ahora a Trujillo. Habían olvidado los abusos, los asesinatos, la corrupción, el espionaje, el aislamiento, el miedo: vuelto mito el horror. «Todos tenían trabajo y no se cometían tantos crímenes».

—Se cometían, papá —busca los ojos del inválido, quien se pone a pestañear—. No entrarían tantos ladrones a las casas, ni habría tantos asaltantes en las calles arrancando carteras, relojes y collares a los transeúntes. Pero, se mataba, se golpeaba, se torturaba y se desaparecía. Incluso, a la gente más allegada al régimen. Por ejemplo, el hijito, el bello Ramfis, cuántos abusos cometió. ¡Cómo temblabas de que me fuera a echar el ojo!

Su padre no sabía, porque Urania nunca se lo dijo, que ella y sus compañeras del Colegio Santo Domingo, y tal vez todas las muchachas de su generación, soñaban con Ramfis. Con su bigotito recortado de galán de película mexicana, sus anteojos Ray-Ban, sus ternos entallados y sus variados uniformes de jefe de la Aviación Dominicana, sus grandes ojos oscuros, su atlética silueta, sus relojes y anillos de oro puro y sus Mercedes Benz, parecía el favorito de los dioses: rico, poderoso, apuesto, sano, fuerte, feliz. Lo recuerdas muy bien: cuando las *sisters* no podían verlas ni oírlas, tú y tus compañeras se mostraban sus colecciones de fotos de Ramfis Trujillo, de civil, de uniforme, en ropa de baño, de corbata, de sport, de etiqueta, en traje de montar, dirigiendo el equipo de polo dominicano o sentado al mando de su avión. Se inventaban haberlo visto, hablado con él, en el club, en la feria, en la fiesta, en el desfile, en la kermesse, y, cuando ya se atrevían a decir estas cosas —ruborizadas, asustadas, sabiendo que era pecar de palabra y pensamiento y que tendrían que confesarlo al capellán— se secreteaban, qué lindo, qué hermoso, ser amadas, besadas, abrazadas, acariciadas por Ramfis Trujillo.

—No te imaginas cuántas veces me soñé con él, papá.

Su padre no se ríe. Ha vuelto a dar un brinquito y abierto mucho los ojos al oír el nombre del hijo mayor de Trujillo. El preferido y, por eso mismo, su peor decepción. El Padre de la Patria Nueva hubiera querido que su primogénito —«¿Era hijo suyo, papá?»— tuviera su apetito de poder y fuera tan enérgico y ejecutivo como él. Pero Ramfis no le había heredado ninguna de sus virtudes ni defectos, salvo, quizás, el frenesí fornicatorio, la necesidad de tumbar mujeres en la cama para convencerse de su virilidad. Carecía de ambición política, de toda ambición, y era indolente, propenso a las depresiones, a la introversión neurótica, asediado por complejos, angustias y retorcimientos, con una conducta zigzagueante de explosiones histéricas y largos periodos de abulia que ahogaba en drogas y alcohol.

—¿Sabes lo que dicen los biógrafos del Jefe, papá? Que se volvió así cuando supo que, al nacer él, su madre no estaba aún casada con Trujillo. Que comenzó a tener depresiones al enterarse de que su verdadero padre era el doctor Dominici, o ese cubano al que Trujillo mandó matar, el primer amante de doña María Martínez, cuando ésta no soñaba en ser la Prestante Dama y era una mujercita de medio pelo y dudoso vivir, apodada la Españolita. ¿Te estás riendo? ¡No me lo creo!

Es posible que se esté riendo. También, que sea un mero aflojamiento de sus músculos faciales. En todo caso, no es la cara de alguien que se divierte; más bien, la de quien acaba de bostezar o aullar y ha quedado desmandibulado, los ojos entornados, las narices dilatadas y las fauces abiertas, mostrando un hueco oscuro, desdentado.

—¿Quieres que llame a la enfermera?

El inválido cierra la boca, distiende el rostro y recupera la expresión atenta y alarmada. Permanece encogido, quieto, esperando. A Urania la distrae una súbita chillería de cotorras, que alborota la habitación. Cesa tan pronto como empezó. Hay un sol espléndido; alancea techos y cristales y empieza a calentar el cuarto.

—¿Sabes una cosa? Con todo el odio que le tuve, que le sigo teniendo a tu Jefe, a su familia, a todo lo que huela a Trujillo, la verdad, cuando pienso en Ramfis, o leo sobre él, no puedo dejar de sentir pena, compasión.

Había sido un monstruo, como toda esa familia de monstruos. ¿Qué otra cosa hubiera podido ser, siendo hijo de quien era, criado y educado como lo fue? ¿Qué otra cosa hubiera podido ser el hijo de Heliogábalo, el de Calígula, el de Nerón? ¿Qué otra cosa podía ser un niño nombrado a los siete años, por ley —«¿Tú la presentaste en el Congreso o el senador Chirinos, papá?»—, coronel del Ejército dominicano, y, a los diez, ascendido a general, en una ceremonia pública, a la que debió asistir el cuerpo diplomático y en la que todos los jefes militares le rindieron honores? Urania tiene grabada aquella foto, del álbum que su padre guardaba en una alacena de la sala —¿estará todavía allí?— en la que el atildado senador Agustín Cabral («¿O eras ministro en ese momento, papá?»), de impecable frac, bajo un sol rechinante, doblado en respetuosa venia presenta sus saludos al niño uniformado de general, que de pie sobre un pequeño podio entoldado acaba de pasar revista al desfile militar y recibe, en fila, la felicitación de ministros, parlamentarios y embajadores. Al fondo de la tribuna, los rostros complacidos del Benefactor y la Prestante Dama, la orgullosa mamá.

—¿Qué otra cosa podía ser sino el zángano, el borrachín, el violador, el badulaque, el bandido, el desequilibrado que fue? Nada de eso sabíamos yo y mis amigas del Santo Domingo cuando andábamos enamoradas de Ramfis. Tú sí lo sabías, papá. Por eso te asustaba que fuera a verme, a antojarse de tu hijita, por eso te pusiste como te pusiste la vez que me hizo un cariño y echó un piropo. ¡Yo no entendía nada!

El inválido pestañea, dos, tres veces.

Porque, a diferencia de sus compañeras cuyos corazoncitos palpitan por Ramfis Trujillo y se inventan que lo han visto y hablado con él, que les ha sonreído y piropeado, a Urania sí le ocurrió. Durante la inauguración del magno acontecimiento que celebra los veinticinco años de la Era de Trujillo: la Feria de la Paz y la Confraternidad del Mundo Libre, que, desde el 20 de diciembre de 1955, duraría todo el año 1956, y costaría —«Nunca se supo la cifra exacta, papá»— entre veinticinco y setenta millones de dólares, entre la cuarta parte y la mitad del presupuesto nacional. Urania tiene muy vívidas aquellas imágenes, la excitación, la sensación de maravilla que bañó al país entero con aquella feria memorable: Trujillo se festejaba a sí mismo, trayendo a Santo Domingo («A Ciudad Trujillo, perdón, papá») la orquesta de Xavier Cugat, las coristas del Lido de París, las patinadoras norteamericanas del Ice Capades, y construyendo, en los ochocientos mil metros cuadrados del recinto ferial, setenta y un edificios, algunos de mármol, alabastro y ónix, para albergar a las delegaciones de los cuarenta y dos países del Mundo Libre que acudieron, ramillete de personalidades entre las que destacaban el Presidente del Brasil, Juscelino Kubitschek, y la púrpura silueta del cardenal Francis Spellman, arzobispo de New York. Los hechos cumbre de aquella conmemoración fueron el ascenso de Ramfis, por sus brillantes servicios al país, al grado de teniente general, y la entronización de Su Graciosa Majestad Angelita I, Reina de la Feria, que llegó allí en barco, anunciada por las sirenas de toda la Marina y el repiqueteo de campanas de todas las iglesias de la capital, con su corona de piedras preciosas y su delicado vestido de gasa y encaje confeccionado en Roma por dos célebres modistas, las hermanas Fontana, que utilizaron en él cuarenta y cinco metros de armiño ruso, cuya cola tenía tres metros de largo y cuya toga imitaba la que llevó Isabel I de Inglaterra en su coronación. Entre las damitas y los pajes, con un primoroso vestido largo de organdí, guantes de seda y un puñado de rosas en la mano, entre otras niñas y jóvenes selectas de la sociedad dominicana, está Urania. Es el paje más joven de la corte de capullos que escolta a la hija de Trujillo bajo el sol triunfal, entre esa muchedumbre que aplaude al poeta y secretario de Estado de la Presidencia, don Joaquín Balaguer, cuando hace el elogio de Su Majestad Angelita I y pone a los pies de su gracia y belleza al pueblo dominicano. Sintiéndose una mujercita, Urania oye a su padre, vestido de etiqueta, leer un panegírico de los logros en estos veinticinco años, alcanzados gracias a la tenacidad, visión y patriotismo de Trujillo. Es inmensamente feliz. («Nunca volví a serlo tanto como ese día, papá».) Se cree el centro de la atención. Ahora, en el corazón de la feria, se desvela la estatua en bronce de Trujillo, de chaqué y toga académica, en la mano diplomas profesorales. De pronto —broche de oro de aquella mañana mágica— Urania descubre, a su lado, mirándola con sus ojos sedosos, a Ramfis Trujillo, en su uniforme de gran parada.

—¿Y esta chiquilla tan linda quién es? —le sonríe el flamante teniente general. Urania siente unos dedos cálidos, delgados, levantándole el mentón—. ¿Cómo tú te llamas?

—Urania Cabral —balbucea ella, con el corazón desbocado.

«Qué linda eres, y, sobre todo, qué linda vas a ser», se inclina Ramfis, y sus labios besan la mano de la niña que escucha el alboroto, los suspiros, las bromas con que la festejan los otros pajes y damitas de Su Majestad Angelita I. El hijo del Generalísimo se ha marchado. Ella no cabe en sí de gozo. Qué dirán sus amigas cuando sepan que Ramfis, nada menos que Ramfis, la ha llamado linda, le ha cogido la mejilla y besado la mano, como a una mujercita.

—Qué disgusto te dio cuando te lo conté, papá. Qué furia. Tiene gracia ¿verdad?

Aquel enfado de su padre al enterarse de que Ramfis la había tocado, hizo sospechar a Urania por primera vez que, acaso, no todo era tan perfecto en la República Dominicana como decían todos, en especial el senador Cabral.

—Qué tiene de malo que me dijera linda y me hiciera un cariño, papá.

—Todo lo malo del mundo —eleva la voz su padre, asustándola, pues él jamás la amonesta con ese índice apodíctico sobre su cabeza—. ¡Nunca más! Óyelo bien, Uranita. Si se te acerca, sal corriendo. No lo saludes, no le hables. Escapa. Es por tu bien.

—Pero, pero... —la niña está hecha un mar de confusión.

Acaban de regresar de la Feria de la Paz y la Confraternidad del Mundo Libre, ella todavía con su primoroso vestido de damita de compañía de Su Majestad Angelita I, y su padre con el frac con el que ha pronunciado su discurso delante de Trujillo, del Presidente Negro Trujillo y los diplomáticos, ministros, invitados y millares de millares de personas que anegan las avenidas, calles y edificios embanderados de la feria. ¿Por qué se ha puesto así?

—Porque Ramfis, ese muchacho, ese hombre es... malo —su padre hace esfuerzos por no decir todo lo que quisiera—. Con las muchachas, con las niñas. No lo repitas a tus amigas del colegio. A nadie. Te lo digo a ti, porque eres mi hija. Es mi obligación. Debo cuidarte. Por tu bien,

Uranita, ¿lo comprendes? Sí, para eso eres inteligente. No dejes que se te acerque, que te hable. Si lo ves, corre donde yo esté. A mi lado, no te hará nada.

No entiendes, Urania. Eres pura como un lirio, sin malicia todavía. Te dices que tu padre está celoso. No quiere que nadie más te haga cariños ni te diga linda, sólo él. Aquella reacción del senador Cabral indica que, para entonces, el apuesto Ramfis, el romántico Ramfis, ha comenzado a hacer aquellas barrabasadas con las niñas, las muchachas y las mujeres que abultarán su fama, una fama que todo dominicano, bien nacido o mal nacido, aspira a alcanzar. Gran Singador, Macho Cabrío, Feroz Fornicador. Te irás enterando a pocos, en las clases y patios del Santo Domingo, el colegio de las niñas bien, de *sisters* dominicas norteamericanas y canadienses, de uniforme moderno, cuyas alumnas no parecen novicias pues las visten de rosado, azul y blanco, y llevan medias gordas y zapatos de dos tonos (blanco y negro), lo que les da un aire deportivo y de su tiempo. Pero, ni siquiera ellas están a salvo, cuando Ramfis sale en sus correrías, solo o con sus amigotes, en busca de hembritas por las calles, los parques, los clubs, las boîtes o las casas particulares de su gran feudo que es Quisqueya. ¿A cuántas dominicanas sedujo, secuestró, violó, el bello Ramfis? A las criollas no les regala Cadillacs ni abrigos de visón, como a las artistas de Hollywood, después de tirárselas o para tirárselas. Porque, a diferencia de su pródigo padre, el buen mozo Ramfis es, como doña María, un avaro. A las dominicanas se las tira gratis, por el honor de ser tiradas por el príncipe heredero, el capitán del invicto equipo de polo del país, el teniente general, el jefe de la Aviación.

De todo aquello vas sabiendo a través de los secreteos y chismografías, fantasías y exageraciones mezcladas con realidades, que, a escondidas de las *sisters,* cambian las alumnas en los recreos, creyendo y no creyendo, atraída y repelida, hasta que, por fin, ocurre aquel terremoto en el colegio, en Ciudad Trujillo, porque la víctima del hijito de su papá es, esta vez, una de las muchachas más bellas de la sociedad dominicana, hija de un coronel del Ejército. La radiante Rosalía Perdomo, de largos cabellos rubios, ojos celestes, piel traslúcida, que hace de Virgen María en las representaciones de la Pasión, derramando lágrimas como una genuina Dolorosa cuando su Hijo expira. Corren muchas versiones sobre lo sucedido. Que Ramfis la conoció en una fiesta, que la vio en el Country Club, en una kermesse, que le echó el ojo en el Hipódromo, la asedió, llamó, escribió y citó, aquella tarde del viernes, luego de la hora de deportes a la que Rosalía se quedaba pues era del equipo de voleibol del colegio. Muchas compañeras la ven, a la salida —Urania no recuerda si la vio, no es imposible—, en vez de tomar la guagua del colegio, subirse al auto de Ramfis, que está a pocos metros de la puerta, esperándola. No va solo. El hijito de su papá nunca va solo, siempre lo acompañan dos o tres amigos que lo festejan, adulan, sirven y medran a su costa. Como su cuñadito, el marido de Angelita, Pechito, otro pimpollo, el coronel Luis José León Estévez. ¿Estará con ellos el hermanito menor? ¿El feíto, el brutito, el desangelado Radhamés? Seguramente. ¿Borrachos ya? ¿O se emborrachan mientras hacen lo que hacen con la dorada, la nívea Rosalía Perdomo? Sin duda, no se esperan que la niña se desangre. Entonces, se portan como caballeros. Antes, la violan. A Ramfis, siendo quien es, le correspondería desflorar el delicioso manjar. Después, los otros. ¿Por orden de antigüedad o cercanía con el primogénito? ¿Se juegan los turnos a la suerte? ¿Como sería, papá? Y, en pleno cargamontón, los sorprende la hemorragia.

En vez de tirarla en una cuneta, en medio del campo, como hubieran hecho si Rosalía no fuera una Perdomo, niña blanca, rubia, rica y de respetada familia trujillista, sino una muchacha sin apellido y sin dinero, actúan con consideración. La llevan hasta la puerta del Hospital Marión, donde, ¿suerte o desgracia para Rosalía?, los médicos la salvan. También propagan la historia. Dicen que el pobre coronel Perdomo nunca se recupera de la impresión de saber que a su hija adorada Ramfis Trujillo y sus amigos la ultrajaran alegremente, entre el almuerzo y la cena, como quien mata su tiempo viendo una película. Su madre no vuelve a pisar la calle, malograda de la vergüenza y el dolor. Ni en misa se los vuelve a ver.

—¿Eso temías, papá? —Urania persigue los ojos del inválido—. ¿Que Ramfis y sus amigos me hicieran lo que a Rosalía Perdomo?

«Entiende», piensa, callándose. Su padre tiene los ojos clavados en ella; en el fondo de sus pupilas hay una súplica silenciosa: cállate, deja de escarbar esas llagas, de resucitar esos recuerdos. No tiene la menor intención de hacerlo. ¿No has venido para eso a este país al que habías jurado no volver?

—Sí, papá, a eso debo haber venido —dice, en voz tan baja que apenas alcanza a oírse—. A hacerte pasar un mal rato. Aunque, con el ataque cerebral, tomaste tus precauciones. Arrancaste de tu memoria las cosas desagradables. ¿También lo mío, lo nuestro, lo borraste? Yo, no. Ni un día. Ni uno solo de estos treinta y cinco años, papá. Nunca olvidé, ni te perdoné. Por eso, cuando me llamabas a la Siena Heights University, o a Harvard, oía tu voz y colgaba, sin dejarte terminar. «Hijita, ¿eres tú...»., clic. «Uranita, escúchame...»., clic. Por eso, jamás te contesté una carta. ¿Me escribiste cien? ¿Doscientas? Todas las rompí o quemé. Eran bastante hipócritas, tus cartitas. Hablabas dando rodeos, con alusiones, no fueran a caer bajo ojos ajenos, no fueran otros a enterarse de esa historia. ¿Sabes por qué nunca pude perdonarte? Porque nunca lo lamentaste de verdad. Luego de tantos años de servir al Jefe, habías perdido los escrúpulos, la sensibilidad, el menor asomo de rectitud. Igual que tus colegas. Igual que el país entero, tal vez. ¿Era ése el requisito para mantenerse en el poder sin morirse de asco? Volverse un desalmado, un monstruo como tu Jefe. Quedarse frescos y contentos como el bello Ramfis después de violar y dejar desangrándose en el Hospital Marión a Rosalía.

La niña Perdomo no volvió al colegio, desde luego, pero su delicada carita de Virgen María siguió habitando las aulas, los pasillos y los patios del Santo Domingo, los chismorreos, susurros, fantasías que su desventura provocó, semanas, meses, pese a que las *sisters* habían prohibido que se pronunciara siquiera el nombre de Rosalía Perdomo. Pero, en los hogares de la sociedad dominicana, aun en las familias más trujillistas, ese nombre reaparecía una y otra vez, ominosa premonición, aviso de espanto, sobre todo en las casas con niñas y señoritas en edad de merecer, y la historia atizaba el miedo de que el bello Ramfis (¡que era, además, casado con la divorciada Octavia —Tantana— Ricart!) fuera de pronto a descubrir a la niña, a la muchacha, y a darse con ella una de esas fiestas de heredero consentido que celebraba de tanto en tanto con quien se le antojaba, porque ¿quién iba a tomar cuentas al hijito mayor del Jefe y a su círculo de favoritos?

—Fue a raíz de Rosalía Perdomo que tu Jefe mandó a Ramfis a la academia militar, en Estados Unidos, ¿no, papá?

A la Academia Militar de Fort Leavenworth, Kansas City, en 1958. Para tenerlo un par de añitos lejos de Ciudad Trujillo, donde la historia de Rosalía Perdomo, decían, había irritado incluso a Su Excelencia. No por razones morales, sino prácticas. Este muchacho imbécil, en vez de irse empapando de los asuntos, preparándose como primogénito del Jefe, dedicaba su existencia a la disipación, al polo, a emborracharse con una corte de vagos y parásitos y hacer gracias como violar y desangrar a la niña de una de las familias más leales a Trujillo. Engreído, malcriado muchacho. ¡A la Academia Militar de Fort Leavenworth, en Kansas City!

Una risa histérica hace presa de Urania y el inválido vuelve a subsumirse, como queriendo desaparecer dentro de sí, desconcertado por esa carcajada súbita. Urania se ríe de tal modo que sus ojos se llenan de lágrimas. Se las seca con el pañuelo.

—El remedio fue peor que la enfermedad. En vez de castigo, resultó un premio aquel viajecito a Fort Leavenworth del bello Ramfis.

Debió ser cómico, ¿no, papá?: el oficialito dominicano llegaba a seguir ese curso de élite, entre una seleccionada promoción de oficiales norteamericanos, y se aparecía con galones de teniente general, decenas de condecoraciones, una larga carrera militar a cuestas (la había comenzado a los siete añitos), con un séquito de edecanes, músicos y sirvientes, un yate anclado en la bahía de San Francisco y una flotilla de automóviles. Menuda sorpresa se llevarían aquellos capitanes, mayores, tenientes, sargentos, instructores y profesores. Llegaba a la Academia Militar de Fort Leavenworth a seguir un curso y el pájaro tropical lucía más galones y títulos de los que tuvo nunca Eisenhower. ¿Cómo tratarlo? ¿Cómo permitir que gozara de semejantes prerrogativas sin desprestigiar a la academia y al Ejército norteamericano? ¿Era posible mirar a otro lado cuando el heredero, una semana sí y otra no, escapaba de la espartana Kansas City a la bulliciosa Hollywood, donde, con su amigo Porfirio Rubirosa, protagonizaba millonarias juergas con renombradas artistas que comentaba con delirio la prensa de la farándula y el chisme? La columnista más célebre de Los Angeles, Louella Parsons, reveló que el hijo de Trujillo había regalado un Cadillac último modelo a Kim Novak y un abrigo de visón a Zsa Zsa Gabor. Un congresista demócrata calculó, en sesión de la Cámara, que aquellos regalos costaban el equivalente de la ayuda militar anual que Washington concedía graciosamente al Estado dominicano, y preguntó si ésa era la mejor manera de ayudar a los países pobres a defenderse contra el comunismo y de gastarse el dinero del pueblo norteamericano.

Imposible evitar el escándalo. En Estados Unidos, no en la República Dominicana, donde no se publicó ni dijo una palabra sobre las distracciones de Ramfis. Allá sí, porque, digan lo que digan, hay una opinión pública y una prensa libre, y los políticos son pulverizados si presentan un flanco débil. Así que, a petición del Congreso, la ayuda militar fue cortada. ¿Te acuerdas de todo eso, papá? La academia hizo saber discretamente al Departamento de Estado, y éste, aún más discretamente, al Generalísimo, que no había la más remota posibilidad de que su hijito aprobara el curso, y que, siendo su hoja de servicios tan deficiente, era preferible que se retirara, so pena de pasar por la humillación de ser expulsado de la Academia Militar de Fort Leavenworth.

—Al papacito no le gustó nada que hicieran semejante maldad al pobre Ramfis ¿no, papá? No había hecho más que echar una canita al aire y mira cómo reaccionaban los gringos puritanos. En represalia, tu Jefe quiso retirar a las misiones naval y militar de Estados Unidos, y llamó al embajador para protestar. Sus asesores más íntimos, Paíno Pichardo, tú mismo, Balaguer, Chirinos, Arala, Manuel Alfonso, tuvieron que hacer milagros para convencerlo de que una ruptura sería enormemente perjudicial. ¿Te acuerdas? Los historiadores dicen que fuiste uno de los que impidió que las cosas se envenenaran con Washington por las proezas de Ramfis. Lo conseguiste sólo a medias, papá. A partir de aquella época, de aquellos excesos, los Estados Unidos comprendieron que ese aliado resultaba un estorbo, que era prudente buscar algo más presentable. ¿Pero, cómo hemos terminado hablando de los hijitos de tu Jefe, papá?

El inválido sube y baja los hombros, como respondiendo: «Qué sé yo, tú sabrás cómo». ¿Entendía, entonces? No. Al menos, no todo el tiempo. El derrame no habría anulado totalmente su facultad de comprensión; la reduciría a un diez, a un cinco por ciento de lo normal. Ese cerebro limitado, empobrecido, en cámara lenta, sin duda era capaz de retener y de procesar la información que sus sentidos captaban apenas unos pocos minutos, acaso segundos, antes de nublarse. Por eso, de pronto, sus ojos, su semblante, sus gestos, como ese movimiento de hombros, sugieren que escucha, que entiende lo que le dices. Sólo por briznas, por espasmos, por iluminaciones, sin concordancia. No te hagas ilusiones, Urania. Entiende por segundos y lo olvida. No te comunicas con él. Sigues hablando sola, como todos los días desde hace más de treinta años.

No está triste ni deprimida. Se lo impide, tal vez, el sol que entra por las ventanas e ilumina los objetos con una luz vivísima, que los perfila y revela en sus detalles, delatando defectos, decoloraciones, vejeces. Qué mezquino, abandonado, viejo, es ahora el dormitorio —la casa— del otrora poderoso presidente del Senado, Agustín Cabral. ¿Cómo has terminado recordando a Ramfis Trujillo? Siempre la fascinan esos extraños encaminamientos de la memoria, las geografías que arma en función de misteriosos estímulos, de imprevistas asociaciones. Ah, sí, tiene que ver con la noticia que leíste la víspera de tu salida de Estados Unidos, en *The New York Times*. El artículo era sobre el hermanito menor, el brutito, el feíto Radhamés. ¡Vaya noticia! Vaya final. El reportero había hecho una cuidadosa investigación. Vivía desde hacía algunos años en Panamá, en la insolvencia, dedicado a sospechosos quehaceres, nadie sabía cuáles, hasta que se esfumó. La desaparición tuvo lugar el año pasado, sin que los intentos hechos por parientes y la policía panameña —los registros efectuados en el cuartito en que vivía, en

Balboa, mostraron que sus escuálidas pertenencias seguían allí— dieran la menor pista. Hasta que, por fin, uno de los carteles colombianos de la droga hizo saber, en Bogotá, con la pompa sintáctica característica de la Atenas de América, que «el ciudadano dominicano D. Radhamés Trujillo Martínez, domiciliado en Balboa, en la hermana República de Panamá, ha sido ejecutado, en un lugar innominado de las selvas colombianas, después de comprobarse inequívocamente su conducta deshonesta en el cumplimiento de sus obligaciones». *The New York Times* explicaba que, al parecer, el fracasado Radhamés se ganaba la vida, desde hacía años, sirviendo a la mafia colombiana. En algún lastimoso menester, sin duda, a juzgar por la modestia en que vivía; actuando de correveidile de los capitostes, alquilándoles departamentos, llevándolos y trayéndolos de hoteles, aeropuertos, casas de cita, o, acaso, sirviendo de intermediario para lavado de dinero. ¿Trató de birlarles algunos dólares, a fin de mejorar sus condiciones de vida? Como era tan escaso de sesos, lo pescaron de inmediato. Se lo llevaron secuestrado a las selvas del Darién, donde eran amos y señores. Acaso lo torturaron con la saña con que él y Ramfis torturaron y mataron, el año 59, a los invasores de Constanza, Maimón y Estero Hondo, y, en 1961, a los comprometidos en la gesta del 30 de mayo.

—Un justo final, papá —su padre, que ha estado dormitando, abre los ojos—. Quien a hierro mata, a hierro muere. Se aplicó en el caso de Radhamés, si es que murió así. Porque, nada se ha comprobado. El artículo decía también que hay quienes aseguran que era informante de la DEA, que ésta le cambió la cara y lo protege por los servicios prestados, entre los mafiosos colombianos. Rumores, conjeturas. En todo caso, vaya final el de los hijitos de tu Jefe y la Prestante Dama. El bello Ramfis destrozado en un accidente automovilístico, en Madrid. Un accidente que, según algunos, fue una operación de la CIA y Balaguer para atajar al primogénito que, desde Madrid, conspiraba, dispuesto a invertir millones en recuperar el feudo familiar. Radhamés, convertido en un pobre diablo, asesinado por la mafia colombiana por tratar de robar el dinero sucio que ayudaba a lavar, o de agente de la DEA. Angelita, Su Majestad Angelita I, de la que fui damita de compañía, ¿sabes cómo vive? En Miami, rozada por las alas de la divina paloma. Es ahora una New Born Christian. En una de esas miles de sectas evangélicas, a las que empujan la locura, la idiotez, la angustia, el miedo. Así ha terminado la reina y señora de este país. En una casita limpia y de mal gusto, de cursilería híbrida de gringo y caribeño, dedicada a labores misioneras. Dicen que se la ve, en las esquinas de Dade County, en los barrios latinos y haitianos, cantando salmos y exhortando a los transeúntes a abrir sus corazones al Señor. ¿Qué diría de todo eso el Benemérito Padre de la Patria Nueva?

El inválido vuelve a levantar y encoger los hombros, a pestañear y aletargarse. Entrecierra los párpados y se acurruca, dispuesto a echar un sueñecito.

Es verdad, nunca has sentido odio por Ramfis, Radhamés o Angelita, nada comparable al que te inspiran todavía Trujillo y la Prestante Dama. Porque, de algún modo, los tres hijitos han pagado en decadencia o muertes violentas su parte de los crímenes de la familia. Y, con Ramfis, nunca has podido evitar cierta benevolencia. ¿Por qué, Urania? Tal vez por sus crisis psíquicas, sus depresiones, sus accesos de locura, ese desequilibrio que la familia ocultó siempre, y que, luego de los asesinatos que ordenó en junio de 1959, obligaron a Trujillo a internarlo en Bélgica en un hospital psiquiátrico. En todas sus acciones, aun las más crueles, hubo en Ramfis algo caricatural, impostado, patético. Como los espectaculares regalos a las actrices de Hollywood a las que Porfirio Rubirosa se tiraba gratis (cuando no se hacía pagar por ellas). O por esa manera de estropear los planes que su padre fraguaba para él. ¿No había sido grotesca, por ejemplo, la manera como Ramfis desbarató el recibimiento, que, para desagraviarlo por el fracaso en la Academia Militar de Fort Leavenworth, le preparó el Generalísimo? Hizo que el Congreso —«¿Presentaste tú el proyecto de ley, papá?»— lo nombrara jefe del Estado Mayor Conjunto de las Fuerzas Armadas, y que, a su llegada, fuera reconocido como tal, en un desfile militar en la Avenida, al pie del obelisco. Todo estaba en orden, y las tropas formadas, aquella mañana, cuando el yate *Angelita,* que el Generalísimo envió a buscarlo a Miami, entró en el puerto sobre el río Ozama, y el propio Trujillo, acompañado de Joaquín Balaguer, fue a recibirlo al puerto de atraque, para conducirlo a la parada. Qué sorpresa, qué decepción, qué confusión se apoderaron del Jefe, al entrar al yate y descubrir el estado calamitoso, de nulidad babosa en que la orgía viajera había dejado al pobrecito Ramfis. Apenas se tenía de pie, incapaz de articular una frase. Su lengua floja e indócil emitía gruñidos en vez de palabras. Lucía los ojos saltados y vidriosos y las ropas vomitadas. Y aún peor que él estaban los amigotes y las mujeres que lo acompañaban. Balaguer lo decía en sus memorias: Trujillo se puso blanco, vibró de indignación. Ordenó que se cancelara el desfile militar y la juramentación de Ramfis como jefe del Estado Mayor Conjunto. Y, antes de partir, cogió una copa e hizo un brindis que quería ser una bofetada simbólica al badulaque (la borrachera le impediría enterarse): «Brindo por el trabajo, lo único que traerá prosperidad a la República».

Otro acceso de risa histérica hace presa de Urania y el inválido abre los ojos, aterrado.

—No te asustes —Urania se pone seria—. No puedo dejar de reírme, cuando imagino la escena. ¿Dónde estabas, en ese momento? Cuando tu Jefe descubría a su hijito borracho, rodeado de putas y amigotes también borrachos? ¿En la tribuna de la Avenida, vestido de frac, esperando al nuevo jefe del Estado Mayor Conjunto de las Fuerzas Armadas? ¿Qué explicación se dio? ¿Se cancela el desfile por delírium trémens del general Ramfis?

Vuelve a reírse, bajo la profunda mirada del inválido.

—Una familia para reír y para llorar, no para tomarla en serio —murmura Urania—. A veces sentirías vergüenza de todos ellos. Y miedo y remordimiento cuando te permitías, aunque fuera muy en secreto, esa audacia. Me gustaría saber qué hubieras pensado del final melodramático de los hijitos del Jefe. O de esa historia sórdida de los últimos años de doña María Martínez, la Prestante Dama, la terrible, la vengadora, la que pedía a gritos que se sacara los ojos y despellejara a los asesinos de Trujillo. ¿Sabes que terminó disuelta por la arterioesclerosis? ¿Que la codiciosa sacó a escondidas del Jefe todos esos millones y millones de dólares? ¿Que tenía todas las claves de las cuentas cifradas en Suiza y que, conociéndolas, las había ocultado a sus hijitos? Con mucha razón, sin duda. Temía que le birlaran sus millones y la sepultaran en un asilo para que pasara allí sus últimos años sin fastidiarles la paciencia. Fue ella, ayudada por la arterioesclerosis, la que terminó embromándolos. Hubiera dado cualquier cosa por ver a la Prestante Dama, allá en Madrid, abrumada por las desgracias, ir perdiendo la memoria. Pero conservando, desde el fondo de su avaricia, suficiente lucidez para no revelar a sus hijitos los números de las cuentas suizas. Y por ver los esfuerzos de los pobrecitos para que la Prestante Dama, en Madrid, en casa del feíto y brutito Radhamés, o en Miami, en la de Angelita antes del misticismo, recordara dónde las había garabateado o escondido. ¿Te los imaginas, papá? Rebuscarían, abrirían, romperían, rasgarían, en busca del escondite. Se la llevaban a Miami, la devolvían a Madrid. Y nunca lo consiguieron. ¡Se fue a la tumba con el secreto! ¿Qué te parece, papá? Ramfis alcanzó a dilapidar algunos milloncitos que sacó del país en los meses que siguieron a la muerte de su padre, porque el Generalísimo, (¿fue eso verdad, papá?) se empeñó en no sacar ni un centavo del país para obligar a su familia y secuaces a morir aquí, dando la cara. Pero Angelita y Radhamés se quedaron en la calle. Y, arterioesclerosis mediante, la Prestante Dama murió pobre también, en Panamá, donde la enterró Kalil Haché, llevándola al cementerio en un taxi. ¡Legó los millones de la familia a los banqueros suizos! Para llorar o reírse a carcajadas, pero en ningún caso para tomarla en serio. ¿Verdad, papá?

Vuelve a soltar otra carcajada, que la hace lagrimear. Mientras se seca los ojos, lucha contra un esbozo de depresión que crece en su interior. El inválido la observa, acostumbrado a su presencia. Ya no parece pendiente de su monólogo.

—No creas que me he vuelto histérica —suspira—. Todavía, papá. Eso que estoy haciendo, divagar, escarbar recuerdos, no lo hago nunca. Éstas son mis primeras vacaciones en muchos años. No me gustan las vacaciones. Aquí, de niña, me gustaban. Desde que, gracias a las *sisters,* pude ir a la universidad en Adrian, nunca más. Me he pasado la vida trabajando. En el Banco Mundial jamás las tomé. Y, en el bufete, en New York, tampoco. No dispongo de tiempo para andar monologando sobre la historia dominicana.

Cierto, tu vida en Manhattan es agotadora. Todas sus horas están cronometradas, desde las nueve, en que entra a su despacho de Madison y la 74 Street. Para entonces, ha corrido tres cuartos de hora en Central Park si hace buen tiempo, o hecho aeróbics en el Fitness Center de la esquina al que está abonada. Su jornada es una sucesión de entrevistas, informes, discusiones, consultas, averiguaciones en el archivo, almuerzos de trabajo en el reservado del estudio o algún restaurante de los alrededores, y una tarde igualmente ocupada, que se prolonga con frecuencia hasta las ocho. Si el tiempo lo permite, regresa andando. Se prepara una ensalada y abre un yogur antes de ver las noticias en la televisión, lee un rato y se mete a la cama, tan cansada que las letras del libro o las imágenes del vídeo empiezan a bailotear antes de diez minutos. Nunca falta uno y a veces dos viajes por mes, dentro de Estados Unidos, o por América Latina, Europa y Asia; en los últimos tiempos, también África, donde, por fin, algunos inversores se atreven a arriesgar su dinero y para ello buscan asesoría jurídica en el bufete. Es su especialidad: el aspecto legal de las operaciones financieras de las empresas, en cualquier lugar del mundo. Una especialidad a la que ha derivado luego de trabajar muchos años en el Departamento Jurídico del Banco Mundial. Los viajes son más abrumadores que las jornadas en Manhattan. Cinco, diez o doce horas volando, a Mexico City, Bangkok, Tokio, Rawalpindi o Harare, y pasar de inmediato a dar o escuchar informes, discutir cifras, evaluar proyectos, cambiando de paisajes y de climas, del calor al frío, de la humedad a la sequedad, del inglés al japonés y al español y al urdu, al árabe y al hindi, valiéndose de intérpretes cuyas equivocaciones pueden provocar decisiones erróneas. Por eso, tener siempre los cinco sentidos alertas, un estado de concentración que la deja extenuada, de modo que, en las inevitables recepciones, apenas reprime los bostezos.

—Cuando dispongo de un sábado y domingo para mí, me quedo feliz en casita, leyendo la historia dominicana —dice, y le parece que su padre asiente—. Una historia bastante peculiar, verdad. Pero, a mí, me descansa. Es mi manera de no perder las raíces. Pese a haber vivido allá el doble de años que aquí, no me he vuelto gringa. ¿Sigo hablando como dominicana, verdad, papá?

En los ojos del inválido ¿brilla una lucecita irónica?

—Bueno, una dominicana relativa, una de allá. Qué se puede esperar de alguien que ha vivido más de treinta años entre gringos, que se pasa semanas sin hablar español. ¿Sabes que estaba segura de que no te vería más? Ni siquiera para enterrarte iba a venir. Era una decisión firme. Ya sé que te gustaría saber por qué la he roto. Para qué estoy aquí. La verdad, no lo sé. Fue un impulso. No lo pensé mucho. Pedí una semana de vacaciones y aquí estoy. Algo habré venido a buscar. Tal vez a ti. Averiguar cómo estabas. Sabía que mal, que, desde el derrame, ya no era posible hablar contigo. ¿Te gustaría saber qué siento? ¿Qué sentí al volver a la casa de mi niñez? ¿Qué, al ver la ruina que eres?

Su padre de nuevo presta atención. Aguarda, con curiosidad, que ella siga. ¿Qué sientes, Urania? ¿Amargura? ¿Cierta melancolía? ¿Tristeza? ¿Un renacer de la antigua cólera? «Lo peor es que creo que no siento nada», piensa.

Suena el timbre de la puerta de calle. Queda repicando, vibrando fuerte en la ardiente mañana.

VIII

El pelo que le faltaba en la cabeza le sobresalía de las orejas, cuyas matas de vellos negrísimos irrumpían, agresivas, como grotesca compensación a la calvicie del Constitucionalista Beodo. ¿También él le había puesto ese apodo, antes de rebautizarlo, en su fuero íntimo, la Inmundicia Viviente? El Benefactor no lo recordaba. Probablemente, sí. Era bueno poniendo apodos, desde su juventud. Muchos de esos sobrenombres feroces que estampillaba sobre la gente se hacían carne de sus víctimas y llegaban a reemplazar sus nombres. Así había ocurrido con el senador Henry Chirinos, a quien nadie en la República Dominicana, fuera de los periódicos, conocía ya por su nombre, sólo por su devastador apelativo: el Constitucionalista Beodo. Tenía la costumbre de acariciar las sebosas cerdas que anidaban en sus orejas y, aunque el Generalísimo, con su manía obsesiva por la limpieza, se le había prohibido delante de él, ahora lo estaba haciendo, y, para colmo, alternaba esta asquerosidad con otra: atusarse los pelos de la nariz. Estaba nervioso, muy nervioso. Él sabía por qué: le traía un informe negativo sobre el estado de los negocios. Pero el culpable de que las cosas fueran mal no era Chirinos sino las sanciones impuestas por la OEA, que estaban asfixiando al país.

—Si te sigues escarbando la nariz y las orejas, llamo a los ayudantes y te tranco —dijo, malhumorado—. Te he prohibido esas porquerías aquí. ¿Estás borracho?

El Constitucionalista Beodo dio un bote en su asiento, frente al escritorio del Benefactor. Apartó sus manos de la cara.

—No he bebido ni una gota de alcohol —se excusó, confundido—. Usted sabe que no soy bebedor diurno, Jefe. Sólo crepuscular y nocturno.

Vestía un traje que al Generalísimo le pareció un monumento al mal gusto: entre plomizo y verdoso, con resplandores tornasolados; como todo lo que se ponía, parecía embutido en su obeso cuerpo con calzador. Sobre su camisa blanca bailoteaba una corbata azulina con motas amarillas en la que la severa mirada del Benefactor detectó lamparones de grasa. Con disgusto, pensó que esas manchas se las había hecho comiendo, porque el senador Chirinos comía atragantándose enormes bocados que se zampaba como temiendo que sus vecinos le fueran a arrebatar su plato, y masticando con la boca semiabierta, de la que salía disparada una lluviecita de residuos.

—Le juro que no tengo una gota de alcohol en el cuerpo —repitió—. Sólo el café puro del desayuno.

Probablemente, era cierto. Al verlo entrar al despacho hacía un momento, balanceando su elefantiásica figura y avanzando despacito, tentando el suelo antes de asentar la planta, pensó que estaba beodo. No; debía de haber somatizado las borracheras, pues, aun sobrio, se conducía con la inseguridad y los temblores del alcohólico.

—Estás macerado en alcohol, aunque no bebas pareces borracho —dijo, examinándolo de arriba abajo.

—Es verdad —se apresuró a reconocer Chirinos, haciendo un ademán teatral—. Yo soy un *poète maudit,* Jefe. Como Baudelaire y Rubén Darío.

Tenía piel cenicienta, doble papada, pelos ralos y grasientos y unos ojillos hundidos detrás de los párpados hinchados. La nariz, aplastada desde el accidente, era de boxeador, y la boca casi sin labios añadía un rasgo perverso a su insolente fealdad. Siempre había sido desagradablemente feo, tanto que, diez años atrás, cuando el choque de auto del que sobrevivió de milagro, sus amigos pensaron que la cirugía estética lo mejoraría. Lo empeoró.

Que siguiera siendo hombre de confianza del Benefactor, miembro del estrecho círculo de íntimos, como Virgilio Álvarez Pina, Paíno Pichardo, Cerebrito Cabral (ahora en desgracia) o Joaquín Balaguer, era una prueba de que, a la hora de elegir sus colaboradores, el Generalísimo no se dejaba guiar por sus gustos o disgustos personales. Pese a la repugnancia que siempre le inspiraron su físico, su desaseo y sus modales, Henry Chirinos, desde el comienzo de su gobierno, había sido privilegiado con aquellas delicadas tareas que Trujillo confiaba a gente, además de segura, capaz. Era uno de los más capaces, entre los que habían accedido a ese club exclusivo. Abogado, fungía de constitucionalista. Muy joven, fue con Agustín Cabral el principal redactor de la Constitución que hizo dar Trujillo en los inicios de la Era, y de todas las enmiendas hechas desde entonces al texto constitucional. Había redactado, también, las principales leyes orgánicas y ordinarias, y sido ponente de casi todas las decisiones legales adoptadas por el Congreso para legitimar las necesidades del régimen. Nadie como él para dar, en discursos parlamentarios preñados de latinajos y de citas —a menudo en francés—, apariencia de fuerza jurídica a las más arbitrarias decisiones del Ejecutivo, o para rebatir, con demoledora lógica, toda propuesta que Trujillo desaprobara. Su mente, organizada como un código, inmediatamente encontraba una argumentación técnica para dar visos de legalidad a cualquier decisión de Trujillo, ya fuera un fallo de la Cámara de Cuentas, de la Corte Suprema o una ley del Congreso. Buena parte de la telaraña legal de la Era había sido tejida por la endiablada habilidad de ese gran rábula (así lo llamó una vez, delante de Trujillo, el senador Agustín Cabral, su amigo y enemigo entrañable dentro del círculo de favoritos).

Por todos esos atributos, el perpetuo parlamentario Henry Chirinos fue todo lo que se podía ser en los treinta años de la Era: diputado, senador, ministro de Justicia, miembro del Tribunal Constitucional, embajador plenipotenciario y encargado de negocios, gobernador del Banco Central, presidente del Instituto Trujilloniano, miembro de la Junta Central del Partido Dominicano, y, desde hacía un par de años, el cargo de mayor confianza, veedor de la marcha de las empresas del Benefactor. Como tal, estaban subordinados a él Agricultura, Comercio y Finanzas. ¿Por qué encargar tamaña responsabilidad a un alcohólico consuetudinario? Porque, además de leguleyo, sabía de economía. Lo hizo bien al frente del Banco Central, y en Finanzas, por unos meses. Y porque, en estos últimos años, debido a las múltiples acechanzas, necesitaba en ese puesto a alguien de absoluta confianza, al que pudiera enterar de los enredos y querellas familiares. En eso, esta bola de grasa y alcohol era insustituible.

¿Cómo, bebedor incontinente, no había perdido la habilidad para la intriga jurídica, ni la capacidad de trabajo, la única, quizá, con la del caído en desgracia Anselmo Paulino, que el Benefactor podía equiparar a la suya? La Inmundicia Viviente podía trabajar diez o doce horas sin parar, emborracharse como un odre y, al día siguiente, estar en su despacho del Congreso, en el Ministerio o en el Palacio Nacional, fresco y lúcido, dictando a los taquígrafos sus informes jurídicos, o exponiendo con florida elocuencia sobre temas políticos, legales, económicos y constitucionales. Además, escribía poemas, acrósticos y festivos, artículos y libros históricos, y era una de las más afiladas plumas que Trujillo usaba para destilar el veneno de El Foro Público, en *El Caribe*.

—Cómo van los asuntos.

—Muy mal, Jefe —el senador Chirinos tomó aire—: A este paso, pronto entrarán en estado agónico. Siento decírselo, pero usted no me paga para que lo engañe. Si no se levantan pronto las sanciones, se viene una catástrofe.

Procedió, abriendo su abultada cartera y sacando rollos de papeles y libretas, a hacer un análisis de las principales empresas, empezando por las haciendas de la Corporación Azucarera Dominicana, y siguiendo con Dominicana de Aviación, la cementera, las compañías madereras y los aserraderos, las oficinas de importación y exportación y los establecimientos comerciales. La música de nombres y cifras arrulló al Generalísimo, que apenas escuchaba: Atlas Comercial, Caribbean Motors, Compañía Anónima Tabacalera, Consorcio Algodonero Dominicano, Chocolatera Industrial, Dominicana Industrial del Calzado, Distribuidores de Sal en Grano, Fábrica de Aceites Vegetales, Fábrica Dominicana del Cemento, Fábrica Dominicana de Discos, Fábrica de Baterías Dominicanas, Fábrica de Sacos y Cordelería, Ferretería Read, Ferretería El Marino, Industrial Domínico Suiza, Industrial Lechera, Industria Licorera Altagracia, Industria Nacional de Vidrio, Industria Nacional del Papel, Molinos Dominicanos, Pinturas Dominicanas, Planta de Reencauchado, Quisqueya Motors, Refinería de Sal, Sacos y Tejidos Dominicanos, Seguros San Rafael, Sociedad Inmobiliaria, diario *El Caribe.* La Inmundicia Viviente dejó para el final, mencionando apenas que tampoco allí había «movimiento positivo», los negocios donde la familia Trujillo tenía participación minoritaria. No dijo nada que el Benefactor no supiera: lo que no estaba paralizado por falta de insumos y repuestos, trabajaba a un tercio y hasta un décimo de su capacidad. La catástrofe se había venido ya, y de qué manera. Pero, al menos —el Benefactor suspiró—, a los gringos no les había resultado lo que creyeron sería el puntillazo: cortarle el suministro de petróleo, así como los repuestos para autos y aviones. Johnny Abbes García se las arregló para que los combustibles llegaran por Haití, cruzando de contrabando la frontera. El sobreprecio era alto, pero el consumidor no lo pagaba, el régimen absorbía ese subsidio. El Estado no podría soportar mucho tiempo esa hemorragia. La vida económica, por la restricción de divisas y la parálisis de exportaciones e importaciones, se había estancado.

—Prácticamente, no hay ingresos en una sola empresa, Jefe. Sólo egresos. Como estaban en estado floreciente, sobreviven. Pero no de manera indefinida.

Suspiró con histrionismo, como cuando pronunciaba sus elegías funerarias, otra de sus grandes especialidades.

—Le recuerdo que no se ha despedido a un solo obrero, campesino o empleado, pese a que la guerra económica dura más de un año. Estas empresas suministran el sesenta por ciento de los puestos de trabajo en el país. Dese cuenta de la gravedad. Trujillo no puede seguir manteniendo a dos tercios de las familias dominicanas, cuando, por las sanciones, todos los negocios están medio paralizados. De modo que...

—De modo que...

—O me da usted autorización para reducir personal, a fin de cortar gastos, en espera de tiempos mejores...

—¿Quieres una explosión de miles de desocupados? —lo interrumpió Trujillo, tajante—. ¿Añadir un problema social a los que tengo?

—Hay una alternativa, a la que se ha acudido en circunstancias excepcionales —replicó el senador Chirinos, con una sonrisita mefistofélica—. ¿No es ésta una de ellas? Pues, bien. Que el Estado, a fin de garantizar el empleo y la actividad económica, asuma la conducción de las empresas estratégicas. El Estado nacionaliza, digamos, un tercio de las empresas industriales y la mitad de las agrícolas y ganaderas. Todavía hay fondos para ello, en el Banco Central.

—Qué coño gano con eso —lo interrumpió Trujillo, irritado—. Qué gano con que los dólares pasen del Banco Central a una cuenta a mi nombre.

—Que, a partir de ahora, el quebranto que significa trescientas empresas trabajando a pérdida, no la sufra su bolsillo, Jefe. Le repito, si esto sigue así, todas caerán en bancarrota. Mi consejo es técnico. La única manera de evitar que su patrimonio se evapore por culpa del cerco económico es transferir las pérdidas al Estado. A nadie le conviene que usted se arruine, Jefe.

Trujillo tuvo una sensación de fatiga. El sol calentaba cada vez más, y, como todos los visitantes de su despacho, el senador Chirinos ya sudaba. De rato en rato se secaba la cara con un pañuelo azulino. También él hubiera querido que el Generalísimo tuviera aire acondicionado. Pero Trujillo detestaba ese aire postizo que resfriaba, esa atmósfera mentirosa. Sólo toleraba el ventilador, en días extremadamente calurosos. Además, estaba orgulloso de ser el-hombre-que-nunca-suda.

Estuvo un momento callado, meditando, y la cara se le avinagró.

—Tú también piensas, en el fondo de tu puerco cerebro, que acaparo fincas y negocios por espíritu de lucro —monologó, en tono cansado—. No me interrumpas. Si tú, tantos años a mi lado, no has llegado a conocerme, qué puedo esperar del resto. Que crean que el poder me interesa para enriquecerme.

—Sé muy bien que no es así, Jefe.

—¿Necesitas que te lo explique, por centésima vez? Si esas empresas no fueran de la familia Trujillo, esos puestos de trabajo no existirían. Y la República Dominicana sería el paisito africano que era cuando me lo eché al hombro. No te diste cuenta todavía.

—Me he dado cuenta, perfectamente, Jefe.

—¿Tú me robas a mí?

Chirinos dio otro bote en el asiento y el color ceniza de su cara se ennegreció. Pestañeaba, azorado.

—¿Qué dice usted, Jefe? Dios es testigo...

—Ya sé que no —lo tranquilizó Trujillo—. ¿Y por qué no robas, pese a tus poderes para hacer y deshacer? ¿Por lealtad? Tal vez. Pero, ante todo, por miedo. Sabes que, si me robas y lo descubro, te pondría en manos de Johnny Abbes, que te llevaría a La Cuarenta, te sentaría en el Trono y te carbonizaría, antes de echarte a los tiburones. Esas cosas que le gustan a la imaginación calenturienta del jefe del SIM y al equipito que ha formado. Por eso no me robas. Por eso no me roban, tampoco, los gerentes, administradores, contadores, ingenieros, veterinarios, capataces, etcétera, etcétera, de las compañías que vigilas. Por eso, trabajan con puntualidad y eficacia, y por eso las empresas han prosperado y se han multiplicado, convirtiendo a la República Dominicana en un país moderno y próspero. ¿Lo has comprendido?

—Por supuesto, Jefe —respingó una vez más el Constitucionalista Beodo—. Tiene usted toda la razón.

—En cambio —prosiguió Trujillo, como si no lo oyera—, robarías cuanto pudieras si el trabajo que haces para la familia Trujillo, lo hicieras para los Vicini, los Valdez o los Armenteros. Y todavía mucho más si las empresas fueran del Estado. Allí sí que te llenarías los bolsillos. ¿Entiende, ahora, tu cerebro por qué todos esos negocios, tierras y ganados?

—Para servir al país, lo sé de sobra, Excelencia —juró el senador Chirinos. Estaba alarmado y Trujillo podía advertirlo en la fuerza con que aferraba contra su vientre el maletín con documentos, y la manera cada vez más untuosa con que le hablaba—. No quise sugerir nada en contrario, Jefe. ¡Dios me libre!

—Pero, es verdad, no todos los Trujillo son como yo —suavizó la tensión el Benefactor, con una mueca decepcionada—. Ni mis hermanos, ni mi mujer, ni mis hijos tienen la misma pasión que yo por este país. Son unos codiciosos. Lo peor es que en estos momentos me hagan perder tiempo, cuidando de que no burlen mis órdenes.

Adoptó la mirada beligerante y directa con que intimidaba a la gente. La Inmundicia Viviente se encogía en su asiento.

—Ah, ya veo, alguno ha desobedecido —murmuró.

El senador Henry Chirinos asintió, sin atreverse a hablar.

—¿Trataron de sacar divisas, de nuevo? —preguntó, enfriando la voz—. ¿Quién? ¿La vieja?

La fofa cara llena de gotas de sudor volvió a asentir, como a su pesar.

—Me llamó aparte, anoche, durante la velada poética —vaciló y adelgazó la voz hasta casi extinguirla—. Dijo que era pensando en usted, no en ella ni en sus hijos. Para asegurarle una vejez tranquila, si ocurre algo. Estoy seguro que es verdad, Jefe. Ella lo adora.

—Qué quería.

—Otra transferencia a Suiza —el senador se atoraba—. Sólo un millón, esta vez.

—Espero por tu bien que no le dieras gusto —dijo Trujillo, con sequedad.

—No lo he hecho —balbuceó Chirinos, siempre con el desasosiego que deformaba sus palabras, el cuerpo presa de un ligero temblor—. Donde manda capitán no manda soldado. Y porque, con todo el respeto y la devoción que me merece doña María, mi primera lealtad es con usted. Esta situación es muy delicada para mí, Jefe. Por estas negativas, voy perdiendo la amistad de doña María. Por segunda vez en una semana le he negado lo que me pide.

¿También la Prestante Dama temía que el régimen se desmoronara? Hacía cuatro meses exigió a Chirinos una transferencia de cinco millones de dólares a Suiza; ahora, de uno. Pensaba que en cualquier momento tendrían que salir huyendo, que había que tener bien forradas las cuentas en el extranjero, para gozar de un exilio dorado. Como Pérez Jiménez, Batista, Rojas Pinilla o Perón, esas basuras. Vieja avarienta. Como si no tuviera más que aseguradas las espaldas. Para ella, nada era suficiente. Había sido avara desde joven, y, con los años, más y más. ¿Se iba a llevar al otro mundo esas cuentas? Era en lo único que siempre se atrevió a desafiar la autoridad de su marido. Dos veces, esta semana. Complotaba a sus espaldas, ni más ni menos. Así compró, sin que Trujillo se enterara, esa casa en España, luego de la visita oficial que hicieron a Franco en 1954. Así había ido abriendo y cebando cuentas cifradas en Suiza y en New York, de las que él terminaba enterándose, a veces casualmente. Antes, no había hecho demasiado caso, limitándose a echarle un par de carajos, para, luego, encogerse de hombros ante el capricho de la vieja menopáusica, a la que por ser su esposa legítima debía consideración. Ahora era distinto. Él había dado órdenes terminantes de que ningún dominicano, incluida la familia Trujillo, sacara un solo peso del país mientras duraran las sanciones. No iba a permitir esa carrera de ratas, tratando de escapar de un barco que, en efecto, terminaría por hundirse si toda la tripulación, empezando por los oficiales y el capitán, huían. Coño, no. Aquí se quedaban parientes, amigos y enemigos, con todo lo que tenían, a dar la batalla o dejar los huesos en el campo del honor. Como los *marines,* coño. ¡Vieja pendeja y ruin! Cuánto mejor habría sido repudiarla y casarse con alguna de las magníficas mujeres que habían pasado por sus brazos; la hermosa, la dócil Lina Lovatón, por ejemplo, a la que sacrificó también por este país malagradecido. A la Prestante Dama tendría que reñirla esta tarde y recordarle que Rafael Leonidas Trujillo Molina no era Batista, ni el cerdo de Pérez Jiménez, ni el cucufato de Rojas Pinilla, ni siquiera el engominado general Perón. Él no iba a pasar sus últimos años como estadista jubilado en el extranjero. Viviría hasta el último minuto en este país que gracias a él dejó de ser una tribu, una horda, una caricatura, y se convirtió en República.

Advirtió que el Constitucionalista Beodo seguía temblando. Se le habían formado unos espumarajos en la boca. Sus ojillos, detrás de las dos bolas de grasa de sus párpados, se abrían y cerraban, frenéticos.

—Hay algo más, entonces. ¿Qué?

—La semana pasada, le informé que habíamos conseguido evitar que bloquearan el pago del Lloyd's de Londres por el lote de azúcar vendido en Gran Bretaña y los Países Bajos. Poca cosa. Unos siete millones de dólares, de los cuales cuatro corresponden a sus empresas, y lo restante a los ingenios de los Vicini y al Central Romana. Según sus instrucciones, pedí al Lloyd's que transfiera esas divisas al Banco Central. Esta mañana me indicaron que habían recibido contraorden.

—¿De quién?

—Del general Ramfis, Jefe. Telegrafió que se enviase el total del adeudo a París.

—¿Y el Lloyd's de Londres está lleno de comemierdas que obedecen las contraórdenes de Ramfis?

El Generalísimo hablaba despacio, haciendo esfuerzos por no estallar. Esta estúpida bobería le quitaba demasiado tiempo. Además, le dolía que, delante de extraños, por más que fueran de confianza, quedaran al desnudo las lacras de su familia.

—No han servido aún el pedido del general Ramfis, Jefe. Están desconcertados, por eso me llamaron. Les reiteré que el dinero debe ser enviado al Banco Central. Pero, como el general Ramfis tiene poderes de usted, y en otras ocasiones ha retirado fondos, sería conveniente hacer saber al Lloyd's que hubo un malentendido. Una cuestión de imagen, Jefe.

—Llámalo y dile que se disculpe con el Lloyd's. Hoy mismo.

Chirinos se movió en el asiento, incómodo.

—Si usted lo ordena, lo haré —musitó—. Pero, permítame un ruego, Jefe. De su antiguo amigo. Del más fiel de sus servidores. Ya tengo ganada la ojeriza de doña María. No me convierta también en enemigo de su hijo mayor.

El malestar que sentía era tan visible que Trujillo le sonrió.

—Llámalo, no temas. No voy a morirme todavía. Voy a vivir diez años más, para completar mi obra. Es el tiempo que necesito. Y tú seguirás conmigo, hasta el último día. Porque, feo, borracho y sucio, eres uno de mis mejores colaboradores —hizo una pausa y, mirando a la Inmundicia Viviente con la ternura con que un mendigo mira a su perro sarnoso, añadió algo inusual en su boca—: Ojalá alguno de mis hermanos o hijos valiera lo que tú, Henry.

El senador, anonadado, no atinó a responder.

—Lo que ha dicho compensa todos mis desvelos —balbuceó, bajando la cabeza.

—Has tenido suerte de no casarte, de no tener familia —prosiguió Trujillo—. Muchas veces habrás creído que es una desgracia no dejar descendencia. ¡Pendejadas! El error de mi vida ha sido mi familia. Mis hermanos, mi propia mujer, mis hijos. ¿Has visto calamidades parecidas? Sin otro horizonte que el trago, los pesos y tirar. ¿Hay uno solo capaz de continuar mi obra? ¿No es una vergüenza que Ramfis y Radhamés, en estos momentos, en vez de estar aquí, a mi lado, jueguen al polo en París?

Chirinos escuchaba con los ojos bajos, inmóvil, la cara grave, solidaria, sin decir palabra, temeroso sin duda de comprometer su futuro si deslizaba una opinión contra los hijos y hermanos del Jefe. Era raro que éste se abandonara a reflexiones tan amargas; nunca hablaba de su familia, ni siquiera a los íntimos, y menos en términos tan duros.

—La orden sigue en pie —dijo, cambiando de tono al mismo tiempo que de tema—. Nadie, y menos un Trujillo, saca dinero del país mientras haya sanciones.

—Entendido, Jefe. En verdad, aunque quisieran, no podrían. Salvo que se lleven sus dólares en maletines de mano, no hay transacciones con el extranjero. La actividad financiera está en punto muerto. El turismo ha desaparecido. Las reservas merman a diario. ¿Descarta usted, de plano, que el Estado tome algunas empresas? ¿Ni siquiera las que están peor?

—Ya veremos —cedió algo Trujillo—. Déjame tu propuesta, la estudiaré. ¿Qué más, que sea urgente?

El senador consultó su libretita, acercándola a los ojos. Adoptó una expresión tragicómica.

—Hay una situación paradójica, allá en Estados Unidos. ¿Qué haremos con los supuestos amigos? Los congresistas, los políticos, los lobbystas que reciben estipendios para defender a nuestro país. Manuel Alfonso siguió dándoselos hasta que se enfermó. Desde entonces, se han interrumpido. Algunos han hecho discretas reclamaciones.

—¿Quién ha dicho que se suspendan?

—Nadie, Jefe. Es una pregunta. Los fondos en divisas destinados a ese efecto, en New York, se van agotando también. No han podido ser repuestos, dadas las circunstancias. Son varios millones de pesos al mes. ¿Seguirá tan generoso con esos gringos incapaces de ayudarnos a levantar las sanciones?

—Unas sanguijuelas, siempre lo supe —el Generalísimo hizo un ademán de desprecio—. Pero, también, nuestra única esperanza. Si la situación política cambia en los Estados Unidos, ellos pueden hacer sentir su influencia, hacer que se levanten o suavicen las sanciones. Y, en lo inmediato, conseguir que Washington nos pague al menos el azúcar que ya recibió.

Chirinos no parecía esperanzado. Movía la cabeza, sombrío.

—Aun si Estados Unidos aceptara entregar lo que ha retenido, serviría de poco, Jefe. ¿Qué son veintidós millones de dólares? Divisas para insumos básicos e importaciones de primera necesidad sólo por unas semanas. Pero, si usted lo ha decidido, indicaré a los cónsules Mercado y Morales que renueven las entregas a esos parásitos. A propósito, Jefe. Los fondos de New York podrían ser congelados. Si prospera ese proyecto de tres miembros del Partido Demócrata para que se congelen las cuentas de dominicanos no residentes en Estados Unidos. Ya sé que figuran en el Chase Manhattan y en el Chemical como sociedades anónimas. Pero ¿y si esos bancos no respetan el secreto bancario? Me permito sugerirle transferirlas a un país más seguro. Canadá, por ejemplo, o Suiza.

El Generalísimo sintió un vacío en el estómago. No era la cólera lo que le producía acidez, sino la decepción. Nunca había perdido tiempo, en su larga vida, lamiéndose las heridas, pero lo que ocurría con Estados Unidos, el país al que su régimen dio siempre el voto en la ONU para lo que fuera menester, lo sublevaba. ¿De qué sirvió recibir como príncipe y condecorar a cuanto yanqui pusiera los pies en esta isla?

—Es difícil entender a los gringos —murmuró—. No me cabe en la cabeza que se porten así conmigo.

—Siempre desconfié de esos patanes —hizo eco la Inmundicia Viviente—. Todos son iguales. Ni siquiera se puede decir que este acoso se deba sólo a Eisenhower. Kennedy nos hostiga igual.

Trujillo se sobrepuso —«A trabajar, coño»— y una vez más cambió de tema.

—Abbes García tiene todo preparado para sacar al pendejo del obispo Reilly de su escondite entre las faldas de las monjas —dijo—. Tiene dos propuestas. Deportarlo o hacer que el pueblo lo linche, para escarmiento de curas conspiradores. ¿Cuál te gusta más?

—Ninguna, Jefe —el senador Chirinos recobró el aplomo—. Ya conoce usted mi opinión. Este conflicto hay que suavizarlo. A la Iglesia, con sus dos mil años a cuestas, nadie la ha derrotado todavía. Vea usted lo que le pasó a Perón, por enfrentársele.

—Así me lo dijo él mismo, sentado donde tú estás —reconoció Trujillo—. ¿Ése es tu consejo? ¿Que me baje los pantalones ante esos carajos?

—Que los corrompa con prebendas, Jefe —aclaró el Constitucionalista Beodo—. O, en el peor de los casos, los asuste, pero sin actos irreparables, dejando las puertas abiertas a la reconciliación. Lo de Johnny Abbes sería un suicidio, Kennedy nos mandaría los *marines* en el acto. Ése es mi parecer. Usted tomará la decisión y será la buena. La defenderé con la pluma y la palabra. Como siempre.

Los desplantes poéticos a que la Inmundicia Viviente era propenso, divertían al Benefactor. Este último consiguió sacudirlo del desánimo que comenzaba a ganarlo.

—Ya lo sé —le sonrió—. Eres leal y por eso te aprecio. Dime, confidencialmente. ¿Cuánto tienes en el extranjero, por si debes escapar de aquí de la noche a la mañana?

El senador, por tercera vez volvió a rebotar, como si su asiento se hubiera vuelto chúcaro.

—Muy poco, Jefe. Bueno, relativamente, quiero decir.

—¿Cuánto? —insistió Trujillo, afectuoso—. ¿Y en dónde?

—Unos cuatrocientos mil dólares —confesó, rápido, bajando la voz—. En dos cuentas separadas. En Panamá. Abiertas antes de las sanciones, por supuesto.

—Una basura —lo amonestó Trujillo—. Con los cargos que has tenido, hubieras podido ahorrar más.

—No soy ahorrativo, Jefe. Además, usted lo sabe, nunca me interesó el dinero. Siempre he tenido lo necesario para vivir.

—Para beber, querrás decir.

—Para vestirme bien, comer bien, beber bien y comprarme los libros que me gustan —asintió el senador, mirando el artesonado y la lámpara de cristal del despacho—. A Dios gracias, a su lado siempre realicé trabajos interesantes. Ese dinero ¿debo repatriarlo? Lo haré hoy mismo, si me lo ordena.

—Déjalo ahí. Si, en mi exilio, necesito ayuda, me echarás una mano.

Se rió, de buen humor. Pero, mientras se reía, de súbito volvió el recuerdo de la muchachita asustadiza de la Casa de Caoba, testigo incómodo, acusador, que le estropeó el ánimo. Hubiera sido mejor pegarle un tiro, regalarla a los guardias, que se la rifaran o compartieran. El recuerdo de aquella carita estúpida contemplándolo sufrir, le llegaba al alma.

—¿Cuál ha sido el más precavido? —dijo, disimulando su turbación—. ¿Quién sacó más dinero al extranjero? ¿Paíno Pichardo? ¿Álvarez Pina? ¿Cerebrito Cabral? ¿Modesto Díaz? ¿Balaguer? ¿Quién amasó más? Porque, ninguno de ustedes me ha creído que de aquí yo saldré sólo al cementerio.

—No lo sé, Jefe. Pero, si me permite, dudo que alguno de ellos tenga mucho dinero afuera. Por una razón muy simple. Nadie pensó jamás que el régimen pudiera acabarse, que podríamos vernos en el trance de partir. ¿Quién iba a pensar que un día la tierra podría dejar de girar alrededor del sol?

—Tú —repuso Trujillo, con sorna—. Por eso sacaste tus pesitos a Panamá, calculando que yo no sería eterno, que alguna conspiración podía triunfar. Te has delatado, pendejo.

—Repatriaré esta misma tarde mis ahorros —protestó Chirinos, gesticulando—. Le mostraré los formularios del Banco Central por el ingreso de divisas. Esos ahorros están en Panamá hace tiempo. Las misiones diplomáticas me permitían algunos ahorros. Para disponer de divisas en los viajes que hago a su servicio, Jefe. Jamás me he excedido en los gastos de representación.

—Te has asustado, piensas que te podría pasar lo que a Cerebrito —siguió sonriendo Trujillo—. Es una broma. Ya me olvidé del secreto que me confiaste. Anda, ven para acá, cuéntame algunos chismes, antes de irte. De alcoba, no políticos.

La Inmundicia Viviente sonrió, aliviado. Pero, apenas comenzó a contar que la comidilla de Ciudad Trujillo, en este momento, era la paliza que había dado el cónsul alemán a su mujer, creyendo que lo engañaba, el Benefactor se distrajo. ¿Cuánto dinero habrían sacado del país sus más cercanos colaboradores? Si lo había hecho el Constitucionalista Beodo, lo habían hecho todos. ¿Serían sólo cuatrocientos mil los dólares que tenía a buen recaudo? Seguramente más. Todos, en el rincón más roñoso de su alma, habían vivido temiendo que el régimen se derrumbara. Bah, basuras. La lealtad no era una virtud dominicana. Él lo sabía. Durante treinta años lo habían adulado, aplaudido, endiosado, pero, al primer cambio de viento, sacarían los puñales.

—¿Quién inventó el eslogan del Partido Dominicano utilizando las iniciales de mi nombre? —preguntó, de sopetón—. Rectitud, Libertad, Trabajo y Moralidad. ¿Tú o Cerebrito?

—Un servidor, Jefe —exclamó el senador Chirinos, orgulloso—. En el décimo aniversario. Prendió, veinte años después está en todas las calles y plazas del país. Y en la inmensa mayoría de los hogares.

—Tendría que estar en las conciencias y en la memoria de los dominicanos —dijo Trujillo—. Esas cuatro palabras resumen todo lo que les he dado.

Y, en ese momento, como un garrotazo en la cabeza, lo sobrecogió la duda. La certeza. Había ocurrido. Disimulando, sin entender las protestas de elogio a la Era en que se embarcaba Chirinos, bajó la cabeza, como para concentrarse en una idea, y, aguzando la vista, ansiosamente espió. Se le aflojaron los huesos. Ahí estaba: la mancha oscura se extendía por la bragueta y cubría un pedazo de la pierna derecha. Debía de ser reciente, estaba aún mojadito, en este mismo instante la insensible vejiga seguía licuando. No lo sintió, no lo estaba sintiendo. Lo sacudió un ramalazo de rabia. Podía dominar a los hombres, poner a tres millones de dominicanos de rodillas, pero no controlar su esfínter.

—No puedo seguir oyendo chismes, me falta el tiempo —lamentó, sin levantar la vista—. Anda y arregla lo del Lloyd's, no vayan a girarle ese dinero a Ramfis. Mañana, a la misma hora. Adiós.

—Adiós, Jefe. Si usted permite, lo veré esta tarde, en la Avenida.

Apenas sintió que el Constitucionalista Beodo cerraba la puerta, llamó a Sinforoso. Le ordenó un traje nuevo, también gris, y una muda de ropa interior. Se puso de pie y, rápidamente, tropezando con un sofá, fue a encerrarse en el baño. Sentía mareos de asco. Se quitó el pantalón, el calzoncillo y la camiseta mancillados por la involuntaria micción. La camisa no estaba manchada, pero se la quitó también y fue a sentarse en el bidé. Se jabonó con cuidado. Mientras se secaba, maldijo una vez más las malas jugadas de su cuerpo. Estaba librando una batalla contra enemigos múltiples, no podía distraerse a cada rato por esta mierda de esfínter. Se echó talco en las partes pudendas y la entrepierna, y, sentado en el excusado, esperó a Sinforoso.

Despachar con la Inmundicia Viviente le dejaba cierta desazón. Era verdad lo que le había dicho: a diferencia de los granujillas de sus hermanos, de la Prestante Dama, vampiro insaciable, y de sus hijos, parásitos succionadores, a él nunca le importó mucho el dinero. Lo utilizaba al servicio del poder. Sin dinero no hubiera podido abrirse camino en los comienzos, porque había nacido en una familia modestísima de San Cristóbal, y por ello, de muchacho, tuvo que procurarse de cualquier modo lo indispensable para vestirse con decencia. Luego, el dinero le sirvió para ser más eficaz, disipar obstáculos, comprar, halagar o sobornar a la gente necesaria y para castigar a los que obstruían su trabajo. A diferencia de María, que, desde que ideó el negocio de lavandería para la guardia constabularia cuando todavía eran amantes, sólo soñaba en atesorar, a él, el dinero le gustaba para repartirlo.

Si no hubiera sido así ¿habría hecho esos regalos al pueblo, esas dádivas multitudinarias cada 24 de octubre, a fin de que los dominicanos celebraran el cumpleaños del Jefe? ¿Cuántos millones de pesos había gastado todos esos años en fundas de caramelos, chocolates, juguetes, frutas, vestidos, pantalones, zapatos, pulseras, collares, refrescos, blusas, discos, guayaberas, prendedores, revistas, a las interminables procesiones que se acercaban al Palacio el día del Jefe? ¿Y cuántos muchísimos más en regalos a sus compadres y ahijados, en esos bautizos colectivos, en la capilla de Palacio, en que, desde hacía tres décadas, una y hasta dos veces por semana, se convertía en padrino de lo menos un centenar de recién nacidos? Millones de millones de pesos. Una inversión productiva, por supuesto. Ocurrencia suya, en su primer año de gobierno, gracias a su conocimiento profundo de la psicología dominicana. Trabar una relación de compadrazgo con un campesino, con un obrero, con un artesano, con un comerciante, era asegurarse la lealtad de ese pobre hombre, de esa pobre mujer, a los que, luego del bautizo, abrazaba y regalaba dos mil pesos. Dos mil en las épocas de la bonanza. A medida que la lista de ahijados aumentaba a veinte, cincuenta, cien, doscientos por semana, los regalos —debido en parte a los alaridos de protesta de doña María y, también, a la declinación de la economía dominicana a partir de la Feria de la Paz y la Confraternidad del Mundo Libre del año 1955— habían ido reduciéndose, a mil quinientos, a mil, a quinientos, a doscientos, a cien pesos por ahijado. Ahora, la Inmundicia Viviente insistía en que los bautizos colectivos se suspendieran o el regalo fuera simbólico, una telera o diez pesos por ahijado, hasta que terminaran las sanciones. ¡Malditos yanquis!

Había fundado empresas y hecho negocios para dar trabajo y hacer progresar a este país, para contar con recursos y regalar a diestra y siniestra, y así tener contentos a los dominicanos.

¿Y, con sus amigos, colaboradores y servidores no había sido tan magnífico como el Petronio de *Quo Vadis*? Los había enterrado en dinero, haciéndoles regalos cuantiosos en sus cumpleaños, matrimonios, nacimientos, misiones bien realizadas, o, simplemente, para mostrarles que él sabía recompensar la lealtad. Les había regalado pesos, casas, tierras, acciones, los había hecho socios de sus fincas y empresas, les había creado negocios para que ganaran buena plata y no saquearan el Estado.

Escuchó unos discretos golpecillos en la puerta. Sinforoso, con el traje y la ropa interior. Se los alcanzó con los ojos bajos. Llevaba más de veinte años a su lado; de ser su ordenanza en el Ejército, lo promovió a mayordomo, llevándoselo a Palacio. No temía nada de Sinforoso. Era mudo, sordo y ciego para todo lo que concernía a Trujillo y con olfato suficiente para saber que, sobre ciertos temas íntimos, como las micciones involuntarias, la menor infidencia lo privaría de todo lo que tenía —una casa, una finquita con ganado, un automóvil, familia numerosa— y, acaso, hasta de la vida. El traje y la ropa interior, cubiertos por una funda, no llamarían la atención a nadie, el Benefactor acostumbraba cambiarse de ropa varias veces al día en su propio despacho.

Se vistió, mientras Sinforoso —fornido, el pelo cortado al rape, impecablemente aseado en su uniforme de pantalón negro, blusa blanca y chaleco blanco con botones dorados— recogía las ropas esparcidas por el suelo.

—¿Qué debo hacer con esos dos obispos terroristas, Sinforoso? —le preguntó, mientras se abotonaba el pantalón—. ¿Expulsarlos del país? ¿Mandarlos a la cárcel?

—Matarlos, Jefe —contestó Sinforoso, sin vacilar—. La gente los odia y, si no lo hace usted, lo hará el pueblo. Nadie perdona a ese yanqui ni al español que hayan venido a este país a morder la mano en que comían.

El Generalísimo ya no lo escuchaba. Tenía que reñir a Pupo Román. Esa mañana, luego de recibir a Johnny Abbes y a los ministros de Relaciones Exteriores y del Interior, tuvo que ir a la Base Aérea de San Isidro a reunirse con los jefes de la Aviación. Y se dio con un espectáculo que le revolvió las entrañas: en la misma entrada, a pocos metros del retén de guardia, bajo la bandera y el escudo de la República, una cañería regurgitaba agua negruzca que había formado un lodazal a orillas de la carretera. Hizo detenerse el automóvil. Bajó y se acercó. Era un caño de desagüe, espeso y pestilente —tuvo que taparse las narices con el pañuelo— y, por supuesto, había atraído una nube de moscas y mosquitos. Las aguas derramadas seguían manando, anegando el contorno, emponzoñando el aire y el suelo de la primera guarnición dominicana. Sintió rabia, lava ardiente subiéndole por el cuerpo. Contuvo su primer movimiento, regresar a la Base y echar de carajos a los jefes presentes, preguntándoles si ésta era la imagen que pretendían dar de las Fuerzas Armadas: una institución anegada por aguas putrefactas y alimañas. Pero, inmediatamente decidió que había que ir con la amonestación hasta la cabeza. Y hacerle tragar a Pupo Román en persona un poco de la mierda líquida que surtía de ese desagüe. Decidió llamarlo de inmediato. Pero, al volver a su despacho, olvidó hacerlo. ¿Empezaba a fallarle la memoria, igual que el esfínter? Coño. Las dos cosas que le habían respondido mejor a lo largo de toda su vida, ahora, a sus setenta años, se volvían achacosas.

Ya vestido y acicalado, regresó a su escritorio y levantó el teléfono que comunicaba automáticamente con la jefatura de las Fuerzas Armadas. No tardó en escuchar al general Román:

—¿Sí, aló? ¿Es usted, Excelencia?

—Ven a la Avenida, esta tarde —dijo, muy seco, a modo de saludo.

—Por supuesto, Jefe —se alarmó la voz del general Román—. ¿No prefiere que vaya ahora mismo al Palacio? ¿Ha pasado algo?

—Ya sabrás qué ha pasado —dijo, despacio, imaginando el nerviosismo del marido de su sobrina Mireya, al notar la aridez con que le hablaba—. ¿Alguna novedad?

—Todo normal, Excelencia —se atropelló el general Román—. Estaba recibiendo el informe de rutina de las regiones. Pero, si usted prefiere...

—En la Avenida —lo cortó él. Y colgó.

Lo regocijó imaginar el chisporroteo de preguntas, suposiciones, temores, sospechas, que había depositado en la cabeza de ese pendejo que era el ministro de las Fuerzas Armadas. ¿Qué le han dicho de mí al Jefe? ¿Qué chisme, qué calumnia le llevaron mis enemigos? ¿Habré caído en desgracia? ¿Dejé de hacer algo que me ordenó? Hasta la tarde, viviría en el infierno.

Pero, este pensamiento lo ocupó sólo unos segundos, pues otra vez retornó a su memoria el recuerdo vejatorio de la muchachita. Cólera, tristeza, nostalgia, se mezclaron en su espíritu, manteniéndolo en total desazón. Y, entonces se le ocurrió: «Un remedio igual a la enfermedad». El rostro de una hermosa hembra, deshaciéndose de placer en sus brazos, agradeciéndole lo mucho que la había hecho gozar. ¿No borraría eso la carita asombrada de esa idiota? Sí: ir esta noche a San Cristóbal, a la Casa de Caoba, lavar la afrenta en la misma cama y con las mismas armas. Esta decisión —se tocó la bragueta en una suerte de conjuro— le levantó el espíritu y lo alentó a seguir con la agenda del día.

IX

—¿Qué has sabido de Segundo? —preguntó Antonio de la Maza.

Apoyado en el volante, Antonio Imbert respondió, sin volverse:

—Lo vi ayer. Ahora me permiten visitarlo todas las semanas. Una visita corta, media hora. A veces, al hijo de puta del director de La Victoria se le antoja cortar las visitas a quince minutos. Por joder.

—¿Cómo está?

¿Cómo podía estar alguien que, confiado en una promesa de amnistía, dejó Puerto Rico, donde tenía una buena situación trabajando para la familia Ferré, en Ponce, y volvía a su tierra a descubrir que lo esperaban para juzgarlo por el supuesto crimen de un sindicalista cometido en Puerto Plata hacía siglos, y condenarlo a treinta años de cárcel? ¿Cómo podía sentirse un hombre que si mató lo hizo por el régimen y al que, en premio, Trujillo tenía ya cinco años pudriéndose en una mazmorra?

Pero no le respondió así, pues Imbert sabía que Antonio de la Maza no le había hecho esa pregunta porque se interesara por su hermano Segundo, sino para romper la interminable espera. Se encogió de hombros:

—Segundo tiene huevos. Si la pasa mal, no lo demuestra. A veces, se da el lujo de levantarme el ánimo.

—No le habrás dicho nada de esto.

—Por supuesto que no. Por prudencia y para que no se haga ilusiones. ¿Y si falla?

—No va a fallar —intervino, desde el asiento de atrás, el teniente García Guerrero—. El Chivo viene.

¿Iba a venir? Tony Imbert consultó su reloj. Todavía podía venir, no había que desesperarse. Él no se impacientaba nunca, desde hacía muchos años. De joven, sí, por desgracia, y eso lo llevó a hacer cosas de las que se arrepentía con todas las células de su cuerpo. Como aquel telegrama de 1949 que envió, loco de rabia, cuando el desembarco de antitrujillistas encabezado por Horacio Julio Ornes en la playa de Luperón, dentro de la provincia de Puerto Plata, de la que era gobernador. «Usted ordene y yo quemo Puerto Plata, Jefe». La frase que más lamentaba en su vida. La vio reproducida en todos los periódicos, pues el Generalísimo quiso que todos los dominicanos supieran hasta qué punto era un trujillista convencido y fanático el joven gobernador.

¿Por qué Horacio Julio Ornes, Félix Córdoba Boniche, Tulio Hostilio Arvelo, Gugú Henríquez, Miguelucho Feliú, Salvador Reyes Valdez, Federico Horacio y los otros eligieron Puerto Plata, aquel lejano 19 de junio de 1949? La expedición fue un rotundo fracaso. Uno de los dos aviones invasores ni siquiera pudo llegar y se regresó a la isla de Cozumel. El *Catalina* con Horacio Julio Ornes y sus compañeros llegó a acuatizar en la orilla fangosa de Luperón, pero, antes de que terminaran de desembarcar los expedicionarios, un guardacostas lo cañoneó e hizo trizas. Las patrullas del Ejército capturaron en pocas horas a los invasores. Aquello sirvió para una de esas fantochadas que le gustaban a Trujillo. Amnistió a los capturados, incluido Horacio Julio Ornes, y, en demostración de poderío y magnanimidad, permitió que de nuevo se exiliaran. Pero, mientras hacía este gesto generoso para el exterior, a Antonio Imbert, el gobernador de Puerto Plata, y a su hermano, el mayor Segundo Imbert, comandante militar de la plaza, los destituyó, encarceló y hostigó, mientras se llevaba a cabo una represión inmisericorde de supuestos cómplices, que fueron arrestados, torturados y muchos fusilados en secreto. «Cómplices que no eran cómplices», piensa. «Creían que todos se levantarían al verlos desembarcar. No tenían a nadie, en realidad». Cuántos inocentes pagaron por aquella fantasía.

¿Cuántos inocentes pagarían si fallaba lo de esta noche? Antonio Imbert no era tan optimista como Amadito o Salvador Estrella Sadhalá, quienes, desde que supieron por Antonio de la Maza que el general José René Román, jefe de las Fuerzas Armadas, estaba comprometido en la conjura, se hallaban convencidos de que muerto Trujillo todo iría sobre ruedas, pues los militares, obedeciendo órdenes de Román, detendrían a los hermanísimos del Chivo, matarían a Johnny Abbes y a los trujillistas acérrimos e instalarían una Junta cívico-militar. El pueblo se echaría a las calles a matar *caliés,* dichoso de haber alcanzado la libertad. ¿Saldrían así las cosas? Las decepciones, desde la estúpida emboscada en que cayó Segundo, habían vuelto a Antonio Imbert alérgico a los entusiasmos apresurados. Él quería ver el cadáver de Trujillo a sus pies; lo demás, le importaba menos. Librar a este país de ese hombre, eso era lo principal. Removido ese obstáculo, aun cuando las cosas no salieran tan bien de inmediato, se abriría una puerta. Eso justificaba lo de esta noche, aunque ellos no salieran vivos.

No, Tony no había dicho una palabra sobre esta conspiración a su hermano Segundo en las visitas semanales que le hacía a La Victoria. Hablaban de la familia, de la pelota, el boxeo, Segundo tenía ánimos para contarle anécdotas de la rutina carcelaria, pero el único tema importante lo evitaban. En la última visita, al despedirse, Antonio le susurró: «Las cosas van a cambiar, Segundo». A buen entendedor, pocas palabras. ¿Habría adivinado? Como Tony, Segundo, que, a costa de revolcones, de trujillista entusiasta pasó a ser un desafecto y, luego, un conspirador, había llegado hacía tiempo a la conclusión de que la única manera de poner punto final a la tiranía era acabando con el tirano; todo lo demás, inútil. Había que liquidar a la persona en la que convergían todos los hilos de esa tenebrosa telaraña.

—¿Qué hubiera pasado si aquella bomba estalla en la Máximo Gómez, a la hora del paseo del Chivo? —fantaseó Amadito.

—Fuegos artificiales de trujillistas en el cielo —respondió Imbert.

—Yo hubiera podido ser uno de los que volaban, si estaba de guardia —se rió el teniente.

—Hubiera encargado una gran corona de rosas para tu sepelio —dijo Tony.

—Vaya plan —comentó Estrella Sadhalá—. Hacer volar al Chivo con todos los acompañantes. ¡Desalmado!

—Bueno, sabía que tú no estarías ahí, en el besamanos —dijo Imbert—. Por lo demás, cuando aquello, a ti casi no te conocía, Amadito. Ahora, lo hubiera pensado dos veces.

—Qué alivio —le agradeció el teniente.

A lo largo de la hora y pico que llevaban de espera en la carretera a San Cristóbal, varias veces habían intentado conversar, o bromear como ahora, pero esos amagos se eclipsaban y cada cual volvía a encerrarse en sus angustias, esperanzas o recuerdos. En un momento, Antonio de la Maza encendió la radio, pero apenas compareció la voz acaramelada del locutor de La Voz del Trópico anunciando un programa dedicado al espiritismo, la apagó.

Sí, en aquel fracasado plan para matar al Chivo de dos años y medio atrás, Antonio Imbert estuvo dispuesto a pulverizar, con Trujillo, a buen número de los adulones que lo escoltaban cada tarde en su caminata desde la casa de doña Julia, la Excelsa Matrona, a lo largo de la Máximo Gómez y la Avenida, hasta el obelisco. ¿No eran, acaso, quienes caminaban junto a él los que más se habían manchado de sangre y de mugre? Buen servicio al país, liquidar a un puñado de esbirros al mismo tiempo que al tirano.

Aquel atentado lo preparó él solo, sin comunicárselo ni a su mejor amigo, Salvador Estrella Sadhalá, porque, aunque el Turco era antitrujillista, Tony temía que, por su catolicismo, lo desaprobara. Lo planeó y calculó todo, en su propia cabeza, poniendo al servicio del plan todos los recursos a su alcance, convencido de que mientras menos personas participaran más posibilidades de éxito tendría. Sólo en la última etapa, incorporó a su proyecto a dos muchachos de lo que sería llamado, más tarde, el Movimiento 14 de Junio; entonces, era un grupo clandestino de profesionales y estudiantes jóvenes, tratando de organizarse para actuar contra la tiranía, aunque sin saber cómo.

El plan era sencillo y práctico. Aprovechar esa disciplina maniática con la que Trujillo cumplía sus rutinas, en este caso la caminata vespertina por la Máximo Gómez y la Avenida. Estudió cuidadosamente el terreno, recorriendo al revés y al derecho aquella avenida donde se codeaban las casas de los prohombres del régimen, pasados y presentes. La ostentosa casa de Héctor Trujillo, Negro, ex Presidente fantoche de su hermano en dos periodos. La rosada mansión de Mamá Julia, la Excelsa Matrona, a la que el Jefe visitaba todas las tardes antes de iniciar su paseo. La de Luis Rafael Trujillo Molina, apodado el Nene, loco de las galleras. La del general Arturo Espaillat, Navajita. La de Joaquín Balaguer, el actual Presidente fantoche, vecina de la nunciatura. El antiguo palacete de Anselmo Paulino, ahora una de las casas de Ramfis Trujillo. La casona de la hija del Chivo, la bella Angelita y su marido, Pechito, el coronel Luis José León Estévez. La de los Cáceres Troncoso y una mansión de potentados: los Vicini. Con la Máximo Gómez colindaba un *play* de pelota que construyó Trujillo para sus hijos frente a la Estancia Radhamés y el solar donde estuvo la casa del general Ludovino Fernández, a quien el Chivo mandó matar. Entre mansión y mansión había descampados con yerbas salvajes y lotes desiertos, protegidos por vallas de alambre pintado de verde, levantadas al filo de la calzada. Y, en la vereda de la derecha, por la que siempre andaba la comitiva, unos baldíos cercados por aquellas alambradas que Antonio Imbert había estudiado muchas horas.

Eligió el pedazo de valla que arrancaba de la casa de Nene Trujillo. Con el pretexto de renovar parte de la alambrada de la planta de agregados Mezcla Lista, de la que era gerente (pertenecía a Paco Martínez, hermano de la Prestante Dama), compró unas decenas de varas de aquel alambre con las respectivas estacas de tubo que, cada quince metros, mantenían tensada la valla. Él mismo verificó que los tubos fueran huecos y que su interior pudiera taponearse con cartuchos de dinamita. Como Mezcla Lista poseía, en las afueras de Ciudad Trujillo, dos canteras de las que extraía materia prima, le resultó fácil, en sus periódicas visitas, ir sustrayendo cartuchos de dinamita, que escondió en su propia oficina, a la que llegaba siempre antes que nadie y de la que salía después del último empleado.

Cuando todo estuvo dispuesto, habló de su plan a Luis Gómez Pérez e Iván Tavárez Castellanos. Eran más jóvenes que él, estudiantes universitarios, de abogacía el primero e ingeniería el segundo. Integraban su misma célula en los grupos clandestinos antitrujillistas; después de observarlos muchas semanas, decidió que eran serios, confiables, ansiosos por pasar a la acción. Ambos aceptaron con entusiasmo. Estuvieron de acuerdo en no decir palabra a los compañeros con los que, en lugares diferentes cada vez, se reunían en asambleas de ocho o diez personas, para discutir la mejor manera de movilizar al pueblo contra la tiranía.

Con Luis e Iván, que resultaron aún mejores de lo que esperaba, taponearon los tubos con cartuchos de dinamita y colocaron los fulminantes, después de probarlos con el mando a distancia. Para tener la certeza de que el horario se cumpliría, ensayaron en el descampado de la fábrica, luego de la salida de obreros y empleados, el tiempo que les tomaba derribar un pedazo de la valla existente y colocar la nueva, cambiando los tubos antiguos con los trufados de dinamita. Menos de cinco horas. Todo quedó armado el 12 de junio. Proyectaban actuar el 15, al regresar Trujillo de un recorrido por el Cibao. Disponían ya del volquete para derribar la alambrada al amanecer, a fin de tener el pretexto —embutidos en los overoles azules de los Servicios Municipales— de reemplazarlos con los minados. Marcaron los dos puntos, cada uno a menos de cincuenta pasos de la explosión, desde donde, Imbert a la derecha, Luis e Iván a la izquierda, accionarían los mandos, a breve intervalo uno de otro, el primero para matar a Trujillo en el instante que pasara frente a los tubos, y el segundo para rematarlo.

Y, entonces, la víspera del día indicado, el 14 de junio de 1959, ocurrió en las montañas de Constanza aquel sorprendente aterrizaje de un avión venido de Cuba, pintado con los colores e insignias de la Aviación Dominicana, con guerrilleros antitrujillistas, invasión a la que siguieron los desembarcos en las playas de Maimón y Estero Hondo una semana después. La llegada de aquel pequeño destacamento, en el que venía el barbudo comandante cubano Delio Gómez Ochoa, hizo correr un escalofrío por la espina dorsal del régimen. Tentativa descabellada, descoordinada. Los grupos clandestinos no tuvieron la menor información sobre lo que se preparaba en Cuba. El apoyo de Fidel Castro a la revolución contra Trujillo era, desde la caída de Batista, seis meses atrás, tema obsesivo de las reuniones. Se contaba con esa ayuda en todos los planes que se tejían y destejían, para los que se coleccionaban escopetas de caza, revólveres, algún viejo fusil. Pero, nadie que Imbert conociera estaba en contacto con Cuba ni tenía la menor idea de que el 14 de junio se produciría la llegada de esas decenas de revolucionarios, que, luego de poner fuera de combate a la mínima guardia del aeropuerto de Constanza, se desparramaron por las montañas del contorno, sólo para ser cazados como conejos en los días siguientes, y matados a mansalva, o llevados a Ciudad Trujillo, donde, bajo las órdenes de Ramfis, fueron asesinados casi todos (pero no el cubano Gómez Ochoa y su hijo adoptivo, Pedrito Mirabal, a quienes el régimen, en otro desplante teatral, devolvió tiempo después a Fidel Castro).

Nadie pudo sospechar, tampoco, la magnitud de la represión que desencadenó el gobierno, a raíz del desembarco. Las semanas y meses siguientes, en vez de amainar, se agravó. Los *caliés* echaban mano de cualquier sospechoso y lo llevaban al SIM, donde se le sometía a torturas —castrarlo, reventarle los oídos y los ojos, sentarlo en el Trono— para que diera nombres. La Victoria, La Cuarenta y El Nueve estuvieron atiborrados de jóvenes de ambos sexos, estudiantes, profesionales y empleados, muchos de los cuales eran hijos o parientes de hombres del gobierno. Trujillo se llevaría la gran sorpresa: ¿era posible que complotaran contra él, los hijos, nietos y sobrinos de gentes que se habían beneficiado más que nadie con el régimen? No tuvieron consideración con ellos, pese a sus apellidos, caras blancas y atuendos de clase media.

Luis Gómez Pérez e Iván Tavárez Castellanos cayeron en manos de los *caliés* del SIM la mañana del día previsto para el atentado. Con su realismo habitual, Antonio Imbert comprendió que no tenía la menor posibilidad de asilarse: todas las embajadas estaban cercadas por barreras de policías en uniforme, soldados y *caliés*. Calculó que, en las torturas, Luis e Iván, o cualquiera de los grupos clandestinos, mencionaría su nombre y vendrían a buscarlo. Entonces, como esta noche, supo perfectamente qué hacer: recibir con plomo a los *caliés*. Procuraría llevarse a más de uno al otro mundo, antes de que lo acribillaran. Él no iba a dejar que le arrancaran las uñas con alicates, le cortaran la lengua o lo sentaran en la silla eléctrica. Matarlo, sí; vejarlo, jamás.

Con pretextos, despachó a Guarina, su mujer, y a su hija Leslie, que no estaban al tanto de nada, a la finca de unos parientes en La Romana, y, con un vaso de ron en la mano, se sentó a esperar. Tenía el revólver cargado y sin seguro en el bolsillo. Pero, ni ese día, ni el siguiente, ni el subsiguiente, aparecieron los *caliés* por su casa ni por su oficina de Mezcla Lista, donde siguió yendo puntualmente con toda la sangre fría de que era capaz. Luis e Iván no lo habían delatado, ni las personas que frecuentó en los grupos clandestinos. Milagrosamente, se libró de una represión que golpeaba a culpables e inocentes, iba repletando las cárceles y, por primera vez en los veintinueve años del régimen, aterrando a las familias de clase media, tradicionales pilares de Trujillo, de donde salió la mayor parte de prisioneros de lo que se llamó, en razón de aquella invasión frustrada, el Movimiento 14 de Junio. Un primo de Tony, Ramón Imbert Rainieri —Moncho—, era uno de sus dirigentes.

¿Por qué se libró? Por el coraje de Luis e Iván, sin duda —dos años después, seguían en los calabozos de La Victoria— y, sin duda, de otras muchachas y muchachos del 14 de Junio que se olvidaron de nombrarlo. Tal vez lo consideraban un mero curioso, no un activista. Porque, con su timidez, Tony Imbert rara vez abría la boca en esas reuniones a las que lo llevó por primera vez Moncho; se limitaba a escuchar y opinar con monosílabos. Además, era improbable que estuviera fichado en el SIM, salvo como hermano del mayor Segundo Imbert. Su hoja de servicios estaba limpia. Se había pasado la vida trabajando para el régimen —como inspector general de Ferrocarriles, gobernador de Puerto Plata, supervisor general de la Lotería Nacional, director de la oficina que expedía la cédula personal de identidad— y ahora era gerente de Mezcla Lista, fábrica de un cuñado de Trujillo. ¿Por qué sospecharían de él?

Con prudencia, los días siguientes al 14 de junio, quedándose en las noches en la fábrica, desmontó los cartuchos y devolvió la dinamita a las canteras, a la vez que cavilaba sobre cómo y con quién llevaría a cabo el próximo plan para acabar con Trujillo. Le confesó todo lo que había ocurrido (y dejado de ocurrir) a su amigo del alma, el Turco Salvador Estrella Sadhalá. Éste lo riñó por no haberlo incorporado al complot de la Máximo Gómez. Salvador había llegado, por su cuenta, a la misma conclusión: nada cambiaría mientras Trujillo siguiera vivo. Comenzaron a barajar posibles atentados, pero sin abrir la boca frente a Amadito, el tercero del trío: parecía difícil que un ayudante militar quisiera matar al Benefactor.

No mucho después ocurrió aquel traumático episodio en la carrera de Amadito, cuando, para lograr su ascenso, tuvo que matar a un prisionero (el hermano de su ex novia, creía), lo que lo volvió de la partida. Pronto se cumplirían dos años de aquel desembarco en Constanza, Maimón y Estero Hondo. Un año, once meses y catorce días, para ser exactos. Antonio Imbert miró su reloj. Ya no vendría.

Cuántas cosas habían pasado en la República Dominicana, en el mundo y en su vida personal. Muchas. Las redadas masivas de enero de 1960, en que cayeron tantos muchachos y muchachas del Movimiento 14 de Junio, entre ellas las hermanas Mirabal y sus esposos. La ruptura de Trujillo con su antigua cómplice, la Iglesia católica, a partir de la Carta Pastoral de los obispos denunciando a la dictadura, de enero de 1960. El atentado contra el Presidente Betancourt de Venezuela, en junio de 1960, que movilizó contra Trujillo a tantos países, incluido su gran aliado de siempre, los Estados Unidos, que, el 6 de agosto de 1960, en la Conferencia de Costa Rica, votaron a favor de las sanciones. Y, el 25 de noviembre de 1960 —Imbert sintió aquel aguijón en el pecho, inevitable cada vez que recordaba el lúgubre día—, el asesinato de las tres hermanas, Minerva, Patria y María Teresa Mirabal, y del chofer que las conducía, en La Cumbre, en lo alto de la cordillera septentrional, cuando regresaban de visitar a los maridos de Minerva y María Teresa, encarcelados en la Fortaleza de Puerto Plata.

Toda la República Dominicana se enteró de aquella matanza de la manera veloz y misteriosa en que las noticias circulaban de boca en boca y de casa en casa y en pocas horas llegaban a las extremidades más remotas, aunque no apareciera una línea en la prensa y muchas veces aquellas noticias transmitidas por el tam tam humano se colorearan, enanizaran o agigantaran en el recorrido hasta volverse mitos, leyendas, ficciones, casi sin relación con lo acaecido. Recordaba aquella noche, en el Malecón, no muy lejos de donde ahora, seis meses más tarde, esperaba al Chivo —para vengarlas a ellas también—. Estaban sentados en la baranda de piedra, como lo hacían cada noche —él, Salvador y Amadito, y, aquella vez, también Antonio de la Maza— para tomar el fresco y conversar a salvo de oídos indiscretos. A los cuatro, lo ocurrido a las Mirabal les hacía chirriar los dientes y les daba arcadas, mientras comentaban la muerte, allá en las alturas de la cordillera, en un supuesto accidente automovilístico, de esas tres increíbles hermanas.

—Nos matan a nuestros padres, a nuestros hermanos, a nuestros amigos. Ahora también a nuestras mujeres. Y, nosotros, resignados, esperando nuestro turno —se oyó decir.

—Nada de resignados, Tony —respingó Antonio de la Maza. Había llegado de Restauración; él les trajo la noticia de la muerte de las Mirabal, recogida en el camino—. Trujillo las va a pagar. Todo está en marcha. Pero, hay que hacerlo bien.

En esa época, el atentado se preparaba en Moca, durante una visita de Trujillo a la tierra de los De la Maza en el curso de los recorridos que, desde la condena de la OEA y las sanciones económicas, venía haciendo por el país. Una bomba estallaría en la principal iglesia, consagrada al Sagrado Corazón de Jesús, y una lluvia de fusilería caería desde los balcones, terrazas y la torre del reloj sobre Trujillo, mientras hablaba en la tribuna levantada en el atrio, ante la gente aglomerada alrededor de la estatua de San Juan Bosco medio cubierta por las trinitarias. El propio Imbert inspeccionó la iglesia y se ofreció a emboscarse en la torre del reloj, el lugar más arriesgado.

—Tony conocía a las Mirabal —explicó el Turco a Antonio—. Por eso se ha puesto así.

Las conocía, aunque no pudiera decir que fueran sus amigas. A las tres, y a los maridos de Minerva y Patria, Manolo Tavares Justo y Leandro Guzmán, los había encontrado ocasionalmente, en las reuniones de esos grupos en que, tomando como modelo la histórica Trinitaria de Duarte, se organizó el Movimiento 14 de Junio. Las tres eran dirigentes de esa organización rala y entusiasta, pero desordenada e ineficaz, a la que la represión iba deshaciendo. Las hermanas lo habían impresionado por su convicción y el arrojo con que se entregaban a esa lucha tan desigual e incierta; sobre todo, Minerva Mirabal. Les ocurría a todos los que coincidían con ella y la escuchaban opinar, discutir, hacer propuestas o tomar decisiones. Aunque no había pensado en ello, Tony Imbert se dijo después del asesinato, que, hasta conocer a Minerva Mirabal, nunca le pasó por la cabeza que una mujer pudiera entregarse a cosas tan viriles como preparar una revolución, conseguir y ocultar armas, dinamita, cocteles molotov, cuchillos, bayonetas, hablar de atentados, estrategia y táctica, y discutir con frialdad si, en caso de caer en manos del SIM, los militantes debían tragarse un veneno para no correr el riesgo de delatar a los compañeros bajo la tortura.

Minerva hablaba de esas cosas y de la mejor manera de hacer propaganda clandestina, o de reclutar estudiantes en la universidad, y todos la escuchaban. Por lo inteligente que era y la claridad con que exponía. Sus convicciones, tan firmes, y su elocuencia daban a sus palabras una fuerza contagiosa. Era, además, bellísima, con esos cabellos y ojos tan negros, esas facciones finas, esa nariz y boca tan bien delineadas y la blanquísima dentadura que contrastaba con lo azulado de su tez. Bellísima, sí. Había en ella algo poderosamente femenino, una delicadeza, una coquetería natural en los movimientos de su cuerpo y en sus sonrisas, pese a la sobriedad con que aparecía vestida en aquellas reuniones. Tony no recordaba haberla visto pintada ni maquillada. Sí, bellísima, pero jamás —pensó— alguno de los asistentes se hubiera atrevido a decirle uno de esos piropos, a hacerle una de las gracias o juegos que eran normales, naturales —obligatorios— entre dominicanos, más todavía si eran jóvenes y unidos por la intensa fraternidad que daban los ideales, las ilusiones y los riesgos compartidos. Algo, en la figura gallarda de Minerva Mirabal impedía que los hombres se tomaran con ella las confianzas y libertades que se permitían con las demás mujeres.

Para entonces, era ya una leyenda en el pequeño mundo de la lucha clandestina contra Trujillo. ¿Cuáles de las cosas que se decían eran ciertas, cuáles exageradas, cuáles inventadas? Nadie se hubiera atrevido a preguntárselo, para no recibir esa mirada profunda, despectiva, y una de esas réplicas cortantes con que, a veces, enmudecía a un oponente. Se decía que de adolescente se atrevió a desairar a Trujillo en persona, negándose a bailar con él, y que, por eso, su padre fue despojado de la alcaldía de Ojo de Agua y enviado a la cárcel. Otros insinuaban que no sólo fue un desaire, que lo abofeteó porque bailando con ella la manoseó o le dijo algo grosero, una posibilidad que muchos descartaban («No estaría viva, la hubiera matado o hecho matar ahí mismo»), pero no Antonio Imbert. Desde la primera vez que la vio y escuchó, no dudó un segundo en creer que, si aquella bofetada no fue cierta, pudo serlo. Bastaba ver y oír unos minutos a Minerva Mirabal (por ejemplo, hablando con una naturalidad glacial sobre la necesidad de preparar psicológicamente a los militantes a resistir la tortura) para saber que era capaz de abofetear al mismísimo Trujilllo si le faltaba el respeto. Había estado presa un par de veces y se contaban anécdotas de su temeridad en La Cuarenta, primero, y, luego, en La Victoria, donde hizo huelga de hambre, resistió el confinamiento a pan y agua agusanada, y donde, se decía, la maltrataron bárbaramente. Ella jamás hablaba de su paso por la cárcel, ni de las torturas, ni del calvario en que, desde que se supo que era antitrujillista, había vivido su familia, acosada, expropiada de sus escasos bienes y con orden de arraigo en su propia casa. La dictadura permitió a Minerva estudiar abogacía, sólo para, al terminar la carrera —venganza bien planeada—, negarle la licencia profesional, es decir, condenarla a no trabajar, a no ganarse la vida, a sentirse frustrada en plena juventud, con cinco años de estudios desperdiciados. Pero nada de eso la amargó; allí seguía, incansable, dando ánimos a todo el mundo, un motor en marcha, preludio —se dijo muchas veces Imbert— de ese país joven, bello, entusiasta, idealista, que sería algún día la República Dominicana.

Sintió, avergonzado, que se le llenaban los ojos de lágrimas. Encendió un cigarrillo y dio varias chupadas, arrojando el humo hacia un mar en el que la luz de la luna cabrillaba, jugueteando. No había brisa, ahora. Muy de rato en rato, los faros de algún coche aparecían a lo lejos, procedentes de Ciudad Trujillo. Los cuatro se enderezaban en el asiento, alargaban los cuellos, escrutaban la oscuridad, tensos, pero, cada vez, a unos veinte o treinta metros, descubrían que no era el Chevrolet y volvían a distenderse en sus asientos, desilusionados.

El que sabía contener mejor sus emociones era Imbert. Siempre había sido callado, pero, en los últimos años, desde que la idea de matar a Trujillo se apoderó de él, y, como una solitaria, fue nutriéndose de toda su energía, su laconismo se acentuó. Nunca tuvo muchos amigos; en los últimos meses, su vida no había tenido otros términos que su oficina en Mezcla Lista, su hogar y las reuniones diarias con Estrella Sadhalá y el teniente García Guerrero. Luego de la muerte de las hermanas Mirabal, prácticamente las asambleas clandestinas cesaron. La represión arrasó al Movimiento 14 de Junio. Los que escaparon, se replegaron en la vida familiar, tratando de pasar inadvertidos. Cada cierto tiempo, una pregunta lo angustiaba: «¿Por qué no fui detenido?». La incertidumbre lo hacía sentirse mal, como si tuviera alguna culpa, como si fuera responsable de lo mucho que sufrían los que estaban en manos de Johnny Abbes mientras él continuaba gozando de libertad.

Una libertad muy relativa, por cierto. Desde que se dio cuenta en qué régimen vivía, a qué gobierno había servido desde joven y seguía sirviendo aún —¿qué hacía si no de gerente de una de las fábricas del clan?— se sentía un prisionero. Tal vez fue para librarse de la sensación de tener todos los pasos controlados, todas las trayectorias y movimientos trazados, que la idea de eliminar a Trujillo prendió con tanta fuerza en su conciencia. El desencanto del régimen, en su caso, fue gradual, largo y secreto, muy anterior a los conflictos políticos de su hermano Segundo, alguien que había sido todavía más trujillista que él. ¿Quién no lo era a su alrededor, hacía veinte, veinticinco años? Todos creían al Chivo el salvador de la Patria, el que acabó con las guerras de caudillos, con el peligro de una nueva invasión haitiana, el que puso fin a la dependencia humillante de los Estados Unidos —que controlaba las aduanas, impedía que hubiera una moneda dominicana y daba su visto bueno al Presupuesto— y que, a las buenas o a las malas, llevó al gobierno a las cabezas del país. ¿Qué importaba, frente a eso, que Trujillo se tirara a las mujeres que quería? ¿O que se hubiera llenado de fábricas, haciendas y ganados? ¿No hacía crecer la riqueza dominicana? ¿No dotó a este país de las Fuerzas Armadas más poderosas del Caribe? Tony Imbert había dicho y defendido esas cosas veinte años de su vida. Era lo que ahora le retorcía el estómago.

Ya no recordaba cómo empezó aquello, las primeras dudas, conjeturas, discrepancias, que lo llevaron a preguntarse si en verdad todo iba tan bien, o si, detrás de esa fachada de un país que bajo la severa pero inspirada conducción de un estadista fuera de lo común progresaba a marchas forzadas, no había un tétrico espectáculo de gentes destruidas, maltratadas y engañadas, la entronización por la propaganda y la violencia de una descomunal mentira. Gotitas incansables que, a fuerza de caer y caer, fueron horadando su trujillismo. Cuando dejó la gobernación de Puerto Plata, en lo recóndito de su corazón ya no era trujillista, estaba convencido que el régimen era dictatorial y corrupto. A nadie se lo dijo, ni a Guarina. Cara al mundo seguía siendo un trujillista, pues, aunque su hermano Segundo se hubiera autoexiliado en Puerto Rico, el régimen, en prueba de magnanimidad, a Antonio le siguió dando puestos, e, incluso —¿qué más demostración de confianza?— en las empresas de la familia Trujillo.

Había sido ese malestar de tantos años, pensar una cosa y hacer a diario algo que la contradecía, lo que lo llevó, siempre en el secreto de su mente, a sentenciar a muerte a Trujillo, a convencerse de que, mientras viviera, él y muchísimos dominicanos estarían condenados a esa horrible desazón y desagrado de sí mismos, a mentirse a cada instante y engañar a todos, a ser dos en uno, una mentira pública y una verdad privada prohibida de expresarse.

Esta decisión le hizo bien; le levantó la moral. Su vida dejó de ser ese bochorno, esa duplicación, cuando pudo compartir con alguien sus verdaderos sentimientos. La amistad con Salvador Estrella Sadhalá resultó como enviada por el cielo. Ante el Turco podía explayarse a sus anchas contra todo lo que lo rodeaba; con su integridad moral y la honestidad con que procuraba ajustar su conducta a la religión que profesaba con una entrega que Tony no había visto en nadie, se convirtió en su modelo, además de su mejor amigo.

Poco después de hacerse íntimo suyo, Imbert comenzó a frecuentar los grupos clandestinos, gracias a su primo Moncho. Aunque salía de esas reuniones con la sensación de que esas muchachas y muchachos, aunque arriesgaban la libertad, su futuro, la vida, no encontraban una manera efectiva de luchar contra Trujillo, estar una o dos horas con ellos, luego de llegar a esa casa desconocida —una distinta cada vez— dando mil rodeos, siguiendo a mensajeros a los que identificaba con diferentes claves, le dio una razón vital, le limpió la conciencia y centró su vida.

Guarina quedó estupefacta cuando, por fin, para que no la tomara de sorpresa cualquier percance, Tony fue revelándole que, aunque las apariencias dijeran lo contrario, había dejado de ser trujillista, e, incluso, trabajaba en secreto contra el gobierno. Ella no trató de disuadirlo. No preguntó qué ocurriría con su hija Leslie si lo tomaban preso y lo condenaban a treinta años de cárcel como a Segundo, o, peor, si lo mataban.

Ni su mujer ni su hija sabían lo de esta noche; creían que estaba jugando a las cartas en casa del Turco. ¿Qué les ocurriría si esto fallaba?

—¿Tú tienes confianza en el general Román? —dijo, precipitadamente, para obligarse a pensar en otra cosa—. ¿Seguro es de los nuestros? ¿Pese a estar casado con una sobrina carnal de Trujillo y ser cuñado de los generales José y Virgilio García Trujillo, los sobrinos favoritos del Jefe?

—Si no estuviera con nosotros, ya estaríamos todos en La Cuarenta —dijo Antonio de la Maza—. Está con nosotros, siempre que se cumpla su condición: ver el cadáver.

—Cuesta creerlo —murmuró Tony—. ¿Qué va a ganar, en esto, el secretario de Estado de las Fuerzas Armadas? Tiene todas las de perder.

—Odia a Trujillo más que tú y que yo —repuso De la Maza—. Muchos del cogollo, también. El trujillismo es un castillo de naipes. Se desmoronará, verás. Pupo tiene comprometidos a muchos militares; sólo esperan sus órdenes. Las dará y, mañana, éste será otro país.

—Si es que el Chivo viene —rezongó, en el asiento de atrás, Estrella Sadhalá.

—Vendrá, Turco, vendrá —repitió una vez más el teniente.

Antonio Imbert volvió a sumirse en sus pensamientos. ¿Amanecería mañana, esta su tierra, liberada? Lo deseaba con todas sus fuerzas, pero, aún ahora, minutos antes de que sucediera, le costaba creerlo. ¿Cuánta gente formaba parte de la conjura, además del general Román? Nunca quiso averiguarlo. Sabía de cuatro o cinco personas, pero eran muchas más. Mejor no saberlo. Siempre le pareció indispensable que los conjurados supieran lo mínimo, para no poner en riesgo la operación. Había escuchado con interés todo lo que Antonio de la Maza les reveló sobre el compromiso contraído por el jefe de las Fuerzas Armadas de asumir el poder, si ejecutaban al tirano. Así, los parientes cercanos del Chivo y los principales trujillistas serían capturados o matados antes de que desencadenaran una acción de represalias. Menos mal que los dos hijitos, Ramfis y Radhamés, estaban en París. ¿Con cuánta gente habría hablado Antonio de la Maza? A veces, en las incesantes reuniones de los últimos meses, para rehacer el plan, a Antonio se le escapaban alusiones, referencias, medias palabras, que hacían pensar que había mucha gente implicada. Tony había llevado las precauciones hasta el extremo de taparle la boca a Salvador, un día que éste, indignado, comenzó a contar que él y Antonio de la Maza, en una reunión en casa del general Juan Tomás Díaz, tuvieron un altercado con un grupo de conspiradores que objetaron que Imbert hubiera sido aceptado en la conjura. No lo creían seguro, por su pasado trujillista; alguien recordó el famoso telegrama a Trujillo, ofreciéndole quemar Puerto Plata. («Me perseguirá hasta la muerte y después de la muerte», pensó.) El Turco y Antonio protestaron, diciendo que ponían sus manos en el fuego por Tony, pero éste no permitió que Salvador siguiera:

—No quiero saberlo, Turco. Después de todo, los que no me conocen bien ¿por qué se fiarían de mí? Es verdad, toda mi vida he trabajado para Trujillo, directa o indirectamente.

—¿Y qué es lo que hago? —repuso el Turco—. ¿Qué hacemos el treinta o cuarenta por ciento de los dominicanos? ¿No trabajamos también para el gobierno o sus empresas? Sólo los muy ricos pueden darse el lujo de no trabajar para Trujillo.

«Ellos, tampoco», pensó. También los ricos, si querían seguir siendo ricos, debían aliarse con el Jefe, venderle parte de sus empresas o comprarle parte de las suyas y contribuir de este modo a su grandeza y poderío. Con los ojos semicerrados, arrullado por el rumor quedo del mar, pensó en lo endiablado del sistema que Trujillo había sido capaz de crear, en el que todos los dominicanos tarde o temprano participaban como cómplices, un sistema del que sólo podían ponerse a salvo los exiliados (no siempre) y los muertos. En el país, de una manera u otra, todos habían sido, eran o serían parte del régimen. «Lo peor que puede pasarle a un dominicano es ser inteligente o capaz», había oído decir una vez a Álvaro Cabral («Un dominicano muy inteligente y capaz», se dijo) y la frase se le grabó: «Porque, entonces, tarde o temprano, Trujillo lo llamará a servir al régimen, o a su persona, y cuando llama, no está permitido decir no». Él era una prueba de esa verdad. Nunca se le pasó por la cabeza poner la menor resistencia a esos nombramientos. Como decía Estrella Sadhalá, el Chivo había quitado a los hombres el atributo sagrado que les concedió Dios: el libre albedrío.

A diferencia del Turco, la religión no ocupó nunca un lugar central en la vida de Antonio Imbert. Era católico a la manera dominicana, había pasado por todas las ceremonias religiosas que marcaban la vida de la gente —bautizo, confirmación, primera comunión, colegio católico, matrimonio por la Iglesia— y sin duda tendría un entierro con sermón y bendición de cura. Pero nunca había sido un creyente demasiado consciente, ni preocupado con las implicaciones de su fe en la vida de todos los días, ni se había ocupado de verificar si su conducta se ajustaba a los mandamientos, como hacía Salvador de una manera que a él le parecía enfermiza.

Pero, aquello del libre albedrío lo afectó. Tal vez por eso decidió que Trujillo debía morir. Para recuperar, él y los dominicanos, la facultad de aceptar o rechazar por lo menos el trabajo con el que uno se ganaba la vida. Tony no sabía lo que era eso. De niño tal vez lo supo, pero lo había olvidado. Debía de ser una cosa linda. La taza de café o el trago de ron debían saber mejor, el humo del tabaco, el baño de mar un día caluroso, la película de los sábados o el merengue de la radio, debían dejar en el cuerpo y el espíritu una sensación más grata, cuando se disponía de eso que Trujillo les arrebató a los dominicanos hacía ya treinta y un años: el libre albedrío.

X

Al oír el timbre, Urania y su padre quedan inmóviles, mirándose como sorprendidos en falta. Voces en la planta baja y una exclamación de sorpresa. Pasos apresurados, subiendo la escalera. La puerta se abre casi al mismo tiempo que tocan unos nudillos impacientes y asoma por la abertura una cara atolondrada que Urania reconoce al instante: su prima Lucinda.

—¿Urania? ¿Urania? —sus grandes ojos saltones la examinan de arriba abajo, de abajo arriba, abre los brazos y va hacia ella como para verificar si no es una alucinación.

—Yo misma, Lucindita —Urania abraza a la menor de las hijas de su tía Adelina, la prima de su edad, su compañera de colegio.

—¡Pero, muchacha! No me lo creo. ¿Tú aquí? ¡Ven para acá! Pero, cómo ha sido eso. ¿Por qué no me has llamado? ¿Por qué no viniste a la casa? ¿Te has olvidado cuánto te queremos? ¿Ya no te acuerdas de tu tía Adelina, de Manolita? ¿Y de mí, ingrata?

Está tan sorprendida, tan llena de preguntas y curiosidades —«Dios mío, prima, cómo has podido pasar treinta y cinco años, ¿treinta y cinco, cierto?, sin venir a tu tierra, sin ver a tu familia», «¡Muchacha! Tendrás tanto que contar»— que no la deja responder a sus preguntas. En eso, no ha cambiado mucho. Desde chiquita hablaba como una lora, Lucindita la entusiasta, la invencionera, la juguetona. La prima con quien se llevó siempre mejor. Urania la recuerda en su uniforme de gala, falda blanca y chaqueta azul marino, y en el de diario, rosado y azul: una gordita ágil, de cerquillo, con *braces* en los dientes y una sonrisa a flor de labios. Ahora es una señorona entrada en carnes, la piel de la cara muy tirante y sin rasgos de *lifting,* que viste un sencillo vestido floreado. Su único adorno: dos largos pendientes dorados que centellean. De pronto, interrumpe sus cariños y preguntas a Urania, para acercarse al inválido, a quien besa en la frente.

—Qué linda sorpresa te dio tu hija, tío. No te esperabas que tu hijita resucitara y viniera a visitarte. Qué alegría, ¿cierto, tío Agustín?

Vuelve a besarlo en la frente y con el mismo ímpetu se olvida de él. Va a sentarse junto a Urania, al borde de la cama. La toma del brazo, la contempla, la examina, vuelve a abrumarla de exclamaciones e interrogaciones:

—Cómo te conservas, muchacha. Somos del mismo año ¿no? y pareces diez años más joven. ¡No es justo! Será que no te casaste ni tuviste hijos. Nada arruina tanto como un marido y la prole. Qué silueta, qué tez. ¡Una jovencita, Urania!

Va reconociendo en la voz de su prima los matices, acentos, la música de aquella niña con la que tanto jugó en los patios del Santo Domingo, a la que tantas veces tuvo que explicar la geometría y la trigonometría.

—Una vida sin vernos, Lucindita, sin saber la una de la otra exclama, por fin.

—Por tu culpa, ingrata —la sermonea su prima, con afecto, pero en sus ojos llamea ahora aquella pregunta, aquellas preguntas, que tíos y tías, primas y primos debieron hacerse tantas veces los primeros años, luego de la súbita partida de Uranita Cabral, a fines de mayo de 1961, hacia la remota localidad de Adrian, Michigan, a la Siena Heights University que tenían allí las Dominican Nuns que regentaban el Colegio Santo Domingo de Ciudad Trujillo—.

Nunca lo entendí, Uranita. Tú y yo éramos tan amigas, tan unidas, además de parientes. ¿Qué pasó para que, de repente, no quisieras saber más de nosotros? Ni de tu papá, ni de tus tíos, ni de primas y primos. Ni siquiera de mí. Te escribí veinte o treinta cartas y tú ni una línea. Me pasé años mandándote postales, felicitaciones de cumpleaños. Lo mismo Manolita y mi mamá. ¿Qué te hicimos? ¿Por qué te enojaste así para que más nunca escribieras y te pasaras treinta y cinco años sin pisar tu tierra?

—Locuras de la juventud, Lucindita —se ríe Urania, cogiéndole la mano—. Pero, ya ves, se me pasó y aquí me tienes.

—¿Seguro que no eres un fantasma? —su prima toma distancia para mirarla, menea la cabeza incrédula—. ¿Por qué llegar así, sin avisar? Hubiéramos ido al aeropuerto.

—Quería darles la sorpresa —miente Urania—. Lo decidí de un momento a otro. Fue un impulso. Metí cuatro cosas en la maleta y tomé el avión.

—En la familia, estábamos seguras que más nunca volverías —se pone seria Lucinda—. El tío Agustín, también. Él sufrió mucho, tengo que decírtelo. Que no quisieras hablar con él, que no le contestaras el teléfono. Se desesperaba, le lloraba a mi mamá. Nunca se consoló de que lo trataras así. Perdona, no sé por qué te digo esto, no quiero entrometerme en tu vida, prima. Es por la confianza que siempre te tuve. Cuéntame de ti. ¿Vives en New York, cierto? Te va muy bien, ya sé. Te hemos seguido los pasos, eres una leyenda en la familia. ¿Trabajas en un estudio muy importante, verdad?

—Bueno, hay firmas de abogados más grandes que la nuestra.

—A mí no me extraña que hayas triunfado en Estados Unidos —exclama Lucinda, y Urania advierte una nota ácida en la voz de su prima—. Desde chiquita se veía venir, por lo inteligente y estudiosa. Lo decían la superiora, *sister* Helen Claire, *sister* Francis, *sister* Susana y, sobre todo, la que te engreía tanto, *sister* Mary: Uranita Cabral, un Einstein con faldas.

Urania se echa a reír. No tanto por lo que dice su prima, sino por la manera como lo dice: con facundia y sabrosura, hablando con boca, ojos, manos y todo el cuerpo a la vez, con ese regusto y alegría del hablar dominicano. Algo que descubrió, por contraste, hacía treinta y cinco años, al llegar a Adrian, Michigan, a la Siena Heights University de las Dominican Nuns, donde, de la noche a la mañana, se vio rodeada de gente que sólo hablaba inglés.

—Cuando te fuiste, sin siquiera despedirte de mí, casi me muero de pena —dice su prima, con nostalgia por aquellos tiempos idos—. Nadie entendía nada, en la familia. ¡Pero, qué es esto! ¡Uranita a Estados Unidos sin decir adiós! Nos comíamos a preguntas al tío, pero también parecía en la luna. «Las monjas le ofrecieron una beca, no podía perder la ocasión». Nadie se lo creía.

—Fue así, Lucindita —Urania mira a su padre, que está otra vez inmóvil y atento, escuchándolas—. Se presentó la oportunidad de ir a estudiar en Michigan y ni tonta, la aproveché.

—Eso lo entiendo —reincide su prima—. Y que te merecías esa beca. ¿Pero, por qué partir como huyendo? ¿Por qué romper con tu familia, con tu padre, con tu país?

—Yo fui siempre un poco loca, Lucindita. Eso sí, aunque no les escribiera, los recordaba mucho. En especial, a ti.

Mentira. No echaste de menos a nadie, ni siquiera a Lucinda, la prima condiscípula, la confidente y cómplice de travesuras. A ella también querías olvidarla, como a Manolita, la tía Adelina y tu padre, a esta ciudad y a este país, en esos primeros meses en la lejana Adrian, en aquel primoroso campus de pulcros jardines, con begonias, tulipanes, magnolias, arriates de rosales y altos pinos cuya fragancia oleaginosa llegaba hasta el cuartito que compartiste el primer año con cuatro compañeras, entre ellas Alina, la negrita de Georgia, tu primera amiga en ese nuevo mundo, tan distinto del de tus primeros catorce años. ¿Sabían las dominicas de Adrian por qué habías salido «huyendo», gracias a *sister* Mary, la directora de estudios del Santo Domingo? Tenían que saberlo. Si *sister* Mary no las hubiera puesto en antecedentes no te habrían dado aquella beca, de esa manera precipitada. Las *sisters* fueron un modelo de discreción, pues, en los cuatro años que Urania pasó en la Siena Heights University, jamás hizo alguna de ellas la menor alusión a la historia que laceraba tu memoria. Por lo demás, no se arrepintieron de haber sido tan generosas: fuiste la primera graduada de esa universidad en ser aceptada en Harvard y en recibirse con honores en la más prestigiosa universidad del mundo. ¡Adrian, Michigan! Cuántos años sin volver allí. Ya no sería aquella provinciana ciudad de granjeros que se encerraban en sus casas al ponerse el sol y dejaban las calles desiertas, de familias cuyo horizonte terminaba en esos pueblecitos vecinos que parecían gemelos —Clinton y Chelsea— y cuya máxima diversión era asistir en Manchester a la famosa feria del pollo a la parrilla. Una ciudad limpia Adrian, bonita, sobre todo en invierno, cuando la nieve ocultaba las rectas callecitas —donde se podía patinar y esquiar— bajo aquellos algodones blancos con los que los niños hacían monigotes y que mirabas caer del cielo, hechizada, y donde hubieras muerto de amargura, acaso de aburrimiento, si no te hubieras dedicado con tanta furia a estudiar.

Su prima no para de hablar.

—Poquito después, mataron a Trujillo y vinieron las calamidades. ¿Sabes que los *caliés* entraron al colegio? Golpearon a las *sisters,* a *sister* Helen Claire le llenaron la cara de moretones y arañazos, y mataron a *Badulaque,* el pastor alemán. Por poco no nos queman la casa también a nosotros por el parentesco con tu papá. Decían que el tío Agustín te mandó a Estados Unidos adivinando lo que iba a ocurrir.

—Bueno, también, él quiso alejarme de aquí —la interrumpe Urania—. Aunque había caído en desgracia, sabía que los antitrujillistas le tomarían cuentas.

—También eso lo entiendo —musita Lucinda—. Pero no, que no quisieras saber más de nosotros.

—Como siempre tuviste buen corazón, apuesto que no me guardas rencor —se ríe Urania—. ¿Cierto, muchacha?

—Claro que no —asiente su prima—. Si supieras cuánto le rogué a mi papá para que me mandara a Estados Unidos. Contigo, a la Siena Heights University. Lo había convencido, creo, cuando la debacle. Todo el mundo empezó a atacarnos, a decir mentiras horribles de la familia, sólo por ser mi madre hermana de un trujillista. Nadie se acordaba que al final Trujillo trató a tu papá como a un perro. Tuviste suerte de no estar aquí en esos meses, Uranita. Vivíamos muertos de miedo. No sé cómo se libró el tío Agustín de que le quemaran esta casa. Pero, varias veces la apedrearon.

La interrumpe un toquecito en la puerta.

—No quería interrumpir —la enfermera señala al inválido—. Pero, ya es la hora.

Urania la mira sin entender.

—De hacer sus necesidades —le explica Lucinda, echando un vistazo a la bacinica—. Es puntualito como un reloj. Qué suerte, yo vivo con problemas de estómago, comiendo ciruelas secas. Los nervios, dicen. Bueno, vamos a la sala, entonces.

Mientras bajan la escalera, vuelve a Urania el recuerdo de aquellos meses y años de Adrian, de la severa biblioteca con vitrales, al costado de la capilla y contigua al refectorio, donde pasaba la mayor parte del tiempo, cuando no estaba en clases y seminarios. Estudiando, leyendo, borroneando cuadernos, ensayos, resumiendo libros, de esa manera metódica, intensa, reconcentrada, que tanto apreciaban en ella los maestros y que algunas compañeras admiraban, y a otras enfurecía. No era el deseo de aprender, de triunfar, lo que te confinaba en la biblioteca, sino de marearte, intoxicarte, perderte en esas materias —ciencias o letras, daba igual— para no pensar, para ahuyentar los recuerdos dominicanos.

—Pero, si estás en traje de deporte —advierte Lucinda, cuando ya están en la sala, junto a la ventana que da al jardín—. No me digas que has hecho aeróbics esta mañana.

—Fui a correr por el Malecón. Y, al regresar al hotel, los pies me trajeron hasta aquí, así como estoy. Desde que llegué, hace un par de días, dudaba si venir a verlo o no. Si sería una impresión muy grande para él. Pero, ni me ha reconocido.

—Te ha reconocido muy bien —su prima cruza las piernas y saca de su bolso un paquete de cigarrillos y un encendedor—. No puede hablar, pero se da cuenta de quién entra, y entiende todo. Manolita y yo venimos a verlo casi a diario. Mi mamá no puede, desde que se rompió la cadera. Si fallamos un día, al siguiente nos pone mala cara.

Se queda mirando a Urania de tal modo que ésta anticipa: «Otra sarta de reproches». ¿No te da pena que tu padre esté pasando sus últimos años abandonado, en manos de una enfermera, visitado sólo por dos sobrinas? ¿No te corresponde estar a su lado, darle cariño? ¿Crees que con pasarle una pensión has cumplido? Todo eso está en los ojos saltones de Lucinda. Pero, no se atreve a decirlo. Ofrece a Urania un cigarrillo y, al rechazarlo ésta, exclama:

—No fumas, por supuesto. Me lo imaginaba, viviendo en Estados Unidos. Hay una psicosis contra el tabaco allá.

—Sí, una verdadera psicosis —reconoce Urania—. En el bufete también han prohibido fumar. No me importa, nunca fumé.

—La muchacha perfecta —se ríe Lucindita—. Oye tú, mujer, en confianza ¿tuviste algún vicio, tú? ¿Alguna vez has hecho una de esas locuritas que hace todo el mundo?

—Algunas —se ríe Urania—. Pero, no se pueden contar.

Mientras conversa con su prima, examina la salita. Los muebles son los mismos, lo delata su decrepitud; el sillón tiene una pata rota y una cuña de madera lo sostiene; el forro, deshilachado, con huecos, ha perdido el color, que, recuerda Urania, era rojo pálido, rojo concho de vino. Peor que los muebles están las paredes: manchas de humedad por doquier y en muchas partes asoman pedazos de muro. Las cortinas han desaparecido, allí están todavía la barra de madera y los anillos de que colgaban.

—Te impresiona lo pobrecita que se ve tu casa —echa una bocanada de humo su prima—. La nuestra, igual, Urania. La familia se fue a pique con la muerte de Trujillo, ésa es la verdad. A mi papá lo echaron de La Tabacalera y nunca volvió a encontrar un puesto. Por ser cuñado de tu padre, sólo por eso. En fin, el tío lo pasó peor. Lo investigaron, lo acusaron de todo, le abrieron juicios. A él, que había caído en desgracia con Trujillo. No pudieron probarle nada, pero su vida se fue a pique, también. Menos mal que te va bien y puedes ayudarlo. En la familia, nadie podría. Todos andamos a tres dobles y un repique. ¡Pobre tío Agustín! Él no fue como tantos que se acomodaron. Él, por decente, se arruinó.

Urania la escucha, grave, sus ojos animan a Lucinda a seguir, pero su mente está en Michigan, en la Siena Heights University, reviviendo aquellos cuatro años de obsesivo, salvador estudio. Las únicas cartas que leía y contestaba eran las de *sister* Mary. Afectuosas, discretas, jamás mencionaban aquello, aunque, si *sister* Mary lo hubiera hecho —ella, la única persona a la que Urania se había confiado, la que tuvo la luminosa solución de sacarla de allí y mandarla a Adrian, la que conminó al senador Cabral a aceptarla— no se hubiera enojado. ¿Hubiera sido un alivio desahogarse de cuando en cuando en una carta a *sister* Mary de ese fantasma que nunca le dio tregua?

Sister Mary le contaba del colegio, los grandes sucesos, los meses turbulentos que siguieron al asesinato de Trujillo, la partida de Ramfis y de toda la familia, los cambios de gobierno, las violencias callejeras, los desórdenes, se interesaba por sus estudios, la felicitaba por sus logros académicos.

—¿Cómo es que nunca te casaste, chica? —Lucindita la mira desvistiéndola—. No sería falta de oportunidades. Todavía estás muy bien. Perdona, pero, ya tú sabes, las dominicanas somos curiosas.

—La verdad, no sé por qué —se encoge de hombros Urania—. Tal vez, falta de tiempo, prima. He estado siempre demasiado ocupada; primero estudiando y luego trabajando. Me he acostumbrado a vivir sola y no podría compartir mi vida con un hombre.

Se oye hablar y no se cree lo que dice. Lucinda, en cambio, no pone en duda sus palabras.

—Has hecho bien, muchacha —se entristece—. ¿De qué me sirvió a mí casarme, a ver? El sinvergüenza de Pedro me abandonó con dos niñitas. Se mudó un día y más nunca me mandó un chele. He tenido que criar dos niñas haciendo las cosas más aburridas, alquilar casas, vender flores, dar clases a choferes, que son fresquísimos, no te imaginas. Como no estudié, era lo único que encontraba. Quién como tú, prima. Tienes una profesión y te ganas la vida en la capital del mundo con un trabajo interesante. Mejor que no te casaras. Pero, tendrás tus aventuras ¿no?

Urania siente fuego en las mejillas y su sonrojo hace soltar la risa a Lucinda:

—Ajá, ajá, cómo te has puesto. ¡Tienes un amante! Cuéntame. ¿Es rico? ¿Bien parecido? ¿Gringo o latino?

—Un caballero con las sienes plateadas, muy distinguido —inventa Urania—. Casado y con hijos. Nos vemos los fines de semana, si no estoy de viaje. Una relación agradable y sin compromiso.

—¡Qué envidia, muchacha! —palmotea Lucinda—. Es mi sueño. Un viejo rico y distinguido. Tendré que ir a buscármelo a New York, aquí todos los viejos son una calamidad: gordísimos y en la prángana.

En Adrian, no pudo dejar de ir algunas veces a fiestas, salir de excursión con muchachos y muchachas, simular que flirteaba con algún pecosito hijo de granjeros que le hablaba de caballos o de audaces escaladas a las montañas nevadas en el invierno, pero regresaba tan exhausta al *dormitory* por todo lo que debía fingir durante aquellas diversiones que buscaba pretextos para evitarlas. Llegó a tener un repertorio de excusas: exámenes, trabajos, visitas, malestares, plazos perentorios para entregar los *papers*. En los años de Harvard, no recordaba haber ido a una fiesta o a bares ni haber bailado una sola vez.

—A Manolita también le fue pésimo en su matrimonio. No porque su marido fuera mujeriego, como el mío. Cocuyo (bueno, se llama Esteban) no mata una mosca. Pero es un inútil, lo echan de todos los empleos. Ahora tiene un empleíto en uno de esos hoteles que han construido en Punta Canas, para turistas. Gana un sueldo miserable y mi hermana apenas lo ve una o dos veces al mes. ¿Un matrimonio, eso?

—¿Te acuerdas de Rosalía Perdomo? —la interrumpe Urania.

—¿Rosalía Perdomo? —Lucinda busca, entrecerrando los ojos—. La verdad, no... ¡Ah, claro! ¿Rosalía, la del lío con Ramfis Trujillo? Más nunca se la vio por aquí. La mandarían al extranjero.

El ingreso de Urania a Harvard fue celebrado en la Siena Heights University como un acontecimiento. Hasta ser aceptada allí, ella no se había dado cuenta del prestigio que tenía esa universidad en Estados Unidos, y la manera reverente con que todos se referían a quienes se habían graduado, estudiaban o enseñaban allí. Ocurrió de la manera más natural; si se lo hubiera propuesto, no hubiera resultado tan fácil. Estaba en el último año. La directora vocacional, luego de felicitarla por sus estudios, le preguntó qué planes profesionales tenía, y Urania le respondió: «Me gusta la abogacía». «Una carrera en la que se gana mucho dinero», repuso la doctora Dorothy Sallison. Pero Urania acababa de decir «abogacía» porque fue lo primero que se le vino a la boca, hubiera podido decir Medicina, Economía o Biología. Nunca habías pensado en tu futuro, Urania; vivías tan paralizada con el pasado, que no se te ocurría pensar en lo que tenías por delante. La doctora Sallison examinó con ella diversas opciones y optaron por cuatro universidades prestigiosas: Yale, Notre Dame, Chicago y Stanford. Uno o dos días después de llenar las solicitudes, la doctora Sallison la llamó: «¿Por qué no Harvard, también? No se pierde nada». Urania recuerda los viajes para las entrevistas, las noches en los albergues religiosos que le conseguían las madres dominicas. Y la alegría de la doctora Sallison, de las religiosas y compañeros de promoción al ir llegando las respuestas de las universidades, incluida Harvard, aceptándola. Le prepararon una fiesta en la que tuvo que bailar.

Sus cuatro años en Adrian le permitieron vivir, algo que ella creyó nunca más podría hacer. Por eso guardaba una gratitud profunda a las dominicas. Sin embargo, Adrian, en su memoria, era un periodo sonámbulo, incierto, donde lo único concreto eran las infinitas horas en la biblioteca, trabajando para no pensar.

Cambridge, Massachussets, fue otra cosa. Allí empezó a vivir de nuevo, a descubrir que la vida merecía ser vi-

vida, que estudiar no era sólo una terapia sino un goce, la más exaltante diversión. ¡Cómo había disfrutado con las clases, las conferencias, los seminarios! Abrumada por la abundancia de posibilidades (además de Derecho, siguió como oyente un curso de historia latinoamericana, un seminario sobre el Caribe y un ciclo sobre historia social dominicana), le faltaban horas al día y semanas al mes para hacer todo lo que la tentaba.

Años de mucho trabajo, y no sólo intelectual. Al segundo año de Harvard, su padre le hizo saber, en una de esas cartas que nunca respondió, que, en vista de lo mal que iban las cosas, se veía obligado a recortarle a doscientos dólares al mes los quinientos que le mandaba. Gracias al préstamo estudiantil que obtuvo, sus estudios quedaron asegurados. Pero, para hacer frente a sus frugales necesidades, en sus horas libres fue vendedora en un supermercado, mesera en una pizzería de Boston, repartidora de una farmacia, y —el trabajo menos fastidioso— dama de compañía y lectora de un parapléjico millonario de origen polaco, Mr. Melvin Makovsky, a quien, de cinco a ocho de la noche, en su casa victoriana de muros granates de la Massachussets Avenue, leía en voz alta voluminosas novelas decimonónicas *(La guerra y la paz, Moby Dick, Bleak House, Pamela),* y quien, inesperadamente, a los tres meses de ser su lectora le propuso matrimonio.

—¿Un parapléjico? —abre los ojazos Lucinda.

—De setenta años —precisa Urania—. Riquísimo. Me propuso matrimonio, sí. Para que le hiciera compañía y le leyera, nada más.

—Qué bobería, prima —se escandaliza Lucindita—. Lo habrías heredado, serías millonaria.

—Tienes razón, hubiera sido un negocio redondo.

—Pero, eras joven, idealista, y creías que una debe casarse por amor —le facilita las aclaraciones su prima—. Como si eso durara. Yo también desperdicié una oportunidad, con un médico forrado de cuartos. Se moría por mí. Pero era oscurito y decían que de madre haitiana. No eran prejuicios, pero ¿y si mi hijo daba un salto atrás y salía carbón?

Le gustaba tanto estudiar, se sintió tan contenta en Harvard, que pensó dedicarse a la enseñanza, hacer un doctorado. Pero no tenía medios para hacerlo. Su padre estaba en una situación cada vez más difícil, en el tercer año le suprimió la recortada mensualidad, de modo que le hacía falta recibirse y empezar a ganar dinero cuanto antes para pagar el préstamo universitario y costearse la vida. El prestigio de la Facultad de Derecho de Harvard era inmenso; cuando empezó a enviar solicitudes, la convocaron para muchas entrevistas. Se decidió por el Banco Mundial. La apenó la partida; en esos años de Cambridge contrajo el «hobby perverso»: leer y coleccionar libros sobre la Era de Trujillo.

En la desvencijada salita hay otra foto de su graduación —aquella mañana de sol resplandeciente que encendía el *Yard,* engalanado con los toldos, los vestidos elegantes, los birretes y las togas multicolores de los profesores y graduados—, idéntica a la que el senador Cabral tiene en su dormitorio. ¿Cómo la conseguiría? No se la mandó ella, desde luego. Ah, *sister* Mary. Esta foto se la envió ella al Colegio Santo Domingo. Pues, hasta la muerte de la monjita, Urania siguió carteándose con *sister* Mary. Esa alma caritativa mantendría informado al senador Cabral de la vida de Urania. La recuerda apoyada en la baranda del edificio del colegio orientado al sureste, mirando al mar, en la planta alta, vedada a las alumnas, donde vivían las monjas; su reseca silueta se empequeñecía a lo lejos en ese patio donde los dos pastores alemanes —*Badulaque* y *Brutus*— correteaban entre las canchas de tenis, de voleibol y la piscina.

Hace calor y está transpirando. Nunca ha sentido un vaho semejante, esa respiración volcánica, en los calurosos veranos neoyorquinos, contrarrestados sin embargo por las atmósferas frías del aire acondicionado. Éste era un calor distinto: el calor de su infancia. Tampoco había sentido en sus oídos, jamás, esa extravagante sinfonía de bocinazos, voces, músicas, ladridos, frenazos, que entraba por las ventanas y las obligaba a ella y su prima a alzar mucho la voz.

—¿Es verdad que a papá lo metió preso Johnny Abbes cuando mataron a Trujillo?

—¿No te contó él? —se sorprende su prima.

—Yo ya estaba en Michigan —le recuerda Urania.

Lucinda asiente, con media sonrisa de disculpas.

—Claro que lo metió. Se volvieron locos, ésos, Ramfis, Radhamés, los trujillistas. Empezaron a matar y encarcelar a diestra y siniestra. En fin, no me acuerdo mucho. Era una niña, me importaba un pito la política. Como el tío Agustín había tenido un distanciamiento con Trujillo, pensarían que estaba en el complot. Lo tuvieron en esa cárcel terrible, La Cuarenta, esa que Balaguer derribó, donde ahora hay una iglesia. Mi mamá fue a hablar con Balaguer, a rogarle. Lo tuvieron varios días preso, mientras comprobaban que no estuvo en la conspiración. Después, el Presidente le dio un puestecito miserable, que parecía una broma: oficial del Estado Civil de la Tercera Circunscripción.

—¿Les contó cómo lo trataron en La Cuarenta?

Lucinda echa una bocanada de humo que, un momento, nubla su cara.

—Quizás a mis padres, pero no a Manolita ni a mí, éramos muy pequeñas. Al tío Agustín le dolió que pensaran que él hubiera podido traicionar a Trujillo. Durante años le oí clamar al cielo por la injusticia que se había cometido.

—Con el servidor más leal del Generalísimo —se burla Urania—. Él, que por Trujillo era capaz de cometer monstruosidades, sospechoso de ser cómplice de sus asesinos. ¡Qué injusticia, verdad!

Se calla por la reprobación que ve en la cara redonda de su prima.

—Eso de monstruosidades no sé por qué lo dices —murmura, asombrada—. Tal vez mi tío se equivocó siendo trujillista. Ahora dicen que fue un dictador y eso. Tu papá lo sirvió de buena fe. A pesar de haber tenido cargos tan altos, no se aprovechó. ¿Acaso lo hizo? Pasa sus últimos años pobre como un perro; sin ti, estaría en un asilo de ancianos.

Lucinda trata de controlar el disgusto que se ha apoderado de ella. Da un último copazo a su cigarrillo y, como no tiene donde apagarlo —no hay ceniceros en la destartalada sala—, lo arroja por la ventana al marchito jardín.

—Sé muy bien que mi papá no sirvió a Trujillo por interés —Urania no puede evitar el tonito sarcástico—. No me parece un atenuante. Un agravante, más bien.

Su prima la mira, sin comprender.

—Que lo hiciera por admiración, por amor a él —explica Urania—. Claro que debió sentirse ofendido de que Ramfis, Abbes García y los otros desconfiaran de él. De él que, cuando Trujillo le dio la espalda, casi se volvió loco de desesperación.

—Bueno, tal vez se equivocó —repite su prima, pidiéndole con la mirada que cambie de tema—. Reconoce al menos que fue muy decente. Tampoco se acomodó, como tantos, que siguieron pasándose la gran vida con todos los gobiernos, sobre todo con los tres de Balaguer.

—Hubiera preferido que sirviera a Trujillo por interés, para robar o tener poder —dice Urania y ve otra vez desconcierto y desagrado en los ojos de Lucinda—. Todo, antes que verlo lloriqueando porque Trujillo no le concedía una audiencia, porque en El Foro Público aparecían cartas insultándolo.

Es un recuerdo persistente, que la atormentó en Adrian y en Cambridge, que, algo amainado, la acompañó todos sus años en el Banco Mundial, en Washington D.C., y que la asalta aún, en Manhattan: el desamparado senador Agustín Cabral dando vueltas frenéticas en esta misma sala, preguntándose qué intriga habían armado contra él el Constitucionalista Beodo, el untuoso Joaquín Balaguer, el cínico Virgilio Álvarez Pina, o Paíno Pichardo, para que el Generalísimo de la noche a la mañana lo borrara de la existencia. ¿Porque, qué existencia podía tener un senador y ex ministro al que el Benefactor no respondía las cartas ni permitía que asistiera al Congreso? ¿Se repetía, con él, la historia de Anselmo Paulino? ¿Vendrían a buscarlo cualquier madrugada los *caliés* para sepultarlo en una mazmorra? ¿Aparecerían *La Nación* y *El Caribe* llenos de informaciones asquerosas sobre sus robos, desfalcos, traiciones, crímenes?

—Caer en desgracia fue peor para él que si le hubieran matado al ser más querido.

Su prima la escucha, cada vez más incómoda.

—¿Fue por eso que te enojaste, Uranita? —dice, por fin—. ¿Por política? Pero, yo me acuerdo muy bien de ti, no te interesaba la política. Por ejemplo, cuando entraron a medio año esas dos muchachas que nadie conocía. Decían que eran *caliesas* y nadie hablaba de otra cosa, pero a ti te aburrían esas habladurías políticas y nos callabas la boca.

—No me ha interesado nunca la política —afirma Urania . Tienes razón, para qué hablar de cosas de hace treinta años.

La enfermera surge en la escalera. Viene secándose las manos con un trapo azul.

—Limpiecito y empolvado como un *baby*—les anuncia—. Pueden subir cuando quieran. Le voy a preparar su almuerzo a don Agustín. ¿También para usted, señora?

—No, gracias —dice Urania—. Voy al hotel, así aprovecho para bañarme y cambiarme.

—Esta noche vienes a cenar a casa de todas maneras. A mi mamá le darás un alegrón. Llamaré también a Manolita, se pondrá feliz —Lucinda hace una mueca tristona—. Te quedarás asombrada, prima. ¿Te acuerdas qué grande y bonita era la casa? Queda sólo la mitad. Cuando murió papá, hubo que vender el jardín, con el garaje y los cuartos del servicio. En fin, basta de boberías. Al verte, me han vuelto a la memoria esos años de la infancia. ¿Éramos felices, no? No se nos pasaba por la cabeza que todo cambiaría, que vendrían las vacas flacas. Bueno, me voy, que mamá se queda sin almuerzo. ¿Vendrás a cenar, cierto? ¿No te desaparecerás otros treinta y cinco años? Ah, te acordarás de la casa, en la calle Santiago, a unas cinco cuadras de aquí.

—Me acuerdo muy bien —Urania se pone de pie y abraza a su prima—. Este barrio no ha cambiado nada.

Acompaña a Lucinda hasta la puerta de calle y la despide con otro abrazo y un beso en las mejillas. Cuando la ve irse alejando con su vestido floreado por una calle hirviendo de sol en la que a unos ladridos desaforados responde un cacareo de gallinas, la domina la angustia. ¿Qué haces aquí? ¿Qué has venido a buscar en Santo Domingo, en esta casa? ¿Irás a cenar con Lucinda, Manolita y la tía Adelina? La pobre será un fósil, igual que tu padre.

Sube las escaleras, despacio, demorando el reencuentro. La alivia encontrarlo dormido. Acurrucado en su sillón, tiene los ojos fruncidos y la boca abierta; su raquítico pecho sube y baja de manera acompasada. «Un pedacito de hombre». Se sienta en la cama y lo contempla. Lo estudia, lo adivina. Lo metieron preso a él también, a la muerte de Trujillo. Creyendo que era uno de los trujillistas que conspiró con Antonio de la Maza, el general Juan Tomás Díaz y su hermano Modesto, Antonio Imbert y compañía. Qué susto y qué disgusto, papá. Ella se enteró de que su padre también cayó en aquella redada muchos años después, por una mención al paso, en un artículo dedicado a los sucesos dominicanos de 1961. Pero, nunca conoció los detalles. Hasta donde podía recordar, en esas cartas que no respondía, el senador Cabral jamás aludió a esa experiencia. «Que, por un segundo, alguien imaginara que pensaste en asesinar a Trujillo, debió dolerte tanto como caer en desgracia sin saber por qué». ¿Lo interrogaría Johnny Abbes en persona? ¿Ramfis? ¿Pechito León Estévez? ¿Lo sentarían en el Trono? ¿Estuvo su padre vinculado de algún modo a los conspiradores? Es verdad, había hecho esfuerzos sobrehumanos para recobrar el favor de Trujillo, pero ¿qué probaba eso? Muchos conspiradores lamieron a Trujillo hasta instantes antes de matarlo. Bien podía ser que Agustín Cabral, buen amigo de Modesto Díaz, hubiera sido informado sobre lo que se tramaba. ¿No lo fue hasta Balaguer, según algunos? Si el Presidente de la República y el ministro de las Fuerzas Armadas estaban al tanto, ¿por qué no su padre? Los conspiradores sabían que el Jefe había ordenado la desgracia del senador Cabral desde hacía semanas; nada raro que hubieran pensado en él como posible aliado.

Su padre emite de cuando en cuando un suave ronquido. Cuando alguna mosca se le posa en la cara, la espanta, sin despertarse, con un movimiento de cabeza. ¿Cómo te enteraste de que lo habían matado? El 30 de mayo de 1961 estaba ya en Adrian. Comenzaba a sacudirse la modorra, el cansancio que la tenía desasida del mundo y de sí misma, en estado sonambúlico, cuando la *sister* encargada del *dormitory* entró a la habitación que Urania compartía con cuatro compañeras y le mostró el titular del periódico que llevaba en la mano: «*Trujillo killed*». «Te lo presto», dijo. ¿Qué sentiste? Juraría que nada, que la noticia resbaló sobre ella sin herir su conciencia, como todo lo que oía y veía a su alrededor. Es posible que ni leyeras la información, que te quedaras con el titular. Recuerda, en cambio, que días o semanas después, en una carta de *sister* Mary venían detalles sobre aquel crimen, sobre la irrupción de los *caliés* en el colegio para llevarse al obispo Reilly, y sobre el desorden y la incertidumbre en que se vivía. Pero, ni siquiera aquella carta de *sister* Mary la sacó de la indiferencia profunda sobre lo dominicano y los dominicanos en la que había caído y de la que sólo años después, aquel curso de historia antillana de Harvard la libró.

La súbita decisión de venir a Santo Domingo, de visitar a tu padre ¿significa que estás curada? No. Habrías sentido alegría, emoción, al reencontrar a Lucinda, tan pegada a ti, compañera de las tandas vermouth y de las matinés de los cines Olimpia y Elite, en las playas o en el Country Club, y te hubieras apiadado de lo mediocre que parece su vida y las nulas esperanzas que tiene de que mejore. No te alegró, emocionó ni apenó. Te aburrió, por ese sentimentalismo y esa autocompasión que tanta repugnancia te producen.

«Eres un témpano de hielo. Tú sí que no pareces dominicana. Yo lo parezco más que tú». Vaya, mira que acordarse de Steve Duncan, su compañero en el Banco Mundial. ¿1985 o 1986? Por allí. Había sido aquella noche en Taipei, cenando juntos, en ese Gran Hotel en forma de pagoda hollywoodense en que estaban alojados, desde cuyas ventanas la ciudad era un manto de luciérnagas. Por tercera, cuarta o décima vez, Steve le propuso matrimonio y Urania, de manera más cortante que otras, le dijo: «No». Entonces, sorprendida, vio que la cara rubicunda de Steve se desencajaba. No pudo contener la risa.

—Ni que fueras a llorar, Steve. ¿De amor por mí? ¿O has tomado más whiskys de los debidos?

Steve no sonrió. Se la quedó mirando buen rato, sin responder, y dijo aquella frase: «Eres un témpano de hielo. Tú sí que no pareces dominicana. Yo lo parezco más que tú». Vaya, vaya, el pelirrojo se enamoró de ti, Urania. ¿Qué sería de él? Magnífica persona, graduado en Economía por la Universidad de Chicago, su interés por el Tercer Mundo abarcaba los problemas de desarrollo, sus lenguas y sus hembras. Terminó casándose con una paquistaní, funcionaria del banco en el área de Comunicaciones.

¿Eras un témpano, Urania? Sólo con los hombres. Y no con todos. Con aquellos cuyas miradas, movimientos, gestos, tonos de voz, anuncian un peligro. Cuando adivinas, en sus cerebros o instintos, la intención de cortejarte, de tirarse un lance contigo. A ésos, sí, les haces sentir esa frialdad polar que sabes irradiar en torno, como la pestilencia con que los zorrinos espantan al enemigo. Una técnica que dominas con la maestría que has llegado a tener en todo lo que te propusiste: estudios, trabajo, vida independiente. «Todo, menos en ser feliz». ¿Lo hubiera sido si, aplicando a ello su voluntad, su disciplina, llegaba a vencer el rechazo invencible, el asco que le inspiran los hombres en quienes despierta deseos? Tal vez. Hubieras podido seguir una terapia, recurrir a un psicólogo, a un psicoanalista. Ellos tenían remedio para todo, también el asco al hombre. Pero, nunca habías querido curarte. Por el contrario, no lo consideras una enfermedad, sino un rasgo de tu carácter, como tu inteligencia, tu soledad y tu pasión por el trabajo bien hecho.

Su padre tiene los ojos abiertos y la mira algo asustado.

—Me acordé de Steve, un canadiense del Banco Mundial —dice, en voz baja, escudriñándolo—. Como no quise casarme con él, me dijo que era un témpano de hielo. Una acusación que a cualquier dominicana ofendería. Tenemos fama de ardientes, de imbatibles en el amor. Yo gané fama de lo contrario: remilgada, indiferente, frígida. ¿Qué te parece, papá? Ahorita mismo, a la prima Lucinda, para que no pensara mal de mí, tuve que inventarle un amante.

Calla porque nota que el inválido, encogido en el sillón, parece aterrado. Ya no aparta a las moscas, que se pasean tranquilamente por su cara.

—Un tema sobre el que me hubiera gustado que habláramos, papá. Las mujeres, el sexo. ¿Tuviste aventuras desde que murió mamá? Nunca noté nada. No parecías mujeriego. ¿El poder te colmaba de tal modo que no te hacía falta el sexo? Se da, incluso en esta tierra caliente. Es el caso de nuestro Presidente perpetuo, don Joaquín Balaguer ¿no? Solterito a sus noventa años. Escribió poemas de amor y hay rumores de una hija a escondidas. A mí, siempre me dio la impresión de que el sexo nunca le interesó, que el poder le dio lo que a otros la cama. ¿Fue tu caso, papá? ¿O tuviste discretas aventuras? ¿Te invitó Trujillo a sus orgías, en la Casa de Caoba? ¿Qué ocurría allí? ¿Tenía también el Jefe, como Ramfis, la diversión de humillar a amigos y cortesanos, obligándolos a afeitarse las piernas, a raparse, a maquillarse como viejas pericas? ¿Hacía esas gracias? ¿Te las hizo?

El senador Cabral ha palidecido de tal modo que Urania piensa: «Se va a desmayar». Para que se sosiegue, se aleja de él. Va a la ventana y se asoma. Siente la fuerza del sol en el cráneo, en la piel afiebrada de su cara. Está sudando. Deberías regresar al hotel, llenar la bañera con espuma, darte un largo baño de agua fresquita. O bajar y zambullirte en la piscina de azulejos, y, después, probar el buffet criollo que ofrece el restaurante del Hotel Jaragua, habrá habichuelas con arroz y carne de puerco. Pero, no tienes ganas de eso. Más bien, de ir al aeropuerto, tomar el primer avión a New York y reanudar tu vida en el atareado bufete, y en tu departamento de Madison y la 73 Street.

Vuelve a sentarse en la cama. Su padre cierra los ojos. ¿Duerme o simula dormir por el miedo que le inspiras? Estás haciendo pasar un mal rato al pobre inválido. ¿Eso querías? ¿Asustarlo, infligirle unas horas de espanto? ¿Te sentirás mejor, ahora? El cansancio se ha adueñado de ella y, como se le cierran los ojos, se pone de pie.

De manera maquinal, va hacia el gran ropero de madera oscura que ocupa enteramente uno de los lados de la habitación. Está semivacío. En unos ganchos de alambre cuelgan un traje de tela plomiza, que amarillea como una hoja de cebolla, y unas camisas lavadas pero sin planchar; a dos les faltan botones. ¿Eso queda del vestuario del presidente del Senado, Agustín Cabral? Era un hombre elegante. Cuidadoso con su persona y atildado, como le gustaba al Jefe. ¿Qué se habían hecho los smokings, el frac, los trajes oscuros de paño inglés, los blancos de hilo finísimo? Se los irían robando los sirvientes, las enfermeras, los parientes menesterosos.

El cansancio es más fuerte que su voluntad de mantenerse despierta. Termina por echarse en la cama y cerrar los ojos. Antes de dormirse, alcanza a pensar que esa cama huele a hombre viejo, a sábanas viejas, a sueños y pesadillas viejísimas.

XI

—Una pregunta, Excelencia —dijo Simon Gittleman, colorado por las copas de champagne y de vino, o, tal vez, por la emoción—. De todas las medidas que ha tomado para hacer grande este país ¿cuál fue la más difícil?

Hablaba un excelente español, con un remoto acento, nada que se pareciera a ese lenguaje caricatural, lleno de faltas y la entonación equivocada de tantos gringos que habían desfilado por las oficinas y salones del Palacio Nacional. Cuánto había mejorado el español de Simon desde 1921, cuando Trujillo, joven teniente de la Guardia Nacional, fue aceptado como alumno en la Escuela para Oficiales de Haina y tuvo como instructor al *marine;* entonces, chapurreaba una lengua bárbara, mechada de palabrotas. Gittleman había formulado la pregunta en voz tan alta que las conversaciones cesaron y veinte cabezas —curiosas, risueñas, graves— se volvieron hacia el Benefactor, esperando su respuesta.

—Te puedo responder, Simon —Trujillo adoptó la voz arrastrada y cóncava de las solemnes ocasiones. Fijó la vista en la araña de cristal de bombillas en forma de pétalos, y añadió—: El 2 de octubre de 1937, en Dajabón.

Hubo rápidos intercambios de miradas entre los asistentes al almuerzo ofrecido por Trujillo a Simon y Dorothy Gittleman, luego de la ceremonia en la que el *ex marine* fue condecorado con la Orden del Mérito Juan Pablo Duarte. Al agradecer, a Gittleman se le quebró la voz. Ahora, trataba de adivinar a qué se refería Su Excelencia.

—¡Ah, los haitianos! —su palmada en la mesa hizo tintinear la fina cristalería de copas, fuentes, vasos y botellas—. El día que Su Excelencia decidió cortar el nudo gordiano de la invasión haitiana.

Todos tenían copas de vino, pero el Generalísimo sólo bebía agua. Estaba serio, absorbido en sus recuerdos. El silencio se espesó. Hierático, teatral, el Generalísimo levantó las manos y las mostró a los invitados:

—Por este país, yo me he manchado de sangre —afirmó, deletreando—. Para que los negros no nos colonizaran otra vez. Eran decenas de miles, por todas partes. Hoy no existiría la República Dominicana. Como en 1840, toda la isla sería Haití. El puñadito de blancos sobrevivientes, serviría a los negros. Ésa fue la decisión más difícil en treinta años de gobierno, Simon.

—Cumplido su encargo, recorrimos la frontera de uno a otro confín —el joven diputado Henry Chirinos se inclinó sobre el enorme mapa desplegado en el escritorio del Presidente y señaló—: Si esto sigue así, no habrá ningún futuro para Quisqueya, Excelencia.

—La situación es más grave de lo que le informaron, Excelencia —el delicado índice del joven diputado Agustín Cabral acarició la punteada línea roja que bajaba haciendo eses de Dajabón a Pedernales—. Miles de miles, afincados en haciendas, descampados y caseríos. Han desplazado a la mano de obra dominicana.

—Trabajan gratis, sin cobrar salario, por la comida. Como en Haití no hay que comer, un poco de arroz y habichuelas les basta y sobra. Cuestan menos que los burros y los perros.

Chirinos accionó y cedió la palabra a su amigo y colega:

—Es inútil razonar con hacendados y dueños de fincas, Excelencia —precisó Cabral—. Responden tocándose el bolsillo. ¿Qué más da que sean haitianos si son buenos macheteros para la zafra, y cobran miserias? Por el patriotismo no voy a ir contra mis intereses.

Calló, miró al diputado Chirinos y éste tomó el relevo:

—A lo largo de Dajabón, Elías Piña, Independencia y Pedernales, en vez del español sólo resuenan los gruñidos africanos del *creole*.

Miró a Agustín Cabral y éste encadenó:

—El vudú, la santería, las supersticiones africanas están desarraigando a la religión católica, distintivo, como la lengua y la raza, de nuestra nacionalidad.

—Hemos visto párrocos llorando de desesperación, Excelencia —tremoló el joven diputado Chirinos—. El salvajismo precristiano se apodera del país de Diego Colón, Juan Pablo Duarte y Trujillo. Los brujos haitianos tienen más influencia que los párrocos. Los curanderos, más que boticarios y médicos.

—¿El Ejército no hacía nada? —Simon Gittleman bebió un sorbo de vino. Uno de los mozos uniformados de blanco se apresuró a llenarle la copa de nuevo.

—El Ejército hace lo que manda el Jefe, Simon, tú lo sabes —sólo el Benefactor y el *ex marine* hablaban. Los demás escuchaban y sus cabezas se movían, del uno al otro—. La gangrena había avanzado hasta muy arriba. Montecristi, Santiago, San Juan, Azua, hervían de haitianos. La peste había ido extendiéndose sin que nadie hiciera nada. Esperando un estadista con visión, al que no le temblara la mano.

—Imagine una hidra de innumerables cabezas, Excelencia —el joven diputado Chirinos poetizaba con las maromas de sus ademanes—. Esa mano de obra roba trabajo al dominicano, quien, para sobrevivir, vende su conuco y su rancho. ¿Quién le compra esas tierras? El haitiano enriquecido, naturalmente.

—Es la segunda cabeza de la hidra, Excelencia —apuntó el joven diputado Cabral—. Quitan trabajo al nacional y se apropian, pedazo a pedazo, de nuestra soberanía.

—También de las mujeres —agravó la voz y soltó un vaho lujurioso el joven Henry Chirinos: su lengua rojiza asomó, serpentina, entre sus gruesos labios—. Nada atrae tanto a la carne negra como la blanca. Los estupros de dominicanas por haitianos son el pan de cada día.

—No se diga los robos, los asaltos a la propiedad —insistió el joven Agustín Cabral—. Las bandas de facinerosos cruzan el río Masacre como si no hubiera aduanas, controles, patrullas. La frontera es un colador. Las bandas arrasan aldeas y haciendas como nubes de langostas. Luego, arrean a Haití los ganados y todo lo que encuentran de comer, ponerse y adornarse. Esa región ya no es nuestra, Excelencia. Ya perdimos nuestra lengua, nuestra religión, nuestra raza. Ahora es parte de la barbarie haitiana.

Dorothy Gittleman apenas hablaba español y debía aburrirse con este diálogo sobre algo ocurrido veinticuatro años atrás, pero, muy seria, asentía cada cierto tiempo, mirando al Generalísimo y a su esposo como si no perdiera sílaba de lo que decían. La habían sentado entre el Presidente fantoche, Joaquín Balaguer, y el ministro de las Fuerzas Armadas, general José René Román. Era una viejecita menuda, frágil, derecha, rejuvenecida por el veraniego vestido de tonos rosados. Durante la ceremonia, cuando el Generalísimo dijo que el pueblo dominicano no olvidaría la solidaridad que le habían demostrado los esposos Gittleman en estos momentos difíciles, cuando tantos gobiernos lo apuñalaban, también soltó unas lágrimas.

—Yo sabía lo que estaba ocurriendo —afirmó Trujillo—. Pero, quise verificarlo, que no quedara duda. Ni siquiera después de recibir el informe del Constitucionalista Beodo y Cerebrito, a quienes mandé sobre el terreno, tomé una decisión. Decidí ir yo mismo a la frontera. La recorrí a caballo, acompañado por los voluntarios de la Guardia Universitaria. Con estos ojos lo vi: nos habían invadido de nuevo, como en 1822. Esta vez, pacíficamente. ¿Podía permitir que los haitianos se quedaran en mi país otros veintidós años?

—Ningún patriota lo hubiera permitido —exclamó el senador Henry Chirinos, elevando su copa—. Y, menos, el Generalísimo Trujillo. ¡Un brindis por Su Excelencia!

Trujillo continuó, como si no hubiera oído:

—¿Podía permitir, que, como en esos veintidós años de ocupación, los negros asesinaran, violaran y degollaran hasta en las iglesias a los dominicanos?

En vista del fracaso de su brindis, el Constitucionalista Beodo resopló, bebió un trago de vino y se puso a escuchar.

—A lo largo de aquel recorrido de la frontera, con la Guardia Universitaria, la flor y nata de la juventud, fui escrutando el pasado —prosiguió el Generalísimo, con creciente énfasis—. Recordé el degüello en la iglesia de Moca. El incendio de Santiago. La marcha hacia Haití de Dessalines y Cristóbal, con novecientos notables de Moca, que murieron en el camino o fueron repartidos como esclavos entre los militares haitianos.

—Más de dos semanas que presentamos el informe y el Jefe no hace nada —se inquietó el joven diputado Chirinos—. ¿Tomará alguna decisión, Cerebrito?

—No seré yo quien se lo pregunte —le repuso el joven diputado Cabral—. El Jefe actuará. Sabe que la situación es grave.

Ambos habían acompañado a Trujillo en el recorrido a caballo a lo largo de la frontera, con el centenar de voluntarios de la Guardia Universitaria, y acababan de llegar, boqueando más que sus bestias, a la ciudad de Dajabón. Los dos, pese a su juventud, hubieran preferido descansar los huesos molidos por la cabalgata, pero Su Excelencia ofrecía una recepción a la sociedad de Dajabón y jamás le harían un desaire. Ahí estaban, asfixiados de calor en sus camisas de cuellos duros y sus levitas, en el engalanado ayuntamiento donde Trujillo, fresco como si no hubiera cabalgado desde el amanecer, en un impecable uniforme azul y gris constelado de condecoraciones y entorchados, evolucionaba entre los distintos grupos, recibiendo pleitesías, con una copa de Carlos I en la mano derecha. En eso, divisó a un joven oficial de botas polvorientas, irrumpiendo en el embanderado salón.

—Te presentaste en esa fiesta de gala, sudando y en traje de campaña —el Benefactor volvió bruscamente la mirada hacia el ministro de las Fuerzas Armadas—. Qué asco sentí.

—Venía a darle un informe al jefe de mi regimiento, Excelencia —se confundió el general Román, después de un silencio, en el que su memoria haría esfuerzos para identificar aquel antiguo episodio—. Una banda de facinerosos haitianos penetró anoche de manera clandestina en el país. Esta madrugada asaltaron tres fincas en Capotillo y Parolí, llevándose todas las reses. Y dejaron tres muertos, además.

—Te jugaste la carrera, presentándote en esa facha en mi presencia —lo recriminó el Generalísimo, con irritación retroactiva—. Está bien. Es la gota que desborda el vaso. Vengan aquí el ministro de Guerra, el de Gobierno y todos los militares presentes. Apártense los demás, por favor.

Había levantado la chillona vocecita en un agudo histérico, como antes, cuando daba consignas en el cuartel. Fue obedecido de inmediato, entre un rumor de avispas. Los militares formaron un denso círculo a su alrededor; señores y señoras retrocedieron hacia las paredes, dejando un espacio vacío en el centro del salón adornado con serpentinas, flores de papel y banderitas dominicanas. El Presidente Trujillo dio la orden de corrido:

—A partir de la medianoche, las fuerzas del Ejército y de la Policía procederán a exterminar sin contemplaciones a toda persona de nacionalidad haitiana que se halle de manera ilegal en territorio dominicano, salvo los que estén en los ingenios azucareros —luego de aclararse la garganta, paseó sobre la ronda de oficiales una mirada gris—: ¿Está claro?

Las cabezas asintieron, algunas con expresión de sorpresa, otras con brillos de salvaje alegría en las pupilas. Sonaron los tacones, al partir.

—Jefe de Regimiento de Dajabón: ponga en el calabozo, a pan y agua, al oficial que se presentó aquí en ese estado asqueroso. Que siga la fiesta. ¡Diviértanse!

En el semblante de Simon Gittleman la admiración se mezclaba con la nostalgia.

—Su Excelencia nunca vaciló a la hora de la acción —el *ex marine* se dirigió a toda la mesa—. Yo tuve el honor de entrenarlo, en la Escuela de Haina. Desde el primer momento, supe que llegaría lejos. Eso sí, nunca imaginé qué tan lejos.

Se rió y risitas amables le hicieron eco.

—Nunca temblaron —repitió Trujillo, mostrando de nuevo sus manos—. Porque sólo di orden de matar cuando era absolutamente indispensable para el bien del país.

—En alguna parte leí, Su Excelencia, que usted dispuso que los soldados usaran machetes, que no dispararan —preguntó Simon Gittleman—. ¿Para ahorrar municiones?

—Para dorar la píldora, previendo las reacciones internacionales —lo corrigió Trujillo, con sorna—. Si sólo se usaban machetes, la operación podía parecer un movimiento espontáneo de campesinos, sin intervención del gobierno. Los dominicanos somos pródigos, nunca hemos ahorrado en nada, y menos en municiones.

Toda la mesa lo festejó con risas. Simon Gittleman también, pero volvió a la carga.

—¿Es verdad lo del perejil, Su Excelencia? ¿Que para distinguir a dominicanos de haitianos se hacía decir a los negros *perejil*? ¿Y que a los que no la pronunciaban bien les cortaban la cabeza?

—He oído esa anécdota —se encogió de hombros Trujillo—. Habladurías que corren por ahí.

Bajó la cabeza, como si un profundo pensamiento le exigiera de pronto gran esfuerzo de concentración. No había ocurrido; conservaba la vista acerada y sus ojos no distinguieron en la bragueta ni en la entrepierna la mancha delatora. Echó una sonrisa amistosa al *ex marine:*

—Como en lo referente a los muertos —dijo, burlón—. Pregunta a quienes están sentados en esta mesa y oirás las cifras más diversas. Tú, por ejemplo, senador, ¿cuántos fueron?

La oscura faz de Henry Chirinos se enderezó, henchida por la satisfacción de ser el primer interrogado por el Jefe.

—Difícil saberlo —gesticuló, como en los discursos—. Se ha exagerado mucho. Entre cinco y ocho mil, cuando más.

—General Arredondo, tú estuviste en Independencia en esos días, cortando pescuezos. ¿Cuántos?

—Unos veinte mil, Excelencia —respondió el obeso general Arredondo, quien parecía enjaulado dentro del uniforme—. Sólo en la zona de Independencia hubo varios miles. El senador se queda corto. Yo estuve allí. Veinte mil, no menos.

—¿Cuántos mataste tú mismo? —bromeó el Generalísimo y otra onda de risas recorrió la mesa, haciendo crujir las sillas y cantar la cristalería.

—Eso que ha dicho sobre las habladurías es la pura verdad, Excelencia —respingó el adiposo oficial, y su sonrisa se volvió mueca—. Ahora, nos echan toda la responsabilidad. ¡Falso, de toda falsedad! El Ejército cumplió su orden.

Empezamos a separar a los ilegales de los otros. Pero, el pueblo no nos dejó. Todo el mundo se echó a cazar haitianos. Campesinos, comerciantes y funcionarios denunciaban dónde se escondían, los ahorcaban y los mataban a palazos. Los quemaban, a veces. En muchos sitios, el Ejército tuvo que intervenir para parar los excesos. Había resentimiento contra ellos, por ladrones y depredadores.

—Presidente Balaguer, usted fue uno de los negociadores con Haití, luego de los sucesos —prosiguió Trujillo su encuesta—. ¿Cuántos fueron?

La esfumada, mínima figurilla del Presidente de la República, medio devorada por el asiento, adelantó su benigna cabeza. Luego de observar detrás de sus anteojos de miope a la concurrencia, surgió esa suave y bien entonada vocecita que recitaba poemas en los Juegos Florales, celebraba la entronización de Señorita República Dominicana (de la que era siempre Poeta del Reino), arengaba a las muchedumbres en las giras políticas de Trujillo, o exponía las políticas del gobierno ante la Asamblea Nacional.

—La cifra exacta no pudo conocerse nunca, Excelencia —hablaba despacio, con aire profesoral—. El cálculo prudente anda entre los diez y quince mil. En aquella negociación con el gobierno de Haití, pactamos una cifra simbólica: 2.750. De este modo, en teoría, cada familia afectada recibiría cien pesos, de los 275.000 que pagó al contado el gobierno de Su Excelencia, como gesto de buena voluntad y en aras de la armonía haitiano-dominicana. Pero, como usted recordará, no ocurrió así.

Calló, con un amago de sonrisa en su carita redonda, achicando los ojitos claros detrás de las espesas gafas.

—¿Por qué no llegó esa compensación a las familias? —preguntó Simon Gittleman.

—Porque el Presidente de Haití, Sténio Vincent, que era un bribón, se guardó el dinero —soltó una carcajada

Trujillo—. ¿Sólo se pagaron 275.000? Según mi memoria, pactamos 750.000 dólares para que dejaran de protestar.

—En efecto, Excelencia —repuso de inmediato, con la misma calma y perfecta dicción, el doctor Balaguer—. Se pactó 750.000 pesos, pero sólo 275.000 al contado. El medio millón restante se iba a entregar en pagos anuales de cien mil pesos, por cinco años consecutivos. Sin embargo, lo recuerdo muy bien, era ministro de Relaciones Exteriores interino en ese momento, con don Anselmo Paulino que me asesoró en la negociación, impusimos una cláusula según la cual las entregas estaban supeditadas a la presentación, ante un tribunal internacional, de los certificados de defunción, durante las dos primeras semanas de octubre de 1937, de las 2.750 víctimas reconocidas. Haití nunca cumplimentó este requisito. Por lo tanto, la República Dominicana quedó exonerada de pagar la suma restante. Las reparaciones sólo ascendieron a la entrega inicial. El pago lo hizo Su Excelencia, de su patrimonio, así que no costó un centavo al Estado dominicano.

—Poco dinero, para acabar con un problema que hubiera podido desaparecernos —concluyó Trujillo, ahora serio—. Es cierto, murieron algunos inocentes. Pero, los dominicamos recuperamos nuestra soberanía. Desde entonces, nuestras relaciones con Haití son excelentes, a Dios gracias.

Se limpió los labios y bebió un sorbo de agua. Habían empezado a servir el café y a ofrecer licores. Él no tomaba café y jamás bebía alcohol en el almuerzo, salvo en San Cristóbal, en su finca Hacienda Fundación o su Casa de Caoba, rodeado de íntimos. Entremezclada con las imágenes que su memoria le devolvía de aquellas semanas sangrientas de octubre de 1937, cuando a su despacho llegaban las noticias de los tremebundos contornos que había tomado, en la frontera, en el país entero, la cacería de haitianos, volvió a infiltrarse de contrabando la figurita odiosa, estúpida y pasmada, de esa muchacha contemplando su humillación. Se sintió vejado.

—¿Dónde está el senador Agustín Cabral, el famoso Cerebrito? —Simon Gittleman señaló al Constitucionalista Beodo—: Veo al senador Chirinos y no a su inseparable *partner*. ¿Qué ha sido de él?

El silencio duró muchos segundos. Los comensales se llevaban a la boca las tacitas de café, bebían un traguito y miraban el mantel, los arreglos florales, la cristalería, la araña del techo.

—Ya no es senador ni pone los pies en este Palacio —sentenció el Generalísimo, con la lentitud de sus cóleras frías—. Vive, pero en lo que concierne a este régimen, dejó de existir.

El *ex marine,* incómodo, apuró su copa de coñac. Debía rayar los ochenta años, calculó el Generalísimo. Magníficamente bien llevados: con sus ralos cabellos cortados al rape, se mantenía derecho y esbelto, sin gota de grasa ni pellejos en el cuello, enérgico en sus ademanes y movimientos. La telaraña de arruguitas que envolvía sus párpados y se prolongaba por su cara curtida delataba su larga vida. Hizo una mueca, buscando cambiar de tema.

—¿Qué sintió Su Excelencia al dar la orden de eliminar a esos miles de haitianos ilegales?

—Pregúntale a tu ex Presidente Truman qué sintió al dar la orden de arrojar la bomba atómica sobre Hiroshima y Nagasaki. Así sabrás qué sentí aquella noche, en Dajabón.

Todos celebraron la salida del Generalísimo. La tensión provocada por el *ex marine* al mencionar a Agustín Cabral, se disipó. Ahora, fue Trujillo quien cambió de conversación:

—Hace un mes, Estados Unidos sufrió una derrota en Bahía de Cochinos. El comunista Fidel Castro capturó a cientos de expedicionarios. ¿Qué consecuencias tendrá eso en el Caribe, Simon?

—Esa expedición de patriotas cubanos fue traicionada por el Presidente Kennedy —murmuró, apesadumbrado—. Fueron mandados al matadero. La Casa Blanca prohibió la cobertura aérea y el apoyo de artillería que les prometieron. Los comunistas hicieron tiro al blanco con ellos. Pero, permítame, Su Excelencia. Me alegró que ocurriera. Servirá de lección a Kennedy, cuyo gobierno está infiltrado de *fellow travellers.* ¿Cómo se dice en español? Sí, compañeros de viaje. Puede que se decida a librarse de ellos. La Casa Blanca no querrá otro fracaso como el de Bahía de Cochinos. Eso aleja el peligro de que mande *marines* a la República Dominicana.

Al decir estas últimas palabras, el *ex marine* se emocionó e hizo un esfuerzo notorio por mantener la compostura. Trujillo se sorprendió: ¿había estado a punto de llorar su viejo instructor de Haina, ante la idea de un desembarco de sus compañeros de armas para derrocar al régimen dominicano?

—Perdone la debilidad, Su Excelencia —murmuró Simon Gittleman, reponiéndose—. Usted sabe que yo quiero este país como si fuera mío.

—Este país es el tuyo, Simon —dijo Trujillo.

—Que, por la influencia de los izquierdistas, Washington pudiera mandar a los *marines,* a combatir al gober nante más amigo de Estados Unidos, me parece diabólico. Por eso gasto mi tiempo y mi dinero tratando de abrir los ojos de mis compatriotas. Por eso nos hemos venido Dorothy y yo a Ciudad Trujillo, para pelear junto a los dominicanos, si desembarcan los *marines.*

Una salva de aplausos que hizo cascabelear platos, copas y cubiertos saludó la perorata del *marine.* Dorothy sonreía, asintiendo, solidaria con su esposo.

—Su voz, *mister* Simon Gittleman, es la verdadera voz de Norteamérica —se exaltó el Constitucionalista Beodo, despidiendo una salva de saliva—. Un brindis por este amigo, por este hombre de honor. ¡Por Simon Gittleman, señores!

—Un momento —la aflautada vocecita de Trujillo rasgó en mil pedazos el enfervorizado ambiente. Los comensales lo miraron, desconcertados, y Chirinos quedó con su copa todavía en alto—. ¡Por nuestros amigos y hermanos Dorothy y Simon Gittleman!

Abrumada, la pareja agradecía con sonrisas y venias a los presentes.

—Kennedy no nos mandará a los *marines,* Simon —dijo el Generalísimo, cuando se apagó el eco del brindis—. No creo que sea tan idiota. Pero, si lo hace, Estados Unidos sufrirá su segunda Bahía de Cochinos. Tenemos unas Fuerzas Armadas más modernas que las del barbudo. Y aquí, conmigo al frente, peleará hasta el último dominicano.

Cerró los ojos, preguntándose si su memoria le permitiría recordar con exactitud aquella cita. Sí, ahí la tenía, completa, venida a él desde aquella conmemoración, el veintinueve aniversario de su primera elección. La recitó, escuchado en silencio reverencial:

—«Sean cuales sean las sorpresas que el porvenir nos reserve, podemos hallarnos seguros de que el mundo podrá ver a Trujillo muerto, pero no prófugo como Batista, ni fugitivo como Pérez Jiménez, ni sentado ante las barras de un tribunal como Rojas Pinilla. El estadista dominicano es de otra moral y otra estirpe».

Abrió los ojos y pasó una mirada complacida por sus invitados, que, luego de escuchar la cita absortos, hacían gestos aprobatorios.

—¿Quién escribió la frase que acabo de citar? —preguntó el Benefactor.

Se examinaron unos a otros, buscaron, con curiosidad, con recelo, con alarma. Finalmente, las miradas convergieron en el rostro amable, redondo, embarazado por la modestia, del menudo polígrafo en quien, desde que Trujillo hizo renunciar a su hermano Negro con la vana esperanza de evitar las sanciones de la OEA, había recaído la primera magistratura de la República.

—Me maravilla la memoria de Su Excelencia —musitó Joaquín Balaguer, haciendo alarde de una humildad excesiva, como aplastado por el honor que se le hacía—. Me enorgullece que recuerde ese modesto discurso mío del pasado 3 de agosto.

Detrás de sus pestañas, el Generalísimo observó cómo se descomponían de envidia las caras de Virgilio Álvarez Pina, de la Inmundicia Viviente, de Paíno Pichardo y de los generales. Sufrían. Pensaban que el nimio, el discreto poeta, el delicuescente profesor y jurista acababa de ganarles unos puntos en la eterna competencia en que vivían por los favores del Jefe, por ser reconocidos, mencionados, elegidos, distinguidos sobre los demás. Sintió ternura por estos diligentes vástagos, a los que tenía viviendo treinta años en perpetua inseguridad.

—No es una mera frase, Simon —afirmó—. Trujillo no es uno de esos gobernantes que dejan el poder cuando silban las balas. Yo aprendí lo que es el honor a tu lado, entre los *marines*. Allí supe que se es hombre de honor en todo momento. Que los hombres con honor no corren. Pelean y, si hay que morir, mueren peleando. Ni Kennedy, ni la OEA, ni el negro asqueroso y afeminado de Betancourt, ni el comunista Fidel Castro, van a hacer correr a Trujillo del país que le debe todo lo que es.

El Constitucionalista Beodo comenzó a aplaudir, pero, cuando muchas manos se alzaban para imitarlo, la mirada de Trujillo cortó en seco el aplauso.

—¿Sabes cuál es la diferencia entre esos cobardes y yo, Simon? —prosiguió, mirando a los ojos a su antiguo instructor—. Que yo fui formado en la infantería de marina de los Estados Unidos de América. Nunca lo he olvidado. Tú me lo enseñaste, en Haina y en San Pedro de Macorís. ¿Te acuerdas? Los de esa primera promoción de la Policía Nacional Dominicana somos de acero. Los resentidos decían que la PND quería decir «pobres negritos dominicanos». La verdad es que esa promoción cambió a este país, lo creó. A mí no me sorprende lo que tú estás haciendo por esta tierra. Porque eres un verdadero *marine,* como yo. Hombre leal. Que muere sin bajar la cabeza, mirando al cielo, como los caballos árabes. Simon, a pesar de lo mal que se porta, yo no le guardo rencor a tu país. Porque a los *marines* les debo lo que soy.

—Algún día los Estados Unidos se arrepentirán de haber sido ingratos con su socio y amigo del Caribe.

Trujillo bebió unos sorbos de agua. Se reanudaban las conversaciones. Los mozos ofrecían nuevas tazas de café, más coñac y otros licores, cigarros puros. El Generalísimo volvió a escuchar a Simon Gittleman:

—¿Cómo va a terminar ese lío con el obispo Reilly, Su Excelencia?

Hizo un gesto desdeñoso:

—No hay ningún lío, Simon. Ese obispo se ha puesto de parte de nuestros enemigos. Como el pueblo se indignó, se asustó y corrió a esconderse entre las monjitas del Colegio Santo Domingo. Lo que esté haciendo entre tantas mujeres, es cosa suya. Hemos puesto una custodia para evitar que lo linchen.

—Sería bueno que eso se solucione pronto —insistió el *ex marine*—. En Estados Unidos, muchos católicos mal informados se creen las declaraciones de monseñor Reilly. Que está amenazado, que tuvo que refugiarse por la campaña de intimidación y todo eso.

—No tiene importancia, Simon. Todo se arreglará y las relaciones con la Iglesia volverán a ser magníficas. No olvides que mi gobierno ha estado siempre lleno de católicos a carta cabal y que Pío XII me condecoró con la Gran Cruz de la Orden Papal de San Gregorio —y, de manera abrupta, cambió de tema—: ¿Los llevó Petán a conocer La Voz Dominicana?

—Por supuesto —repuso Simon Gittleman; Dorothy asintió, con ancha sonrisa.

Aquel emporio de su hermano, el general José Arismendi Trujillo, Petán, había comenzado veinte años atrás con una pequeña estación de radio. La Voz de Yuna fue creciendo hasta convertirse en un complejo formidable, La Voz Dominicana, la primera televisión, la más grande estación de radio, el mejor cabaret y teatro de revistas de la isla (Petán insistía en que era el primero de todo el Caribe, pero el Generalísimo sabía que no consiguió quitarle el cetro al Tropicana de La Habana). Los Gittleman estaban impresionados de las magníficas instalaciones; el propio Petán los paseó por el local, y los hizo asistir al ensayo del ballet mexicano que se presentaría esta noche en el cabaret. No era una mala persona, si se escarbaba, Petán; cuando lo necesitó, pudo contar siempre con él y con su pintoresco ejército particular, «los cocuyos de la cordillera». Pero, igual que sus otros hermanos, le había traído más perjuicios que beneficios, desde que, por su culpa, por esa pelea estúpida, tuvo que intervenir, y, para mantener el principio de autoridad, acabar con aquel gigante magnífico —su compañero en la Escuela de Oficiales de Haina, por lo demás—, el general Vázquez Rivera. Uno de los mejores oficiales —un *marine,* coño—, servidor siempre leal. Pero, la familia, aunque fuera una familia de parásitos, inútiles, badulaques y pobres diablos, estaba antes que la amistad y el interés político: era un mandamiento sagrado, en su catálogo del honor. Sin dejar de seguir su propia línea de pensamiento, el Generalísimo escuchaba a Simon Gittleman, refiriendo lo sorprendido que quedó al ver las fotos de las celebridades del cine, la farándula y la radio de toda América que habían venido a La Voz Dominicana. Petán las tenía desplegadas en las paredes de su despacho: Los Panchos, Libertad Lamarque, Pedro Vargas, Ima Súmac, Pedro Infante, Celia Cruz, Toña la Negra, Olga Guillot, María Luisa Landín, Boby Capó, Tintán y su carnal Marcelo. Trujillo sonrió: lo que Simon no sabía era que Petán, además de alegrar la noche dominicana con las artistas que traía, quería también tirárselas, como se tiraba a todas las muchachas solteras o casadas, en su pequeño imperio de Bonao. Allí, el Generalísimo lo dejaba hacer, con tal de que no se propasara en Ciudad Trujillo. Pero el pájaro loco de Petán a veces jodía también en la ciudad capital, convencido de que las artistas contratadas por La Voz Dominicana estaban obligadas a acostarse con él, si se le antojaba. Lo consiguió algunas veces; otras, hubo escándalo, y él —siempre él— tuvo que apagar el incendio, haciendo regalos millonarios a las artistas agraviadas por el imbécil pícaro, sin maneras con las damas, de Petán. Ima Súmac, por ejemplo, princesa inca pero con pasaporte norteamericano. La osadía de Petán hizo que interviniera el propio embajador de Estados Unidos. Y el Benefactor, destilando hiel, desagravió a la princesa inca, obligando a su hermano a presentarle excusas. El Benefactor suspiró. Con el tiempo que había perdido llenando los huecos que abría en el camino la horda de sus parientes, hubiera construido un segundo país.

Sí, de todas las barbaridades cometidas por Petán, la que nunca le perdonaría fue aquella estúpida pelea con el jefe de Estado Mayor del Ejército. El gigante Vázquez Rivera era buen amigo de Trujillo desde que fueron entrenados juntos en Haina; tenía una fuerza descomunal y la cultivaba practicando todos los deportes. Fue uno de los militares que contribuyó a hacer realidad el sueño de Trujillo: transformar el Ejército, nacido de esa pequeña Policía Nacional, en un cuerpo profesional, disciplinado y eficiente, ni más ni menos, en formato reducido, que el norteamericano. Y, en eso, la estúpida pelea. Petán tenía el grado de mayor y servía en la jefatura de Estado Mayor del Ejército. Borracho, desobedeció una orden y cuando el general Vázquez Rivera lo reprendió, se insolentó. El gigante, entonces, quitándose los galones, le señaló el patio y le propuso resolver el asunto con los puños, olvidándose de los grados. Fue la paliza más feroz que recibió Petán en toda su vida, con la que pagó las que había dado a tanto pobre diablo. Apenado, pero convencido que el honor de la familia lo obligaba a actuar así, Trujillo depuso a su amigo y lo mandó a Europa con una misión simbólica. Un año más tarde, el Servicio de Inteligencia le informó de los planes subversivos: el general resentido visitaba guarniciones, se reunía con antiguos subordinados, escondía armas en su finquita del Cibao. Lo hizo detener, encerrar en la prisión militar de la desembocadura del río Nigua, y, tiempo después, condenar a muerte en secreto, por un tribunal militar. Para arrastrarlo a la horca, el jefe de la Fortaleza recurrió a doce facinerosos que cumplían penas allí por delitos comunes. Para que no quedaran testigos de aquel titánico final del general Vázquez Rivera, Trujillo ordenó que a los doce bandidos los fusilaran. Pese al tiempo corrido, le venía a veces, como ahora, cierta nostalgia por ese compañero de los años heroicos, al que tuvo que sacrificar por las majaderías de Petán.

Simon Gittleman explicaba que los comités fundados por él en Estados Unidos habían iniciado una colecta para una gran operación: el mismo día se publicaría, como aviso pagado, a página entera, en *The New York Times, The Washington Post, Time, Los Angeles Times* y todas las publicaciones que atacaban a Trujillo y apoyaban las sanciones de la OEA, una refutación y un alegato en favor de la reapertura de relaciones con el régimen dominicano.

¿Por qué había preguntado Simon Gittleman por Agustín Cabral? Hizo esfuerzos por contener la irritación que se apoderó de él apenas recordó a Cerebrito. No podía haber mala intención. Si alguien admiraba y respetaba a Trujillo era el *ex marine,* dedicado en cuerpo y alma a defender su régimen. Soltaría el nombre por asociación de ideas, al ver al Constitucionalista Beodo y recordar que Chirinos y Cabral eran —para quien no estuviera en las intimidades del régimen— compañeros inseparables. Sí, lo habían sido. Trujillo les asignó muchas veces misiones conjuntas. Como en 1937, cuando, nombrándolos director general de Estadística y director general de Migración, los envió a recorrer la frontera de Haití, para que le informaran sobre las infiltraciones de haitianos. Pero, la amistad de ese tándem fue siempre relativa: cesaba en cuanto estaban en juego la consideración o los halagos del Jefe. A Trujillo le divertía —un juego exquisito y secreto que podía permitirse— advertir las sutiles maniobras, las estocadas sigilosas, las intrigas florentinas que se fraguaban uno contra otro, la Inmundicia Viviente y Cerebrito —pero, también, Virgilio Álvarez Pina y Paíno Pichardo, Joaquín Balaguer y Fello Bonnelly, Modesto Díaz y Vicente Tolentino Rojas, y todos los del círculo íntimo— para desplazar al compañero, adelantarse, estar más cerca y merecer mayor atención, oídos y bromas del Jefe. «Como las hembras del harén para ser la favorita», pensó. Y él, para mantenerlos siempre en el quién vive, e impedir el apolillamiento, la rutina, la anomia, desplazaba, en el escalafón, alternativamente, de uno a otro, la desgracia. Eso había hecho con Cabral; alejarlo, hacerlo tomar conciencia de que todo lo que era, valía y tenía se lo debía a Trujillo, que sin el Benefactor no era nadie. Una prueba por la que había hecho pasar a todos sus colaboradores, íntimos o lejanos. Cerebrito lo había tomado mal, desesperándose, como una hembra enamorada a la que despide su macho. Por querer arreglar las cosas antes de lo debido, estaba metiendo la pata. Tragaría mucha mierda antes de volver a la existencia.

¿Sería que Cabral, sabiendo que Trujillo iba a condecorar al *ex marine,* le rogó a éste que intercediera por él? ¿Fue ésa la razón por la que el *ex marine* soltó de manera intempestiva el nombre de alguien que todo dominicano que leyera El Foro Público sabía que había perdido el favor del régimen? Bueno, tal vez Simon Gittleman no leía *El Caribe.*

Se le heló la sangre: se le estaban saliendo los orines. Lo sintió, le pareció ver el líquido amarillo deslizándose desde su vejiga sin pedir permiso a esa válvula inservible, a esa próstata muerta, incapaz de contenerlo, hacia su uretra, corriendo alegremente por ella y saliendo en busca de aire y luz, por su calzoncillo, bragueta y entrepierna del pantalón. Tuvo un vértigo. Cerró los ojos unos segundos, sacudido por la indignación y la impotencia. Por desgracia, en vez de Virgilio Álvarez Pina, tenía a su derecha a Dorothy Gittleman, y a su izquierda a Simon, que no podían ayudarlo. Virgilio, sí. Era presidente del Partido Dominicano pero, en verdad, su función verdaderamente importante era, desde que el doctor Puigvert, traído en secreto desde Barcelona, diagnosticó la maldita infección de la próstata, actuar deprisa cuando se producían esos actos de incontinencia, derramando un vaso de agua o una copa de vino sobre el Benefactor y pidiendo luego mil disculpas por su torpeza, o, si ocurría en una tribuna o durante una marcha, colocándose como un biombo delante de los pantalones mancillados. Pero, los imbéciles del protocolo sentaron a Virgilio Álvarez cuatro sillas más allá. Nadie podía ayudarlo. Pasaría por la horrenda humillación al ponerse de pie de que los Gittleman y algunos invitados notaran que se había meado en los pantalones sin darse cuenta, como un viejo. La cólera le impedía moverse, simular que iba a beber y echarse encima el vaso o la jarra que tenía delante.

Muy despacio, mirando en torno con aire distraído, fue desplazando su mano derecha hacia el vaso lleno de agua. Lentísimamente, lo atrajo, hasta dejarlo al filo de la mesa, de modo que el menor movimiento lo volcara. Recordó, de pronto, que la primera hija que tuvo, en Aminta Ledesma, su primera mujer, Flor de Oro, esa loquita con cuerpo de hembra y alma de macho que cambiaba maridos como zapatos, acostumbraba orinarse en la cama hasta que era ya una niña de colegio. Tuvo valor para espiar otra vez el pantalón. En vez del bochornoso espectáculo, la mancha que esperaba, comprobó —su vista seguía siendo formidable, igual que su memoria— que su bragueta y entrepierna estaban secas. Sequísimas. Fue una falsa impresión, motivada por el temor, el pánico a «hacer aguas», como decían de las parturientas. Lo embargó la felicidad, el optimismo. El día, comenzado con malos humores y sombríos presagios, acababa de embellecerse, como el paisaje de la costa luego del aguacero, al estallar el sol.

Se puso de pie y, soldados a la voz de mando, todos lo imitaron. Mientras se inclinaba a ayudar a Dorothy Gittleman a levantarse, decidió, con toda la fuerza de su alma: «Esta noche, en la Casa de Caoba, haré chillar a una hembrita como hace veinte años». Le pareció que sus testículos entraban en ebullición y su verga empezaba a enderezarse.

XII

Salvador Estrella Sadhalá pensó que nunca conocería el Líbano y ese pensamiento lo deprimió. Desde niño soñaba de cuando en cuando con que algún día iría a visitar el Alto Líbano, aquella ciudad, acaso aldea, Basquinta, de donde eran oriundos los Sadhalá y de donde, a fines del siglo pasado, los ascendientes de su madre fueron expulsados por católicos. Salvador creció oyendo a mamá Paulina las aventuras y desventuras de los prósperos comerciantes que eran los Sadhalá allá en el Líbano; cómo lo habían perdido todo, y las pellejerías que pasaron don Abraham Sadhalá y los suyos huyendo de las persecuciones a que la mayoría musulmana sometía a la minoría cristiana. Recorrieron medio mundo, fieles a Cristo y a la cruz, hasta recalar en Haití, luego en la República Dominicana. En Santiago de los Caballeros echaron raíces y, trabajando con la dedicación y honradez proverbiales de la familia, volvieron a ser prósperos y respetados en su tierra de adopción. Aunque veía poco a sus parientes maternos, Salvador, hechizado por las historias de mamá Paulina, se sintió siempre un Sadhalá. Por eso, soñaba con visitar esa misteriosa Basquinta que nunca encontró en los mapas del Medio Oriente. ¿Por qué acababa de tener la certidumbre de que jamás pondría los pies en el exótico país de sus antepasados?

—Creo que me dormí —oyó decir, en el asiento de adelante, a Antonio de la Maza. Lo vio restregarse los ojos.

—Se durmieron todos —repuso Salvador—. No te preocupes, estoy atento a los carros que vienen de Ciudad Trujillo.

—Yo también —dijo, a su lado, el teniente Amado García Guerrero—. Parece que duermo porque no muevo un músculo y pongo el cerebro en blanco. Es una manera de relajarse que aprendí en el Ejército.

—¿Seguro que va a venir, Amadito? —lo provocó, desde el volante, Antonio Imbert. El Turco detectó su tono de reproche. ¡Qué injusto! Como si Amadito tuviera la culpa de que Trujillo hubiera cancelado su viaje a San Cristóbal.

—Sí, Tony —respingó el teniente, con seguridad fanática—. Va a venir.

El Turco ya no estaba tan seguro; llevaban hora y cuarto de espera. Habrían perdido un día más, de entusiasmo, de angustia, de esperanza. Con sus cuarenta y dos años, Salvador era uno de los mayores entre los siete hombres apostados en los tres autos que esperaban a Trujillo en la carretera a San Cristóbal. No se sentía viejo, ni muchísimo menos. Su fuerza seguía siendo tan descomunal como a sus treinta años, cuando, en la finca de Los Almácigos, se decía que el Turco podía matar un burro de un puñetazo detrás de la oreja. La potencia de sus músculos era legendaria. Lo sabían quienes se habían calzado los guantes para boxear con él en el cuadrilátero del Reformatorio de Santiago, donde, gracias a sus esfuerzos por inculcarles los deportes, había conseguido efectos maravillosos entre los jóvenes delincuentes y vagabundos. Allí surgió Kid Dinamita, ganador del Guante de Oro, que llegó a ser boxeador conocido en todo el Caribe.

Salvador quería a los Sadhalá y se sentía orgulloso de su sangre árabe libanesa, pero los Sadhalá no habían querido que él naciera; hicieron una oposición atroz a su madre, cuando Paulina les hizo saber que la cortejaba Piro Estrella, mulato, militar y político, tres cosas que a los Sadhalá —el Turco sonrió— les daban escalofríos. La negativa familiar hizo que Piro Estrella se robara a mamá Paulina, se la llevara a Moca, a punta de pistola arrastrara al cura a la parroquia y lo obligara a casarlos. Con el tiempo, los Sadhalá y los Estrella se reconciliaron. Cuando mamá Paulina murió, en 1936, los hermanos Estrella Sadhalá eran diez. El general Piro Estrella se las arregló para engendrar otros siete hijos en su segundo matrimonio, de modo que el Turco tenía dieciséis hermanos legítimos. ¿Qué les ocurriría si fracasaba lo de esta noche? ¿Qué le ocurriría, sobre todo, a su hermano Guaro, que no sabía nada de esto? El general Guarionex Estrella Sadhalá había sido jefe de los ayudantes militares de Trujillo y en la actualidad comandaba la Segunda Brigada, de La Vega. Si la conjura fallaba, las represalias serían despiadadas. ¿Por qué había de fallar? Estaba cuidadosamente preparada. Apenas su jefe, el general José René Román, le comunicara que Trujillo había muerto y que una Junta cívico-militar tomaba el poder, Guarionex pondría todas las fuerzas militares del norte al servicio del nuevo régimen. ¿Sucedería? El desaliento volvía a apoderarse de Salvador, por culpa de la espera.

Entrecerrando los ojos, sin mover los labios, oró. Lo hacía varias veces en el día, en voz alta al levantarse y al acostarse, y en silencio, como ahora, el resto de las veces. Padrenuestros y avemarías, pero, también, oraciones que improvisaba en función de las circunstancias. Desde joven se acostumbró a participar a Dios los grandes y menudos problemas, a confiarle sus secretos y pedirle consejos. Le rogó que Trujillo viniera, que su infinita gracia permitiera que ejecutaran de una vez al verdugo de los dominicanos, esa Bestia que ahora se encarnizaba contra la Iglesia de Cristo y sus pastores. Hasta hacía algún tiempo, cuando se trataba del ajusticiamiento de Trujillo, el Turco se sentía indeciso; pero, desde que recibió la señal, podía hablar al Señor del tiranicidio con buena conciencia. La señal había sido aquella frase que le leyó el nuncio de Su Santidad.

Fue gracias al padre Fortín, sacerdote canadiense avecindado en Santiago, que Salvador tuvo aquella conversación con monseñor Lino Zanini, gracias a la cual estaba aquí. Durante muchos años, el padre Cipriano Fortín fue su director espiritual. Una o dos veces al mes tenían largas conversaciones en las que el Turco le abría su corazón y su conciencia; el sacerdote lo escuchaba, respondía a sus preguntas y le exponía sus propias dudas. De manera insensible, los asuntos políticos fueron superponiéndose a los personales en aquellas conversaciones. ¿Por qué la Iglesia de Cristo apoyaba a un régimen manchado de sangre? ¿Cómo era posible que la Iglesia amparara con su autoridad moral a un gobernante que cometía crímenes abominables?

El Turco recordaba el embarazo del padre Fortín. Las explicaciones que aventuraba no lo convencían a él mismo: a Dios lo que es de Dios y al César lo que es del César. ¿Acaso existe semejante separación para Trujillo, padre Fortín? ¿No va a misa, no recibe la bendición y la hostia consagrada? ¿No hay misas, tedeum, bendiciones para todos los actos de gobierno? ¿No santifican a diario obispos y sacerdotes los actos de la tiranía? ¿En qué situación dejaba la Iglesia a los creyentes identificándose de ese modo con Trujillo?

Desde jovencito, Salvador había comprobado lo difícil, lo imposible que resultaba a veces someter la conducta diaria a los mandamientos de su religión. Sus principios y creencias, pese a ser tan firmes, no lo habían frenado para la parranda ni las faldas. Nunca se arrepentiría bastante de haber procreado dos hijos naturales, antes de casarse con su mujer actual, Urania Mieses. Eran caídas que lo avergonzaban, que había procurado redimir, aunque sin aplacar su conciencia. Sí, muy difícil no ofender a Cristo en la vida de todos los días. Él, pobre mortal, marcado por el pecado original, era prueba de las debilidades congénitas al hombre.

¿Pero cómo podía equivocarse la Iglesia inspirada por Dios apoyando a un desalmado?

Hasta que, hacía dieciséis meses —nunca olvidaría aquel día—, el domingo 25 de enero de 1960 ocurrió aquel milagro. Un arco iris en el cielo dominicano. El 21 había sido la fiesta de la patrona, Nuestra Señora de la Altagracia, y, también, el de la peor redada contra militantes del 14 de Junio. La iglesia de la Altagracia, en aquella soleada mañana santiaguense, estaba de bote a bote. De pronto, desde el púlpito, con voz firme, el padre Cipriano Fortín comenzó a dar lectura —lo mismo hacían los pastores de Cristo en todas las iglesias dominicanas— a aquella Carta Pastoral del episcopado que estremeció la República. Fue un ciclón, más dramático todavía que aquel, famoso, de San Zenón, que en 1930, en los comienzos de la Era de Trujillo, desapareció la ciudad capital.

En la oscuridad del automóvil, Salvador Estrella Sadhalá, inmerso en el recuerdo de aquel fasto día, sonrió. Oyendo leer al padre Fortín en su español ligeramente afrancesado, cada frase de aquella Carta Pastoral que enloqueció de furor a la Bestia, le parecía una respuesta a sus dudas y angustias. Conocía tanto ese texto —que, luego de oír, había leído, impreso a ocultas y repartido por doquier— que se lo sabía casi de memoria. Una «sombra de tristeza» marcaba la festividad de la Virgen dominicana. «No podemos permanecer insensibles ante la honda pena que aflige a buen número de hogares dominicanos», decían los obispos. Como san Pedro, querían «llorar con los que lloran». Recordaban que «la raíz y fundamento de todos los derechos está en la dignidad inviolable de la persona humana». Una cita de Pío XII evocaba a los «millones de seres humanos que continúan viviendo bajo la opresión y la tiranía», para los que no hay «nada seguro: ni el hogar, ni los bienes, ni la libertad, ni el honor».

Cada frase aceleraba el corazón de Salvador. «¿A quién pertenece el *derecho a la vida* sino únicamente a Dios, autor de la vida?» Los obispos subrayaban que de ese «derecho primordial» brotan los otros: a formar una familia, el derecho al trabajo, al comercio, a la inmigración (¿no era esto condenar ese sistema infame de pedir permiso policial para cada salida al extranjero?), a la buena fama y a no ser calumniado «bajo fútiles pretextos o denuncias anónimas» «por bajos y rastreros motivos». La Carta Pastoral reafirmaba que «todo hombre tiene derecho a la libertad de conciencia, de prensa, de libre asociación...».. Los obispos elevaban preces «en estos momentos de congoja y de incertidumbre» para que hubiera «concordia y paz» y se establecieran en el país «los sagrados derechos de convivencia humana».

Salvador quedó tan conmovido que, a la salida de la iglesia, ni siquiera pudo comentar la Carta Pastoral con su mujer o con los amigos que, reunidos a la puerta de la parroquia, chisporroteaban de sorpresa, entusiasmo o miedo con lo que acababan de oír. No había confusión posible: encabezaba la Carta Pastoral el arzobispo Ricardo Pittini y la firmaban los cinco obispos del país.

Balbuceando una excusa, se apartó de su familia y, como un sonámbulo, regresó a la iglesia. Fue a la sacristía. El padre Fortín se quitaba la casulla. Le sonrió: «¿Estarás orgulloso de tu Iglesia, ahora sí, Salvador?». A él no le salían las palabras. Abrazó al sacerdote largamente. Sí, la Iglesia de Cristo se había puesto por fin del lado de las víctimas.

—Las represalias van a ser terribles, padre Fortín —murmuró.

Lo fueron. Pero, con esa endiablada habilidad del régimen para la intriga, la venganza se concentró en los dos obispos extranjeros, ignorando a los nacidos en suelo dominicano. Monseñor Tomás F. Reilly, de San Juan de la Maguana, norteamericano, y monseñor Francisco Panal, obispo de La Vega, español, fueron los blancos de esa innoble campaña.

En las semanas que siguieron al júbilo del 25 de enero de 1960, Salvador se planteó por primera vez la necesidad de matar a Trujillo. Al principio, la idea lo espantaba, un católico tenía que respetar el quinto mandamiento. Pese a ello, volvía, irresistible, cada vez que leía en *El Caribe,* en *La Nación,* o escuchaba en La Voz Dominicana los ataques contra monseñor Panal y monseñor Reilly: agentes de potencias extranjeras, vendidos al comunismo, colonialistas, traidores, víboras. ¡Pobre monseñor Panal! Acusar de extranjero a un sacerdote que había pasado treinta años haciendo obra apostólica en La Vega, donde era querido por tirios y troyanos. Las infamias tramadas por Johnny Abbes —¿quién si no podía elucubrar semejantes aquelarres?— de las que el Turco se enteraba por el padre Fortín y el tam tam humano, eliminaron sus escrúpulos. La gota que rebasó el vaso fue la sacrílega pantomima montada contra monseñor Panal, en la iglesia de La Vega, donde el obispo decía la misa de doce. En la nave atestada de parroquianos, cuando monseñor Panal leía el evangelio del día, irrumpió una pandilla de barraganas maquilladas y semidesnudas, y ante el estupor de los fieles, acercándose al púlpito insultaron y recriminaron al anciano obispo, acusándolo de haberles hecho hijos y ser un pervertido. Una de ellas, apoderándose del micrófono, aulló: «Reconoce a las criaturas que nos hiciste parir y no las mates de hambre». Cuando, algunos asistentes, reaccionando, intentaron sacar a las putas fuera de la iglesia y proteger al obispo que miraba aquello incrédulo, irrumpieron los *caliés,* una veintena de forajidos armados de garrotes y cadenas, que arremetieron sin misericordia contra los parroquianos. ¡Pobres obispos! Les pintarrajearon las casas con los insultos. A monseñor Reilly, en San Juan de la Maguana, le dinamitaron la camioneta con la que se desplazaba por la diócesis, y le bombardearon la casa con animales muertos, aguas servidas, ratas vivas, cada noche, hasta obligarlo a refugiarse en Ciudad Trujillo, en el Colegio Santo Domingo. El indestructible monseñor Panal seguía resistiendo en La Vega, las amenazas, las infamias, los insultos. Un anciano hecho del barro de los mártires.

Uno de esos días el Turco se presentó en casa del padre Fortín con la gruesa, grande cara transformada.

—¿Qué pasa, Salvador?

—Voy a matar a Trujillo, padre. Quiero saber si me condenaré —se quebró—: Ya no puede ser. Lo que están haciendo con los obispos, con las iglesias, esa asquerosa campaña en la televisión, en radios y periódicos. Hay que ponerle fin, cortando la cabeza de la hidra. ¿Me condenaré?

El padre Fortín lo calmó. Le ofreció café recién colado, lo sacó a dar un largo paseo por las calles arboladas de laureles de Santiago. Una semana después le anunció que el nuncio apostólico, monseñor Lino Zanini, lo recibiría en Ciudad Trujillo, en audiencia privada. El Turco se presentó intimidado en la elegante casona de la nunciatura, en la avenida Máximo Gómez. Aquel príncipe de la Iglesia hizo sentirse cómodo desde el primer instante a ese gigantón tímido, apretado en su camisa de cuello y la corbata que se había puesto para la audiencia con el representante del Papa.

¡Qué elegante era y qué bien hablaba monseñor Zanini! Un verdadero príncipe, sin duda. Salvador había oído muchas historias del nuncio y sentía simpatía por él, porque decían que Trujillo lo odiaba. ¿Sería verdad que Perón había partido del país, donde llevaba siete meses exiliado, al enterarse de la llegada del nuevo nuncio de Su Santidad? Lo decía todo el mundo. Que corrió al Palacio Nacional: «Cuídese, Excelencia. Con la Iglesia no se puede. Recuerde lo que me ocurrió. No me tumbaron los militares, sino los curas. Este nuncio que le manda el Vaticano, es como el que me mandó a mí, cuando comenzaron los líos con las sotanas. ¡Cuídese de él!». Y el ex dictador argentino hizo sus maletas y escapó a España.

Después de aquella reunión, el Turco estaba dispuesto a creer todo lo bueno que se dijera de monseñor Zanini. El nuncio lo hizo pasar a su despacho, le invitó refrescos, lo alentó a volcar lo que llevaba dentro con afables comentarios dichos en un español de música italiana que a Salvador le hacía el efecto de una melodía angélica. Lo escuchó decir que no podía soportar más lo que ocurría, que lo que el régimen estaba haciendo con la Iglesia, con los obispos, lo tenía enloquecido. Luego de una larga pausa, cogió la mano anillada del nuncio:

—Voy a matar a Trujillo, monseñor. ¿Habrá perdón para mi alma?

Se le cortó la voz. Permanecía con los ojos bajos, respirando con ansiedad. Sintió en su espalda la mano paternal de monseñor Zanini. Cuando, por fin, levantó los ojos, el nuncio tenía un libro de santo Tomás de Aquino en las manos. Su cara fresca le sonreía con aire pícaro. Uno de sus dedos señalaba un pasaje, en la página abierta. Salvador se inclinó y leyó: «La eliminación física de la Bestia es bien vista por Dios si con ella se libera a un pueblo».

Salió en estado de trance de la nunciatura. Anduvo mucho rato por la avenida George Washington, a la orilla del mar, sintiendo una tranquilidad de espíritu que no conocía hacía mucho tiempo. Mataría a la Bestia y Dios y su Iglesia lo perdonarían, manchándose de sangre lavaría la sangre que la Bestia hacía correr en su patria.

¿Pero, iba a venir? Sentía la tremenda tensión en que la espera había puesto a sus compañeros. Nadie abría la boca; ni se movían. Los oía respirar: Antonio Imbert, aferrado al volante, de manera calmada, con largas chupadas de aire; rápido, de modo acezante, Antonio de la Maza, que no desviaba los ojos de la carretera; y, a su lado, la acompasada y profunda respiración de Amadito, su cara vuelta también hacia Ciudad Trujillo. Sus tres amigos debían tener las armas en las manos, como él. El Turco sentía la cacha del Smith & Wesson 38, comprado hacía tiempo en la ferretería de un amigo de Santiago. Amadito, además de una pistola 45, llevaba un fusil M1 —del ridículo aporte de los yanquis a la conspiración—, y, como Antonio, una de las dos escopetas Browning calibre 12, cuyos cañones había recortado en su taller el español Miguel Ángel Bissié, amigo de Antonio de la Maza. Estaban cargadas con los proyectiles especiales que, otro íntimo de Antonio, español también y ex oficial de artillería, Manuel de Ovín Filpo, había preparado especialmente, entregándoselos con la seguridad de que cada una de esas balas tenía una carga mortífera para pulverizar un elefante. Ojalá. Fue Salvador quien propuso que las carabinas de la CIA quedaran en manos del teniente García Guerrero y Antonio de la Maza, y que éstos ocuparan los asientos de la derecha, junto a la ventanilla. Eran los mejores tiradores, les correspondía disparar primero y de más cerca. Todos lo aceptaron. ¿Vendría, vendría?

La gratitud y la admiración de Salvador Estrella Sadhalá hacia monseñor Zanini aumentaron cuando, a las pocas semanas de esa conversación en la nunciatura, supo que las hermanas mercedarias de la Caridad habían decidido trasladar a Gisela, su hermana monja —sor Paulina— de Santiago a Puerto Rico. Gisela, la hermanita mimada, la preferida de Salvador. Y, mucho más desde que abrazó la vida religiosa. El día que hizo los votos, y eligió el nombre de mamá Paulina, gruesos lagrimones surcaron las mejillas del Turco. Cada vez que pudo pasar un rato con sor Paulina, se sintió redimido, confortado, espiritualizado, contagiado de la serenidad y alegría que emanaban de la hermanita querida, de la tranquila seguridad con que llevaba la vida de entrega al Señor. ¿Le había dicho el padre Fortín al nuncio lo asustado que estaba por lo que podía ocurrir a su hermana monja si el régimen descubría que él conspiraba? Ni un solo momento pensó que el traslado de sor Paulina a Puerto Rico fuera casual. Era una decisión sabia y generosa de la Iglesia de Cristo para poner fuera del alcance de la Bestia a una joven pura e inocente sobre la que podían cebarse los verdugos de Johnny Abbes. Era una de las costumbres del régimen que más sublevaba a Salvador: ensañarse con los parientes de aquellos a quienes quería castigar, padres, hijos, hermanos, confiscándoles lo que tenían, encarcelándolos, echándolos de sus trabajos. Si esto fallaba, las represalias contra sus hermanas y hermanos serían implacables. Ni siquiera su padre, el general Piro Estrella, tan amigo del Benefactor, a quien homenajeaba con banquetes en su hacienda de Las Lavas, sería exonerado. Todo eso lo había sopesado una y otra vez. La decisión estaba tomada. Y era un alivio saber que la mano criminal no podría alcanzar a sor Paulina en su convento de Puerto Rico. De cuando en cuando, ella le enviaba una cartita escrita con su letra clara, derechita, llena de afecto y buen humor.

Pese a ser tan religioso, a Salvador nunca le pasó por la cabeza hacer lo que Giselita: tomar los hábitos. Era una vocación que él admiraba y envidiaba, pero de la que lo había excluido el Señor. Nunca hubiera podido cumplir con aquellos votos, sobre todo el de la pureza. Dios lo hizo demasiado terrenal, demasiado propenso a ceder a aquellos instintos que un pastor de Cristo tenía que aniquilar para cumplir su misión. Le habían gustado siempre las mujeres —todavía ahora, que llevaba una vida de fidelidad conyugal, con esporádicas caídas de las que su conciencia quedaba lacerada un buen tiempo—, la presencia de una muchacha trigueña, de cintura angosta y acentuadas caderas, de boquita sensual y ojos chispeantes —esa típica belleza dominicana llena de picardía en la mirada, en el andar, en el hablar, en el movimiento de las manos— a Salvador lo alborotaba, lo incendiaba de fantasías y deseos.

Eran tentaciones que solía resistir. Cuántas veces se habían burlado de él sus amigos, Antonio de la Maza sobre todo, que luego del asesinato de Tavito se volvió un parrandero, por negarse a acompañarlos en sus amanecidas en los burdeles, en sus visitas a las casas donde las maipiolas les conseguían muchachitas dizque para desflorar. Algunas veces, sucumbió, cierto. Después, le duraba muchos días la amargura. Desde hacía tiempo, se habituó a responsabilizar de esas caídas a Trujillo. La Bestia tenía la culpa de que tantos dominicanos buscaran en putas, borracheras y otros descarríos cómo aplacar el desasosiego que les causaba vivir sin un resquicio de libertad y dignidad, en un país donde la vida humana nada valía. Trujillo había sido uno de los más efectivos aliados del demonio.

—¡Ése es! —rugió Antonio de la Maza.

Y Amadito y Tony Imbert:

—¡Es él! ¡Ése es!

—¡Arranca, coño!

Antonio Imbert ya lo había hecho y el Chevrolet, estacionado mirando hacia Ciudad Trujillo, viraba haciendo chirriar las llantas —Salvador pensó en una película policial— y enfilaba en dirección a San Cristóbal, donde, por la carretera desierta y a oscuras, se iba alejando el auto de Trujillo. ¿Era? Salvador no lo vio, pero sus compañeros parecían tan seguros que debía ser, debía ser. Su corazón le golpeaba el pecho. Antonio y Amadito bajaron los vidrios de las ventanillas y, a medida que Imbert, inclinado sobre el volante como jinete que hace saltar a su caballo, aceleraba, el viento era tan fuerte que Salvador apenas podía tener los ojos abiertos. Se protegió con su mano libre —la otra empuñaba el revólver—: poco a poco, acortaban la distancia de las lucecitas rojas.

—¿Seguro que es el Chevrolet del Chivo, Amadito? —gritó.

—Seguro, seguro —chilló el teniente—. Reconocí al chofer, es Zacarías de la Cruz. ¿No les dije que vendría?

—Acelera, coño —repitió, por tercera o cuarta vez, Antonio de la Maza. Había sacado la cabeza y el cañón recortado de su carabina fuera del auto.

—Tenías razón, Amadito —se oyó gritar Salvador—. Vino y sin escolta, como dijiste.

El teniente tenía cogido su fusil con las dos manos. Ladeado, le daba la espalda y, un dedo en el gatillo, apoyaba la culata del M1 en su hombro. «Gracias, Dios mío, en nombre de tus hijos dominicanos», rezó Salvador.

El Chevrolet Biscayne de Antonio de la Maza volaba sobre la carretera, acortando la distancia del Chevrolet Bel Air azul claro que Amadito García Guerrero les había descrito tantas veces. El Turco identificó la placa oficial blanca y negra número 0-1823, las cortinillas de tela en las ventanas. Era, sí, era el carro que el Jefe usaba para ir a su Casa de Caoba, en San Cristóbal. Salvador había tenido una pesadilla recurrente con este Chevrolet Biscayne que conducía Tony Imbert. Iban como ahora, bajo un cielo con luna y estrellas, y, de pronto, este automóvil nuevecito, preparado para la persecución, comenzaba a desacelerar, a ir más despacio, hasta que, entre las maldiciones de todos, se paraba. Salvador veía perderse en la oscuridad el auto del Benefactor.

El Chevrolet Bel Air seguía acelerando —debía de ir a más de cien por hora ya— y el auto de adelante se perfilaba nítido en el resplandor de las luces altas que había puesto Imbert. Salvador conocía al detalle la historia de este automóvil desde que, siguiendo la iniciativa del teniente García Guerrero, acordaron emboscar a Trujillo en su viaje semanal a San Cristóbal. Era evidente que el éxito dependería de un automóvil veloz. Antonio de la Maza tenía pasión automovilística. La Santo Domingo Motors no se extrañó que alguien que por su trabajo en la frontera con Haití hacía cientos de kilómetros cada semana, quisiera un carro especial. Le recomendaron el Chevrolet Biscayne y se lo encargaron a Estados Unidos. Llegó a Ciudad Trujillo hacía tres meses. Salvador recordó el día en que se montaron en él para probarlo y cómo rieron leyendo las instrucciones, donde se decía que este auto era idéntico a los que la policía neoyorquina utilizaba para perseguir delincuentes. Aire acondicionado, trasmisión automática, frenos hidráulicos y un motor 350 cc de ocho cilindros. Costó siete mil dólares y Antonio comentó: «Nunca hubo pesos mejor invertidos». Lo probaron en los alrededores de Moca y el folleto no exageraba: podía llegar a ciento sesenta kilómetros por hora.

—Cuidado, Tony —se oyó decir, luego de un barquinazo que debió abollar un guardalodos. Ni Antonio ni Amadito se dieron por enterados; seguían con las armas y las cabezas salidas, esperando que Imbert rebasara el auto de Trujillo. Estaban a menos de veinte metros, el ventarrón era asfixiante, y Salvador no apartaba la vista de la cortina corrida de la ventanilla trasera. Tendrían que disparar a ciegas, cubrir de plomo todo el asiento. Pidió a Dios que el Chivo no estuviera acompañado de una de las infelices que llevaba a su Casa de Caoba.

Como si, de pronto, hubiera advertido que lo perseguían, o por instinto deportivo se negara a dejarse rebasar, el Chevrolet Bel Air se adelantó algunos metros.

—Acelera, coño —ordenó Antonio de la Maza—. ¡Más rápido, coño!

En pocos segundos el Chevrolet Biscayne recuperó la distancia y continuó acercándose. ¿Y los otros? ¿Por qué Pedro Livio y Huáscar Tejeda no aparecían? Estaban apostados, en el Oldsmobile —también de Antonio de la Maza—, sólo a un par de kilómetros, ya debían de haber interceptado el auto de Trujillo. ¿Olvidó Imbert apagar y prender los faros tres veces seguidas? Tampoco aparecía Fifí Pastoriza en el viejo Mercury de Salvador, emboscado otros dos kilómetros más adelante del Oldsmobile. Ya tenían que haber hecho dos, tres, cuatro o más kilómetros. ¿Dónde estaban?

—Te olvidaste de las señales, Tony —gritó el Turco—. Ya dejamos atrás a Pedro Livio y Fifí.

Estaban a unos ocho metros del auto de Trujillo y Tony le pedía paso, cambiando luces y tocando bocina.

—Pégate más —rugió Antonio de la Maza.

Avanzaron todavía un rato, sin que el Chevrolet Bel Air abandonara el centro de la pista, indiferente a las señales de Tony. ¿Dónde maldita sea estaba el Oldsmobile con Pedro Livio y Huáscar? ¿Dónde su Mercury con Fifí Pastoriza? Por fin, el auto de Trujillo se ladeó hacia la derecha. Les dejaba un espacio suficiente.

—Pégate, pégate más —imploró, histérico, Antonio de la Maza.

Tony Imbert aceleró y en pocos segundos estuvieron a la altura del Chevrolet Bel Air. También estaba corrida la cortina lateral, de modo que Salvador no vio a Trujillo, pero sí, clarito, en la ventanilla de adelante, la cara fornida y tosca del famoso Zacarías de la Cruz, en el instante en que sus tímpanos parecieron reventar con el estruendo de las descargas simultáneas de Antonio y del teniente. Los automóviles estaban tan juntos que, al estallar los cristales de la ventanilla posterior del otro carro, fragmentos de vidrio salpicaron hasta ellos y Salvador sintió en la cara diminutos picotazos. Como en una alucinación alcanzó a ver que Zacarías hacía un extraño movimiento de cabeza, y, un segundo después, él también disparaba por sobre el hombro de Amadito.

Duró pocos segundos, pues, ahora —el chirrido de las ruedas le escarapeló la piel— una frenada en seco dejó atrás el auto de Trujillo. Volviendo la cabeza, por el vidrio trasero vio que el Chevrolet Bel Air zigzagueaba como si fuera a volcarse antes de quedarse quieto. No daba media vuelta, no intentaba escapar.

—¡Para, para! —rugía Antonio de la Maza—. ¡Da reversa, coño!

Tony sabía lo que estaba haciendo. Había frenado en seco, casi al mismo tiempo que el auto acribillado de Trujillo, pero levantó el pie del freno ante el violento sacudón que dio el vehículo amenazando volcarse y volvió luego a frenar hasta detener el Chevrolet Biscayne. Sin perder un segundo, maniobró, giró en redondo —no venía vehículo alguno— hasta ponerse en la dirección contraria, y ahora iba al encuentro del auto de Trujillo, absurdamente estacionado allí como esperándolos, con los faros prendidos, a menos de un centenar de metros. Cuando habían cubierto la mitad de ese terreno, los faros del auto detenido se apagaron, pero el Turco no dejó de verlo: ahí seguía, alumbrado por las luces altas de Tony Imbert.

—Bajen las cabezas, agáchense —dijo Amadito—. Nos disparan.

El cristal de la ventanilla de su izquierda se hizo trizas. Salvador sintió agujas en la cara y en el cuello, y fue impulsado hacia adelante por el frenazo. El Chevrolet Biscayne chirrió, zigzagueó, ladeándose por completo en la pista antes de detenerse. Imbert apagó los faros. Todo quedó a oscuras. Salvador sentía disparos a su alrededor. ¿En qué momento habían saltado él, Amadito, Tony y Antonio a la carretera? Los cuatro estaban fuera, resguardándose en los guardalodos y puertas abiertas, y disparaban hacia donde estaba, donde debía estar el auto de Trujillo. ¿Quienes les tiraban? ¿Había alguien más con el Chivo, fuera del chofer?

Porque, no había duda, les disparaban, las balas resonaban en torno, tintineaban al perforar las chapas del Chevrolet y acababan de herir a uno de sus amigos.

—Turco, Amadito, cúbrannos —ordenó Antonio de la Maza—. Vamos a rematarlo, Tony.

Casi al mismo tiempo —sus ojos comenzaban a diferenciar los perfiles y las siluetas en el tenue resplandor azulado— vio las dos figuras agazapadas, corriendo hacia el auto de Trujillo.

—No dispares, Turco —dijo Amadito; rodilla en tierra, apuntaba con su fusil—. Les podemos dar. Estate atento. No vaya a ser que se escape por aquí.

Unos cinco, ocho, diez segundos, hubo un silencio absoluto. Como en una fantasmagoría, Salvador notó que, por la pista de su derecha, pasaban rumbo a Ciudad Trujillo dos automóviles, a toda velocidad. Un momento después, otro estruendo de tiros de fusil y revólver. Duró pocos segundos. Entonces, llenó la noche el vozarrón de Antonio de la Maza:

—¡Está muerto, coño!

Él y Amadito echaron a correr. Segundos después, Salvador se detenía, alargaba la cabeza sobre los hombros de Tony Imbert y de Antonio, que, uno con un encendedor y otro con palitos de fósforos, examinaban el cuerpo bañado en sangre, vestido de verde oliva, la cara destrozada, que yacía en el pavimento sobre un charco de sangre. La Bestia, muerta. No tuvo tiempo de dar gracias al cielo, oyó carreras y tuvo la seguridad de que oía tiros, allá, detrás del auto de Trujillo. Sin reflexionar, alzó su revólver y disparó, convencido de que eran *caliés,* ayudantes militares, que acudían en ayuda del Jefe, y, muy cerca, oyó gemir a Pedro Livio Cedeño, alcanzado por sus balazos. Fue como si se abriera la tierra, como si, desde ese abismo, se levantara riéndose de él la carcajada del Maligno.

XIII

—¿De verdad no quieres otro poquito de arepa? —insiste cariñosa la tía Adelina—. Anímate. De niña, vez que venías a la casa, me pedías arepa. ¿Ya no te gusta?

—Claro que me gusta, tía —protesta Urania—. Pero, nunca he comido tanto en mi vida, no podré pegar los ojos.

—Bueno, dejémosla aquí, por si te antojas dentro de un rato —se resigna la tía Adelina.

La seguridad de su voz y la lucidez de su mente contrastan con el desecho que es: encogida, casi calva —entre los mechones blancos se divisan pedazos de cuero cabelludo—, la cara fruncida en mil arrugas, una dentadura postiza que se mueve cuando come o habla. Es un pedacito de mujer, medio perdida en la mecedora donde la instalaron Lucinda, Manolita, Marianita y la sirvienta haitiana luego de bajarla en peso de los altos. Su tía se empeñó en cenar en el comedor con la hija de su hermano Agustín, reaparecida de improviso después de tantos años. ¿Es mayor o menor que su padre? Urania no lo recuerda. Habla con energía y en sus ojitos hundidos hay destellos de inteligencia. «Nunca la hubiera reconocido», piensa Urania. Tampoco a Lucinda, y menos a Manolita, a quien vio por última vez cuando tendría once o doce años y es ahora una señorona avejentada, con arrugas en la cara y el cuello, y unos cabellos mal teñidos de un negro azulado bastante cursi. Marianita, su hija, debe tener unos veinte años: delgada, muy pálida, el cabello cortado casi al rape y unos ojitos tristes. No deja de contemplar a Urania, como hechizada. ¿Qué cosas habrá oído de ella su sobrina?

—Me parece mentira que seas tú, que estés aquí —la tía Adelina le clava sus penetrantes ojos—. Nunca imaginé que te volvería a ver.

—Ya lo ves, tía, aquí me tienes. Qué alegría me da.

—A mí también, hijita. Más grande se la habrás dado a Agustín. Mi hermano se había hecho a la idea de no verte más.

—No sé, tía —Urania endereza sus defensas, presiente los reproches, las preguntas indiscretas—. Estuve todo el día con él y en ningún momento me pareció que me reconocía.

Sus dos primas reaccionan al unísono:

—Por supuesto que te reconoció, Uranita —afirma Lucinda.

—Como no puede hablar, no se nota —la apoya Manolita—. Pero entiende todo, su cabeza está sanísima.

—Sigue siendo un Cerebrito —ríe la tía Adelina.

—Lo sabemos porque lo vemos a diario —remata Lucinda—. Te reconoció y lo has hecho feliz con tu venida.

—Ojalá, prima.

Un silencio que se prolonga, unas miradas que se cruzan sobre la vieja mesa de ese comedor estrecho, con un aparador de cristales que Urania reconoce vagamente, y cuadritos religiosos en las paredes de un verde descolorido. Tampoco aquí siente nada familiar. En su memoria, la casa de los tíos Adelina y Aníbal, donde venía a jugar con Manolita y Lucinda, era grande, luminosa, elegante y aireada, y ésta es una cueva atestada de muebles deprimentes.

—La rotura de la cadera me separó de Agustín para siempre —se agita el puño diminuto, de dedos deformados por la esclerosis—. Antes, pasaba horas con él. Teníamos largas conversaciones. Yo no necesitaba que hablara para entender lo que quería decirme. ¡Pobre mi hermano! Me lo hubiera traído aquí. Pero ¿dónde, en esta ratonera?

Habla con rabia.

—La muerte de Trujillo fue el principio del fin para la familia —suspira Lucindita. Ahí mismo se alarma—. Perdona, prima. Tú odias a Trujillo ¿verdad?

—Comenzó antes —la corrige la tía Adelina y Urania se interesa en lo que dice.

—¿Cuándo, abuela? —pregunta, con un hilo de voz, la hija mayor de Lucinda.

—Con la carta en El Foro Público, unos meses antes de que mataran a Trujillo —sentencia la tía Adelina; sus ojitos perforan el vacío—. Por enero o febrero del 61. Nosotros le dimos la noticia a tu papá, de mañanita. Aníbal fue el primero que la leyó.

—¿Una carta en El Foro Público? —Urania busca, busca en sus recuerdos—. Ah, sí.

—Supongo que nada importante, supongo que una tontería que se va a aclarar —dijo su cuñado en el teléfono; estaba tan alterado, tan vehemente, sonaba tan falso que el senador Agustín Cabral se sorprendió: ¿qué le pasaba a Aníbal?—. ¿No has leído *El Caribe*?

—Me lo acaban de traer, aún no lo he abierto.

Escuchó una tosecita nerviosa.

—Bueno, hay una carta ahí, Cerebrito —trató de ser burlón y ligero su cuñado—. Disparates. Acláralo cuanto antes.

—Gracias por llamarme —se despidió el senador Cabral—. Besos a Adelina y a las niñas. Pasaré a verlos.

Treinta años en las alturas del poder político habían hecho de Agustín Cabral un hombre experimentado en imponderables —trampas, emboscadas, triquiñuelas, traiciones—, de modo que saber que había una carta contra él en El Foro Público, la sección más leída y temida de *El Caribe* pues estaba alimentada desde el Palacio Nacional y era el barómetro político del país, no le hizo perder los nervios.

Era la primera vez que aparecía en la columna infernal; otros ministros, senadores, gobernadores o funcionarios habían sido abrasados por esas llamas; él, hasta ahora, no. Regresó al comedor. Su hija, de uniforme, tomaba el desayuno: mangú —plátano majado con mantequilla— y queso frito. La besó en los cabellos («Hola, papi»), se sentó frente a ella y, mientras la sirvienta le servía el café, abrió despacio, sin atolondrarse, el diario doblado sobre un rincón de la mesa. Pasó las páginas, hasta llegar a El Foro Público.

Señor Director:

Escribo por impulso cívico, protestando el agravio a la ciudadanía dominicana y la libertad irrestricta de expresión que el gobierno del Generalísimo Trujillo garantiza a esta República. Me refiero a que no se haya dado a conocer hasta ahora en sus respetables y leídas páginas, el hecho, por todos sabido, que el senador Agustín Cabral, apodado Cerebrito (¿en razón de qué?) ha sido destituido de la Presidencia del Senado al habérsele comprobado una incorrecta gestión en el Ministerio de Obras Públicas, que ocupó hasta hace poco. Es sabido también que, escrupuloso como es este régimen en materia de probidad y uso de fondos públicos, una comisión investigadora de los aparentes malos manejos y trapisondas —comisiones ilegales, adquisición de material obsoleto con sobrevaloración de precios, inflación ficticia de presupuestos, en que habría incurrido el senador en el ejercicio de su ministerio— ha sido nombrada para examinar los cargos contra él.

¿No tiene el pueblo trujillista el derecho de estar informado sobre hechos tan graves?

Atentamente,

Ingeniero Telésforo Hidalgo Saíno
Calle Duarte N. 171
Ciudad Trujillo

—Me voy volando, papi —oyó el senador Cabral, y, sin que gesto alguno traicionara su aparente calma, apartó la cara del periódico para besar a la niña—. No puedo regresar en la guagua del colegio, me quedaré a jugar voleibol. Nos vendremos caminando, con unas amigas.

—Cuidadito al cruzar las esquinas, Uranita.

Bebió su jugo de naranja y tomó una taza de café humeante recién colado, sin apresurarse, pero no probó el mangú, ni el queso frito ni la tostada con miel. Releyó palabra por palabra, letra por letra, la carta de El Foro Público. Sin duda había sido manufacturada por el Constitucionalista Beodo, escriba dilecto de las insidias, pero ordenada por el Jefe; nadie osaría escribir, menos publicar, una carta semejante sin la venia de Trujillo. ¿Cuándo lo vio por última vez? Anteayer, en el paseo. No fue llamado a caminar a su lado, el Jefe estuvo charlando todo el tiempo con el general Román y el general Espaillat, pero lo saludó con la deferencia de costumbre. ¿O no? Aguzó su memoria. ¿Advirtió cierto endurecimiento en esa mirada fija, intimidante, que parecía desgarrar las apariencias y alcanzar el alma de quien escudriñaba? ¿Cierta sequedad al responderle el saludo? ¿Un ceño que se fruncía? No, no recordaba nada anormal.

La cocinera le preguntó si vendría a almorzar. No, sólo a cenar, y asintió cuando Aleli le propuso el menú para la cena. Al sentir el automóvil de la Presidencia del Senado llegando a la puerta de su casa, miró su reloj: las ocho en punto. Gracias a Trujillo, había descubierto que el tiempo es oro. Como tantos, desde joven hizo suyas las obsesiones del Jefe: orden, exactitud, disciplina, perfección. El senador Agustín Cabral lo dijo en un discurso: «Gracias a Su Excelencia, el Benefactor, los dominicanos descubrimos las maravillas de la puntualidad». Poniéndose la chaqueta, iba hacia la calle: «Si me hubieran destituido, el carro de la Presidencia del Senado no habría venido a buscarme». Su asistente, el teniente de aviación Humberto Arenal, que nunca le ocultó sus vinculaciones con el SIM, le abrió la puerta. El auto oficial, con Teodosio al volante. El asistente. No había que preocuparse.

—¿Nunca supo por qué cayó en desgracia? —se asombra Urania.

—Nunca con certeza —aclara la tía Adelina—. Hubo muchas suposiciones, nada más. Años de años se preguntó Agustín qué hizo para que Trujillo se enojara así, de la noche a la mañana. Para que un hombre que lo había servido toda la vida, se convirtiera en apestado.

Urania observa la incredulidad con que las escucha Marianita.

—Te parecen cosas de otro planeta, ¿no, sobrina?

La muchacha se ruboriza.

—Es que, resulta tan increíble, tía. Como en la película de Orson Welles, *El proceso,* que dieron en el Cine Club. A Anthony Perkins lo juzgan y ejecutan sin que descubra por qué.

Manolita se abanica con las dos manos hace rato; deja de hacerlo para intervenir:

—Decían que cayó en desgracia porque hicieron creer a Trujillo que, por culpa del tío Agustín, los obispos se negaron a proclamarlo Benefactor de la Iglesia católica.

—Dijeron mil cosas —exclama la tía Adelina—. Fue lo peor de su calvario, las dudas. La familia comenzó a irse a pique y nadie sabía de qué acusaban a Agustín, qué había hecho o dejado de hacer.

No había ningún senador en el local del Senado, cuando Agustín Cabral entró a las ocho y quince de la mañana, como todos los días. La guardia le rindió el saludo que le correspondía y los ujieres y empleados que cruzó en los pasillos camino a su despacho le dieron los buenos días con la efusividad de siempre. Pero sus dos secretarios, Isabelita y el joven abogado Paris Goico, tenían la inquietud reflejada en las caras.

—¿Quién se ha muerto? —les bromeó—. ¿Les preocupa la cartita en El Foro Público? Vamos a aclarar esa infamia ahora mismo. Llámate al director de *El Caribe,* Isabelita. A su casa, Panchito no va al periódico antes del mediodía.

Se sentó en su escritorio, echó un vistazo a la pila de documentos, a la correspondencia, a la agenda del día preparada por el eficiente Parisito. «La carta ha sido dictada por el Jefe». Una culebrita se deslizó por su espina dorsal. ¿Era uno de esos teatros que divertían al Generalísimo? ¿En medio de las tensiones con la Iglesia, la confrontación con Estados Unidos y la OEA, tenía animo para los disfuerzos que acostumbraba en el pasado, cuando se sentía todopoderoso y sin amenazas? ¿Estaban los tiempos para circos?

—En el teléfono, don Agustín.

Levantó el auricular y esperó unos segundos, antes de hablar.

—¿Te he despertado, Panchito?

—Qué ocurrencia, Cerebrito —la voz del periodista era normal—. Yo soy tempranero, como gallo capón. Y duermo con un ojo abierto, por si acaso. ¿Quiúbole?

—Bueno, como te imaginas, te llamo por la carta de esta mañana, en El Foro Público —carraspeó el senador Cabral—. ¿Me puedes decir algo?

La respuesta vino con el mismo tono ligero, zumbón, como si se tratara de una banalidad.

—Llegó recomendada, Cerebrito. No iba a publicar algo así sin hacer averiguaciones. Créeme que, dada nuestra amistad, no me alegró publicarla.

«Sí, sí, claro», murmuró. Ni un sólo momento debía perder su sangre fría.

—Me propongo rectificar esas calumnias —dijo, suavemente—. No he sido destituido de nada. Te llamo de la Presidencia del Senado. Y esa supuesta comisión investigadora de mi gestión en el Ministerio de Obras Públicas, es otra patraña.

—Mándame tu rectificación cuanto antes —repuso Panchito—. Haré lo que pueda para publicarla, no faltaba más. Sabes el aprecio que te tengo. Estaré en el diario a partir de las cuatro. Besos a Uranita. Un abrazo, Agustín.

Luego de colgar, dudó. ¿Había hecho bien llamando al director de *El Caribe*? ¿No era un movimiento falso, que delataba su alarma? Qué otra cosa podía haberle dicho: él recibía las cartas para El Foro Público directamente del Palacio Nacional y las publicaba sin hacer preguntas. Consultó su reloj: las nueve menos cuarto. Tenía tiempo; la reunión del bufete directivo del Senado era a las nueve y media. Dictó a Isabelita la rectificación del modo austero y claro con que redactaba sus escritos. Una carta breve, seca y fulminante: seguía siendo el presidente del Senado y nadie había cuestionado su escrupulosa gestión en el Ministerio de Obras Públicas que le confió el régimen presidido por ese dominicano epónimo, Su Excelencia el Generalísimo Rafael Leonidas Trujillo, Benefactor y Padre de la Patria Nueva.

Cuando Isabelita se iba a mecanografiar el dictado, entró al despacho Paris Goico.

—Se ha suspendido la reunión del bufete directivo del Senado, señor presidente.

Era joven, no sabía disimular; tenía la boca entreabierta y estaba lívido.

—¿Sin consultarme? ¿Quién?

—El vicepresidente del Congreso, don Agustín. Me lo acaba de comunicar él mismo.

Sopesó lo que acababa de oír. ¿Podía ser un hecho aparte, sin relación con la carta de El Foro Público? El afligido Parisito esperaba, de pie junto al escritorio.

—¿Está en su despacho el doctor Quintana? —como su ayudante hizo con la cabeza que sí, se levantó—: Dígale que voy para allá.

—Es imposible que no te acuerdes, Uranita —la amonesta su tía Adelina—. Tenías catorce años. Era lo más grave que había ocurrido en la familia, más todavía que el accidente en que murió tu mamá. ¿Y no te dabas cuenta de nada?

Habían tomado café y una tisana. Urania probó un bocadito de arepa. Platicaban en torno a la mesa del comedor, en la luz mortecina de la pequeña lámpara de pie. La sirvienta haitiana, silente como un gato, había recogido el servicio.

—Me acuerdo de la angustia de papá, por supuesto, tía —explica Urania—. Se me pierden los detalles, los incidentes diarios. Él trataba de ocultármelo, al principio. «Hay problemas, Uranita, ya se resolverán». No imaginé que a partir de ahí mi vida daría ese vuelco.

Siente que la queman las miradas de su tía, sus primas y su sobrina. Lucinda dice lo que piensan:

—Algún bien resultó para ti, Uranita. No estarías donde estás, si no. En cambio, para nosotras, fue el desastre.

—Para mi pobre hermano, más que nadie —la acusa su tía Adelina—. Le clavaron una puñalada y lo dejaron desangrándose, treinta años más.

Un loro chilla, sobre la cabeza de Urania, asustándola. No se había dado cuenta hasta ahora del animal; está encrespado, moviéndose de un lado a otro en su cilindro de madera, dentro de una gran jaula de barrotes azules. Su tía, primas y sobrina se echan a reír.

—*Sansón* —se lo presenta Manolita—. Se puso bravo porque lo despertamos. Es un dormilón.

Gracias al lorito, la atmósfera se distiende.

—Estoy segura que si comprendiera lo que dice, me enteraría de muchos secretos —bromea Urania, señalando a *Sansón*.

El senador Agustín Cabral no está para sonrisas. Responde con una adusta venia al acaramelado saludo del doctor Jeremías Quintanilla, vicepresidente del Senado, en cuyo despacho acaba de irrumpir, y, sin preámbulos, lo increpa:

—¿Por qué has suspendido la reunión del bufete directivo del Senado? ¿No es ése atributo del presidente? Exijo una explicación.

La cara gruesa, color cacao, del senador Quintanilla asiente repetidas veces, mientras sus labios, en un español cadencioso, casi musical, se empeñan en calmarlo:

—Por supuesto, Cerebrito. No te sulfures. Todo, salvo la muerte, tiene su razón.

Es un hombrazo rollizo y sesentón, de párpados inflados y boca viscosa, enfundado en un traje azul y una corbata con estrías plateadas, que destella. Sonríe con empecinamiento, y Agustín Cabral lo ve quitarse los espejuelos, guiñarle los ojos, echar una rápida ojeada circular con sus córneas blanquísimas, y, dando un paso hacia él, tomarlo del brazo y arrastrarlo, mientras dice, muy alto:

—Sentémonos aquí, estaremos más cómodos.

Pero no lo lleva hacia los sillones de pesadas patas de tigre de su despacho, sino hacia un balcón de puertas entreabiertas. Lo obliga a salir con él, de modo que puedan hablar al aire libre, frente al runrún del mar, lejos de escuchas indiscretos. Hace un sol fuerte; la luminosa mañana arde de motores y bocinas que vienen del Malecón y las voces de los pregoneros ambulantes.

—¿Qué coño pasa, Mono? —murmura Cabral.

Quintana lo tiene siempre del brazo y ahora está muy serio. Advierte en su mirada un sentimiento difuso, de solidaridad o compasión.

—Sabes muy bien lo que pasa, Cerebrito, no seas pendejo. ¿No te diste cuenta que hace tres o cuatro días dejaron de llamarte «distinguido caballero» en los periódicos, que te rebajaron a «señor»? —le musita en el oído el Mono Quintana—. ¿No leíste *El Caribe* esta mañana? Eso es lo que pasa.

Por primera vez, desde que leyó la carta en El Foro Público, Agustín Cabral siente miedo. Verdad: ayer o anteayer alguien bromeó en el Country Club que la página de sociales de *La Nación,* lo había privado del «distinguido caballero», algo que solía ser un mal presagio: al Generalísimo le divertían esas advertencias. Esto iba en serio. Era una tempestad. Tenía que valerse de toda su experiencia y astucia para que no se lo tragara.

—¿Vino de Palacio la orden de suspender la reunión del bufete directivo? —susurra. El vicepresidente, inclinado, pega su oreja a la boca de Cabral.

—¿De dónde iba a venir? Hay más. Se suspenden todas las comisiones en las que participas. La directiva dice: «Hasta que se regularice la situación del presidente del Senado».

Queda mudo. Ha ocurrido. Está ocurriendo aquella pesadilla que, de tanto en tanto, venía a lastrar sus triunfos, sus ascensos, sus logros políticos: lo han indispuesto con el Jefe.

—¿Quién te la trasmitió, Mono?

La cara mofletuda de Quintana se contrae, inquieta, y Cabral entiende por fin de dónde viene lo de Mono. ¿Va a decirle el vicepresidente que no puede cometer esa infidencia? Bruscamente, se decide:

—Henry Chirinos —vuelve a tomarlo del brazo—. Lo siento, Cerebrito. No creo que pueda hacer mucho, pero, si algo puedo, cuenta conmigo.

—¿Te dijo Chirinos de qué me acusan?

—Se limitó a trasmitirme la orden y a perorar: «No sé nada. Soy el modesto mensajero de una decisión superior».

—Tu papá sospechó siempre que el intrigante fue Chirinos, el Constitucionalista Beodo —recuerda la tía Adelina.

—Ese gordo negruzco y asqueroso fue uno de los que mejor se acomodó —la interrumpe Lucindita—. De cama y mesa de Trujillo y terminó de ministro y embajador de Balaguer. ¿Ves cómo es este país, Uranita?

—Me acuerdo mucho de él, lo vi en Washington hace unos años, de embajador —dice Urania—. Iba mucho a la casa cuando yo era niña. Parecía íntimo de papá.

—Y de Aníbal y mío —añade la tía Adelina—. Venía aquí con sus zalamerías, nos recitaba sus versitos. Andaba todo el tiempo citando libros, posando de culto. Nos invitó al Country Club una vez. Yo no quería creer que hubiera traicionado a su compañero de toda la vida. Bueno, la política es eso, abrirse camino entre cadáveres.

—El tío Agustín era demasiado íntegro, demasiado bueno, por eso se ensañaron con él.

Lucindita espera que la corrobore, que proteste también por esa infamia. Pero Urania no tiene fuerzas para simular. Se limita a escucharla, con aire compungido.

—En cambio, mi marido, que en paz descanse, se portó como un caballero, dio a tu papá todo su apoyo —lanza una risita sarcástica la tía Adelina—. ¡Vaya con el Quijote! Perdió el puesto en La Tabacalera, y jamás volvió a encontrar trabajo.

El loro *Sansón* revienta otra vez en una catarata de gritos y ruidos que parecen improperios.«Calla, marmota», lo riñe Lucindita.

—Menos mal que no hemos perdido el humor, muchachas —exclama Manolita.

—Localízame al senador Henry Chirinos y dile que quiero verlo de inmediato, Isabel —ordena el senador Cabral, entrando a su despacho. Y, dirigiéndose al doctor Goico—: Por lo visto, es el cocinero de este enredo.

Se sienta en su escritorio, se dispone a revisar de nuevo la agenda del día, pero toma conciencia de su situación.

¿Tiene sentido firmar cartas, resoluciones, memorándums, notas, como presidente del Senado de la República? Es dudoso que lo siga siendo. Lo peor, dar síntomas de desaliento ante sus subordinados. Al mal tiempo, buena cara. Toma el legajo y está empezando a releer el primer escrito cuando advierte que Parisito sigue allí. Las manos le tiemblan:

—Señor presidente, yo quisiera decirle —balbucea, roto por la emoción—. Pase lo que pase, estoy con usted. Para todo. Sé lo mucho que le debo, doctor Cabral.

—Gracias, Goico. Tú eres nuevo en este mundo y verás cosas peores. No te preocupes. Capearemos esta tempestad. Y, ahora, a trabajar.

—El senador Chirinos lo espera en su casa, señor presidente —Isabelita entra al despacho hablando—. Contestó él mismo. ¿Sabe qué me dijo? «Las puertas de mi casa están abiertas día y noche para mi gran amigo, el senador Cabral».

Al salir del edificio del Congreso, la guardia le rinde el saludo militar habitual. Allí sigue el auto negro, funerario. Pero su asistente, el teniente Humberto Arenal, se ha esfumado. Teodosio, el chofer, le abre la puerta.

—A casa del senador Henry Chirinos.

El conductor asiente, sin abrir la boca. Después, cuando ya enfilan por la avenida Mella, en los linderos de la ciudad colonial, mirándolo por el espejo retrovisor le informa:

—Desde que salimos del Congreso, nos sigue un «cepillo» con *caliés,* doctor.

Cabral se vuelve a mirar: a quince o veinte metros divisa uno de los inconfundibles Volkswagen negros del Servicio de Inteligencia. En la luminosidad cegadora de la mañana no puede distinguir cuántas cabezas de *caliés* hay dentro. «Ahora me escolta la gente del SIM en lugar de mi asistente». Mientras el auto se adentra en las callecitas angostas, atestadas de gente, de casitas de uno y dos pisos, con rejas en las ventanas y zócalos de piedra, de la ciudad colonial, se dice que el asunto es todavía más grave de lo que supuso. Si Johnny Abbes lo hace seguir, se ha tomado tal vez la decisión de detenerlo. La historia de Anselmo Paulino, calcada. Lo que tanto temía. Su cerebro es una fragua al rojo vivo. ¿Qué había hecho? ¿Qué había dicho? ¿En qué falló? ¿A quién ha visto últimamente? Lo trataban como enemigo del régimen. ¡Él, él!

El automóvil se detuvo en la esquina de Salomé Ureña con Duarte y Teodosio se bajó a abrirle la puerta. El «cepillo» se estacionó a pocos metros pero ningún *calié* descendió. Estuvo tentado de acercarse a preguntarles por qué seguían al presidente del Senado, pero se contuvo: ¿de qué serviría ese desplante con unos pobres diablos que obedecían órdenes?

La vieja casa de dos pisos, con balconcito colonial y ventanas con celosías, del senador Henry Chirinos se parecía a su dueño; el tiempo, la vejez, la incuria, la habían contrahecho, vuelto asimétrica; se anchaba excesivamente a media altura, como si le hubiera crecido una panza y fuera a reventar. Debía de haber sido en tiempos remotos una noble y recia mansión; estaba ahora sucia, abandonada, y parecía a punto de desmoronarse. Manchas y lamparones afeaban los muros y de sus techos colgaban telarañas. Apenas llamó, abrieron. Subió unas lóbregas escaleras que crujían, de pasamanos grasientos, y, en el primer rellano, el mayordomo le abrió una chirriante puerta de cristales: reconoció la nutrida biblioteca, los pesados cortinajes de terciopelo, altos anaqueles repletos de libros, la mullida alfombra descolorida, los cuadros ovalados y los hilos plateados de las telarañas que delataban las lanzas de luz solar que penetraban por los postigos. Olía a viejo, a humores rancios, hacía un calor infernal. Esperó a Chirinos de pie. Las veces que había estado aquí, tantos años, en reuniones, pactos, negociaciones, conspiraciones, al servicio del Jefe.

—Bienvenido a tu casa, Cerebrito. ¿Un jerez? ¿Dulce o seco? Te recomiendo el fino amontillado. Está fresquito.

En pijama y envuelto en una aparatosa bata de paño verde, con ribetes de seda, que acentuaba las redondeces de su cuerpo, un orondo pañolón en el bolsillo y unas pantuflas de raso deformadas por sus juanetes, el senador Chirinos le sonreía. Los escasos cabellos revueltos y las legañas de su cara tumefacta, de párpados y labios amoratados, con una boquera de saliva reseca, revelaron al senador Cabral que no se había lavado aún. Se dejó palmear y conducir a los añosos confortables con mantones de hilo en el espaldar, sin responder a las efusiones del dueño de casa.

—Nos conocemos hace muchos años, Henry. Juntos hemos hecho muchas cosas. Buenas y algunas malas. No hay dos personas en el régimen que hayan estado tan unidas, como tú y yo. ¿Qué ocurre? ¿Por qué se me está cayendo encima el cielo desde esta mañana?

Debió callarse, porque entró en la habitación el mayordomo, un viejo mulato tuerto, tan feo y descuidado como el dueño de casa, con una jarrita de cristal en la que había vaciado el jerez, y dos copitas. Las dejó sobre la mesilla y se retiró, renqueando.

—No lo sé —el Constitucionalista Beodo se golpeó el pecho—. No me creerás. Pensarás que yo he maquinado, inspirado, azuzado, lo que te pasa. Por la memoria de mi madre, lo más sagrado de esta casa, no lo sé. Desde que me enteré, ayer tarde, me he quedado de una pieza. Espera, espera, brindemos. ¡Porque este tollo se resuelva pronto, Cerebrito!

Hablaba con brío y emoción, el corazón en la mano y la sensiblería azucarada de los héroes de las radionovelas que la HIZ importaba, antes de la Revolución castrista, de la CMQ de La Habana. Pero Agustín Cabral lo conocía: era un histrión de alto nivel. Podía ser cierto o falso, no tenía cómo averiguarlo. Bebió un sorbito de jerez, con asco, pues nunca bebía alcohol en las mañanas. Chirinos se atusaba las cerdas de las narices.

—Ayer, despachando con el Jefe, de pronto me ordenó instruir al Mono Quintanilla que, como vicepresidente del Senado, cancelara todas las reuniones hasta que se hubiera cubierto la vacancia de la Presidencia —prosiguió, accionando—. Pensé en un accidente, un paro cardíaco, no sé. «¿Qué le ha sucedido a Cerebrito, Jefe?» «Eso quisiera saber», me repuso, con esa sequedad que hiela los huesos. «Ha dejado de ser uno de los nuestros y se ha pasado al enemigo». No pude preguntar más, su tono era contundente. Me despachó a cumplir el encargo. Y esta mañana leí, como todo el mundo, la carta en El Foro Público. De nuevo te lo juro por la memoria de mi santa madre: es todo lo que sé.

—¿Escribiste tú la carta de El Foro Público?

—Yo escribo correctamente el castellano —se indignó el Constitucionalista Beodo—. El ignaro cometió tres faltas de sintaxis. Las tengo señaladas.

—¿Quién, entonces?

Las cuencas adiposas del senador Chirinos derramaron sobre él una mirada compasiva:

—¿Qué coño importa, Cerebrito? Eres uno de los hombres inteligentes de este país, no poses de pendejo conmigo, que te conozco desde muchacho. Lo único que importa es que has enojado al Jefe, por algo. Habla con él, excúsate, dale explicaciones, haz propósito de enmienda. Reconquista su confianza.

Cogió la jarrita de cristal, volvió a llenar su copa y bebió. El bullicio de la calle era menor que en el Congreso. Por el espesor de los muros coloniales o porque las angostas calles del centro ahuyentaban los automóviles.

—¿Excusarme, Henry? ¿Qué he hecho? ¿No dedico mis días y mis noches al Jefe?

—No me lo digas a mí. Convéncelo a él. Yo lo sé muy bien. No te desanimes. Tú lo conoces. En el fondo, un ser magnánimo. De entraña justiciera. Si no fuera desconfiado, no hubiera durado treinta y un años. Hay una equivocación, un malentendido. Debe aclararse. Pídele audiencia. Él sabe escuchar.

Hablaba meneando la mano, refocilándose con cada palabra que expulsaban sus labios cenizos. Sentado, parecía aún más obeso que de pie: la enorme barriga había entreabierto la bata y latía con flujo y reflujo acompasados. Cabral imaginó aquellos intestinos dedicados, tantas horas en el día, a la laboriosa tarea de deglutir y disolver los bolos alimenticios que tragaba esa jeta voraz. Lamentó estar allí. ¿Acaso el Constitucionalista Beodo lo iba a ayudar? Si no tramó esto, en su fuero íntimo lo estaría celebrando como una gran victoria contra quien, por debajo de las apariencias, fue siempre un rival.

—Dándole vueltas, devanándome los sesos —añadió Chirinos, con aire conspirativo—, he venido a pensar que, tal vez, la razón sea la desilusión que produjo al Jefe la negativa de los obispos a proclamarlo Benefactor de la Iglesia católica. Tú estabas en la comisión que fracasó.

—¡Éramos tres, Henry! La integraban, también, Balaguer y Paíno Pichardo, como ministro del Interior y Cultos. Aquellas gestiones fueron hace meses, poco después de la Pastoral de los obispos. ¿Por qué todo recaería sólo sobre mí?

—No lo sé, Cerebrito. Parece traído de los cabellos, en efecto. Yo tampoco veo razón alguna para que caigas en desgracia. Sinceramente, por nuestra amistad de tantos años.

—Hemos sido algo más que amigos. Hemos estado juntos, detrás del Jefe, en todas las decisiones que han transformado este país. Somos historia viviente. Nos pusimos zancadillas, nos dimos golpes bajos, hicimos trampas para sacar ventaja uno sobre el otro. Pero, la aniquilación parecía excluida. Esto es otra cosa. Puedo terminar en la ruina, el descrédito, en la cárcel. ¡Sin saber por qué! Si has fraguado todo esto, felicitaciones. ¡Una obra maestra, Henry!

Se había puesto de pie. Hablaba con calma, de manera impersonal, casi didáctica. Chirinos se incorporó también, recostándose sobre uno de los brazos del sillón para izar su corpulencia. Estaban muy juntos, casi tocándose. Cabral vio un cuadrito en la pared, entre los estantes de libros, que era una cita de Tagore: «Un libro abierto es un cerebro que habla; cerrado, un amigo que espera; olvidado, un alma que perdona; destruido, un corazón que llora». «Un cursi en todo lo que hace, toca, dice y siente», pensó.

—Franquezas valen franquezas —Chirinos le acercó la cara y Agustín Cabral se sintió aturdido con el vaho que escoltaba sus palabras—. Hace diez años, hace cinco, no hubiera vacilado en tramar cualquier cosa para sacarte de en medio, Agustín. Como tú a mí. Incluida la aniquilación. ¿Pero, ahora? ¿Para qué? ¿Tenemos alguna cuenta pendiente? No. Ya no estamos en competencia, Cerebrito, lo sabes tan bien como yo. ¿Cuánto le queda de oxígeno a este moribundo? Por última vez: no tengo nada que ver con lo que te ocurre. Espero y deseo que lo soluciones. Se vienen días difíciles y al régimen le conviene tenerte, para resistir los embates.

El senador Cabral asintió. Chirinos lo palmeaba.

—Si voy donde los *caliés* que me esperan abajo, y les cuento lo que has dicho, que el régimen se asfixia, que es un moribundo, pasarías a hacerme compañía —murmuró, a modo de despedida.

—No lo harás —se rió la gran jeta oscura del dueño de casa—. Tú no eres como yo. Tú eres un caballero.

—¿Qué ha sido de él? —pregunta Urania—. ¿Vive?

La tía Adelina lanza una risita y el loro *Sansón,* que parecía dormido, reacciona con otra sarta de chillidos. Cuando calla, Urania detecta el acompasado chaschás de la mecedora que ocupa Manolita.

—La yerba mala no muere —explica su tía—. Siempre en su misma guarida de ciudad colonial, en Salomé Ureña con Duarte. Lucindita lo vio hace poco, con bastón y zapatillas de levantarse, paseándose por el parque Independencia.

—Unos chiquillos corrían detrás de él gritando: «¡El cuco, el cuco!» —se ríe Lucinda—. Está más feo y asqueroso que antes. ¿Tendrá más de noventa, no?

¿Ha pasado ya el tiempo prudente de sobremesa para despedirse? Urania no se ha sentido cómoda en toda la noche. Más bien tensa, esperando una agresión. Éstas son las únicas parientes que le quedan y se siente más distante de ellas que de las estrellas. Y comienzan a irritarla los grandes ojos de Marianita clavados en ella.

—Esos días fueron terribles para la familia —vuelve a la carga la tía Adelina.

—Yo me acuerdo de mi papá y tío Agustín, secreteándose en esta sala —dice Lucindita—. Y tu papá diciendo: «¿Pero, Dios mío, qué he podido hacerle al Jefe para que me maltrate así?».

La calla un perro que ladra desaforado en las cercanías; le responden dos, cinco más. Por un pequeño tragaluz, en lo alto de la habitación, Urania divisa la luna: redonda y amarilla, espléndida. En New York no había lunas así.

—Lo que más lo amargaba era tu futuro, si a él le pasaba algo —la tía Adelina tiene la mirada cargada de reproches—. Cuando le intervinieron las cuentas bancarias, supo que no tenía remedio.

—¡Las cuentas bancarias! —asiente Urania—. Fue la primera vez que mi papá me habló.

Ella se hallaba ya acostada y su padre entró sin llamar. Se sentó al pie de la cama. En mangas de camisa, muy pálido, le pareció más delgadito, más frágil y más viejo. Vacilaba en cada sílaba.

—Esto va mal, mi hijita. Tienes que estar preparada para cualquier cosa. Hasta ahora, te he ocultado la gravedad de la situación. Pero, hoy día, bueno, en el colegio habrás oído algo.

La niña asintió, grave. No se inquietaba, su confianza en él era ilimitada. ¿Cómo podía ocurrirle algo malo a un hombre tan importante?

—Sí, papi, que salieron cartas contra ti en El Foro Público, que te acusaban de delitos. Nadie se lo va a creer, qué bobería. Todo el mundo sabe que eres incapaz de esas maldades.

Su padre la abrazó, por encima de la colcha.

Era más serio que las calumnias del periódico, mi hija. Lo habían despojado de la Presidencia del Senado. Una comisión del Congreso verificaba si hubo malos manejos y defraudación de fondos públicos durante su gestión ministerial. Hacía días lo seguían los «cepillos» del SIM; ahora mismo había uno en la puerta de la casa, con tres *caliés*. La última semana recibió comunicados de expulsión del Instituto Trujilloniano, del Country Club, del Partido Dominicano, y, esta tarde, al ir a retirar dinero del banco, el puntillazo. El administrador, su amigo Josefo Heredia, le informó que sus dos cuentas corrientes habían sido congeladas mientras durara la investigación del Congreso.

—Cualquier cosa puede ocurrir, hijita. Confiscarnos esta casa, echarnos a la calle. La cárcel, incluso. No quiero asustarte. Puede que nada pase. Pero, debes estar preparada. Tener valor.

Lo escuchaba estupefacta; no por lo que decía, por el desfallecimiento de su voz, el desamparo de su expresión, el espanto de sus ojitos.

—Voy a rezarle a la Virgen —se le ocurrió decir—. Nuestra Señora de la Altagracia nos ayudará. ¿Por qué no hablas con el Jefe? Él siempre te ha querido. Que dé una orden y todo se arreglará.

—Le he pedido audiencia y ni siquiera me responde, Uranita. Voy al Palacio Nacional y los secretarios y ayudantes apenas me saludan. Tampoco ha querido verme el Presidente Balaguer, ni el ministro del Interior; sí, Paíno Pichardo. Soy un muerto en vida, hijita. Quizá tengas razón y sólo nos quede encomendarnos a la Virgen.

Se le quebró la voz. Pero, cuando la niña se incorporó a abrazarlo, se repuso. Le sonrió:

—Tenías que saber esto, Uranita. Si me pasa algo, anda donde tus tíos. Aníbal y Adelina te cuidarán. Puede que sea una prueba. Algunas veces el Jefe ha hecho cosas así, para probar a sus colaboradores.

—Acusarlo de malos manejos a él —suspira la tía Adelina—. Fuera de esa casita de Gazcue, nunca tuvo nada. Ni fincas, ni compañías, ni inversiones. Salvo esos ahorritos, los veinticinco mil dólares que te fue dando poco a poco, mientras estudiabas allá. El político más honrado y el padre más bueno del mundo, Uranita. Y, si permites una intrusión en tu vida privada a esta tía vieja y chocha, no te portaste con él como debías. Ya sé que lo mantienes y le pagas la enfermera. Pero ¿sabes cuánto lo hiciste sufrir no contestándole una carta, no acercándote al teléfono cuando te llamaba? Muchas veces lo vimos llorar por ti Aníbal y yo, aquí mismo. Ahora, que ha pasado tanto tiempo, ¿se puede saber por qué, muchacha?

Urania reflexiona, resistiendo la mirada admonitiva de la viejecita encogida como un garabato en su sillón.

—Porque no era tan buen padre como crees, tía Adelina —dice, al fin.

El senador Cabral hizo que el taxi lo dejara en la Clínica Internacional, a cuatro cuadras del Servicio de Inteligencia, situado también en la avenida México. Al dar la dirección al taxi, sintió un prurito extraño, vergüenza y pudor y, en vez de indicar al chofer que iba al SIM, mencionó la clínica. Caminó las cuatro cuadras sin prisa; los dominios de Johnny Abbes eran probablemente los únicos locales importantes del régimen que nunca pisó hasta ahora. El «cepillo» con *caliés* lo seguía sin disimulo, en cámara lenta, pegado a la vereda, y él podía advertir los movimientos de cabeza y las expresiones alarmadas de los transeúntes al descubrir el emblemático Volkswagen. Recordó que, en la comisión de Presupuesto del Congreso, él abogó en favor de la partida destinada a importar el centenar de «cepillos» con los que los *caliés* de Johnny Abbes se desplazaban ahora por todo el territorio en busca de los enemigos del régimen.

En el descolorido y anodino edificio, la guardia de policías uniformados y civiles con metralletas, que custodiaba la puerta detrás de alambradas y sacos de arena, lo dejó pasar sin registrarlo ni pedirle documentos. Adentro, lo esperaba uno de los adjuntos del coronel Abbes: César Báez. Fortachón, comido por la viruela, rizada melena pelirroja, le dio una mano sudada y lo condujo por pasillos estrechos, en los que había hombres con pistolas en cartucheras colgadas del hombro o bailoteando bajo el sobaco, fumando, discutiendo o riendo en cubículos llenos de humo, con tableros claveteados de memorándums. Olía a sudor, orines y pies. Una puerta se abrió. Allí estaba el jefe del SIM. Lo sorprendió la desnudez monacal de la oficina, las paredes sin cuadros ni carteles, salvo a la que daba la espalda el coronel, que lucía un retrato en uniforme de parada —tricornio con plumas, pechera constelada de medallas— del Benefactor. Abbes García estaba de paisano, con una camisita veraniega de mangas cortas y un cigarrillo humeante en la boca. Tenía en la mano el pañuelo rojo que Cabral le había visto muchas veces.

—Buenos días, senador —le alcanzó una mano blanda, casi femenina—. Asiento. No tenemos comodidades aquí, perdonará.

—Le agradezco que me reciba, coronel. Es usted el primero. Ni el Jefe, ni el Presidente Balaguer, ni un solo ministro han respondido a mis solicitudes de audiencia.

La figurita pequeña, panzuda, algo contrahecha, asintió. Cabral veía, encima de la doble papada, la boca fina y las blandengues mejillas, los ojitos profundos y acuosos del coronel, moviéndose azogados. ¿Sería tan cruel como se decía?

—Nadie quiere contagiarse, señor Cabral —dijo fríamente Johnny Abbes. Al senador se le ocurrió que si las serpientes hablaran tendrían esa voz sibilante—. Caer en desgracia es una enfermedad contagiosa. En qué puedo servirlo.

—Decirme de qué se me acusa, coronel —hizo una pausa para tomar aliento y parecer más sereno—. Tengo mi conciencia limpia. Desde mis veinte años dedico mi vida a Trujillo y al país. Ha habido alguna equivocación, se lo juro.

El coronel lo calló, con un movimiento de la mano fofa, que tenía el pañuelo colorado. Apagó el cigarrillo en un cenicero de latón:

—No pierda su tiempo dándome explicaciones, doctor Cabral. La política no es mi campo, yo me ocupo de la seguridad. Si el Jefe no quiere recibirlo, porque está dolido con usted, escríbale.

—Ya lo he hecho, coronel. Ni siquiera sé si le han entregado mis cartas. Las llevé personalmente al Palacio.

El rostro abotargado de Johnny Abbes se distendió algo:

—Nadie retendría una carta dirigida al Jefe, senador. Las habrá leído y, si usted ha sido sincero, le responderá —hizo una larga pausa, mirándolo siempre con esos ojitos inquietos, y añadió, algo desafiante—: Veo que le llama la atención que use un pañuelo de este color. ¿Sabe por qué lo hago? Es una enseñanza rosacruz. El rojo es el color que me conviene. Usted no creerá en los rosacruces, le parecerá una superstición, algo primitivo.

—No sé nada de la religión rosacruz, coronel. No tengo opinión al respecto.

—Ahora no tengo tiempo, pero, de joven, leí mucho de rosacrucismo. Aprendí bastantes cosas. A leer el aura de las personas, por ejemplo. La de usted, en este momento, es la de alguien muerto de miedo.

—Estoy muerto de miedo —respondió en el acto Cabral—. Desde hace días, sus hombres me siguen sin parar. Dígame, al menos, si me van a detener.

—Eso no depende de mí —dijo Johnny Abbes, con aire ligero, como si la cosa no tuviera importancia—. Si me lo ordenan, lo haré. La escolta es para disuadirlo de asilarse. Si lo intenta, mis hombres lo arrestarán.

—¿Asilarme? Pero, coronel. ¿Asilarme, como un enemigo del régimen? Pero, yo soy el régimen desde hace treinta años.

—Donde su amigo Henry Dearborn, el jefe de la misión que nos han dejado los yanquis —prosiguió, sarcástico, el coronel Abbes.

La sorpresa enmudeció a Agustín Cabral. ¿Qué quería decir?

—¿Mi amigo, el cónsul de los Estados Unidos? —balbuceó—. Sólo he visto dos o tres veces en mi vida al señor Dearborn.

—Es un enemigo nuestro, como usted sabe —prosiguió Abbes García—. Los yanquis lo dejaron aquí, cuando la OEA acordó las sanciones, para seguir intrigando contra el Jefe. Todas las conspiraciones, desde hace un año, pasan por la oficina de Dearborn. Pese a ello, usted, presidente del Senado, fue a un coctel a su casa, hace poco. ¿Recuerda?

El asombro de Agustín Cabral iba en aumento. ¿Era eso? ¿Haber asistido a aquel coctel en casa del encargado de negocios que dejaron los Estados Unidos cuando cerraron la embajada?

—El Jefe nos dio la orden de asistir a ese coctel al ministro Paíno Pichardo y a mí —explicó—. Para sondear los planes de su gobierno. ¿Por haber cumplido esa orden he caído en desgracia? Hice un informe escrito sobre aquella reunión.

El coronel Abbes García encogió sus hombritos caídos, en un movimiento de títere.

—Si fue orden del Jefe, olvídese de mi comentario —admitió, con un relente irónico.

Su actitud delataba cierta impaciencia, pero Cabral no se despidió. Alentaba la insensata ilusión de que esta charla diera algún fruto.

—Usted y yo no hemos sido nunca amigos, coronel —dijo, esforzándose para hablar con naturalidad.

—Yo no puedo tener amigos —replicó Abbes García—. Perjudicaría mi trabajo. Mis amigos y mis enemigos son los del régimen.

—Déjeme terminar, por favor —prosiguió Agustín Cabral—. Pero, siempre lo he respetado y reconocido los servicios excepcionales que presta al país. Si hemos tenido alguna discrepancia...

El coronel pareció que levantaba una mano para hacerlo callar, pero era para encender otro cigarrillo. Aspiró con avidez y expulsó calmosamente el humo, por la boca y la nariz.

—Claro que hemos tenido discrepancias —reconoció—. Usted ha sido uno de los que más combatió mi tesis de que, en vista de la traición yanqui, hay que acercarse a los rusos y a los países del Este. Usted, con Balaguer y Manuel Alfonso tratan de convencer al Jefe de que la reconciliación con los yanquis es posible. ¿Sigue creyendo esa pendejada?

¿Era ésta la razón? ¿Le había clavado Abbes García el puñal? ¿Aceptó el Jefe esa imbecilidad? ¿Lo alejaban para acercar al régimen al comunismo? Era inútil seguir humillándose ante un especialista en torturas y asesinatos que, en razón de la crisis, osaba ahora creerse estratega político.

—Sigo pensando que no tenemos alternativa, coronel —afirmó, resuelto—. Lo que usted propone, perdóneme la franqueza, es una quimera. Ni la URSS ni sus satélites aceptarán jamás el acercamiento con la República Dominicana, baluarte anticomunista en el Continente. Estados Unidos tampoco lo admitiría. ¿Quiere usted otros ocho años de ocupación norteamericana? Tenemos que llegar a algún entendimiento con Washington o será el fin del régimen.

El coronel dejó caer la ceniza de su cigarrillo al suelo. Fumaba un copazo tras otro, como si temiera que le fueran a arrebatar el cigarrillo, y, de tanto en tanto, se secaba la frente con su pañuelo que parecía llamarada.

—Su amigo Henry Dearborn no piensa así, lástima —encogió los hombros de nuevo, como un cómico barato—. Sigue tratando de financiar un golpe contra el Jefe. En fin, esta discusión es inútil. Espero que aclare su situación, para quitarle la escolta. Gracias por la visita, senador.

No le dio la mano. Se limitó a hacerle una pequeña venia con su cara de carrillos hinchados medio disuelta en una aureola de humo, con el fondo de aquella fotografía del Jefe en uniforme de gran parada. Entonces, el senador recordó la cita de Ortega y Gasset, apuntada en la libretita que llevaba siempre en el bolsillo.

También el loro *Sansón* parece petrificado con las palabras de Urania; permanece quieto y mudo, como la tía

Adelina, quien ha dejado de abanicarse y abierto la boca. Lucinda y Manolita la miran, desconcertadas. Marianita pestañea sin cesar. A Urania se le ocurre la absurda idea de que aquella bellísima luna que espía desde la ventana, aprueba lo que ha dicho.

—No sé cómo dices eso de tu padre —reacciona su tía Adelina—. En mi larga vida nunca conocí alguien que se sacrificara más por una hija, que mi pobre hermano. ¿Has dicho lo de «mal padre» en serio? Tú has sido su adoración. Y su tormento. Para no hacerte sufrir, no se volvió a casar cuando murió tu madre, pese a quedarse viudo tan joven. ¿Gracias a quién has tenido la suerte de estudiar en Estados Unidos? ¿No se gastó todo lo que tenía? ¿A eso llamas un mal padre?

No debes replicarle, Urania. ¿Qué culpa tiene esta viejita que pasa sus últimos años, meses o semanas, inmóvil y amargada, de algo tan remoto? No le contestes. Asiente, simula. Da una excusa, despídete y olvídate de ella para siempre. Con calma, sin la menor beligerancia, dice:

—No hacía esos sacrificios por amor a mí, tía. Quería comprarme. Lavar su mala conciencia. Sabiendo que era en vano, que hiciera lo que hiciera viviría el resto de sus días sintiéndose el hombre vil y malvado que era.

Al salir de las oficinas del Servicio de Inteligencia en la esquina de las avenidas México y 30 de Marzo, le pareció que los policías de la guardia le echaban una mirada misericordiosa, y que uno de ellos, incluso, clavándole los ojos, acariciaba intencionadamente la metralleta San Cristóbal que llevaba terciada a la espalda. Se sintió sofocado, con un ligero vértigo. ¿Tendría la cita de Ortega y Gasset en su libretita? Tan oportuna, tan profética. Se aflojó la corbata y se quitó la chaqueta. Pasaban taxis pero no paró ninguno. ¿Iría a su casa? ¿Para sentirse enjaulado y devanarse los sesos mientras bajaba de su dormitorio al despacho o subía de nuevo al dormitorio pasando por la sala, preguntándose, mil veces, qué había ocurrido? ¿Por qué era este conejo correteado por invisibles cazadores? Le habían quitado la oficina del Congreso y el auto oficial, y su carnet del Country Club, donde hubiera podido refugiarse, tomar una bebida fresca, viendo, desde el bar, ese paisaje de jardines cuidados y remotos jugadores de golf. O ir donde un amigo, pero ¿le quedaba alguno? A todos los que había llamado los notó en el teléfono asustados, reticentes, hostiles: les hacía daño queriendo verlos. Caminaba sin rumbo, con la chaqueta doblada bajo el brazo. ¿Podía ser la causa aquel coctel en casa de Henry Dearborn? Imposible. En reunión de Consejo de Ministros, el Jefe decidió que él y Paíno Pichardo asistieran, «para explorar el terreno». ¿Cómo podía castigarlo por obedecer? ¿Insinuó tal vez Paíno a Trujillo que él se mostró en aquel coctel demasiado cordial con el gringo? No, no, no. No podía ser que por una insignificancia tan estúpida el Jefe pisoteara a alguien que lo había servido con devoción, con más desinterés que nadie.

Iba como extraviado, cambiando de dirección cada cierto número de cuadras. El calor lo hacía transpirar. Era la primera vez en muchísimos años que vagabundeaba por las calles de Ciudad Trujillo. Una ciudad que había visto crecer y transfigurarse, del pequeño pueblo averiado y en ruinas en que la dejó convertida el ciclón de San Zenón, en 1930, a la moderna, hermosa y próspera urbe que era ahora, con calles pavimentadas, luz eléctrica, anchas avenidas surcadas por autos último modelo.

Cuando miró su reloj eran las cinco y cuarto de la tarde. Llevaba dos horas andando y se moría de sed. Estaba en Casimiro de Moya, entre Pasteur y Cervantes, a pocos metros de un bar: El Turey. Entró, se sentó en la primera mesa. Pidió una Presidente bien fría. No había aire acondicionado pero sí ventiladores y a la sombra se estaba bien. La larga caminata lo había serenado. ¿Qué sería de él? ¿Y de Uranita? ¿Qué sería de la niña si lo metían a la cárcel, o si, en un arranque, el Jefe ordenaba matarlo? ¿Estaría Adelina en condiciones de educarla, de convertirse en su madre? Sí, su hermana era una mujer buena y generosa. Uranita sería una hija suya más, como Lucindita y Manolita.

Paladeó la cerveza con placer, mientras revisaba su libreta de notas en busca de la cita de Ortega y Gasset. El frío líquido, bajando por sus entrañas, le produjo una sensación bienhechora. No perder las esperanzas. La pesadilla podía desvanecerse. ¿No ocurrió, algunas veces? Había enviado tres cartas al Jefe. Francas, desgarradas, mostrándole su alma. Pidiéndole perdón por la falta que hubiera podido cometer, jurando que haría cualquier cosa para desagraviarlo y redimirse, si en un acto de ligereza o de inconsciencia le falló. Le recordaba los largos años de entrega, su absoluta honradez, como probaba el hecho de que ahora, al serle congeladas las cuentas en el Banco de Reserva —unos doscientos mil pesos, los ahorros de toda una vida— se había quedado en la calle, con apenas la casita de Gazcue donde vivir. (Sólo le ocultó aquellos veinticinco mil dólares depositados en el Chemical Bank de New York que guardaba para alguna emergencia.) Trujillo era magnánimo, cierto. Podía ser cruel, cuando el país lo exigía. Pero, también, generoso, magnífico como ese Petronio de *Quo Vadis?* al que siempre citaba. En cualquier momento, lo llamaría al Palacio Nacional o a la Estancia Radhamés. Tendrían una explicación teatral, de esas que al Jefe le gustaban. Todo se aclararía. Le diría que, para él, Trujillo no sólo había sido el Jefe, el estadista, el fundador de la República, sino un modelo humano, un padre. La pesadilla habría terminado. Su vida anterior se reactualizaría, como por arte de magia. La cita de Ortega y Gasset apareció, en la esquina de una página, escrita con su letra menudita: «Nada de lo que el hombre ha sido, es o será, lo ha sido, lo es ni lo será de una vez para siempre, sino que ha *llegado a serlo* un buen día y otro buen día *dejará de serlo*». Él era un ejemplo vivo de la precariedad de la existencia que postulaba esa filosofía.

En una de las paredes de El Turey, un cartel anunciaba a partir de las siete de la noche el piano del maestro Enriquillo Sánchez. Había dos mesas ocupadas, con parejas que se cuchicheaban y miraban románticamente. «Acusarme de traidor, a mí». A él, que, por Trujillo, renunció a los placeres, las diversiones, al dinero, al amor, a las mujeres. Alguien había dejado abandonado, en una silla contigua, un ejemplar de *La Nación.* Cogió el periódico y, para ocupar sus manos, pasó las páginas. En la tercera, un recuadro anunciaba que el muy ilustre y distinguido embajador don Manuel Alfonso acababa de llegar del extranjero, donde viajó por motivos de salud. ¡Manuel Alfonso! Nadie tenía acceso más directo al Jefe; éste lo distinguía y le confiaba sus asuntos más íntimos, desde su vestuario y perfumes hasta sus aventuras galantes. Manuel era amigo suyo, le debía favores. Podía ser la persona clave.

Pagó y salió. El «cepillo» no estaba allí. ¿Se les escabulló sin darse cuenta, o había cesado la persecución? En su pecho brotó un sentimiento de gratitud, de alborozada esperanza.

XIV

El Benefactor entró al despacho del doctor Joaquín Balaguer a las cinco, como lo hacía de lunes a viernes, desde que, nueve meses atrás, el 3 de agosto de 1960, tratando de evitar las sanciones de la OEA, hizo renunciar a su hermano Héctor Trujillo (Negro) y accedió a la Presidencia de la República el afable y diligente poeta y jurista que se había puesto de pie y se acercaba a saludarlo:

—Buenas tardes, Excelencia.

Después del almuerzo a los esposos Gittleman, el Generalísimo reposó media hora, se cambió —llevaba un finísimo traje de hilo blanco— y despachó asuntos corrientes con sus cuatro secretarios hasta hacía cinco minutos. Venía con la cara agestada y fue al grano, sin disimular su enojo:

—¿Autorizó usted hace un par de semanas la salida al extranjero de la hija de Agustín Cabral?

Los ojitos miopes del pequeño doctor Balaguer pestañearon detrás de los gruesos espejuelos.

—En efecto, Excelencia. Uranita Cabral, sí. Las Dominican Nuns la han becado, en su universidad de Michigan. La niña debía partir cuanto antes, para unas pruebas. Me lo explicó la directora y se interesó en el asunto el arzobispo Ricardo Pittini. Pensé que ese pequeño gesto podía tender puentes con la jerarquía. Se lo expliqué todo en un memorándum, Excelencia.

El hombrecito hablaba con la suavidad bondadosa de costumbre y un esbozo de sonrisa en su cara redonda, pronunciando con la perfección de un actor de radioteatro o un profesor de fonética. Trujillo lo escudriñó, tratando de desentrañar en su expresión, en la forma de su boca, en sus ojitos evasivos, el menor indicio, alguna alusión. Pese a su infinita suspicacia, no percibió nada; claro, el Presidente fantoche era un político demasiado ducho para que sus gestos lo traicionaran.

—¿Cuándo me envió ese memorándum?

—Hace un par de semanas, Excelencia. Luego de la gestión del arzobispo Pittini. Le decía que, como el viaje de la niña era urgente, le concedería el permiso a menos que usted tuviera objeción. Como no recibí respuesta suya, procedí. Ella tenía ya el visado de Estados Unidos.

El Benefactor se sentó frente al escritorio de Balaguer e indicó a éste que lo hiciera. En este despacho del segundo piso del Palacio Nacional se sentía bien; era amplio, aireado, sobrio, con anaqueles llenos de libros, de suelo y paredes relucientes, y el escritorio siempre pulcro. No se podía decir que el Presidente fantoche fuera un hombre elegante (¿cómo lo hubiera sido con esa fachita entallada y rellenita que hacía de él no sólo un hombre bajo sino, casi, un enano?), pero vestía con la corrección que hablaba, respetaba el protocolo, y era un trabajador infatigable para el que no existían fiestas ni horarios. Lo notó alarmado; se daba cuenta de que, dando aquel permiso a la hija de Cerebrito, podía haber cometido un grave error.

—Sólo he visto ese memorándum hace media hora —dijo, admonitorio—. Pudiera haberse extraviado. Pero, me extrañaría. Mis papeles están siempre muy ordenados. Ninguno de los secretarios lo vio hasta ahora. De modo que algún amigo de Cerebrito, temiendo que yo fuera a negar el permiso, lo traspapeló.

El doctor Balaguer puso una expresión consternada. Había adelantado el cuerpo y entreabría esa boquita de la que salían suaves arpegios y delicados trinos cuando declamaba, y, en sus arengas políticas, frases altisonantes y hasta furibundas.

—Haré una investigación a fondo, para saber quién llevó a su despacho el memorándum y a quién lo entregó. Me apresuré, sin duda. Debí hablar personalmente con usted. Le ruego que me disculpe este desliz —sus manecitas regordetas, de uñas cortas, se abrieron y cerraron, contritas—. La verdad, pensé que el asunto no tenía importancia. Usted nos indicó, en Consejo de Ministros, que la situación de Cerebrito no comprendía a la familia.

Lo hizo callar, con un movimiento de cabeza.

—Tiene importancia que alguien me escondiera ese memorándum un par de semanas —dijo, con sequedad—. En la secretaría hay un traidor o un inepto. Espero que sea un traidor, los ineptos son más dañinos.

Suspiró, algo fatigado, y se acordó del doctor Enrique Lithgow Ceara: ¿lo habría querido matar, de verdad, o se le pasó la mano? Por dos de las ventanas del despacho veía el mar; nubes de grandes barrigas blancas tapaban el sol y en la cenicienta tarde la superficie marina lucía agitada, efervescente. Grandes olas golpeaban la costa quebradiza. Aunque había nacido en San Cristóbal, lejos del mar, el espectáculo de olas espumosas y la superficie líquida perdiéndose en el horizonte era su preferido.

—Las monjas la han becado porque saben que Cabral está en desgracia —murmuró, disgustado—. Porque piensan que ahora servirá al enemigo.

—Le aseguro que no, Excelencia —el Generalísimo vio que el doctor Balaguer vacilaba al elegir las palabras—. La madre María, *sister* Mary, y la directora del Santo Domingo, no tienen buen concepto de Agustín. Al parecer, no se llevaba con la niña y ésta sufría en casa. Querían ayudarla a ella, no a él. Me aseguraron que es una muchacha excepcionalmente dotada para el estudio. Me apresuré firmando el permiso, lo siento. Lo hice, más que nada, tratando de suavizar las relaciones con la Iglesia. Este conflicto me parece peligroso, Excelencia, usted ya sabe mi opinión.

Volvió a callarlo, con gesto casi imperceptible. ¿Habría traicionado ya, Cerebrito? Sentirse al margen, abandonado, sin cargos, sin medios económicos, sumido en la incertidumbre ¿lo habría empujado a las filas del enemigo? Ojalá, no; era un antiguo colaborador, había prestado buenos servicios en el pasado y acaso podía prestarlos en el futuro.

—¿Ha visto a Cerebrito?

—No, Excelencia. Seguí sus instrucciones de no recibirlo ni contestar sus llamadas. Me escribió ese par de cartas que usted conoce. Por Aníbal, su cuñado, el de La Tabacalera, sé que está muy afectado. «Al borde del suicidio», me dijo.

¿Había sido una ligereza someter a un eficiente servidor como Cabral a una prueba así en estos momentos difíciles para el régimen? Tal vez.

—Basta de perder el tiempo con Agustín Cabral —dijo—. La Iglesia, los Estados Unidos. Empecemos por ahí. ¿Qué va a pasar con el obispo Reilly? ¿Hasta cuándo va a seguir entre las monjas del Santo Domingo, jugando al mártir?

—He hablado largamente con el arzobispo y con el nuncio, al respecto. Les insistí que monseñor Reilly debe abandonar el Santo Domingo, que su presencia allí es intolerable. Creo haberlos convencido. Piden que se garantice la integridad del obispo, que cese la campaña en *La Nación, El Caribe* y La Voz Dominicana. Y que pueda regresar a su diócesis de San Juan de la Maguana.

—¿No quieren también que le ceda usted la Presidencia de la República? —preguntó el Benefactor. El solo nombre de Reilly o de Panal le hacía hervir la sangre. ¿Y si, después de todo, el jefe del SIM tenía razón? ¿Si reventaba aquel foco infeccioso de una vez?—: Abbes García me sugiere meter a Reilly y Panal en un avión de vuelta a sus países. Expulsarlos como indeseables. Lo que está haciendo Fidel Castro en Cuba con los curas y monjas españoles.

El Presidente no dijo una palabra ni hizo el menor ademán. Aguardaba, inmóvil.

—O permitir que el pueblo castigue a ese par de traidores —continuó, luego de una pausa—. La gente está ansiosa por hacerlo. Lo he visto, en las giras de los últimos días. En San Juan de la Maguana, en La Vega, apenas se contienen.

El doctor Balaguer admitió que el pueblo, si pudiera, los lincharía. Estaba resentido con esos purpurados, ingratos con alguien que había hecho por la Iglesia católica más que todos los gobiernos de la República, desde 1844. Pero, el Generalísimo era demasiado sabio y realista para seguir los consejos desatinados e impolíticos del jefe del SIM, que, de ser aplicados, traerían infaustas consecuencias a la nación. Hablaba sin apresurarse, con una cadencia que, sumada a su limpia elocución, resultaba arrulladora.

—Usted es la persona que más detesta a Abbes García dentro del régimen —lo interrumpió—. ¿Por qué?

El doctor Balaguer tenía la respuesta a flor de labios.

—El coronel es un técnico en cuestiones de seguridad y presta un buen servicio al Estado —repuso—. Pero, por lo general, sus juicios políticos son temerarios. Con todo el respeto y la admiración que siento por Su Excelencia, me permito exhortarlo a que deseche esas ideas. La expulsión, y, todavía peor, la muerte de Reilly y Panal, nos traería una nueva invasión militar. Y el fin de la Era de Trujillo.

Como su tono era tan suave y cordial, y la música de sus palabras tan agradable, parecía que las cosas que el doctor Joaquín Balaguer decía no tuvieran la firmeza de juicio y la severidad que, a veces, como ahora, el minúsculo hombrecillo se permitía con el Jefe. ¿Se estaba excediendo? ¿Había sucumbido, como Cerebrito, a la idiotez de creerse seguro y necesitaba también un baño de realidad? Curioso personaje, Joaquín Balaguer. Estaba a su lado desde que, en 1930, lo mandó llamar con dos guardias al hotelito de Santo Domingo donde estaba alojado y se lo llevó a su casa por un mes, para que lo ayudara en la campaña electoral en la que tuvo como efímero aliado al líder cibaeño Estrella Ureña, de quien el joven Balaguer era ardiente partidario. Una invitación y una charla de media hora bastaron para que el poeta, profesor y abogado de veinticuatro años, nacido en el desairado pueblecito de Navarrete, se convirtiera en trujillista incondicional, en competente y discreto servidor en todos los cargos diplomáticos, administrativos y políticos que le confió. Pese a estar treinta años a su lado, la verdad, el inconspicuo personaje a quien Trujillo bautizó por eso en una época la Sombra, era todavía algo hermético para él, que se jactaba de tener un olfato de gran sabueso para los hombres. Una de las pocas certezas que abrigaba respecto a él era su falta de ambiciones. A diferencia de los otros del grupo íntimo, cuyos apetitos podía leer como en un libro abierto en sus conductas, iniciativas y lisonjas, Joaquín Balaguer siempre le dio la impresión de aspirar sólo a lo que a él se le antojaba darle. En los puestos diplomáticos en España, Francia, Colombia, Honduras, México, o en los ministerios de Educación, de la Presidencia, de Relaciones Exteriores, le pareció colmado, abrumado con esas misiones por encima de sus sueños y aptitudes, y que, por eso mismo, se esforzaba de manera denodada en cumplir bien. Pero —se le ocurrió de pronto al Benefactor— gracias a esa humildad, el pequeño vate y jurisconsulto había estado siempre en la cumbre, sin que, debido a su insignificancia, nunca pasara por periodos de desgracia, como los demás. Por eso era Presidente fantoche. Cuando, en 1957, se trató de designar un vicepresidente en la lista que encabezaba su hermano Negro Trujillo, el Partido Dominicano, siguiendo sus órdenes, eligió al embajador en España, Rafael Bonnelly. Súbitamente, el Generalísimo decidió reemplazar a ese aristócrata por el nimio Balaguer, con un argumento contundente: «Éste carece de ambiciones». Pero, ahora, gracias a su falta de ambiciones, este intelectual de delicadas maneras y finos discursos, era primer mandatario de la nación y se permitía despotricar contra el jefe del Servicio de Inteligencia. Habría que bajarle los humos, alguna vez.

Balaguer permanecía quieto y mudo, sin atreverse a interrumpir sus reflexiones, esperando que se dignara dirigirle la palabra. Lo hizo al fin, pero sin retomar el tema de la Iglesia:

—Siempre lo he tratado de usted ¿cierto? Es el único de mis colaboradores al que nunca he tuteado. ¿No le llama la atención?

La redonda carita se coloreó.

—En efecto, Excelencia —musitó, avergonzado—. Siempre me pregunto si no me tutea porque confía menos en mí que en mis colegas.

—Sólo en este momento me doy cuenta —añadió Trujillo, sorprendido—. Y, también, que usted nunca me dice Jefe, como los demás. Pese a todos estos años juntos, para mí es usted bastante misterioso. Nunca he podido descubrirle las debilidades humanas, doctor Balaguer.

—Estoy lleno de ellas, Excelencia —sonrió el Presidente—. Pero, en vez de un elogio, parece que me lo reprochara.

El Generalísimo no estaba bromeando. Cruzó y descruzó las piernas, sin quitar a Balaguer la punzante mirada. Se pasó la mano por el bigotito mosca y los labios resecos. Lo escrutaba con obstinación.

—Hay algo inhumano en usted —monologó, como si el objeto de su comentario no estuviera presente—. No tiene los apetitos naturales en los hombres. Que yo sepa, no le gustan las mujeres, ni los muchachos. Lleva una vida más casta que la de su vecino de la avenida Máximo Gómez, el nuncio. Abbes García no le ha descubierto una querida, una novia, una cana al aire. De tal manera que la cama no le interesa. Tampoco el dinero. Apenas tiene ahorros; salvo la casita donde vive, carece de propiedades, de acciones, de inversiones, por lo menos aquí. No ha estado metido en intrigas y guerras feroces en que se desangran mis colaboradores, aunque todos intriguen contra usted. Yo tuve que imponerle los ministerios, las embajadas, la Vicepresidencia y hasta la Presidencia que ocupa. Si lo saco de aquí y lo mando a un puestecito perdido en Montecristi o Azua, se iría usted para allá, igual de contento. Usted no bebe, no fuma, no come, no corre tras las faldas, el dinero ni el poder. ¿Es usted así? ¿O esa conducta es una estrategia, con un designio secreto?

El rasurado semblante del doctor Balaguer volvió a escaldarse. Su tenue vocecita no vaciló al afirmar:

—Desde que conocí a Su Excelencia, aquella mañana de abril de 1930, mi único vicio ha sido servirlo. Desde aquel momento supe que, sirviendo a Trujillo, servía a mi país. Eso ha enriquecido mi vida, más de lo que hubiera podido hacerlo una mujer, el dinero o el poder. Nunca tendré palabras para agradecer a Su Excelencia que me haya permitido trabajar a su lado.

Bah, las lisonjas de siempre, las que cualquier trujillista menos leído hubiera dicho. Por un momento, imaginó que el menudo e inofensivo personaje le abriría su corazón, como en el confesionario, y le revelaría sus pecados, miedos, animosidades, sueños. A lo mejor no tenía ninguna vida secreta, y su existencia era la que todos conocían: funcionario frugal y laborioso, tenaz y sin imaginación, que modelaba en bellos discursos, proclamas, cartas, acuerdos, arengas, negociaciones diplomáticas, las ideas del Generalísimo, y poeta que producía acrósticos y loas a la belleza de la mujer dominicana y el paisaje de Quisqueya que engalanaban los Juegos Florales, las efemérides, los concursos de la Señorita República Dominicana y los festejos patrióticos. Un hombrecito sin luz propia, como la luna, al que Trujillo, astro solar, iluminaba.

—Ya lo sé, usted ha sido un buen compañero —afirmó el Benefactor—. Desde esa mañana de 1930, sí. Lo mandé llamar por sugerencia de mi esposa de entonces, Bienvenida. ¿Su pariente, no?

—Mi prima, Excelencia. Aquel almuerzo decidió mi vida. Me invitó usted a acompañarlo en la gira electoral. Me hizo el honor de pedirme que lo presentara en los mítines de San Pedro de Macorís, la capital y de La Romana. Fue mi debut como orador político. Mi destino tomó otro rumbo, a partir de allí. Hasta entonces, mi vocación eran las letras, la enseñanza, el Foro. Gracias a usted, la política tomó la delantera.

Un secretario tocó la puerta, pidiendo permiso para entrar. Balaguer consultó con la mirada y el Generalísimo lo autorizó. El secretario —traje entallado, bigotito, pelos aplastados por la gomina— traía un memorándum firmado por quinientos setenta y seis vecinos notables de San Juan de la Maguana, «para que se impida el retorno a esa prelatura de monseñor Reilly, el obispo felón». Una comisión presidida por el alcalde y el jefe local del Partido Dominicano quería entregarlo al Presidente. ¿La recibiría? Consultó de nuevo y el Benefactor asintió.

—Que tengan la bondad de esperar —indicó Balaguer—. Recibiré a esos señores cuando termine de despachar con Su Excelencia.

¿Sería Balaguer tan católico como se decía? Corrían incontables chistes sobre su soltería y la manera pía y reconcentrada que adoptaba en las misas, tedeum y procesiones; él lo había visto acercarse a comulgar con las manos juntas y los ojos bajos. Cuando se hizo la casa en que habitaba con sus hermanas, en la Máximo Gómez, contigua a la nunciatura, Trujillo hizo escribir a la Inmundicia Viviente una carta a El Foro Público burlándose de esa vecindad y preguntándose qué compadrazgos se traía el diminuto doctorcito con el enviado de Su Santidad. Por su fama de beato y sus excelentes relaciones con los curas, le encargó diseñar la política del régimen con la Iglesia católica. Lo hizo muy bien; hasta el domingo 25 de enero de 1960, en que se leyó en las parroquias la Carta Pastoral de esos pendejos, la Iglesia había sido una sólida aliada. El Concordato entre la República Dominicana y el Vaticano, que Balaguer negoció y Trujillo firmó en Roma, en 1954, resultó un formidable espaldarazo para su régimen y su figura en el mundo católico. El poeta y jurisconsulto debía sufrir con esta confrontación, que duraba ya año y medio, entre el gobierno y las sotanas. ¿Sería tan católico? Siempre defendió que el régimen se llevara bien con los obispos, curas y el Vaticano alegando razones pragmáticas y políticas, no religiosas: la aprobación de la Iglesia católica legitimaba las acciones del régimen ante el pueblo dominicano. A Trujillo no debía ocurrirle lo que a Perón, cuyo gobierno empezó a desmoronarse cuando la Iglesia le puso la puntería. ¿Tenía razón? ¿La hostilidad de esos eunucos ensotanados acabaría con Trujillo? Antes, Panal y Reilly irían a engordar tiburones al farallón.

—Voy a decirle algo que le va a complacer, Presidente —dijo, de pronto—. Yo no tengo tiempo para leer las pendejadas que escriben los intelectuales. Las poesías, las novelas. Las cuestiones de Estado son demasiado absorbentes. De Marrero Aristy, pese a trabajar tantos años conmigo, nunca leí nada. Ni *Over,* ni los artículos que escribió sobre mí, ni la *Historia dominicana.* Tampoco he leído las centenas de libros que me han dedicado los poetas, los dramaturgos, los novelistas. Ni siquiera las boberías de mi mujer las he leído. Yo no tengo tiempo para eso, ni para ver películas, oír música, ir al ballet o a las galleras. Además, nunca me he fiado de los artistas. Son deshuesados, sin sentido del honor, propensos a la traición y muy serviles. Tampoco he leído sus versos ni sus ensayos. Apenas he hojeado su libro sobre Duarte, *El Cristo de la libertad*, que me envió con dedicatoria tan cariñosa. Pero, hay una excepción. Un discurso suyo, hace siete años. El que pronunció en Bellas Artes, cuando lo incorporaron a la Academia de la Lengua. ¿Lo recuerda?

El hombrecito se había encendido todavía más. Irradiaba una luz exaltada, de indescriptible júbilo:

—«Dios y Trujillo: una interpretación realista» —murmuró, bajando los párpados.

—Lo he releído muchas veces —chilló la meliflua vocecita del Benefactor—. Me sé párrafos de memoria, como poesías.

¿Por qué esta revelación al Presidente fantoche? Era una debilidad, a las que nunca sucumbía. Balaguer podía jactarse de ello, sentirse importante. No estaban las cosas para desprenderse de un segundo colaborador en tan corto intervalo. Lo tranquilizó recordar que, acaso el mayor atributo de este hombrecillo era no sólo saber lo conveniente, sino, sobre todo, no enterarse de lo inconveniente. Esto no lo repetiría, para no ganarse enemistades homicidas entre los otros cortesanos. Aquel discurso de Balaguer lo estremeció, lo llevó a preguntarse muchas veces si no expresaba una profunda verdad, una de esas insondables decisiones divinas que marcan el destino de un pueblo. Aquella noche, al oír los primeros párrafos que, embutido en el chaqué que llevaba con su poca apostura, el nuevo académico leía en el escenario del Teatro de Bellas Artes, el Benefactor no les prestó mayor atención. (Él también vestía de chaqué, como toda la concurrencia masculina; las damas iban de traje largo y por doquier destellaban joyas y brillantes.) Aquello parecía una síntesis de la historia dominicana desde la llegada de Cristóbal Colón a la Hispaniola. Comenzó a interesarse cuando, en las palabras educadas y la elegante prosa del conferencista, fue asomando una visión, una tesis. La República Dominicana sobrevivió más de cuatro siglos —cuatrocientos treinta y ocho años— a adversidades múltiples —los bucaneros, las invasiones haitianas, los intentos anexionistas, la masacre y fuga de blancos (sólo quedaban sesenta mil al emanciparse de Haití) gracias a la Providencia. La tarea fue asumida hasta entonces directamente por el Creador. A partir de 1930, Rafael Leonidas Trujillo Molina relevó a Dios en esta ímproba misión.

—«Una voluntad aguerrida y enérgica que secunda en la marcha de la República hacia la plenitud de sus destinos la acción tutelar y bienhechora de aquellas fuerzas sobrenaturales» —recitó Trujillo, con los ojos entrecerrados—. «Dios y Trujillo: he ahí, pues, en síntesis, la explicación, primero de la supervivencia del país y, luego, de la actual prosperidad de la vida dominicana».

Entreabrió los ojos y suspiró, con melancolía. Balaguer lo escuchaba arrobado, empequeñecido por la gratitud.

—¿Cree usted todavía que Dios me pasó la posta? ¿Que me delegó la responsabilidad de salvar a este país? —preguntó, con una mezcla indefinible de ironía y ansiedad.

—Más que entonces, Excelencia —replicó la delicada y clara vocecita—. Trujillo no hubiera podido llevar a cabo la sobrehumana misión, sin apoyo trascendente. Usted ha sido, para este país, instrumento del Ser Supremo.

—Lástima que esos obispos pendejos no se hayan enterado —sonrió Trujillo—. Si su teoría es cierta, espero que Dios les haga pagar su ceguera.

Balaguer no fue el primero en asociar la divinidad a su obra. El Benefactor recordaba que, antes, el profesor de leyes, abogado y político don Jacinto B. Peynado (a quien puso de Presidente fantoche en 1938, cuando, debido a la matanza de haitianos, hubo protestas internacionales contra su tercera reelección) colocó un gran letrero luminoso en la puerta de su casa: «Dios y Trujillo». Desde entonces, enseñas idénticas lucían en muchos hogares de la ciudad capital y del interior. No, no era la frase; eran los argumentos justificando aquella alianza lo que había sobrecogido a Trujillo como una aplastante verdad. No era fácil sentir en sus hombros el peso de una mano sobrenatural. Reeditado cada año por el Instituto Trujilloniano, el discurso de Balaguer era lectura obligatoria en las escuelas y texto central de la Cartilla Cívica, destinada a educar a escolares y universitarios en la Doctrina Trujillista, que redactó un trío elegido por él: Balaguer, Cerebrito Cabral y la Inmundicia Viviente.

—Muchas veces he pensado en esa teoría suya, doctor Balaguer —confesó—. ¿Fue una decisión divina? ¿Por qué yo? ¿Por qué a mí?

El doctor Balaguer se mojó los labios con la punta de la lengua, antes de responder:

—Las decisiones de la divinidad son ineluctables —dijo, con unción—. Debieron tenerse en cuenta sus condiciones excepcionales de liderazgo, de capacidad de trabajo, y, sobre todo, su amor por este país.

¿Por qué perdía el tiempo en estas pendejadas? Había asuntos urgentes. Sin embargo, cosa rarísima, sentía necesidad de prolongar esta conversación vaga, reflexiva, personal. ¿Por qué con Balaguer? Dentro del círculo de colaboradores, era con el que menos intimidades había compartido. No lo había invitado jamás a las cenas privadas de San Cristóbal, en la Casa de Caoba, donde corría el licor y se cometían a veces excesos. Tal vez porque, entre toda la horda de intelectuales y literatos, era el único que, hasta ahora, no lo había decepcionado. Y por su fama de inteligente (aunque, según Abbes García, circundaba al Presidente un aura sucia).

—Mi opinión sobre intelectuales y literatos siempre ha sido mala —volvió a decir—. En el escalafón, por orden de méritos, en primer lugar, los militares. Cumplen, intrigan poco, no quitan tiempo. Después, los campesinos. En los bateyes y bohíos, en los centrales, está la gente sana, trabajadora y con honor de este país. Después, funcionarios, empresarios, comerciantes. Literatos e intelectuales, los últimos. Después de los curas, incluso. Usted es una excepción, doctor Balaguer. ¡Pero, los otros! Una recua de canallas. Los que más favores recibieron y los que más daño han hecho al régimen que los alimentó, vistió y llenó de honores. Los chapetones, por ejemplo, como José Almoina o Jesús de Galíndez. Les dimos asilo, trabajo. Y de adular y mendigar pasaron a calumniar y escribir vilezas. ¿Y Osorio Lizarazo, el cojo colombiano que usted trajo? Vino a escribir mi biografía, a ponerme por las nubes, a vivir como rey, regresó a Colombia con los bolsillos repletos y se volvió antitrujillista.

Otro mérito de Balaguer era saber cuándo no hablar, cuándo volverse una esfinge ante la que el Generalísimo podía permitirse estos desahogos. Trujillo calló. Escuchó, tratando de detectar el sonido de esa superficie metálica, con líneas paralelas y espumosas, que divisaba por los ventanales. Pero no alcanzó a oír el murmullo marino, apagado por motores de automóviles.

—¿Usted cree que Ramón Marrero Aristy traicionó? —preguntó abruptamente, tornando a la quieta presencia en participante del diálogo—. ¿Que dio a ese gringo de *The New York Times* información para que nos atacara?

El doctor Balaguer nunca se dejaba sorprender por esas súbitas preguntas de Trujillo, comprometedoras y peligrosas, que a otros arrinconaban. Él tenía un atajo para estas ocasiones:

—Él juraba que no, Excelencia. Con lágrimas en los ojos, sentado ahí donde está usted, me juró por su madre y todos los santos que no fue el informante de Tad Szulc.

Trujillo reaccionó con un ademán irritado:

—¿Iba a venir aquí Marrero a confesarle que se vendió? Le pregunto su opinión. ¿Traicionó o no?

Balaguer sabía también cuándo no quedaba más remedio que lanzarse al agua: otra virtud que el Benefactor reconocía en él.

—Con dolor de mi alma, por el aprecio intelectual y personal que sentí por Ramón, creo que sí, que fue quien informó a Tad Szulc —dijo, en voz muy baja, casi imperceptible—. Las evidencias eran abrumadoras, Excelencia.

A esa misma conclusión había llegado él también. Aunque en treinta años en el gobierno —y antes, cuando era guardia constabulario, y todavía antes, de capataz de ingenios— se había habituado a no perder el tiempo mirando atrás y lamentándose o felicitándose por las decisiones ya tomadas, lo ocurrido con Ramón Marrero Aristy, ese «ignorante genial» como lo llamaba Max Henríquez Ureña, a quien llegó a tener verdadero aprecio, ese escritor e historiador al que cubrió de honores, dinero y cargos —columnista y director de *La Nación* y ministro de Trabajo—, y cuyos tres volúmenes de *Historia de la República Dominicana* costeó de su bolsillo, volvía a veces a su memoria, dejándole un sabor ceniza en la boca.

Si por alguien hubiera metido sus manos al fuego era por el autor de la novela dominicana más leída en el país y el extranjero —*Over,* sobre el Central Romana—, traducida incluso al inglés. Un trujillista indoblegable; como director de *La Nación* lo demostró, defendiendo a Trujillo y al régimen con ideas claras y aguerrida prosa. Un excelente ministro de Trabajo, que se llevó de maravilla con sindicalistas y patronos. Por eso, cuando el periodista Tad Szulc de *The New York Times,* anunció que venía a escribir unas crónicas sobre el país, encomendó a Marrero Aristy que lo acompañara. Viajó con él por todas partes, le consiguió las entrevistas que pedía, incluida una con Trujillo. Cuando Tad Szulc regresó a Estados Unidos, Marrero Aristy lo escoltó hasta Miami. El Generalísimo nunca esperó que los artículos en *The New York Times* fueran una apología de su régimen. Pero, tampoco que estuvieran dedicados a la corrupción de «la satrapía trujillista», ni que Tad Szulc expusiera con semejante precisión datos, fechas, nombres y cifras sobre las propiedades de la familia Trujillo, y los negocios con que habían sido favorecidos parientes, amigos y colaboradores. Sólo Marrero Aristy podía haberlo informado. Estuvo seguro de que su ministro de Trabajo no volvería a poner los pies en Ciudad Trujillo. Lo sorprendió que, desde Miami, mandara una carta al diario neoyorquino desmintiendo a Tad Szulc, y aún más que tuviera la audacia de volver a la República Dominicana. Compareció en el Palacio Nacional. Lloró que era inocente; el yanqui burló su vigilancia, conversó a ocultas con adversarios. Fue una de las pocas veces que Trujillo perdió el control de sus nervios. Asqueado con los lloriqueos, le soltó una bofetada que lo hizo trastabillar y enmudecer. Retrocedía, espantado. Lo echó a carajos, llamándolo traidor, y, cuando el jefe de los ayudantes militares lo mató, ordenó a Johnny Abbes que resolviera el problema del cadáver. El 17 de julio de 1959 el ministro de Trabajo y su chofer se deslizaron por un precipicio en la cordillera Central, cuando iban rumbo a Constanza. Se le hicieron exequias oficiales, y, en el cementerio, el senador Henry Chirinos destacó la obra política del finado, y el doctor Balaguer hizo el panegírico literario.

—A pesar de su traición, me apenó que muriera —dijo Trujillo, con sinceridad—. Era joven, apenas cuarenta y seis años, hubiera podido dar mucho de sí.

—Las decisiones de la divinidad son ineluctables —repitió, sin pizca de ironía, el Presidente.

—Nos hemos apartado de los asuntos —reaccionó Trujillo—. ¿Ve alguna posibilidad de que se arreglen las cosas con la Iglesia?

—Inmediata, no, Excelencia. El diferendo se ha envenenado. Para hablarle con franqueza, me temo que irá de mal en peor si usted no ordena al coronel Abbes que *La Nación* y Radio Caribe moderen los ataques a los obispos. Hoy mismo he recibido una queja formal del nuncio y del arzobispo Pittini por el escarnio que hicieron ayer de monseñor Panal. ¿Lo leyó usted?

Tenía el recorte sobre su escritorio y se lo leyó al Benefactor, de manera respetuosa. El editorial de Radio Caribe, reproducido por *La Nación,* aseguraba que monseñor Panal, el obispo de La Vega, «antiguamente conocido por el nombre de Leopoldo de Ubrique», era fugitivo de España y fichado por la Interpol. Lo acusaba de llenar «de beatas la casa curial de La Vega antes de dedicarse a sus imaginaciones terroristas», y, ahora, «como teme una justa represalia popular se esconde detrás de beatas y mujeres patológicas con las que, por lo visto, tiene un desaforado comercio sexual».

El Generalísimo rió de buena gana. ¡Las ocurrencias de Abbes García! La última vez que se le debía haber parado la verga a ese español matusalénico sería veinte, treinta años atrás; acusarlo de tirarse a las beatas de La Vega era muy optimista; a lo más, manosearía a los monaguillos, como todos los curas arrechos y amariconados.

—El coronel a veces exagera —comentó, risueño.

—He recibido, también, otra queja formal del nuncio y de la curia —prosiguió Balaguer, muy serio—. Por la campaña lanzada el 17 de mayo en la prensa y las radio contra los frailes de San Carlos Borromeo, Excelencia.

Levantó un cartapacio azul, con recortes de titulares llamativos. «Los frailes franciscanos-capuchinos terroristas» fabricaban y almacenaban bombas caseras en aquella iglesia. Lo habían descubierto los vecinos por el estallido casual de un explosivo. *La Nación* y *El Caribe* pedían que la fuerza pública ocupara el cubil terrorista.

Trujillo paseó una mirada aburrida sobre los recortes.

—Esos curas no tienen huevos para fabricar bombas. Atacan con sermones, a lo más.

—Conozco al abad, Excelencia. Fray Alonso de Palmira es un hombre santo, dedicado a su misión apostólica, respetuoso del gobierno. Absolutamente incapaz de una acción subversiva.

Hizo una pequeña pausa y con el mismo tono de voz cordial con que habría sostenido una charla de sobremesa, expuso un argumento que el Generalísimo había oído muchas veces a Agustín Cabral. Para volver a tender puentes con la jerarquía, el Vaticano y los curas —quienes, en su inmensa mayoría, seguían afectos al régimen por temor al comunismo ateo— era indispensable que cesara, o por lo menos amainara, esta diaria campaña de acusaciones y diatribas, que permitía a los enemigos presentar al régimen como anticatólico. El doctor Balaguer, siempre con su cortesía inalterable, mostró al Generalísimo una protesta del Departamento de Estado por el hostigamiento a las religiosas del Colegio Santo Domingo. Él había contestado explicando que la custodia policial protegía a las madres contra actos hostiles. Pero, en verdad, lo del acoso era cierto. Por ejemplo, los hombres del coronel Abbes García ponían todas las noches, con altoparlantes dirigidos al local, los merengues trujillistas de moda, de modo que las monjitas no pegaran el ojo. Lo mismo hacían, antes, en San Juan de la Maguana con la residencia de monseñor Reilly, y lo seguían haciendo en La Vega con la de monseñor Panal. Aún era posible una reconciliación con la Iglesia. Pero, esta campaña estaba llevando la crisis a la ruptura total.

—Hable con el rosacruz y convénzalo —se encogió de hombros Trujillo—. Él es el comecuras; está seguro de que ya es tarde para aplacar a la Iglesia. Que los curas quieren verme exiliado, preso o muerto.

—Le aseguro que no es así, Excelencia.

El Benefactor no le prestó atención. Escrutaba al Presidente pelele, sin decir nada, con esos ojos escarbadores que desconcertaban y asustaban. El pequeño doctor solía resistir más tiempo que otros la inquisición ocular, pero, ahora, luego de un par de minutos de estar siendo desvestido por la mirada impúdica, comenzó a delatar incomodidad: sus ojitos se abrían y cerraban sin tregua bajo los gruesos espejuelos.

—¿Cree usted en Dios? —le preguntó Trujillo, con cierta ansiedad: lo taladraba con sus ojos fríos, exigiéndole una respuesta franca—. ¿Que hay otra vida, después de la muerte? ¿El cielo para los buenos y el infierno para los malos? ¿Cree en eso?

Le pareció que la figurita de Joaquín Balaguer se subsumía aún más, apabullada por aquellas preguntas. Y que, detrás de él, la fotografía suya —de etiqueta y tricornio con plumas, la banda presidencial terciada sobre el pecho junto a la condecoración que más lo enorgullecía, la gran cruz española de Carlos III— se agigantaba en su marco dorado. Las manecitas del Presidente fantoche se acariciaron la una a la otra mientras decía, como quien transmite un secreto:

—A veces dudo, Excelencia. Pero, hace años ya, llegué a esta conclusión: no hay alternativa. Es preciso creer. No es posible ser ateo. No en un mundo como el nuestro. No, si se tiene vocación de servicio público y se hace política.

—Usted tiene fama de ser un beato —insistió Trujillo, moviéndose en el asiento—. Oí, incluso, que no se ha casado, ni tiene querida, ni bebe, ni hace negocios, porque hizo los votos en secreto. Que es un cura laico.

El pequeño mandatario negó con la cabeza: nada de eso era verdad. No había hecho ni haría voto alguno; a diferencia de algunos compañeros de la Escuela Normal, que se torturaban preguntándose si habían sido elegidos por el Señor para servirlo como pastores de la grey católica, él supo siempre que su vocación no era el sacerdocio, sino el trabajo intelectual y la acción política. La religión le daba un orden espiritual, una ética con que afrontar la vida. Dudaba a veces de la trascendencia, de Dios, pero nunca de la función irremplazable del catolicismo como instrumento de contención social de las pasiones y apetitos desquiciadores de la bestia humana. Y, en la República Dominicana, como fuerza constitutiva de la nacionalidad, igual que la lengua española. Sin la fe católica, el país caería en la desintegración y la barbarie. En cuanto a creer, él practicaba la receta de san Ignacio de Loyola, en sus *Ejercicios espirituales*: actuar como si se creyera, mimando los ritos y preceptos: misas, oraciones, confesiones, comuniones. Esa repetición sistemática de la forma religiosa iba creando el contenido, llenando el vacío —en algún momento— con la presencia de Dios.

Balaguer calló y bajó los ojos, como avergonzado de haber revelado al Generalísimo los vericuetos de su alma, sus personales acomodos con el Ser Supremo.

—Si yo hubiera tenido dudas, nunca hubiera levantado a este muerto —dijo Trujillo—. Si hubiera esperado alguna señal del cielo antes de actuar. Tuve que confiar en mí, en nadie más, cuando se trató de tomar decisiones de vida o muerte. Alguna vez me pude equivocar, por supuesto.

El Benefactor advertía, por la expresión de Balaguer, que éste se preguntaba de qué o de quién estaba hablándole. No le dijo que tenía en la memoria la cara del doctorcito Enrique Lithgow Ceara. Fue el primer urólogo que consultó —recomendado por Cerebrito Cabral como una eminencia—, cuando se dio cuenta que le costaba trabajo orinar. A comienzos de los años cincuenta, el doctor Marión, luego de operarlo de una afección periuretral, le aseguró que nunca más tendría molestias. Pero, pronto recomenzaron esas incomodidades con la orina. Después de muchos análisis y de un desagradable tacto rectal, el doctor Lithgow Ceara, poniendo una cara de puta o de sacristán untuoso, y vomitando palabrejas incomprensibles para desmoralizarlo («esclerosis uretral perineal», «uretrografías», «prostatitis acinosa») formuló aquel diagnóstico que le costaría caro:

—Debe encomendarse a Dios, Excelencia. La afección en la próstata es cancerosa.

Su sexto sentido le hizo saber que exageraba o mentía. Se convenció de ello cuando el urólogo exigió una operación inmediata. Demasiados riesgos si no se extirpaba la próstata, podía producirse metástasis, el bisturí y un tratamiento químico le prolongarían la vida algunos años. Exageraba y mentía, porque era un médico chambón o un enemigo. Que pretendía adelantar la muerte del Padre de la Patria Nueva, lo supo a cabalidad cuando trajo desde Barcelona a una eminencia. El doctor Antonio Puigvert negó que tuviera cáncer; el crecimiento de esa maldita glándula, debido a la edad, se podía aliviar con drogas y no amenazaba la vida del Generalísimo. La prostatectomía era innecesaria. Trujillo dio esa misma mañana la orden y el ayudante militar teniente José Oliva se encargó de que el insolente Lithgow Ceara desapareciera por el muelle de Santo Domingo con su ponzoña y su mala ciencia. ¡A propósito! El Presidente pelele no firmaba aún el ascenso de Peña Rivera a capitán. Descendió de la existencia divina al pedestre del pago de servicios a uno de los rufiancillos más hábiles reclutados por Abbes García.

—Me olvidaba —dijo, haciendo un ademán de disgusto con su propia cabeza—. No ha firmado usted la resolución de ascenso a capitán por méritos excepcionales del teniente Peña Rivera. Hace una semana que le hice llegar el expediente, con mi visto bueno.

La redonda carita del Presidente Balaguer se avinagró y su boca se contrajo; sus manitas se crisparon. Pero, se sobrepuso y volvió a adoptar la postura serena de costumbre.

—No la firmé porque creí conveniente comentar este ascenso con usted, Excelencia.

—No hay comentario que hacer —lo cortó el Generalísimo, con aspereza—. Usted ha recibido instrucciones. ¿No eran claras?

—Desde luego que sí, Excelencia. Le ruego que me escuche. Si mis razones no lo convencen, firmaré el ascenso del teniente Peña Rivera de inmediato. Aquí lo tengo, listo para la rúbrica. Por lo delicado, me pareció preferible comentárselo personalmente.

Sabía muy bien las razones que iba a exponerle Balaguer y comenzaba a irritarse. ¿Lo creía, esta insignificancia, demasiado envejecido o cansado, para atreverse a desobedecer una orden suya? Disimuló su disgusto y lo escuchó, sin interrumpirlo. Balaguer hacía prodigios de retórica para que las cosas que decía parecieran, gracias a las mullidas palabras y a la educadísima tonalidad, menos temerarias. Con todo el respeto del mundo se permitía aconsejar a Su Excelencia que reconsiderara la decisión de ascender, por méritos excepcionales además, a alguien como el teniente Víctor Alicinio Peña Rivera. Tenía un currículum tan negativo, tan manchado de acciones reprobables —acaso injustamente— que este ascenso sería utilizado por los enemigos, en Estados Unidos sobre todo, como una recompensa por la muerte de las hermanas Minerva, Patria y María Teresa Mirabal. Aunque la justicia estableció que las hermanas y su chofer murieron en un accidente carretero, en el extranjero se presentaba como un asesinato político, ejecutado por el teniente Peña Rivera, Jefe del SIM en Santiago al ocurrir la tragedia. El Presidente se permitía recordar el escándalo armado por los adversarios cuando, por orden de Su Excelencia, el 7 de febrero del presente año autorizó, mediante decreto presidencial, que se cediera al teniente Peña Rivera la finca de cuatro hectáreas y la casa expropiada por el Estado a Patria Mirabal y su esposo por actividades subversivas. El griterío aún no cesaba. Los comités instalados en Estados Unidos seguían haciendo gran revuelo, exhibiendo aquella donación de tierras y de la casa de Patria Mirabal al teniente Peña Rivera, como pago por un crimen. El doctor Joaquín Balaguer exhortaba a Su Excelencia a no dar un nuevo pretexto a los enemigos para que repitieran que prohijaba a asesinos y torturadores. Aunque, sin duda, Su Excelencia lo recordaba, se permitía señalarle, además, que el lugarteniente preferido del coronel Abbes García, no sólo estaba asociado, en las campañas calumniosas de los exiliados, a la muerte de las Mirabal. También al accidente de Marrero Aristy y a supuestas desapariciones. En estas circunstancias, resultaba imprudente premiar al teniente de esa manera pública. ¿Por qué no de manera discreta, con compensaciones económicas, o algún cargo diplomático en un país alejado?

Al callar, se frotó de nuevo las manos. Pestañeaba, inquieto, intuyendo que su cuidadosa argumentación no serviría, y temiendo una reprimenda. Trujillo refrenó la cólera que borboteaba en su interior.

—Usted, Presidente Balaguer, tiene la suerte de ocuparse sólo de aquello que la política tiene de mejor —dijo, glacial—. Leyes, reformas, negociaciones diplomáticas, transformaciones sociales. Así lo ha hecho treinta y un años. Le tocó el aspecto grato, amable, de gobernar. ¡Lo envidio! Me hubiera gustado ser sólo un estadista, un reformador. Pero, gobernar tiene una cara sucia, sin la cual lo que usted hace sería imposible. ¿Y el orden? ¿Y la estabilidad? ¿Y la seguridad? He procurado que usted no se ocupara de esas cosas ingratas. Pero, no me diga que no sabe cómo se consigue la paz. Con cuánto sacrificio y cuánta sangre. Agradezca que yo le permitiera mirar al otro lado, dedicarse a lo bueno, mientras yo, Abbes, el teniente Peña Rivera y otros teníamos tranquilo al país, para que usted escribiera sus poemas y sus discursos. Estoy seguro que su aguda inteligencia me entiende de sobra.

Joaquín Balaguer asintió. Estaba pálido.

—No hablemos más de cosas ingratas —concluyó el Generalísimo—. Firme el ascenso del teniente Peña Rivera, que se publique mañana en *La Gaceta Oficial*, y hágale llegar una felicitación de su puño y letra.

—Así lo haré, Excelencia.

Trujillo se pasó la mano por la cara, porque creyó que le venía un bostezo. Falsa alarma. Esta noche, respirando por las ventanas abiertas de la Casa de Caoba la fragancia de los árboles y las plantas, y divisando la miríada de estrellas en un cielo negro como el carbón, acariciaría el cuerpo de una muchacha desnuda, cariñosa, un poco intimidada, con la elegancia de Petronio, el Árbitro, e iría sintiendo nacer la excitación entre sus piernas, mientras sorbía los juguitos tibios de su sexo. Tendría una larga y sólida erección, como las de antaño. Haría gemir y gozar a la muchacha y gozaría él también, y de este modo borraría el mal recuerdo de ese esqueletito estúpido.

—Revisé la lista de los detenidos que el gobierno va a poner en libertad —dijo, con un tono más neutro—. Salvo ese profesor de Montecristi, Humberto Meléndez, no hay objeción. Proceda. Cite a las familias en el Palacio Nacional, el jueves en la tarde. Se reunirán allí con los liberados.

—Comenzaré los trámites de inmediato, Excelencia.

El Generalísimo se puso de pie e indicó al Presidente pelele, que iba a imitarlo, que siguiera sentado. No se iba aún. Quería desentumecer las piernas. Dio unos pasos frente al escritorio.

—¿Aplacará esta nueva liberación de presos a los yanquis? —monologó—. Lo dudo. Henry Dearborn sigue alentando conspiraciones. Hay otra en camino, según Abbes. Hasta Juan Tomás Díaz está metido.

El silencio que escuchó a su espalda —lo escuchó, como una presencia pesada y pegajosa— lo sorprendió. Se revolvió en el acto para mirar al Presidente fantoche: ahí estaba, inmóvil, observándolo con su expresión beatífica. No se tranquilizó. Esas intuiciones nunca le habían mentido. ¿Podía ser que esta microscópica humanidad, este pigmeo, supiera algo?

—¿Ha oído usted de esta nueva conspiración?

Lo vio negar, con enérgicos movimientos de cabeza.

—Lo hubiera reportado en el acto al coronel Abbes García, Excelencia. Como he hecho siempre que llega a mí cualquier rumor subversivo.

Dio dos o tres pasos más, frente al escritorio, sin decir palabra. No, si había uno entre todos los hombres del régimen, incapaz de verse envuelto en un complot, era el circunspecto Presidente. Sabía que sin Trujillo no existiría, que el Benefactor era la savia que le daba vida, que sin él se esfumaría de la política para siempre jamás.

Fue a pararse frente a uno de los amplios ventanales. En silencio, observó largamente el mar. Las nubes habían cubierto el sol y la grisura del cielo y el aire tenía unos celajes plateados; el agua azul oscura reverberaba a trozos. Un barquito surcaba la bahía, rumbo a la desembocadura del río Ozama; un pesquero, habría terminado la faena y regresaba a atracar. Iba dejando una estela de espuma y, aunque a esta distancia no podía verlas, adivinó a las gaviotas chillando y aleteando sin cesar. Anticipó con alegría el paseo de hora y media que daría, después de saludar a su madre, por la Máximo Gómez y la Avenida, oliendo el aire salado, arrullado por las olas. No olvidar tirarle las orejas al jefe de las Fuerzas Armadas por ese desagüe roto en la puerta de la Base Aérea. Que Pupo Román metiera la nariz en ese charco pútrido, a ver si nunca más se encontraba con un espectáculo tan asqueroso en la puerta de una guarnición.

Salió del despacho del Presidente Joaquín Balaguer, sin despedirse.

XV

—Si así estamos nosotros, acompañados, cómo estará Fifí Pastoriza, allá solito —dijo Huáscar Tejeda, apoyándose en el volante del pesado Oldsmobile 98 negro de cuatro puertas, estacionado en el kilómetro siete de la carretera a San Cristóbal.

—Qué mierda hacemos aquí —rabió Pedro Livio Cedeño—. Las diez menos cuarto. ¡Ya no vendrá!

Apretó como queriendo triturarla la carabina semiautomática M-1 que llevaba sobre las piernas. Pedro Livio era propenso a colerones; su mal carácter estropeó su carrera militar, de la que fue expulsado de capitán. Cuando ocurrió aquello ya se había dado cuenta de que, debido a las antipatías que su carácter le granjeaba, nunca progresaría en el escalafón. Salió del Ejército apenado. En la academia militar norteamericana donde estudió, se graduó con excelentes calificativos. Pero, ese humor que lo llevaba a encenderse como una antorcha cuando alguien le decía Negro y a dar puñetazos por cualquier motivo, frenó sus ascensos en el Ejército, pese a su excelente hoja de servicios. Lo expulsaron por sacarle el revólver a un general que lo amonestaba por confraternizar demasiado con la tropa siendo oficial. Sin embargo, quienes lo conocían, como su compañero de espera, el ingeniero Huáscar Tejeda Pimentel, sabían que, tras ese exterior violento, se escondía un hombre de buenos sentimientos, capaz —él lo vio— de sollozar por el asesinato de las hermanas Mirabal, a quienes ni siquiera conocía.

—La impaciencia también mata, Negro —trató de bromear Huáscar Tejeda.

—Negra será la puta que te parió.

Tejeda Pimentel intentó reírse, pero la destemplada reacción de su compañero lo entristeció. Pedro Livio no tenía remedio.

—Perdona —lo oyó disculparse, un momento después—. Es que tengo rotos los nervios, por la maldita espera.

—Estamos igual, Negro. Coño, te dije Negro de nuevo. ¿Vas a insultarme la madre otra vez?

—Esta vez, no —terminó por reírse Pedro Livio.

—¿Por qué te enfurece lo de Negro? Te lo decimos con afecto, hombre.

—Ya lo sé, Huáscar. En los Estados Unidos, en la academia, cuando los cadetes o los oficiales me decían *nigger,* no era por cariño, sino por racistas. Tenía que hacerme respetar.

Pasaban algunos vehículos por la autopista, rumbo al oeste, hacia San Cristóbal, o al este, hacia Ciudad Trujillo, pero no el Chevrolet Bel Air de Trujillo seguido por el Chevrolet Biscayne de Antonio de la Maza. Las instrucciones eran simples: apenas vieran acercarse ambos carros, que reconocerían por la señal de Tony Imbert —apagar y prender tres veces los faros— adelantarían el pesado Oldsmobile negro hasta cortar el paso al Chivo. Y él, con la carabina semiautomática M-1 para la que Antonio le había dado varias municiones extras, y Huáscar con su Smith & Wesson de 9 mm modelo 39 con nueve tiros, le echarían por delante tanto plomo como el que le estarían mandando desde atrás Imbert, Amadito, Antonio y el Turco. No pasaría; pero, si pasaba, dos kilómetros al oeste, Fifí Pastoriza, al volante del Mercury de Estrella Sadhalá, se le echaría encima, cerrándole otra vez el paso.

—¿Tu mujer sabe lo de esta noche, Pedro Livio? —preguntó Huáscar Tejeda.

—Cree que estoy donde Juan Tomás Díaz, viendo una película. Está encinta y...

Vio cruzar, a gran velocidad, un automóvil seguido a menos de diez metros por otro que, en la oscuridad, le pareció el Chevrolet Biscayne de Antonio de la Maza.

—¿No son ésos, Huáscar? —trató de perforar las tinieblas.

—¿Viste apagarse y prenderse los faros? —gritó, excitado, Tejeda Pimentel—. ¿Los viste?

—No, no hicieron la señal. Pero, son ellos.

—¿Qué hacemos, Negro?

—¡Arranca, arranca!

El corazón de Pedro Livio se había puesto a latir con una beligerancia que apenas lo dejaba hablar. Huáscar hizo girar en redondo el Oldsmobile. Las luces rojas de los dos automóviles se alejaban más y más, pronto los perderían de vista.

—Son ellos, Huáscar, tienen que ser ellos. Por qué coño no hicieron la señal.

Las lucecitas rojas habían desaparecido; sólo tenían delante el cono de luz de los faros del Oldsmobile y una noche cerrada: las nubes acababan de ocultar la luna. Pedro Livio —su carabina semiautomática apoyada en la ventanilla— pensó en Olga, su mujer. ¿Cuál sería su reacción cuando se enterara que su marido era uno de los asesinos de Trujillo? Olga Despradel era su segunda mujer. Se llevaban maravillosamente, pues Olga —a diferencia de su primera mujer, con la que la vida doméstica había sido un infierno— tenía una paciencia infinita con sus explosiones de rabia, y evitaba, en esos arrebatos, contradecirle o discutir; y administraba la casa con una pulcritud que a él lo hacía feliz. Se llevaría una sorpresa descomunal. Ella creía que no le interesaba la política, pese a mantener una amistad estrecha estos últimos tiempos con Antonio de la Maza, el general Juan Tomás Díaz y el ingeniero Huáscar Tejeda, antitrujillistas notorios. Hasta hacía pocos meses, vez que sus amigos comenzaban a hablar mal del régimen, él callaba como una esfinge y nadie le sacaba una opinión. No quería perder su puesto de administrador de la Fábrica Dominicana de Baterías, que pertenecía a la familia Trujillo. Habían tenido una situación muy buena hasta que, debido a las sanciones, los negocios se pusieron de cabeza.

Desde luego, Olga estaba al tanto de que Pedro Livio guardaba rencor al régimen, porque su primera mujer, trujillista rabiosa y amiga íntima del Generalísimo, quien la hizo gobernadora de San Cristóbal, se había valido de esa influencia para conseguir una sentencia judicial prohibiendo a Pedro Livio visitar a su hija Adanela, cuya custodia fue confiada a su ex esposa. Tal vez Olga pensaría mañana que él se metió en este complot en venganza por esa injusticia. No, no era ésa la razón por la que estaba aquí, con su carabina semiautomática M-1 lista, corriendo detrás de Trujillo. Era —Olga no lo entendería— por el asesinato de las Mirabal.

—¿No son tiros, Pedro Livio?

—Sí, sí, tiros. ¡Son ellos, coño! Acelera, Huáscar.

Sus oídos sabían distinguir los tiros. Aquello que habían oído, rompiendo la noche, eran varias ráfagas —las carabinas de Antonio y Amadito, el revólver del Turco, acaso el de Imbert—, algo que llenó de exaltación ese ánimo suyo agriado por la espera. El Oldsmobile volaba ahora sobre la pista. Pedro Livio sacó la cabeza por la ventanilla, pero no consiguió divisar el Chevrolet del Chivo ni a los perseguidores. En cambio, en una curva de la carretera, reconoció el Mercury de Estrella Sadhalá y, un segundo, iluminada por los faros del Oldsmobile, la cara escuálida de Fifí Pastoriza.

—También se le pasaron a Fifí —dijo Huáscar Tejeda—. Se olvidaron de la señal otra vez. ¡Qué pendejos!

El Chevrolet de Trujillo apareció, a menos de cien metros, detenido y ladeado hacia la derecha de la carretera, con los faros encendidos. «¡Ahí está!», «¡Es él, coño!», gritaron Pedro Livio y Huáscar en el instante en que volvían a estallar disparos de revólver, de carabina, de metralleta. Huáscar apagó las luces y, a menos de diez metros del Chevrolet, frenó de golpe. Pedro Livio, que abría la puerta del Oldsmobile, salió despedido a la carretera, antes de disparar. Sintió que se raspaba y golpeaba todo el cuerpo, y alcanzó a oír a un exultante Antonio de la Maza —«Ya este guaraguao no come más pollo» o algo así—, y voces y gritos del Turco, de Tony Imbert, de Amadito, hacia los que echó a correr a ciegas, apenas pudo incorporarse. Dio dos o tres pasos y oyó nuevos disparos, muy cerca, y una quemadura lo paró en seco y derribó, cogiéndose la boca del estómago.

—No disparen, coño, somos nosotros —gritaba Huáscar Tejeda.

—Estoy herido —se quejó, y, sin transición, ansioso, a voz en cuello—: ¿Está muerto el Chivo?

—Requetemuerto, Negro —dijo, a su lado, Huáscar Tejeda—. ¡Míralo!

Pedro Livio sintió que lo abandonaban las fuerzas. Estaba sentado en el pavimento, en medio de cascotes y fragmentos de vidrio. Oyó decir a Huáscar Tejeda que iba a buscar a Fifí Pastoriza y sintió arrancar el Oldsmobile. Percibía la excitación y el vocerío de sus amigos, pero se sentía mareado, incapaz de participar en sus diálogos; apenas entendía lo que decían, porque su atención estaba concentrada ahora en el ardor de su estómago. Le quemaba el brazo, también. ¿Había recibido dos balazos? El Oldsmobile regresó. Reconoció las exclamaciones de Fifí Pastoriza: «Coño, coño, Dios es grande, coño».

—Metámoslo al baúl —ordenó un Antonio de la Maza que hablaba con gran calma—. Hay que llevar el cadáver a Pupo, para que ponga el Plan en marcha.

Sentía las manos húmedas. Esa sustancia viscosa sólo podía ser sangre. ¿Suya o del Chivo? El asfalto estaba mojado. Como no había llovido, sería sangre también. Alguien le pasó la mano por los hombros y le preguntó cómo se sentía. Su voz sonaba apesadumbrada. Reconoció a Salvador Estrella Sadhalá.

—Una bala en el estómago, creo —en vez de palabras, le salían unos ruidos guturales.

Percibió las siluetas de sus amigos cargando un bulto y echándolo en el baúl del Chevrolet de Antonio. ¡Trujillo, coño! Lo habían conseguido. No sintió alegría; más bien, alivio.

—¿Dónde está el chofer? ¿Nadie ha visto a Zacarías?

—Requetemuerto también, ahí, en la oscuridad —dijo Tony Imbert—. No pierdas tiempo buscándolo, Amadito. Hay que regresar. Lo importante es llevarle este cadáver a Pupo Román.

—Pedro Livio está herido —exclamó Salvador Estrella Sadhalá.

Habían cerrado el baúl del Chevrolet, con el cadáver adentro. Siluetas sin cara lo rodeaban, lo palmeaban, le preguntaban cómo te sientes, Pedro Livio. ¿Le iban a dar el tiro de gracia? Lo habían acordado, por unanimidad. No dejarían abandonado a un compañero herido para que cayera en manos de los *caliés* y Johnny Abbes lo sometiera a torturas y humillaciones. Recordó aquella conversación, en el jardín lleno de mangos, flamboyanes y panes de fruta del general Juan Tomás Díaz y su mujer Chana, en la que participaba también Luis Amiama Tió. Todos coincidieron: nada de morir a poquitos. Si salía mal y alguien quedaba malherido, el tiro de gracia. ¿Iba a morir? ¿Lo iban a rematar?

—Súbanlo al carro —ordenó Antonio de la Maza—. En casa de Juan Tomás, llamaremos un médico.

Las sombras de sus amigos se afanaban, sacando el carro del Chivo fuera de la autopista. Los sentía jadear. Fifí Pastoriza silbó: «Quedó hecho una coladera, coño».

Cuando sus amigos lo cargaron para meterlo en el Chevrolet Bel Air, el dolor fue tan vivo que perdió el sentido. Pero, por pocos segundos, pues cuando recuperó la conciencia aún no partían. Estaba en el asiento de atrás, Salvador le había pasado el brazo sobre el hombro y lo apoyaba en su pecho como en una almohada. Reconoció, en el volante, a Tony Imbert, y, a su lado, a Antonio de la Maza. ¿Cómo estás, Pedro Livio? Quiso decirles: «Con ese pájaro muerto, mejor», pero emitió sólo un murmullo.

—Lo del Negro parece serio —masculló Imbert.

O sea que sus amigos le decían Negro cuando no estaba presente. Qué importaba. Eran sus amigos, coño: a ninguno le pasó por la cabeza darle el tiro de gracia. A todos les pareció natural meterlo al auto y ahora lo llevaban a casa de Chana y Juan Tomás Díaz. El ardor en el estómago y el brazo había disminuido. Se sentía débil y no intentaba hablar. Estaba lúcido, entendía a cabalidad lo que decían. Tony, Antonio y el Turco estaban también heridos por lo visto, aunque no de gravedad. A Antonio y Salvador el roce de los proyectiles les había abierto heridas, en la frente al primero, en el cráneo al segundo. Llevaban pañuelos en la mano y se secaban las heridas. A Tony un casquillo le raspó la tetilla izquierda y decía que la sangre le manchaba la camisa y el pantalón.

Reconoció el edificio de la Lotería Nacional. ¿Habían tomado la vieja carretera Sánchez para regresar a la ciudad por un sitio menos transitado? No, no era por eso. Tony Imbert quería pasar por casa de su amigo Julito Senior, que vivía en la avenida Angelita, y telefonear desde allí al general Díaz y advertirle que estaban llevándole el cadáver a Pupo Román con la frase convenida: «Los pichones están listos para meterlos al horno, Juan Tomás». Se detuvieron ante una casa a oscuras. Tony bajó. No se veía a nadie por los alrededores. Pedro Livio oyó a Antonio: su pobre Chevrolet había quedado perforado por decenas de balazos y con una goma desinflada. Pedro Livio la había sentido, causaba un horrible chirrido y un traqueteo que le repicaba en el estómago.

Imbert volvió: no había nadie en casa de Julito Senior. Mejor iban derecho donde Juan Tomás. Volvieron a arrancar, muy despacio; el auto, ladeado y rechinando, evitaba las avenidas y calles concurridas.

Salvador se inclinó hacia él:

—¿Cómo vas, Pedro Livio?

«Bien, Turco, bien», y le apretó el brazo.

—Ya falta poco. Donde Juan Tomás, te verá un médico.

Qué pena no tener fuerzas para decir a sus amigos que no se preocuparan, que estaba contento, con el Chivo muerto. Habían vengado a las hermanas Mirabal, y al pobre Rufino de la Cruz, el chofer que las llevó a la Fortaleza de Puerto Plata a visitar a los maridos presos, y a quien Trujillo mandó asesinar también para hacer más verosímil la farsa del accidente. Aquel asesinato remeció las fibras más íntimas de Pedro Livio y lo impulsó, desde ese 25 de noviembre de 1960, a plegarse a la conspiración que armaba su amigo Antonio de la Maza. Sólo conocía de oídas a las Mirabal. Pero, como a muchos dominicanos, la tragedia de aquellas muchachas de Salcedo, lo trastornó. ¡Ahora también se asesinaba a mujeres indefensas, sin que nadie hiciera nada! ¿A esos extremos de ignominia habíamos llegado en la República Dominicana? ¡Ya no había huevos en este país, coño! Oyendo a Antonio Imbert hablar tan conmovido —él, siempre parco en exteriorizar sus sentimientos— sobre Minerva Mirabal, tuvo, delante de sus amigos, aquel llanto, el único en su vida de adulto. Sí, todavía había hombres con cojones en la República Dominicana. La prueba, ese cadáver que zangoloteaba en el baúl.

—¡Me muero! —gritó—. ¡No me dejen morir!

—Ya llegamos, Negro —lo calmó Antonio de la Maza—. Ahora te vamos a curar.

Hizo un esfuerzo por mantener la conciencia. Poco después, reconoció la intersección de la Máximo Gómez con la avenida Bolívar.

—¿Vieron ese auto oficial? —dijo Imbert—. ¿No era el general Román?

—Pupo está en su casa, esperando —repuso Antonio de la Maza—. Dijo a Amiama y Juan Tomás que no saldría esta noche.

Un siglo después, el auto se detuvo. Entendía, por los diálogos de sus amigos, que estaban en la entrada trasera de la casa del general Díaz. Alguien abría la tranquera. Pudieron entrar al patio, instalarse frente a los garajes. En el tenue resplandor de los faroles de la calle y las luces de las ventanas, reconoció el jardín lleno de árboles y flores que Chana tenía tan cuidado, y donde tantos domingos había venido, solo o con Olga, a los suculentos almuerzos criollos que el general preparaba a sus amigos. Al mismo tiempo, le parecía que él no era él, sino un observador, ausente de aquel trajín. Esta tarde, cuando supo que iba a ser esta noche, y se despidió de su mujer inventando que venía a esta casa a ver una película, Olga le metió un peso en el bolsillo pidiéndole que le trajera helados de chocolate y vainilla. ¡Pobre Olga! El embarazo le daba antojitos. ¿La impresión la haría perder el bebe? No, Dios mío. Ésta sería la hembrita que haría pareja con Luis Mariano, su hijito de dos años. El Turco, Imbert y Antonio habían bajado. Estaba solo, tendido en el asiento del Chevrolet, en la semioscuridad. Pensó que nada ni nadie lo salvaría de la muerte y que moriría sin saber quién ganó el partido de pelota que jugaba esta noche el equipo de su empresa, Baterías Hércules, con el de la Compañía Dominicana de Aviación, en el campo de béisbol de la Cervecería Nacional Dominicana.

Brotó una violenta discusión, en el patio. Estrella Sadhalá increpaba a Fifí, Huáscar y Amadito, quienes acababan de llegar en el Oldsmobile, por dejar en la carretera el Mercury del Turco. «Imbéciles, pendejos. ¿No se dan cuenta? ¡Me han delatado! Tienen que ir ahora mismo a buscar mi Mercury». Extraña situación: sentir que estaba y no estaba allí. Fifí, Huáscar y Amadito calmaban al Turco: con la prisa se aturdieron y nadie se acordó del Mercury. Qué importaba, el general Román tomaría el poder esta misma noche. No tenían nada que temer. El país saldría a las calles a vitorear a los ajusticiadores del tirano.

¿Se habían olvidado de él? La voz llena de autoridad de Antonio de la Maza puso orden. Nadie regresaría a la carretera, aquello estaría ya lleno de *caliés*. Lo principal era encontrar a Pupo Román y mostrarle el cadáver, como exigió. Había un problema; Juan Tomás Díaz y Luis Amiama acababan de pasar por su casa —Pedro Livio la conocía, se hallaba en la otra esquina— y Mireya, su mujer, les dijo que Pupo salió con el general Espaillat, «porque parece que algo le ha ocurrido al Jefe». Antonio de la Maza los tranquilizó: «No se alarmen. Luis Amiama, Juan Tomás y Modesto Díaz han ido a buscar a Bibín, el hermano de Pupo. Él nos ayudará a localizarlo».

Sí, se habían olvidado de él. Moriría en este auto acribillado, junto al cadáver de Trujillo. Tuvo uno de esos arrebatos de cólera que habían sido la desgracia de su vida, pero ahí mismo se calmó. ¿De qué carajo te sirve ponerte bravo en este momento, pendejo?

Entornó los párpados porque un reflector o una potente linterna le dio en la cara. Reconoció, apiñadas, la cara del yerno de Juan Tomás Díaz, el dentista Bienvenido García, la de Amadito y la de ¿Linito? Sí, Linito, el médico, el doctor Marcelino Vélez Santana. Se inclinaban sobre él, lo palpaban, le levantaron la camisa. Le preguntaron algo que no entendió. Quiso decir que había calmado el dolor, averiguar cuántos orificios tenía en su cuerpo, pero no le salió la voz. Mantenía los ojos muy abiertos, para que supieran que estaba vivo.

—Hay que llevarlo a la clínica —afirmó el doctor Vélez Santana—. Se desangra.

Al doctor le castañeteaban los dientes como si se muriera de frío. No eran tan amigos para que Linito se echara a temblar de ese modo por él. Temblaría porque se acababa de enterar que habían matado al Jefe.

—Hay hemorragia interna —le temblaba la voz, también—, por lo menos una bala entró en la región precordial. Debe ser operado de inmediato.

Discutían. No le importaba morir. Se sentía contento, pese a todo. Dios lo perdonaría, seguro. Por dejar abandonada a Olga, con su barriga de seis meses, y a Luis Marianito. Dios sabía que él no iba a ganar nada con la muerte de Trujillo. Al contrario; administraba una de sus compañías, era un privilegiado. Metiéndose en esta vaina, puso en peligro su trabajo y la seguridad de su familia. Dios entendería y lo perdonaría.

Sintió una fuerte contracción en el estómago y gritó. «Calma, calma, Negro», le rogó Huáscar Tejeda. Tuvo ganas de contestarle «Negra será tu madre», pero no pudo. Lo sacaban del Chevrolet. Tenía muy cerca la cara de Bienvenido —el yerno de Juan Tomás, el marido de su hija Marianela— y la del doctor Vélez Santana: le chocaban los dientes todavía. Reconoció a Mirito, el chofer del general, y a Amadito, que cojeaba. Con grandes precauciones, lo instalaron en el Opel de Juan Tomás, estacionado junto al Chevrolet. Pedro Livio vio la luna: brillaba, en un cielo ahora sin nubes, por entre los mangos y las trinitarias.

—Vamos a la Clínica Internacional, Pedro Livio —dijo el doctor Vélez Santana—. Aguanta, aguanta un poco.

Cada vez le importaba menos lo que le pasaba. Estaba en el Opel, Mirito manejaba, Bienvenido iba adelante y, atrás, a su lado, el doctor Vélez Santana. Linito le hacía aspirar algo que tenía un fuerte olor a éter. «El olor de los carnavales». El dentista y el médico lo animaban: «Ya llegamos, Pedro Livio». Tampoco le importaba lo que decían, ni lo que parecía importar tanto a Bienvenido y Linito: «¿Dónde se metió el general Román?». «Si no aparece, esto se jode». Olga, en vez del helado de chocolate y vainilla, recibiría la noticia de que su esposo estaba siendo operado en la Clínica Internacional, a tres cuadras de Palacio, después de ajusticiar al asesino de las Mirabal. Había pocas cuadras de la casa de Juan Tomás hasta la Clínica. ¿Por qué tardaban tanto?

Por fin, el Opel frenó. Bienvenido y el doctor Vélez Santana bajaron. Los vio tocar la puerta, donde chisporroteaba una luz fluorescente: «Emergencias». Apareció una enfermera de toca blanca, y, después, una camilla. Al levantarlo del asiento Bienvenido García y Vélez Santana, sintió un dolor muy fuerte: «¡Me matan, coño!». Pestañeó, cegado por la blancura de un pasillo. Lo subían en un ascensor. Ahora, estaba en un cuarto aseado, con una Virgen en la cabecera. Bienvenido y Vélez Santana habían desaparecido; dos enfermeras lo desnudaban y un hombre joven, de bigotito, le pegaba la cara:

—Soy el doctor José Joaquín Puello. ¿Cómo se siente?

—Bien, bien —murmuró, feliz de que le saliera la voz—. ¿Es grave?

—Voy a darle algo para el dolor —dijo el doctor Puello—. Mientras lo preparamos. Hay que sacar esa bala de ahí adentro.

Por sobre el hombro del médico apareció una cara conocida, de frente despejada y grandes ojos penetrantes: el doctor Arturo Damirón Ricart, dueño y jefe de cirujanos de la Clínica Internacional. Pero, en vez de risueño y bonachón como solía estar, lo notó descompuesto. ¿Le habían contado todo Bienvenido y Linito?

—Esta inyección es para prepararte, Pedro Livio —lo previno—. No temas, quedarás bien. ¿Quieres llamar a tu casa?

—A Olga no, está encinta, no quiero asustarla. A mi cuñada Mary, más bien.

Le salía más firme la voz. Les dio el teléfono de Mary Despradel. Las pastillas que le acababan de hacer tragar, la inyección y las botellas de desinfectante que las enfermeras le vaciaron encima del brazo y el estómago, le hacían bien. Ya no sentía que se desmayaba. El doctor Damirón Ricart le puso el auricular en la mano. «¿Sí, sí?»

—Soy Pedro Livio, Mary. Estoy en la Clínica Internacional. Un accidente. No le digas nada a Olga, no la asustes. Me van a operar.

—¡Dios santo, Dios santo! Voy para allá, Pedro Livio.

Los médicos lo examinaban, lo movían, y él no sentía sus manos. Lo invadió una gran serenidad. Con toda lucidez se dijo que, por amigo que fuera, Damirón Ricart no podía dejar de informar al SIM de la llegada a emergencias de un hombre con heridas de bala, como tenían obligación todas las clínicas y hospitales, so pena de que médicos y enfermeras fueran a la cárcel. De modo que, pronto, caerían por aquí los del SIM, a hacer averiguaciones. Pero, no. Juan Tomás, Antonio, Salvador, ya le habrían mostrado a Pupo el cadáver, Román habría levantado los cuarteles y anunciado la Junta cívico-militar. Acaso en estos momentos los militares leales a Pupo arrestaban o liquidaban a Abbes García y su banda de asesinos, metían en los calabozos a los hermanos y allegados de Trujillo y el pueblo estaría lanzándose a la calle, convocado por las radios que anunciaban la muerte del tirano. La ciudad colonial, el parque Independencia, El Conde, los contornos del Palacio Nacional, vivirían un verdadero carnaval, celebrando la libertad. «Qué pena estar en una mesa de operaciones, en vez de bailando, Pedro Livio».

Y, entonces, vio la cara llorosa y espantada de su mujer: «Qué es esto, mi amor, qué te ha pasado, qué te hicieron». Mientras la abrazaba y besaba, tratando de calmarla («Un accidente, amor, no te asustes, me van a operar»), reconoció a sus cuñados, Mary y Luis Despradel Brache. Éste era médico, y hacía preguntas al doctor Damirón Ricart sobre la operación. «¿Por qué has hecho esto, Pedro Livio?» «Para que nuestros hijos vivan libres, amor». Ella se lo comía a preguntas, sin cesar de llorar. «Dios mío, tienes sangre por todas partes». Dando salida a un torrente de emociones contenidas, tomó a su mujer de los brazos y, mirándola a los ojos, exclamó:

—¡Está muerto, Olga! ¡Muerto! ¡Muerto!

Fue como en las películas, cuando la imagen se congela y sale del tiempo. Le vinieron ganas de reír viendo la incredulidad con que Olga, sus cuñados, enfermeras y doctores lo miraban.

—Cállate, Pedro Livio —murmuró el doctor Damirón Ricart.

Todos se viraron hacia la puerta, porque en el pasillo había un tropel de pasos, gentes taconeando, sin importarles los avisos de «Silencio» que colgaban en las paredes. La puerta se abrió. Pedro Livio reconoció al instante, entre las siluetas militares, la cara fláccida, la doble papada, el mentón cortado y los ojos circundados por lóbulos protuberantes del coronel Johnny Abbes García.

—Buenas noches —dijo éste, mirando a Pedro Livio, pero dirigiéndose a los demás—. Salgan, hagan el favor. ¿El doctor Damirón Ricart? Usted quédese, doctor.

—Es mi marido —lloriqueó Olga, abrazándose a Pedro Livio—. Quiero estar con él.

—Sáquenla —ordenó Abbes García, sin mirarla.

Habían entrado más hombres al cuarto, *caliés* con revólveres en la cintura y militares con metralletas San Cristóbal al hombro. Entrecerrando los ojos, vio que se llevaban a Olga, sollozando («No le hagan nada, está encinta»), a Mary, y que su cuñado las seguía sin necesidad de empujones. Lo miraban con curiosidad y un poco de asco. Reconoció al general Félix Hermida y al coronel Figueroa Carrión, a quien había conocido en el Ejército. Era el brazo derecho de Abbes García en el SIM, decían.

—¿Cómo está? —preguntó Abbes al médico, con voz timbrada y lenta.

—Grave, coronel —repuso el doctor Damirón Ricart—. El proyectil debe estar cerca del corazón, por el epigastrio. Le dimos medicamentos para contener la hemorragia y poder operarlo.

Muchos tenían cigarrillos y la habitación se llenó de humo. Qué ganas de fumar, de aspirar uno de esos mentolados Salem, de aroma refrescante, que fumaba Huáscar Tejeda y que ofrecía siempre en su casa Chana Díaz.

Tenía encima, rozándolo, la cara abotargada, los ojos de párpados caídos, de tortuga, de Abbes García.

—¿Qué le pasa a usted? —lo oyó decir, suavemente.

—No sé —se arrepintió, su respuesta no podía ser más estúpida. Pero no se le ocurría nada.

—¿Quién le pegó esos balazos? —insistió Abbes García, sin alterarse.

Pedro Livio Cedeño quedó callado. Increíble que jamás hubieran pensado, en todos estos meses, mientras preparaban la ejecución de Trujillo, en una situación como la que vivía. En alguna coartada, en una evasiva para sortear un interrogatorio. «¡Qué pendejos!»

—Un accidente —volvió a arrepentirse de inventar algo tan tonto.

Abbes García no se impacientaba. Había un silencio erizado. Pedro Livio sentía, pesadas, hostiles, las miradas de los hombres que lo rodeaban. Los cabos de los cigarrillos se enrojecían cuando se los llevaban a la boca.

—Cuénteme ese accidente —dijo el jefe del SIM, en el mismo tono.

—Me dispararon al salir de un bar, desde un carro. No sé quién.

—¿De qué bar?

—El Rubio, en la calle Palo Hincado, por el parque Independencia.

En pocos minutos los *caliés* comprobarían que había mentido. ¿Y si sus amigos, incumpliendo el acuerdo de dar un tiro de gracia a quien quedara herido, le habían hecho un pésimo favor?

—¿Dónde está el Jefe? —preguntó Johnny Abbes. Cierta emoción se había infiltrado en su interrogador.

—No sé —la garganta se le comenzaba a cerrar; otra vez perdía fuerzas.

—¿Está vivo? —preguntó el jefe del SIM. Y repitió—: ¿Dónde está?

Aunque sentía de nuevo mareo y el anuncio de un desmayo, Pedro Livio advirtió que, bajo su apariencia serena, el jefe del SIM hervía de inquietud. La mano con que se llevaba a la boca el cigarrillo se movía con torpeza, buscando los labios.

—Espero que en el infierno, si hay infierno —se oyó decir—. Ahí lo mandamos.

La cara de Abbes García, algo velada por el humo, tampoco se alteró esta vez; pero abrió la boca, como si le faltara aire. El silencio se había adensado. Perder las fuerzas, desmayarse de una vez.

—¿Quiénes? —preguntó, muy suave—. ¿Quiénes lo mandaron al infierno?

Pedro Livio no respondió. Lo miraba a los ojos y él le sostenía la mirada, recordando su infancia, en Higuey, cuando en la escuela jugaban a quién pestañeaba primero. La mano del coronel se elevó, cogió el cigarrillo encendido de su boca, y, sin cambiar de expresión, lo aplastó contra su cara, cerca de su ojo izquierdo. Pedro Livio no gritó, no gimió. Cerró los párpados. El ardor era vivo; olía a carne chamuscada. Cuando los abrió, ahí seguía Abbes García. Aquello había comenzado.

—Estas cosas, si no se hacen bien, mejor no hacerlas —le oyó afirmar—. ¿Sabes quién es Zacarías de la Cruz? El chofer del Jefe. Vengo de hablar con él, en el Hospital Marión. Está peor que tú, cosido de balas de la cabeza a los pies. Pero, vivo. Ya ves, no les salió. Estás jodido. Tampoco vas a morir. Vas a vivir. Y contarme todo lo que pasó. ¿Quiénes estaban contigo, en la carretera?

Pedro Livio se hundía, flotaba, en cualquier momento comenzaría a vomitar. ¿No habían dicho Tony Imbert y Antonio que Zacarías de la Cruz estaba también requetemuerto? ¿Le mentía Abbes García para sonsacarle nombres? Qué estúpidos. Debieron asegurarse que el chofer del Chivo también estaba muerto.

—Imbert dijo que Zacarías estaba requetemuerto —protestó. Curioso ser uno mismo y otro, a la vez.

La cara del jefe del SIM se inclinó. Podía sentir su aliento, cargado de tabaco. Sus ojitos eran oscuros, con ribetes amarillos. Hubiera querido tener fuerzas para morder esos cachetes fláccidos. Al menos, para escupirlos.

—Se equivocó, sólo está herido —dijo Abbes García—. ¿Qué Imbert?

—Antonio Imbert —explicó él, devorado por la ansiedad—. ¿Entonces, me engañó? Coño, coño.

Detectó pasos, movimiento de cuerpos, los presentes se apretujaban alrededor de su cama. El humo disolvía las caras. Sentía asfixia, como si lo pisotearan en el pecho.

—Antonio Imbert y quién más —le decía, al oído, el coronel Abbes García. Se le escarapeló la piel pensando que, esta vez, le aplastaría el cigarrillo en el ojo y lo dejaría tuerto—. ¿Imbert manda? ¿Él organizó esto?

—No, no hay jefes —balbuceó, temeroso de que las fuerzas no le permitieran acabar la frase—. Si hubiera, sería Antonio.

—¿Antonio qué?

—Antonio de la Maza —explicó—. Si hubiera, sería él, por supuesto. Pero, no hay jefes.

Hubo otro largo silencio. ¿Le habían dado pentotal sódico, por eso hablaba con tanta locuacidad? Pero, con pentotal uno quedaba dormido y él estaba despierto, sobreexcitado, con ganas de contar, de sacarse de adentro esos secretos que le mordían las entrañas. Seguiría contestando lo que le preguntaran, coño. Había murmullos, pisadas resbalaban sobre las baldosas. ¿Se iban? Una puerta abriéndose, cerrándose.

—¿Dónde están Imbert y Antonio de la Maza? —el jefe del SIM expulsó una bocanada de humo y a Pedro Livio le pareció que le entraba por la garganta y la nariz y le bajaba hasta las tripas.

—Buscando a Pupo, dónde mierda van a estar —¿tendría energías para terminar la frase? El maravillamiento de Abbes García, el general Félix Hermida y el coronel Figueroa Carrión era tan grande, que hizo un esfuerzo sobrehumano para explicarles lo que no entendían—: Si no ve el cadáver del Chivo, no moverá un dedo.

Habían abierto mucho los ojos y lo escudriñaban con desconfianza y pavor.

—¿Pupo Román? —ahora sí, Abbes García había perdido la seguridad.

—¿El general Román Fernández? —repitió Figueroa Carrión.

—¿El jefe de las Fuerzas Armadas? —chilló el general Félix Hermida, demudado.

Pedro Livio no se extrañó de que aquella mano cayera de nuevo y le aplastara el cigarrillo encendido en la boca. Un gusto acre, a tabaco y ceniza en la lengua. No tuvo fuerzas para escupir ese desecho hediondo y quemante que le arañaba las encías y el paladar.

—Se ha desmayado, coronel —oyó murmurar al doctor Damirón Ricart—. Si no lo operamos, morirá.

—El que va a morir, si no lo reanima, es usted —repuso Abbes García, con sorda cólera—. Hágale una transfusión, lo que sea, pero que despierte. Este sujeto debe hablar. Reanímelo o le meto en el cuerpo todo el plomo de este revólver.

Puesto que hablaban así, no estaba muerto. ¿Habrían encontrado a Pupo Román? ¿Le mostrarían el cadáver? Si hubiera comenzado la revolución ni Abbes García, ni Félix Hermida, ni Figueroa Carrión rodearían su cama. Estarían presos o muertos, como los hermanos y sobrinos de Trujillo. Intentó en vano pedirles que le explicaran por qué no estaban presos o muertos. No le dolía el estómago; le ardían los párpados y la boca, por las quemaduras. Le ponían una inyección, le hacían aspirar un algodón que olía a mentol, como los Salem. Descubrió una botella con suero junto a su cama. Los oía y ellos creían que no.

—¿Será cierto? —Figueroa Carrión parecía más atemorizado que sorprendido—. ¿El ministro de las Fuerzas Armadas metido en esto? Imposible, Johnny.

—Sorprendente, absurdo, inexplicable —lo rectificó Abbes García—. Imposible, no.

—Por qué, para qué —subía el tono el general Félix Hermida—. Qué puede ganar. Le debe al Jefe todo lo que es, todo lo que tiene. Este pendejo suelta nombres para confundirnos.

Pedro Livio se retorció, tratando de incorporarse, para que supieran que no estaba grogui, ni muerto, y que había dicho la verdad.

—Ya no creerás que esto es una comedia del Jefe para averiguar quiénes son leales y quiénes desleales, Félix —dijo Figueroa Carrión.

—Ya no —reconoció, apesadumbrado, el general Hermida—. Si estos hijos de puta lo han matado, qué coño va a pasar aquí.

El coronel Abbes García se tocó la frente:

—Ahora entiendo para qué me citó Román en el Cuartel General del Ejército. ¡Claro que está metido en esto! Quiere tener a mano a las personas de confianza del Jefe para encerrarlas antes de dar el golpe. Si hubiera ido, ya estaría muerto.

—No me lo creo, coño —repetía el general Félix Hermida.

—Manda patrullas del SIM a cerrar el Puente Radhamés —ordenó Abbes García—. Que nadie del gobierno, y, sobre todo, los parientes de Trujillo, crucen el Ozama ni se acerquen a la Fortaleza 18 de Diciembre.

—El secretario de las Fuerzas Armadas, el general José René Román, el marido de Mireya Trujillo —monologaba, idiotizado, el general Félix Hermida—. Ya no entiendo nada de nada, carajo.

—Créelo, mientras no se demuestre que es inocente —dijo Abbes García—. Corre a prevenir a los hermanos del Jefe. Que se reúnan en el Palacio Nacional. No menciones a Pupo todavía. Diles que hay rumores de atentados. ¡Vuela! ¿Cómo está el sujeto? ¿Puedo interrogarlo?

—Se está muriendo, coronel —afirmó el doctor Damirón Ricart—. Como médico, mi deber...

—Su deber es callarse, si no quiere ser tratado como cómplice —Pedro Livio vio, otra vez, muy cerca, la cara del jefe del SIM. «No me estoy muriendo», pensó. «El doctor le mintió para que no me siga apagando colillas en la cara».

—¿El general Román mandó matar al Jefe? —otra vez, en la nariz y en la boca, el aliento picante del coronel—. ¿Es cierto eso?

—Lo están buscando para mostrarle el cadáver —se oyó gritar—. Así es él: ver para creer. Y, también, el maletín.

El esfuerzo lo dejó extenuado. Temió que los *caliés* estuvieran apagando en este mismo momento cigarrillos en la cara de Olga. Pobre, qué pena. Perdería el bebe, maldeciría haberse casado con el ex capitán Pedro Livio Cedeño.

—¿Qué maletín? —preguntó el jefe del SIM.

—El de Trujillo —respondió, en el acto, articulando bien—. Lleno de sangre por afuera y por adentro de pesos y dólares.

—¿Con sus iniciales? —insistió el coronel—. ¿Las iniciales RLTM, en metal?

No pudo contestar, la memoria lo traicionaba. Tony y Antonio lo encontraron en el auto, lo abrieron y dijeron que estaba lleno de pesos dominicanos y dólares. Miles de miles. Notaba la angustia del jefe del SIM. Ah, hijo de puta, el maletín te convenció de que era cierto, de que lo habían matado.

—¿Quién más está en esto? —preguntó Abbes García—. Dame nombres. Para que bajes al quirófano y te saquen las balas. ¿Quién más?

—¿Encontraron a Pupo? —preguntó él, excitado, atropellándose—. ¿Le mostraron el cadáver? ¿También a Balaguer?

Otra vez se le descolgó la mandíbula al coronel Abbes García. Ahí lo tenía, boquiabierto de sorpresa y aprensión. De un modo oscuro, les estaba ganando la partida.

—¿A Balaguer? —deletreó, sílaba por sílaba, letra por letra—. ¿Al Presidente de la República?

—Será de la Junta cívico-militar —explicó Pedro Livio, luchando por contener las arcadas—. Yo estuve en contra. Dicen que es necesario, para tranquilizar a la OEA.

Esta vez, la arcada no le dio tiempo a ladear la cabeza para vomitar fuera de la cama. Algo tibio y viscoso le corrió por el cuello y manchó su pecho. Vio apartarse, asqueado, al jefe del SIM. Tenía fuertes retortijones y frío en los huesos. Ya no podría hablar. Al poco rato, la cara del coronel estaba otra vez encima, deformada por la impaciencia. Lo miraba como si quisiera trepanarle el cráneo para averiguar toda la verdad.

—¿Joaquín Balaguer también?

Sólo le resistió la mirada unos segundos. Cerró los ojos, quería dormir. O morir, no importaba. Oyó, dos o tres veces, la pregunta: «¿Balaguer? ¿Balaguer también?». No respondió ni abrió los ojos. Tampoco lo hizo cuando el vivísimo ardor en el lóbulo de la oreja derecha lo hizo encogerse. El coronel le había apagado el cigarrillo y ahora lo retorcía y deshacía en el pabellón de su oreja. No gritó, no se movió. Convertido en el cenicero del jefe de los *caliés*, Pedro Livio, así acabaste. Bah, qué coño. El Chivo estaba muerto. Dormir. Morir. Desde el hondo agujero en que caía, seguía oyendo a Abbes García: «Un beato como él tenía que estar conspirando con los curas. Es un complot de los obispos, ayuntados con los gringos». Había largos silencios, intercalados con murmullos, y, a ratos, el tímido ruego del doctor Damirón Ricart: si no lo intervenían, el paciente moriría. «Pero si lo que quiero es morir», pensaba Pedro Livio.

Carreras, pasos precipitados, un portazo. La habitación se había llenado otra vez, y, entre los recién llegados, estaba de nuevo el coronel Figueroa Carrión:

—Hemos encontrado un puente dental en la carretera, cerca del Chevrolet de Su Excelencia. Lo está examinando su dentista, el doctor Fernando Camino Certero. Lo desperté yo mismo. En una media hora nos dará su informe. A primera vista, le pareció el del Jefe.

Su voz era lúgubre. Y, también, el silencio en que lo escuchaban los otros.

—¿No encontraron nada más? —Abbes García hablaba mordiendo lo que decía.

—Una pistola automática, calibre 45 —dijo Figueroa Carrión—. Tomará unas horas verificar el registro. Hay un carro abandonado, a unos doscientos metros del atentado. Un Mercury.

Pedro Livio se dijo que Salvador había hecho bien en enojarse con Fifí Pastoriza por dejar tirado su Mercury en la carretera. Identificarían al dueño y dentro de poco los *caliés* estarían apagándole colillas en la cara al Turco.

—¿Soltó algo más?

—Balaguer, nada menos —silbó Abbes García—. ¿Te das cuenta? El jefe de las Fuerzas Armadas y el Presidente de la República. Habló de una Junta cívico-militar, en la que meterían a Balaguer para tranquilizar a la OEA.

El coronel Figueroa Carrión soltó otro «¡Coño!»:

—Es una consigna, para despistarnos. Meter nombres importantes, comprometer a todo el mundo.

—Podría ser, ya lo veremos —dijo el coronel Abbes García—. Algo es seguro. Hay metida mucha gente, traidores de alto nivel. Y, por supuesto, los curas. Hay que sacar al obispo Reilly del Colegio Santo Domingo. A las buenas o a las malas.

—¿Lo llevamos a La Cuarenta?

—Ahí lo irán a buscar, apenas se enteren. Mejor, a San Isidro. Pero, espera, es delicado, hay que consultarlo con los hermanos del Jefe. Si alguien no puede estar en la conspiración es el general Virgilio García Trujillo. Anda e infórmale, personalmente.

Pedro Livio sintió los pasos del coronel Figueroa Carrión alejándose. ¿Se había quedado solo con el jefe del SIM? ¿Iba a apagarle más cigarrillos? Pero, no era eso lo que ahora lo atormentaba. Sino, darse cuenta de que, aunque hubieran matado al Jefe, las cosas no habían salido como estaba planeado. ¿Por qué Pupo no tomaba el poder, con sus soldados? ¿Qué hacía Abbes García dando órdenes de que los *caliés* detuvieran al obispo Reilly? ¿Seguía mandando este degenerado sanguinario? Lo tenía siempre encima; no lo veía, pero ahí estaba ese aliento cargado que su nariz y su boca recibían.

—Unos nombres más y te dejo descansar —lo oyó decir.

—No lo oye ni lo ve, coronel —imploró el doctor Damirón Ricart—. Ha entrado en coma.

—Opérelo entonces —dijo Abbes García—. Lo quiero vivo, óigalo bien. Es la vida de este sujeto contra la suya.

—No puede usted quitarme tantas —oyó Pedro Livio suspirar al médico—. Sólo tengo una vida, coronel.

XVI

—¿Manuel Alfonso? —la tía Adelina se lleva la mano a la oreja, como si no hubiera oído, pero Urania sabe que la viejecilla tiene excelente oído y disimula, mientras se rehace de la impresión. También Lucinda y Manolita la miran con los ojos muy abiertos. Sólo Marianita no parece afectada.

—Sí, él, Manuel Alfonso —repite Urania—. Un nombre de conquistador español. ¿Lo conociste, tía?

—Alguna vez lo vi —asiente la viejecita, intrigada y ofendida—. ¿Qué tiene que ver él con la barbaridad que has dicho sobre Agustín?

—Era el *playboy* que le conseguía mujeres a Trujillo —recuerda Manolita—. ¿Verdad, mami?

«Playboy, playboy», chilla *Sansón.* Pero, esta vez, sólo se ríe la sobrina larguirucha.

—Era muy buen mozo, un adonis —dice Urania—. Antes del cáncer.

Había sido el dominicano más buen mozo de su generación, pero, en las semanas, acaso meses, que Agustín Cabral dejó de verlo, ese semidiós cuya elegancia y apostura hacían volverse a mirarlo a las muchachas, se había vuelto una sombra de sí mismo. El senador no daba crédito a sus ojos. Debía haber perdido diez o quince kilos; chupado, demacrado, tenía unas ojeras profundas en torno a unos ojos antes siempre ufanos y risueños —la mirada de un gozador, la sonrisa de un triunfador— que, ahora, carecían de vida. Él había oído lo del pequeño tumor debajo de la lengua descubierto casualmente por el dentista cuando Manuel, todavía embajador en Washington, fue a hacerse la limpieza anual de la dentadura. La noticia, decían, afectó a Trujillo como si hubieran descubierto un tumor a uno de sus hijos, y que estuvo pegado al teléfono mientras lo operaban en la Clínica Mayo, en Estados Unidos.

—Mil perdones por venir a molestarte recién llegado, Manuel —Cabral se puso de pie al verlo entrar a la salita donde esperaba.

—Querido Agustín, qué alegría —Manuel Alfonso lo abrazó—. ¿Me entiendes? Tuvieron que sacarme parte de la lengua. Pero, con un poco de terapia volveré a hablar normal. ¿Llegas a comprenderme?

—Perfectamente, Manuel. No noto nada raro en tu voz, te aseguro.

No era cierto. El embajador hablaba como si masticara piedrecitas, tuviera frenillo o fuera tartamudo. En las muecas de su cara se notaba el esfuerzo que le costaba cada frase.

—Asiento, Agustín. ¿Un café? ¿Una copa?

—Nada, gracias. No te quitaré mucho tiempo. De nuevo te pido perdón por molestarte, convaleciendo de una operación. Estoy en una situación muy difícil, Manuel.

Calló, avergonzado. Manuel Alfonso le puso una mano amiga en la rodilla.

—Me lo imagino, Cerebrito. Pueblo chico, infierno grande: hasta Estados Unidos me llegaron los chismes. Que has sido destituido de la Presidencia del Senado y que investigan tu gestión en el Ministerio.

Le habían caído muchos años con la enfermedad y el sufrimiento al apolíneo dominicano cuya cara, de dientes perfectos y blanquísimos, había intrigado al Generalísimo Trujillo en su primer viaje oficial a los Estados Unidos, gracias a lo cual el destino de Manuel Alfonso experimentó un vuelco parecido al de Cenicienta tocada por la varita mágica. Pero seguía siendo un hombre elegante, vestido como el maniquí que fue en su juventud de emigrado dominicano neoyorquino: mocasines de gamuza, pantalón de pana color crema, camisa de seda italiana y un coqueto pañuelito en el cuello. En su dedo meñique brillaba una sortija de oro. Estaba afeitado, perfumado y peinado con pulcritud.

—Cuánto te agradezco que me recibieras, Manuel —Agustín Cabral recobró el aplomo: siempre había despreciado a los hombres que se apiadaban de sí mismos—. Eres el único. Me he vuelto un apestado. Nadie quiere recibirme.

—Yo no olvido los servicios recibidos, Agustín. Siempre fuiste generoso, apoyaste todos mis nombramientos en el Congreso, me hiciste mil favores. Haré lo que pueda. ¿Cuáles son los cargos contra ti?

—No lo sé, Manuel. Si lo supiera, podría defenderme. Hasta ahora nadie me dice qué falta he cometido.

—Sí, mucho, a todas nos latía el corazón cuando estaba cerca —reconoce, impaciente, la tía Adelina—. Pero qué relación puede tener él con lo que has dicho de Agustín.

A Urania se le ha secado la garganta y bebe unos sorbos de agua. ¿Por qué insistes en hablar de esto? ¿Para qué?

—Porque Manuel Alfonso fue el único, entre todos sus amigos, que trató de ayudar a papá. A que no lo sabías. Ni ustedes, primas.

Las tres la miran como si la creyeran algo descentrada.

—Pues, no, no lo sabía —murmura la tía Adelina—. ¿Trató de ayudarlo cuando cayó en desgracia? ¿Estás segura?

—Tan segura como que mi papá no les contó ni a ti ni al tío Aníbal las gestiones que hizo Manuel Alfonso para sacarlo del lío.

Calla, porque entra al comedor la sirvienta haitiana. Pregunta, en un español incierto y cadencioso, si la necesitan o puede irse a dormir. Lucinda la despacha con la mano: anda, nomás.

—¿Quién era Manuel Alfonso, tía Urania? —inquiere el hilo de voz de Marianita.

—Todo un personaje, sobrina. Bien parecido y de excelente familia. Se fue a New York a buscar la vida, y terminó exhibiendo trajes de modistas y almacenes de lujo, y apareciendo en los carteles callejeros, con la boca abierta, de propagandista de Colgate, la pasta que refresca, limpia y da esplendor a sus dientes. Trujillo, en un viaje a Estados Unidos, se enteró de que el pimpollo de los afiches era un tíguere dominicano. Lo mandó llamar y lo adoptó. Hizo de él un personaje. Su intérprete, porque hablaba inglés a la perfección; su maestro de protocolo y etiqueta, porque era un elegante profesional; y, función importantísima, el que le elegía los trajes, las corbatas, los zapatos, las medias y los sastres neoyorquinos que lo vestían. Él lo tenía al día en el último grito de la moda masculina. Y lo ayudaba a diseñar sus uniformes, hobby del Jefe.

—Sobre todo, le escogía las mujeres —la interrumpe Manolita—. ¿Verdad, mami?

—Qué tiene que ver todo eso con mi hermano —la fulmina el puñito airado.

—Las mujeres era lo de menos —sigue informando Urania a su sobrina—. A Trujillo le importaban un rábano, porque las tenía a todas. Los trajes y los adornos, en cambio, muchísimo. Manuel Alfonso lo hacía sentirse exquisito, refinado, elegante. Como el Petronio de *Quo Vadis?,* al que siempre citaba.

—No he visto todavía al Jefe, Agustín. Tengo audiencia esta tarde, en su casa, en la Estancia Radhamés. Averiguaré, te prometo.

Lo había dejado hablar sin interrumpirlo, limitándose a asentir y esperar, cuando el senador tenía una caída del ánimo y la amargura o la angustia le estropeaban la voz. Le contó lo que ocurría, lo que había dicho, hecho y pensado desde que, diez días atrás, apareció la primera carta en El Foro Público. Se volcó en ese hombre considerado, el primero que le mostraba simpatía desde aquel día funesto, contándole pormenores íntimos de su vida, dedicada desde los veinte años a servir al hombre más importante de la historia dominicana. ¿Era justo que se negara a escuchar a alguien que desde hacía treinta años vivía por y para él? Estaba dispuesto a reconocer sus errores, si los había cometido. A hacer un examen de conciencia. A pagar sus faltas, si existían. Pero que el Jefe le concediera cinco minutos, al menos.

Manuel Alfonso volvió a palmearlo en la rodilla. La casa, en un barrio nuevo, Arroyo Hondo, era inmensa, rodeada de un parque, amueblada y decorada con exquisito gusto. Infalible para detectar en las personas las posibilidades recónditas —facultad que siempre maravilló a Agustín Cabral—, el Jefe había calado bien al antiguo modelo. Manuel Alfonso era capaz de moverse con desenvoltura en el mundo de la diplomacia, gracias a su simpatía y don de gentes, y conseguir ventajas para el régimen. Lo había hecho en todas las misiones, sobre todo la última, en Washington, el periodo más difícil, cuando Trujillo, de niño mimado de los gobiernos yanquis, pasó a ser un estorbo, atacado por la prensa y muchos parlamentarios. El embajador se llevó la mano a la cara, en un gesto de dolor.

—De rato en rato, viene el latigazo —se disculpó—. Me pasa ahí mismo. Espero que el cirujano me haya dicho la verdad. Que me lo descubrieron muy a tiempo. Noventa por ciento de garantías de éxito. ¿Por qué me hubiera mentido? Los gringos son francotes, no tienen la delicadeza nuestra, no doran la píldora.

Se calla, porque otra mueca crispa su rostro devastado. Reacciona al momento, se pone grave, filosofa:

—Sé cómo te sientes, Cerebrito, lo que estás pasando. A mí me ha ocurrido un par de veces, en veinte y pico de años de amistad con el Jefe. No llegó a los extremos de lo tuyo, pero hubo un distanciamiento de su parte, una frialdad que no podía explicarme. Recuerdo mi zozobra, la soledad que sentí, la sensación de haber perdido la brújula. Pero todo se aclaró, y el Jefe volvió a honrarme con su confianza. Debe ser una intriga de algún envidioso que no te perdona tu talento, Agustín. Pero, tú ya sabes, el Jefe es un hombre justo. Le hablaré esta tarde, tienes mi palabra.

Cabral se puso de pie, conmovido. Todavía quedaban personas decentes en la República Dominicana.

—Estaré todo el día en mi casa, Manuel —dijo, estrechándole la mano con fuerza—. No olvides decirle que estoy dispuesto a todo, para recobrar su confianza.

—Yo pensaba en él como en un actor de Hollywood, Tyrone Power o Errol Flynn —dice Urania—. Me quedé muy decepcionada cuando lo vi, esa noche. No era la misma persona. Le habían sacado media garganta. Parecía todo menos un donjuán.

Su tía Adelina, sus primas y su sobrina la escuchan en silencio, cambiando miradas entre ellas. Hasta el loro *Sansón* parece interesado, pues hace rato que no la silencia con su palabrería.

—¿Tú eres Urania? ¿La hijita de Agustín? Qué grande y qué linda, chiquilla. Te conozco desde que estabas en pañales. Ven para acá, dame un beso.

—Hablaba masticando, parecía un débil mental. Me trató con mucho cariño. Yo no podía creer que ese desecho humano fuera Manuel Alfonso.

—Tengo que hablar con tu papá —dijo él, dando un paso hacia el interior—. Pero qué linda te has puesto. Romperás muchos corazones en la vida. ¿Está Agustín? Anda, llámalo.

—Había hablado con Trujillo y de la Estancia Radhamés vino a casa, a dar cuenta de su gestión. Papá no podía creerlo. El único que no me volvió la espalda, el único que me echa una mano, repetía.

—¿No te has soñado esa gestión de Manuel Alfonso? —exclama la tía Adelina, desconcertada—. Agustín hubiera corrido a contarnos a Aníbal y a mí.

—Déjala que siga, no la interrumpas tanto, mami —interviene Manolita.

—Esa noche hice una promesa a Nuestra Señora de la Altagracia si ayudaba a mi papá a salir de eso. ¿Se imaginan qué?

—¿Que te meterías al convento? —ríe su prima Lucinda.

—Que me conservaría pura el resto de la vida —ríe Urania.

Sus primas y su sobrina ríen también, aunque sin ganas, disimulando su embarazo. La tía Adelina permanece seria, sin quitarle los ojos de encima y sin disimular su impaciencia: qué más, Urania, qué más.

—Qué grande y qué linda se ha puesto esa niña —repite Manuel Alfonso, dejándose caer en el sillón, frente a Agustín Cabral—. Me recuerda a su mamá. Los mismos ojos lánguidos y el cuerpo finito y airoso de tu mujer, Cerebrito.

Éste le agradece con una sonrisa. Ha hecho pasar al embajador a su escritorio en vez de recibirlo en la salita, para evitar que la niña y los sirvientes los escuchen. Vuelve a agradecerle que se haya tomado el trabajo de venir, en vez de llamarlo. El senador habla a borbotones, sintiendo que con cada palabra se le sale el corazón. ¿Había podido hablarle al Jefe?

—Por supuesto, Agustín. Te lo prometí y lo hice. Hablamos de ti cerca de una hora. No será fácil. Pero, no debes perder la esperanza. Eso es lo principal.

Vestía un traje oscuro, de corte impecable, una camisa blanca de cuello almidonado y una corbata azul con motas blancas, sujeta con una perla. Un pañuelito de seda blanca asomaba su cresta por el bolsillo superior de la chaqueta, y como al sentarse se había subido el pantalón para que no perdiera la línea, se le veían las medias azules, sin una arruga. Sus zapatos destellaban.

—Está muy dolido contigo, Cerebrito —parecía que la herida le molestara, pues, de tanto en tanto, hacía unas extrañas contorsiones con los labios, y Agustín Cabral oía rechinar su dentadura—. No es una cosa concreta, sino muchas, que se fueron acumulando en los últimos meses. El Jefe es excepcionalmente perceptivo. Nada se le escapa, detecta los menores cambios en las personas. Dice que, desde que comenzó esta crisis, desde la Carta Pastoral, desde los líos de la OEA desatados por el mono Betancourt y la rata Muñoz Marín, te has ido enfriando. Que no has mostrado la entrega que él esperaba.

El senador asentía: si el Jefe lo notó, tal vez era cierto. Nada premeditado, desde luego, menos aún causado por una mengua de la admiración y la lealtad. Algo inconsciente, la fatiga, la tremenda tensión de este último año, por la conjura continental contra Trujillo, de los comunistas y Fidel Castro, de los curas, Washington y el Departamento de Estado, de Figueres, Muñoz Marín y Betancourt, las sanciones económicas, las canalladas de los exiliados. Sí, sí, era posible que, sin quererlo, hubiera disminuido su rendimiento en el trabajo, en el Partido, en el Congreso.

—El Jefe no acepta desfallecimientos ni debilidades, Agustín. Quiere que todos seamos como él. Incansables, unas rocas, de hierro. Tú ya sabes.

—Y tiene razón —Agustín Cabral golpeó su pequeño escritorio—. Por ser así, ha hecho este país. Él ha seguido siempre a caballo, Manuel, como lo dijo en la campaña de 1940. Tiene derecho a exigir que lo emulemos. Lo decepcioné sin darme cuenta. ¿Por no haber conseguido que los obispos lo proclamaran Benefactor de la Iglesia, tal vez? Él quería ese desagravio, después de la inicua Carta Pastoral. Yo formé parte, con Balaguer y Paíno Pichardo, de la comisión. ¿Por ese fracaso, crees?

El embajador negó con la cabeza.

—Él es muy delicado. Aunque se sienta dolido por eso, no me lo hubiera dicho. Quizá sea una de las razones. Hay que comprenderlo. Hace treinta y un años lo traiciona la gente a la que más ayudó. ¿Cómo no sería susceptible un hombre a quien sus mejores amigos apuñalan por la espalda?

—Me acuerdo de su perfume —dice Urania, luego de una pausa—. Desde entonces, no les miento, cada vez que me toca cerca un hombre muy perfumado, vuelvo a ver a Manuel Alfonso. Y a oír esa jerigonza que hablaba, las dos veces que tuve el honor de disfrutar de su grata compañía.

Su mano derecha estruja el tapete de la mesa. Su tía, primas y sobrina, desorientadas por su hostilidad y su sarcasmo, vacilan, incómodas.

—Si hablar de esa historia te ofusca, no lo hagas, prima —insinúa Manolita.

—Me molesta, me da vómitos —replica Urania—. Me llena de odio y de asco. Nunca hablé de esto con nadie. Quizá me haga bien sacármelo de encima, de una vez. Y con quién mejor que con la familia.

—¿Qué tú crees, Manuel? ¿Me dará el Jefe otra oportunidad?

—Por qué no nos tomamos un whisky, Cerebrito —exclama el embajador, eludiendo una respuesta. Alza las manos, atajando el reproche—. Ya sé que no debería, que me han prohibido el alcohol. ¡Bah! ¿Vale la pena vivir privándose de las buenas cosas? Un whisky de marca es una de ellas.

—Perdona, no te ofrecí nada hasta ahora. Claro, me tomaré un trago yo también. Bajemos a la sala. Uranita ya se habrá acostado.

Pero ella aún no se ha ido a la cama. Acaba de terminar la cena y se pone de pie al verlos bajar por la escalera.

—Eras una niña la última vez que te vi —la alaba Manuel Alfonso, sonriéndole—. Ahora, eres una señorita muy bella. Tú ni habrás notado el cambio, Agustín.

—Hasta mañana, papi —Urania besa a su padre. Va a dar la mano al visitante, pero éste le adelanta la mejilla. Ella lo besa apenas, ruborizándose—: Buenas noches, señor.

—Llámame tío Manuel —la besa él, en la frente.

Cabral indica al mayordomo y a la sirvienta que pueden retirarse y él mismo trae la botella de whisky, los vasos, el baldecito con el hielo. Sirve un trago a su amigo y se sirve otro, también en la roca.

—Salud, Manuel.

—Salud, Agustín.

El embajador paladea con satisfacción, entrecerrando los ojos. «Ah, qué agradable», exclama. Pero tiene dificultad para pasar el líquido, pues se le contrae la cara de dolor.

—Nunca he sido borracho, jamás perdí el control de mis actos —dice—. Eso sí, siempre he sabido gozar de la vida. Incluso cuando me preguntaba si comería al día siguiente, supe sacarle el máximo placer a las pequeñas cosas: un buen trago, un buen tabaco, un paisaje, un plato bien guisado, una hembra que quiebra con gracia la cintura.

Se ríe, nostálgico, y Cabral lo imita, sin ganas. ¿Cómo regresarlo a lo único que le importa? Por cortesía, domina su impaciencia. Hace muchos días que no toma un trago, y los dos o tres sorbos lo han aturdido. Sin embargo, después de llenar de nuevo el vaso de Manuel Alfonso, llena también el suyo.

—Nadie diría que alguna vez pasaste apuros de dinero, Manuel —trata de halagarlo—. Siempre te recuerdo elegante, magnífico, pródigo, pagando todas las cuentas.

El ex modelo, meciendo el vaso, asiente, complacido. La luz de la araña le da de lleno en la cara y sólo ahora Cabral advierte la sinuosa cicatriz que se le enrosca en la garganta. Duro, para alguien tan orgulloso de su cara y su cuerpo, haber sido tasajeado así.

—Yo sé lo que es pasar hambre, Cerebrito. De joven, en New York, llegué a dormir en las calles, como un *tramp.* Muchos días, mi única comida fue un plato de fideos, o un pan. Sin Trujillo, quién sabe cuál fuera mi suerte. Aunque gusté siempre a las mujeres, nunca pude hacer de *gigoló,* como nuestro buen Porfirio Rubirosa. Lo más probable, hubiera terminado de puto callejero, en el Bowery.

Bebe de un trago lo que queda en su vaso. El senador se lo llena.

—Le debo todo. Lo que tengo, lo que llegué a ser —contempla cabizbajo los cubitos de hielo—. Me he codeado con ministros y presidentes de los países más poderosos, he sido invitado a la Casa Blanca, he jugado póquer con el Presidente Truman, ido a las fiestas de los Rockefeller. El tumor me lo extirparon en la Clínica Mayo, la mejor del mundo, el mejor cirujano de los Estados Unidos. ¿Quién pagó la operación? El Jefe, por supuesto. ¿Comprendes, Agustín? Como nuestro país, yo le debo a Trujillo todo.

Agustín Cabral se arrepintió de todas las veces que, en la intimidad del Country Club, el Congreso o una finca remota, en un círculo de amigos íntimos (que creía íntimos) había celebrado las bromas contra el ex anunciante de Colgate, que debía sus altísimos cargos diplomáticos y su puesto de consejero de Trujillo, a los jabones, talcos, perfumes, que encargaba para Su Excelencia, y a su buen gusto para elegir las corbatas, trajes, camisas, pijamas y los zapatos que lucía el Jefe.

—Yo también le debo todo lo que soy y lo que he hecho, Manuel —afirmó—. Te comprendo muy bien. Y, por eso, estoy dispuesto a todo para recobrar su amistad.

Manuel Alfonso lo miró, adelantando la cabeza. No dijo nada un buen rato, pero siguió escudriñándolo, como sopesando, milímetro a milímetro, la seriedad de sus palabras.

—¡Manos a la obra entonces, Cerebrito!

—Fue el segundo hombre que me piropeó, después de Ramfis Trujillo —dice Urania—. Que era linda, que me parecía a mi mamá, qué bonitos ojos. Yo había ido ya a fiestas con muchachos, y bailado. Unas cinco o seis veces. Pero, nunca nadie me había hablado así. Porque el piropo de Ramfis, en la feria, fue a una niña. El primero en piropearme como a una mujercita fue mi *tío* Manuel Alfonso.

Ha dicho todo eso rápido, con furia sorda, y ninguna de sus parientes le pregunta nada. El silencio en el pequeño comedor parece el que antecede a los truenos, en las ruidosas tormentas del verano. Lejos, hiere la noche una sirena. *Sansón* se pasea nervioso por su barrita de madera, encrespando las plumas.

—Me parecía un viejo, me daba risa su manera de hablar tan machucada, su cicatriz en el cuello me dio miedo —Urania se retuerce las manos—. Qué me iba a hacer a mí un piropo, en esos momentos. Pero, después, me acordé mucho de esas flores que me echó.

Vuelve a callar, exhausta. Lucinda hace un comentario —«¿Tú tenías catorce años, no?»— que a Urania le parece estúpido. Lucinda sabe muy bien que son del mismo año. Catorce, qué edad mentirosa. Habían dejado de ser niñas pero no eran todavía señoritas.

—Tres o cuatro meses antes, me vino la regla por primera vez —susurra—. Se me adelantó, parece.

—Se me acaba de ocurrir, se me ocurrió al entrar —dice el embajador, estirando la mano y sirviéndose otro whisky; atiende, también, al dueño de casa—. Siempre he sido así: primero el Jefe, después yo. Te quedaste demudado, Agustín. ¿Me equivoco? No dije nada, olvídate. Yo, ya me olvidé. ¡Salud, Cerebrito!

El senador Cabral bebe un largo trago. El whisky le rasca la garganta y enrojece sus ojos. ¿Cantaba un gallo a estas horas?

—Es que, es que... —repite, sin saber qué añadir.

—Olvidémoslo. Espero que no lo hayas tomado mal, Cerebrito. ¡Olvídate! ¡Olvidémoslo!

Manuel Alfonso se ha puesto de pie. Pasea entre los muebles anodinos de la salita, arreglada y aseada pero sin aquel toque femenino que da una eficiente ama de casa. El senador Cabral piensa —¿cuántas veces lo ha pensado en estos años?— que hizo mal permaneciendo solo, luego de la muerte de su esposa. Debió casarse, tener otros hijos, acaso no le hubiera ocurrido esta desgracia. ¿Por qué no lo hizo? ¿Por Uranita, como decía a todo el mundo? No. Para dedicar más tiempo al Jefe, consagrarle días y noches, demostrarle que nada ni nadie era más importante en la vida de Agustín Cabral.

—No lo tomé mal —hace un enorme esfuerzo para parecer sereno—. Es que, estoy desconcertado. Algo que no esperaba, Manuel.

—La crees una niña, no te diste cuenta que se volvió una mujercita —Manuel Alfonso hace tintinear los cubitos de hielo de su vaso—. Una linda muchacha. Estarás orgulloso de tener una hija así.

—Por supuesto —y añade, torpe—: Ha sido siempre la primera de su clase.

—¿Sabes una cosa, Cerebrito? Yo no hubiera vacilado ni un segundo. No para reconquistar su confianza, no para mostrarle que soy capaz de cualquier sacrificio por él. Simplemente, porque nada me daría más satisfacción, más felicidad, que el Jefe hiciera gozar a una hija mía y gozara con ella. No exagero, Agustín. Trujillo es una de esas anomalías en la historia. Carlomagno, Napoleón, Bolívar: de esa estirpe. Fuerzas de la Naturaleza, instrumentos de Dios, hacedores de pueblos. Él es uno de ellos, Cerebrito. Hemos tenido el privilegio de estar a su lado, de verlo actuar, de colaborar con él. Eso no tiene precio.

Apuró su vaso y Agustín Cabral se llevó el suyo a la boca, pero apenas se mojó los labios. Aunque se le había quitado el mareo, ahora tenía revuelto el estómago. En cualquier momento comenzaría a vomitar.

—Es todavía una niña —balbuceó.

—¡Mejor, entonces! —exclamó el embajador—. El Jefe apreciará más el gesto. Comprenderá que se equivocó, que te juzgó de manera precipitada, dejándose guiar por susceptibilidades o dando oídas a tus enemigos. No pienses sólo en ti, Agustín. No seas egoísta. Piensa en tu muchachita. ¿Qué será de ella si pierdes todo y terminas en la cárcel acusado de malos manejos y defraudación?

—¿Crees que no he pensado en eso, Manuel?

El embajador alzó los hombros.

—Se me acaba de ocurrir al ver lo linda que se ha puesto —repitió—. El Jefe aprecia la belleza. Si le digo: «Cerebrito quiere ofrecerle, en prueba de cariño y de lealtad, a su linda hija, que es todavía señorita», no la rechazará. Yo lo conozco. Él es un caballero, con un tremendo sentido del honor. Se sentirá tocado en el corazón. Te llamará. Te devolverá lo que te han quitado. Uranita tendrá su porvenir seguro. Piensa en ella, Agustín, y sacúdete los prejuicios anticuados. No seas egoísta.

Cogió de nuevo la botella y sirvió unos chorritos de whisky en su vaso y en el de Cabral. Echó con su mano los cubitos de hielo en ambos vasos.

—Se me acaba de ocurrir, al ver lo bella que se ha puesto —salmodió, por cuarta o quinta vez. ¿Le molestaba, lo enloquecía la garganta? Movía la cabeza y se acariciaba la cicatriz con la yema de los dedos—. Si te molestó, no dije nada.

—Dijiste vil y malvado —estalla de pronto la tía Adelina—. Eso dijiste de tu padre muerto en vida, esperando el final. De mi hermano, del ser que yo más he querido y respetado. No vas a salir de esta casa sin explicarme el porqué de esos insultos, Urania.

—Dije vil y malvado porque no hay palabras más fuertes —explica Urania, despacito—. Si las hubiera, las habría dicho. Tuvo sus razones, seguramente. Sus atenuantes, sus motivos. Pero yo no lo he perdonado ni lo perdonaré.

—¿Por qué lo ayudas, si lo odias tanto? —la anciana vibra de indignación; está muy pálida, como si fuera a desmayarse—. ¿Por qué la enfermera, la comida? Déjalo morirse, entonces.

—Prefiero que viva así, muerto en vida, sufriendo —habla muy serena, con los ojos bajos—. Por eso lo ayudo, tía.

—Pero, pero ¿qué te hizo para que lo odies así, para que digas algo tan monstruoso? —Lucindita alza los brazos, sin dar crédito a lo que acaba de oír—. ¡Dios bendito!

—Te sorprenderá lo que voy a decirte, Cerebrito —exclama Manuel Alfonso, con dramatismo—. Cuando veo una belleza, una real hembra, una de esas que te viran la cabeza, yo no pienso en mí. Sino en el Jefe. Sí, en él. ¿Le gustaría apretarla en sus brazos, amarla? Esto no se lo he contado a nadie. Ni al Jefe. Pero, él lo sabe. Que, para mí, ha sido siempre el primero, incluso en eso. Y conste que a mí me gustan mucho las mujeres, Agustín. No creas que me he sacrificado cediéndole hembras bellísimas por adulación, para obtener favores, negocios. Eso creen los ruines, los puercos. ¿Sabes por qué? Por cariño, por compasión, por piedad. Tú lo puedes comprender, Cerebrito. Tú y yo sabemos lo que ha sido su vida. Trabajar desde el alba hasta la medianoche, siete días por semana, doce meses al año. Sin descansar jamás. Ocupándose de lo importante y de lo mínimo. Tomando cada momento decisiones de las que dependen la vida y la muerte de tres millones de dominicanos. Para meternos en el siglo XX. Teniendo que cuidarse de los resentidos, de los mediocres, de la ingratitud de tanto pobre diablo. ¿No merece, un hombre así, distraerse de cuando en cuando? ¿Gozar unos minutos con una hembra? Una de las pocas compensaciones en su vida, Agustín. Por eso, me siento orgulloso de ser lo que dicen tantas víboras: el celestino del Jefe. ¡A mucha honra, Cerebrito!

Se llevó el vaso sin whisky a los labios y se metió a la boca un cubito de hielo. Permaneció buen rato en silencio, chupando, concentrado, extenuado por el soliloquio. Cabral lo observaba, callado también, acariciando su vaso lleno de whisky.

—Se terminó la botella y no tengo otra —se excusó—. Tómate el mío, yo no puedo beber más.

Asintiendo, el embajador le estiró el vaso vacío y el senador Cabral le echó los restos del suyo.

—Me emociona lo que dices, Manuel —murmuró—. Pero, no me sorprende. Lo que tú sientes por él, esa admiración, esa gratitud, es lo que he sentido siempre por el Jefe. Por eso me duele tanto esta situación.

El embajador le puso la mano en el hombro.

—Se arreglará, Cerebrito. Hablaré con él. Yo sé cómo decirle las cosas. Le explicaré. No le diré que es idea mía, sino tuya. Una iniciativa de Agustín Cabral. Un leal a toda prueba, incluso desde la desgracia, desde la humillación. Tú ya conoces al Jefe. Le gustan los gestos. Puede tener sus años, su salud resentida. Pero, nunca rechazó los desafíos del amor. Lo organizaré todo, con la más absoluta discreción. No te preocupes. Recuperarás tu posición, los que te dieron la espalda harán cola en esta puerta muy pronto.

Ahora, tengo que irme. Gracias por los whiskys. En mi casa, no me dejan probar una gota de alcohol. Qué bueno ha sido sentir en mi pobre garganta ese cosquilleo un poco ardiente, un poco amargo. Adiós, Cerebrito. No te angusties más. Déjame a mí. Tú, más bien, prepara a Uranita. Sin entrar en detalles. No hace falta. Se encargará el Jefe. No puedes imaginar la delicadeza, la ternura, el don de gentes, con que actúa en estos casos. La hará feliz, la recompensará, tendrá un futuro asegurado. Siempre lo hizo. Más todavía con una criatura tan dulce y tan bella.

Fue tambaleándose hasta la puerta, y abandonó la casa dando un ligero portazo. Desde el sofá de la sala, donde seguía con el vaso vacío en las manos, Agustín Cabral sintió el motor del auto, partiendo. Sentía lasitud, una abulia inconmensurable. Jamás tendría fuerzas para ponerse de pie, subir los escalones, desnudarse, ir al baño, lavarse los dientes, acostarse, apagar la luz.

—¿Estás tratando de decir que Manuel Alfonso propuso a tu padre que, que...? —la tía Adelina no puede terminar, la cólera la ahoga, no encuentra las palabras que rebajen, hagan presentable lo que quiere decir. Para terminar de algún modo, amenaza con su puño al loro *Sansón,* que ni siquiera ha abierto el pico—: ¡Quieto, animal de porquería!

—No trato. Te cuento lo que pasó —dice Urania—. Si no quieres oírlo, me callo y me voy.

La tía Adelina abre la boca, pero no logra decir nada.

Por lo demás, Urania tampoco conocía los pormenores de la conversación entre Manuel Alfonso y su papá, aquella noche en que, por primera vez en su vida, el senador no subió a acostarse. Se quedó dormido en la sala, vestido, un vaso y una botella de whisky vacíos a sus pies. El espectáculo que encontró a la mañana siguiente, al bajar a tomar desayuno para ir al colegio, la sobrecogió. Su papá no era un borracho, al contrario, siempre criticaba a borrachos y juerguistas. Se había emborrachado por desesperación, por estar acosado, perseguido, investigado, destituido, con sus cuentas congeladas, por algo que no había hecho. Sollozó, abrazada a su papá, tumbado en el sillón de la sala. Cuando éste abrió los ojos y la vio junto a él, llorando, la besó muchas veces: «No llores, corazón. Saldremos de ésta, verás, no nos dejaremos derrotar». Se incorporó, arregló sus ropas, acompañó a su hija a tomar desayuno. Mientras le acariciaba los cabellos y le decía que no contara nada en el colegio, la observaba de una manera rara.

—Debía dudar, retorcerse —imagina Urania—. Pensaría en exiliarse. Pero, jamás hubiera podido entrar a una embajada. Ya no había legaciones latinoamericanas, desde las sanciones. Y los *caliés* daban vueltas, haciendo guardia a la puerta de las que quedaban. Pasaría un día horrible, peleando contra sus escrúpulos. Esa tarde, cuando regresé del colegio, ya había dado el paso.

La tía Adelina no protesta. Sólo la mira, desde el fondo de sus cuencas hundidas, con reproche mezclado de espanto, y una incredulidad que, pese a sus esfuerzos, se va apagando. Manolita se enrula y desenrula una mecha de cabello. Lucinda y Marianita se han vuelto estatuas.

Estaba bañado y vestido con la corrección de costumbre; no quedaba en él rastro de la mala noche. Pero no había probado bocado, y las dudas y la amargura se reflejaban en su palidez cadavérica, en sus ojeras y el brillo asustadizo de su mirada.

—¿Te sientes mal, papi? ¿Por qué estás tan pálido?

—Tenemos que hablar, Uranita. Ven, subamos a tu cuarto. No quiero que el servicio nos escuche.

«Lo van a meter preso», pensó la niña. «Va a decirme que tengo que ir a vivir donde el tío Aníbal y la tía Adelina».

Entraron al cuarto, Urania echó al voleo los libros sobre su mesita de trabajo y se sentó a la orilla de la cama

(«Con cubrecamas azul y los animalitos de Walt Disney») y su padre fue a acodarse en la ventana.

—Tú eres lo que más quiero en el mundo —le sonrió—. Lo mejor que tengo. Desde que murió tu mamá, lo único que me queda en esta vida. ¿Te das cuenta, hijita?

—Claro, papi —repuso ella—. ¿Qué otra cosa terrible ha pasado? ¿Te van a meter preso?

—No, no —negó él con la cabeza—. Más bien, hay una posibilidad de que todo se arregle.

Hizo una pausa, incapaz de continuar. Le temblaban labios y manos. Ella lo miraba sorprendida. Pero, entonces, ésa era una gran noticia. ¿Una posibilidad de que dejaran de atacarlo radios y periódicos? ¿De que volviera a ser presidente del Senado? Si era así, por qué esa cara, papi, por qué tan abatido, tan triste.

—Porque me piden un sacrificio, hijita —murmuró—. Quiero que sepas una cosa. Yo no haría nunca nada, nada, entiéndelo bien, mételo en la cabecita, que no fuera por tu bien. Júrame que nunca olvidarás lo que te estoy diciendo.

Uranita comienza a irritarse. ¿De qué hablaba? ¿Por qué no se lo decía de una vez?

—Por supuesto, papi —dice al fin, con gesto de cansancio—. Pero qué ha pasado, por qué tantas vueltas.

Su padre se dejó caer a su lado en la cama, la tomó de los hombros, la recostó contra él, la besó en los cabellos.

—Hay una fiesta y el Generalísimo te ha invitado —mantenía los labios apretados contra la frente de la niña—. En la casa que tiene en San Cristóbal, en la Hacienda Fundación.

Urania se desprendió de sus brazos.

—¿Una fiesta? ¿Y Trujillo nos invita? Pero, papi, quiere decir que todo se arregló. ¿Verdad?

El senador Cabral encogió los hombros.

—No sé, Uranita. El Jefe es impredecible. De intenciones no siempre fáciles de adivinar. No nos ha invitado a los dos. Sólo a ti.

—¿A mí?

—Te llevará Manuel Alfonso. Él te traerá, también. No sé por qué te invita a ti y a mí no. Es seguramente un primer gesto, una manera de hacerme saber que no todo está perdido. Eso, al menos, deduce Manuel.

—Qué mal se sentía —dice Urania, advirtiendo que la tía Adelina, cabizbaja, ya no la riñe con esa mirada en que se ha eclipsado la seguridad—. Se enredaba, se contradecía. Temblaba de que yo no le creyera sus mentiras.

—Manuel Alfonso pudo engañarlo también... —comienza a decir la tía Adelina, pero la frase se le corta. Hace un gesto de contrición, disculpándose con las manos y la cabeza.

—Si no quieres ir, no irás, Uranita —Agustín Cabral se restriega las manos, como si, en ese atardecer caluroso que se está volviendo noche, él tuviera frío—. Llamo ahora mismo a Manuel Alfonso y le digo que te sientes mal, que te disculpe con el Jefe. No tienes ninguna obligación, hijita.

No sabe qué contestar. ¿Por qué tenía que tomar ella semejante decisión?

—No sé, papi —duda, confusa—. Me parece rarísimo. ¿Por qué me invita a mí sola? ¿Qué voy a hacer ahí, en una fiesta de viejos? ¿O están invitadas otras muchachas de mi edad?

La pequeña nuez sube y baja por la garganta delgadita del senador Cabral. Sus ojos esquivan los de Urania.

—Cuando te ha invitado a ti, habrá también otras jóvenes —balbucea—. Será que ya no te considera niña, sino señorita.

—Pero si a mí ni me conoce, sólo me ha visto de lejos, entre montones de gente. Qué va a acordarse, papi.

—Le habrán hablado de ti, Uranita —se escabulle su padre—. Te repito, no tienes obligación ninguna. Si quieres, llamo a Manuel Alfonso a decirle que te sientes mal.

—Bueno, no sé, papi. Si quieres voy, y si no, no. Lo que yo quiero es ayudarte. ¿No se enojará si lo desairo?

—¿No te dabas cuenta de nada? —se atreve a preguntarle Manolita.

De nada, Urania. Eras aún una niña, cuando ser niña quería decir todavía ser totalmente inocente para ciertas cosas relacionadas con el deseo, los instintos y el poder, y con los infinitos excesos y bestialidades que esas cosas mezcladas podían significar en un país modelado por Trujillo. A ella, que era despierta, todo le parecía precipitado, desde luego. ¿Dónde se había visto una invitación a una fiesta hecha el mismo día, sin dar tiempo a la invitada a prepararse? Pero, era una niña normal y sana —el último día que lo serías, Urania—, novelera, y, de pronto, esa fiesta, en San Cristóbal, en la famosa hacienda del Generalísimo, de donde salían los caballos y las vacas que ganaban todos los concursos, no podía no excitarla, llenarla de curiosidad, pensando en lo que contaría a sus amigas del Santo Domingo, la envidia que haría sentir a esas compañeras que, estos días, la habían hecho pasar tan malos ratos hablándole de las barbaridades que decían contra el senador Agustín Cabral en periódicos y radios. ¿Por qué habría tenido recelo de algo que tenía el visto bueno de su padre? Más bien, la ilusionaba que, como dijo el senador, aquella invitación fuera el primer síntoma de un desagravio, un gesto para hacer saber a su padre que el calvario había terminado.

No sospechó nada. Como la mujercita en ciernes que era, se preocupó de cosas más livianas, ¿qué se pondría, papi?, ¿qué zapatos?, lástima que fuera tan tarde, hubieran podido llamar a la peluquera que la peinó y maquilló el mes pasado, cuando fue damita de la Reina del Santo Domingo.

Fue su única preocupación, a partir del momento en que, para no ofender al Jefe, su padre y ella decidieron que iría a la fiesta. Don Manuel Alfonso vendría a recogerla a las ocho de la noche. No le quedaba tiempo para las tareas del colegio.

—¿Hasta qué hora le has dicho al señor Alfonso que puedo quedarme?

—Bueno, hasta que empiece a despedirse la gente —dice el senador Cabral, estrujándose las manos—. Si quieres salir antes, porque te sientes cansada o lo que sea, se lo dices y Manuel Alfonso te trae de vuelta de inmediato.

XVII

Cuando el doctor Vélez Santana y Bienvenido García, el yerno del general Juan Tomás Díaz, se llevaron en la camioneta a Pedro Livio Cedeño a la Clínica Internacional, el trío inseparable —Amadito, Antonio Imbert y el Turco Estrella Sadhalá— se decidió: no tenía sentido seguir esperando allí que el general Díaz, Luis Amiama y Antonio de la Maza encontraran al general José René Román. Mejor, buscar un médico que les curara las heridas, cambiarse las ropas manchadas y buscar un refugio, hasta que las cosas se aclararan. ¿A qué médico de confianza podían recurrir, a estas horas? Era cerca de medianoche.

—Mi primo Manuel —dijo Imbert—. Manuel Durán Barreras. Vive cerca de aquí y tiene el consultorio junto a su casa. Es de confianza.

Tony tenía el gesto sombrío, lo que sorprendió a Amadito. En el auto en el que Salvador los llevaba a casa del doctor Durán Barreras —la ciudad estaba en silencio y las calles sin tráfico, aún no había trascendido la noticia— le preguntó:

—¿Por qué esa cara de entierro?

—Esta vaina se fue al carajo —respondió Imbert, sordamente.

El Turco y el teniente lo miraron.

—¿Les parece normal que Pupo Román no aparezca? —añadió, entre dientes—. Sólo hay dos explicaciones. Lo han descubierto y está preso, o se asustó. En cualquier caso, nos jodimos.

—¡Pero hemos matado a Trujillo, Tony! —lo animó Amadito—. Nadie lo va a resucitar.

—No creas que me arrepiento —dijo Imbert—. La verdad, nunca me hice ilusiones sobre el golpe de Estado, la Junta cívico-militar, esos sueños de Antonio de la Maza. Yo nos vi siempre como un comando suicida.

—Haberlo dicho antes, mi hermano —bromeó Amadito—. Para escribir mi testamento.

El Turco los dejó donde el doctor Durán Barreras y se fue a su casa; como los *caliés* descubrirían pronto su carro abandonado en la carretera, quería alertar a su mujer y a sus hijos, y sacar alguna ropa y dinero. El doctor Durán Barreras estaba acostado. Salió en bata, desperezándose. Se le descolgó la mandíbula cuando Imbert le explicó por qué estaban embarrados y ensangrentados y qué esperaban de él. Durante muchos segundos los miró atónito, con su gran cara huesosa, de barba crecida, deformada por la perplejidad. Amadito podía ver la manzana de Adán subiendo y bajando por la garganta del médico. De rato en rato se frotaba los ojos como temiendo ver fantasmas. Por fin, reaccionó:

—Lo primero es curarlos. Vamos al consultorio.

El que estaba peor era Amadito. Una bala le había perforado el tobillo; se veían los orificios de entrada y salida del proyectil, con pedazos astillados de hueso asomando por la herida. La hinchazón le deformaba el pie y parte del tobillo.

—No sé cómo puedes estar de pie con un destrozo así —comentó el doctor, mientras le desinfectaba la herida.

—Sólo ahora me doy cuenta que me duele —repuso el teniente.

Con la euforia de lo sucedido, apenas había prestado atención a su pie. Pero, ahora, el dolor estaba allí, acompañado de un cosquilleo ardiente que subía hasta la rodilla. El médico lo vendó, le puso una inyección y le dio un frasquito con pastillas, para tomar cada cuatro horas.

—¿Tienes donde ir? —le preguntó Imbert, mientras lo curaban.

Amadito pensó inmediatamente en su tía Meca. Era una de sus once tías abuelas, la que más lo había mimado desde niño. La viejecita vivía sola, en una casa de madera llena de macetas de flores, en la avenida San Martín, no lejos del parque Independencia.

—Donde primero nos buscarán será en casa de los parientes —le advirtió Tony—. Algún amigo de confianza, más bien.

—Todos mis amigos son militares, mi hermano. Trujillistas acérrimos.

Veía a Imbert tan preocupado y pesimista que no acababa de entender. Pupo Román aparecería y pondría el Plan en marcha, era seguro. Y, en todo caso, con la muerte de Trujillo, el régimen se desharía como castillo de naipes.

—Creo que puedo ayudarte, muchacho —intervino el doctor Durán Barreras—. El mecánico que me repara la camioneta tiene una finquita y quiere alquilarla. Por el ensanche Ozama. ¿Le hablo?

Lo hizo y resultó sorprendentemente fácil. El mecánico se llamaba Antonio Sánchez (Toño) y, pese a la hora, vino a la casa apenas el doctor lo llamó. Le contaron la verdad. «¡Carajo, esta noche me emborracho!», exclamó. Era un honor prestarles su finquita. El teniente estaría a salvo, no había vecinos cerca. Él mismo lo llevaría en su jeep, y se encargaría de que no le faltara comida.

—¿Cómo te puedo pagar todo esto, matasanos? —preguntó Amadito a Durán Barreras.

—Cuidándote, muchacho —le dio la mano el médico, mirándolo con compasión—. No quisiera estar en tu pellejo si te agarran.

—Eso no ocurrirá, matasanos.

Se había quedado sin balas, pero Imbert tenía una buena provisión y le regaló un puñado de municiones. El teniente cargó su pistola 45 y, a modo de despedida, afirmó:

—Así me siento más seguro.

—Espero verte pronto, Amadito —lo abrazó Tony—. Tu amistad es una de las buenas cosas que me han pasado.

Cuando iban rumbo al ensanche Ozama en el jeep de Toño Sánchez, la ciudad había cambiado. Cruzaron un par de «cepillos» con *caliés,* y, cruzando el Puente Radhamés, vieron llegar un camión con guardias, que saltaban a colocar una barrera.

—Ya saben que el Chivo está muerto —dijo Amadito—. Me gustaría ver qué cara pusieron, ahora que se quedaron sin su Jefe.

—Nadie se lo va a creer hasta que vean y huelan el cadáver —comentó el mecánico—. ¡Qué distinto va a ser este país sin Trujillo, coñazo!

La finquita era una construcción rústica, en el centro de una propiedad de diez tareas, sin cultivar. La vivienda estaba semivacía: un catre con colchón, unas sillas rotas, y un botellón de agua destilada. «Mañana te traigo algo de comer», le prometió Toño Sánchez. «No te preocupes. Aquí no vendrá nadie».

La casa no tenía luz eléctrica. Amadito se sacó los zapatos y se echó vestido sobre el catre. El motor del jeep de Toño Sánchez se fue apagando, hasta desaparecer. Estaba cansado y le dolían el talón y el tobillo, pero sentía una gran serenidad. Con Trujillo muerto, se le había quitado un gran peso de encima. La mala conciencia que le roía el alma desde que se vio obligado a matar a ese pobre hombre —¡el hermano de Luisa Gil, Dios mío!—, ahora, estaba seguro, se iría disipando. Volvería a ser el de antes, un muchacho que se miraba al espejo sin sentir asco de la cara que veía reflejada. Ah, coño, si pudiera acabar también con Abbes García y el mayor Roberto Figueroa Carrión, no le importaría nada. Moriría en paz. Se acurrucó, cambió varias veces de postura buscando el sueño, pero no lo consiguió. Oyó en la oscuridad ruiditos, carreritas. Al amanecer, la excitación y el dolor amainaron y pudo pescar el sueño, unas horas. Se despertó sobresaltado. Había tenido una pesadilla, no recordaba sobre qué.

Se pasó todas las horas del nuevo día espiando por las ventanas la aparición del jeep. No había nada de comer en la casita, pero no tenía hambre. Los sorbitos de agua destilada que tomaba de rato en rato le distraían el estómago. Pero lo atormentaban la soledad, el aburrimiento, la falta de noticias. ¡Si por lo menos hubiera una radio! Resistió la tentación de salir andando hasta algún lugar habitado, en busca de un periódico. Aguanta la impaciencia, muchacho, Toño Sánchez ya vendría.

Vino sólo al tercer día. Se apareció al mediodía del 2 de junio, precisamente el día en que Amadito, medio muerto de hambre y desesperado por la falta de noticias, cumplía treinta y dos años. Toño ya no era el hombre campechano, efusivo y seguro de sí mismo que lo trajo aquí. Estaba pálido, comido por la inquietud, sin afeitar, y tartamudeaba. Le alcanzó un termo con café caliente y unos sándwiches de longaniza y queso, que Amadito devoró mientras oía las malas nuevas. Su retrato estaba en todos los periódicos y lo pasaban a cada rato por la televisión, junto con los del general Juan Tomás Díaz, Antonio de la Maza, Estrella Sadhalá, Fifí Pastoriza, Pedro Livio Cedeño, Antonio Imbert, Huáscar Tejeda y Luis Amiama. Pedro Livio Cedeño, preso, los había denunciado. Ofrecían chorros de pesos a quien diera información sobre ellos. Había una persecución atroz contra todo sospechoso de antitrujillismo. El doctor Durán Barreras había sido detenido la víspera; Toño pensaba que, sometido a torturas, terminaría por delatarlos. Era peligrosísimo que Amadito continuará aquí.

—No me quedaría aquí aunque fuera un escondite seguro, Toño —le dijo el teniente—. Que me maten, antes de volver a pasar otros tres días en esta soledad.

—¿Y adónde vas a ir?

Pensó en su primo Máximo Mieses, que tenía una tierrita por la carretera Duarte. Pero Toño lo desanimó: las carreteras estaban llenas de patrullas y registraban los vehículos. Jamás llegaría hasta la finca de su primo sin ser reconocido.

—No te das cuenta de la situación —se enfureció Toño Sánchez—. Hay centenares de detenidos. Están como locos, buscándolos.

—Que se vayan al carajo —dijo Amadito—. Que me maten. El Chivo está tieso y no lo van a resucitar. Tú no te preocupes, mi hermano. Has hecho mucho por mí. ¿Puedes sacarme hasta la carretera? Volveré a la capital andando.

—Tengo miedo, pero no tanto como para dejarte tirado, no soy tan hijo de puta —dijo un Toño más calmado. Le dio una palmada—. Vamos, te llevo. Si nos pescan, tú me obligaste con tu revólver ¿okey?

Acomodó a Amadito en la parte trasera del jeep, debajo de una lona, encima de la cual puso un rollo de sogas y unas latas de gasolina que zangoloteaban sobre el encogido teniente. La postura le dio calambres y aumentó el dolor de su pie; en cada bache de la carretera, se golpeaba los hombros, la espalda, la cabeza. Pero en ningún momento descuidó su pistola 45; la llevaba en la mano derecha, sin seguro. Pasara lo que pasara, no lo cogerían vivo. No sentía temor. La verdad, no abrigaba muchas esperanzas de salir de ésta. Pero, qué importaba. No había vuelto a sentir una tranquilidad así desde aquella siniestra noche con Johnny Abbes.

—Estamos llegando al Puente Radhamés —oyó decir, despavorido, a Toño Sánchez—. No te muevas, no hagas ruido, una patrulla.

El jeep se detuvo. Oyó voces, pasos, y, luego de una pausa, exclamaciones amistosas: «Pero si eres tú, Toñito». «Qué hay, compadre». Los autorizaron a seguir, sin registrar el vehículo. Estarían a medio puente, cuando oyó de nuevo a Toño Sánchez:

—El capitán era mi amigo, el flaco Rasputín, ¡qué suerte, coño! Todavía tengo los huevos de corbata, Amadito. ¿Dónde te dejo?

—En la avenida San Martín.

Poco después, el jeep frenó.

—No veo *caliés* por ninguna parte, aprovecha —le dijo Toño—. Que Dios te acompañe, muchacho.

El teniente se zafó de la lona y las latas y brincó a la vereda. Pasaban algunos autos, pero no vio peatones, salvo un hombre con bastón que se alejaba, dándole la espalda.

—Que Dios te lo pague, Toño.

—Que Él te acompañe —repitió Toño Sánchez, arrancando.

La casita de la tía Meca —toda de madera, de una sola planta, con verja y sin jardín pero rodeada de macetas con geranios en las ventanas— estaba a unos veinte metros, que Amadito cruzó a trancos largos, cojeando, sin ocultar el revólver. Apenas tocó, la puerta se abrió. La tía Meca no tuvo tiempo de asombrarse, porque el teniente entró de un salto, apartándola y cerrando la puerta tras él.

—No sé qué hacer, dónde esconderme, tía Meca. Será por uno o dos días, hasta que encuentre un lugar seguro.

Su tía lo besaba y abrazaba con el cariño de siempre. No parecía tan asustada como Amadito temía.

—Te tienen que haber visto, hijito. Cómo se te ocurre venir en pleno día. Mis vecinos son furibundos trujillistas. Estás lleno de sangre. ¿Y esas vendas? ¿Te han herido?

Amadito espiaba la calle a través de los visillos. No había gente en las veredas. Puertas y ventanas del otro lado de la calle estaban cerradas.

—Desde que se dio la noticia le he estado rezando a san Pedro Claver por ti, Amadito, él es un santo tan milagroso —su tía Meca le tenía apresada la cara en sus manos—. Cuando saliste en la televisión y en *El Caribe,* varias vecinas vinieron a preguntarme, a averiguar. Ojalá que no te hayan visto. En qué facha estás, hijito. ¿Quieres algo?

—Sí, tía —se rió él, acariciándole los blancos cabellos—. Una ducha y algo de comer. Me muero de hambre.

—¡Si además es tu cumpleaños! —recordó la tía Meca y volvió a abrazarlo.

Era una anciana menuda y enérgica, de expresión firme y ojos profundos y bondadosos. Hizo que se quitara el pantalón y la camisa, para limpiárselos, y, mientras Amadito se bañaba —fue un placer de los dioses—, le calentó todos los sobrantes de comida en la cocina. En calzoncillos y camiseta, el teniente encontró en la mesa un banquete: fritos verdes, longaniza frita, arroz y chicharrones de pollo. Comió con apetito, escuchando las historias de su tía Meca. El revuelo que causó en la familia saber que era uno de los asesinos de Trujillo. A casa de tres de sus hermanas se habían presentado los *caliés,* en la madrugada, preguntando por él. Aquí no habían venido todavía.

—Si no te importa, quisiera dormir un poco, tía. Hace días que apenas pego los ojos. De aburrimiento. Me siento feliz de estar aquí contigo.

Ella lo llevó hasta su dormitorio y lo hizo echarse en su cama, bajo una imagen de san Pedro Claver, su santo favorito. Cerró los postigos para oscurecer la habitación, y le dijo que, mientras dormía la siesta, le limpiaría y plancharía el uniforme. «Ya se nos ocurrirá dónde esconderte, Amadito». Lo besó muchas veces en la frente y la cabeza: «Y yo que te creía tan trujillista, hijo». Se quedó dormido al instante. Soñó que el Turco Sadhalá y Antonio Imbert lo llamaban con insistencia: «¡Amadito, Amadito!». Querían comunicarle algo importante y él no les entendía los gestos ni las palabras. Le pareció que acababa de cerrar los ojos cuando sintió que lo remecían. Ahí estaba la tía Meca, tan blanca y espantada que sintió pena por ella, remordimientos por haberla metido en esta vaina.

—Ahí están, ahí están —se ahogaba, persignándose—. Diez o doce «cepillos» y montones de *caliés,* hijito.

Él estaba ahora lúcido y sabía perfectamente qué hacer. Obligó a la anciana a tumbarse en el suelo, detrás de la cama, contra la pared, a los pies de san Pedro Claver.

—No te muevas, no te levantes por nada del mundo —le ordenó—. Te quiero mucho, tía Meca.

Tenía la pistola 45 en la mano. Descalzo, vestido solo con la camiseta y el calzoncillo color caqui del uniforme, se deslizó, pegado a la pared, hasta la puerta principal. Espió entre los visillos, sin dejarse ver. Era una tarde de cielo nublado y a lo lejos tocaban un bolero. Varios Volkswagen negros del SIM cubrían la pista. Había lo menos una veintena de *caliés* armados con metralletas y revólveres, rodeando la casa. Tres individuos estaban frente a la puerta. Uno de ellos la golpeó con el puño, haciendo remecer sus maderas. Gritó a voz en cuello:

—¡Sabemos que estás ahí, García Guerrero! ¡Sal con los brazos en alto, si no quieres morir como un perro!

«Como un perro, no», murmuró. A la vez que abrió la puerta con la mano izquierda, con la derecha disparó. Alcanzó a vaciar el cargador de su pistola y vio caer, rugiendo, alcanzado en pleno pecho, al que lo conminaba a rendirse.

Pero, aniquilado por innumerables balas de metralleta y revólver, no vio que, además de matar a un *calié,* había herido a otros dos, antes de morir él mismo. No vio cómo su cadáver fue sujetado —como sujetaban los cazadores a los venados muertos en las cacerías de la cordillera Central— en el techo de un Volkswagen, y que así, cogidos sus tobillos y muñecas por los hombres de Johnny Abbes que estaban en el interior del «cepillo», fue exhibido a los mirones del parque Independencia, por donde sus victimarios dieron una vuelta triunfal, mientras otros *caliés* entraban a la casa, encontraban a la tía Meca más muerta que viva donde él la dejó, y se la llevaban a empujones y escupitajos a los locales del SIM, al tiempo que una turba codiciosa comenzaba, ante las miradas burlonas o impávidas de la policía, a saquear la casa, apoderándose de todo lo que no habían robado antes los *caliés,* casa a la que, luego de saquear, destrozarían, destablarían, destecharían y por fin quemarían hasta que, al anochecer, no quedara de ella más que cenizas y escombros carbonizados.

XVIII

Cuando uno de los ayudantes militares hizo pasar al despacho a Luis Rodríguez, chofer de Manuel Alfonso, el Generalísimo se levantó para recibirlo, lo que no hacía ni con los más importantes personajes.

—¿Cómo sigue el embajador? —le preguntó, ansioso.

—Regular, Jefe —el chofer puso cara de circunstancias y se tocó la garganta—. Muchos dolores, otra vez. Esta mañana me mandó traer al médico, para que le pusiera una inyección.

Pobre Manuel. No era justo, coño. Que alguien que dedicó su vida a cuidar su cuerpo, a ser bello, elegante, a resistir esa maldita ley de la Naturaleza de que todo debía afearse, fuera castigado así, en lo que más podía humillarlo: esa cara que respiraba vida, apostura, salud. Mejor se hubiera quedado en la mesa de operaciones. Cuando lo vio al retornar a Ciudad Trujillo luego de la operación en la Clínica Mayo, al Benefactor se le aguaron los ojos. En qué ruina estaba convertido. Y apenas se le entendía, ahora que le habían sacado media lengua.

—Salúdalo de mi parte —el Generalísimo examinó a Luis Rodríguez; traje oscuro, camisa blanca, corbata azul, zapatos lustrados: el negro mejor adornado de la República Dominicana—. ¿Qué noticias?

—Muy buenas, Jefe —chisporrotearon los ojazos de Luis Rodríguez—. Encontré a la muchacha, no hubo problema. Cuando usted diga.

—¿Seguro que es la misma?

La gran cara morena, con cicatrices y bigote, asintió varias veces.

—Segurísimo. La que le entregó las flores el lunes, en nombre de la Juventud Sancristobalense. Yolanda Esterel. Diecisiete añitos. Aquí está su foto.

Era una fotografía de carnet escolar, pero Trujillo reconoció los ojitos lánguidos, la boquita de labios gruesos y los cabellos sueltos barriendo sus hombros. La muchachita había desfilado al frente de las escuelas, llevando una gran fotografía del Generalísimo, ante la tribuna levantada en el parque central de San Cristóbal, y luego subió al estrado a entregarle un ramo de rosas y hortensias envuelto en papel celofán. Recordó el cuerpecillo lleno, las formas desarrolladas, los pechitos breves, sueltos, insinuados bajo la blusa, la cadera saliente. Un cosquilleo en los testículos le animó el espíritu.

—Llévala a la Casa de Caoba, a eso de las diez —dijo, reprimiendo ese fantaseo que le hacía perder tiempo—. Mis cariños a Manuel. Que se cuide.

—Sí, Jefe, de su parte. La llevaré un poco antes de las diez.

Se marchó haciendo venias. El Generalísimo llamó, por uno de los seis teléfonos de su escritorio laqueado, al retén de guardia en la Casa de Caoba, para que Benita Sepúlveda tuviera las habitaciones con olor a anís y llenas de flores frescas. (Era una precaución innecesaria, pues la cuidadora, sabiendo que podía aparecer en cualquier momento, siempre tenía la Casa de Caoba brillando, pero él nunca dejaba de prevenirla.) Ordenó a los ayudantes militares que tuvieran dispuesto el Chevrolet y que llamaran a su chofer, edecán y guardaespaldas, Zacarías de la Cruz, pues esta noche, luego del paseo, iría a San Cristóbal.

La perspectiva lo tenía entusiasmado. ¿No sería hija de aquella directora de escuela de San Cristóbal, que, diez años atrás, le recitó una poesía de Salomé Ureña, durante otra visita política a su ciudad natal, excitándolo tanto con sus axilas depiladas que exhibía al declamar, que abandonó la recepción oficial en su honor apenas comenzada para llevarse a la sancristobalense a la Casa de Caoba? ¿Terencia Esterel? Así se llamaba. Sintió otra vaharada de excitación imaginando que Yolanda era hija o hermanita de aquella maestrilla. Iba deprisa, cruzando los jardines entre el Palacio Nacional y la Estancia Radhamés, y apenas escuchaba las explicaciones de un ayudante de la escolta: repetidas llamadas del secretario de Estado de las Fuerzas Armadas, general Román Fernández, poniéndose a sus órdenes, por si Su Excelencia quería verlo antes del paseo. Ah, se asustó con la llamada de esta mañana. Se llevaría un susto mayor cuando lo rellenara de coños, mostrándole el charco de aguas mugrientas.

Entró como una tromba a sus habitaciones de la Estancia Radhamés. Lo esperaba el uniforme verde oliva de diario, dispuesto sobre la cama. Sinforoso era adivino. No le había dicho que iría a San Cristóbal, pero el viejo le tenía preparada la ropa con que iba siempre a la Hacienda Fundación. ¿Por qué se ponía este uniforme de diario para la Casa de Caoba? No sabía. Esa pasión por los ritos, por la repetición de gestos y actos que abrigaba desde joven. Los signos eran favorables: ni el calzoncillo ni el pantalón tenían manchas de orina. Se le había disipado la irritación que le causó Balaguer, atreviéndose a objetar el ascenso del teniente Víctor Alicinio Peña Rivera. Se sentía optimista, rejuvenecido con ese gracioso hormigueo en los testículos y la expectativa de tener en los brazos a la hija o hermana de aquella Terencia de tan buen recuerdo. ¿Sería virgen? Esta vez no tendría la desagradable experiencia que tuvo con el esqueletito.

Lo alegraba pasar la hora siguiente oliendo el aire salobre, recibiendo la brisa marina y viendo reventar las olas contra la Avenida. La gimnasia lo ayudaría a borrar el mal sabor de buena parte de esta tarde, algo que rara vez le ocurría: nunca fue propenso a depresiones ni pendejadas.

Cuando salía, una sirvienta vino a decirle que doña María quería transmitirle un recado del joven Ramfis, quien había llamado de París. «Más tarde, más tarde, no tengo tiempo». Una conversación con la vieja pijotera le estropearía el buen humor.

Cruzó de nuevo los jardines de la Estancia Radhamés a paso vivo, impaciente por llegar a la orilla del mar. Pero, antes, como todos los días, pasó por casa de su madre, en la avenida Máximo Gómez. En la puerta de la gran residencia color rosado de doña Julia, lo esperaba la veintena de personas que lo acompañaría, privilegiados que, por escoltarlo cada atardecer, eran envidiados y detestados por quienes no habían alcanzado semejante honor. Entre los oficiales y civiles agolpados en los jardines de la Excelsa Matrona que se abrieron en dos filas para dejarlo pasar, «Buenas tardes, Jefe», «Buenas tardes, Excelencia», reconoció a Navajita Espaillat, al general José René Román —¡qué preocupación en los ojos del pobre tonto!—, al coronel Johnny Abbes García, al senador Henry Chirinos, a su yerno el coronel León Estévez, a su amigo comarcano Modesto Díaz, al senador Jeremías Quintanilla que acababa de reemplazar a Agustín Cabral como presidente del Senado, al director de *El Caribe,* don Panchito, y, extraviado entre ellos, al diminuto Presidente Balaguer. No dio la mano a nadie. Subió al primer piso, donde doña Julia se sentaba en su mecedora a la hora del crepúsculo. Ahí estaba la anciana, hundida en su sillón. Menuda, una enanita, miraba fijamente el fuego de artificio del sol mientras se iba sumergiendo en el horizonte, aureolado por nubes enrojecidas. Las señoras y sirvientas que rodeaban a su madre se apartaron. Se inclinó, besó las mejillas apergaminadas de doña Julia y le acarició los cabellos con ternura.

—Te gusta mucho el atardecer ¿verdad, viejita?

Ella asintió, sonriéndole con sus ojitos hundidos pero ágiles, y el pequeño garfio que era su mano le rozó la mejilla. ¿Lo reconocía? Doña Altagracia Julia Molina tenía noventa y seis años y su memoria debía ser un agua jabonosa donde se derretían los recuerdos. Pero, un instinto le diría que, ese hombre que venía puntualmente a visitarla cada tarde, era un ser querido. Siempre fue buenísima esta hija ilegítima de haitianos emigrados a San Cristóbal, cuyos rasgos faciales habían heredado él y sus hermanos, algo que, pese a quererla tanto, nunca dejó de avergonzarlo. Aunque, a veces, cuando en el Hipódromo, el Country Club o Bellas Artes veía a todas las familias aristocráticas dominicanas rindiéndole pleitesías, pensaba con burla: «Lamen el suelo por un descendiente de esclavos». ¿Qué culpa tenía la Excelsa Matrona de que corriera sangre negra por sus venas? Doña Julia sólo había vivido para su marido, ese borrachín buenote y mujeriego, don José Trujillo Valdez, y para sus hijos, olvidándose de ella y poniéndose para todo en el último lugar. Siempre lo maravilló esta mujercita que jamás le pidió dinero, ni ropas, ni viajes, ni bienes. Nada, nunca. Todo se lo dio él a la fuerza. Con su frugalidad congénita, doña Julia seguiría viviendo en la modesta casita de San Cristóbal donde el Generalísimo nació y pasó su infancia, o en uno de esos bohíos de sus ancestros haitianos muertos de hambre. Lo único que le pedía doña Julia en la vida era conmiseración para Petán, Negro, Pipí, Aníbal, esos hermanos lerdos y pícaros, cada vez que cometían fechorías, o para Angelita, Ramfis y Radhamés, que desde niños se escudaban en la abuela para amortiguar la ira del padre. Y, por doña Julia, Trujillo los perdonaba. ¿Se habría enterado que centenares de calles, parques y colegios de la República se llamaban Julia Molina viuda Trujillo? A pesar de ser adulada y festejada, seguía siendo la discreta, la invisible mujer que Trujillo recordaba de su infancia.

A veces, permanecía un buen rato junto a su madre, refiriéndole los sucesos del día, aun cuando ella no pudiera entenderlo. Hoy se limitó a decirle unas frases tiernas y volvió a la Máximo Gómez, impaciente por aspirar el aroma del mar.

Apenas salió a la ancha Avenida —el ramillete de civiles y oficiales volvió a abrirse— echó a andar. Divisaba el Caribe ocho cuadras abajo, encendido por los oros y fuegos del crepúsculo. Sintió otra oleada de satisfacción. Caminaba por la derecha, seguido por los cortesanos abiertos en abanico y grupos que ocupaban la pista y la vereda. A esta hora se interrumpía el tráfico en la Máximo Gómez y la Avenida, aunque, por órdenes suyas, Johnny Abbes había vuelto casi secreta la vigilancia en las calles laterales, pues al Generalísimo acabaron por darle claustrofobia esas esquinas atestadas de guardias y *caliés*. Nadie cruzaba la barrera de los ayudantes militares, a un metro del Jefe. Todos esperaban que éste indicara quién podía acercarse. Después de media cuadra, aspirando el aliento de los jardines, se volvió, buscó la cabeza semicalva de Modesto Díaz y le hizo una seña. Hubo una pequeña confusión, pues el pulposo senador Chirinos, que iba junto a Modesto Díaz, creyó ser el ungido y se precipitó hacia el Generalísimo. Fue atajado y devuelto al montón. A Modesto Díaz, entrado en carnes, estos paseos, al ritmo de Trujillo, le costaban gran esfuerzo. Sudaba copiosamente. Tenía el pañuelo en la mano y, de tanto en tanto, se secaba la frente, el cuello y los pómulos hinchados.

—Buenas tardes, Jefe.

—Tendrías que ponerte a dieta —le aconsejó Trujillo—. Apenas cincuenta años y echas los bofes. Aprende de mí, setenta primaveras y en plena forma.

—Me lo dice a diario mi mujer, Jefe. Me prepara calditos de pollo y ensaladas. Pero, para eso no tengo voluntad. Puedo renunciar a todo, menos a la buena mesa.

Su redonda humanidad apenas lograba mantenerse a su altura. Modesto tenía de su hermano, el general Juan Tomás Díaz, la misma cara ancha de nariz achatada, gruesos labios y una piel de inconfundibles reminiscencias raciales, pero era más inteligente que él y que la mayor parte de los dominicanos que Trujillo conocía. Había sido presidente del Partido Dominicano, congresista y ministro; pero el Generalísimo no le permitió que durara demasiado en el gobierno, precisamente porque su claridad mental para exponer, analizar y resolver un problema, le pareció peligrosa, capaz de ensoberbecerlo y llevarlo a la traición.

—¿En qué conspiración anda metido Juan Tomás? —le soltó, volviéndose a mirarlo—. Estarás al tanto de las andanzas de tu hermano y yerno, supongo.

Modesto sonrió, como festejando una broma:

—¿Juan Tomás? Entre sus fincas y negocios, el whisky y las sesiones de cine en el jardín de su casa, dudo que le quede un rato libre para conspirar.

—Anda conspirando con Henry Dearborn, el diplomático yanqui —afirmó Trujillo, como si no lo hubiera oído—. Que se deje de pendejadas, porque ya lo pasó mal una vez y lo puede pasar peor.

—Mi hermano no es tan tonto para conspirar contra usted, Jefe. Pero, en fin, se lo diré.

Qué agradable: la brisa marina le ventilaba los pulmones, y oía el estruendo de las olas rompiendo contra las rocas y el muro de cemento de la Avenida. Modesto Díaz hizo ademán de apartarse, pero el Benefactor lo contuvo:

—Espera, no he terminado. ¿O ya no puedes más?

—Por usted, me arriesgo al infarto.

Trujillo lo premió con una sonrisa. Siempre sintió simpatía por Modesto, que, además de inteligente, era ponderado, justo, afable, sin dobleces. Sin embargo, su inteligencia no era controlable y aprovechable, como la de Cerebrito, el Constitucionalista Beodo o Balaguer. En la de Modesto había un filo indómito y una independencia que podían volverse sediciosos si adquiría demasiado poder. Él y Juan Tomás eran también de San Cristóbal, los había frecuentado desde jóvenes, y, además de darle cargos, había utilizado a Modesto en innumerables ocasiones como consejero. Lo sometió a pruebas severísimas, de las que salió airoso. La primera, a fines de los años cuarenta, luego de visitar la Feria Ganadera de toros de raza y vacas lecheras que Modesto Díaz organizó en Villa Mella. Vaya sorpresa: la finca, no muy grande, era tan aseada, moderna y próspera como la Hacienda Fundación. Más que los impecables establos y las rozagantes vacas lecheras, hirió su susceptibilidad la satisfacción arrogante con que Modesto les mostraba la granja de crianza a él y los otros invitados. Al día siguiente, le envió a la Inmundicia Viviente con un cheque de diez mil pesos para formalizar la compraventa. Sin la menor reticencia por tener que vender esa niña de sus ojos a un precio ridículo (costaba más una sola de sus vacas), Modesto firmó el contrato y envió una nota manuscrita a Trujillo agradeciéndole que «Su Excelencia considere mi pequeña empresa agro-ganadera digna de ser explotada por su experimentada mano». Después de ponderar si en esas líneas había una ironía punible, el Benefactor decidió que no. Cinco años más tarde, Modesto Díaz tenía otra extensa y hermosa finca ganadera, en una apartada región de La Estrella. ¿Pensaba que en esas lejanías pasaría desapercibido? Muerto de risa, Trujillo le envió a Cerebrito Cabral con otro cheque de diez mil pesos, diciéndole que tenía tanta confianza en su talento agrícola-ganadero que le compraba la finca a ciegas, sin visitarla. Modesto firmó el traspaso, se embolsilló la simbólica suma, y agradeció al Generalísimo con otra esquela afectuosa. Para premiar su docilidad, algún tiempo después Trujillo le regaló la concesión exclusiva para importar lavadoras y batidoras domésticas, con lo que el hermano del general Juan Tomás Díaz se resarció de aquellas pérdidas.

—Este lío, con los curas comemierdas —rezongó Trujillo—. ¿Tiene o no tiene arreglo?

—Desde luego que lo tiene, Jefe —Modesto iba con la lengua afuera; además de la frente y el cuello, le sudaba la calva—. Pero, si me permite, los problemas con la Iglesia no cuentan. Se arreglarán solos si se soluciona lo principal: los gringos. De ellos depende todo.

—Entonces, no hay solución. Kennedy quiere mi cabeza. Como no tengo intención de dársela, habrá guerra para rato.

—A quien los gringos temen no es a usted, sino a Castro, Jefe. Sobre todo, después del fracaso de Bahía de Cochinos. Ahora, más que nunca los espanta que el comunismo pueda propagarse por América Latina. Es el momento de mostrarles que la mejor defensa contra los rojos en la región es usted, no Betancourt ni Figueres.

—Han tenido tiempo de darse cuenta, Modesto.

—Hay que abrirles los ojos, Jefe. Los gringos son lerdos a veces. Atacar a Betancourt, a Figueres, a Muñoz Marín, no es suficiente. Más efectivo sería ayudar, con discreción, a comunistas venezolanos y costarricenses. Y a los independentistas puertorriqueños. Cuando Kennedy vea que las guerrillas empiezan a alborotar esos países, y los compare con la tranquilidad de aquí, entenderá.

—Ya conversaremos —lo cortó el Generalísimo, de manera abrupta.

Oírlo hablar de las cosas de antes, le hizo mal efecto. Nada de pensamientos sombríos. Quería conservar la buena disposición con que inició el paseo. Se impuso pensar en la chiquilla de la pancarta y las flores. «Dios mío, hazme esa gracia. Necesito tirarme como es debido, esta noche, a Yolanda Esterel. Para saber que no estoy muerto. Que no estoy viejo. Que puedo seguir reemplazándote en la tarea de sacar adelante este endemoniado país de pendejos. No me importan los curas, los gringos, los conspiradores, los exiliados. Yo me basto para barrer esa mierda. Pero, para tirarme a esa muchacha, necesito tu ayuda. No seas mezquino, no seas avaro. Dámela, dámela». Suspiró, con la desagradable sospecha de que aquel a quien imploraba, si existía, estaría observándolo divertido desde ese fondo azul oscuro en el que asomaban las primeras estrellas.

La caminata por la Máximo Gómez hervía de reminiscencias. Las casas que iba dejando atrás eran símbolos de personajes y episodios descollantes de sus treinta y un años en el poder. La de Ramfis, en el solar donde estuvo la de Anselmo Paulino, su brazo derecho por diez años hasta 1955, cuando le confiscó todas sus propiedades, y, después de tenerlo un tiempo en la cárcel, lo despachó a Suiza con un cheque de siete millones de dólares por los servicios prestados. Frente a la de Angelita y Pechito León Estévez, estuvo, antes, la del general Ludovino Fernández, bestia servicial que tanta sangre derramó por el régimen y a quien se vio obligado a matar porque lo aquejaron veleidades politiqueras. Contiguos a la Estancia Radhamés, estaban los jardines de la embajada de Estados Unidos, por más de veintiocho años una casa amiga, que se había vuelto nido de víboras. Ahí estaba el *play* de béisbol que hizo edificar para que Ramfis y Radhamés se divirtieran jugando a la pelota. Ahí, como hermanas gemelas, la casa de Balaguer y la nunciatura, otra que se volvió torva, malagradecida y vil. Más allá, la imponente mansión del general Espaillat, su antiguo jefe de los servicios secretos. Al frente, bajando, la del general Rodríguez Méndez, amigo de farras de Ramfis. Luego, las embajadas, ahora desiertas, de Argentina y México, y la casa de su hermano Negro. Y, por último, la residencia de los Vicini, millonarios cañeros, con su vasta explanada de césped y cuidados arriates de flores, que flanqueaba en este momento.

Apenas cruzó la amplia Avenida para andar por la vereda del Malecón pegada al mar, rumbo al obelisco, sintió las salpicaduras de la espuma. Se apoyó en el bordillo y, con los ojos cerrados, escuchó los chillidos y el aleteo de las bandadas de gaviotas. La brisa inundó sus pulmones. Un baño purificador, que le devolvía la fuerza. Pero, no debía distraerse; aún tenía trabajo por delante.

—Llame a Johnny Abbes.

Desprendido del racimo de civiles y militares —el Generalísimo caminaba a paso vivo, rumbo a aquella estela de cemento imitada del obelisco de Washington, la inelegante figura blandengue del jefe del SIM vino a colocarse a su lado. Pese a su obesidad, Johnny Abbes García lo seguía sin apremio.

—¿Qué pasa con Juan Tomás? —le preguntó, sin mirarlo.

—Nada importante, Excelencia —contestó el jefe del SIM—. Estuvo hoy en su finca de Moca, con Antonio de la Maza. Trajeron un becerro. Hubo una pelea doméstica, entre el general y su esposa Chana, porque ella decía que cortar y adobar el becerro da mucho trabajo.

—¿Se han visto Balaguer y Juan Tomás en estos días? —lo calló Trujillo.

Como Abbes García tardaba en responder, se volvió a mirarlo. El coronel negó con la cabeza.

—No, Excelencia. Que yo sepa, no se ven hace tiempo. ¿Por qué me lo pregunta?

—Por nada concreto —encogió los hombros el Generalísimo—. Pero, ahora, en el despacho, al mencionarle la conspiración de Juan Tomás, noté algo raro. *Sentí* algo raro. No sé qué, algo. ¿Nada en sus informes que permita sospechar del Presidente?

—Nada, Excelencia. Usted sabe que lo tengo bajo vigilancia las veinticuatro horas del día. No da un paso, no recibe a nadie, no hace una llamada sin que lo sepamos.

Trujillo asintió. No había razón para desconfiar del Presidente pelele: el pálpito podía ser errado. Esa conspiración no parecía seria. ¿Antonio de la Maza, uno de los conspiradores? Otro resentido que se consolaba de su frustración a punta de whisky y comilonas. Se tragarían un becerro chilindrón no nato, esta noche. ¿Y si irrumpía en la casa de Juan Tomás, en Gazcue? «Buenas noches, caballeros. ¿Les importa compartir conmigo el asado? ¡Huele tan bien! El aroma llegó hasta Palacio y me guió hasta aquí». ¿Pondrían caras de terror o de alegría? ¿Pensarían que la inesperada visita sellaba su rehabilitación? No, esta noche, a San Cristóbal, a hacer chillar a Yolanda Esterel, para sentirse mañana sano y joven.

—¿Por qué dejó partir a Estados Unidos, hace dos semanas, a la hija de Cabral?

Esta vez sí tomó por sorpresa al coronel Abbes García. Lo vio pasarse la mano por las infladas mejillas, sin saber qué responder.

—¿A la hija del senador Agustín Cabral? —musitó, ganando tiempo.

—Uranita Cabral, la hija de Cerebrito. Las monjas del Santo Domingo la han becado en Estados Unidos. ¿Por qué la dejó salir del país sin consultarme?

Le pareció que el coronel se demacraba. Abría y cerraba la boca, buscando qué decir.

—Lo siento, Excelencia —exclamó, bajando la cabeza—. Sus instrucciones eran seguir al senador y arrestarlo si trataba de asilarse. No se me ocurrió que la muchacha, habiendo estado la otra noche en la Casa de Caoba y con un permiso de salida firmado por el Presidente Balaguer... La verdad, ni siquiera se me ocurrió comentárselo, no creí que tuviera importancia.

—Esas cosas deben ocurrírsele —lo amonestó Trujillo—. Quiero que investigue al personal de mi secretaría. Alguien me escondió un memorándum de Balaguer sobre el viaje de esa joven. Quiero saber quién fue y por qué lo hizo.

—De inmediato, Excelencia. Le ruego que perdone este descuido. No volverá a ocurrir.

—Así lo espero —lo despidió Trujillo.

El coronel le hizo un saludo militar (daban ganas de reírse) y regresó donde los cortesanos. Caminó un par de cuadras sin llamar a nadie, reflexionando. Abbes García había seguido sólo en parte sus instrucciones de retirar a guardias y *caliés*. No veía en las esquinas las barreras de alambres y parapetos, ni los pequeños Volkswagen, ni policías uniformados y con metralletas. Pero, de rato en rato, en las bocacalles de la Avenida, distinguía a lo lejos un «cepillo» negro con cabezas de *caliés* en las ventanillas, o civiles de semblante rufianesco, apoyados en los faroles, los sobacos abultados por las pistolas. No se había interrumpido el tráfico por la avenida George Washington. De camiones y automóviles asomaban gentes que le hacían adiós: «¡Viva el Jefe!». Sumido en el esfuerzo de la caminata, que había dado a su cuerpo un delicioso calorcito y cierto cansancio en las piernas, agradecía con la mano. No había paseantes adultos en la Avenida, sólo niños desarrapados, limpiabotas y vendedores de chocolates y cigarrillos que lo miraban boquiabiertos. Al paso, les hacía un cariño o les arrojaba unas monedas (llevaba siempre mucho menudo en los bolsillos). Poco después, llamó a la Inmundicia Viviente.

El senador Chirinos se acercó acezando como un perro cazador. Sudaba más que Modesto Díaz. Se sintió alentado. El Constitucionalista Beodo era más joven que él y una pequeña caminata lo dejaba en ruinas. En vez de responder a sus «Buenas tardes, Jefe», le preguntó:

—¿Llamaste a Ramfis? ¿Dio explicaciones al Lloyd's de Londres?

—Hablé con él dos veces —el senador Chirinos arrastraba mucho los pies, y las suelas y punteras de sus zapatos deformados iban chocando contra las baldosas levantadas por las raíces de palmas canas y almendros—. Le expliqué el problema, le repetí sus órdenes. Bueno, ya se imagina. Pero, al final, aceptó mis razones. Me prometió la carta al Lloyd's, aclarando el malentendido y confirmando que la partida debe ser transferida al Banco Central.

—¿Lo ha hecho? —lo interrumpió Trujillo, con brusquedad.

—Para eso lo llamé la segunda vez, Jefe. Quiere que un traductor revise su telegrama, como su inglés es imperfecto no vaya a llegar al Lloyd's con faltas. Lo enviará sin falta. Me dijo que lamenta lo sucedido.

¿Lo creía ya muy viejo para obedecerlo, Ramfis? Antes, no hubiera demorado en acatar una orden suya con un pretexto tan fútil.

—Llámalo de nuevo —ordenó, de mal modo—. Si no arregla hoy ese enredo con el Lloyd's, tendrá que vérselas conmigo.

—Enseguida, Jefe. Pero, no se preocupe, Ramfis ha entendido la situación.

Despidió a Chirinos y se resignó a poner fin a su paseo en solitario, para no defraudar a los otros, que aspiraban a cambiar unas palabras con él. Esperó a la coleta humana y se internó en ella, colocándose en medio de Virgilio Álvarez Pina y del secretario de Estado del Interior y Cultos, Paíno Pichardo. En el grupo estaban también Navajita Espaillat, el jefe de Policía, el director de *El Caribe* y el flamante presidente del Senado, Jeremías Quintanilla, a quien felicitó y deseó éxito. El ascendido rutilaba de contento, vaciándose en agradecimientos. Al mismo paso celero, avanzando siempre hacia el este por la parte ceñida al mar, pidió, en voz alta:

—A ver, señores, cuéntenme los últimos chistes antitrujillistas.

Una onda de risas celebró su ocurrencia y, momentos después, todos parloteaban como loros. Simulando escucharlos, asentía, sonreía. A ratos, espiaba al cariacontecido general José René Román. El secretario de Estado de las Fuerzas Armadas no podía ocultar su angustia: ¿qué le iría a reprochar el Jefe? Pronto lo sabrás, tonto. Alternando con un grupo y otro, a fin de que nadie se sintiera preterido, cruzó los cuidados jardines del Hotel Jaragua, de donde llegaron a sus oídos los sones de la orquesta que amenizaba la hora del coctel, y, una cuadra después, pasó bajo los balcones del Partido Dominicano. Empleados, oficinistas y la gente que había ido a pedir dádivas, salieron a aplaudirlo. Al llegar al obelisco, miró su reloj: una hora y tres minutos. Comenzaba a oscurecer. Ya no revoloteaban las gaviotas; se habían recogido en sus escondites de la playa. Refulgían algunas estrellas, pero unas nubes ventrudas tapaban la luna. Al pie del obelisco, lo esperaba el Cadillac último modelo estrenado la semana anterior. Se despidió de manera colectiva («Buenas noches, caballeros, gracias por su compañía»), a la vez que, sin mirarlo, con gesto imperioso, señalaba al general José René Román la puerta del auto que el uniformado chofer le tenía abierta:

—Tú, ven conmigo.

El general Román —enérgico choque de talón, mano a la visera del quepis— se apresuró a obedecerle. Entró al automóvil y se sentó en el extremo, con la gorra en las rodillas, muy erecto.

—A San Isidro, a la Base.

Mientras el coche oficial avanzaba rumbo al centro, para cruzar a la orilla oriental del Ozama por el Puente Radhamés, se puso a contemplar el paisaje, como si estuviera solo. El general Román no osaba dirigirle la palabra, esperando el chaparrón. Éste comenzó a anunciarse cuando habían recorrido ya unas tres millas de las diez que separaban el obelisco de la Base Aérea.

—¿Cuántos años tienes? —le preguntó, sin volverse a mirarlo.

—Acabo de cumplir cincuenta y seis, Jefe.

Román —todos le decían Pupo— era un hombre alto, fuerte y atlético, con el pelo cortado casi al rape. Gracias al deporte mantenía un excelente físico, sin asomo de grasa. Le respondía bajito, con humildad, tratando de apaciguarlo.

—¿Cuántos en el Ejército? —prosiguió Trujillo, ojeando el exterior, como si interrogara a un ausente.

—Treinta y uno, Jefe, desde mi graduación.

Dejó pasar unos segundos sin decir nada. Por fin, se volvió hacia el jefe de las Fuerzas Armadas, con el infinito desprecio que siempre le inspiró. En las sombras, que habían crecido rápidamente, no alcanzaba a verle los ojos, pero estaba seguro de que Pupo Román pestañeaba, o tenía los ojos entrecerrados, como los niños cuando se despiertan en la noche y atisban temerosos la oscuridad.

—¿Y en tantos años no has aprendido que el superior responde por sus subordinados? ¿Que es responsable por las faltas de éstos?

—Lo sé muy bien, Jefe. Si me indica de qué se trata, tal vez pueda darle una explicación.

—Ya verás de qué se trata —dijo Trujillo, con esa aparente calma que sus colaboradores temían más que sus gritos—. ¿Tú te bañas y jabonas todos los días?

—Por supuesto, Jefe —el general Román intentó una risita, pero, como el Generalísimo seguía serio, se calló.

—Así lo espero, por Mireya. Me parece muy bien que te bañes y jabones todos los días, que lleves tu uniforme bien planchado y tus zapatos lustrados. Como jefe de las Fuerzas Armadas te corresponde dar ejemplo de aseo y buena presencia a los oficiales y soldados dominicanos. ¿No es verdad?

—Desde luego que sí, Jefe —se humilló el general—. Le suplico que me diga en qué le he fallado. Para rectificar, para enmendarme. No quiero decepcionarlo.

—La apariencia es el espejo del alma —filosofó Trujillo—. Si alguien anda apestoso y con los mocos chorreándosele, no es una persona a la que se pueda confiar la higiene pública. ¿No crees?

—Claro que no, Jefe.

—Lo mismo ocurre con las instituciones. ¿Qué respeto se les puede tener si ni siquiera cuidan su apariencia?

El general Román optó por enmudecer. El Generalísimo se había ido enardeciendo y no cesó de increparlo los quince minutos que les tomó llegar a la Base Aérea de San Isidro. Recordó a Pupo cuánto había lamentado que la hija de su hermana Marina fuera tan loca de casarse con un oficial mediocre como él, lo que seguía siendo, pese a que, gracias a su parentesco político con el Benefactor, había ido ascendiendo hasta llegar al vértice de la jerarquía. Esos privilegios, en vez de estimularlo, lo llevaron a dormirse sobre sus laureles, decepcionando una y mil veces la confianza de Trujillo. No contento con ser la nulidad que era como militar, se había metido a ganadero, como si para la crianza y administración de tierras y lecherías no hicieran falta sesos. ¿Cuál era el resultado? Llenarse de deudas, una vergüenza para la familia. Hacía apenas dieciocho días que él en persona pagó de su dinero la deuda de cuatrocientos mil pesos contraída por Román con el Banco Agrícola, para evitar que le remataran la finca del kilómetro catorce de la autopista Duarte. Y, a pesar de eso, no hacía el menor esfuerzo para dejar de ser tan tonto.

El general José René Román Fernández permanecía mudo e inmóvil mientras recriminaciones e insultos caían sobre él. Trujillo no se atropellaba; la cólera lo hacía vocalizar con cuidado, como si, de este modo, cada sílaba, cada letra, fuera más pugnaz. El chofer conducía deprisa, sin desviarse un milímetro del centro de la desierta carretera.

—Para —ordenó Trujillo, poco antes del primer retén de la extensa y cercada Base Aérea de San Isidro.

Bajó de un salto, y, aunque estaba oscuro, localizó de inmediato el gran charco de aguas pestilentes. La inmundicia líquida seguía manando de la cañería rota, y, además de barro y hediondez, había constelado la atmósfera de mosquitos que acudieron a asaetearlos.

—La primera guarnición militar de la República —dijo Trujillo, despacio, conteniendo apenas la nueva oleada de rabia—. ¿Te parece bien, que, a la entrada de la Base Aérea más importante del Caribe, reciba al visitante esta mierda de basuras, barro, malos olores y alimañas?

Román se puso en cuclillas. Examinaba, se levantaba, volvía a inclinarse, no vaciló en ensuciarse las manos palpando el tubo del desagüe en busca del forado. Parecía aliviado al descubrir la causa del enojo del Jefe. ¿El imbécil se temía algo más grave?

—Es una vergüenza, por supuesto —trataba de mostrar más indignación de la que sentía—. Tomaré todas las previsiones para que la avería sea reparada en el acto, Excelencia. Castigaré a los responsables, de la cabeza a la cola.

—Empezando por Virgilio García Trujillo, el jefe de la Base —rugió el Benefactor—. Tú eres el primer responsable y el segundo él. Espero que te atrevas a imponerle la máxima sanción, aunque sea mi sobrino y tu cuñado. Si no te atreves, seré yo quien les aplique a los dos la sanción que corresponde. Ni tú, ni Virgilio, ni ningún generalito de pacotilla va a destruir mi obra. Las Fuerzas Armadas seguirán siendo la institución modelo en que las convertí, aunque tenga que meterte a ti, a Virgilio y a todos los inútiles con uniforme, en un calabozo por el resto de sus días.

El general Román se cuadró e hizo chocar los tacones.

—Sí, Excelencia. No se volverá a repetir, se lo juro.

Pero Trujillo había dado ya media vuelta, metiéndose al automóvil.

—Pobre de ti si queda algún rastro de lo que estoy viendo y oliendo, cuando vuelva por acá. ¡Soldadito de mierda!

Volviéndose al chofer, ordenó: «Vamos». Partieron, dejando al ministro de las Fuerzas Armadas en el lodazal.

Apenas dejó atrás a Román, patética figurita chapoteando en el barro, se le esfumó el mal humor. Soltó una risita. De una cosa estaba seguro: Pupo movería cielo y tierra y echaría los carajos necesarios para que la avería fuera reparada. Si esto pasaba estando él vivo ¿qué no sucedería cuando ya no pudiera impedir personalmente que la torpeza, la desidia y la imbecilidad echaran por los suelos lo que tanto esfuerzo costó levantar? ¿Volverían la anarquía y miseria, el atraso y aislamiento de 1930? Ah, si Ramfis, el hijo tan deseado, hubiera sido capaz de continuar su obra. Pero, no tenía el menor interés en la política ni en el país; sólo el trago, el polo y las mujeres. ¡Carajo! El general Ramfis Trujillo, jefe del Estado Mayor de las Fuerzas Armadas de la República Dominicana, jugando al polo y tirándose a las bailarinas del Lido de París, mientras su padre se batía solo aquí, contra la Iglesia, los Estados Unidos, los conspiradores y los tarados como Pupo Román. Movió la cabeza, tratando de sacudirse esos pensamientos amargos. Dentro de hora y media estaría en San Cristóbal, en la tranquila querencia de la Hacienda Fundación, rodeado de campos y establos relucientes, con sus bellas arboledas, el ancho río Nigua cuyo lento caminar por el valle observaría a través de las copas de los caobos, las palmas reales y el gran árbol de anacahuita de la casa de la colina. Le haría bien despertar allí mañana, acariciando, mientras contemplaba ese panorama sosegado y limpio, el cuerpito de Yolanda Esterel. La receta de Petronio y del rey Salomón: un coñito fresco para devolver la juventud a un veterano de setenta primaveras.

En la Estancia Radhamés, Zacarías de la Cruz había sacado ya del garaje el Chevrolet Bel Air 1957, color azul claro, de cuatro puertas, en el que iba siempre a San Cristóbal. Un ayudante militar lo esperaba con el maletín lleno de los documentos que estudiaría mañana en la Casa de Caoba y ciento diez mil pesos en billetes, para la nómina de la hacienda, más imprevistos. Hacía veinte años que no efectuaba un desplazamiento, aun de pocas horas, sin ese maletín color marrón con sus iniciales grabadas, y algunos miles de dólares o pesos en efectivo, para regalos y gastos inesperados. Indicó al ayudante que pusiera el maletín en el asiento delantero y dijo a Zacarías, el moreno alto y fornido que lo acompañaba desde hacía tres décadas —había sido su ordenanza en el Ejército—, que bajaba enseguida. Las nueve ya. Se había hecho tarde.

Subió a sus habitaciones para asearse, y, en el cuarto de baño, nada más entrar, advirtió la mancha. De la bragueta a la entrepierna. Sintió que temblaba de pies a cabeza: precisamente ahora, coño. Pidió a Sinforoso otro uniforme verde oliva y otra muda de ropa interior. Perdió quince minutos en el bidé y el lavador, jabonándose los testículos, el falo, la cara y las axilas, y echándose cremas y perfumes, antes de cambiarse. La culpa era aquel ataque de mal humor, por el comemierda de Pupo. Volvió a sumirse en un estado lúgubre. Le pareció un pronóstico agorero para San Cristóbal. Cuando se vestía, Sinforoso le alcanzó el telegrama: «Asunto Lloyd's solucionado. Hablé con persona encargada. Remesa directamente al Banco Central. Cariñosos recuerdos Ramfis». Su hijo estaba avergonzado: por eso, en vez de llamarlo, le enviaba un telegrama.

—Se ha hecho un poco tarde, Zacarías —dijo—. Así que apúrate.

—Entendido, Jefe.

Acomodó a su espalda los cojines del asiento y entrecerró los ojos, disponiéndose a descansar la hora y diez minutos que tomaría el viaje a San Cristóbal. Avanzaban rumbo al suroeste, hacia la avenida George Washington y la carretera, cuando entreabrió los ojos:

—¿Te acuerdas de la casa de Moni, Zacarías?

—¿Allí, en la Wenceslao Álvarez, por donde vivía Marrero Aristy?

—Vamos allá.

Había sido una iluminación, un fogonazo. De pronto, vio la cara rellenita color canela de Moni, su melena enrulada, la malicia de sus ojos almendrados, llenos de estrellas, sus formas apretadas, sus altos pechos, su colita de nalgas firmes, la cadera voluptuosa, y sintió otra vez el delicioso cosquilleo en los testículos. La cabecita del pene, despertándose, se daba contra el pantalón. Moni. Por qué no. Era una linda y cariñosa muchacha, que nunca lo había defraudado, desde aquella vez, en Quinigua, cuando su padre en persona se la llevó a la fiesta que le daban los americanos de La Yuquera: «Mire la sorpresa que le traigo, Jefe». La casita donde vivía, en la nueva urbanización, al final de la avenida México, se la regaló él, el día de su boda con un muchacho de buena familia. Cuando la requería, muy de tiempo en tiempo, la llevaba a una de las *suites* en El Embajador o El Jaragua que Manuel Alfonso tenía dispuestas para estas ocasiones. La idea de coger a Moni en su propia casa, lo excitó. Enviarían al marido a tomarse una cerveza al Rincón Pony, por cuenta de Trujillo —se rió— o que se entretuviera conversando con Zacarías de la Cruz.

La calle estaba a oscuras y desierta, pero la casa tenía luz en el primer piso. «Llámala». Vio franquear al chofer la verja de la entrada y tocar el timbre. Demoraron en abrir. Por fin, debió salir una sirvienta, con la que Zacarías cuchicheó. Lo dejaron en la puerta, esperando. ¡La bella Moni!

Su padre era un buen dirigente del Partido Dominicano en el Cibao y se la llevó él mismo a aquella recepción, gesto simpático. Hacía de esto ya unos años, y, la verdad, todas las veces que había singado a esta linda mujer, se sintió muy contento. La puerta se abrió de nuevo, y, en el resplandor del interior, vio la silueta de Moni. Tuvo otra vaharada de excitación. Después de hablar un momento con Zacarías, avanzó hacia el automóvil. En la penumbra, no advirtió cómo estaba vestida. Abrió la portezuela para que entrara y la recibió besándole la mano:

—No esperabas esta visita, belleza.

—Vaya, qué honor. Cómo está, cómo está, Jefe.

Trujillo le retenía la mano entre las suyas. Al sentirla tan cerca, rozándola, oliendo su aroma, se sintió dueño de todas sus fuerzas.

—Estaba yendo a San Cristóbal, pero, de pronto, me acordé de ti.

—Cuánto honor, Jefe —repitió ella, hecha un mar de confusión—. Si hubiera sabido, me preparaba para recibirlo.

—Tú siempre eres bella, estés como estés —la atrajo, y, mientras sus manos le acariciaban los pechos y las piernas, la besó. Sintió un comienzo de erección que lo reconcilió con el mundo y con la vida. Moni se dejaba acariciar y lo besaba, cohibida. Zacarías permanecía en el exterior, a un par de metros del Chevrolet, y, precavido como siempre, llevaba en las manos el fusil ametralladora. ¿Qué era eso? Había en Moni un nerviosismo inusual.

—¿Está en casa tu marido?

—Sí —repuso ella, bajito—. Estábamos por cenar.

—Que se vaya a tomar una cerveza —dijo Trujillo—. Daré una vuelta a la manzana. Vuelvo en cinco minutos.

—Es que... —balbuceó ella, y el Generalísimo sintió que se ponía rígida. Vaciló y, por fin, musitó, casi inaudible—: Tengo el periodo, Jefe.

Toda la excitación se le fue, en segundos.

—¿La regla? —exclamó, decepcionado.

—Mil perdones, Jefe —balbuceó ella—. Pasado mañana estaré bien.

La soltó y respiró hondo, disgustado.

—Bueno, ya vendré a verte. Adiós —sacó la cabeza por el hueco de la portezuela por la que Moni acababa de salir—. ¡Nos vamos, Zacarías!

Poco después, le preguntó a de la Cruz si alguna vez se había tirado a una mujer que menstruaba.

—Nunca, Jefe —se escandalizó éste, haciendo ascos—. Dicen que contagia la sífilis.

—Es, sobre todo, sucio —se lamentó Trujillo. ¿Y si Yolanda Esterel, por maldita coincidencia, tenía también hoy su regla?

Habían tomado la carretera a San Cristóbal, y, a su derecha, vio las luces de la Feria Ganadera y de El Pony lleno de parejas comiendo y bebiendo. ¿No era raro que Moni se mostrara tan reticente y apocada? Ella solía ser despercudida, siempre a la orden. ¿La presencia del marido la puso así? ¿Se inventaría la menstruación para que la dejara en paz? Vagamente, advirtió que un carro les tocaba bocina. Iba con las luces largas encendidas.

—Estos borrachos... —comentó Zacarías de la Cruz.

En ese momento, a Trujillo se le ocurrió que tal vez no era un borracho, y se viró en busca del revólver que llevaba en el asiento, pero no alcanzó a cogerlo, pues simultáneamente oyó la explosión de un fusil cuyo proyectil hizo volar el cristal de la ventanilla trasera y le arrancó un pedazo del hombro y del brazo izquierdo.

XIX

Cuando Antonio de la Maza vio las caras con que volvían el general Juan Tomás Díaz, su hermano Modesto y Luis Amiama supo, antes de que abrieran la boca, que la búsqueda del general Román había sido inútil.

—Me cuesta creerlo —murmuró Luis Amiama, mordiéndose los labios finos—. Pero, parece que Pupo se nos escabulle. Ni rastro de él.

Habían dado vueltas por todos los lugares donde podía hallarse, incluido el Estado Mayor, en la Fortaleza 18 de Diciembre; pero Luis Amiama y Bibín Román, hermano menor de Pupo, fueron echados de allí por la guardia de mala manera: el compadre no podía o no quería verlos.

—Mi última esperanza es que esté ejecutando el Plan por su cuenta —fantaseó Modesto Díaz, sin mucha convicción—. Movilizando guarniciones, convenciendo a los jefes militares. En todo caso, nosotros estamos ahora en una situación muy comprometida.

Conversaban de pie, en la sala del general Juan Tomás Díaz. Chana, la joven esposa de éste, les alcanzó unas limonadas con hielo.

—Hay que esconderse, hasta saber a qué atenernos respecto a Pupo —dijo el general Juan Tomás Díaz.

Antonio de la Maza, que había permanecido sin hablar, sintió una oleada de ira recorriéndole el cuerpo.

—¿Esconderse? —exclamó, furioso—. Se ocultan los cobardes. Acabemos el trabajo, Juan Tomás. Ponte tu uniforme de general, préstanos uniformes a nosotros y vamos al Palacio. Desde allí, llamaremos al pueblo a levantarse.

—¿A tomar el Palacio nosotros cuatro? —trató de llamarlo a la razón Luis Amiama—. ¿Te has vuelto loco, Antonio?

—Allí no hay nadie ahora, sólo la guardia —insistió éste—. Hay que ganarle la mano al trujillismo antes que reaccione. Llamaremos al pueblo, utilizando la conexión con todas las estaciones de radio del país. Que salga a las calles. El Ejército terminará apoyándonos.

Las expresiones escépticas de Juan Tomás, Amiama y Modesto Díaz, lo exasperaron aún más. Al poco rato se sumaron a ellos Salvador Estrella Sadhalá, quien acababa de dejar a Antonio Imbert y a Amadito donde el médico, y el doctor Vélez Santana, que había acompañado a Pedro Livio Cedeño a la Clínica Internacional. Quedaron consternados con la desaparición de Pupo Román. También a ellos les pareció una temeridad inútil, un suicidio, la idea de Antonio de infiltrarse en Palacio Nacional disfrazados de oficiales. Y todos se opusieron con energía a la nueva propuesta de Antonio: llevar el cadáver de Trujillo al parque Independencia y colgarlo en el baluarte, para que el pueblo capitaleño viera cómo había terminado. El rechazo de sus compañeros, provocó en De la Maza una de esas rabietas destempladas de los últimos tiempos. ¡Miedosos y traidores! ¡No estaban a la altura dc lo quc habían hccho, librando a la Patria dc la Bcstia! Cuando vio entrar a la sala, con los ojos asustados por la gritería, a Chana Díaz, comprendió que había ido demasiado lejos. Masculló unas excusas a sus amigos y se calló. Pero, adentro, sentía arcadas de disgusto.

—Todos estamos alterados, Antonio —le dio una palmada Luis Amiama—. Lo importante, ahora, es encontrar un lugar seguro. Hasta que aparezca Pupo. Y ver cómo reacciona el pueblo cuando sepa que Trujillo ha muerto.

Muy pálido, Antonio de la Maza asintió. Sí, después de todo, Amiama, que tanto había trabajado para incorporar militares y jerarcas del régimen a la conjura, tal vez tenía razón.

Luis Amiama y Modesto Díaz decidieron irse cada uno por su cuenta; pensaban que, separados, tenían más posibilidades de pasar inadvertidos. Antonio persuadió a Juan Tomás y el Turco Sadhalá de que permanecieran unidos. Barajaron posibilidades —parientes, amigos— que fueron descartando; todas esas casas serían registradas por la policía. Quien dio un nombre aceptable fue Vélez Santana:

—Robert Reid Cabral. Es amigo mío. Totalmente apolítico, sólo vive para la Medicina. No se negará.

Los llevó en su automóvil. Ni el general Díaz ni el Turco lo conocían personalmente; pero Antonio de la Maza era amigo del hermano mayor de Robert, Donald Reid Cabral, quien trabajaba en Washington y New York para la conspiración. La sorpresa del joven médico, al que cerca de la medianoche vinieron a despertar, fue mayúscula. No sabía nada del complot; ni siquiera estaba al tanto de que su hermano Donald colaboraba con los americanos. Sin embargo, apenas recuperó el color y la palabra, se apresuró a hacerlos pasar a su casita de dos pisos estilo morisco, tan angosta que parecía salida de un cuento de brujas. Era un muchacho lampiño, de ojos bondadosos, que hacía esfuerzos sobrehumanos para disimular su desazón. Les presentó a su mujer, Ligia, embarazada de varios meses. Ella tomó la invasión de forasteros con benevolencia, sin mucha alarma. Les mostró a su hijito de dos años, al que habían instalado en un rincón del comedor.

La joven pareja guió a los conjurados hasta un estrecho cuartito del segundo piso que servía de desván y despensa. Casi no tenía ventilación y el calor resultaba insoportable, por el techo tan bajo. Sólo cabían sentados y con las piernas recogidas; cuando se enderezaban tenían que permanecer agachados para no darse contra las vigas. Esa primera noche, apenas notaron la incomodidad y el calor; la pasaron hablando a media voz, tratando de adivinar lo ocurrido con Pupo Román: ¿por qué se hizo humo, cuando todo dependía de él? El general Díaz recordó su conversación con Pupo, el 24 de mayo, cumpleaños de éste, en su finca del kilómetro catorce. Les aseguró a él y a Luis Amiama que tenía todo listo para movilizar a las Fuerzas Armadas apenas le mostraran el cadáver.

Marcelino Vélez Santana se quedó con ellos, por solidaridad, pues no tenía razón para ocultarse. A la mañana siguiente, salió en busca de noticias. Volvió poco antes del mediodía, demudado. No había levantamiento militar alguno. Por el contrario, se advertía una frenética movilización de «cepillos» del SIM y de jeeps y camiones militares. Las patrullas registraban todos los barrios. Según rumores, cientos de hombres, mujeres, viejos y niños, eran sacados a empellones de sus casas y llevados a La Victoria, El Nueve o La Cuarenta. También en el interior había redadas contra los sospechosos de antitrujillismo. Un colega de La Vega contó al doctor Vélez Santana que toda la familia De la Maza, empezando por el padre, don Vicente, y siguiendo con todos los hermanos, hermanas, sobrinos, sobrinas, primos y primas de Antonio, habían sido arrestados en Moca. Ésta era ahora una ciudad ocupada por guardias y *caliés*. La casa de Juan Tomás, la de su hermano Modesto, la de Imbert y la de Salvador estaban rodeadas de parapetos con alambres y guardias armados.

Antonio no hizo comentario alguno. No tenía por qué sorprenderse. Siempre supo que, si el complot no triunfaba, la reacción del régimen sería de una inigualable ferocidad. Se le encogió el corazón imaginando a su anciano padre, don Vicente, y a sus hermanos, vejados y maltratados por Abbes García. A eso de la una de la tarde, aparecieron por la calle dos Volkswagen negros llenos de *caliés.* Ligia, la esposa de Reid Cabral —él había ido a su consultorio, para no despertar sospechas en el vecindario— vino a susurrarles que hombres de civil con metralletas registraban una casa vecina. Antonio estalló en improperios (aunque bajando la voz):

—Debieron hacerme caso, pendejos. ¿No era preferible morir peleando en el Palacio que en esta ratonera?

A lo largo del día, discutieron y se hicieron reproches, una y otra vez. En una de esas disputas, Vélez Santana estalló. Cogió por la camisa al general Juan Tomás Díaz, acusándolo de haberlo complicado gratuitamente en un complot disparatado, absurdo, en el que ni siquiera habían previsto la fuga de los conspiradores. ¿Se daba cuenta de lo que les iba a ocurrir ahora? El Turco Estrella Sadhalá se interpuso entre ellos, para evitar que se pegaran. Antonio se aguantaba las ganas de vomitar.

La segunda noche estaban tan exhaustos de discutir e insultarse, que durmieron, unos sobre otros, usándose respectivamente como almohadas, chorreando sudor, medio asfixiados por la candente atmósfera.

El día tercero, cuando el doctor Vélez Santana trajo a su escondite *El Caribe* y vieron sus fotos bajo el gran titular: «Asesinos buscados por la muerte de Trujillo», y, más abajo, la foto del general Román Fernández abrazando a Ramfis en los funerales del Generalísimo, supieron que estaban perdidos. No habría Junta cívico-militar. Ramfis y Radhamés habían vuelto y el país entero lloraba al dictador.

—Pupo nos traicionó —el general Juan Tomás Díaz parecía desfondado. Se había quitado los zapatos, tenía los pies muy hinchados y acezaba.

—Hay que salir de aquí —dijo Antonio de la Maza—. No podemos joder más a esta familia. Si nos descubren, los matarán a ellos también.

—Tienes razón —lo apoyó el Turco—. No sería justo. Salgamos de aquí.

¿Adónde irían? Todo el 2 de junio lo pasaron considerando posibles planes de fuga. Poco antes del mediodía, dos «cepillos» con *caliés* pararon en la casa del frente y media docena de hombres armados entraron en ella, abriendo la puerta a golpes. Alertados por Ligia, aguardaron, con los revólveres listos. Pero los *caliés* partieron, arrastrando a un joven al que habían puesto esposas. De todas las sugerencias, la mejor parecía la de Antonio: conseguir un auto o camioneta y tratar de llegar a Restauración, donde él, por sus fincas de pino y de café y el aserradero de Trujillo que administraba, conocía mucha gente. Estando tan cerca de la frontera, no les sería difícil cruzar a Haití. ¿Pero, qué carro conseguir? ¿A quién pedírselo? Esa noche tampoco pegaron los ojos, atormentados por la angustia, la fatiga, la desesperanza, las dudas. A medianoche, el dueño de casa, con lágrimas en los ojos, subió al altillo:

—Han registrado tres casas en esta calle —les imploró—. En cualquier momento, le tocará a la mía. A mí no me importa morir. Pero ¿y mi mujer y mi hijito? ¿Y el niño por nacer?

Le juraron que partirían al día siguiente, como fuera. Así lo hicieron, al atardecer del 4 de junio. Salvador Estrella Sadhalá decidió irse por su cuenta. No sabía adónde, pero pensaba que, solo, tenía más posibilidades de escapar que con Juan Tomás y Antonio, cuyos nombres y caras eran los que más aparecían en la televisión y los periódicos. El Turco fue el primero en partir, a diez para las seis, cuando comenzaba a oscurecer. Por las persianas del dormitorio de los Reid Cabral, Antonio de la Maza lo vio caminar deprisa hasta la esquina, y allí, alzando las manos, parar un taxi. Sintió pena: el Turco había sido su amigo del alma y nunca se habían reconciliado a fondo, desde aquella maldita pelea. No habría otra oportunidad.

El doctor Marcelino Vélez Santana decidió quedarse todavía un rato con su colega y amigo, el doctor Reid Cabral, a quien se notaba abrumado. Antonio se afeitó el bigote y se embutió hasta las orejas un sombrero viejo que encontró en el desván. Juan Tomás Díaz, en cambio, no hizo el menor esfuerzo por disfrazarse. Ambos abrazaron al doctor Vélez Santana.

—¿Sin rencores?

—Sin rencores. Buena suerte.

Ligia Reid Cabral, cuando ellos le agradecían la hospitalidad, se echó a llorar y les hizo la señal de la cruz: «Dios los proteja».

Caminaron ocho cuadras, por calles desiertas, con las manos en los bolsillos, apretando los revólveres, hasta la casa de un concuñado de Antonio de la Maza, Toñito Mota. Tenía una camioneta Ford; quizá se la prestara o aceptara dejársela robar. Pero Toñito no estaba en casa, ni la camioneta en el garaje. El mayordomo que abrió la puerta reconoció en el acto a De la Maza: «¡Don Antonio! ¡Usted, acá!». Puso una cara despavorida, y Antonio y el general, seguros de que, apenas partieran, llamaría a la policía, se alejaron deprisa. No sabían qué carajo hacer.

—¿Quieres que te diga una cosa, Juan Tomás?

—¿Qué, Antonio?

—Me alegro de haber salido de esa ratonera. De ese calor, de ese polvo que se metía en la nariz y no dejaba respirar. De esa incomodidad. Qué bueno estar al aire libre, sentir que se limpian los pulmones.

—Sólo falta que me digas: «Vamos a tomarnos unas frías para celebrar lo linda que es la vida». ¡Qué cojones tiene usted, bróder!

Los dos se rieron, con unas risitas intensas y fugaces. En la avenida Pasteur, durante un buen rato trataron de parar un taxi. Los que pasaban, iban llenos.

—Siento no haber estado con ustedes allá en la Avenida —dijo el general Díaz, de pronto, como acordándose de algo importante—. No haberle disparado yo también al Chivo. ¡Coño y recontracoño!

—Es como si hubieras estado, Juan Tomás. Pregúntales a Johnny Abbes, a Negro, a Petán, a Ramfis y verás. Para ellos, también estuviste con nosotros en la carretera haciendo tragar plomo al Jefe. No te preocupes. Uno de los tiros, se lo di por ti.

Por fin, paró un taxi. Subieron, y, al ver que vacilaban en indicarle dónde querían ir, el chofer, un moreno gordo y canoso en mangas de camisa, se volvió a mirarlos. En sus ojos vio Antonio de la Maza que los había reconocido.

—A la San Martín —le ordenó.

El moreno asintió, sin abrir la boca. Poco después, murmuró que se estaba quedando sin gasolina; tenía que llenar el tanque. Cruzó por la 30 de Marzo, donde el tráfico era más denso, y en la esquina de San Martín y Tiradentes, se detuvo en una gasolinera Texaco. Se bajó del auto para abrir el tanque. Antonio y Juan Tomás tenían ahora los revólveres en las manos. De la Maza se sacó el zapato derecho y manipuló el taco, del que extrajo una pequeña bolsita de papel celofán, que guardó en su bolsillo. Como Juan Tomás Díaz lo miraba intrigado, le explicó:

—Es estricnina. La conseguí en Moca, con el pretexto de un perro rabioso.

El gordo general se encogió de hombros, desdeñoso, y le mostró su revólver:

—No hay mejor estricnina que ésta, hermano. El veneno es para los perros y las mujeres, no jodas con semejante bobería. Además, uno se suicida con cianuro, no con estricnina, pendejo.

Volvieron a reírse, con la misma risita feroz y triste.

—¿Te has fijado en el tipo que está en la caja? —Antonio de la Maza señaló la ventanilla—. ¿A quién crees que está telefoneando?

—Puede que a su mujer, para preguntarle cómo sigue del coño.

Antonio de la Maza volvió a reírse, esta vez de verdad, con una carcajada larga y franca.

—De qué coño te ríes, pendejo.

—¿No te parece cómico? —dijo Antonio, ya serio—. Los dos, en este taxi. ¿Qué carajo hacemos aquí? Si no sabemos siquiera dónde ir.

Le ordenaron al chofer que volviera a la zona colonial. A Antonio se le había ocurrido algo, y una vez que estuvieron en el centro antiguo, ordenaron al taxista que entrara por la calle Espaillat, desde la Billini. Allí vivía el abogado Generoso Fernández, al que ambos conocían. Antonio recordaba haberlo oído hablar pestes de Trujillo; tal vez podría facilitarles un vehículo. El abogado se acercó a la puerta, pero no los hizo pasar. Cuando pudo recuperarse de la impresión —los miraba horrorizado, pestañeando— sólo atinó a reñirlos, indignado:

—¿Están locos? ¡Cómo se les ocurre comprometerme así! ¿No saben quién entró ahí, al frente, hace un minuto? ¡El Constitucionalista Beodo! ¿No podían pensar antes de hacerme esto? Váyanse, váyanse, yo tengo familia. Por lo que más quieran, ¡váyanse! Yo no soy nadie, nadie.

Les dio con la puerta en las narices. Volvieron al taxi. El viejo moreno seguía dócilmente sentado al volante, sin mirarlos. Luego de un rato, masculló:

—¿Dónde, ahora?

—Hacia el parque Independencia —le indicó Antonio, por decir algo.

Segundos después de arrancar —habían prendido los faroles de las esquinas y la gente comenzaba a salir a las veredas, a tomar el fresco—, el chofer los previno:

—Ahí están los «cepillos», detrás de nosotros. Lo siento de verdad, caballeros.

Antonio sintió alivio. Este ridículo recorrido sin rumbo terminaba, por fin. Mejor acabar pegando tiros que como un par de pendejos. Se volvieron. Había dos Volkswagen verdes siguiéndolos a unos diez metros de distancia.

—No quisiera morir, caballeros —les rogó el taxista, santiguándose—. ¡Por la Virgen, señores!

—Está bien, coge para el parque comoquiera y déjanos en la esquina de la ferretería —dijo Antonio.

Había mucho tráfico. El chofer, maniobrando, consiguió abrirse paso entre una guagua con racimos de gente colgada de las puertas y un camión. Frenó en seco, a pocos metros de la gran fachada de cristales de la ferretería Reid. Al saltar del taxi, con el revólver en la mano, Antonio alcanzó a darse cuenta que las luces del parque se encendían, como dándoles la bienvenida. Había limpiabotas, vendedores ambulantes, jugadores de rocambor, vagos y mendigos pegados a las paredes. Olía a fruta y frituras. Se volvió a apurar a Juan Tomás, que, gordo y cansado, no conseguía correr a su ritmo. En eso, estalló la balacera a sus espaldas. Una gritería ensordecedora se levantó alrededor; la gente corría entre los autos, los carros se trepaban a las veredas. Antonio oyó voces histéricas: «¡Ríndanse, carajo!». «¡Están rodeados, pendejos!» Al ver que Juan Tomás, exhausto, se paraba, se paró también a su lado y comenzó a disparar. Lo hacía a ciegas, porque *caliés* y guardias se escudaban detrás de los Volkswagen, atravesados como parapetos en la pista, interrumpiendo el tráfico. Vio caer a Juan Tomás de rodillas, y lo vio llevarse la pistola a la boca, pero no alcanzó a dispararse porque varios impactos lo tumbaron. A él le habían caído muchas balas ya, pero no estaba muerto. «No estoy muerto, coño, no estoy». Había disparado todos los tiros de su cargador y, en el suelo, trataba de deslizar la mano al bolsillo para tragarse la estricnina. La maldita mano pendeja no le obedeció. No hacía falta, Antonio. Veía las estrellas brillantes de la noche que empezaba, veía la risueña cara de Tavito y se sentía joven otra vez.

XX

Cuando la limousine del Jefe partió, abandonándolo en el hediondo lodazal, el general José René Román temblaba de pies a cabeza, como los soldaditos que había visto morir de paludismo en Dajabón, guarnición de la frontera haitiano-dominicana, en los comienzos de su carrera militar. Hacía muchos años que Trujillo se encarnizaba con él, haciéndole sentir en familia y ante extraños el poco respeto que le merecía, llamándolo tonto con cualquier pretexto. Pero nunca antes había llevado su menosprecio y sus ofensas al extremo de esta noche.

Esperó que disminuyera la tembladera antes de dirigirse a la Base Aérea de San Isidro. El oficial de guardia se llevó un susto al ver surgir, en medio de la noche, a pie y embarrado, al mismísimo jefe de las Fuerzas Armadas. El general Virgilio García Trujillo, comandante de San Isidro y cuñado de Román —era hermano gemelo de Mireya— no estaba, pero el ministro de las Fuerzas Armadas reunió a todos los oficiales y los recriminó: la cañería rota que había sacado de sus casillas a Su Excelencia debía ser reparada *ipso facto,* so pena de severísimos castigos. El Jefe vendría a verificarlo y todos sabían que era implacable en lo concerniente a la limpieza. Ordenó un jeep con un chofer para regresar a su casa; no se cambió ni aseó antes de partir.

En el jeep, rumbo a Ciudad Trujillo, se dijo que, en verdad, aquella tembladera no se debió a los insultos del Jefe sino a la tensión, desde la llamada por la que supo que el Benefactor estaba bravo. A lo largo del día, mil veces se dijo que era imposible, absolutamente imposible, que pudiera haberse enterado de la conspiración tramada por su compadre Luis Amiama y su íntimo amigo el general Juan Tomás Díaz. No lo hubiera llamado por teléfono; lo habría hecho arrestar y estaría ahora en La Cuarenta o El Nueve. Pese a ello, el gusanito de la duda no le permitió probar bocado a la hora de la comida. En fin, pese al mal rato, era un alivio que los insultos se debieran a una cañería rota y no a una conjura. La sola idea de que Trujillo hubiera podido enterarse de que era uno de los conspiradores, le heló los huesos.

Podía ser acusado de muchas cosas, menos de cobarde. Desde cadete, y en todos sus destinos, mostró arrojo físico y actuó con una temeridad ante el peligro que le ganó fama de macho entre compañeros y subordinados. Siempre fue bueno peleando, con guantes o a puño limpio. Jamás permitió a nadie faltarle el respeto. Pero, como tantos oficiales, como tantos dominicanos, frente a Trujillo su valentía y su sentido del honor se eclipsaban, y se apoderaba de él una parálisis de la razón y de los músculos, una docilidad y reverencia serviles. Muchas veces se había preguntado por qué la sola presencia del Jefe —su vocecita aflautada y la fijeza de su mirada— lo aniquilaba moralmente.

Porque conocía el poder que Trujillo tenía sobre su carácter, el general Román respondió instantáneamente, cinco meses y medio atrás, a Luis Amiama, cuando éste le habló por primera vez de una conspiración para acabar con este régimen:

—¿Secuestrarlo? ¡Qué pendejada! Mientras esté vivo, nada cambiará. Hay que matarlo.

Estaban en la finca de guineos que Luis Amiama tenía en Guayubín, en Montecristi, viendo discurrir desde la terraza soleada las aguas terrosas del río Yaque. Su compadre le explicó que él y Juan Tomás armaban esta operación para evitar que el régimen hundiera del todo al país y precipitara otra revolución comunista, estilo Cuba. Era un plan serio, que contaba con el respaldo de Estados Unidos. Henry Dearborn, John Banfield y Bob Owen, de la legación, habían dado su apoyo formal y encargado al responsable de la CIA en Ciudad Trujillo, Lorenzo D. Berry («¿El dueño del supermercado Wimpy's?» «Sí, él mismo».), que les suministrara dinero, armas y explosivos. Estados Unidos se hallaba inquieto con los excesos de Trujillo, desde el atentado contra el Presidente venezolano Rómulo Betancourt, y quería sacárselo de encima; y, al mismo tiempo, asegurarse de que no lo reemplazara un segundo Fidel Castro. Por eso, apoyaría a un grupo serio, claramente anticomunista, que constituyera una Junta cívico-militar, que, a los seis meses, convocara elecciones. Amiama, Juan Tomás Díaz y los gringos estaban de acuerdo: Pupo Román debía presidir esa Junta. ¿Quién mejor para conseguir la adhesión de las guarniciones y una transición ordenada hacia la democracia?

—¿Secuestrarlo, pedirle la renuncia? —se escandalizó Pupo—. Se equivocan de país y de persona, compadre. Parece que no lo conocieras. Jamás se dejará capturar vivo. Y nunca le sacarán la renuncia. Hay que matarlo.

El chofer del jeep, un sargento, conducía en silencio, y Román daba hondos copazos de Lucky Strike, sus cigarrillos preferidos. ¿Por qué aceptó plegarse a la conjura? A diferencia de Juan Tomás, caído en desgracia y apartado del Ejército, él sí tenía todo que perder. Había llegado al cargo más alto que podía aspirar un militar, y, aunque no le fuera bien en los negocios, sus fincas estaban siempre en su poder. El peligro de que las embargaran desapareció con el pago de los cuatrocientos mil pesos al Banco Agrícola. El Jefe no cubrió esa deuda por deferencia a su persona, sino por ese arrogante sentimiento de que su familia no debía dar nunca una mala impresión, de que la imagen de los Trujillo y allegados quedara siempre inmaculada. Tampoco fue el apetito de poder, la perspectiva de verse ungido Presidente provisional de la República Dominicana —y la posibilidad, grande, de pasar luego a Presidente elegido— lo que lo llevó a dar su visto bueno a la conspiración. Fue el rencor, acumulado por las infinitas ofensas de que Trujillo lo había hecho víctima desde ese matrimonio con Mireya que lo convirtió en miembro del clan privilegiado e intocable. Por eso, el Jefe lo hizo ascender antes que a otros, lo nombró a puestos importantes, y, de vez en cuando, le hizo esos regalos en efectivo o en prebendas que le permitieron el alto nivel de vida que tenía. Pero, favores y distinciones los tuvo que pagar con desplantes y malos tratos. «Y eso es lo que más cuenta», pensó.

En estos cinco meses y medio, cada vez que el Jefe lo humillaba, el general Román, igual que ahora, mientras el jeep cruzaba el Puente Radhamés, se decía que pronto se sentiría un hombre entero, con vida propia, y no, como Trujillo se esmeraba en hacerlo sentir, un ser baldado. Aunque Luis Amiama y Juan Tomás no lo sospecharan, él estaba en la conspiración para demostrarle al Jefe que no era el inútil que creía.

Sus condiciones fueron muy concretas. No movería un dedo mientras sus ojos no lo vieran ajusticiado. Sólo entonces procedería a movilizar tropas y capturar a los hermanos Trujillo y a los oficiales y civiles más comprometidos con el régimen, empezando por Johnny Abbes García. Ni Luis Amiama ni el general Díaz debían mencionar a nadie —ni siquiera al jefe del grupo de acción, Antonio de la Maza— que formaba parte de la conjura. No habría mensajes escritos ni llamadas telefónicas, sólo conversaciones directas. Él iría, con cautela, colocando a oficiales de confianza en los cargos claves, de modo que llegado el día las guarniciones le obedecieran a una sola voz.

Así lo había hecho, poniendo al frente de la Fortaleza de Santiago de los Caballeros, la segunda del país, al general César A. Oliva, compañero de promoción y amigo íntimo. También se las arregló para llevar a la comandancia de la Cuarta Brigada, con sede en Dajabón, al general García Urbáez, leal aliado suyo. De otro lado, contaba con el general Guarionex Estrella, comandante de la Segunda Brigada, estacionada en La Vega. No era muy amigo con Guaro, trujillista acérrimo, pero, siendo hermano del Turco Estrella Sadhalá, del grupo de acción, era lógico suponer que tomaría partido por su hermano. No había confiado su secreto a ninguno de esos generales; era demasiado astuto para exponerse a una delación. Pero contaba con que, ocurridos los hechos, todos ellos se plegarían sin titubear.

¿Cuándo ocurriría? Muy pronto, sin duda. El día de su cumpleaños, 24 de mayo, apenas seis días atrás, Luis Amiama y Juan Tomás Díaz, invitados por él a su casa de campo, le aseguraron que todo estaba a punto. Juan Tomás fue categórico: «En cualquier momento, Pupo». Le dijeron que el Presidente Joaquín Balaguer habría aceptado formar parte de la Junta cívico-militar, presidida por él. Les pidió detalles, pero no pudieron dárselos; había hecho la gestión el doctor Rafael Batlle Viñas, casado con Indiana, prima de Antonio de la Maza y médico de cabecera de Balaguer. Sondeó al Presidente fantoche, preguntándole si, en caso de desaparición súbita de Trujillo, «colaboraría con los patriotas». Su respuesta fue críptica: «Según la Constitución, si Trujillo desapareciera, se tendría que contar conmigo». ¿Era una buena noticia? A Pupo Román, ese hombrecito suave y astuto le inspiró siempre la desconfianza instintiva que le merecían burócratas e intelectuales. Era imposible saber lo que pensaba; detrás de sus maneras afables y su desenvoltura, había un enigma. Pero, en fin, lo que decían sus amigos era cierto: la complicidad de Balaguer tranquilizaría a los yanquis.

Al llegar a su casa de Gazcue eran las nueve y media de la noche. Despachó al jeep de vuelta a San Isidro. Mireya y su hijo Álvaro, joven teniente del Ejército que estaba en su día libre y había venido a visitarlos, se alarmaron al verlo en ese estado. Mientras se quitaba las ropas sucias, les explicó. Hizo que Mireya llamara por teléfono a su hermano y puso al general Virgilio García Trujillo al tanto de la rabieta del Jefe:

—Lo siento, cuñado, pero estoy obligado a amonestarte. Preséntate mañana en mi despacho, antes de las diez.

—¡Por una cañería rota, coño! —exclamó Virgilio, divertido—. ¡El hombre no puede con su genio!

Tomó una ducha y se jabonó de pies a cabeza. Al salir de la bañera, Mireya le alcanzó un pijama limpio y una bata de seda. Lo acompañó mientras se secaba, echaba colonia y vestía. Contrariamente a lo que muchos creían, empezando por el Jefe, no se casó con Mireya por interés. Se enamoró de esa muchacha morocha y tímida, y arriesgó la vida cortejándola pese a la oposición de Trujillo. Eran una pareja feliz, sin peleas ni rupturas en esos veintitantos años juntos. Mientras platicaba con Mireya y Álvaro en la mesa —no tenía hambre, se limitó a tomar un ron en la roca— se preguntaba cuál sería la reacción de su mujer. ¿Tomar partido por su marido o con el clan? La duda lo mortificaba. Muchas veces vio a Mireya indignada por las maneras despectivas del Jefe; tal vez esto inclinaría la balanza a su favor. Además, ¿a qué dominicana no le gustaría convertirse en la primera dama de la nación?

Acabada la cena, Álvaro salió a tomar una cerveza con unos amigos. Mireya y él subieron al dormitorio, en el segundo piso, y encendieron La Voz Dominicana. Pasaban un programa de música bailable con cantantes y orquestas de moda. Antes de las sanciones, la estación contrataba a los mejores artistas latinoamericanos, pero, el último año, debido a la crisis, casi toda la producción de la televisora de Petán Trujillo se hacía con artistas locales. Mientras oían los merengues y danzones de la orquesta Generalísimo, dirigida por el maestro Luis Alberti, Mireya comentó apenada que ojalá terminaran pronto estos líos con la Iglesia. Había un ambiente malo y sus amigas, durante la canasta, hablaban de rumores de una revolución, de que Kennedy mandaría a los *marines*. Pupo la tranquilizó: el Jefe se saldría con la suya también esta vez y el país volvería a ser tranquilo y próspero. Su voz le sonaba tan falsa que se calló, simulando una tos.

Poco después, los frenos de un auto chirriaron y estalló un bocinazo frenético. El general saltó de la cama y se asomó al ventanal. Saliendo del automóvil recién llegado, divisó la silueta cortante del general Arturo Espaillat, Navajita. Apenas divisó su cara, amarillando a la luz del farol, su corazón brincó: ya está.

—¿Qué pasa, Arturo? —preguntó, sacando la cabeza.

—Algo muy grave —dijo el general Espaillat, acercándose—. Estaba con mi mujer en El Pony y pasó el Chevrolet del Jefe. Poco después, oí un tiroteo. Fui a ver y me di con una balacera, en plena pista.

—Bajo, bajo —gritó Pupo Román. Mireya se ponía una bata al tiempo que se santiguaba: «Dios mío, mi tío», «Dios no lo quiera, Jesús santo».

Desde ese momento, y en todos los minutos y horas siguientes, tiempo en el que se decidió su suerte, la de su familia, la de los conjurados, y, a fin de cuentas, la de la República Dominicana, el general José René Román supo siempre, con total lucidez, lo que debía hacer. ¿Por qué hizo exactamente lo contrario? Se lo preguntaría muchas veces los meses siguientes, sin encontrar respuesta. Supo, mientras bajaba las escaleras, que en aquellas circunstancias lo único sensato si tenía apego a la vida y no quería que la conjura se frustrara, era abrir la puerta al ex jefe del SIM, el militar más comprometido con las operaciones criminales del régimen, ejecutor de incontables secuestros, chantajes, torturas y asesinatos por orden de Trujillo, y descerrajarle todos los tiros de su revólver. A Navajita su prontuario no le dejaba otra alternativa que mantener una lealtad perruna a Trujillo y al régimen, para no ir a la cárcel o ser asesinado.

Aunque sabía esto muy bien, abrió la puerta e hizo entrar al general Espaillat y a su esposa, a la que besó en la mejilla y tranquilizó, pues Ligia Fernández de Espaillat había perdido el control y balbuceaba incoherencias. Navajita le dio precisiones: al acercar su auto, se dio con un tiroteo ensordecedor, de revólveres, carabinas y metralletas, en los fogonazos reconoció el Chevrolet del Jefe y alcanzó a ver una figura en la pista, disparando, acaso Trujillo. No pudo prestarle ayuda; vestía de civil, no iba armado, y, ante el temor de que una bala alcanzara a Ligia, vino aquí. Había ocurrido hacía quince, a lo más veinte minutos.

—Espérame, me visto —Román subió a saltos la escalera, seguido de Mireya, que movía las manos y la cabeza como loca.

—Hay que avisar a tío Negro —exclamó, mientras él se ponía el uniforme de diario. La vio correr al teléfono y marcar, sin darle tiempo de abrir la boca. Y, aunque supo que debió impedir esa llamada, no lo hizo. Cogió el auricular, y, abotonándose la camisa, previno al general Héctor Bienvenido Trujillo:

—Acaban de informarme de un posible atentado contra Su Excelencia, en la carretera a San Cristóbal. Voy para allá. Lo mantendré informado.

Terminó de vestirse y bajó, con una carabina M-1 en las manos, que llevaba el cargador puesto. En vez de descargarle una ráfaga y acabar con Navajita, le preservó la vida otra vez y asintió cuando Espaillat, los ojillos ratoniles comidos por la preocupación, le aconsejó alertar al Estado Mayor y dar orden de inamovilidad. El general Román llamó a la Fortaleza 18 de Diciembre y comunicó a todas las guarniciones un acuartelamiento riguroso, que se cerraban las salidas de la ciudad capital, y previno a los comandantes del interior que en breve se pondría en contacto telefónico o radial con ellos, para un asunto de máxima urgencia. Estaba perdiendo un tiempo irrecuperable, pero no podía dejar de actuar de esa manera, que, pensaba, despejaría cualquier duda sobre él en la mente de Navajita.

—Vamos —dijo a Espaillat.

—Voy a llevar a Ligia a casa —repuso éste—. Te encuentro en la carretera. Es en el kilómetro siete, más o menos.

Cuando partió, al volante de su propio auto, supo que debía ir de inmediato a casa del general Juan Tomás Díaz, a pocos metros de la suya, para verificar si el asesinato se había consumado —seguro que era así— y poner en marcha el golpe de Estado. Ya no tenía escapatoria; estuviera Trujillo muerto o herido, él era cómplice. Pero, en vez de ir donde Juan Tomás o Amiama, condujo su automóvil hacia la avenida George Washington. Cerca de la Feria Ganadera vio en un carro desde el que le hacían señas, al coronel Marcos Antonio Jorge Moreno, jefe de la escolta personal de Trujillo, acompañado del general Pou.

—Estamos preocupados —le gritó Moreno, sacando la cabeza—. Su Excelencia no ha llegado a San Cristóbal.

—Hubo un atentado —les informó Román—. ¡Síganme!

En el kilómetro siete, cuando, en los haces de luz de las linternas de Moreno y Pou, reconoció el Chevrolet negro perforado, sus vidrios pulverizados y manchas de sangre en el asfalto entre los añicos y cascotes, supo que el atentado había tenido éxito. Sólo podía estar muerto luego de semejante balacera. Y, por tanto, debía rendir, reclutar o matar a Moreno y a Pou, dos trujillistas convictos y confesos, y, antes de que llegaran Espaillat y otros militares, volar a la Fortaleza 18 de Diciembre, donde estaría seguro. Pero tampoco lo hizo, y, más bien, mostrando la misma consternación que Moreno y Pou, registró con ellos los alrededores, y se alegró cuando el coronel encontró un revólver entre las matas. Momentos después allí estaba Navajita, y llegaban patrullas y guardias, a quienes ordenó continuar la búsqueda. Él estaría en el Estado Mayor.

Mientras, ya en su coche oficial, era llevado por su chofer el sargento primero Morones, a la Fortaleza 18 de Diciembre, fumó varios Lucky Strike. Luis Amiama y Juan Tomás estarían buscándolo afanosamente, con el cadáver del Jefe a cuestas. Era su deber mandarles alguna señal. Pero, en vez de hacerlo, al llegar al Estado Mayor instruyó a la guardia que por ningún motivo dejaran ingresar al local a elemento civil alguno, fuera quien fuere.

Encontró la Fortaleza en efervescencia, un movimiento inconcebible a estas horas en tiempo normal. Mientras subía las escaleras a trancos rumbo a su puesto de mando y respondía con venias a los oficiales que lo saludaban, oyó preguntas —«¿Un intento de desembarco frente a la Feria Agrícola y Ganadera, mi general?»— que no se paró a contestar.

Entró, agitado, sintiendo su corazón, y una simple ojeada a la veintena de oficiales de alta graduación reunidos en su despacho, le bastó para saber, que, pese a las oportunidades perdidas, se le presentaba todavía una ocasión de poner en marcha el Plan. Esos oficiales que, al verlo, chocaron los tacos e hicieron el saludo militar, eran un grupo graneado del alto comando, amigos en su gran mayoría, y aguardaban sus órdenes. Sabían o intuían que acababa de producirse un pavoroso vacío, y, formados en la tradición de la disciplina y total dependencia del Jefe, esperaban que asumiera el mando, con claridad de propósitos. En las caras del general Fernando A. Sánchez, del general Radhamés Hungría, de los generales Fausto Caamaño y Félix Hermida, en las de los coroneles Rivera Cuesta y Cruzado Piña, y en las de los mayores Wessin y Wessin, Pagán Montás, Saldaña, Sánchez Pérez, Fernández Domínguez y Hernando Ramírez, había miedo y esperanza. Querían que los sacara de la inseguridad contra la que no sabían defenderse. Una arenga pronunciada con la voz de un jefe que tiene los huevos en su sitio y sabe lo que hace, explicándoles que, en las gravísimas circunstancias, la desaparición o muerte de Trujillo, ocurrida por razones que habría que juzgar, abría a la República una oportunidad providencial para el cambio. Ante todo, evitar el caos, la anarquía, una revolución comunista y su corolario, la ocupación norteamericana. Ellos, patriotas por vocación y profesión, tenían el deber de actuar. El país tocaba fondo, puesto en cuarentena por los desafueros de un régimen que, aunque en el pasado prestó impagables servicios, había degenerado en una tiranía que provocaba la repulsa universal. Era preciso adelantarse a los acontecimientos, con visión de futuro. Él los exhortaba a seguirlo, a cerrar juntos el abismo que comenzaba a abrirse. Como jefe de las Fuerzas Armadas presidiría una Junta cívico-militar de figuras notables, encargada de asegurar una transición hacia la democracia, que permitiera levantar las sanciones impuestas por los Estados Unidos, y convocar elecciones, bajo el control de la OEA. La Junta contaba con el beneplácito de Washington y él esperaba de ellos, jefes de la institución más prestigiosa del país, su colaboración. Sabía que sus palabras habrían sido recibidas con aplausos, y que, si había alguien remiso, la convicción de los demás terminaría por ganarlo. Sería fácil entonces dar órdenes a oficiales ejecutivos como Fausto Caamaño y Félix Hermida para que arrestaran a los hermanos Trujillo, y acorralaran a Abbes García, al coronel Figueroa Carrión, al capitán Candito Torres, a Clodoveo Ortiz, a Américo Dante Minervino, a César Rodríguez Villeta y a Alicinio Peña Rivera, con lo que la maquinaria del SIM quedaría inutilizada.

Pero, aunque supo con certeza lo que en ese momento debía hacer y decir, tampoco lo hizo. Luego de unos segundos de vacilante silencio, se limitó a informar a los oficiales, en un lenguaje vago, sincopado, tartamudeante, que, en vista del atentado contra la persona del Generalísimo, las Fuerzas Armadas debían mantenerse como un puño, listas para actuar. Podía sentir, tocar, la decepción de estos subordinados, a quienes, en vez de infundir confianza, contagiaba su inseguridad. No era esto lo que esperaban. Para disimular lo confuso que se sentía, se comunicó con las guarniciones del interior. Al general César A. Oliva, de Santiago, al general García Urbáez, de Dajabón, y al general Guarionex Estrella, de La Vega, les repitió, de la misma manera incierta —la lengua apenas le obedecía, como si estuviera borracho—, que, debido al presunto magnicidio, tuvieran acuarteladas las tropas, y no hicieran movimiento alguno sin su autorización.

Luego de la ronda de llamadas, rompió la secreta camisa de fuerza que lo atenazaba y tomó una iniciativa en la buena dirección:

—No se retiren —anunció, poniéndose de pie—. Voy a convocar de inmediato una reunión al más alto nivel.

Ordenó llamar al Presidente de la República, al jefe del Servicio de Inteligencia Militar y al ex Presidente general Héctor Bienvenido Trujillo. Los haría venir y los arrestaría aquí, a los tres. Si Balaguer estaba en la conspiración, podría echarle una mano en los pasos siguientes. Percibió desconcierto en los oficiales; intercambio de miradas, cuchicheos. Le pasaron el teléfono. Al doctor Joaquín Balaguer acababan de sacarlo de la cama:

—Siento despertarlo, señor Presidente. Ha habido un atentado contra Su Excelencia, cuando se dirigía a San Cristóbal. Como secretario de las Fuerzas Armadas estoy convocando una reunión urgente en la Fortaleza 18 de Diciembre. Le ruego que venga, sin pérdida de tiempo.

El Presidente Balaguer no respondió un largo rato, tanto que Román pensó que se había cortado la comunicación. ¿Era sorpresa lo que causaba su mutismo? ¿Satisfacción de saber que el Plan empezaba a cumplirse? ¿O desconfianza por esa llamada intempestiva? Por fin, escuchó la respuesta, pronunciada sin la menor emoción:

—Si ha ocurrido algo tan grave, como Presidente de la República no me corresponde estar en un cuartel, sino en el Palacio Nacional. Voy para allá. Le sugiero que la reunión se celebre en mi despacho. Buenas noches.

Sin darle tiempo a replicar, cortó.

Johnny Abbes García lo escuchó con atención. Bien, iría a la reunión, pero después de escuchar el testimonio del capitán Zacarías de la Cruz, que, malherido, acababa de llegar al Hospital Marión. Sólo Negro Trujillo pareció aceptar la convocatoria. «Voy allá de inmediato». Lo notó desbordado por lo que acontecía. Pero, como luego de media hora de espera, no apareció, el general José René Román supo que su plan de último minuto no tenía posibilidad de concretarse. Ninguno de los tres caería en la emboscada. Y él, por su manera de actuar, comenzaba a hundirse en unas arenas movedizas de las que pronto sería tarde para escapar. A menos que se apoderara de un avión militar y se hiciera llevar a Haití, Trinidad, Puerto Rico, las Antillas francesas, o Venezuela, donde lo recibirían con los brazos abiertos.

A partir de ese momento, entró en un estado sonámbulo. El tiempo se eclipsaba, o, en vez de avanzar, giraba, monomaniática repetición que lo deprimía y encolerizaba. No saldría más de ese estado los cuatro meses y medio que le quedaban de vida, si es que eso merecía llamarse vida y no infierno, pesadilla. Hasta el 12 de octubre de 1961 no volvió a tener una noción clara de la cronología; sí, en cambio, de la misteriosa eternidad, que jamás le interesó. En los sobresaltos de lucidez que lo asaltaban para recordarle que estaba vivo, que aquello no había terminado, se martirizaba con la misma indagación: ¿por qué, sabiendo que era *esto* lo que te esperaba, no actuaste como debías? Aquella pregunta lo maltrataba más que las torturas a las que se enfrentó con gran coraje, acaso para probarse a sí mismo que no fue por cobardía que se condujo con tanta indecisión aquella interminable noche del 31 de mayo de 1961.

Incapaz de sintonizar con sus actos, cayó en contradicciones e iniciativas erráticas. Ordenó a su cuñado, el general Virgilio García Trujillo, despachar de San Isidro, donde estaban las divisiones blindadas, cuatro tanques y tres compañías de infantes para reforzar la Fortaleza 18 de Diciembre. Pero, de inmediato, decidió abandonar este local y trasladarse al Palacio. Instruyó al jefe de Estado Mayor del Ejército, el joven general Tuntin Sánchez, que lo mantuviera informado sobre la búsqueda. Antes de partir, llamó a La Victoria, a Américo Dante Minervino. De manera terminante, le ordenó liquidar en el acto, en la más absoluta discreción, a los detenidos mayor Segundo Imbert Barreras y Rafael Augusto Sánchez Saulley, y hacer desaparecer los cadáveres, pues temió que Antonio Imbert, del grupo de acción, hubiera alertado a su hermano sobre su complicidad en la conjura. Américo Dante Minervino, habituado a estas misiones, no hizo preguntas: «Entendida la orden, mi general». Desconcertó al general Tuntin Sánchez diciéndole que aleccionara a las patrullas del SIM, del Ejército y de la Aviación que estaban en la búsqueda, que las personas de las listas de «enemigos» y «desafectos» que se les había entregado, debían ser ultimadas al menor intento de resistir el arresto. («No queremos prisioneros que sirvan para desatar campañas internacionales contra nuestro país».) Su subordinado no hizo comentarios. Trasmitiría sus instrucciones al pie de la letra, mi general.

Al salir de la Fortaleza rumbo al Palacio, el teniente de guardia le informó que un automóvil con dos civiles, uno de los cuales decía ser su hermano Ramón (Bibín), había llegado a la entrada del recinto, exigiendo verlo. Siguiendo sus órdenes, los obligó a retirarse. Asintió, sin decir palabra. Su hermano estaba, pues, en la conjura, y, por tanto, Bibín pagaría también por sus dudas y rodeos. Sumido en esa especie de hipnosis pensó que su indolencia acaso se debía a que, aunque el cuerpo del Jefe estuviera muerto, su alma, su espíritu o como se llamara eso, continuaba esclavizándolo.

En el Palacio Nacional encontró desbarajuste y desolación. Casi toda la familia Trujillo estaba reunida. Petán, botas de montar y metralleta al hombro, acababa de llegar de su feudo de Bonao y se paseaba de un lado a otro como un charro de caricatura. Héctor (Negro), hundido en su sofá, se frotaba los brazos como con frío. Mireya, y su suegra Marina, consolaban a doña María, la mujer del Jefe, pálida como muerta, cuyos ojos despedían fuego. En cambio, la bella Angelita lloraba y se retorcía las manos, sin que su marido, el coronel José León Estévez (Pechito), de uniforme y cariacontecido, consiguiera tranquilizarla. Sintió los ojos de todos clavados en él: ¿alguna noticia? Los abrazó, uno por uno: se estaba pasando a rastrillo la ciudad, casa por casa, calle por calle, y, pronto... Entonces, descubrió que ellos sabían más que el jefe de las Fuerzas Armadas. Había caído uno de los conspiradores, el ex militar Pedro Livio Cedeño, a quien Abbes García interrogaba en la Clínica Internacional. Y el coronel José León Estévez había ya prevenido a Ramfis y a Radhamés, quienes estaban gestionando el alquiler de un avión de Air France que los trajera de París. A partir de este momento, supo también que el poder adscrito a su cargo, que había malgastado en las últimas horas, comenzaba a perderlo; las decisiones ya no salían de su despacho, sino del de los jefes del SIM, Johnny Abbes García y el coronel Figueroa Carrión, o de parientes y allegados de Trujillo, como Pechito o su cuñado Virgilio. Una invisible presión lo alejaba del poder. No le sorprendió que Negro Trujillo no le diera explicación alguna por no haber asistido a la reunión que lo invitó.

Se apartó del grupo, se precipitó a una cabina y llamó a la Fortaleza. Ordenó a su jefe de Estado Mayor que enviara tropa a rodear la Clínica Internacional y a poner bajo vigilancia al ex oficial Pedro Livio Cedeño, e impedir que el SIM lo sacara de allí, usando la fuerza si pretendía hacerlo. El prisionero debía ser trasladado a la Fortaleza 18 de Diciembre. Él iría a interrogarlo personalmente. Tuntin Sánchez, luego de un ominoso intervalo, se limitó a despedirse: «Buenas noches, mi general». Se dijo, atormentado, que acaso era ésta su peor equivocación en toda la noche.

En la sala donde se hallaban los Trujillo, había más gente. Todos escuchaban, en silencio compungido, al coronel Johnny Abbes García, quien, de pie, hablaba con pesadumbre:

—El puente dental encontrado en la carretera es de Su Excelencia. Lo ha confirmado el doctor Fernando Camino. Cabe suponer que, si no ha muerto, su estado es gravísimo.

—¿Qué pasa con los asesinos? —lo interrumpió Román, en actitud desafiante—. ¿Habló el sujeto? ¿Denunció a sus cómplices?

La mofletuda cara del jefe del SIM se volvió hacia él. Sus ojillos de batracio lo bañaron con una mirada que, en el grado extremo de susceptibilidad en que se encontraba, le pareció burlona.

—Ha delatado a tres —explicó Johnny Abbes, mirándolo sin pestañear—. Antonio Imbert, Luis Amiama y el general Juan Tomás Díaz. Éste es el cabecilla, dice.

—¿Los han capturado?

—Mi gente los busca por toda Ciudad Trujillo —aseguró Johnny Abbes García—. Algo más. Estados Unidos podría estar detrás de esto.

Musitó unas palabras de felicitación al coronel Abbes y regresó a la cabina. Volvió a llamar al general Tuntin Sánchez. Las patrullas debían arrestar de inmediato al general Juan Tomás Díaz, a Luis Amiama y Antonio Imbert, así como a sus familiares, «vivos o muertos, no importaba, acaso mejor muertos, pues la CIA podría intentar sacarlos del país». Cuando colgó, tuvo una certeza; tal como evolucionaban las cosas, ni siquiera el exilio sería factible. Tendría que pegarse un tiro.

En el salón, Abbes García seguía hablando. Ya no de los asesinos; de la situación en que quedaba el país.

—Es indispensable que en estos momentos un miembro de la familia Trujillo asuma la Presidencia de la República —afirmó—. El doctor Balaguer debe renunciar y ceder su cargo al general Héctor Bienvenido o al general José Arismendi. Así, el pueblo sabrá que el espíritu, la filosofía y la política del Jefe no sufrirán menoscabo y seguirán guiando la vida dominicana.

Hubo un intervalo incómodo. Los presentes cambiaban miradas. El vozarrón vulgar y matonesco de Petán Trujillo dominó la sala:

—Johnny tiene razón. Balaguer debe renunciar. Asumiremos la Presidencia Negro o yo. El pueblo sabrá que Trujillo no ha muerto.

Entonces, siguiendo las miradas de todos los presentes, el general Román descubrió que el Presidente fantoche estaba allí. Menudo y discreto como siempre, había escuchado, en una silla de la esquina, se diría que tratando de no incomodar. Vestía con la corrección de siempre y mostraba absoluta tranquilidad, como si aquello fuese un trámite menor. Esbozó media sonrisa y habló con una calma que sedó la atmósfera:

—Como ustedes saben, yo soy Presidente de la República por decisión del Generalísimo, quien siempre se ajustó a los procedimientos constitucionales. Ocupo este cargo para facilitar las cosas, no para complicarlas. Si mi renuncia va a aliviar la situación, ahí la tienen. Pero, permítanme una sugerencia. Antes de tomar una decisión trascendental, que significa una ruptura de la legalidad, ¿no es prudente esperar la llegada del general Ramfis Trujillo? El hijo mayor del Jefe, su heredero espiritual, militar y político ¿no debería ser consultado?

Echó una mirada a la mujer a la que el estricto protocolo trujillista obligaba a los cronistas sociales a llamar siempre la Prestante Dama. María Martínez de Trujillo reaccionó, imperativa:

—El doctor Balaguer tiene razón. Hasta que Ramfis llegue, nada debe cambiar —su redonda faz había recobrado los colores.

Viendo bajar los ojos tímidamente al Presidente de la República, el general Román salió por unos segundos del gelatinoso extravío mental para decirse que, a diferencia de él, ese hombrecito desarmado que escribía versos y parecía tan poquita cosa en este mundo de machos con pistolas y metralletas, sabía muy bien lo que quería y lo que hacía, pues no perdía un instante la serenidad. En el curso de esa noche, la más larga de su medio siglo de vida, el general Román descubrió que, en el vacío y desorden que lo ocurrido con el Jefe causaba, aquel ser secundario, al que todos habían creído siempre un amanuense, una figurilla decorativa del régimen, empezaba a adquirir sorprendente autoridad.

Como en sueños, en las horas siguientes vio hacerse, deshacerse en grupos y rehacerse a esa asamblea de parientes, allegados y mandos trujillistas, a medida que los hechos se iban relacionando como piezas que llenan los huecos del rompecabezas hasta dar forma a una compacta figura. Antes de medianoche avisaron que la pistola encontrada en el lugar del atentado pertenecía al general Juan Tomás Díaz. Cuando Román ordenó que, además de la casa de éste fueran registradas las de todos sus hermanos, le informaron que ya lo hacían las patrullas del SIM, dirigidas por el coronel Figueroa Carrión, y que el hermano de Juan Tomás, Modesto Díaz, entregado al SIM por su amigo el gallero Chucho Malapunta donde se había refugiado, estaba ya preso en La Cuarenta. Quince minutos después, Pupo telefoneó a su hijo Álvaro. Le pidió que le trajera municiones extras para su carabina M-1 (no se la había quitado del hombro), convencido de que en cualquier momento tendría que defender su vida, o acabarla por su propia mano. Luego de conferenciar en su despacho con Abbes García y el coronel Luis José León Estévez (Pechito), sobre el obispo Reilly, tomó la iniciativa de decir que bajo su responsabilidad fuera sacado por la fuerza del Colegio Santo Domingo, y apoyó la tesis del jefe del SIM de ejecutarlo, pues no cabía duda de la complicidad de la Iglesia en la maquinación criminal. El marido de Angelita Trujillo, tocándose el revólver, dijo que sería un honor para él ejecutar la orden. Volvió antes de una hora, airado. La operación se había realizado sin mayores incidentes, salvo unos cuantos golpes a unas monjas y a dos curas redentoristas, también gringos, que intentaron proteger al purpurado. El único muerto era un pastor alemán, guardián del colegio, que, antes de recibir un balazo, mordió a un *calié*. El obispo estaba ahora en el centro de detención de la Fuerza Aérea, en el kilómetro nueve de la carretera a San Isidro. El comandante Rodríguez Méndez, jefe del centro, se negó a ejecutar al obispo e impidió que Pechito León Estévez lo hiciera, alegando órdenes de la Presidencia de la República.

Estupefacto, Román le preguntó si se refería a Balaguer. El marido de Angelita Trujillo, no menos desconcertado, asintió:

—Por lo visto, se cree que existe. Lo increíble no es que ese mequetrefe se inmiscuya en este asunto. Sino que sus órdenes sean obedecidas. Ramfis debe ponerlo en su sitio.

—No es necesario esperar a Ramfis. Voy a arreglarle cuentas ahora mismo —estalló Pupo Román.

Se dirigió a trancos a la oficina del Presidente, pero, en el pasillo, tuvo un vahído. Tanteando, consiguió llegar hasta un sillón apartado, en el que se desplomó. Se quedó dormido de inmediato. Cuando despertó, un par de horas más tarde, recordaba una pesadilla polar, en la que, temblando de frío en una estepa nevada, veía avanzar sobre él a una jauría de lobos. Se levantó de un salto y corrió casi hacia la oficina del Presidente Balaguer. Encontró las puertas abiertas de par en par. Entró decidido a hacer sentir su autoridad a ese pigmeo entrometido, pero, nueva sorpresa, se dio en el despacho, cara a cara, con el mismísimo obispo Reilly. Desencajado, la túnica semidesgarrada, con huellas en el rostro de haber sido maltratado, la alta figura del obispo mantenía sin embargo una majestuosa dignidad. El Presidente de la República estaba despidiéndolo.

—Ah, monseñor, mire quién está aquí, el secretario de las Fuerzas Armadas, general José René Román Fernández —hizo las presentaciones—. Viene a reiterarle el pesar de la autoridad militar por el lamentable malentendido. Tiene usted mi palabra, y la del jefe del Ejército, ¿no es cierto, general Román?, que ni usted, ni prelado alguno, ni las hermanas del Santo Domingo, volverán a ser molestados. Yo mismo daré explicaciones a *sister* Williemine y a *sister* Helen Claire. Vivimos momentos muy difíciles, y usted, hombre de experiencia, lo entenderá. Hay subalternos que pierden el control y se exceden, como esta noche. No se volverá a repetir. He dispuesto que una escolta lo acompañe hasta el colegio. Le ruego que, ante el menor problema, se ponga en contacto conmigo personalmente.

El obispo Reilly, que miraba todo aquello como si estuviera rodeado de marcianos, hizo un vago movimiento de cabeza a manera de despedida. Román encaró al doctor Balaguer de mal modo, tocándose la metralleta:

—Me debe una explicación, señor Balaguer. ¿Quién es usted para dar contraorden a una disposición mía, llamando a un centro militar, a un oficial subalterno, saltándose el escalafón? ¿Quién carajo se cree usted?

El hombrecito lo miró como si oyera llover. Luego de observarlo un momento, esbozó una sonrisita amistosa. Y, señalando la silla frente al escritorio, lo invitó a sentarse. Pupo Román no se movió. La sangre le bullía en las venas, como una caldera a punto de estallar.

—¡Responda mi pregunta, coño! —gritó.

Tampoco esta vez el doctor Balaguer se alteró. Con la misma suavidad con que declamaba o leía discursos, lo amonestó paternalmente:

—Está usted ofuscado y no es para menos, general. Pero, haga un esfuerzo. Vivimos acaso el momento más crítico de la República, y usted más que nadie debe dar al país ejemplo de serenidad.

Resistió su mirada encolerizada —Pupo tenía ganas de golpearlo, y, al mismo tiempo, lo frenaba la curiosidad—, y, luego de sentarse en el escritorio, con la misma entonación, añadió:

—Agradézcame haberle impedido cometer una grave equivocación, general. Asesinando a un obispo, no hubiera resuelto sus problemas. Los hubiera agravado. Por si le sirve, sepa que el Presidente al que ha venido a echar palabrotas, está dispuesto a ayudarlo. Aunque, me temo, no podré hacer mucho por usted.

Román no percibió ironía en aquellas palabras. ¿Escondían una amenaza? No, a juzgar por la bondadosa manera como lo miraba Balaguer. La furia se le disipó. Ahora, tenía miedo. Envidiaba la tranquilidad de este enano melifluo.

—Sepa que he ordenado ejecutar a Segundo Imbert y a Papito Sánchez, en La Victoria —rugió, desaforado, sin pensar en lo que decía—. Estaban también en esta conjura. Haré lo mismo con todos los implicados en el asesinato del Jefe.

El doctor Balaguer asintió levemente, sin que su expresión cambiara un ápice.

—A grandes males, grandes remedios —murmuró, de manera críptica. Y, levantándose, avanzó hasta la puerta de su despacho, por la que salió, sin despedirse.

Román permaneció allí sin saber qué hacer. Optó por dirigirse a su oficina. A las dos y media de la madrugada, llevó a Mireya, que había tomado un tranquilizante, a la casa de Gazcue. Allí encontró a su hermano Bibín, haciendo tomar tragos a pico de una botella de Carta Dorada que blandía como un estandarte, a los soldados de la guardia. Bibín, el vago, el juerguista, el calavera, el timbero, el simpático Bibín apenas se tenía en pie. Tuvo que subirlo en peso al cuarto de baño de los altos, con el pretexto de ayudarlo a vomitar y a lavarse la cara. Apenas estuvieron solos, Bibín se echó a llorar. Contemplaba a su hermano con una tristeza infinita en los ojos aguados. Un hilillo colgaba de sus labios como una telaraña. Bajando la voz, atorándose, le contó que, toda la noche, él, Luis Amiama y Juan Tomás lo habían buscado por la ciudad, que desesperados llegaron a maldecirlo. ¿Qué pasó, Pupo? ¿Por qué no hizo nada? ¿Por qué se escondió? ¿No había un Plan, acaso? El grupo de acción cumplió su parte. Le trajeron el cadáver, como pidió.

—¿Por qué tú no cumpliste, Pupo? —los suspiros estremecían su pecho—. ¿Qué nos va a pasar ahora?

—Hubo contratiempos, Bibín, se apareció Navajita Espaillat, que lo vio todo. No se pudo. Ahora...

—Ahora, estamos jodidos —roncó y se tragó los mocos Bibín—. Luis Amiama, Juan Tomás, Antonio de la Maza, Tony Imbert, todos. Pero, sobre todo, tú. Tú, y, después, yo, por ser tu hermano. Si me quieres algo, pégame un tiro ahora mismo, Pupo. Dispárame esa metralleta, aprovecha que estoy borracho. Antes que lo hagan ellos. Por lo que más quieras, Pupo.

En eso, tocó la puerta del baño Álvaro: acababan de encontrar el cadáver del Generalísimo en el baúl de un auto, en casa del general Juan Tomás Díaz.

No pegó los ojos aquella noche, ni la siguiente, ni la subsiguiente, y, probablemente, en cuatro meses y medio no volvió a experimentar lo que había sido para él dormir —descansar, olvidarse de sí mismo y de los otros, disolverse en una inexistencia de la que regresaba recuperado, con más ímpetus—, aunque sí perdió el conocimiento muchas veces, y pasó largas horas, días y noches, en un estupor estúpido, sin imágenes, sin ideas, con el fijo deseo de que viniera la muerte a liberarlo. Todo se mezclaba y revolvía, como si el tiempo se hubiera hecho un asopao, un revoltijo donde antes, ahora y después no tuvieran secuencia lógica, fueran algo recurrente. Recordaba nítidamente el espectáculo, al llegar al Palacio Nacional, de doña María Martínez de Trujillo, rugiendo ante el cadáver del Jefe: «¡Que la sangre de los asesinos corra hasta la última gota!». Y, como si fuera consecutivo, pero sólo podía haber ocurrido un día después, la figura esbelta, uniformada, impecable, de un Ramfis descolorido y esclerótico, inclinándose sin doblarse sobre el tallado cajón, contemplando la cara del Jefe que había sido maquillada, y murmurando: «Yo no seré tan magnánimo como tú con los enemigos, papi». Le pareció que Ramfis no hablaba a su padre, sino a él. Lo abrazó con fuerza y le gimió al oído: «Qué perdida irreparable, Ramfis. Menos mal que nos quedas tú».

Se veía a sí mismo, de inmediato, con su uniforme de parada y su inseparable metralleta M-1 en la mano, en la atestada iglesia de San Cristóbal, asistiendo a las honras fúnebres del Jefe. Algunos párrafos del discurso de un agigantado Presidente Balaguer —«He aquí, señores, tronchado por el soplo de una ráfaga aleve, el roble poderoso que durante más de treinta años desafió todos los rayos y salió vencedor de todas las tempestades»— le humedecieron los ojos. Lo escuchaba junto a un Ramfis petrificado y rodeado de escoltas con metralletas. Y se veía, al mismo tiempo, contemplando (¿uno, dos, tres días antes?) la multitudinaria cola de miles y miles de dominicanos de todas las edades, profesiones, razas y clases sociales, esperando, horas de horas, bajo un sol inclemente, para subir las escalinatas de Palacio, y, en medio de exclamaciones histéricas de dolor, desmayos, alaridos, ofrendas a los luases del vudú, rendir su último homenaje al Jefe, al Hombre, al Benefactor, al Generalísimo, al Padre. Y, en medio de eso, él escuchaba los informes de sus ayudantes sobre la captura del ingeniero Huáscar Tejeda y de Salvador Estrella Sadhalá, el final de Antonio de la Maza y del general Juan Tomás Díaz en el parque Independencia esquina Bolívar defendiéndose a balazos, y la muerte, casi simultánea, a poca distancia, del teniente Amador García, también matando antes de que lo mataran, y la devastación y saqueo por el populacho de la casa de la tía que lo asiló. Recordaba asimismo los rumores sobre la misteriosa desaparición de su compadre Amiama Tió y Antonio Imbert —Ramfis ofrecía medio millón de pesos a quien facilitara su captura—, y la caída de unos doscientos dominicanos, civiles o militares, en Ciudad Trujillo, Santiago, La Vega, San Pedro de Macorís y media docena de lugares más, comprometidos en el asesinato de Trujillo.

Todo aquello se mezclaba, pero, al menos, era inteligible. Lo era, también, aquel último recuerdo coherente que conservaría su memoria: cómo, al terminar la misa de cuerpo presente del Generalísimo en la iglesia de San Cristóbal, Petán Trujillo lo cogió del brazo: «Vente conmigo en mi carro, Pupo». En el Cadillac de Petán, supo —fue lo último que supo con certeza total— que ésta era la postrera oportunidad de ahorrarse lo que se venía, descargando su metralleta sobre el hermano del Jefe y sobre sí mismo, porque aquel viaje no iba a terminar en su casa de Gazcue. Terminó en la Base de San Isidro, donde, le mintió Petán, sin preocuparse de fingir, «habrá una reunión familiar». En la entrada de la Base Aérea, dos generales, su cuñado Virgilio García Trujillo y el jefe de Estado Mayor del Ejército, Tuntin Sánchez, le informaron que estaba detenido, acusado de complicidad con los asesinos del Benefactor de la Patria y Padre de la Patria Nueva. Muy pálidos y evitando mirarlo a los ojos, le pidieron su arma. Dócilmente, les entregó la metralleta M-l, de la que no se había separado cuatro días.

Lo llevaron a un cuarto con una mesa, una vieja máquina de escribir, un mazo de hojas en blanco y una silla. Le pidieron que se quitara el cinturón y los zapatos y los entregara a un sargento. Lo hizo, sin preguntar nada. Lo dejaron solo, y, minutos después, entraron los dos amigos más íntimos de Ramfis, el coronel Luis José León Estévez (Pechito) y Pirulo Sánchez Rubirosa, quienes, sin saludarlo, le dijeron que escribiera todo lo que sabía sobre la conspiración, dando nombres y apellidos de los conjurados. El general Ramfis —a quien, por decreto supremo, que el Congreso convalidaría esta noche, el Presidente Balaguer acababa de nombrar comandante en jefe de las Fuerzas de Aire, Mar y Tierra de la República— tenía conocimiento cabal de la trama, gracias a los detenidos, todos los cuales lo habían delatado.

Se sentó a la máquina de escribir y, durante un par de horas, hizo lo que le mandaron. Era un pésimo mecanógrafo, escribía sólo con dos dedos, y cometió muchas faltas, que no se demoró en corregir. Lo contó todo, desde su primera conversación con su compadre Luis Amiama, seis meses atrás, y nombró a la veintena de personas que sabía implicadas, pero no a Bibín. Explicó que para él fue decisivo que Estados Unidos respaldara la conjura, y que sólo aceptó presidir la Junta cívico-militar cuando se enteró, a través de Juan Tomás, que tanto el cónsul Henry Dearborn como el cónsul Jack Bennett, y el jefe de la CIA en Ciudad Trujillo, Lorenzo D. Berry (Wimpy), querían que él la encabezara. Sólo estampó una mentirita: que exigió, para participar, que el Generalísimo Trujillo fuera secuestrado y obligado a renunciar, pero en ningún caso asesinado. Los otros conjurados lo traicionaron, incumpliendo esta promesa. Releyó las cuartillas y las firmó.

Estuvo solo, largo rato, esperando, con una tranquilidad de espíritu que no experimentaba desde la noche del 30 de mayo. Cuando vinieron a buscarlo, anochecía. Era un grupo de oficiales desconocidos. Le pusieron esposas y, siempre sin zapatos, lo sacaron al patio de la Base y lo subieron a una camioneta con los vidrios tintados, en la que leyó «Instituto Panamericano de Educación». Pensó que lo llevaban a La Cuarenta. Conocía muy bien aquella tétrica casa de la calle 40, próxima a la Fábrica Dominicana de Cemento. Había pertenecido al general Juan Tomás Díaz, que la vendió al Estado para que Johnny Abbes la convirtiera en el escenario de sus alambicados métodos de arrancar confesiones a los prisioneros. Él estuvo presente, incluso, luego de la invasión castrista del 14 de junio, cuando uno de los interrogados, el doctor Tejada Florentino, sentado en el grotesco Trono —asiento de jeep, tubos, bastones eléctricos, vergajos de toro, garrote con cabos de madera para estrangular al prisionero a la vez que recibía las descargas—, quedó electrocutado por equivocación del técnico del SIM, que soltó el máximo voltaje. Pero, no, en vez de a La Cuarenta lo llevaron a El Nueve, en la carretera Mella, una antigua residencia de

Pirulo Sánchez Rubirosa. También albergaba un Trono, más pequeño pero más moderno.

No tenía miedo. Ahora, no. El pánico cerval que desde la noche del asesinato de Trujillo lo tuvo como un «montado», según decían de los que quedaban vaciados de sí mismos y ocupados por espíritus en las ceremonias de vudú, se había eclipsado por completo. En El Nueve, lo desnudaron y sentaron en la silla negruzca, en el centro de una habitación sin ventanas y apenas iluminada. El fuerte olor a excremento y a orines le dio náuseas. La silla era deforme y absurda, con sus añadidos. Estaba empotrada en el piso y tenía correajes y anillos para sujetar los tobillos, las muñecas, el pecho y la cabeza. Sus brazos estaban revestidos de placas de cobre para facilitar el paso de la corriente. Un manojo de cables salía del Trono hasta un escritorio o mostrador, donde se controlaba el voltaje. En la mortecina luz, mientras lo sujetaban a la silla, reconoció, entre Pechito León Estévez y Sánchez Rubirosa, la exangüe cara de Ramfis. Se había cortado el bigote y estaba sin los eternos espejuelos Ray Ban. Lo miraba con la mirada extraviada que le había visto cuando dirigía las torturas y asesinatos de los sobrevivientes de Constanza, Maimón y Estero Hondo de junio de 1959. Lo seguía mirando sin decir nada, mientras un *calié* lo rapaba, otro, arrodillado, le sujetaba los tobillos, y un tercero rociaba perfume por el local. El general Román Fernández resistió aquellos ojos.

—Tú eres el peor de todos, Pupo —lo oyó decir, de pronto, la voz rota de dolor—. Todo lo que eres y todo lo que tienes se lo debes a papi. ¿Por qué lo hiciste?

—Por amor a mi Patria —se oyó decir.

Hubo una pausa. Ramfis habló otra vez:

—¿Está complicado Balaguer?

—No lo sé. Luis Amiama me dijo que lo habían sondeado, a través de su médico. No parecía muy seguro. Tiendo a creer que no lo estaba.

Ramfis movió la cabeza y Pupo se sintió lanzado con fuerza ciclónica hacia adelante. El sacudón pareció machacarle todos los nervios, del cerebro a los pies. Correas y anillos le cercenaban los músculos, veía bolas de fuego, agujas filudas le hurgaban los poros. Resistió sin gritar, sólo rugiendo. Aunque, a cada descarga —se sucedían con intervalos en que le echaban baldazos de agua para reanimarlo— perdía el conocimiento y quedaba ciego, volvía luego a la conciencia. Entonces, sus narices se llenaban de ese perfume de sirvientas. Trataba de guardar cierta compostura, de no humillarse pidiendo compasión. En la pesadilla de la que nunca saldría, de dos cosas estuvo seguro: entre sus torturadores jamás apareció Johnny Abbes García, y, en algún momento, alguien que podía ser Pechito León Estévez, o el general Tuntin Sánchez, le hizo saber que Bibín había tenido mejores reflejos que él, pues alcanzó a dispararse un balazo en la boca cuando el SIM lo fue a buscar a su casa de la Arzobispo Nouel con la José Reyes. Pupo se preguntó muchas veces si sus hijos Álvaro y José René, a quienes jamás habló de la conspiración, habrían alcanzado a matarse.

Entre sesión y sesión de silla eléctrica, lo arrastraban, desnudo, a un calabozo húmedo, donde baldazos de agua pestilente lo hacían reaccionar. Para impedirle dormir le sujetaron los párpados a las cejas con esparadrapo. Cuando, pese a tener los ojos abiertos, entraba en semiinconsciencia, lo despertaban golpeándolo con bates de béisbol. Varias veces le embutieron en la boca sustancias incomestibles; alguna vez detectó excremento y vomitó. Luego, en ese rápido descenso a la inhumanidad, pudo ya retener en el estómago lo que le daban. En las primeras sesiones de electricidad, Ramfis lo interrogaba. Repetía muchas veces la misma pregunta, a ver si se contradecía. («¿Está implicado el Presidente Balaguer?».) Respondía haciendo esfuerzos inauditos para que la lengua le obedeciera. Hasta que oyó risas, y, luego, la voz incolora y algo femenina de Ramfis: «Cállate, Pupo. No tienes nada que contarme. Ya lo sé todo. Ahora sólo estás pagando tu traición a papi». Era la misma voz con altibajos discordantes de la orgía sanguinaria, luego del 14 de junio, cuando perdió la razón y el Jefe tuvo que mandarlo a una clínica psiquiátrica de Bélgica.

Cuando ese último diálogo con Ramfis, ya no pudo verlo. Le habían quitado los esparadrapos, arrancándole de paso las cejas, y una voz ebria y regocijada le anunció: «Ahora vas a tener oscuridad, para que duermas rico». Sintió la aguja que perforaba sus párpados. No se movió mientras se los cosían. Le sorprendió que sellarle los ojos con hilos lo hiciera sufrir menos que los sacudones del Trono. Para entonces, había fracasado en sus dos intentos de matarse. El primero, lanzándose de cabeza con todas las fuerzas que le quedaban contra la pared del calabozo. Perdió el sentido y se ensangrentó los pelos, apenas. La segunda, estuvo cerca de conseguirlo. Encaramándose en las rejas —le habían quitado las esposas, preparándolo para una nueva sesión en El Trono— rompió la bombilla que iluminaba el calabozo. A cuatro patas, se tragó todos los vidrios, esperando que una hemorragia interna acabara con su vida. Pero el SIM tenía dos médicos en permanencia y una pequeña asistencia dotada de lo indispensable para impedir que los torturados murieran por mano propia. Lo llevaron a la enfermería, le hicieron tragar un líquido que le provocó vómitos, y le metieron una sonda para limpiarle las tripas. Lo salvaron, para que Ramfis y sus amigos pudieran seguir matándolo a poquitos.

Cuando lo castraron, el final estaba cerca. No le cortaron los testículos con un cuchillo, sino con una tijera, mientras estaba en el Trono. Oía risitas sobreexcitadas y comentarios obscenos, de unos sujetos que eran sólo voces y olores picantes, a axilas y tabaco barato. No les dio el gusto de gritar. Le acuñaron sus testículos en la boca, y se los tragó, anhelando que todo esto apresurara su muerte, algo que él nunca sospechó podía desearse tanto.

En algún momento, reconoció la voz de Modesto Díaz, el hermano del general Juan Tomás Díaz, del que se decía era un dominicano tan inteligente como Cerebrito Cabral o el Constitucionalista Beodo. ¿Lo habían metido en la misma celda? ¿Lo torturaban como a él? La voz de Modesto era amarga y acusatoria:

—Estamos aquí por tu culpa, Pupo. ¿Por qué nos traicionaste? ¿No sabías que te pasaría esto? Arrepiéntete de haber traicionado a tus amigos y a tu país.

No tuvo fuerzas para articular sonido alguno, ni abrir la boca. Algún tiempo que podían ser horas, días o semanas luego de aquello, distinguió un diálogo entre un médico del SIM y Ramfis Trujillo:

—Imposible prolongarle más la vida, mi general.

—¿Cuánto le queda? —era Ramfis, sin la menor duda.

—Unas horas, tal vez un día si le doblo el suero. Pero, en el estado en que se halla, no resistirá una descarga. Es increíble que haya aguantado cuatro meses, mi general.

—Apártate un poquito entonces, no voy a permitir que muera de muerte natural. Ponte detrás de mí, no te vaya a rebotar un casquillo.

Con felicidad, el general José René Román sintió la ráfaga final.

XXI

Cuando, en el asfixiante altillo de la casita morisca del doctor Robert Reid Cabral donde llevaban ya dos días, el doctor Marcelino Vélez Santana, que había salido a la calle en busca de noticias, vino a decirle, poniéndole una compasiva mano en el hombro, que su casa de la Mahatma Gandhi había sido asaltada y que los *caliés* se llevaron a su mujer y a sus hijos, Salvador Estrella Sadhalá decidió entregarse. Sudaba, ahogándose. ¿Qué otra cosa hacer? ¿Permitir que esos bárbaros mataran a su mujer y a sus hijos? Seguramente los estaban torturando. La angustia no le permitía rezar por su familia. Entonces, comunicó a sus compañeros de escondite lo que iba a hacer.

—Sabes lo que eso significa, Turco —lo reprendió Antonio de la Maza—. Te van a vejar y atormentar de la manera más salvaje antes de matarte.

—Y seguirán maltratando a tu familia delante de ti, para que delates a todo el mundo —insistió el general Juan Tomás Díaz.

—Nadie me hará abrir la boca, aunque me quemen vivo —les juró, con lágrimas en los ojos—. Sólo denunciaré al canalla de Pupo Román.

Le pidieron no salir del escondite antes que ellos y Salvador aceptó quedarse una noche más. Que su mujer y sus hijos, Luis de catorce años y Carmen Elly de apenas cuatro añitos, estuvieran en las mazmorras del SIM, rodeadas de facinerosos sádicos, lo tuvo toda la noche despierto, acezando, sin rezar, sin pensar en otra cosa. El remordimiento le roía el corazón: ¿cómo pudiste exponer así a tu familia? Y pasó a segundo plano la mala conciencia que tenía por haber disparado contra Pedro Livio Cedeño. ¡Pobre Pedro Livio! Dónde estaría en estos momentos. Qué horrores habrían hecho con él.

La tarde del 4 de junio fue el primero en abandonar la casa de los Reid Cabral. Tomó un taxi en la esquina y le dio la dirección, en la calle Santiago, del ingeniero Feliciano Sosa Mieses, primo de su mujer, con quien siempre se había llevado muy bien. Sólo quería averiguar si tenía noticias de ella y de los niños, y del resto de la familia, pero fue imposible. Le abrió la puerta el mismo Feliciano, y, al verlo, hizo un ademán de ¡Vade retro!, como si tuviera delante al demonio.

—¿Qué tú haces aquí, Turco? —exclamó, furioso—. ¿No sabes que tengo familia? ¿Quieres que nos maten? ¡Vete! ¡Por lo que más quieras, vete de aquí!

Le cerró la puerta con una expresión de miedo y asco que lo dejó sin saber qué hacer. Regresó al taxi con una depresión que le ablandaba los huesos. Pese al calor, se moría de frío.

—¿Me has reconocido, no es verdad? —preguntó al chofer, ya en el asiento.

El hombre, que llevaba una gorrita de béisbol embutida hasta las cejas, no se volvió a mirarlo.

—Lo reconocí desde que subió —dijo, muy tranquilo—. No se preocupe, conmigo está seguro. Yo soy antitrujillista, también. Si hay que correr, corremos juntos. ¿Dónde quiere ir?

—A una iglesia —le dijo Salvador—. No importa cuál.

Se encomendaría a Dios y, si era posible, se confesaría. Luego de descargar su conciencia, pediría al párroco que llamara a los guardias. Pero, a poco de estar circulando rumbo al centro por unas calles donde las sombras crecían, el chofer le advirtió:

—Ese tipo lo denunció, señor. Ahí están los *caliés.*

—Párate —le ordenó Salvador—. Antes de que éstos te maten también.

Se persignó y bajó del taxi, con los brazos en alto, indicando así a los hombres con metralletas y pistolas de los Volkswagen que no ofrecería resistencia. Le pusieron unas esposas que le cortaban las muñecas y lo embutieron en el asiento de atrás de uno de los «cepillos»; los dos *caliés* medio sentados encima suyo hedían a sudor y pies. Arrancaron. Como tomaron la carretera a San Pedro de Macorís, supuso que lo llevaban a El Nueve. Hizo el trayecto en silencio, tratando de rezar y dolido porque no lo conseguía. Su cabeza era un hervidero crepitante, caótico, donde nada se estaba quieto, ni un pensamiento ni una imagen: todo estallaba, como burbujas de jabón.

Ahí estaba la famosa casa, en el kilómetro nueve, en efecto, rodeada de un alto muro de concreto. Cruzaron un jardín y vio una estancia acomodada, con un chalet antiguo rodeado de árboles, y construcciones rústicas flanqueándola. Lo bajaron a empellones del «cepillo». Atravesó un pasillo en penumbra, con celdas donde había racimos de hombres desnudos, y lo hicieron descender una larga escalinata. Se sintió mareado por un olor acre, punzante, a excrementos, vómitos y carne chamuscada. Pensó en el infierno. Al fondo de la escalera apenas había luz, pero en las semitinieblas alcanzó a percibir una hilera de celdas, con puertas de hierro y ventanitas con barrotes, atestadas de cabezas, pugnando por ver. Al final del subterráneo, le arrancaron a jalones el pantalón, la camisa, el calzoncillo, los zapatos y los calcetines. Quedó desnudo, con las esposas puestas. Sentía las plantas de los pies mojadas por una sustancia pegajosa, que manchaba todo el piso de losetas sin desbastar. Siempre a empujones, lo hicieron entrar a otra habitación, casi totalmente a oscuras. Allí lo sentaron y amarraron en un sillón descoyuntado, forrado de placas metálicas —tuvo un escalofrío— con correas y anillos de metal para manos y pies.

Durante un buen rato no ocurrió nada. Trataba de rezar. Uno de los tipos en calzoncillos que lo había atado —sus ojos comenzaban a desentrañar las sombras— empezó a vaporizar el aire y él reconoció ese perfume barato, Nice, que publicitaban en las radios. Sentía el frío de las láminas en los muslos, las nalgas, la espalda, y al mismo tiempo traspiraba medio ahogado por la candente atmósfera. Ya distinguía las caras de las gentes que se apretaban a su alrededor; sus siluetas, sus olores, unas facciones. Reconoció esa cara blandengue de doble papada, coronando un cuerpo contrahecho, de barriguita prominente. Estaba en una banqueta, sentado entre dos personas, a muy poca distancia.

—¡Qué vergüenza, coño! Un hijo del general Piro Estrella metido en esa vaina —dijo Johnny Abbes—. No hay gratitud en tu sangre, carajo.

Iba a responderle que su familia no tenía nada que ver con lo que había hecho, que ni su padre, ni sus hermanos, ni su mujer, y mucho menos Luisito y la pequeña Carmen Elly sabían nada de esto, cuando la descarga eléctrica lo levantó y aplastó contra las ligaduras y anillos que lo sujetaban. Sintió agujas en los poros, la cabeza le estalló en pequeños bólidos ardientes, y meó, cagó y vomitó lo que tenía en las entrañas. Un baldazo de agua lo hizo volver en sí. Inmediatamente reconoció la otra silueta, a la derecha de Abbes García: Ramfis Trujillo. Quiso insultarlo y a la vez suplicarle que soltara a su mujer, a Luisito y a Carmen, pero su garganta no emitió sonido alguno.

—¿Es verdad que Pupo Román está en el complot? —desafinó Ramfis.

Otro baldazo de agua le devolvió el uso de la palabra.

—Sí, sí —articuló, sin reconocer su voz—. Ese cobarde, ese traidor, sí. Él nos mintió. Máteme, general Trujillo, pero suelte a mi mujer y a mis hijos. Son inocentes.

—No va a ser tan fácil, pendejo —contestó Ramfis—. Antes de irte al infierno, tienes que pasar por el purgatorio. ¡Hijo de puta!

Una segunda descarga volvió a catapultarlo contra las amarras —sintió que sus ojos saltaban de sus órbitas como las de un sapo— y perdió el sentido. Cuando lo recuperó, estaba en el suelo de una celda, desnudo y esposado, en medio de un charco fangoso. Le dolían los huesos, los músculos, y sentía un ardor insoportable en los testículos y el ano, como si los tuviera desollados. Pero, más angustiosa era la sed; su garganta, su lengua, su paladar, parecían lijas ardientes. Cerró los ojos y rezó. Pudo hacerlo, con intervalos en los que su mente quedaba en blanco; por unos segundos, volvía a concentrarse en la oración. Rezó a la Virgen de las Mercedes, recordándole la unción con que había peregrinado, de joven, a Jarabacoa, y subido al Santo Cerro, a arrodillarse a sus pies en el Santuario a su memoria. Humildemente le pidió que amparase a su mujer, a Luisito y Carmen Elly, de las crueldades de la Bestia. En medio del horror, se sintió agradecido. Podía rezar otra vez.

Cuando abrió los ojos, reconoció, en el cuerpo desnudo y magullado, lleno de heridas y hematomas, tumbado a su lado, a su hermano Guarionex. ¡En qué estado habían dejado, Dios mío, al pobre Guaro! El general tenía los ojos abiertos y lo miraba, en la rancia luz que una bombilla del pasillo dejaba filtrarse por la ventanita con barrotes. ¿Lo reconocía?

—Soy el Turco, tu hermano, soy Salvador —le dijo, arrastrándose hacia él—. ¿Puedes oírme? ¿Puedes verme, Guaro?

Estuvo un tiempo infinito tratando de comunicarse con su hermano, pero no lo consiguió. Guaro estaba vivo; se movía, quejaba, abría y cerraba los ojos. A veces, prorrumpía en extravagancias y daba órdenes a sus subordinados: «¡Muévame esa mula, sargento!». Y ellos habían ocultado el Plan al general Guarionex Estrella Sadhalá por considerarlo demasiado trujillista. Qué sorpresa para el pobre Guaro: ser arrestado, torturado e interrogado por algo que ignoraba totalmente. Trató de explicárselo a Ramfis y a Johnny Abbes la próxima vez que lo llevaron a la sala de torturas y lo sentaron en El Trono, y se lo repitió y juró muchas veces, entre los desmayos que le producían las descargas, y mientras lo azotaban con esos vergajos, los «güevos de toro», que le arrancaban tirones de piel. Ellos no parecían interesados en saber la verdad. Les juró por Dios que ni Guarionex, ni sus otros hermanos, y menos su padre, habían participado en la conjura, y les gritó que lo que le habían hecho al general Estrella Sadhalá era una injusticia monstruosa, por la que responderían en la otra vida. No lo escuchaban, más interesados en darle tormento que en interrogarlo. Sólo después de un tiempo interminable —¿habían pasado horas, días, semanas, desde su captura?— se dio cuenta que, con cierta regularidad, le daban una sopa con pedazos de yuca, una raja de pan y unos jarros de agua en los que los carceleros solían escupir al pasárselos. A él no le importaba nada ya. Podía rezar. Lo hacía en todos los momentos libres y lúcidos, y a veces hasta dormido o desmayado. Pero no cuando lo estaban torturando. En el Trono, el dolor y el miedo lo paralizaban. De tanto en tanto, venía un médico del SIM a auscultarle el corazón y a ponerle una inyección que le devolvía las fuerzas.

Un día, o noche, pues en el calabozo era imposible saber la hora, desnudo y en esposas lo sacaron de la celda, lo hicieron subir la escalinata y lo empujaron a un cuartito soleado. La luz blanca lo cegó. Al fin, reconoció la pálida cara apuesta de Ramfis Trujillo, y, a su lado, derecho siempre a pesar de sus años, a su padre, el general Piro Estrella. Al reconocer al anciano, a Salvador los ojos se le aguaron.

Pero, en vez de emocionado al ver el desecho en que estaba convertido su hijo, el general bramó de indignación:

—¡No te reconozco! ¡No eres mi hijo! ¡Asesino! ¡Traidor! —manoteaba, ahogado de ira—. ¿No sabes lo que yo, tú y todos debemos a Trujillo? ¿A ese hombre has asesinado? ¡Arrepiéntete, miserable!

Tuvo que apoyarse en una mesa porque había comenzado a trastabillar. Bajó los ojos. ¿Fingía el viejo? ¿Aspiraba a ganarse de ese modo a Ramfis, para luego rogarle que le salvara la vida? ¿O el fervor trujillista de su padre era más fuerte que el sentimiento filial? Esa duda lo desgarró todo el tiempo, salvo durante las sesiones de tortura. Éstas se sucedían cada día, cada dos días, acompañadas, ahora sí, de larguísimos, enloquecedores interrogatorios en los que, una y mil veces, le repetían las mismas preguntas, le exigían los mismos detalles y trataban de hacerle denunciar nuevos conspiradores. Nunca le creyeron que no conocía a nadie fuera de los que ellos ya conocían, que ninguno de sus familiares había sido cómplice, y menos que nadie Guarionex. Ni Johnny Abbes ni Ramfis asomaban en aquellas sesiones; las conducían subalternos que llegaron a serle familiares: el teniente Clodoveo Ortiz, el licenciado Eladio Ramírez Suero, el coronel Rafael Trujillo Reynoso, el primer teniente de la Policía Pérez Mercado. Algunos parecían divertirse con los bastones eléctricos que le pasaban por el cuerpo, o golpeándolo en el cráneo y las espaldas con porras forradas de goma y quemándolo con cigarrillos; otros parecían hacerlo con disgusto o aburrimiento. Siempre, al comienzo de cada sesión, uno de los esbirros semidesnudos responsables de las descargas, rociaba la atmósfera con Nice, para apagar la hediondez de las defecaciones y la carne chamuscada.

Un día, ¿qué día podía ser?, metieron a su celda a Fifí Pastoriza, Huáscar Tejeda, Modesto Díaz, Pedro Livio Cedeño y a Tunti Cáceres, ese sobrinito de Antonio de la Maza, quien, en el Plan original, iba a manejar el auto que finalmente condujo Antonio Imbert. Estaban desnudos y esposados, como él. Habían estado siempre aquí, en El Nueve, en otras celdas, y recibido el mismo tratamiento de descargas, latigazos, quemaduras y agujas en las orejas y en las uñas. Y sometidos a infinitos interrogatorios.

Por ellos supo que Imbert y Luis Amiama habían desaparecido, y que, en su desesperación por encontrarlos, Ramfis ofrecía ahora medio millón de pesos a quien facilitara su captura. Por ellos supo también que habían muerto, peleando, Antonio de la Maza, el general Juan Tomás Díaz y Amadito. En vez del aislamiento en que lo habían tenido, ellos pudieron conversar con los carceleros y enterarse de qué ocurría en el exterior. Huáscar Tejeda, a través de uno de sus torturadores, con el que intimó, conoció el diálogo entre Ramfis Trujillo y el padre de Antonio de la Maza. El hijo del Generalísimo vino a informar a don Vicente de la Maza, en el calabozo, que su hijo había muerto. El anciano caudillo de Moca preguntó, sin que le temblara la voz: «¿Murió peleando?». Ramfis asintió. Don Vicente de la Maza se santiguó: «¡Gracias, Señor!».

Ver que Pedro Livio Cedeño se había recuperado de sus heridas le hizo bien. El Negro no le guardaba el más mínimo rencor por haber disparado contra él en el atolondramiento de aquella noche. «Lo que no les perdono es que no me remataran», bromeaba. «¿Para qué me salvaron la vida? ¿Para esto? ¡Pendejos!» El resentimiento de todos contra Pupo Román era muy grande, pero ninguno se alegró cuando Modesto Díaz contó que, desde su celda del piso de arriba, en este mismo local había visto a Pupo, desnudo y esposado, con los párpados cosidos, arrastrado por cuatro esbirros a la cámara de torturas. Modesto Díaz no era sombra del elegante e inteligente político que fue toda su vida; además de perder muchos kilos, tenía todo el cuerpo llagado y una expresión de infinito desconsuelo. «Así luciré yo», pensó Salvador. Desde que lo arrestaron no se había visto en un espejo.

Muchas veces pidió a sus interrogadores que le permitieran un confesor. Por fin, el carcelero que les traía la comida, preguntó quiénes querían un cura. Todos levantaron la mano. Les hicieron ponerse pantalones y los subieron por la empinada escalera hacia la estancia donde el Turco fue insultado por su padre. Ver el sol, sentir sobre la piel su lamido cálido, le devolvió el ánimo. Y más todavía confesarse y comulgar, algo que, creyó, nunca más haría. Cuando el capellán militar, el padre Rodríguez Canela, los invitó a acompañarlo en una oración en memoria de Trujillo, sólo Salvador se arrodilló y rezó con él. Sus compañeros permanecieron de pie, incómodos.

Por el padre Rodríguez Canela supo la fecha: 30 de agosto de 1961. ¡Habían pasado sólo tres meses! A él le parecía que esta pesadilla duraba siglos. Deprimidos, debilitados, desmoralizados, hablaban poco entre sí, y las conversaciones giraban siempre sobre lo que habían visto, oído y vivido en El Nueve. De todos los testimonios de sus compañeros de celda, a Salvador se le quedó grabada, como marca indeleble, la historia que contó Modesto Díaz entre sollozos. Las primeras semanas fue compañero de celda de Miguel Ángel Báez Díaz. El Turco se acordaba de su sorpresa, el 30 de mayo, en la carretera a San Cristóbal, cuando el personaje se les apareció en su Volkswagen a asegurarles que Trujillo, con el que había paseado por la Avenida, vendría, y supo de este modo que ese señorón del cogollo trujillista también estaba en la conjura. Abbes García y Ramfis se encarnizaron con él, por haber estado tan cerca de Trujillo, presenciando las sesiones de electricidad, vergajos y fuego que le infligían y ordenando a los médicos del SIM que lo reanimaran, para seguir. A las dos o tres semanas, en vez del apestoso plato de harina de maíz habitual, les trajeron al calabozo una olla con trozos de carne. Miguel Ángel Báez y Modesto se atragantaron, comiendo con las manos hasta hartarse. El carcelero volvió a entrar, poco después. Encaró a Báez Díaz: el general Ramfis Trujillo quería saber si no le daba asco comerse a su propio hijo. Desde el suelo, Miguel Ángel lo insultó: «Dile de mi parte a ese inmundo hijo de puta, que se trague la lengua y se envenene». El carcelero se echó a reír. Se fue y volvió, mostrándoles desde la puerta, una cabeza juvenil que tenía asida por los pelos. Miguel Ángel Báez Díaz murió horas después, en brazos de Modesto, de un ataque al corazón.

La imagen de Miguel Ángel, reconociendo la cabeza de Miguelito, su hijo mayor, obsesionó a Salvador; tenía pesadillas en las que veía, decapitados, a Luisito y Carmen Elly. Los alaridos que profería dormido enojaban a sus compañeros.

A diferencia de sus amigos, varios de los cuales habían intentado poner fin a sus días, Salvador estaba decidido a resistir hasta el final. Se había reconciliado con Dios —seguía rezando día y noche, y la Iglesia prohibía el suicidio—. Tampoco era fácil matarse. Huáscar Tejeda lo intentó, con la corbata que le robó a uno de los carceleros (la llevaba doblada en el bolsillo de atrás). Trató de ahorcarse, pero no lo consiguió y, por haberlo intentado, empeoró el castigo. Pedro Livio Cedeño quiso hacerse matar provocando a Ramfis en la sala de torturas: «Hijo de puta», «bastardo», «hijo de siete leches», «tu madre, la Españolita, fue de burdel antes de ser la querida de Trujillo» y hasta escupiéndolo. Ramfis no le disparó la ráfaga de metralleta que él ansiaba: «No todavía, desconsuélate. Eso, al final. Tienes que seguir pagando».

La segunda vez que Salvador Estrella Sadhalá supo qué fecha era, fue el 9 de octubre de 1961. Ese día le hicieron ponerse un pantalón y subió una vez más la escalerilla hacia aquella habitación donde los rayos herían los ojos y alegraban la piel. Pálido e impecable en su uniforme de general de cuatro estrellas, ahí estaba Ramfis, con *El Caribe* del día en la mano: 9 de octubre de 1961. Salvador leyó el gran titular: «Carta del general Pedro A. Estrella al general Rafael Leonidas Trujillo Hijo».

—Lee esta carta que me ha enviado tu padre —le alcanzó Ramfis el diario—. Habla de ti.

Salvador, con las muñecas hinchadas por las esposas, cogió *El Caribe.* Aunque sentía vértigo y una indefinible mezcla de asco y tristeza, llegó hasta la última línea. El general Piro Estrella llamaba al Chivo «el más grande de todos los dominicanos», se jactaba de haber sido su amigo, guardaespaldas y protegido, y se refería a Salvador con epítetos innobles; hablaba de «la felonía de un hijo descarriado» y de «la traición de mi hijo, que traicionó a su protector» y a sus familiares. Peor que los insultos, era el párrafo final: su padre agradecía a Ramfis, con servilismo altisonante, que le hubiera regalado dinero para ayudarlo a sobrevivir al serle confiscados los bienes familiares por la participación de su hijo en el magnicidio.

Regresó a su celda mareado de disgusto y vergüenza. No volvió a levantar cabeza, aunque, ante sus compañeros, procuraba ocultar su desmoralización. «No es Ramfis, es mi padre quien me ha matado», pensaba. Y sentía envidia por Antonio de la Maza. ¡Qué suerte ser hijo de alguien como don Vicente!

Cuando, pocos días después de ese cruel 9 de octubre, él y sus cinco compañeros de celda fueron trasladados a La Victoria —los lavaron con mangueras y les devolvieron las ropas que llevaban al ser detenidos—, el Turco era un muerto ambulante. Ni siquiera la posibilidad de recibir visitas —los jueves, por media hora—, abrazar y besar a su mujer, a Luisito y Carmen Elly, pudo arrancarle el hielo que llevaba en el corazón desde que leyó la carta pública del general Piro Estrella a Ramfis Trujillo.

En La Victoria cesaron las torturas y los interrogatorios. Seguían durmiendo en el suelo, pero ya no desnudos, sino con ropas que les enviaban de casa. Les quitaron las esposas. Las familias podían mandarles de comer, bebidas gaseosas y algún dinero, con el que corrompían a los carceleros para que les vendieran periódicos, les dieran información sobre otros presos, o llevaran mensajes a la calle. El discurso del Presidente Balaguer en las Naciones Unidas, condenando la dictadura de Trujillo y prometiendo una democratización «dentro del orden», hizo renacer la esperanza en la prisión. Parecía increíble, pero comenzaba a despuntar una oposición política, con la Unión Cívica y el 14 de Junio actuando a la luz pública. Sobre todo, animaba a sus amigos saber que en Estados Unidos, Venezuela y otros lugares se habían formado comités exigiendo que ellos fueran juzgados por un tribunal civil, con observadores internacionales. Salvador se esforzaba por compartir las ilusiones de los otros. En sus rezos, rogaba a Dios que le devolviera la esperanza. Porque no albergaba ninguna. Él había visto aquella expresión implacable de Ramfis. ¿Iba a dejarlos salir libres? Jamás. Llevaría su venganza hasta el final.

Hubo una explosión de júbilo en La Victoria cuando se supo que Petán y Negro Trujillo habían abandonado el país. Ahora, se iría también Ramfis. Balaguer no tendría más remedio que conceder una amnistía. Pero Modesto Díaz, con su lógica poderosa y su fría manera de analizar las cosas, los convenció de que era ahora, más que nunca, cuando familias y abogados debían movilizarse en su defensa. Ramfis no se iría sin liquidar a los ajusticiadores de papi. Mientras lo oía, Salvador observaba la ruina en que estaba convertido Modesto: había seguido perdiendo kilos y su cara era la de un anciano lleno de surcos. ¿Cuántos habría perdido él? Los pantalones y camisas que le llevaba su mujer le bailoteaban y cada semana tenía que abrir nuevos agujeros al cinturón.

Estaba siempre triste, aunque no hablaba con nadie de la carta pública de su padre, que tenía como un puñal en la espalda. Aunque los planes no habían salido como esperaban, y hubiera habido tanta muerte y sufrimiento, su acción contribuyó a cambiar las cosas. Las noticias que se filtraban hasta las celdas de La Victoria, hablaban de mítines, de jóvenes que decapitaban las estatuas de Trujillo y arrancaban las placas con su nombre y los de su familia, del regreso de algunos exiliados. ¿No era el principio del fin de la Era de Trujillo? Nada de eso se habría conseguido si ellos no mataban a la Bestia.

El regreso de los hermanos de Trujillo fue una ducha helada para los encerrados en La Victoria. Sin disimular su alegría, el mayor Américo Dante Minervino, director de la prisión, les comunicó el 17 de noviembre a Salvador, Modesto Díaz, Huáscar Tejeda, Pedro Livio, Fifí Pastoriza y el joven Tunti Cáceres, que al anochecer serían trasladados a las celdas del Palacio de Justicia, porque mañana habría una nueva reconstrucción del crimen, en la Avenida. Reuniendo el dinero que les quedaba, mediante un carcelero hicieron llegar a las familias mensajes urgentes, explicándoles que ocurría algo sospechoso; sin duda, la reconstrucción era una farsa, porque Ramfis había decidido matarlos.

Al atardecer, les pusieron las esposas y sacaron a los seis en una camioneta negra de esas que los capitaleños llamaban La Perrera, con las ventanillas oscurecidas, escoltados por tres guardias armados. Con los ojos cerrados, Salvador rogó a Dios que cuidara de su mujer y sus hijos. Contrariamente a lo que temían, no los llevaron a los farallones, lugar favorito de las ejecuciones secretas del régimen. Fueron al centro, a las celdas situadas en el Palacio de Justicia de La Feria. Pasaron la mayor parte de la noche de pie, pues el local era tan estrecho que no podían sentarse al mismo tiempo. Lo hacían por turnos, de dos en dos. Pedro Livio y Fifí Pastoriza estaban animosos; si los habían traído aquí, era cierto lo de la reconstrucción. Su optimismo contagió a Tunti Cáceres y a Huáscar Tejeda. Sí, sí, por qué no; los entregarían al Poder Judicial para que jueces civiles los juzgaran. Salvador y Modesto Díaz permanecían callados, disimulando su escepticismo.

En voz muy baja, el Turco susurró al oído de su amigo: «Éste es el fin ¿cierto, Modesto?». El abogado asintió, sin decir nada, apretándole el brazo.

Antes de que saliera el sol vinieron a sacarlos del calabozo y los subieron otra vez a La Perrera. Había un impresionante despliegue militar en torno al Palacio de Justicia y Salvador, en la todavía incierta luz, advirtió que todos los soldados llevaban las insignias de la Fuerza Aérea. Eran de la Base de San Isidro, los predios de Ramfis y Virgilio García Trujillo. No dijo nada, para no alarmar a sus compañeros. En el estrecho furgón trató de hablar con Dios, como lo había hecho parte de la noche, pedirle que lo ayudara a morir con dignidad, sin deshonrarse con manifestaciones de cobardía, pero, esta vez, no pudo concentrarse. Ese fracaso lo angustió.

Luego de un corto recorrido, la camioneta frenó. Estaban en la carretera a San Cristóbal. Éste era el lugar del atentado, sin duda. El sol doraba el cielo, los cocoteros de la orilla de la carretera, el mar que ronroneaba golpeando contra el acantilado. Había muchos guardias por el rededor. Tenían acordonada la carretera y habían cortado el tráfico en ambas direcciones.

—Para qué esta farsa, el hijito salió tan payaso como el padre —oyó decir a Modesto Díaz.

—Por qué va a ser una farsa —protestó Fifí Pastoriza—. No seas pesimista. Es una reconstrucción. Han venido los jueces. ¿No ven?

—Las mismas payasadas que le gustaban al papi —insistió Modesto, moviendo la cabeza con disgusto.

Farsa o no farsa, duró muchas horas, hasta que el sol estuvo en el centro del cielo y comenzó a taladrarles el cráneo. Uno por uno, los hacían pasar frente a una mesita de campaña armada al aire libre, donde dos hombres de civil les hacían las mismas preguntas que les habían hecho en El Nueve y La Victoria. Unos taquígrafos registraban sus respuestas. Sólo oficiales subalternos merodeaban en torno. Ninguno de los jefes —Ramfis, Abbes García, Pechito León Estévez, Pirulo Sánchez Rubirosa— asomaron por allí mientras duró la tediosa ceremonia. No les dieron de comer, sólo unos vasos de gaseosas, a mediodía. Comenzaba la tarde cuando vieron aparecer al rollizo director de La Victoria, el mayor Américo Dante Minervino. Se mordisqueaba el bigotito con cierto nerviosismo y su semblante era más siniestro que de costumbre. Venía acompañado de un negro corpulento, con nariz aplastada de boxeador, una metralleta al hombro y una pistola entre el cuerpo y el cinturón. Los subieron a La Perrera.

—¿Adónde vamos? —preguntó Pedro Livio a Minervino.

—De regreso a La Victoria —dijo éste—. Vine a llevarlos yo mismo para que no se pierdan en el camino.

—Qué honor —comentó Pedro Livio.

El mayor se puso al volante y el negro con cara de boxeador a su lado. En el furgón de La Perrera, los tres guardias que los escoltaban eran tan jóvenes que parecían recién reclutados. Se los notaba tensos, abrumados por la responsabilidad de cuidar presos tan importantes. Además de esposados, les amarraron los tobillos con unas cuerdas algo flojas, que les permitían dar pasitos cortos.

—¿Qué carajo significan estas sogas? —protestó Tunti Cáceres.

Uno de los guardias le señaló al mayor, llevándose un dedo a la boca: «Cállate».

Durante el largo recorrido, Salvador comprendió que no iban de vuelta a La Victoria, y, por las caras de sus compañeros, ellos también lo adivinaban. Permanecían mudos, algunos con los ojos cerrados y otros con las pupilas muy abiertas, encendidas, como tratando de atravesar las placas metálicas del furgón para averiguar dónde se encontraban. No trató de rezar. El desasosiego era tan grande que sería inútil. El Señor comprendería.

Cuando la camioneta se detuvo, oyeron el mar, embistiendo al pie de un alto farallón. Los guardias abrieron la portezuela del furgón. Estaban en un paraje desierto, de tierra rojiza, con ralos árboles, en lo que parecía un promontorio. El sol seguía brillando, pero ya comenzaba su curva descendente. Salvador se dijo que morir sería una manera de descansar. Lo que ahora sentía era un enorme cansancio.

Dante Minervino y el negro fortachón con cara de boxeador, hicieron que los tres guardias adolescentes bajaran del furgón, pero cuando los seis prisioneros iban a seguirlos, los atajaron: «Quietos ahí». Acto seguido, comenzaron a disparar. No a ellos, a los soldaditos. Los tres muchachos cayeron acribillados sin tiempo de asombrarse, de comprender, de gritar.

—¡Qué hacen, qué hacen, criminales! —rugió Salvador—. ¡Por qué contra esos pobres guardias, asesinos!

—No los matamos nosotros, sino ustedes —le repuso, muy serio, el mayor Dante Minervino, mientras recargaba su metralleta; el negro de cara aplastada lo festejó con una carcajada—. Ahora sí, bajen.

Aturdidos, idiotizados por la sorpresa, los seis fueron bajados y, tropezándose —las amarras los obligaban a avanzar dando ridículos saltitos— contra los cadáveres de los tres guardias, llevados a otra camioneta idéntica, parqueada a pocos metros. Había un solo hombre de civil, cuidándola. Después de encerrarlos en el furgón, los tres se apretaron en el asiento de adelante. Dante Minervino volvió a tomar el timón.

Ahora sí, Salvador pudo rezar. Oía a uno de sus compañeros sollozando, pero ese llanto no lo distraía. Rezaba sin dificultad, como en las mejores épocas, por él, por su familia, por los tres guardias recién asesinados, por sus cinco compañeros en el furgón, uno de los cuales, en un ataque de nervios, se daba de cabezazos contra la placa metálica que los separaba del conductor, blasfemando.

No supo cuánto duró aquel recorrido, pues en ningún momento dejó de rezar. Sentía paz y una inmensa ternura recordando a su mujer y a sus hijos. Cuando frenaron y abrieron la portezuela, vio el mar, el atardecer, el sol hundiéndose en un cielo azul tinta.

Los bajaron a empellones. Estaban en el patio-jardín de una casa muy grande, junto a una piscina. Había un puñado de palmas canas de moños enhiestos y, a unos veinte metros, una terraza con siluetas de hombres con vasos en las manos. Reconoció a Ramfis, a Pechito León Estévez, al hermano de éste, Alfonso, a Pirulo Sánchez Rubirosa y dos o tres desconocidos. Alfonso León Estévez vino corriendo hacia ellos, sin soltar su vaso de whisky. Ayudó a Américo Dante Minervino y al negro boxeador a empujarlos hacia los cocoteros.

—¡Uno por uno, Pechito! —ordenó Ramfis. «Está borracho», pensó Salvador. Tuvo que emborracharse para celebrar su última fiesta, el hijo del Chivo.

Acribillaron primero a Pedro Livio, que se desplomó instantáneamente bajo la cerrada descarga de tiros de revólver y ráfagas de metralleta que se abatió sobre él. Después, arrastraron a los cocoteros a Tunti Cáceres, quien, antes de caer, insultó a Ramfis: «¡Degenerado, cobarde, maricón!». Y, luego, a Modesto Díaz, que gritó «¡Viva la República!» y quedó retorciéndose en el suelo antes de expirar.

Luego, le tocó a él. No tuvieron que empujarlo ni arrastrarlo. Dando los cortos pasitos que le permitían las amarras de los tobillos, fue por su cuenta hacia los cocoteros donde yacían sus amigos, agradeciendo a Dios que le hubiera permitido estar con Él en sus últimos momentos, y diciéndose con cierta melancolía que no conocería nunca Basquinta, aquel pueblecito libanés de donde, para conservar su fe, salieron los Sadhalá a buscar fortuna por estas tierras del Señor.

XXII

Cuando, todavía sin salir del sueño, oyó repicar el teléfono, el Presidente Joaquín Balaguer presintió algo gravísimo. Levantó el auricular a la vez que se restregaba los ojos con la mano libre. Oyó al general José René Román, convocándolo a una reunión de alto nivel en el Estado Mayor del Ejército. «Lo han matado», pensó. La conjura había tenido éxito. Se despertó del todo. No podía perder tiempo apiadándose o encolerizándose; por el momento, el problema era el jefe de las Fuerzas Armadas. Carraspeó, y dijo, despacio: «Si ha ocurrido algo tan grave, como Presidente de la República no me corresponde estar en un cuartel, sino en el Palacio Nacional. Voy para allá. Le sugiero que la reunión se celebre en mi despacho. Buenas noches». Colgó, antes de que el ministro de las Fuerzas Armadas tuviera tiempo de contestarle.

Se levantó y se vistió, sin hacer ruido, para no despertar a sus hermanas. Habían matado a Trujillo, era seguro. Y estaba en marcha un golpe de Estado, encabezado por Román. ¿Para qué podía llamarlo a la Fortaleza 18 de Diciembre? Para obligarlo a renunciar, arrestarlo o exigirle que apoyara el levantamiento. Lucía torpe, mal planeado. En vez de telefonear, debió mandarle una patrulla. Román, por más que estuviera al mando de las Fuerzas Armadas, carecía de prestigio para imponerse a las guarniciones. Aquello iba a fracasar.

Salió y pidió al retén de guardia que despertara a su chofer. Mientras éste lo llevaba al Palacio Nacional por una avenida Máximo Gómez desierta y a oscuras, anticipó las horas siguientes: enfrentamientos entre guarniciones rebeldes y leales y posible intervención militar norteamericana. Washington requeriría algún simulacro constitucional para esta acción, y, en estos momentos, el Presidente de la República representaba la legalidad. Su cargo era decorativo, cierto. Pero, muerto Trujillo, se cargaba de realidad. Dependía de su conducta que pasara, de mero embeleco, a auténtico Jefe de Estado de la República Dominicana. Tal vez, sin saberlo, desde que nació, en 1906, esperaba este momento. Una vez más se repitió la divisa de su vida: ni un instante, por ninguna razón, perder la calma.

Esta decisión se vio reforzada apenas entró al Palacio Nacional y percibió el desbarajuste que reinaba. Habían doblado la guardia y por pasadizos y escaleras circulaban soldados armados, buscando a quien disparar. Algunos oficiales, al verlo caminando sin premura a su despacho, parecieron aliviados; tal vez él sabría qué hacer. No llegó a su oficina. En el salón de visitas contiguo al despacho del Generalísimo, vio a la familia Trujillo: la esposa, la hija, los hermanos, sobrinos y sobrinas. Se dirigió a ellos con la expresión grave que el momento exigía. Angelita tenía los ojos llenos de lágrimas y estaba pálida; pero en la cara gruesa y estirada de doña María había rabia, inconmensurable rabia.

—¿Qué nos va a pasar, doctor Balaguer? —balbuceó Angelita, cogiéndolo del brazo.

—Nada, nada les pasará —la confortó. Abrazó también a la Prestante Dama—: Lo importante es mantener la serenidad. Armarnos de valor. Dios no permitirá que Su Excelencia haya muerto.

Una simple ojeada le bastó para saber que esa tribu de pobres diablos había perdido la brújula. Petán, agitando una metralleta, daba vueltas sobre sí mismo como un perro que quiere morderse la cola, sudando y vociferando sandeces sobre los cocuyos de la cordillera, su Ejército particular, en tanto que Héctor Bienvenido (Negro), el ex Presidente, parecía atacado de idiotismo catatónico: miraba el vacío, la boca llena de saliva, como si tratara de recordar quién era y dónde estaba. Y hasta el más infeliz de los hermanos del Jefe, Amable Romeo (Pipí), estaba allí, vestido como pordiosero, acurrucado en una silla, boquiabierto. En los sillones, las hermanas de Trujillo, Nieves Luisa, Marina, Julieta, Ofelia Japonesa, se secaban los ojos o lo miraban, implorando ayuda. A todos les fue murmurando palabras de aliento. Había un vacío y era preciso llenarlo cuanto antes.

Fue al despacho y llamó al general Santos Mélido Marte, inspector general de las Fuerzas Armadas, el oficial de la alta jerarquía militar con el que tenía más antigua relación. No estaba enterado de nada y quedó tan estupefacto con la noticia que durante medio minuto sólo pudo articular: «Dios mío, Dios mío». Le pidió que llamara a los comandantes generales y jefes de guarniciones en toda la República, les asegurara que el probable magnicidio no había alterado el orden constitucional y que contaban con la confianza del Jefe del Estado, quien los reconfirmaba en sus cargos. «Me pongo manos a la obra, señor Presidente», se despidió el general.

Le avisaron que el nuncio apostólico, el cónsul norteamericano y el encargado de negocios del Reino Unido estaban a la entrada de Palacio, retenidos por la guardia. Los hizo pasar. No los traía el atentado, sino la captura violenta de monseñor Reilly, por hombres armados que habían entrado al Colegio Santo Domingo rompiendo las puertas. Dispararon al aire, golpearon a las monjas y a los sacerdotes redentoristas de San Juan de la Maguana que acompañaban al obispo y mataron a un perro guardián. Se habían llevado al prelado a empellones.

—Señor Presidente, lo hago responsable de la vida de monseñor Reilly —lo conminó el nuncio.

—Mi gobierno no tolerará que se atente contra su vida —le advirtió el diplomático estadounidense—. No necesito recordarle el interés en Washington por Reilly, que es ciudadano norteamericano.

—Tomen asiento, por favor —les señaló las sillas que rodeaban su escritorio. Levantó el teléfono y pidió que lo comunicaran con el general Virgilio García Trujillo, jefe de la Base Aérea de San Isidro. Se volvió a los diplomáticos—: Lo lamento más que ustedes, créanme. No ahorraré esfuerzo para poner remedio a esta barbaridad.

Poco después, escuchó la voz del sobrino carnal del Generalísimo. Sin quitar la vista al trío de visitantes, dijo, pausado:

—Le hablo como Presidente de la República, general. Me dirijo al jefe de San Isidro y también al sobrino preferido de Su Excelencia. Le ahorro los preliminares, en vista de lo grave de la situación. En un acto de gran irresponsabilidad, algún subalterno, tal vez el coronel Abbes García, ha hecho arrestar al obispo Reilly, sacándolo a la fuerza del Colegio Santo Domingo. Tengo delante a los representantes de Estados Unidos, Gran Bretaña y el Vaticano. Si algo ocurre a monseñor Reilly, que es ciudadano norteamericano, puede ocurrir una catástrofe al país. Incluso, un desembarco de la infantería de marina. No necesito decirle lo que esto significaría para nuestra Patria. En nombre del Generalísimo, de su tío, lo exhorto a evitar una desgracia histórica.

Esperó la reacción del general Virgilio García Trujillo. Aquel jadeo nervioso delataba indecisión.

—No fue idea mía, doctor —lo oyó murmurar, por fin—. Ni siquiera me informaron de este asunto.

—Lo sé muy bien, general Trujillo —lo ayudó Balaguer—. Usted es un oficial sensato y responsable. Jamás cometería semejante locura. ¿Está monseñor Reilly en San Isidro? ¿O lo han llevado a La Cuarenta?

Hubo un largo silencio, erizado de púas. Temió lo peor.

—¿Está vivo monseñor Reilly? —insistió Balaguer.

—Está en una dependencia de la Base de San Isidro, a dos kilómetros de aquí, doctor. El comandante del centro, Rodríguez Méndez, no permitió que lo mataran. Me acaba de informar.

El Presidente dulcificó la voz:

—Le ruego que vaya usted, en persona, como enviado mío, a rescatar a monseñor. A pedirle disculpas en nombre del gobierno por el error cometido. Y, luego, acompañe al obispo hasta mi despacho. Sano y salvo. Es un ruego al amigo y también una orden del Presidente de la República. Tengo plena confianza en usted.

Los tres visitantes lo miraban desconcertados. Se puso de pie y fue a su encuentro. Los acompañó hasta la puerta. Al estrecharles la mano, murmuró:

—No estoy seguro de ser obedecido, señores. Pero, ya ven, hago lo que está a mi alcance para que se imponga la razón.

—¿Qué va a ocurrir, señor Presidente? —preguntó el cónsul—. ¿Aceptarán su autoridad los trujillistas?

—Dependerá mucho de Estados Unidos, mi amigo. Francamente, no lo sé. Ahora, discúlpenme, señores.

Volvió a la sala donde estaba la familia Trujillo. Había más gente. El coronel Abbes García explicaba que uno de los asesinos, apresado en la Clínica Internacional, había delatado a tres cómplices: el general retirado Juan Tomás Díaz, Antonio Imbert y Luis Amiama. Sin duda, había muchos otros. Entre quienes escuchaban, suspensos, descubrió al general Román; tenía la camisa caqui empapada, la cara sudorosa y apretaba su metralleta con las dos manos. Bullía en sus ojos el enloquecimiento del animal que se sabe perdido. Las cosas no le habían salido bien, era evidente. Con su vocecita desafinada, el rechoncho jefe del SIM aseguró que, según el ex militar Pedro Livio Cedeño, la conspiración no tenía ramificaciones en las Fuerzas Armadas. Mientras lo escuchaba, se dijo que había llegado el momento de enfrentarse con Abbes García, quien lo odiaba. Él sólo le tenía desprecio. En momentos como éste, por desgracia, no solían imponerse las ideas sino las pistolas. Pidió a Dios, en quien creía a ratos, que se pusiera de su lado.

El coronel Abbes García lanzó la primera arremetida. Dado el vacío dejado por el atentado, Balaguer debía renunciar para que alguien de la familia ocupara la Presidencia. Con su intemperancia y grosería, Petán lo apoyó: «Sí, que renuncie». Él escuchaba, callado, las manos entrelazadas sobre el vientre, como un apacible párroco. Cuando las miradas se volvieron hacia él, asintió con timidez, como excusándose de verse forzado a intervenir. Con modestia, recordó que ocupaba la Presidencia por decisión del Generalísimo. Renunciaría en el acto si ello servía a la nación, por supuesto. Pero se permitía sugerir que, antes de romper el orden constitucional, esperaran la llegada del general Ramfis. ¿Podía excluirse al primogénito del Jefe en asunto tan grave? La Prestante Dama lo secundó en el acto: no aceptaba decisión alguna sin que estuviera presente su hijo mayor. Según anunció el coronel Luis José León Estévez (Pechito), Ramfis y Radhamés hacían preparativos ya en París para alquilar un avión de Air France. La cuestión quedó aplazada.

Mientras regresaba a su despacho, se dijo que la verdadera batalla no debería librarla contra los hermanos de Trujillo, esa pandilla de matones idiotas, sino contra Abbes García. Era un sádico demente, sí, pero de una inteligencia luciferina. Acababa de cometer un traspiés, olvidándose de Ramfis. María Martínez se había vuelto su aliada. Él sabía cómo sellar esa alianza: la avaricia de la Prestante Dama sería útil, en las circunstancias actuales. Pero, lo urgente era impedir un levantamiento. A la hora de estar en su escritorio, llegó la llamada del general Mélido Marte. Había hablado con todas las regiones militares y los comandantes le aseguraron su lealtad al gobierno constituido. Sin embargo, tanto el general César A. Oliva, de Santiago de los Caballeros, como el general García Urbáez, de Dajabón, y el general Guarionex Estrella, de La Vega, estaban inquietos por las comunicaciones contradictorias del secretario de las Fuerzas Armadas. ¿Sabía algo el señor Presidente?

—Nada en concreto, pero me imagino lo que usted, mi amigo —dijo Balaguer al general Mélido Marte—. Llamaré por teléfono a esos comandantes, a fin de tranquilizarlos. Ramfis Trujillo se encuentra ya volando de regreso, para asegurar la conducción militar del país.

Sin pérdida de tiempo, llamó a los tres generales y les reiteró que gozaban de su confianza. Les pidió que, asumiendo todos los poderes administrativos y políticos, garantizaran el orden en sus regiones y, hasta la llegada del general Ramfis, despacharan sólo con él. Cuando se despedía del general Guarionex Estrella Sadhalá, los edecanes le anunciaron que el general Virgilio García Trujillo estaba en la antesala, con el obispo Reilly. Hizo que pasara, solo, el sobrino de Trujillo.

—Ha salvado usted a la República —le dijo, abrazándolo, algo que no hacía jamás—. Si se cumplían las órdenes de Abbes García y ocurría algo irreparable, los *marines* estarían desembarcando en Ciudad Trujillo.

—No eran órdenes de Abbes García solamente —le repuso el jefe de la Base de San Isidro. Lo notó confundido—. Quien ordenó al comandante Rodríguez Méndez, del centro de detención de la Fuerza Aérea, que fusilara al obispo, fue Pechito León Estévez. Dijo que era decisión de mi cuñado. Sí, de Pupo en persona. No lo entiendo. Ninguno me consultó siquiera. Fue un milagro que Rodríguez Méndez se negara a hacerlo antes de hablar conmigo.

El general García Trujillo cultivaba su físico y la indumentaria —bigotito a la mexicana, cabello engominado, uniforme cortado y planchado como para ir a una parada y los infaltables espejuelos Ray Ban en el bolsillo— con la misma coquetería que su primo Ramfis, de quien era íntimo. Pero, ahora se lo veía con la camisa medio salida y despeinado; en sus ojos había recelo y dudas.

—No entiendo por qué Pupo y Pechito tomaron una decisión así, sin hablar antes conmigo. Querían comprometer a la Fuerza Aérea, doctor.

—El general Román estará tan afectado con lo del Generalísimo que no controla sus nervios —lo excusó el Presidente—. Felizmente, Ramfis se halla ya en camino. Su presencia es imprescindible. A él, como general de cuatro estrellas e hijo del Jefe, le corresponde asegurar la continuidad de la política del Benefactor.

—Pero Ramfis no es político, odia la política y usted lo sabe, doctor Balaguer.

—Ramfis es un hombre muy inteligente y adoraba a su padre. No podrá negarse a asumir el papel que la Patria espera de él. Nosotros lo convenceremos.

El general García Trujillo lo miró con simpatía.

—Puede usted contar conmigo para lo que haga falta, señor Presidente.

—Los dominicanos sabrán que, esta noche, usted salvó a la República —repitió Balaguer, mientras lo acompañaba hasta la puerta—. Tiene usted una gran responsabilidad, general. San Isidro es la Base más importante del país, y por eso, de usted depende que se mantenga el orden. Cualquier cosa, llámeme; he ordenado que se dé prioridad a sus llamadas.

El obispo Reilly debía haber pasado unas horas de espanto en manos de los *caliés*. Tenía el hábito desgarrado y embarrado, y unos surcos profundos hundían su cara demacrada, con una mueca de horror todavía gravitando en ella. Se mantenía erecto y silencioso. Escuchó con dignidad las excusas y explicaciones del Presidente de la República y hasta hizo un esfuerzo por sonreír al agradecerle sus gestiones para liberarlo: «Perdónelos, señor Presidente, porque no saben lo que hacen». En eso, se abrió la puerta, y, metralleta en mano, sudoroso, la mirada bestializada por el miedo y la rabia, irrumpió en el despacho el general Román. Un segundo bastó al Presidente para saber que, si no ganaba la iniciativa, este primate empezaría a disparar. «Ah, monseñor, mire quién está aquí». Efusivo, agradeció al ministro de las Fuerzas Armadas que viniera a presentar excusas, en nombre de la institución militar, al señor obispo de San Juan de la Maguana por el malentendido de que había sido víctima. El general Román, petrificado en medio del despacho, pestañeaba con expresión estúpida. Tenía legañas en los ojos, como si acabara de despertar. Sin decir palabra, luego de dudar unos segundos, alargó la mano hacia el obispo, tan desconcertado con lo que ocurría como el general. El Presidente despidió a monseñor Reilly en la puerta.

Cuando volvió a su escritorio, Pupo Román vociferaba: «Usted me debe una explicación. Quién carajo se cree usted, Balaguer», accionando y pasándole su metralleta por la cara. El Presidente permaneció imperturbable, mirándolo a los ojos. Sentía en la cara una invisible lluvia, la saliva del general. Este energúmeno no se atrevería ya a disparar. Luego de soltar denuestos y palabrotas en medio de frases incoherentes, Román calló. Seguía en el mismo sitio, resollando. Con voz suave y deferente, el Presidente le aconsejó que hiciera un esfuerzo por controlarse. En estos momentos, el jefe de las Fuerzas Armadas debía dar ejemplo de ponderación. Pese a sus insultos y amenazas, estaba dispuesto a ayudarlo, si lo necesitaba. El general Román prorrumpió, de nuevo, en un soliloquio semidelirante, en el que, de buenas a primeras le hizo saber que había dado orden de ejecutar al mayor Segundo Imbert y a Papito Sánchez, presos en La Victoria, por complicidad con el asesinato del Jefe. No quiso seguir escuchando confidencias tan peligrosas. Sin decir nada, salió del despacho. Ya no le cupo duda: Román estaba relacionado con la muerte del Generalísimo. No se explicaba de otro modo su conducta irracional.

Regresó a la sala. Habían encontrado el cadáver de Trujillo en el baúl de un carro, en el garaje del general Juan Tomás Díaz. Nunca más, en sus largos años de vida, olvidaría el doctor Balaguer la descomposición de aquellas caras, el llanto de aquellos ojos, la expresión de orfandad, extravío, desesperación, de civiles y militares, cuando el sanguinolento cadáver cosido a balazos, la cara desfigurada por el proyectil que le destrozó el mentón, quedó extendido sobre la mesa desnuda del comedor de Palacio donde hacía unas horas habían sido agasajados Simon y Dorothy Gittleman, y comenzó a ser desvestido y lavado para que un equipo de médicos examinara los restos y los preparara para el velatorio. De la reacción de todos los presentes, la que más le impresionó fue la de la viuda. Doña María Martínez observó el despojo como hipnotizada, muy derecha en esos zapatos de altas plataformas sobre los que parecía siempre encaramada. Tenía los ojos dilatados y enrojecidos, pero no lloraba. De pronto, rugió, manoteando: «¡Venganza! ¡Venganza! ¡Hay que matarlos a todos!». El doctor Balaguer se apresuró a pasarle un brazo por los hombros. Ella no se zafó. La sentía respirar hondo, resoplando. Temblaba de manera convulsiva. «Tendrán que pagar, tendrán que pagar», repetía. «Moveremos cielo y tierra para que así sea, doña María», le musitó en el oído. En ese instante, tuvo un pálpito: ahora, en este momento, debía remachar lo ya alcanzado con la Prestante Dama, después sería tarde.

Presionando cariñosamente su brazo, como para alejarla del espectáculo que la hacía sufrir, llevó a doña María Martínez hacia uno de los saloncitos contiguos al comedor. Apenas comprobó que estaban solos, cerró la puerta.

—Doña María, usted es una mujer excepcionalmente fuerte —le dijo, con afecto—. Por eso me atrevo, en momentos tan dolorosos, a turbar su pena con un asunto que puede parecerle inoportuno. Pero, no lo es. Actúo guiado por la admiración y el cariño. Siéntese, por favor.

La redonda cara de la Prestante Dama lo miraba con desconfianza. Él le sonrió, entristecido. Era impertinente, sin duda, atosigarla con cosas prácticas, cuando su espíritu estaba absorbido por un quebranto atroz. Pero ¿y el futuro? ¿No tenía doña María una larga vida por delante? ¿Quién sabía lo que podía ocurrir luego de este cataclismo? Era imprescindible que tomara algunas precauciones, pensando en el porvenir. La ingratitud de los pueblos estaba comprobada, desde la traición de Judas a Cristo. El país lloraría a Trujillo y bramaría contra sus asesinos, ahora. ¿Seguiría, mañana, leal a la memoria del Jefe? ¿Y si triunfaba el resentimiento, esa enfermedad nacional? No quería hacerle perder tiempo. Iba a lo concreto, por tanto. Doña María debía asegurarse, poner a salvo de cualquier eventualidad los legítimos bienes adquiridos gracias al esfuerzo de la familia Trujillo, y que, además, tanto habían beneficiado al pueblo dominicano. Y hacerlo antes de que los reajustes políticos constituyeran, más tarde, un impedimento. El doctor Balaguer sugería que lo discutiera con el senador Henry Chirinos, encargado de supervigilar los negocios familiares, y estudiar qué parte del patrimonio podía ser transferido de inmediato al extranjero, sin mucha pérdida. Era algo que todavía se podía hacer en la más absoluta discreción. El Presidente de la República tenía la facultad de autorizar operaciones de este tipo —la conversión de pesos dominicanos en divisas por el Banco Central, por ejemplo—, pero cómo saber si luego ello seguiría siendo posible. El Generalísimo fue siempre reacio a estas transferencias, por sus elevados escrúpulos. Mantener esa política en las actuales circunstancias sería, con perdón de la expresión, una insensatez. Era un consejo amistoso, inspirado en la devoción y la amistad.

La Prestante Dama lo escuchó en silencio, mirándolo a los ojos. Por fin, asintió, reconocida:

—Yo sabía que usted es un amigo leal, doctor Balaguer —dijo, muy segura de sí misma.

—Espero demostrárselo, doña María. Confío en que no haya tomado mal mi consejo.

—Es un buen consejo, en este país nunca se sabe qué puede pasar —rezongó ella, entre dientes—. Hablaré con el doctor Chirinos mañana mismo. ¿Todo se hará con la mayor discreción?

—Por mi honor, doña María —afirmó el Presidente, tocándose el pecho.

Vio que una duda alteraba la expresión de la viuda del Generalísimo. Y adivinó lo que ella le iba a pedir:

—Le ruego que ni siquiera a mis hijos hable usted de este asuntito —dijo, muy bajo, como si temiera que ellos pudieran oírla—. Por razones que sería largo de explicar.

—A nadie, ni siquiera a ellos, doña María —la tranquilizó el Presidente—. Por supuesto. Permítame reiterarle cuánto admiro su carácter, doña María. Sin usted, el Benefactor jamás hubiera hecho todo lo que hizo.

Había ganado otro punto en su guerra de posiciones contra Johnny Abbes García. La respuesta de doña María Martínez resultaba previsible: la codicia era en ella más fuerte que cualquier otra pasión. En efecto, al doctor Balaguer la Prestante Dama le inspiraba cierto respeto. Para mantenerse tantos años junto a Trujillo, de amante primero, luego de esposa, la Españolita tenía que haberse ido despojando de toda sensiblería, de todo sentimiento —sobre todo, la piedad—, y refugiándose en el cálculo, un frío cálculo, y, acaso, también el odio.

La reacción de Ramfis, en cambio, lo desconcertó. A las dos horas de haber llegado con Radhamés, el *playboy* Porfirio Rubirosa y un grupo de amigos en el avión alquilado a Air France, a la Base de San Isidro —Balaguer fue el primero en abrazarlo, al pie de la escalerilla—, y ya afeitado y vestido con su uniforme de general de cuatro estrellas, se presentó en Palacio Nacional a rendir homenaje a su padre. No lloró, no abrió la boca. Estaba lívido y con una extraña expresión en su rostro afligido y apuesto, de sorpresa, de pasmo, de rechazo, como si aquella figura yacente, vestida de etiqueta, el pecho lleno de condecoraciones, instalada en el suntuoso cajón, rodeado de candelabros, en esa estancia cubierta de coronas fúnebres, no pudiera ni debiera estar allí, como si, por estarlo, revelara una falla en el orden del Universo. Estuvo largo rato mirando el cadáver de su padre, haciendo unas muecas que no podía reprimir; parecía que sus músculos faciales trataran de repeler una invisible telaraña adherida a su piel. «Yo no seré tan generoso como tú fuiste con tus enemigos», lo oyó decir al fin. Entonces, el doctor Balaguer, que estaba a su lado, vestido de riguroso luto, le habló al oído: «Es indispensable que conversemos unos minutos, general. Ya sé que es un momento muy difícil para usted. Pero, hay asuntos impostergables». Sobreponiéndose, Ramfis asintió. Fueron, solos, al despacho de la Presidencia. Por el camino, veían por las ventanas la gigantesca, la proliferante multitud, a la que se seguían añadiendo grupos de hombres y mujeres venidos de las afueras de Ciudad Trujillo y pueblos vecinos. La cola, en filas de cuatro o cinco, era de varios kilómetros y los guardias armados apenas podían contenerla. Llevaban muchas horas esperando. Había escenas desgarradoras, llantos, alardes histéricos, entre los que ya habían alcanzado los graderíos de Palacio y se sentían cerca de la cámara fúnebre del Generalísimo.

El doctor Joaquín Balaguer siempre supo que de esta conversación dependía su futuro y el de la República Dominicana. Por eso, decidió algo que sólo hacía en casos extremos, pues iba contra su natural cauteloso: jugarse el todo por el todo, en una suerte de exabrupto. Esperó que el hijo mayor de Trujillo estuviera sentado frente a su escritorio —por las ventanas se movía, como mar sublevado, la inmensa muchedumbre arremolinada, esperando llegar hasta el cadáver del Benefactor—, y, siempre con su manera calmada, sin denotar la más mínima inquietud, le dijo lo que había cuidadosamente preparado:

—De usted, y sólo de usted, depende que perdure algo, mucho, o nada, de la obra realizada por Trujillo. Si su herencia desaparece, la República Dominicana se hundirá de nuevo en la barbarie. Volveremos a competir con Haití, como antes de 1930, por ser la nación más miserable y violenta del hemisferio occidental.

Durante el largo rato que habló, Ramfis no lo interrumpió una sola vez. ¿Lo escuchaba? No asentía ni negaba; sus ojos, fijos en él parte del tiempo, a ratos se extraviaban, y el doctor Balaguer se decía que con miradas así debieron iniciarse aquellas crisis de enajenación y depresión extrema, por las que fue recluido en clínicas psiquiátricas de Francia y Bélgica. Pero, si lo escuchaba, Ramfis sopesaría sus razones. Pues, aunque borrachín, calavera, sin vocación política ni inquietudes cívicas, hombre cuya sensibilidad parecía agotarse en los sentimientos que le inspiraban las mujeres, los caballos, los aviones y los tragos, y que podía ser tan cruel como su padre, le constaba que era inteligente. Probablemente el único de esa familia con una cabeza capaz de avizorar lo que estaba más allá de sus narices, su vientre y su falo. Tenía una mente rápida, aguda, que, cultivada, hubiera podido dar excelentes frutos. A esa inteligencia se dirigió su exposición, de una franqueza temeraria. Estaba convencido de que era la última carta que le quedaba, si no quería ser barrido como papel inservible por los señores de las pistolas.

Cuando calló, el general Ramfis estaba aún más pálido que cuando observaba el cadáver de su padre.

—Usted podría perder la vida por la mitad de las cosas que me ha dicho, doctor Balaguer.

—Lo sé, general. La situación no me dejaba otra salida que hablarle con sinceridad. Le he expuesto la única política que creo posible. Si usted ve otra, enhorabuena. Tengo mi renuncia lista aquí en este cajón. ¿Debo presentarla al Congreso?

Ramfis dijo que no con la cabeza. Tomó aire y, luego de un momento, con su melodiosa voz de actor de radioteatros, se explicó:

—Por otros caminos, yo llegué hace tiempo a conclusiones parecidas —hizo un movimiento con los hombros, de resignación—. Es verdad, no creo que haya otra política. Para librarnos de los *marines* y de los comunistas, para que la OEA y Washington nos levanten las sanciones. Acepto su plan. Cada paso, cada medida, cada acuerdo, tendrá que consultarlo conmigo y esperar mi visto bueno. Eso sí. La jefatura militar y la seguridad son asunto mío. No acepto interferencias, ni suya, ni de funcionarios civiles, ni de los yanquis. Nadie que haya estado directa o indirectamente vinculado al asesinato de papi, quedará sin castigo.

El doctor Balaguer se puso de pie.

—Sé que usted lo adoraba —dijo, solemne—. Habla bien de sus sentimientos filiales que quiera vengar ese horrendo crimen. Nadie, y yo menos que nadie, obstaculizará su empeño en hacer justicia. Ése es, también, mi más ferviente deseo.

Cuando se despidió del hijo de Trujillo, bebió un vaso de agua, a sorbitos. Su corazón recuperaba su ritmo. Se jugó la vida, pero la apuesta estaba ganada. Ahora, poner en marcha lo acordado. Comenzó a hacerlo en el entierro del Benefactor, en la iglesia de San Cristóbal. Su discurso fúnebre, lleno de conmovedores elogios al Generalísimo, atenuados, sin embargo, por sibilinas alusiones críticas, hizo derramar lágrimas a algunos cortesanos desavisados, desconcertó a otros, levantó las cejas de algunos y dejó a muchos confusos, pero mereció las felicitaciones del cuerpo diplomático. «Comienzan a cambiar las cosas, señor Presidente», aprobó el nuevo cónsul de Estados Unidos, recién llegado a la isla. Al día siguiente, el doctor Balaguer convocó de urgencia al coronel Abbes García. Nada más verlo, la abotargada cara roída por la desazón —se secaba el sudor con su infalible pañuelo colorado— se dijo que el jefe del SIM sabía perfectamente a qué venía.

—¿Me llamó para hacerme saber que estoy destituido? —le preguntó, sin saludarlo. Estaba de uniforme, el pantalón medio descolgado y la gorra ladeada de un modo cómico; además de la pistola al cinto, una metralleta colgaba de su hombro. Balaguer divisó detrás de él las caras facinerosas de cuatro o cinco guardaespaldas, que no entraron al despacho.

—Para rogarle que acepte un nombramiento diplomático —dijo el Presidente, con amabilidad. Su manita minúscula le indicaba una silla—. Un patriota con talento puede servir a su patria en campos muy diversos.

—¿Adónde es el exilio dorado? —Abbes García no disimulaba su frustración ni su cólera.

—Al Japón —dijo el Presidente—. Acabo de firmar su nombramiento, como cónsul. Su sueldo y gastos de representación serán de embajador.

—¿No podía mandarme más lejos?

—No hay donde —se disculpó el doctor Balaguer, sin ironía—. El único país más alejado es Nueva Zelanda, pero no tenemos relaciones diplomáticas.

El rechoncho personaje se movió en el asiento, resoplando. Una línea amarilla, de infinito desagrado, circundaba el iris de sus ojos saltones. Retuvo un momento el pañuelo rojo junto a sus labios, como si fuera a escupir en él.

—Usted cree que ha triunfado, doctor Balaguer —dijo, injurioso—. Se equivoca. Está tan identificado como yo con este régimen. Tan manchado como yo. Nadie se tragará el jueguito maquiavélico de que usted va a encabezar la transición hacia la democracia.

—Es posible que fracase —admitió Balaguer, sin hostilidad—. Pero, debo intentarlo. Para ello, algunos deben ser sacrificados. Siento que sea usted el primero, pero no hay remedio: representa la peor cara del régimen. Una cara necesaria, heroica, trágica, lo sé. Me lo recordó, sentado en la silla que usted ocupa, el propio Generalísimo. Pero, eso mismo lo vuelve insalvable en estos momentos. Usted es inteligente, no necesito explicárselo. No cree complicaciones inútiles al gobierno. Parta al extranjero y guarde discreción. Le conviene alejarse, hacerse invisible hasta que lo olviden. Tiene muchos enemigos. Y cuántos países quisieran echarle mano. Estados Unidos, Venezuela, la Interpol, el FBI, México, todo Centroamérica. Usted está mejor enterado que yo. Japón es un lugar seguro, y más con un estatuto diplomático. Entiendo que siempre se interesó por el espiritualismo. ¿La doctrina rosacruz, no es verdad? Aproveche para profundizar esos estudios. Por lo demás, si quiere instalarse en otro lugar, no me diga dónde, por favor, seguirá percibiendo su sueldo. He firmado un cargo especial, para gastos de traslado e instalación. Doscientos mil pesos, que puede retirar de Tesorería. Buena suerte.

No le estiró la mano, porque supuso que el ex militar (la víspera había firmado el decreto separándolo del

Ejército) no se la estrecharía. Abbes García estuvo un buen rato inmóvil, con las pupilas inyectadas, observándolo. Pero, el Presidente sabía que, hombre práctico, en vez de reaccionar con una bravata estúpida, aceptaría el mal menor. Lo vio levantarse e irse, sin decirle adiós. Él mismo dictó a un secretario el comunicado informando que el *ex coronel* Abbes García había renunciado al Servicio de Inteligencia, para cumplir una misión en el extranjero. Dos días después, *El Caribe,* entre los anuncios a cinco columnas de muertes y capturas de los asesinos del Generalísimo, publicaba un recuadro en el que el doctor Balaguer vio a Abbes García, embutido en un abrigo fileteado y un sombrero bombín de personaje de Dickens, subiendo la pasarela del avión.

Para entonces, el Presidente había decidido que el nuevo líder parlamentario, encargado de hacer girar discretamente al Congreso hacia posiciones más aceptables a Estados Unidos y la comunidad occidental, fuera, no Agustín Cabral, sino el senador Henry Chirinos. Él hubiera preferido a Cerebrito, cuya sobriedad de costumbres coincidía con su manera de ser, en tanto que el alcoholismo del Constitucionalista Beodo le repugnaba. Pero eligió a éste porque rehabilitar de golpe a alguien caído en desgracia por decisión reciente de Su Excelencia, podía irritar a gentes del cogollo trujillista, a las que aún necesitaba. No provocarlos demasiado, todavía. Chirinos era física y moralmente repulsivo; pero, infinito, su talento de intrigante y tinterillo. Nadie conocía mejor las triquiñuelas parlamentarias. No habían sido nunca amigos —a causa del alcohol, que asqueaba a Balaguer— pero, apenas fue llamado al Palacio y el Presidente le hizo saber lo que esperaba de él, el senador exultó, tanto como cuando le pidió que facilitara, de la manera más celera e invisible, la transferencia al extranjero de fondos de la Prestante Dama. («Noble preocupación la suya, señor Presidente: asegurar el futuro de una ilustre matrona en desgracia».) En aquella ocasión, el senador Chirinos, todavía en tinieblas sobre lo que se gestaba, le confesó que había tenido el honor de informar al SIM que Antonio de la Maza y el general Juan Tomás Díaz merodeaban por la ciudad colonial (los había divisado en un carro estacionado frente a la casa de un amigo, en la calle Espaillat) y le pidió sus buenos oficios para reclamar a Ramfis la recompensa que ofrecía por cualquier información que permitiera capturar a los asesinos de su padre. El doctor Balaguer le aconsejó que desistiera de esa gratificación y no publicitara esa delación patriótica: podía perjudicar su futuro político de manera irremediable. Aquel a quien Trujillo apodaba entre los íntimos la Inmundicia Viviente, entendió en el acto:

—Permítame congratularlo, señor Presidente —exclamó, accionando, como trepado en la tribuna—. Siempre pensé que el régimen debía abrirse a los nuevos tiempos. Desaparecido el Jefe, nadie mejor que usted para capear el temporal y conducir la nave dominicana hacia el puerto de la democracia. Cuente conmigo como su colaborador más leal y dedicado.

Lo fue, efectivamente. Él presentó en el Congreso la moción dando al general Ramfis Trujillo los poderes supremos de la jerarquía castrense y autoridad máxima en todas las cuestiones militares y policiales de la República, e instruyó a diputados y senadores sobre la nueva política, que impulsaba el Presidente, destinada, no a negar el pasado ni rechazar la Era de Trujillo, sino a superarla dialécticamente, aclimatándola a los nuevos tiempos, de manera que Quisqueya, a medida que —sin dar un paso atrás— perfeccionaba su democracia, fuese recibida de nuevo, por sus hermanas americanas, en la OEA, y, levantadas las sanciones, reincorporada a la comunidad internacional. En una de sus frecuentes reuniones de trabajo con el Presidente Balaguer, el senador Chirinos preguntó, no sin cierta inquietud, los planes que Su Excelencia tenía respecto al ex senador Agustín Cabral.

—He ordenado que le descongelen las cuentas bancarias y que se le reconozcan los servicios prestados al Estado, de modo que pueda recibir una pensión —le informó Balaguer—. Por el momento, su retorno a la vida política no parece oportuno.

—Coincidimos plenamente —aprobó el senador—. Cerebrito, a quien me une vieja relación, es conflictivo y despierta enemistades.

—El Estado puede utilizar su talento, siempre que no figure demasiado —añadió el mandatario—. Le he propuesto una asesoría legal en la administración.

—Sabia decisión —volvió a aprobar Chirinos—. Agustín siempre tuvo muy buena cabeza jurídica.

Habían pasado apenas cinco semanas de la muerte del Generalísimo y los cambios eran considerables. Joaquín Balaguer no podía quejarse: en ese tiempo brevísimo, de Presidente pelele, un don nadie, pasó a ser el auténtico Jefe de Estado, cargo que reconocían tirios y troyanos, y, sobre todo, los Estados Unidos. Aunque reticentes al principio, cuando él explicó sus planes al nuevo cónsul, ahora tomaban más en serio su promesa de ir llevando a pocos al país hacia una democracia plena, dentro del orden, sin permitir que se aprovecharan los comunistas. Cada dos o tres días tenía reuniones con el expeditivo John Calvin Hill —un diplomático con corpachón de cowboy, que hablaba sin irse por las ramas—, a quien acabó por convencer de que, en esta etapa, había que tener a Ramfis como aliado. El general había aceptado su plan de apertura gradual. Tenía el control militar en sus manos, y, gracias a ello, esas bestias gangsteriles de Petán y Héctor, así como los primitivos militarotes allegados a Trujillo, estaban a raya. De otro modo, ya lo habrían depuesto. Tal vez, Ramfis creía que, con las concesiones que autorizaba a Balaguer —el regreso de algunos exiliados, la aparición de una tímida crítica al régimen de Trujillo en las radios y los diarios (el más beligerante era uno nuevo, que salió en agosto, *La Unión Cívica*), los mítines públicos de las fuerzas opositoras que comenzaban a ganar la calle, la derechista Unión Cívica Nacional de Viriato Fiallo y Ángel Severo Cabral, y el izquierdista Movimiento Revolucionario 14 de Junio— podía tener, él, un futuro político. ¡Como si alguien apellidado Trujillo pudiera volver a figurar en la vida pública de este país! Por el momento, no sacarlo del error. Ramfis controlaba los cañones y tenía la adhesión de los militares; descomponer a las Fuerzas Armadas hasta extirparles el trujillismo tomaría tiempo. Las relaciones del gobierno con la Iglesia eran otra vez excelentes; él tomaba té a veces con el nuncio apostólico y el arzobispo Pittini.

El problema que no podía resolver de modo aceptable a la opinión internacional, era «los derechos humanos». Había diarias protestas por los presos políticos, los torturados, los desaparecidos, los asesinados, en La Victoria, El Nueve, La Cuarenta, y cárceles y cuarteles del interior. A su despacho llovían manifiestos, cartas, telegramas, informes, comunicaciones diplomáticas. No podía hacer mucho. Mejor dicho, nada, salvo prometer vaguedades, y mirar al otro lado. Cumplía con dejar a Ramfis las manos libres. Aun queriéndolo, tampoco hubiera podido incumplir el compromiso. El hijo del Generalísimo había despachado a doña María y a Angelita a Europa, y seguía, incansable, buscando cómplices, como si la conspiración para matar a Trujillo fuera multitudinaria. Un día, el joven general le preguntó a boca de jarro:

—¿Sabe que Pedro Livio Cedeño quiso complicarlo en la conjura para matar a papi?

—No me extraña —sonrió el Presidente, sin alterarse—. La mejor defensa de los asesinos es comprometer a todo el mundo. Sobre todo, gente cercana al Benefactor. Los franceses llaman a eso «intoxicación».

—Si uno solo más de los asesinos lo confirmaba, usted hubiera corrido la suerte de Pupo Román —Ramfis parecía sobrio, pese al aliento que despedía—. En estos momentos, maldice haber nacido.

—No quiero saberlo, general —lo atajó Balaguer, estirando una manita—. Usted tiene el derecho moral de vengar el crimen. Pero, no me dé detalles, se lo ruego. Es más fácil enfrentar las críticas que recibo del mundo entero, si no me consta que los excesos que denuncian son ciertos.

—Muy bien. Sólo le informaré de la captura de Antonio Imbert y Luis Amiama, si los capturamos —Balaguer vio que la carita de galán se extraviaba, como siempre que mencionaba a los dos únicos participantes en el complot que no estaban presos ni muertos—. ¿Cree que están todavía en el país?

—A mi juicio, sí —afirmó Balaguer—. Si hubieran huido al extranjero, habrían convocado conferencias de prensa, recibido premios, aparecerían en todas las televisiones. Estarían disfrutando de su supuesta condición de héroes. Se hallan escondidos por aquí, sin duda.

—Entonces, tarde o temprano, caerán —murmuró Ramfis—. Tengo miles de hombres buscándolos, casa por casa, agujero por agujero. Si siguen en la República Dominicana, caerán. Y, si no, no hay lugar en el mundo donde se libren de pagar por la muerte de papi. Aunque me gaste en ello hasta el último centavo.

—Deseo que se cumplan sus deseos, general —dijo un comprensivo Balaguer—. Permítame una súplica. Procure guardar las formas. La delicada operación de mostrar al mundo que el país se abre a la democracia, se frustraría si hay un escándalo. Otro Caso Galíndez, digamos, u otro Caso Betancourt.

Sólo en lo concerniente a los conspiradores era intratable el hijo del Generalísimo. Balaguer no perdía el tiempo intercediendo por su liberación —la suerte de los detenidos estaba echada, y lo estaría la de Imbert y Amiama si los capturaban—, algo que, por lo demás, no estaba muy seguro que favoreciera sus planes. Los tiempos cambiaban, en efecto. Los sentimientos de la multitud eran volubles. El pueblo dominicano, trujillista a morir hasta el 30 de mayo de 1961, hubiera sacado los ojos y el corazón a Juan Tomás Díaz, Antonio de la Maza, Estrella Sadhalá, Luis Amiama, Huáscar Tejeda, Pedro Livio Cedeño, Fifí Pastoriza, Antonio Imbert y asociados, si se ponían a su alcance. Pero, la consubstanciación mística con el Jefe, en que el dominicano había vivido treinta y un años, se eclipsaba. Los mítines callejeros convocados por los estudiantes, la Unión Cívica, el 14 de Junio, al principio raquíticos, de puñaditos de asustadizos, luego de un mes, de dos meses, de tres meses, se habían multiplicado. No sólo en Santo Domingo (el Presidente Balaguer tenía lista la moción que devolvería su nombre a Ciudad Trujillo, y que el senador Chirinos haría aprobar en el Congreso por aclamación en el momento oportuno), donde a veces llenaban el parque Independencia; también en Santiago, La Romana, San Francisco de Macorís y otras ciudades. Se perdía el miedo y aumentaba el rechazo a Trujillo. Su fino olfato histórico decía al doctor Balaguer que ese nuevo sentimiento crecería, irresistible. Y, en un clima de antitrujillismo popular, los asesinos de Trujillo se convertirían en poderosas figuras políticas. ¿A quién convenía eso? Por ello, fulminó un tímido intento de la Inmundicia Viviente, cuando, como líder parlamentario del nuevo movimiento balaguerista, vino a consultarle si creía que un acuerdo del Congreso amnistiando a los conspiradores del 30 de mayo convencería a la OEA y a Estados Unidos de que levantaran las sanciones.

—La intención es buena, senador. Pero ¿y las consecuencias? La amnistía heriría los sentimientos de Ramfis, quien haría asesinar de inmediato a todos los amnistiados. Nuestros esfuerzos podrían hacer agua.

—Nunca dejará de asombrarme lo acerado de su percepción —exclamó el senador Chirinos, poco menos que aplaudiendo.

Fuera de este tema, Ramfis Trujillo —que vivía entregado a borracheras cotidianas en la Base de San Isidro y en su casa a orillas del mar, en Boca Chica, adonde se había traído, acompañada de su madre, a su última amante, una bailarina del Lido de París, y dejado en aquella ciudad, embarazada, a su mujer oficial, la joven actriz Lita Milán— había mostrado una buena disposición aún más allá de lo que esperaba Balaguer. Se resignó a que se devolviera a Ciudad Trujillo el nombre de Santo Domingo, y a que se rebautizaran las ciudades, localidades, calles, plazas, accidentes geográficos, puentes, llamados Generalísimo, Ramfis, Angelita, Radhamés, doña Julia o doña María, y no insistía en que se castigara demasiado a los estudiantes, subversivos y vagos que destrozaban las estatuas, placas, bustos, fotos y letreros de Trujillo y familia en calles, avenidas, parques y carreteras. Sin discusión aceptó la sugerencia del doctor Balaguer de que, «en acto de desprendimiento patriótico», cediera al Estado, es decir al pueblo, las tierras, fincas y empresas agrarias del Generalísimo y sus hijos. Ramfis lo hizo, en carta pública. De este modo, el Estado pasó a ser dueño del cuarenta por ciento de todas las tierras arables, lo que lo convirtió, después del cubano, en el que más empresas públicas tenía en el continente. Y el general Ramfis apaciguaba los ánimos de esos brutos degenerados, los hermanos del Jefe, a quienes la sistemática desaparición de los oropeles y símbolos del trujillismo, dejaba perplejos.

Una noche, luego de cenar con sus hermanas el austero menú de cada día, caldo de pollo, arroz blanco, ensalada y dulce de leche, cuando se ponía de pie para ir a acostarse, se desmayó. Perdió la conciencia sólo unos segundos, pero el doctor Félix Goico lo previno: si seguía trabajando a ese ritmo, antes de fin de año su corazón o su cerebro reventarían como una granada. Debía descansar más —desde la muerte de Trujillo dormía tres o cuatro horas apenas—, hacer ejercicio, y, los fines de semana, distraerse. Se obligó a permanecer en la cama cinco horas cada noche, y, luego de la comida, caminaba, aunque, para evitar asociaciones comprometedoras, lejos de la avenida George Washington; iba al antiguo parque Ramfis, rebautizado parque Eugenio María de Hostos. Y, los domingos, luego de la misa, para relajar su espíritu leía un par de horas poesías románticas y modernistas, o a los clásicos castellanos del Siglo de Oro. A veces, algún iracundo lo insultaba en la calle —«¡Balaguer, muñequito de papel!»—, pero, la mayoría de las veces le hacían adiós: «Buenas, Presidente». Les agradecía, ceremonioso, quitándose el sombrero, que se acostumbró a llevar embutido hasta las orejas para que no se lo robara el viento.

Cuando, el 2 de octubre de 1961, anunció en la Asamblea General de las Naciones Unidas, en New York, que «en la República Dominicana está naciendo una democracia auténtica y un nuevo estado de cosas», reconoció, ante el centenar de delegados, que la dictadura de Trujillo había sido anacrónica, una feroz conculcadora de libertades y derechos. Y pidió a las naciones libres que lo ayudaran a devolver la ley y la libertad a los dominicanos. A los pocos días, recibió una amarga carta de doña María Martínez, desde París. La Prestante Dama se quejaba de que el Presidente hubiera trazado un cuadro «injusto» de la Era de Trujillo, sin acordarse «de todas las cosas buenas que también hizo mi esposo, y que usted mismo tanto le alabó a lo largo de treinta y un años». Pero no era María Martínez quien inquietaba al Presidente, sino los hermanos de Trujillo. Supo que Petán y Negro tuvieron una reunión tempestuosa con Ramfis, al que interpelaron: ¿iba a permitir que ese mequetrefe fuera a la ONU a hacer escarnio de su padre? ¡Había llegado la hora de sacarlo del Palacio Nacional y poner de nuevo a la familia Trujillo en el poder, como reclamaba el pueblo! Ramfis alegó que si daba el golpe de Estado, la invasión de los *marines* sería inevitable: se lo había advertido John Calvin Hill en persona. La única posibilidad de conservar algo era cerrar filas detrás de esa frágil legalidad: el Presidente. Balaguer maniobraba con astucia para conseguir que la OEA y el *State Department* levantaran las sanciones. Para ello se veía obligado a pronunciar discursos como el de la ONU, contrarios a sus convicciones.

Sin embargo, en la reunión que tuvo con el mandatario poco después de que éste regresara de New York, el hijo de Trujillo se mostró mucho menos tolerante. Su animosidad era tal que la ruptura parecía inevitable.

—¿Va a seguir atacando a papi, como ha hecho en la Asamblea General? —sentado en la silla que había ocupado el Jefe en su última entrevista horas antes de que lo mataran, Ramfis hablaba sin mirarlo, la vista clavada en el mar.

—No tengo más remedio, general —asintió el Presidente, apenado—. Si quiero que crean que todo está cambiando, que el país se abre a la democracia, debo hacer un examen autocrítico del pasado. Es doloroso para usted, lo sé. No lo es menos para mí. La política exige desgarramientos, a veces.

Durante un buen rato, Ramfis no contestó. ¿Estaba bebido? ¿Drogado? ¿Se avecinaba una de esas crisis anímicas que lo ponían a las puertas de la locura? Con grandes ojeras azuladas, los ojos encendidos y desasosegados, hacía esa extraña mueca.

—Ya se lo expliqué —añadió Balaguer—. Me he sujetado estrictamente a lo que acordamos. Usted aprobó mi proyecto. Pero, desde luego, sigue en pie lo que entonces le dije. Si prefiere tomar las riendas, no necesita sacar los tanques de San Isidro. Le entrego mi renuncia ahora mismo.

Ramfis lo miró largamente, con hastío.

—Todos me lo piden —murmuró, sin entusiasmo—. Mis tíos, los comandantes de regiones, los militares, mis primos, los amigos de papi. Pero, yo no quiero sentarme ahí donde está. A mí esta vaina no me gusta, doctor Balaguer. ¿Para qué? ¿Para que me paguen como a él?

Calló, con profundo desánimo.

—Entonces, general, si usted no quiere el poder, ayúdeme a ejercerlo.

—¿Más? —repuso Ramfis, burlón—. Si no fuera por mí, mis tíos lo hubieran sacado a balazos hace rato.

—No es bastante —replicó Balaguer—. Usted ve la agitación en las calles. Los mítines de la Unión Cívica y del 14 de Junio son cada día más violentos. Esto empeorará si no les ganamos la mano.

Volvieron los colores a la cara del hijo del Generalísimo. Esperaba con la cabeza avanzada, como preguntándose si el Presidente se atrevería a pedirle lo que sospechaba.

—Sus tíos deben irse —dijo suavemente el doctor Balaguer—. Mientras estén aquí, ni la comunidad internacional, ni la opinión pública, creerán en el cambio. Sólo usted puede convencerlos.

¿Iba a insultarlo? Ramfis lo miraba con asombro, como si no creyera lo que había oído. Hubo otra larga pausa.

—¿Me va a pedir que yo también me vaya de este país que hizo papi, para que la gente se trague la pendejada de los tiempos nuevos?

Balaguer esperó unos segundos.

—Sí, también —musitó, con el alma en vilo—. Usted también. No todavía. Después de hacer partir a sus tíos. De ayudarme a consolidar el gobierno, de hacer entender a las Fuerzas Armadas que Trujillo ya no está aquí. Esto no es novedad para usted, general. Siempre lo supo. Que lo mejor para usted, su familia y sus amigos, es que este proyecto salga adelante. Con la Unión Cívica o el 14 de Junio en el poder, sería peor.

No sacó el revólver, no lo escupió. Volvió a palidecer, a hacer esa mueca de alienado. Encendió un cigarrillo y echó varios copazos, contemplando deshacerse el humo que arrojaba.

—Me hubiera ido, hace rato, de este país de pendejos y de ingratos —masculló—. Si hubiera encontrado a Amiama y a Imbert, ya no estaría aquí. Son los únicos que faltan. Una vez que cumpla la promesa que he hecho a papi, me iré.

El Presidente le informó que había autorizado el regreso del exilio de Juan Bosch y sus compañeros del Partido Revolucionario Dominicano. Le pareció que el general no escuchó sus explicaciones de que Bosch y el PRD se enfrascarían en una lucha despiadada con la Unión Cívica y el 14 de Junio por el liderazgo del antitrujillismo. Y que, de este modo, prestarían un buen servicio al gobierno. Porque lo verdaderamente peligroso eran los señores de la Unión Cívica Nacional, donde había gente de dinero y conservadores con influencias en Estados Unidos, como Severo Cabral; y eso lo sabía Juan Bosch, quien haría todo lo conveniente —y acaso lo inconveniente— para frenar el acceso al gobierno de tan poderoso competidor.

Quedaban unos doscientos cómplices, reales o supuestos, de la conjura en La Victoria, y a estas gentes, una vez que los Trujillo partieran, convendría amnistiarlas. Pero, Balaguer sabía que el hijo de Trujillo jamás dejaría salir libres a los ajusticiadores todavía vivos. Se encarnizaría con ellos, como con el general Román, a quien torturó cuatro meses antes de anunciar que se había suicidado de remordimiento por su traición (el cadáver nunca fue hallado), y con Modesto Díaz, a quien, si seguía vivo, debía estar maltratando todavía. El problema era que los presos —la oposición los llamaba ajusticiadores— afeaban la nueva cara que él quería dar al régimen. Todo el tiempo estaban llegando misiones, delegaciones, políticos y periodistas extranjeros a interesarse por ellos, y el Presidente tenía que hacer malabares para explicar por qué no eran juzgados aún, jurar que su vida sería respetada y que al juicio, pulquérrimo, asistirían observadores internacionales. ¿Por qué no había acabado Ramfis aún con ellos, como hizo con casi todos los hermanos de Antonio de la Maza —Mario, Bolívar, Ernesto, Pirolo, y muchos primos, sobrinos y tíos, asesinados a balazos o a golpes el día mismo de su arresto— en vez de tenerlos en capilla, para fermento de opositores? Balaguer sabía que la sangre de los ajusticiadores lo salpicaría: era el toro bravo que le quedaba por lidiar.

Pocos días después de aquella conversación, un telefonazo de Ramfis le trajo una excelente noticia: había convencido a sus tíos. Petán y Negro partirían para unas largas vacaciones. El 25 de octubre, Héctor Bienvenido voló con su mujer norteamericana rumbo a Jamaica. Y Petán zarpó en la fragata *Presidente Trujillo* a un supuesto crucero por el Caribe. El cónsul John Calvin Hill confesó a Balaguer que, ahora sí, crecía la posibilidad de que se levantaran las sanciones.

—Que no demore mucho, señor cónsul —lo urgió el Presidente—. Cada día, la República se nos asfixia un poquito más.

Las empresas industriales estaban casi paralizadas por la incertidumbre política y las limitaciones para importar insumos; los comercios, vacíos por la caída del ingreso. Ramfis malvendía las firmas no registradas a nombre de los Trujillo y las acciones al portador, y el Banco Central tenía que trasladar aquellas sumas, convertidas en divisas al irreal cambio oficial de un peso por un dólar, a bancos del Canadá y Europa. La familia no había transferido al extranjero tantas divisas como el Presidente temía: doña María doce millones de dólares, Angelita trece, Radhamés diecisiete y, hasta ahora, Ramfis, unos veintidós, lo que sumaba sesenta y cuatro millones de dólares. Podía haber sido peor. Pero las reservas se iban a extinguir dentro de poco y ya no se podría pagar a soldados, maestros ni empleados públicos.

El 15 de noviembre, el ministro del Interior lo llamó aterrado: los generales Petán y Héctor Trujillo habían regresado de manera intempestiva. Le rogó que se asilara; en cualquier momento estallaría el golpe militar. El grueso del Ejército los apoyaba. Balaguer citó de urgencia al cónsul Calvin Hill. Le explicó la situación. A menos que Ramfis lo impidiera, muchas guarniciones apoyarían a Petán y Negro en su intento insurreccional. Habría una guerra civil de incierto resultado y una matanza generalizada de antitrujillistas. El cónsul sabía todo. A su vez, le informó que el Presidente Kennedy, en persona, acababa de ordenar el envío de una flota de guerra. Procedentes de Puerto Rico, navegaban hacia las costas dominicanas el portaaviones *Valley Forge,* el crucero *Little Rock,* buque insignia de la Segunda Flota, y los destructores *Hyman, Bristol* y *Beatty.* Unos dos mil *marines* desembarcarían si había golpe.

En una breve conversación por teléfono con Ramfis —estuvo tratando de comunicarse con él cuatro horas antes de conseguirlo— éste le dio una noticia ominosa. Había tenido una violenta discusión con sus tíos. No se irían del país. Ramfis les advirtió que, entonces, se iría él.

—¿Qué va a ocurrir ahora, general?

—Que, a partir de este momento, se queda usted solo en la jaula de las fieras, señor Presidente —se rió Ramfis—. Suerte.

El doctor Balaguer cerró los ojos. Las horas, los días siguientes serían cruciales. ¿Qué pensaba hacer el hijo de Trujillo? ¿Partir? ¿Pegarse un tiro? Se iría a París, a reunirse con su mujer, su madre y sus hermanos, a consolarse con fiestas, partidos de polo y mujeres en la bella casa que se compró en Neuilly. Ya había sacado todo el dinero que podía; dejaba algunas propiedades inmuebles que tarde o temprano serían embargadas. En fin, eso no era problema. Lo eran las bestias irracionales. Los hermanos del Generalísimo comenzarían pronto a pegar tiros, lo único que hacían con destreza. En todas las listas de enemigos por liquidar que, según vox pópuli, había confeccionado Petán, Balaguer figuraba a la cabeza. De modo que, como decía un refrán que le gustaba citar, había que «vadear este río despacito y por las piedras». No tenía miedo, sólo tristeza de que la exquisita orfebrería que había puesto en marcha se estropeara por el balazo de un matón.

Al amanecer del día siguiente, su ministro del Interior lo despertó para informarle que un grupo de militares había retirado el cadáver de Trujillo de su cripta en la iglesia de San Cristóbal. Lo trasladaron a Boca Chica, donde, frente al embarcadero privado del general Ramfis, estaba atracado el yate *Angelita.*

—No he oído nada, señor ministro —lo cortó Balaguer—. Usted no me ha dicho nada, tampoco. Le aconsejo que descanse unas horas. Nos espera un día muy largo.

En contra de lo que aconsejó al ministro, él no se entregó al descanso. Ramfis no partiría sin liquidar a los asesinos de su padre y este asesinato podía echar por los suelos sus laboriosos esfuerzos de estos meses para convencer al mundo de que, con él en la Presidencia, la República estaba volviéndose una democracia, sin la guerra civil ni el caos temidos por Estados Unidos y las clases dirigentes dominicanas. Pero ¿qué podía hacer? Cualquier orden suya relativa a los prisioneros que contradijera las de Ramfis, sería desobedecida y pondría en evidencia su absoluta falta de autoridad con las Fuerzas Armadas.

Sin embargo, misteriosamente, salvo la proliferación de rumores sobre inminentes levantamientos armados y masacres de civiles, ni el 16 ni el 17 de noviembre pasó nada. Él siguió despachando los asuntos corrientes, como si el país gozara de total tranquilidad. Al anochecer del 17 fue informado que Ramfis había desocupado su casa de playa. Poco después, lo vieron bajarse borracho de un automóvil y lanzar una injuria y una granada —que no explotó— contra la fachada del Hotel El Embajador. Desde entonces, se ignoraba su paradero. A la mañana siguiente, una comisión de la Unión Cívica Nacional, presidida por Ángel Severo Cabral, exigió ser recibida de inmediato por el Presidente: era de vida o muerte. La recibió. Severo Cabral estaba fuera de sí. Enarbolaba una hoja garabateada por Huáscar Tejeda a su mujer Lindín, contrabandeada de La Victoria, revelándole que los seis acusados de la muerte de Trujillo (incluidos Modesto Díaz y Tunti Cáceres) habían sido separados de los demás presos políticos para ser transferidos a otra prisión. «Nos van a matar, amor», terminaba la misiva. El líder de la Unión Cívica exigió que los prisioneros fueran puestos en manos del Poder Judicial o liberados por decreto presidencial. Las esposas de los presos se manifestaban a las puertas de Palacio, con sus abogados. La prensa internacional había sido alertada, así como el *State Department* y las embajadas occidentales.

Un alarmado doctor Balaguer les aseguró que tomaría cartas en el asunto personalmente. No permitiría un crimen. Según sus informes, el traslado de los seis conjurados tenía por objeto, más bien, acelerar la instructiva. Se trataba de un mero trámite de reconstrucción del crimen, luego de lo cual el juicio comenzaría sin demora. Y, por supuesto, con observadores de la Corte Internacional de La Haya, a los que él mismo invitaría al país.

Apenas partieron los dirigentes de la Unión Cívica, llamó al procurador general de la República, doctor José Manuel Machado. ¿Sabía por qué el jefe de la Policía Nacional, Marcos A. Jorge Moreno, había ordenado el traslado de Estrella Sadhalá, Huáscar Tejeda, Fifí Pastoriza, Pedro Livio Cedeño, Tunti Cáceres y Modesto Díaz a las celdas del Palacio de Justicia? El procurador general de la República no sabía nada. Reaccionó indignado: alguien usaba indebidamente el nombre del Poder Judicial, ningún juez había ordenado una nueva reconstrucción del crimen. Luciendo muy inquieto, el Presidente afirmó que aquello era intolerable. Ordenaría de inmediato al ministro de Justicia investigar a fondo, deslindar responsabilidades e incriminar a quien hubiera lugar. Para dejar pruebas escritas de que lo hacía, dictó a su secretario un memorándum, que ordenó llevar de urgencia al Ministerio de Justicia. Luego, llamó al ministro por teléfono. Lo encontró transtornado:

—No sé qué hacer, señor Presidente. Tengo en la puerta a las mujeres de los presos. Recibo presiones de todas partes para que informe y yo no sé nada. ¿Sabe usted por qué han sido trasladados a las celdas del Poder Judicial? Nadie es capaz de explicármelo. Ahora los están llevando a la carretera, para una nueva reconstrucción del crimen, que nadie ha ordenado. No hay manera de acercarse allí, pues soldados de la Base de San Isidro acordonan la zona. ¿Qué debo hacer?

—Vaya personalmente y exija una explicación —lo instruyó el Presidente—. Es imprescindible que haya testigos de que el gobierno ha hecho cuanto pudo por impedir que se viole la ley. Hágase acompañar de los representantes de Estados Unidos y Gran Bretaña.

El doctor Balaguer llamó en persona a John Calvin Hill y le rogó que apoyara aquella gestión del ministro de

Justicia. Al mismo tiempo, le informó que si, como parecía, el general Ramfis se aprestaba a abandonar el país, los hermanos de Trujillo pasarían a la acción.

Siguió despachando, aparentemente absorbido por la situación crítica de las finanzas. No se movió del despacho a la hora de comida, y, trabajando con el secretario de Estado de Finanzas y el gobernador del Banco Central, se negó a recibir llamadas o visitas. Al anochecer, su secretario le alcanzó una nota del ministro de Justicia, informándole que él y el cónsul estadounidense habían sido impedidos por soldados armados de la Aviación de acercarse al lugar de la reconstrucción del crimen. Le confirmaba que nadie en el Ministerio, la fiscalía ni los tribunales había pedido, ni sido enterado, de aquel trámite, una decisión exclusivamente militar. Al llegar a su casa, a las ocho y media de la noche, recibió una llamada del ahora jefe de la Policía, el coronel Marcos A. Jorge Moreno. La camioneta con tres guardias armados que, cumplido el trámite judicial en la carretera, regresaba a los prisioneros a La Victoria, había desaparecido.

—No ahorre esfuerzos para encontrarlos, coronel. Movilice todas las fuerzas que haga falta —le ordenó el Presidente—. Llámeme a cualquier hora.

A sus hermanas, inquietas por los rumores de que los Trujillo habían asesinado esta tarde a los que mataron al Generalísimo, les dijo que no sabía nada. Probablemente, invenciones de los extremistas para acrecentar el clima de agitación e inseguridad. Mientras las tranquilizaba con mentiras, conjeturó: Ramfis partiría esta noche, si no lo había hecho ya. El enfrentamiento con los hermanos Trujillo tendría lugar al amanecer, entonces. ¿Lo mandarían apresar? ¿Lo matarían? Sus diminutos cerebros eran capaces de creer que, matándolo, podían atajar una maquinaria histórica que, muy pronto, los borraría de la política dominicana. No sentía inquietud, sólo curiosidad.

Cuando se estaba poniendo el pijama, llamó otra vez el coronel Jorge Moreno. La camioneta había sido encontrada: los seis prisioneros habían huido, luego de asesinar a los tres guardias.

—Mueva cielo y tierra hasta encontrar a los prófugos —recitó, sin que le cambiara la voz—. Usted me responde por la vida de esos prisioneros, coronel. Ellos deben comparecer ante un tribunal, para ser juzgados de acuerdo a la ley por este nuevo crimen.

Antes de dormirse, lo sobrecogió un sentimiento de lástima. No por los prisioneros, asesinados esta tarde sin duda por Ramfis en persona, sino por los tres soldaditos a los que el hijo de Trujillo también había hecho matar para dar apariencia de verdad a la farsa de la fuga. Tres pobres guardias aniquilados en frío, para dar visos de verdad a una fantochada que nadie creería nunca. ¡Qué sangría inútil!

Al día siguiente, camino al Palacio, leyó en las páginas interiores de *El Caribe* la fuga de los «asesinos de Trujillo, luego de ultimar alevosamente a los tres guardias que los llevaban de vuelta a La Victoria». Sin embargo, el escándalo que temía no ocurrió; quedó opacado por otros acontecimientos. A las diez de la mañana, un patadón abrió la puerta de su oficina. Metralleta en mano y con racimos de granadas y revólveres en la cintura, irrumpió el general Petán Trujillo, seguido de su hermano Héctor, también vestido de general, y veintisiete hombres armados de su guardia personal, cuyas caras le parecieron, además de rufianescas, alcoholizadas. El disgusto que le produjo esta turba incivil fue más fuerte que el temor.

—No puedo ofrecerles asiento, no tengo tantas sillas, lo siento —se disculpó el pequeño Presidente, incorporándose. Parecía tranquilo y su redonda carita sonreía con urbanidad.

—Ha llegado la hora de la verdad, Balaguer —rugió el bestial Petán, escupiendo saliva. Blandía su metralleta, amenazador, y se la pasó por la cara al Presidente. Éste no retrocedió—. ¡Basta de pendejadas e hipocresías! Así como Ramfis acabó ayer con esos hijos de puta, vamos a acabar nosotros con los que andan sueltos. Empezando por los judas, enano traidor.

También andaba algo borracho esta nulidad vulgar. Balaguer disimulaba su indignación y su aprehensión, con total dominio de sí mismo. Con calma, señaló la ventana:

—Le ruego que me acompañe, general Petán —se dirigió luego a Héctor—. Usted también, por favor.

Se adelantó y, ante el ventanal, apuntó hacia el mar. Era una mañana radiante. Frente a las costas se divisaban, muy nítidas, destellando, las siluetas de tres barcos de guerra norteamericanos. No se podía leer sus nombres, pero, sí, apreciar los largos cañones del crucero equipado de misiles *Little Rock* y de los portaaviones *Valley Forge* y *Franklin D. Roosevelt,* apuntando a la ciudad.

—Esperan que ustedes tomen el poder para iniciar el cañoneo —dijo el Presidente, muy despacio—. Esperan que les den el pretexto, para invadirnos otra vez. ¿Quieren pasar a la historia como los dominicanos que permitieron una segunda ocupación yanqui de la República? Si eso quieren, disparen y hagan de mí un héroe. Mi sucesor no estará sentado en esta silla ni una hora.

Ya que lo habían dejado pronunciar toda esa frase, se dijo, era improbable que lo mataran. Petán y Negro cuchicheaban, hablando al mismo tiempo y sin entenderse. Los matones y guardaespaldas se miraban, confusos. Por fin, Petán ordenó a sus hombres que salieran. Cuando se vio solo en el despacho con los dos hermanos, dedujo que había ganado la partida. Vinieron a sentarse frente a él. ¡Los pobres diablos! ¡Qué incómodos se les notaba! No sabían por dónde empezar. Había que facilitarles la tarea.

—El país espera un gesto de ustedes —les dijo, con simpatía—. Que actúen con el desprendimiento y el patriotismo del general Ramfis. Su sobrino ha abandonado el país para facilitar la paz.

Petán lo interrumpió, malhumorado y directo:

—Es muy fácil ser patriota cuando se tiene en el extranjero los millones y las propiedades de Ramfis. Pero, ni Negro ni yo tenemos afuera casas, acciones, ni cuentas corrientes. Todo nuestro patrimonio está aquí, en el país. Nosotros fuimos los únicos pendejos en obedecer al Jefe, que prohibió sacar dinero al extranjero. ¿Es justo eso? No somos idiotas, señor Balaguer. Todas las tierras y bienes que tenemos aquí nos los van a confiscar.

Se sintió aliviado.

—Eso tiene remedio, señores —los tranquilizó—. ¡No faltaba más! Un gesto generoso como el que la Patria les pide, tiene que ser recompensado.

A partir de este momento, todo consistió en una aburrida negociación crematística, que confirmó al Presidente en su desprecio por las gentes ávidas de dinero. Era algo que, él, no había codiciado jamás. Transó al fin por unas sumas que le parecieron razonables, dadas la paz y la seguridad que ganaba con ello la República. Dio orden al Banco Central de que se entregaran dos millones de dólares a cada uno de los hermanos, y de que se cambiaran en divisas los once millones de pesos que tenían, parte en cajas de zapatos y el resto depositado en bancos de la capital. Para estar seguros de que el acuerdo se respetaría, Petán y Héctor exigieron que lo refrendara el cónsul norteamericano. Calvin Hill compareció de inmediato, encantado de que las cosas se arreglaran con buena voluntad y sin derramamiento de sangre. Felicitó al Presidente y sentenció: «En las crisis se conoce al verdadero estadista». Bajando los ojos con modestia, el doctor Balaguer se dijo que, con la partida de los Trujillo, habría tal explosión de exultación y alegría —algo de caos, también— que poca gente recordaría el asesinato de los seis prisioneros, cuyos cadáveres, qué duda podía caber, jamás aparecerían. El episodio no lo dañaría demasiado.

En Consejo de Ministros, pidió acuerdo unánime del gabinete para una amnistía política general, que vaciara las cárceles y anulara todos los procesos judiciales por subversión, y ordenó que fuera disuelto el Partido Dominicano. Los ministros, puestos de pie, lo aplaudieron. Entonces, con las mejillas algo sonrojadas, el doctor Tabaré Álvarez Pereyra, su ministro de Salud, le hizo saber que desde hacía seis meses tenía escondido en su casa —la mayor parte del tiempo emparedado en un angosto closet, entre batas y pijamas— al fugitivo Luis Amiama Tió.

El doctor Balaguer encomió su espíritu humanitario y le dijo que acompañara él mismo, al Palacio Nacional, al doctor Amiama, pues tanto él como don Antonio Imbert, quien, sin duda, aparecería ahora de un momento a otro, serían recibidos en persona por el Presidente de la República con el respeto y la gratitud que se merecían por los altos servicios prestados a la Patria.

XXIII

Luego de la partida de Amadito, Antonio Imbert permaneció todavía largo rato en casa de su primo, el doctor Manuel Durán Barreras. No tenía esperanzas de que Juan Tomás Díaz y Antonio de la Maza dieran con el general Román. Tal vez, el Plan político militar había sido descubierto y Pupo estaba muerto o preso; tal vez, se acobardó y dio marcha atrás. No quedaba otra alternativa que esconderse. Con su primo Manuel barajaron opciones, antes de decidirse por una lejana pariente, la doctora Gladys de los Santos, cuñada de Durán. Vivía cerca de esta casa.

Eran las primeras horas del amanecer, pero estaba aún a oscuras, cuando Manuel Durán e Imbert recorrieron a paso vivo aquellas seis manzanas, sin encontrar vehículos ni transeúntes. La doctora demoró en abrir la puerta. Estaba en bata y se frotaba los ojos con furia, mientras ellos le explicaban. No se asustó demasiado. Reaccionó con extraña calma. Era una mujer entrada en carnes, pero ágil, entre la cuarentena y la cincuentena, que mostraba aplomo y miraba el mundo con apatía.

—Te acomodaré como sea —le dijo a Imbert—. Pero, éste no es un refugio seguro. He estado detenida ya una vez, el SIM me tiene fichada.

Para evitar que la sirvienta fuera a descubrirlo, lo instaló junto al garaje, en una despensa sin ventanas, en la que extendió un colchón plegable. Era un recinto enano y sin ventilación y Antonio no pudo pegar los ojos el resto de la noche. Conservó el Colt 45 a su lado, sobre una repisa llena de latas de conserva; tenso, mantenía los oídos alertas a cualquier ruido sospechoso. A ratos pensaba en su hermano Segundo y se le ponía la carne de gallina: lo estarían torturando o lo habrían matado, allá en La Victoria.

La dueña de casa, que cerró la despensa con llave, vino a sacarlo de su encierro a las nueve de la mañana.

—Le di permiso a la empleada para que se fuera a Jarabacoa, a ver a su familia —lo animó—. Podrás circular por toda la casa. Pero que no te descubran los vecinos. Qué nochecita habrás pasado en esa cueva.

Mientras desayunaban en la cocina, con mangú, queso frito y café, pusieron las noticias. Ninguno de los informativos radiales decía nada sobre el atentado. La doctora de los Santos partió poco después a su trabajo. Imbert se dio una ducha y bajó a la salita, donde, tumbado en un sillón, se quedó dormido, con el Colt 45 sobre las piernas. Tuvo un gran sobresalto y gimió cuando lo remecieron.

—Los *caliés* se llevaron a Manuel esta madrugada, poco después de que saliste de allá —le dijo, muy ansiosa, Gladys de los Santos—. Tarde o temprano le arrancarán que estás aquí. Tienes que irte, cuanto antes.

Sí, pero ¿adónde? Gladys había pasado por casa de los Imbert y la calle hervía de guardias y *caliés;* sin duda, habían detenido a su mujer y a su hija. Le pareció que unas manos invisibles comenzaban a apretarle el cuello. No dejó traslucir su angustia, para no aumentar el susto de la dueña de casa, que estaba transformada: el nerviosismo hacía que abriera y cerrara los ojos todo el tiempo.

—Hay «cepillos» con *caliés* y camiones con guardias por todas partes —le dijo—. Registran los autos, piden papeles a todo el mundo, se meten a las casas.

Aún no decían nada en la televisión, las radios ni los periódicos, pero los rumores eran inatajables. El tam tam humano aventaba por toda la ciudad que habían matado a Trujillo. La gente estaba sobrecogida y confusa por lo que podía pasar. Durante cerca de una hora, estuvo devanándose los sesos: ¿dónde ir? Por lo pronto, salir de aquí. Agradeció a la doctora de los Santos su ayuda y salió a la calle, con la mano en la pistola que llevaba en el bolsillo derecho del pantalón. Deambuló un buen rato, sin rumbo, hasta que se acordó de su dentista, el doctor Camilo Suero, que vivía por el Hospital Militar. Camilo y su esposa, Alfonsina, lo hicieron entrar. No podían esconderlo, pero lo ayudaron a estudiar posibles refugios. Y, entonces, le vino a la cabeza la imagen de Francisco Rainieri, un antiguo amigo, hijo de italiano y embajador de la Orden de Malta; su esposa, Venecia, y Guarina, su mujer, solían tomar té y jugar canasta. Tal vez el diplomático podría facilitarle la manera de asilarse en alguna legación. Extremando las precauciones, llamó por teléfono a la residencia de los Rainieri y cedió el aparato a Alfonsina, quien se hizo pasar por la señora Guarina Tessón, nombre de soltera de la mujer de Imbert. Pidió hablar con Queco. Éste se puso al aparato de inmediato y la dejó estupefacta con el cordialísimo saludo:

—Cómo estás, queridísima Guarina, encantado de saludarte. ¿Llamas por el compromiso de esta noche, verdad? No te preocupes. Enviaré el carro a recogerte. A las siete en punto, si te parece. ¿Me recuerdas tu dirección, por favor?

—O es un adivino o se ha vuelto loco, o no sé qué —dijo la dueña de casa, al colgar.

—¿Y, ahora, qué hacemos hasta las siete, Alfonsina?

—Rezarle a Nuestra Señora de la Altagracia —se santiguó ella—. Si llegan antes los *caliés,* usa tu pistola nomás.

A las siete en punto paró en la puerta un reluciente Buick azul, de placa diplomática. El propio Francisco Rainieri conducía. Arrancó apenas Antonio Imbert estuvo a su lado.

—Supe que el mensaje venía de ti, porque Guarina y tu hija están en mi casa —le dijo Rainieri, a modo de saludo—. No hay dos Guarinas Tessón en Ciudad Trujillo, sólo podías ser tú.

Estaba muy tranquilo, y hasta risueño, con su guayabera recién planchada y oliendo a lavanda. Llevó a Imbert a una residencia remota por calles apartadas, dando un gran rodeo, pues en las principales avenidas había barreras que detenían a los vehículos para registrarlos. Hacía menos de una hora que se había anunciado oficialmente la muerte de Trujillo. Reinaba un ambiente cargado de recelo, como si todo el mundo esperara una explosión. Elegante igual que siempre, el embajador no le hizo una sola pregunta sobre el asesinato de Trujillo, ni sobre sus compañeros de conjura. Con naturalidad, como si hablara del próximo campeonato de tenis en el Country Club, comentó:

—Tal como están las cosas, es impensable que alguna embajada te dé asilo. Tampoco serviría de gran cosa. El gobierno, si todavía hay gobierno, no lo respetaría. Te sacarían a la fuerza, donde estuvieras. Lo único que te queda, por el momento, es esconderte. En el consulado de Italia, donde tengo amigos, hay demasiado trajín de empleados y visitas. Pero, he encontrado la persona, con total seguridad. Ya lo hizo una vez, con Yuyo d'Alessandro, cuando estuvo perseguido. Ha puesto una sola condición. Nadie debe saberlo, ni siquiera Guarina. Por la seguridad de ella, sobre todo.

—Por supuesto —murmuró Tony Imbert, asombrado de que, por iniciativa propia, este hombre al que lo unía una amistad ligera, se arriesgara tanto para salvarle la vida. Estaba tan desconcertado con la generosidad temeraria de Queco, que no atinó a darle las gracias.

En casa de los Rainieri pudo abrazar a su mujer y a su hija. Dadas las circunstancias, guardaban mucha calma. Pero, cuando la tuvo en sus brazos, sintió temblar el cuerpecito de Leslie. Estuvo con ellas y los Rainieri cerca de un par de horas. Su mujer le había traído un maletín de mano, con ropa limpia y sus artículos de afeitar. No mencionaron a Trujillo. Guarina le contó lo que había averiguado a través de las vecinas. Su casa había sido invadida al amanecer por policías de uniforme y de civil; la habían vaciado, rompiendo y pulverizando lo que no se llevaron, en dos camionetas.

Cuando llegó la hora, el diplomático le hizo un pequeño gesto, señalándole el reloj. Abrazó y besó a Guarina y Leslie, y siguió a Francisco Rainieri, por la puerta de servicio, hasta la calle. Segundos después, un pequeño vehículo con las luces bajas, frenó delante de ellos.

—Adiós y buena suerte —lo despidió Rainieri, dándole la mano—. No te preocupes por tu familia. Nada le faltará.

Imbert entró al vehículo y se sentó junto al chofer. Era un hombre joven, con camisa y corbata, pero sin chaqueta. En impecable español, aunque con música italiana, se presentó:

—Me llamo Cavaglieri y soy funcionario de la embajada italiana. Mi mujer y yo haremos lo posible para que su estancia en nuestro apartamento sea lo más grata. No se preocupe, en mi casa no habrá testigos indiscretos. Vivimos solos. No tenemos cocinera ni sirvientes. A mi mujer le encantan las labores domésticas. Y a los dos nos gusta cocinar.

Se rió y Antonio Imbert imaginó que la cortesía le mandaba intentar una risita. La pareja vivía en el último piso de un nuevo edificio, no lejos de la calle Mahatma Gandhi y de la casa de Salvador Estrella Sadhalá. La señora Cavaglieri era aún más joven que su marido —una muchacha delgada, de ojos almendrados y cabellos negros— y lo recibió con una cortesía despercudida y risueña, como a un viejo amigo de familia que viene a pasar un fin de semana. No mostraba la menor aprensión por alojar en su casa a un desconocido, asesino del amo supremo del país, al que miles de guardias y policías buscaban con codicia y odio. En los seis meses y tres días que vivió con ellos, nunca, ni una sola vez, ninguno de los dueños de casa le hizo sentir —y eso que era susceptible, y su situación lo predisponía a ver fantasmas— que su presencia allí incomodaba en lo más mínimo. ¿Sabía la pareja que se jugaba la vida? Desde luego. Escucharon y vieron en la televisión, los relatos pormenorizados del pánico que provocaban esos apestados asesinos a los dominicanos, y cómo, muchos de ellos, no contentos con negarles un refugio, se apresuraban a denunciarlos. Vieron caer, el primero, al ingeniero Huáscar Tejeda, expulsado de manera innoble de la iglesia del Santo Cura de Ars por el aterrorizado párroco, quien lo echó en brazos del SIM. Siguieron, al detalle, la odisea del general Juan Tomás Díaz y Antonio de la Maza, recorriendo en un carro del servicio público las calles de Ciudad Trujillo y siendo denunciados por las personas a las que acudieron en busca de ayuda. Y vieron cómo se llevaron los *caliés* a la pobre anciana que dio asilo a Amadito García Guerrero, después de matar a éste, y cómo las turbas desmantelaban y desaparecían su casa. Pero esas escenas y relatos no intimidaron a los Cavaglieri ni entibiaron la cordialidad con que lo trataban.

Desde el regreso de Ramfis, Imbert y los dueños de casa supieron que su encierro sería de larga duración. Los abrazos públicos entre el hijo de Trujillo y el general José René Román eran elocuentes: éste había traicionado y no habría levantamiento militar. Desde su pequeño universo, en el *penthouse* de los Cavaglieri, vio a las muchedumbres haciendo cola, horas de horas, para rendir homenaje a Trujillo, y se vio, en la pantalla de televisión, retratado junto a Luis Amiama (a quien no conocía) bajo anuncios que ofrecían primero cien mil, luego doscientos mil y, por fin, medio millón de pesos a quien delatara su paradero.

—Psst, con la caída del valor del peso dominicano, ya no es un negocio interesante —comenta Cavaglieri.

Muy pronto, su vida encajó dentro de una rutina rigurosa. Tenía un cuartito para él solo, con una cama y una mesita de noche, iluminada por una lamparilla. Se levantaba temprano y hacía planchas, carreras en el sitio, abdominales, cerca de una hora. Tomaba desayuno con los dueños de casa. Luego de largas discusiones, consiguió que le permitieran ayudar en la limpieza. Barrer, pasar la aspiradora, sacudir el plumero sobre objetos y muebles, se convirtió en un entretenimiento y en un deber, algo que hacía a conciencia, con total concentración y cierta alegría. Eso sí, la señora Cavaglieri nunca lo dejó entrar a la cocina. Ella guisaba muy bien, sobre todo las pastas, que servía dos veces al día. A él la pasta le había gustado desde niño. Pero, después de seis meses de encierro, nunca más volvería a comer tallarines, tagliatellis, raviolis ni variante alguna de ese plato fuerte de la cocina italiana.

Concluidas sus obligaciones domésticas, leía muchas horas. Nunca había sido un gran lector; en esos seis meses, descubrió el placer de la lectura. Libros y revistas fueron la mejor defensa contra el abatimiento que a veces le causaban el encierro, la rutina y la incertidumbre.

Sólo cuando la televisión anunció que una comisión de la OEA había venido a entrevistarse con los presos políticos, supo que Guarina llevaba ya varias semanas en la cárcel, al igual que las esposas de todos sus amigos del complot. Los dueños de casa le habían ocultado hasta entonces que Guarina estaba presa. En cambio, un par de semanas después, alborozados le dieron la buena nueva de que había sido puesta en libertad.

Nunca, ni siquiera cuando trapeaba, barría o pasaba la aspiradora, dejó de llevar consigo su Colt 45 cargada. Su decisión era inquebrantable. Él haría lo que Amadito, Juan Tomás Díaz y Antonio de la Maza. No se entregaría vivo, moriría matando. Era una forma más digna de morir que sometido a vejaciones y torturas ideadas por las mentes retorcidas de Ramfis y sus compinches.

En las tardes y noches leía los periódicos que traían los dueños de casa y veía con ellos los noticiarios en la televisión. Sin creer mucho, siguió esa confusa dualidad en que se embarcaba el régimen: un gobierno civil encabezado por Balaguer que hacía gestos y declaraciones asegurando que el país se democratizaba, y un poder militar y policial, manejado por Ramfis, que seguía asesinando, torturando y desapareciendo gente con la misma impunidad que cuando el Jefe. De todas maneras, no podía dejar de sentirse alentado con el regreso de exiliados, la aparición de pequeñas publicaciones de oposición —órganos de la Unión Cívica y del 14 de Junio—, y los mítines estudiantiles contra el gobierno de los que a veces informaban los medios oficiales, aunque sólo fuera para acusar a los manifestantes de comunistas.

El discurso de Joaquín Balaguer en las Naciones Unidas, criticando la dictadura de Trujillo y comprometiéndose a democratizar el país, lo dejó atónito. ¿Era éste el mismo hombrecito que, por treinta y un años, había sido el más fiel y constante servidor del Padre de la Patria Nueva? En las largas sobremesas que solían tener, cuando los Cavaglieri cenaban en casa —muchos días cenaban fuera, pero entonces la señora Cavaglieri le dejaba en el horno la inevitable pasta— ellos le completaban las informaciones, con los chismes que hervían en esta ciudad pronto rebautizada con su viejo nombre de Santo Domingo de Guzmán. Aunque todos temían un golpe de Estado de los hermanos Trujillo, que restaurara la dictadura cruda y dura, era evidente que, poco a poco, la gente iba perdiendo el miedo, o, más bien, rompiéndose el encantamiento que había tenido a tantos dominicanos entregados en cuerpo y alma a Trujillo. Cada vez surgían más voces, declaraciones y actitudes antitrujillistas, y más apoyo a la Unión Cívica, al 14 de Junio, o al PRD, cuyos líderes acababan de regresar al país y abierto un local en el centro.

El día más triste de su odisea fue también el más feliz. El 18 de noviembre, a la vez que anunciaba la partida de Ramfis del país, la televisión hizo saber que los seis asesinos del Jefe (cuatro ejecutores y dos cómplices) habían huido, luego de asesinar a tres soldados que los regresaban a la prisión de La Victoria después de una reconstrucción del crimen. Frente a la pantalla de televisión, no pudo contenerse y rompió en sollozos. Así, pues, sus amigos —el Turco, su amigo del alma— habían sido asesinados, junto a tres pobres guardias, como coartada de la pantomima. Por supuesto, nunca se encontrarían los cadáveres. El señor Cavaglieri le alcanzó una copa de coñac:

—Consuélese, señor Imbert. Piense que pronto verá a su mujer y a su hija. Esto se acaba.

Poco después se anunciaba la inminente partida al extranjero de los hermanos Trujillo, con sus familias. Era el fin del encierro, ahora sí. Por el momento al menos, había sobrevivido a la cacería, en la que, prácticamente, con excepción de Luis Amiama —pronto supo que éste había pasado seis meses metido en un clóset muchas horas al día—, todos los principales conjurados, además de centenares de inocentes, entre ellos su hermano Segundo, habían sido asesinados, torturados o seguían en las cárceles.

Al día siguiente de la partida de los Trujillo, se dio una amnistía política. Comenzaron a abrirse las cárceles. Balaguer anunció una comisión para investigar la verdad sobre lo ocurrido con los «ajusticiadores del tirano». Las radios, diarios y la televisión dejaron desde ese día de llamarlos asesinos; de ajusticiadores, su nuevo apelativo, pasarían pronto a ser llamados héroes y, no mucho después, calles, plazas y avenidas de todo el país empezarían a ser rebautizadas con sus nombres.

Al tercer día, discretamente —los dueños de casa no le permitieron siquiera que se demorase agradeciéndoles lo que habían hecho por él y lo único que le pidieron es que no divulgase a nadie su identidad, para no comprometer su condición de diplomáticos—, salió al anochecer de su encierro y se presentó, solo, en su casa. Durante mucho rato, él, Guarina y Leslie se abrazaron sin poder hablar. Examinándose, comprobaron que, mientras Guarina y Leslie habían enflaquecido, él engordó cinco kilos. Les explicó que en la casa donde estuvo escondido —no podía decir cuál— se comían muchos spaghetti.

No pudieron hablar mucho. El destartalado hogar de los Imbert empezó a llenarse de ramos de flores, de parientes, amigos y desconocidos que se acercaban a abrazarlo, a felicitarlo y —a veces, temblando de emoción, los ojos llenos de lágrimas— a llamarlo héroe y darle las gracias por lo que había hecho. Entre los visitantes, apareció de pronto un militar. Era un edecán de la Presidencia de la República. Después de las salutaciones de rigor, el mayor Teofronio Cáceda le dijo que a él y al señor don Luis Amiama —quien acababa de emerger también de su escondite, nada menos que la casa del actual ministro de Salud— el Jefe de Estado quería recibirlos en el Palacio Nacional, mañana al mediodía. Y, con una risita cómplice, le informó que el senador Henry Chirinos acababa de presentar en el Congreso («El mismo Congreso de Trujillo, sí señor») una ley nombrando a Antonio Imbert y Luis Amiama generales de tres estrellas del Ejército Dominicano, por servicios extraordinarios prestados a la nación.

A la mañana siguiente, acompañado de Guarina y Leslie —los tres con sus mejores ropas, aunque a Antonio las suyas le apretaban— fueron a la cita de Palacio. Una nube de fotógrafos los recibió, y una guardia de militares en uniforme de parada les presentó armas. Allí, en la sala de espera, conoció a Luis Amiama, un hombre muy delgado y grave, de boca sin labios, de quien, a partir de entonces, sería amigo inseparable. Se dieron la mano y quedaron en verse, después de la reunión con el Presidente, para visitar juntos a las esposas (a las viudas) de todos los conjurados muertos o desaparecidos, y para contarse sus propias aventuras. En eso, se abrió el despacho del Jefe del Estado.

Sonriente y con una expresión de honda alegría, el doctor Joaquín Balaguer avanzó hacia ellos, bajo los *flashes* de los fotógrafos, con los brazos abiertos.

XXIV

—Manuel Alfonso vino a buscarme puntualísimo —dice Urania, mirando el vacío. El cucú de la salita cantaba las ocho cuando tocó. Su tía Adelina, sus primas Lucinda y Manolita y su sobrina Marianita no se miran entre ellas, para evitar que aumente la tensión; la observan sólo a ella, anhelantes y asustadas. *Sansón,* dormido, tiene el corvo pico enterrado en las plumas verdes.

—Papá corrió a su cuarto, con el pretexto de ir al baño —prosigue una Urania fría, casi notarial—. «*Bye-bye,* hijita, que te vaya bien». No se atrevió a despedirse mirándome a los ojos.

—¿Te acuerdas de esos detalles? —la tía Adelina mueve su puñito arrugado ya sin energía ni autoridad.

—Se me olvidan muchas cosas —responde Urania, con viveza—. Pero, de aquella noche, me acuerdo todo. Ya verás.

Se acuerda, por ejemplo, que Manuel Alfonso iba de sport —¿a una fiesta del Generalísimo, de sport?—, con una camisa azul abierta y una ligera chaqueta color crema, unos mocasines de cuero y un pañuelito de seda tapándole la cicatriz. Con su voz dificultosa, le dijo que era bellísimo su vestido de organdí rosado, y que esos zapatos de tacón de aguja le aumentaban la edad. La besó en la mejilla: «Apurémonos, se nos hace tarde, belleza». Le abrió la puerta del auto, la hizo pasar, se sentó a su lado, y el uniformado y engorrado chofer —se acordaba del nombre: Luis Rodríguez— arrancó.

—En vez de bajar a la avenida George Washington, el auto dio unas vueltas absurdas. Subió por Independencia hacia ciudad colonial, y la atravesó, haciendo tiempo. Mentira que se hacía tarde; era aún temprano para ir a San Cristóbal.

Manolita adelanta las manos, el cuerpo rellenito.

—Pero, si te pareció raro, ¿no le preguntaste nada a Manuel Alfonso? ¿Nada de nada?

Al principio, no: nada de nada. Era rarísimo, desde luego, que estuvieran recorriendo la ciudad colonial, como que Manuel Alfonso se hubiera vestido para ir a una fiesta del Generalísimo como se iba al Hipódromo o al Country Club, pero Urania no preguntó nada al embajador. ¿Empezaba a maliciar que Agustín Cabral y él le habían contado un cuento? Permanecía callada, escuchando a medias el truculento, estropeado hablar de Manuel Alfonso, quien le refería las ya antiguas fiestas de la coronación de la Reina Isabel II, en Londres, donde él y Angelita Trujillo («Entonces una chiquilina tan bella como tú») representaron al Benefactor de la Patria. Estaba, más bien, concentrada en las inmemoriales casas abiertas de par en par, luciendo sus intimidades, y las familias volcadas a las calles —viejos, viejas, jóvenes, niños, perros, gatos y hasta loros y canarios— para tomar el fresco de la noche luego de la ardiente jornada, parloteando desde sus mecedoras, sillas y banquetas, o sentados en los quicios de las puertas o los poyos de las altas veredas, convirtiendo las viejas calles capitaleñas en una inmensa tertulia, peña o verbena popular, a la que permanecían totalmente indiferentes, atornillados a sus mesas iluminadas por lamparines o mecheros, los grupos de dos o cuatro —siempre hombres, siempre maduros— jugadores de dominó. Era un espectáculo, como el de los alegres colmados con sus mostradores y anaqueles de madera pintada de blanco, rebosando de latas, botellas de Carta Dorada, Jacas y cidra de Bermúdez, y cajas de colores, en los que siempre había gente comprando, que la memoria de Urania conservaría muy vivo, un espectáculo tal vez desaparecido o extinguiéndose en el Santo Domingo de hoy, o que existiría, tal vez, sólo en ese cuadrilátero de manzanas donde siglos atrás un grupo de aventureros venidos de Europa fundaron la primera ciudad cristiana del nuevo mundo, con el eufónico nombre de Santo Domingo de Guzmán. La última noche que verías aquel espectáculo, Urania.

—Apenas tomamos la carretera, tal vez cuando el auto pasaba por el lugar donde dos semanas después mataron a Trujillo, Manuel Alfonso comenzó —una inflexión de disgusto interrumpe el relato de Urania.

—¿Qué tú quieres decir? —pregunta Lucindita, luego de un silencio—. ¿Comenzó a qué?

—A prepararme —recupera Urania la firmeza—. A ablandarme, asustarme y encantarme. Como las novias de Moloch, a las que mimaban y vestían de princesas antes de tirarlas a la hoguera, por la boca del monstruo.

—Así que no has conocido a Trujillo, nunca has hablado con él —exclama, regocijado, Manuel Alfonso—. ¡La experiencia de tu vida, muchacha!

Lo sería. El automóvil avanzaba hacia San Cristóbal, bajo un cielo estrellado, entre cocoteros y palmas canas, a orillas del mar Caribe, que golpeaba ruidoso contra los arrecifes.

—Pero, qué te decía —la anima Manolita, porque Urania ha callado.

Le describía al intachable caballero que era el Generalísimo en su trato con las damas. Él, tan severo en cuestiones militares y de gobierno, había convertido en filosofía el refrán: «A la mujer, con el pétalo de una rosa». Así trataba siempre a las muchachas bellas.

—Qué suerte tienes, muchachita —trataba de contagiarle su entusiasmo, esa emocionada excitación que le atracaba aún más el hablar—. Trujillo, invitándote en persona a su Casa de Caoba. ¡Que privilegio! Se cuentan con los dedos de las manos las que merecieron algo así. Te lo digo yo, muchacha, créemelo.

Y, entonces, Urania le hizo la primera y última pregunta de la noche:

—¿A quiénes más han invitado a esta fiesta? —mira a su tía Adelina, a Lucindita y Manolita—: Para ver qué contestaba. Yo sabía ya que no íbamos a ninguna fiesta.

La desenvuelta figura masculina se volvió hacia ella y Urania vislumbró el brillo en las pupilas del embajador.

—A nadie más. Es una fiesta para ti. ¡Para ti solita! ¿Te imaginas? ¿Te das cuenta? ¿No te decía que era algo único? Trujillo te ofrece una fiesta. Eso es sacarse la lotería, Uranita.

—¿Y tú? ¿Y tú? —exclama, con ese hilo de voz, su sobrina Marianita—. ¿Qué pensaste, tía?

—En el chofer del auto, en Luis Rodríguez. Nada más que en él.

Qué vergüenza sentías por ese chofer con gorra, testigo del discurso farsante del embajador. Había prendido la radio del auto, y tocaron dos canciones italianas de moda —*Volare, Ciao, ciao bambina*—, pero, estaba segura, no perdía palabra de las artimañas con que Manuel Alfonso intentaba engatusarla, para que se sintiera feliz y afortunada. ¡Una fiesta de Trujillo para ella solita!

—¿Pensabas en tu papá? —se le escapa a Manolita—. ¿Que mi tío Agustín te había, que él...?

Calla, sin saber cómo terminar. La tía Adelina le hace un reproche con los ojos. La cara de la anciana se ha hundido, y su expresión revela profundo abatimiento.

—Era Manuel Alfonso el que pensaba en papá —dice Urania—. ¿Era yo buena hija? ¿Quería yo ayudar al senador Agustín Cabral?

Lo hacía con esa sutileza adquirida en sus años de diplomático encargado de misiones difíciles. ¿No era ésta, además, una ocasión extraordinaria para que Urania ayudara a su amigo Cerebrito, a salir de la trampa que le tendieron los eternos envidiosos? El Generalísimo podía ser un hombre duro, implacable, en lo tocante a los intereses del país. Pero, en el fondo, era un romántico; su dureza se deshacía ante una muchacha graciosa como un cubito de hielo expuesto al sol. Si ella, con lo inteligente que era, quería que el Generalísimo echara una mano a Agustín, le devolviera su posición, su prestigio, su poder, sus cargos, lo conseguiría. Le bastaba llegar al corazón de Trujillo, un corazón que no sabía negarse a los ruegos de la belleza.

—Me dio, también, unos consejos —dice Urania—. Qué cosas no debía hacer, porque disgustaban al Jefe. A él le complacía que las muchachas fueran tiernas, pero no que exagerasen su admiración, su amor. Yo me preguntaba: «¿Me está diciendo a mí estas cosas?».

Habían entrado a San Cristóbal, ciudad famosa porque en ella nació el Jefe, en una modesta casita contigua a la gran iglesia que Trujillo hizo construir, y que el senador Cabral había llevado a visitar a Uranita, explicándole los frescos bíblicos pintados en sus paredes por Vela Zaneti, un artista español exiliado, a quien el Jefe, magnánimo, abrió las puertas de la República Dominicana. En aquel paseo a San Cristóbal, el senador Cabral le mostró también la fábrica de botellas y la de armas, y la hizo recorrer todo el valle bañado por el Nigua. Ahora, su padre la mandaba a San Cristóbal a rogar al Jefe que lo perdonara, le descongelara sus cuentas y lo repusiera en la Presidencia del Senado.

—Desde la Casa de Caoba hay una vista maravillosa sobre el valle, el río Nigua, los caballos y la ganadería de la Hacienda Fundación —pormenorizó Manuel Alfonso.

El auto, luego de pasar un primer retén de guardias, trepaba la loma en cuya cumbre había sido erigida, con la madera preciosa de los caobos que comenzaban a extinguirse en la isla, la casa donde el Generalísimo se retiraba un par de días por semana, a celebrar citas secretas, realizar trabajos sucios o negocios audaces, en total discreción.

—Durante mucho tiempo, de la Casa de Caoba sólo recordé esa alfombra. Cubría toda la habitación y tenía bordado un gigantesco escudo nacional, con todos sus colores. Después, recordé más cosas. En el dormitorio, un aparador de cristal lleno de uniformes, de todos los estilos, y, encima, una hilera de gorros y quepis. Hasta un bicornio napoleónico.

No se ríe. Luce seria, con algo cavernoso en los ojos y la voz. Tampoco ríen su tía Adelina, ni Manolita, ni Lucinda, ni Marianita, quien acaba de regresar del cuarto de baño, donde fue a vomitar. (Ella ha sentido sus arcadas.) El loro continúa durmiendo. El silencio ha caído sobre Santo Domingo: ni una bocina, ni un motor, ni una radio, ni una risa de borracho, ni ladridos de canes vagabundos.

—Me llamo Benita Sepúlveda, pase usted —le dijo la señora, al pie de la escalerilla de madera. Entrada en años, indiferente y, sin embargo, con algo maternal en sus gestos y ademanes, llevaba un uniforme y un pañuelo en la cabeza—. Venga por aquí.

—Era la cuidadora —dice Urania—, la encargada de poner flores cada día en todas las habitaciones. Manuel Alfonso se quedó conversando con el oficial de la entrada. Más nunca lo vi.

Benita Sepúlveda, señalándole con una manita regordeta la oscuridad, más allá de las ventanas protegidas por rejillas metálicas, le explicó que «eso» era una mata de roble, y que en la huerta abundaban mangos y cedros; pero, lo más bello del lugar eran los almendros y los caobos que rodeaban la casa y cuyas ramas perfumadas se metían por todos los rincones. ¿Olía? ¿Olía? Ya tendría ocasión, temprano, de ver el paisaje —el río, el valle, el central, los establos de la

Hacienda Fundación— cuando salía el sol. ¿Tomaría desayuno dominicano, con plátano majado, huevos fritos, salchichón o cecina, y jugo de frutas? ¿O, como el Generalísimo, sólo café?

—Por Benita Sepúlveda supe que iba a pasar allí la noche, que dormiría con Su Excelencia. ¡Qué gran honor!

La cuidadora, con la desenvoltura que da una larga práctica, la hizo detenerse en el primer rellano, y pasar a un amplio recinto, iluminado a medias. Era un bar. Tenía asientos de madera en todo el rededor, con los espaldares pegados a la pared, dejando un amplio espacio de baile en el centro; una enorme vellonera y un mostrador con una estantería repleta de botellas, vasos y copas de cristal. Pero Urania sólo tenía ojos para la inmensa alfombra gris, con el escudo dominicano, extendida de uno a otro confín de la vasta habitación. Apenas advertía los retratos y cuadros del Generalísimo —a pie y a caballo, de militar y de paisano, sentado en un escritorio o erecto detrás de una tribuna y empaquetado en la banda presidencial— que colgaban de las paredes, ni los trofeos de plata y los diplomas ganados por las vacas lecheras y los caballos de raza de la Hacienda Fundación, entreverados con ceniceros de material plástico y adornos baratos, todavía con el sello de los almacenes neoyorquinos Macy's, que decoraban las mesitas, aparadores y repisas de ese monumento al *kitsch* donde Benita Sepúlveda la abandonó, después de preguntarle si, de veras, no quería una copita de licor.

—La palabra *kitsch* no existía aún, creo —aclara, como si su tía o primas hubieran hecho alguna observación—. Años después, cuando la oí o leí, y supe qué extremos de mal gusto y pretensión expresaba, me vino a la memoria la Casa de Caoba. Un monumento *kitsch*.

Ella era parte del *kitsch,* por lo demás, aquella noche cálida de mayo, con su vestidito de organdí rosado para fiestas de presentación en sociedad, el collarcito de plata con una esmeralda y los aretes bañados en oro, que habían sido de mamá y que, excepcionalmente, papá le permitió ponerse para la fiesta de Trujillo. Su incredulidad irrealizaba lo que le estaba ocurriendo. Le parecía no ser ella misma esa chiquilla parada sobre un asta del escudo patrio, en ese extravagante recinto. ¿El senador Agustín Cabral la enviaba, ofrenda viva, al Benefactor y Padre de la Patria Nueva? Sí, no le cabía la menor duda, su padre había preparado esto con Manuel Alfonso. Y, sin embargo, todavía quería dudar.

—En alguna parte que no era el bar pusieron un disco de Lucho Gatica. *Bésame, bésame mucho, como si fuera esta noche la última vez.*

—Me acuerdo —Manolita, avergonzada de intervenir, se excusa con un mohín—: Tocaban *Bésame mucho* todo el día, en las radios y en las fiestas.

De pie junto a la ventana por la que llegaba una brisa caliente y un aroma denso a campo, yerbas, árboles, oyó voces. La maltratada de Manuel Alfonso. La otra, chillona, con altibajos, sólo podía ser la de Trujillo. Sintió cosquillas en la nuca y en las muñecas, donde el médico le tomaba el pulso, una comezón que le venía siempre a la hora de los exámenes, y aun ahora, en New York, antes de las decisiones importantes.

—Pensé tirarme por la ventana. Pensé ponerme de rodillas, rogarle, llorarle. Pensé que tenía que dejarme hacer lo que él quisiera, apretando los dientes, para poder vivir, y, un día, vengarme de papá. Pensé mil cosas, mientras ellos hablaban, ahí abajo.

En su mecedora, la tía Adelina da un brinquito, abre la boca. Pero, no dice nada. Está blanca como el papel, los hondos ojitos arrasados por las lágrimas.

Las voces cesaron. Hubo un paréntesis de silencio; luego, pasos, subiendo la escalera. ¿Se le había parado el corazón? En la mortecina luz del bar, apareció la silueta de Trujillo, en uniforme verde oliva, sin guerrera ni corbata. Llevaba una copa de coñac en la mano. Avanzó hacia ella sonriendo.

—Buenas noches, belleza —susurró, inclinándose. Y le estiró su mano libre, pero, cuando Urania, en un movimiento automático, le alargó la suya, en vez de estrechársela Trujillo se la llevó a los labios y la besó—: Bienvenida a la Casa de Caoba, belleza.

—Lo de los ojos, lo de las miradas de Trujillo, lo había oído muchas veces. A papá, a los amigos de papá. Entonces, supe que era cierto. Una mirada que escarbaba, que iba hasta el fondo. Sonreía, muy galante, pero esa mirada me vació, me dejó puro pellejo. Ya no fui yo.

—¿Benita no te ha ofrecido nada? —sin soltarle la mano, Trujillo la condujo hacia la parte más iluminada del bar; un tubo de luz fluorescente despedía un resplandor azulado. Le ofreció asiento en un sofá para dos. La examinó, paseando sus ojos lentos de arriba abajo, de la cabeza a los pies, subiendo y bajando, sin disimulo, como examinaría a las nuevas adquisiciones vacunas y equinas de la Hacienda Fundación. En sus ojitos pardos, fijos, inquisitivos, no percibió deseo, excitación, sino un inventario, un arqueo de su cuerpo.

—Se llevó una decepción. Ahora, ya sé por qué, esa noche no lo sabía. Yo era esbelta, muy delgada, y a él le gustaban llenas, con pechos y caderas salientes. Las mujeres abundantes. Un gusto típicamente tropical. Hasta pensaría en despachar a ese esqueleto de vuelta a Ciudad Trujillo. ¿Saben por qué no lo hizo? Porque la idea de romper el coñito de una virgen excita a los hombres.

La tía Adelina gime. El puñito arrugado en alto, la boca semiabierta en expresión de espanto y censura le implora, haciendo muecas. No atina a pronunciar palabra.

—Perdona la franqueza, tía. Es algo que dijo él, más tarde. Lo cito literalmente, te lo juro: «Romper el coñito de una virgen excita a los hombres. A Petán, a la bestia de Petán, lo excita más todavía romperlos con el dedo».

Lo diría después, cuando había perdido el tino y su boca vomitaba incoherencias, suspiros, palabrotas, fuego excremental en el que desahogaba su amargura. Entonces, aún se comportaba con estudiada corrección. No le ofrecía lo que estaba bebiendo, a una muchachita tan joven el Carlos I podía quemarle las entrañas. Le daría una copita de jerez dulce. Él mismo se la sirvió y brindó, chocándole la copa. Aunque apenas se mojó los labios, Urania sintió algo ardiente en la garganta. ¿Trataba de sonreír? ¿Permanecía seria, exhibiendo su pánico?

—No lo sé —dice, encogiendo los hombros—. Estábamos en ese sofá, juntitos. Me temblaba mucho en la mano la copita de jerez.

—No me como a las niñas —sonrió Trujillo, cogiendo su copa y colocándola en una mesilla—. ¿Eres siempre tan callada o sólo ahora, belleza?

—Me decía belleza, algo que me había dicho también Manuel Alfonso. No Urania, Uranita, muchacha. Belleza. Era un jueguecito de los dos.

—¿Te gusta bailar? Seguro, como a todas las muchachas de tu edad —dijo Trujillo—. A mí, mucho. Soy muy buen bailarín, aunque no tenga tiempo para bailes. Ven, bailemos.

Se puso de pie y Urania lo imitó. Sintió su cuerpo robusto, el vientre algo abultado rozándole el estómago, el aliento a coñac, la mano tibia que ciñó su cintura. Creyó que se iba a desmayar. Lucho Gatica ya no cantaba *Bésame mucho,* sino *Alma mía.*

—Bailaba muy bien, cierto. Tenía buen oído y se movía como un joven. Era yo la que perdía el paso. Bailamos dos boleros, y una guaracha de Toña la Negra. También merengues. Dijo que el merengue se bailaba en los clubs y las casas decentes gracias a él. Que, antes, había prejuicios, que la gente bien decía que era música de negros e indios. No sé quién cambiaba los discos. Al terminar el último merengue, me besó en el cuello. Un beso suave, que me escarapeló.

Teniéndola de la mano, los dedos entrecruzados, la regresó al sillón, y se sentó muy cerca de ella. La examinó, divertido, mientras aspiraba y bebía su coñac. Parecía tranquilo y contento.

—¿Eres siempre una esfinge? No, no. Debe ser que me tienes demasiado respeto —sonrió Trujillo—. Me gustan las bellezas discretas, que se dejan admirar. Las diosas indiferentes. Te voy a recitar un verso, escrito para ti.

—Me recitó un poema de Pablo Neruda. Al oído, rozándome la oreja, el pelo, con sus labios y su bigotito: «Me gustas cuando callas, porque estás como ausente; parece que los ojos se te hubieran volado y parece que un beso te cerrara la boca». Cuando llegó a «boca», su mano me movió la cara y me besó en los labios. Esa noche hice un montón de cosas por primera vez: tomar jerez, ponerme las joyas de mamá, bailar con un viejo de setenta años y recibir mi primer beso en la boca.

Había ido a fiestas con varones y bailado, pero sólo una vez la besó antes un muchacho, en la mejilla, en un cumpleaños en la gran casa de la familia Vicini, en la intersección de la Máximo Gómez y la avenida George Washington. Se llamaba Casimiro Sáenz y era hijo de diplomático. La sacó a bailar y, al terminar, sintió sus labios en la cara. Se sonrojó hasta la raíz de los cabellos, y, en la confesión del viernes con el capellán del colegio, al mencionar ese pecado la vergüenza le cortó la voz. Pero, aquel beso no se parecía a esto: el bigotito mosca de Su Excelencia le arañaba la nariz, y, ahora, su lengua, una puntita viscosa y caliente, forcejeaba por abrirle la boca. Resistió y luego separó labios y dientes: una viborilla húmeda, fogosa, entró con furia a su cavidad bucal, moviéndose con avidez. Sintió que se atoraba.

—No sabes besar, belleza —le sonrió Trujillo, besándole de nuevo la mano, agradablemente sorprendido—: ¿Eres doncellita, verdad?

—Se había excitado —dice Urania, mirando el vacío—. Tuvo una erección.

Manolita suelta una risita histérica, brevísima, pero ni su mamá, ni su hermana ni su sobrina la imitan. Su prima baja los ojos, confundida.

—Lo siento, tengo que hablar de erecciones —dice Urania—. Si el macho se excita, su sexo se endurece y crece. Cuando metió su lengua dentro de mi boca, Su Excelencia se excitó.

—Subamos, belleza —dijo, con voz ligeramente pastosa—. Estaremos más cómodos. Vas a descubrir una cosa maravillosa. El amor. El placer. Vas a gozar. Yo te enseñaré. No me tengas miedo. No soy la bestia de Petán, yo no gozo tratando a las muchachas con brutalidad. A mí me gusta que gocen, también. Te haré feliz, belleza.

—Él tenía setenta y yo catorce —precisa Urania, por quinta o décima vez—. Lucíamos una pareja muy dispar, subiendo esa escalera con pasamanos de metal y barrotes de madera. De las manos, como novios. El abuelo y la nieta, rumbo a la cámara nupcial.

La lamparilla de la mesa de noche estaba prendida y Urania vio la cuadrada cama de hierro forjado, con el mosquitero levantado, y sintió las aspas del ventilador girando despacio en el techo. Una colcha blanca bordada cubría la cama y muchos almohadones y almohadillas abultaban el espaldar. Olía a flores frescas y a pasto.

—No te desnudes todavía, belleza —murmuró Trujillo—. Yo te ayudaré. Espera, ya vuelvo.

—¿Te acuerdas con qué nervios hablábamos de perder la virginidad, Manolita? —se vuelve Urania hacia su prima—. Nunca imaginé que la perdería en la Casa de Caoba, con el Generalísimo. Yo pensaba: «Si salto por el balcón, papá tendrá remordimientos terribles».

Volvió al poco rato, desnudo bajo una bata de seda azul con motas blancas y unas zapatillas de raso granate. Bebió un sorbo de coñac, dejó su copa en un armario entre fotografías de él rodeado de sus nietos, y, cogiendo a Urania de la cintura, la hizo sentar a la orilla de la cama, en el espacio abierto por los tules del mosquitero, dos grandes alas de mariposa enlazadas sobre sus cabezas. Comenzó a desnudarla, sin prisa. Desabotonó la espalda, botón tras botón, y retiró la cinta que ceñía su vestido. Antes de quitárselo, se arrodilló e, inclinándose con cierta dificultad, la descalzó. Con precauciones, como si la niña pudiera trizarse con un movimiento brusco de sus dedos, le retiró las medias nylon, acariciándole las piernas mientras lo hacía.

—Tienes los pies fríos, belleza —murmuró, con ternura—. ¿Estás con frío? Ven para acá, deja que te los caliente.

Siempre arrodillado, le frotó los pies con las dos manos. De tanto en tanto, se los llevaba a la boca y los besaba, empezando por el empeine, bajando por los deditos hasta los talones, preguntándole si le hacía cosquillas, con una risita pícara, como si fuera él quien sintiera una alegre comezón.

—Estuvo así mucho rato, abrigándome los pies. Por si quieren saberlo, yo no sentí, ni un solo segundo, la menor turbación.

—Qué miedo tendrías, prima —la apremia Lucindita.

—En ese momento, todavía no. Después, muchísimo.

Trabajosamente, Su Excelencia se incorporó, y volvió a sentarse, al filo de la cama. Le sacó el vestido, el sostén rosado que sujetaba sus pechitos a medio salir, y el calzoncito triangular. Ella se dejaba hacer, sin ofrecer resistencia, el cuerpo muerto. Cuando Trujillo deslizaba el calzoncito rosado por sus piernas, advirtió que los dedos de Su Excelencia se apuraban; sudorosos, abrasaban la piel donde se posaban. La hizo tenderse. Se incorporó, se quitó la bata, se echó a su lado, desnudo. Con cuidado, enredó sus dedos en el ralo vello del pubis de la niña.

—Seguía muy excitado, creo. Cuando empezó a tocarme y acariciarme. Y a besarme, obligándome siempre a abrir la boca con su boca. En los pechos, en el cuello, en la espalda, en las piernas.

No se resistía; se dejaba tocar, acariciar, besar, y su cuerpo obedecía los movimientos y posturas que las manos de Su Excelencia le indicaban. Pero, no correspondía a las caricias, y, cuando no cerraba los ojos, los tenía clavados en las lentas aspas del ventilador. Entonces le oyó decirse a sí mismo: «Romper el coñito de una virgen siempre excita a los hombres».

—La primera palabrota, la primera vulgaridad de la noche —precisa Urania—. Después, diría peores. Ahí me di cuenta que algo le pasaba. Había comenzado a enfurecerse. ¿Porque yo me quedaba quieta, muerta, porque no lo besaba?

No era eso, ahora lo comprendía. Que ella participara o no en su propio desfloramiento no era algo que a Su Excelencia pudiera importarle. Para sentirse colmado, le bastaba que tuviera el coñito cerrado y él pudiera abrírselo, haciéndola gemir —aullar, gritar— de dolor, con su guevo magullado y feliz allí adentro, apretadito en las valvas de esa intimidad recién hollada. No era amor, ni siquiera placer lo que esperaba de Urania. Había aceptado que la hijita del senador Agustín Cabral viniera a la Casa de Caoba sólo para comprobar que Rafael Leonidas Trujillo Molina era todavía, pese a sus setenta años, pese a sus problemas de próstata, pese a los dolores de cabeza que le daban los curas, los yanquis, los venezolanos, los conspiradores, un macho cabal, un chivo con un güevo todavía capaz de ponerse tieso y de romper los coñitos vírgenes que le pusieran delante.

—Pese a mi falta de experiencia, me di cuenta —su tía, sus primas y su sobrina acercan mucho las cabezas para oír su susurro—. Algo le sucedía, quiero decir ahí abajo. No podía. Se iba a poner bravo, iba a olvidarse de sus buenas maneras.

—Basta de jugar a la muertita, belleza —lo oyó ordenar, transformado—. De rodillas. Entre mis piernas. Así. Lo coges con tus manitas y a la boca. Y lo chupas, como te chupé el coñito. Hasta que despierte. Ay de ti si no se despierta, belleza.

—Traté, traté. Pese al terror, al asco. Hice todo. Me puse en cuclillas, me lo metí a la boca, lo besé, lo chupé hasta las arcadas. Blando, blando. Yo le rogaba a Dios que se parara.

—¡Basta, Urania, basta! —la tía Adelina no llora. La mira con espanto, sin compasión. Tiene levantada la cuenca superciliar, dilatado el blanco de la esclerótica; está pasmada, convulsionada—. Para qué, hijita. ¡Dios mío, basta!

—Pero, fracasé —insiste Urania—. Se puso el brazo sobre los ojos. No decía nada. Cuando lo levantó, me odiaba.

Tenía los ojos enrojecidos y en sus pupilas ardía una luz amarilla, febril, de rabia y vergüenza. La miraba sin asomo de aquella cortesía, con una hostilidad beligerante, como si ella le hubiera hecho un daño irreparable.

—Te equivocas si crees que vas a salir de aquí virgen, a burlarte de mí con tu padre —deletreaba, con sorda cólera, soltando gallos.

Cogiéndola de un brazo la tumbó a su lado. Ayudándose con movimientos de las piernas y la cintura, se montó sobre ella. Esa masa de carne la aplastaba, la hundía en el colchón; el aliento a coñac y a rabia la mareaba. Sentía sus músculos y huesos triturados, pulverizados. Pero la asfixia no evitó que advirtiera la rudeza de esa mano, de esos dedos que exploraban, escarbaban y entraban en ella a la fuerza. Se sintió rajada, acuchillada; un relámpago corrió de su cerebro a los pies. Gimió, sintiendo que se moría.

—Chilla, perrita, a ver si aprendes —le escupió la vocecita hiriente y ofendida de Su Excelencia—. Ahora, ábrete. Déjame ver si lo tienes roto de verdad y no chillas de farsante.

—Era de verdad. Tenía sangre en las piernas; lo manchaba a él, y la colcha y la cama.

—¡Basta, basta! Para qué más, hija —ruge su tía—. Ven acá, persignémonos, recemos. Por lo que tú más quieras, hijita. ¿Crees en Dios? ¿En Nuestra Señora de la Altagracia, patrona de los dominicanos? Tu madre era tan devota de ella, Uranita. La recuerdo, preparándose cada 21 de enero para la peregrinación a la Basílica de Higuey. Estás llena de rencor y de odio. Eso no es bueno. Aunque te pasara lo que te pasó. Recemos, hijita.

—Y, entonces —dice Urania, sin hacerle caso—, Su Excelencia volvió a tenderse de espaldas, a cubrirse los ojos. Se quedó quieto, quietecito. No estaba dormido. Se le escapó un sollozo. Empezó a llorar.

—¿A llorar? —exclama Lucindita.

Una súbita algarabía le responde. Las cinco viran las cabezas: *Sansón* se ha despertado y lo anuncia, parloteando.

—No por mí —afirma Urania—. Por su próstata hinchada, por su güevo muerto, por tener que tirarse a las doncellitas con los dedos, como le gustaba a Petán.

—Dios mío, hijita, por lo que más quieras —ruega su tía Adelina, santiguándose—. Ya no más.

Urania acaricia el puñito arrugado y pecoso de la anciana.

—Son palabras horribles, ya lo sé, cosas que no debería decir, tía Adelina —endulza la voz—. No lo hago nunca, te lo juro. ¿No querías saber por qué dije esas cosas sobre papá? ¿Por qué, cuando me fui a Adrian, no quise saber más de la familia? Ya sabes por qué.

De vez en cuando solloza y sus suspiros levantan su pecho. Unos vellos blanquecinos ralean entre sus tetillas y alrededor de su oscuro ombligo. Tiene siempre los ojos ocultos bajo su brazo. ¿Se ha olvidado de ella? ¿La amargura y el sufrimiento que se adueñaron de él la han abolido? Está más asustada que antes, cuando la acariciaba o violaba. Olvida el ardor, la llaga entre las piernas, el miedo que le dan las manchitas en sus muslos y el cubrecamas. No se mueve. Volverse invisible, inexistente. Si ese hombre de piernas lampiñas que llora, la ve, no la perdonará, volcará sobre ella la ira de su impotencia, la vergüenza de ese llanto, y la aniquilará.

—Decía que no hay justicia en este mundo. Por qué le ocurría esto después de luchar tanto, por este país ingrato, por esta gente sin honor. Le hablaba a Dios. A los santos. A Nuestra Señora. O al diablo, tal vez. Rugía y rogaba. Por qué le ponían tantas pruebas. La cruz de sus hijos, las conspiraciones para matarlo, para destruir la obra de toda una vida. Pero, no se quejaba de eso. Él sabía fajarse contra enemigos de carne y hueso. Lo había hecho desde joven. No podía tolerar el golpe bajo, que no lo dejaran defenderse. Parecía medio loco, de desesperación. Ahora sé por qué. Porque ese güevo que había roto tantos coñitos, ya no se paraba. Eso hacía llorar al titán. ¿Para reírse, verdad?

Pero Urania no se reía. Lo escuchaba inmóvil, osando apenas respirar, para que él no recordara que ella estaba ahí. El monólogo no era corrido, sino fracturado, incoherente, interrumpido por largos silencios; alzaba la voz y gritaba, o la apagaba hasta lo inaudible. Un lastimado rumor. A Urania la tenía fascinada ese pecho que subía y bajaba. Procuraba no mirar su cuerpo, pero, a veces, sus ojos corrían sobre el vientre algo fofo, el pubis emblanquecido, el pequeño sexo muerto y las piernas lampiñas. Éste era el Generalísimo, el Benefactor de la Patria, el Padre de la Patria Nueva, el Restaurador de la Independencia Financiera. Éste, el Jefe al que papá había servido treinta años con devoción y lealtad, al que había hecho el más delicado presente: su hija de catorce añitos. Pero, las cosas no ocurrieron como el senador esperaba. De modo que —el corazón de Urania se alegró— no rehabilitaría a papá; acaso lo metiera a la cárcel, acaso lo hiciera matar.

—De repente, alzó el brazo y me miró con sus ojos rojos, hinchados. Tengo cuarenta y nueve años y, de nuevo, vuelvo a temblar. He estado temblando treinta y cinco años desde ese momento.

Alarga sus manos y su tía, primas y sobrina lo comprueban: tiemblan.

La miraba con sorpresa y odio, como a una aparición maligna. Rojos, ígneos, fijos, sus ojos la helaban. No atinaba a moverse. La mirada de Trujillo la recorrió, bajó hasta sus muslos, saltó a la colcha con manchitas de sangre, y volvió a fulminarla. Ahogado de asco, le ordenó:

—Anda, lávate, ¿ves cómo has puesto la cama? ¡Vete de aquí!

—Un milagro, que me dejara salir —reflexiona Urania—. Después de haberlo visto desesperado, llorando, quejándose, apiadándose de sí mismo. Un milagro de la patrona, tía.

Se incorporó, saltó de la cama, recogió la ropa esparcida por el suelo, y, tropezando contra un gavetero, se refugió en el baño. Había una bañera de loza blanca, llena de esponjas y jabones, y un perfume penetrante que la mareó. Con manos que apenas le respondían, se limpió las piernas, se puso una toallita para atajar la hemorragia, y se vistió. Le costaba trabajo abotonarse el vestido, abrocharse el cinturón. No se puso las medias, sólo los zapatos, y, al mirarse en uno de los espejos, vio su cara embadurnada de lápiz de labios y de rímel. No se entretuvo en limpiarse; él podría cambiar de opinión. Correr, salir de la Casa de Caoba, escapar. Cuando volvió a la habitación, Trujillo ya no estaba desnudo. Se había cubierto con su bata de seda azul y tenía en la mano la copa de coñac. Le señaló la escalera:

—Vete, vete —se atoraba—. Que Benita traiga sábanas limpias y una colcha, que cambie esta inmundicia.

—En el primer escalón, me tropecé y me rompí el taco de un zapato, casi me ruedo los tres pisos. Se me hinchó mucho el tobillo, después. Benita Sepúlveda estaba en la primera planta. Muy tranquila, sonriéndome. Quise decirle lo que me había mandado. No me salió ni una palabra. Sólo pude señalarle los altos. Me cogió del brazo y me llevó donde los guardias, a la entrada. Me mostró un hueco con una silla: «Aquí le lustran las botas al Jefe». Ni Manuel Alfonso ni su auto estaban allí. Benita Sepúlveda me hizo sentar en el lustrador de zapatos, rodeada de guardias. Se fue y, cuando volvió, me llevó del brazo hasta un jeep. El chofer era un militar. Me trajo a Ciudad Trujillo. Cuando me preguntó, «¿dónde queda su casa?», le contesté: «Voy al Colegio Santo Domingo. Vivo allí». Todavía estaba oscuro. Las tres. Las cuatro, quién sabe. Se demoraban en abrir la reja. Todavía no podía hablar, cuando apareció el guardián. Sólo pude con *sister* Mary, la monjita que tanto me quería. Me llevó al refectorio, me dio agua, me mojó la frente.

Sansón, callado hace rato, vuelve a manifestar su contento o descontento, hinchando el plumaje y chillando. Nadie dice nada. Urania coge su vaso, pero está vacío. Marianita se lo llena; nerviosa, derrama la jarra. Urania bebe unos sorbos de agua fresca.

—Espero que me haya hecho bien, contarles esta historia truculenta. Ahora, olvídenla. Ya está. Pasó y no tiene remedio. Otra, lo hubiera superado, quizás. Yo no quise ni pude.

—Uranita, prima, qué tú estás diciendo —protesta Manolita—. ¿Cómo que no? Mira lo que has hecho. Lo que tienes. Una vida que envidiarían todas las dominicanas.

Se incorpora y va hacia Urania. La abraza, la besa en las mejillas.

—Me has dejado traspasada, Uranita —la riñe Lucinda, con cariño—. Pero, cómo vas tú a quejarte, muchacha. No tienes derecho. En tu caso sí que vale eso de no hay bien que por mal no venga. Estudiaste en la mejor universidad, has tenido éxito en tu carrera. Tienes un hombre que te hace feliz y no te estorba tu trabajo...

Urania la palmea en el brazo y niega con la cabeza. El loro calla y escucha.

—Te mentí, no tengo ningún amante, prima —sonríe a medias, la voz aún quebrada—. No lo he tenido nunca, ni lo tendré. ¿Quieres saberlo todo, Lucindita? Más nunca un hombre me volvió a poner la mano, desde aquella vez. Mi único hombre fue Trujillo. Como lo oyes. Cada vez que alguno se acerca, y me mira como mujer, siento asco. Horror. Ganas de que se muera, de matarlo. Es difícil de explicar. He estudiado, trabajo, me gano bien la vida, verdad. Pero, estoy vacía y llena de miedo, todavía. Como esos viejos de New York que se pasan el día en los parques, mirando la nada. Trabajar, trabajar, trabajar hasta caer rendida. No es para que me envidien, te aseguro. Yo las envidio a ustedes, más bien. Sí, sí, ya sé, tienen problemas, apuros, decepciones. Pero, también, una familia, una pareja, hijos, parientes, un país. Esas cosas llenan la vida. A mí, papá y Su Excelencia me volvieron un desierto.

Sansón ha comenzado a pasearse, nervioso, entre los barrotes de su jaula; se contonea, se para, afila el pico contra las patas.

—Eran otras épocas, Uranita querida —balbucea la tía Adelina, tragándose las lágrimas—. Tienes que perdonarlo. Él ha sufrido, él sufre. Fue terrible, hijita. Pero, eran otros tiempos. Agustín estaba desesperado. Podía ir a la cárcel, podían asesinarlo. No quería hacerte daño. Pensó, tal vez, que era la única manera de salvarte. Esas cosas ocurrían, aunque ahora no se entiendan. La vida era eso, aquí. Agustín te ha querido más que a nadie en el mundo, Uranita.

La anciana se retuerce las manos, presa de desasosiego, y se mueve en la mecedora, fuera de sí. Lucinda se le acerca, le alisa los cabellos, le da unas gotitas de valeriana: «Cálmate, mami; no te pongas así».

Por la ventanita del jardín, refulgen las estrellas en la apacible noche dominicana. ¿Eran otros tiempos? Oleadas de brisa caliente entran al comedor de rato en rato y agitan las cortinillas y las flores de un macetero, entre estatuitas de santos y fotos de familia. «Eran y no eran», piensa Urania. «Todavía flota algo de esos tiempos por aquí».

—Fue terrible, pero me permitió conocer la generosidad, la delicadeza, la humanidad de *sister* Mary —dice, suspirando—. Sin ella, yo estaría loca o muerta.

Sister Mary encontró soluciones para todo y fue un dechado de discreción. Desde los primeros auxilios, en la enfermería del colegio, para cortarle la hemorragia y aliviarle el dolor, hasta, en menos de tres días, movilizar a la superiora de las Dominican Nuns y convencerla de que, festinando trámites, concediera a Urania Cabral, alumna ejemplar cuya vida corría peligro, aquella beca para seguir estudios en la Siena Heights University, en Adrian, Michigan. *Sister* Mary habló con el senador Agustín Cabral (¿tranquilizándolo? ¿asustándolo?), en el despacho de la directora, a solas los tres, urgiéndolo a que permitiera el viaje de su hija a los Estados Unidos. Y, también, persuadiéndolo de que desistiera de verla, por lo perturbada que estaba después de lo sucedido en San Cristóbal. ¿Qué cara puso Agustín Cabral ante la *sister*? Urania se lo ha preguntado muchas veces: ¿de hipócrita sorpresa? ¿de malestar? ¿de confusión? ¿de remordimiento? ¿de vergüenza? Ni ella había preguntado ni *sister* Mary se lo dijo. Las monjas fueron al consulado norteamericano a conseguir la visa, y pidieron audiencia al Presidente Balaguer, para que acelerara la autorización que los dominicanos debían recabar para salir al extranjero, un trámite que demoraba semanas. El colegio pagó su pasaje, en vista de que el senador Cabral se había vuelto insolvente. *Sister* Mary y *sister* Helen Claire la acompañaron al aeropuerto. Cuando el avión despegó, lo que más les agradeció Urania fue que cumplieran su promesa de no dejarla ver a papá, ni siquiera de lejos. Ahora, les agradecía también haberla salvado de la cólera tardía de Trujillo, que la hubiera podido dejar confinada en esta isla o enviado a alimentar a los tiburones.

—Es tardísimo —dice, mirando su reloj—. Las dos de la mañana, casi. Ni siquiera he hecho la maleta y mi avión sale tempranísimo.

—¿Te regresas mañana, a New York? —se apena Lucindita—. Creí que te quedarías unos días.

—Tengo que trabajar —dice Urania—. En el estudio, me espera una pila de papeles, de dar vértigo.

—Ahora, ya no será como antes ¿verdad, Uranita? —la abraza Manolita—. Nos vamos a escribir, y contestarás las cartas. De cuando en cuando, vendrás de vacaciones, a visitar a tu familia. ¿Verdad, muchacha?

—De todas maneras —asiente Urania, abrazándola también. Pero, no está segura. Tal vez, saliendo de esta casa, de este país, prefiera olvidar de nuevo esta familia, esta gente, su pasado, se arrepienta de haber venido y hablado como lo ha hecho esta noche. ¿O, tal vez, no? ¿Tal vez querrá reconstruir de algún modo el vínculo con estos residuos de familia que le quedan?—. ¿Se puede llamar un taxi a estas horas?

—Nosotras te llevamos —se levanta Lucindita.

Cuando Urania se inclina para abrazar a su tía Adelina, la anciana se aferra a ella y le clava sus deditos afilados y curvos como garfios. Parecía haberse serenado, pero, ahora, luce otra vez agitada, con un angustioso sobresalto en los ojitos hundidos, las cuencas circundadas de arrugas.

—Tal vez, Agustín no supo nada —tartamudea con dificultad, como si fuera a descolgársele la dentadura—. Manuel Alfonso pudo engañar a mi hermano, que, en el fondo, era muy ingenuo. No le guardes tanto rencor, hijita. Él ha vivido muy solo, ha sufrido mucho. Dios nos enseña a perdonar. Por tu madre, que era tan católica, hijita.

Urania trata de calmarla: «Sí, sí, tía, lo que tú digas, no te agites, te lo ruego». Sus dos hijas rodean a la anciana, tratando de que se serene. Ella, por fin, asiente, y queda encogida en el sillón, con la cara desencajada.

—Perdóname por haberte contado estas cosas —la besa Urania en la frente—. Fue un disparate. Pero, me quemaba hacía tantos años.

—Ahora se calmará —dice Manolita—. Yo me quedaré con ella. Has hecho bien, contándonos. Por favor, escribe, llama alguna vez. No perdamos otra vez el contacto, prima.

—Te prometo —dice Urania.

La acompaña hasta la puerta y la despide, junto al viejo auto de Lucinda, un Toyota de segunda mano parqueado a la entrada. Cuando la abraza de nuevo, Manolita tiene los ojos llorosos.

En el auto, rumbo al Hotel Jaragua, mientras recorren las solitarias calles de Gazcue, Urania se angustia. ¿Por qué lo has hecho? ¿Vas a sentirte distinta, liberada de esos íncubos que te han secado el alma? Desde luego que no. Ha sido una debilidad, una caída en esa sensiblería, en esa autocompasión que siempre te ha repugnado en otra gente. ¿Esperabas que te compadecieran, que se apiadaran de ti? ¿Ese desagravio querías?

Y, entonces —es un remedio para sus depresiones, a veces— recuerda el final de Johnny Abbes García. Se lo refirió, años atrás, Esperancita Bourricaud, una compañera del Banco Mundial destacada en Puerto Príncipe, donde el ex jefe del SIM había recalado, luego de dar vueltas por Canadá, Francia y Suiza —nunca pisó Japón—, en el exilio dorado que le impuso Balaguer. Esperancita y los Abbes García resultaron vecinos. Él fue a Haití como asesor del Presidente Duvalier. Pero, al cabo de un tiempo comenzó a conspirar contra su nuevo jefe, apoyando los planes subversivos de un yerno del dictador haitiano, el coronel Dominique. Papa Doc resolvió el problema en diez minutos. Esperancita vio a media mañana descender de dos camionetas a una veintena de Tontons Macoutes e invadir la casa de sus vecinos, disparando. Diez minutos, nada más. Mataron a Johnny Abbes, mataron a la mujer de Johnny Abbes, mataron a los dos hijos pequeños de Johnny Abbes, mataron a las dos sirvientas de Johnny Abbes, y mataron también a las gallinas, los conejos y los perros de Johnny Abbes. Después, prendieron fuego a la casa y se fueron. Esperancita Bourricaud necesitó tratamiento psiquiátrico al volver a Washington. ¿Ésa es la muerte que hubieras querido para papá? ¿Estás llena de rencor y de odio, como dijo la tía Adelina? Se siente —otra vez— vacía.

—Lamento mucho esa escena, ese melodrama, Lucindita —dice, en la puerta del Jaragua. Tiene que hablar fuerte, porque la música que anima el casino de la primera planta apaga su voz—. Le he amargado la noche a la tía Adelina.

—Qué tú dices, muchacha. Ahora entiendo qué pasó contigo, ese silencio que nos dejaba tan dolidas. Por favor, Urania, vuelve a vernos. Somos tu familia, éste es tu país.

Cuando Urania se despide de Marianita, ésta la abraza como si quisiera soldarse, hundirse en ella. El cuerpecito filiforme de la chiquilla tiembla como un papel.

—Yo a ti te voy a querer mucho, tía Urania —le susurra en el oído y Urania siente que la embarga la tristeza—. Te voy a escribir todos los meses. No importa si no me contestas.

La besa en la mejilla varias veces, con sus labios delgaditos, el picoteo de un pajarito. Antes de entrar al hotel, Urania espera que el viejo automóvil de su prima se pierda en el malecón George Washington, con el fondo de una fila de olas ruidosas y blanquísimas. Entra en el Jaragua, y, a mano izquierda, el casino y la boîte contigua son un ascua: ritmos, voces, música, las máquinas tragaperras y exclamaciones de los jugadores en la ruleta.

Cuando se dirige hacia los ascensores, una figura masculina la intercepta. Es un turista cuarentón, pelirrojo, con camisa a cuadros, pantalón vaquero y mocasines, ligeramente borracho:

—*May I buy you a drink, dear lady?* —dice, haciendo una venia cortesana.

—*Get out of my way, you dirty drunk* —le responde Urania, sin detenerse, alcanzando a ver la expresión de desconcierto, de susto, del incauto.

En su habitación, comienza a hacer su maleta, pero, al poco rato, va a sentarse junto a la ventana, a ver las estrellas lucientes y la espuma de las olas. Sabe que no pegará los ojos y que, por tanto, tiene todo el tiempo del mundo para terminar con la maleta.

«Si Marianita me escribe, le contestaré todas las cartas», decide.

Este libro
se terminó de imprimir
en los Talleres Gráficos
de D'vinni Editorial Ltda.,
en Santafé de Bogotá (Colombia)
en el mes de julio del 2000